青年超新星
文學獎
作品集

目次

入圍

評審總評

敏銳觸覺具現光明與晦暗

蔡素芬

從三十八個大學院校文學獎脫穎而出的小說首獎，聚集一起再次評選，可以較廣角的看到青年學生關心的議題和文學表現的方式，了解青年創作者以文學反應思考深度的能力。

作爲首屆的青年超新星文學獎，這三十八篇作品對評審而言，充滿了好奇與觀察的意味，但閱後寧可認爲這是一個年度參賽者水準的機率抽樣，不能當作現在校園青年文學程度的定論，而是作爲往後比較各屆水準的一個評比起點，或作爲有心創作的青年一個挑戰與超越的跳板。

這批作品就題材上而言，欣見青年學子嘗試視野的突破，政治隱喻、社會亂象、科技幻想、城市觀察，這些個人生活圈限以外的素材，都表明了書寫者注意和關懷大環境的問題，但與日常生活接觸最切身的個人情感問題、存在意義，或家庭親屬間情感關係的書寫仍占最大比例，這在青年階段的書寫是可以想見的。以常見的親情倫理題材入手，難度相對較高，如何從之前已大量書寫的表現法另出新猶，更是創意的挑戰。

多數作品對主題的挖掘常力有未逮，部分流於淺薄，部分龐雜，某些意欲對人生抒論的作品流蕩著一股沒有經過整理消化的情緒，任情緒遊走，忽視了短篇小説要求的精悍結構。在短小的篇幅裡表現具有思想核心的敘述，語言與內容都需經過細心安排，理趣相映，才能組成有説服力的作品，凡缺乏理性組織和邏輯推演的，常無法吸引讀者相信小説構築的世界是足以讓人投以情感而相信其存在性的。另一個這些作品中普遍存在的問題，也是與説服力相關的問題，是對文字的精準度要求不夠高。創作者形塑風格的重要工程之一是組織語言的能力，風格本身沒有對錯，但使風格有效的是文詞的準確度能不能適切傳達所欲描述的情感或狀態，以便內容可以被理解。小説既是透過文字爲人生説點什麼，那麼文字作爲表情達意的工具，就要善用到卡榫得恰到好處的程度。這是對青年創作者的一點提醒與互勉。用詞準確恐怕也是創作行爲存在時創作者始終思索的。

創作難免有摸索的過程，青年投注熱情於文學，文學才有未來，小説創作越在跌跌撞撞中站起，越能尋出一點自己的想法來。

評選出的五篇得獎作，兩篇藉寫家庭的崩散和親情的乖離反射出社會的瘡瘍，兩篇以不同的方向作自身處境的詰問追探，首獎之作壓倒性的獲得評審的支持，這篇跳脫多數作品易陷的個人情緒耽溺，以理性客觀的眼光看待社區，關懷之心及於鄰里他者，文字精練，敘述主體集中，在三十八篇作品中，閃光般的成了亮眼之作。

從得獎作，還是看到了文學青年對社會敏鋭的觸覺，青年眼光投射出去的影像縮影，光明與晦暗具在，這是青年眼中的我們的社會與存在感，深究其思來源處，可堪深刻玩味。

首獎〈紹興南街〉 楊照

從最後的投票結果看，〈紹興南街〉是六位評審心目中的第一名，剩下的一位評審也給了第二名的高評價，這篇小說以「不只一個馬鼻的距離」勝出。

和其他參賽的作品相比，〈紹興南街〉具備多層次的小說元素，以熟練的敘述技巧將這些不同元素編織在一起，並且在細節上透亮著閱讀中不容忽視的光點。

在〈紹興南街〉中，明顯地有著社會關懷，有著對於公平正義的思索，還有對於一般市井生活的描述，以及跨世代感情的探索。如此相異的人間面相，在現實中不見得能聚合在一個地點、一個事件中，然而透過小說，透過小說特具的虛構權力，作者將多元複雜的現象凝縮成一張可以在短時間內掌握的浮世繪。這正是小說這個文類，虛構這分權力，在社會上存在的根本理由。

〈紹興南街〉勝過其他作品的一項優點，就在於作者清楚自己爲什麼要虛構，爲什麼要寫小說。相較之下，許多參賽的小說在這方面嚴重缺乏自覺，更缺乏說服力。讀那些作品，在讀者心中刺激出的，是根本的疑惑：「爲什麼要把這樣的東西寫成小說？去虛構如此情節有意義嗎？」

〈紹興南街〉讓人順暢地讀著，隨作者的敘述進入這個既熟悉又陌生的街道與人家風光。短短的篇幅中，有喜鬧有荒誕有沉重有擔憂也有義憤，而這些不同的情緒，以相對自然的方式遞接而來，創造了閱讀的高度動機。

小說中尤其令人激賞的亮點，是選擇了介於現實與虛幻間的算命師作爲敘述的起點，並且精確不誇張地掌握了這分生活的質地與悲喜。這裡有一份值得肯定的技藝磨練，找到了收與放，揮灑與節制之間的平衡。

唯一讓我有所保留的，是小說後面來不及真正展開的社會正義視野。作者還是只停留在常識片面的角度看待拆遷的爭議，喪失了不只以小說構建情境，進一步以小說構建價值的機會。

評審短評——優等〈當掉那個台北人〉 楊澤

青春是種萌芽，向外伸出萬千觸手觸鬚的過程，也是場每個人或多或少都得過的熱病。青春的混亂，一頭熱的年少輕狂，製造了太多找不著答案的問題，丟出更多找不出頭緒的線索。幻想永遠大於現實，客觀世界不確定，高速流動的結果是，自我的客觀化幾近不可能。

〈當掉那個台北人〉乍看是時下年輕人泛泛無厘頭之作。一種自以爲是的痞調子，年輕人特有的貧嘴，瞎掰，愛耍酷，貫穿全篇，讀者如不細看，或一時找不到共鳴，很容易被略過。如果看進去，很快覺得別有會心，驚喜連連，不相信充滿雜質異質，不斷相互拉扯矛盾的青春狀態，居然可以找到一組新的語言意象來呈現它，表現它。

〈當掉那個台北人〉既是青春剩餘精力想像力的發揚，也隱隱然具備了當代愛情搖滾樂劇的某種雛型。世事誠荒謬，青春更荒唐。作者並置情史與手機史，傾向耍酷的冷幽默，偏好顧左右而言他指桑罵槐歪打正著的思想煙火，以荒謬之言寫荒唐之事，不亦宜乎？

評審短評——優等〈認眞計畫〉 唐諾

這篇小說的好處倒不在於對性侵男童和同性性愛的狂暴細節敢於書寫，其實那裡反而多少算是弱點，因爲稍稍用力過猛，也顯得太激動了，是參獎小說常見的問題，也往往是書寫者的自信不足，不夠相信自己所思所寫而外借某種戲劇力量。在今天，這已嚇不到誰的。

這篇小說有多踩出一步，這反而是比較勇敢而眞正用得上人的腦子和情感，拒絕讓某一吞噬性的不幸遭遇成爲終點，進入到一種宿命，一道簡單乏味的因果鐵鍊。小說，之於其他專業其他形式書寫，更好的不只是它問事情何以發生而已，警察局、大眾傳媒和歷史學者也許更有能力和各式配備做這事；小說還持續追問所以呢？然後呢？接下來怎麼辦呢？在所有人已失去興趣遺忘並散去時仍不甘心、不放心的留在現場，甚至在一切已靜止之後，仍持續想各種可能，想那些沒發生的、可以發生的、差一點發生的、以及應該會發生的種種。

〈認眞計畫〉把力量用在較對的地方，叫出了小說的力量，這是它在這三十八篇小說中自自然然的優勢。也因此，小說的基調總是平靜一點、稍稍冷一點（相較於周遭環境和眾人），並不是一種反高潮的簡單技術，而是，這是人認眞想事情、想盡力掌握更多更完整細節的自然狀態——有關這一點，這篇小說大體上也做到了。

另一個可惜的地方是小說中〈後來的情人〉這一虛擬文本。這本來是好的、聰慧的，是畫中畫，是雙重的脫離，讓人同時從小說外的現實以及小說自身建構的現實逸出，得到自由或說某種言志的可能，只是它被寫成一個不能令人滿意的童話也似東西，也許書寫者想製造一種對比，甚至獲得一種安慰，但終究這是限制了自己，大可以再認眞想一下，有沒有一種更飽滿、更源於自己的「遠方」？

但沒關係，長期來說，一種好的書寫態度和習慣，必定可以比年輕時的某一天所交出來的某一篇作品更有價值。

評審短評——優等〈黑夜以前〉 宇文正

〈黑夜以前〉可解讀爲另一形式的家變，父親在九二一地震之後失蹤，雖然母親確認了某一具相似的遺體，也有了一場宣告死亡儀式的公祭，「家」卻在如此不確定、失去信任的儀式裡，從內裡瓦解了。

這篇小說更是對於「離開」這一概念的思索。主線是父親的離開，崩解了家；玩伴王大偉的死，結束了主角的童年；妹妹的墮胎，毫不猶豫地結束一個未落地的新生命，則使敘述者憶起當年母親「只用一支筆就殺死爸爸」，而今自己爲妹妹簽署墮胎同意書——原來，遺棄是那麼輕易、廉價的一件事；高中同學J，一個因故被大學開除，而成爲體制外的怪胎天才，研究著地震探測儀，後來在母校高中上吊離世，留下「末日近了」的遺書給主角；小說的結尾，結束在此地百年來最大的地震，無法預估多少人將在這個夜晚集體「離開」。

篇名「黑夜以前」，既可解讀爲這個大地震來臨之前，從主角爲圓心擴散而出芸芸眾生的各式遺棄、或被世界遺棄的心靈狀態；也可理解爲主角內心空洞般的黑暗，如何從父親（實質上的離開）、母親（精神上的離開）、玩伴、妹妹、同學的離別、拋棄，而終至啃蝕了他所有的情感與信任。

種種不同形式的離棄，織成一張疏離的家庭、疏離的社會、疏離的人際網路。

這是一個對經營一篇小說的結構有著強大野心，對生命、人性，能夠認眞思索的作者，令人期待！

評審短評——優等〈博弈〉 劉克襄

這篇的獲獎十分離奇。初選時，只有我一人青睞。我有些氣餒，在逐一討論時，許多一票的作品都被其他六位評審割愛。入選的何其多，我心想，說不定讓它在其他地方參賽，可能還有得獎的機會。不意，其他委員都建議我講述圈選的理由，結果我發現這篇都是大家的第五名或第六名，甚至願意放到更高的名次。等第二輪投票，每個人都圈選，它因而奇蹟般地獲得名次。

說了這麼多非關文本的評選過程，還是得回到正題。我最喜歡的是文本的敘事能力，從第一段精彩地展現作者不凡的寫作才華，從頭到尾處處綻露作者描述的能力。從個人小時離奇的身世、賭博環境的成長，再談到祖父和藍姨等人物，都能嫻熟刻劃。相較於其他同齡寫作者，作者的人物拿捏相對成熟。

只可惜，企圖心過大。短短的數千多字，要把一個家族的變遷全部放進架構裡，並不容易。本文冒險的結果，到處暴露扞格。若從小處著眼，或許更能勝任。

首獎

紹興南街

徐念慈

近中正紀念堂，有條紹興南街，穿過便利商店，轉兩彎有個小巷。進去可看到路燈下擺了幾張舊沙發，下午常有一群老人在那閒聊，尋常路不怎熱鬧。白天，車子都從大馬路駛去，甚少經過內巷。再往裡走，有家算命鋪，舊暗潮濕的日式宿舍，門口用尋常木頭和廉價鐵皮加蓋做成了門口，門是上了紅漆的鐵門，台北多雨，鐵皮和鐵門早已鏽蝕斑斑，木頭也帶了點苔，外頭暗灰色的圍牆蔓延滿炮仗紅，但除了花期，圍牆就一種潮濕的灰，繞滿了濃綠雜亂的炮仗紅。狹窄的屋口勉強掛了張板，說精通紫微面相。

這裡的人都說，想進這家店，膽子練硬再來，屁仙很靈，「好的不靈，壞的靈。」

我觀察過，客人不多，但都帶了點倔和神祕。巷子已經窄小，駛車的人卻視若無睹，一輛輛黑頭車硬要擠進巷裡，最後卡了個動彈不得。駛車的脾氣硬，但從車裡出來的人卻瘦弱氣虛的多，面容帶了點苦，像是誤加劣等元素的寶石。慕名前來的，往往不算自己的命，一心要算自己憎恨的人，聽了自己痛恨的人未來一片破敗，連想露出同情的表情，嘴角都先洩了底，笑得陰森痛快。

屁仙生意聽起來陰狠，但人卻和氣。人也生得白胖胖，個子不高，脖子短，笑起來眼瞇彎成勾，方頭大耳，很喜氣，但這裡的人都說：「嘴生壞了，才會做這行。」人肥厚聲音卻拔尖單薄，搭著短下巴帶了點女態和薄命感。

屁仙最大的特色就是「屁」，倒不是為人臭屁招搖，是老愛放屁，常常人未到，屁先到。人陰柔，但屁音豪爽，也奇，屁常放，但不臭，只是聲響。早年看醫生，儀器檢查都健康，醫生只說要是生活沒病痛就不用治療，習慣就好。屁仙倒常自嘲，說是因果，上輩子賣劣質香，這輩子才不斷生惡氣，成天老是不住放屁，這輩子就多燒好香，看看下輩子會不會就變得香氣襲人。哈哈說著，隨後又放了幾個響屁。大家習慣那些屁音，也都當玩笑話聽。

我家就住幾條巷外。小時我常夜哭，不好帶，性子倔不愛吃飯，瘦小像隻乾扁的猴，遇委屈只會哭，不怎麼惹人疼。有天奶奶攜著我上門跟屁仙聊天，認生的我，不哭還笑。屁仙說這是有緣，很適合走算命這行，但性子倔強要改。之後，奶奶沒事就帶我來晃晃。小時候來習慣了，長大去外地念書，有空回家時，就會騎腳踏車來屁仙這問安。印象中屋裡有個小女娃，聽說是屁仙親哥留下的遺腹子，當時一起玩鬧過幾回，但大點後，各自上了小學就少見面了。女娃自小就愛花草，門外的炮仗花就是女娃帶回來的苗。最初見面少，還以為是女娃上課時數長，幾次後才被告知女娃被母親帶走了，寄養在小舅家。被母親帶走那天，女娃和屁仙哭成淚人兒似的，屁仙聲音本來就細扁，聽起來又更哀戚了些，像護子的老母雞般嗚嗚啼叫。

女娃走後，屁仙家外頭就不怎打理了，院子只擺幾張凳，水泥地，幾個簡單盆栽。花草對屁仙來說是些惱人物，沒雅興打理，只用心呵護牆外那幾株炮仗紅，炮仗紅有個俗名，炮竹花。

但進屋，是有洞天的，白天和夜裡氣氛也大不同。一抬頭就一座精緻木雕菩薩，前面一壇香爐，佛像和兩側的梁柱早就被香爐燻黑。屋裡除了燭光和幾盞燈，不甚透光，窗上了鐵杆，玻璃又貼了密密麻麻不知哪來的日曆紙月曆紙。側邊不透光，但屋子是天井設計，正上方的光會透進來，光由上而下打入，到底層時已柔和很多，抬頭時，粉塵就在光影間安靜的盤旋。小時我就跟女娃在這玩了不少躲貓貓，玩累了，就是屁仙把我們從桌子下抱出。

天井打下的光，只能讓菩薩那面光亮。其他屋角仍灰暗如上好的天鵝絨，可能是視線差，嗅覺就敏銳，不管哪時進來，進屋就一股味，空間透著一股淡雅的香味。那香也不大形容得出，只覺憶起了什麼，正想大力一吸時，味道又散了；但當沒留心了，又裊裊襲來，讓人恍惚間，覺得小屋真帶有幾分仙氣。但屁仙說，他從沒聞到我說的異香，還打笑我，屁聞多腦子也差了。

香爐上永遠插著高聳新上的香，燃燒香火的小紅點，晚上看來就像這間屋子的眼珠子一般，正正直直地看著剛進屋的人。

屁仙論命一開始是沒人要算的，屁仙一開口第一句就說，「論壞不論好，忠言苦口，聽不聽隨意。」一般人算命，雖嚷「聽聽就好」，但心底深處總是想算個心安，最好能聽個大吉大利格，誰想觸霉頭，一兩次後，大家就不愛來找他了。但不知是哪個賊聰明的人，來算自己的敵手、痛恨的人，幾次後，屁仙的名就在某些人中傳開了。一開始，屁仙是震怒的，但為了生計，也就睜一隻眼閉一隻眼了。

屁仙論命也奇，幫人看，說這人命宮在午帶擎羊，擎羊血光重帶刀命，三方四正多煞星，三十五歲後大則喪命，小則斷手斷腳。來算的人，是個大老闆，但正落魄，急著再起。穿著名牌西裝，皺褶很多，看來很久沒好好打理，眼眶因疲憊帶了密布的血絲。一邊擦汗急忙問會成嗎？像個噴著汁的老蟾蜍，一直不斷囑囑說，那人在運輸這行很有天分，行事謹慎，真會有血光嗎？屁仙不語，老闆也就沉步恍神走出。

但就這麼鬼巧，聽聞那對手過年回鄉探親，一個方向盤沒打好，衝出去，血流滿地，現在手斷了一隻，大醫院出來後，事業也收了。上回在鬧區遇到，蟾蜍臉變成了個金蟾蜍，又風發了。

又一次，有個中年婦女問感情，整身黑，頭髮盤得整齊俐落，顴骨高聳嘴唇帶著鐵青色，進門時唇也抿得緊，但噴的香水卻很喧鬧，香先奪人，很是嗆鼻。一坐下來，命盤排完，屁仙直說，「這人命宮太陰陷加煞，性格憂鬱，做起決定又優柔難斷，注定為情傷，要是太貪地太過，眼明心盲，會鬧自殺的。」

話一落，婦人低垂的頭卻抬起來，宛如沉水中升起了太陽，精光四射，臉色變了，一臉雀躍，跟剛進門那種強要振作的灰敗感不同，一笑，皺紋抬起彷彿年輕了好幾歲。原來她先生外遇多年，在大陸養了個柔情似水的小情婦，最近小情婦跟先生鬧扶正，嚷了大半年，還打長途到婦人家嗆聲，婦人花了很大心思，明查暗訪了小情婦的生辰，特地從南部跑來算。

算完後，婦人紅包給的奇大，出門時車子擦到牆，尖銳聲刮落了大片烤漆，就算這樣婦人也笑得合不攏嘴，直說「平安就是福」，好似老天爺就是特別眷顧她。後來，有鄰人去大陸經商，才知在台商界傳得很凶，最近有個小情婦狠狠砍了某個南部台商的手腕，轉身就從辦公大樓一躍而下，聽說掉下來時，腦袋先打中了遮雨棚才滾到地面，腦汁這麼流了滿地，附近圍起來掃了好幾天才乾淨。

幾次後，屁仙的名就這麼傳開了，但大家都傳算這個損陰德，甚至說屁仙的嘴把人咒死了，「看薄唇，開闔開闔」，有個遙遠的人還正在笑滿懷，卻不知未來注定零落、凋謝，瞧，命盤的主人還不知道呢，眾人的眼已在等待這個與自己無關的人的造化了，是應驗呢，還是躲過一劫？

鄰人愛聽別人去算，但自己的時辰卻不透漏，都還囑咐身邊孩童少接近那區。有些鄰人表面看到屁仙十分客氣，但私底下嘴裡都碎碎說屁仙養小鬼，說他用詛咒發了一次又一次的橫財，難怪終身未婚絕後。

小時，我聽到這些話時，總特別氣，跟女娃兩人用小拳頭拚命對這些鄰人猛打。氣不過，這些人將這些話語放在餐桌上、擺在客廳，用旁人的不幸，聯絡與親友之間的感情，假裝不知私語的鋒利，尋機刺傷人心，完美了一家子的和樂。

不知這些話有沒有傳回屁仙耳中，但這些巷弄流言蜚語也夠讓算命館沒人煙，只有幾個知他性格好，願意跟他往來相處。屁仙見人也笑笑問好，不攀親，有生意就做，沒生意就去外頭繞繞，不然就找幾個熟的朋友在院子聊聊。還笑，老光棍不怕寂寞，梅妻鶴子的生活是一種趣味。

天氣好時，屁仙就會開院落的門，擺張小板凳，在院子曬曬太陽，身上穿的就是那幾套。一般算命愛穿的深色馬褂唐裝，屁仙都不愛，就愛花花綠綠的襯衫，越花越中意，下面搭一條洗了有點灰的舊西裝褲，看起來不怎麼協調時尚，但屁仙那神態氣質，把服裝穿得挺有模樣，不瀟灑，但就是舒服順眼。陽光正暖亮，屁仙矮胖的身子穿上那套花衫、半瞇著眼坐在綠壓壓的盆栽旁，遠看起來就像一株長在地面上盛開的肥厚大花。

花總是會引蝶蜂，有時嗡嗡聲不停，可真熱鬧。屁仙有個好聊伴，隔壁的潘阿姨這一帶住久了，摸透屁仙的習性，覺得人好相處，加上當年潘阿姨出生時，阿祖嫌又生個女兒，胡亂填了日期就送去報戶口。生辰不準，潘阿姨也就不信這套，日子無聊，午時就愛來屁仙這作客閒聊。今一來拿了幾個小白菜，就大嗓門扯開嚷：「家裡太多，分你幾個。別客氣。」

潘阿姨做人不拘小節，但內心有塊很細、很脆。一開頭，開朗的閒話聊聊，但話就像線頭，線頭一拉就會扯出一團糾結，潘阿姨內心的無奈，常常不禁拉扯，一鬆懈苦悶委屈就從那張厚實的嘴中滾出，從小時務農聊起，到二十想找個人家嫁了，卻喪偶，而拉拔兒子大，兒子卻只聽媳婦的話，無不娓娓道來，不斷命苦，話語像團混亂的黑毛線緊緊繞了好幾圈，把婦人給捆住。

言起過往，帶了深沉的無奈，越安慰淚帶越凶，覺得最悲慘不過如此，這悲慘的故事，每天就回味好幾回，好像不反覆咀嚼帶苦辣的回憶，人生沒什麼深刻。有句話這麼說，往往是過去把我們弄成了現在的樣子，一個人空虛又不能創造時，那是一種癱瘓。屁仙也行，靜靜聽，不怎麼回話，偶爾應諾。屁仙論命時侃侃而言，講得很絕對，但平日閒聊時，話卻不多，給的建議也不多，聽了也不嚷嚷，是個好聽眾，潘阿姨知他肯聽，什麼家人不愛聽的委屈話，都往他這倒。我這年輕人，頭幾回還覺得新鮮，會不時附和一下，現在真的越聽越睏，一看到潘阿姨來，只禮貌笑笑問好，就忙著補上說要去趕作業，騎著腳踏車，飛去玩鬧。

電影都演「青春時留下什麼，我們就變成什麼樣的大人。」我才不想變成這種愁苦的大人。騎著腳踏車，在附近繞了好幾圈，迎著風，速度一快就好像變成風的一部分。

繞回來時，潘阿姨正一把鼻涕一把淚剛講完，說要趕回家炒菜。屁仙看我沒要久坐，把板凳收起轉身回走。平日我是打完招呼，就疾駛回家趕著吃飯。看過屁仙進門的身影只有一回。但印象很是深刻，也說不大出，只覺得很是疏離，好像那個背影是另個魑魅。那影子特別安靜，眼光黏著屁仙進屋，直到門關才回神。不見什麼燈亮，除了把大門鎖緊的鐵鍊聲外，再也沒聲響，連腳步聲也無，陰森森的，此時我都會想，屋子把屁仙吸了進去，愁苦的話語跟著屁仙被屋子咀嚼消化。

天色由紅灰轉靛黑，潘阿姨家的爆蒜和爆蔥香從窗溢出，我上了腳踏車騎上小路，劃過了幾口香。也許只有在炒菜時，潘阿姨才不會一勁嘗著人生的苦味。動了手腳，有了創造，心念就不會癱軟太過。抬頭看，路燈就像陰間的燈亮起，穿越了一盞盞。

這回校裡課業忙，我好一陣子才回家，細問才聽到屁仙那出事了。

我慌忙起來，飛車入巷，街燈盞盞從頭頂掠過。門卻深鎖。後來我才發現，是否，那朵遠方可見的矮胖花朵已離開了花季。

隔幾週後，潘阿姨才說出最新的情況，才知小舅把屁仙畢生積蓄，都帶走了。屁仙去找親人理論時，只看到一個年輕妹子坐在屁仙年邁小舅腿上，嗲喊要買名牌包，小舅還柔情似水的回應，但看到站在路旁的屁仙來討錢，手一攤說都花完了，臉色一臉無謂。

屁仙那麼和氣的人，氣地，話都說得斷斷續續，顫抖的抓著那位小舅的衣襟，又是老淚欄杆又是哭啞，但小舅任憑屁仙再怎麼懇求，就是一個子也不願吐出來，吃定屁仙好欺負，還嚷著：「女娃早被阿姊的同居人虐死了，你糊塗。」越喊越得理不饒人。屁仙莫可奈何，最後只能姍姍往回家路走。當屁仙絕望又憤怒地走後，當著他的面，小舅露出了一抹微笑，一種施虐者的微笑。

那天，屁仙臉色灰白，水泥灰，風吹即碎。走到屋前，發現屋子被貼了張法院通知，限期半年內搬遷。原來這陣子，屁仙這區土地出了問題。里長也前來探問，說會繼續爭取，其他案還在法院中，拍了肩說節哀，先騎著自行車走了。

屁仙嚷著聽不懂，嗚嗚哀啼了起來，當初女娃走那回，啼聲切切是種欲守護的急切心；今的哀啼，連我這年輕人聽了也不捨，潘阿姨在後頭流了滿臉的淚。只是人人都沉默，生怕再多一個聲，就會壓垮什麼似的，任啼聲飄盪於風雨。說風雨並沒什麼錯，那晚就屁仙這區下了整夜的雨。

這事後，屁仙看起來沒什麼變，但說也怪，再也聽不到屁聲了，之後就到處跟鄉里說不算命了。屁仙當著我的面嘆：「這幾年拚命做這行，是心中有牽掛，今無掛了。」有日我悄聲進了內屋，香火已停了，入口亮紅的眼睛已闔上，沒有香味的屋，好像沒了氣息的大鳥，撲地匍匐。要收起門前那張算命的招牌時，屁仙說要替我看最後一回，那天他笑了一整臉，皺紋都連到了眼尾，嘻嘻笑著，「你，貴不可言，嬌妻美眷。」

當屁仙再去理解土地的事後，才知原來兩個月前，這區被宣告屬於台大校方用地，希望當地區民搬遷，如不搬遷，將訴諸法律向不願搬遷的住戶索賠這幾年居民的土地使用金。屁仙就是第一批被訴的居民，未來還會有更多居民納入搬遷聲明中。

為爭取應有的權利，社區裡幾個比較有意識的居民成立了自救會，平常對公眾事務疏離的屁仙，那事件後突然激憤了起來，把所有的時間投入了這次抗爭之中，性格轉變之大，讓我們幾個熟識的鄰里也很驚訝，直說認錯人了。幾乎每幾週就開個會，這會屁仙是每回必到。他說，他之前總想著過好女娃跟自己的生活就好，只要別聽、別看也許就不會受到傷害了，只是他錯了太多。有閒的居民也常去會中聆聽，每次只有微薄推進。其餘就靠著口耳相傳，時而再加上鄰里的一些生命經驗，七嘴八舌給建議。目前正進行難纏的司法攻防。

騎車來時，都會經過一條由矮牆相對而成的幹道，才發現最近幹道的灰牆上貼滿了相關文件和組織活動照片。原來天無絕人之路，有校方學生自願出席幫忙斡旋。官司纏訟中，有幾戶人家判決剛出來，說勒令半年後搬遷。整個社區動盪不已，如被攪動的水池，萍葉飄盪。

屁仙，我開始會繞去看看自救會的會議，一同開會。初只是貪個熱鬧，但才發現校裡所學，跟法律跟土地竟這麼不相連，仗著年輕機敏，讀大學又識字，鄉里給了不少期望，但只有自己懂，那是名實不符，只能拚命多問點，和校方人事互動時，我只能遞茶水，看著他人談判。

太多東西像根長入了土，深入了屋，潘阿姨看到我就直嚷著，有些嬸婆取得土地手段合法，但不識字條約沒讀透，現今才知幾年後要歸還；有些居民因遷來早不知這是台大用地，只知從房東那攢下這屋。潘阿姨越說越鬱結起來，臉色鐵青，還提到屁仙不算命後，沒日沒夜付出，拉贊助遊街什麼都親力親為，累了也不休息。昨日她去找屁仙時，才發現，屁仙暈倒在菩薩前，叫他休息幾回，屁仙只淡淡回：「我已經糊塗一生了，這回不能。」潘阿姨好說歹說，不捨要離開時，聽到屁仙呢喃了一句：「我看到娃了，她很好。」聲落下，就像水珠落，你也分不清，究竟眼前是否真有那滴水。門已關上，隔絕了潘阿姨的追問。

聽聞屁仙這事後，當晚我作了一個夢，屁仙屋子的遠方，出現了一張開闔開闔的嘴，一旁姍笑聲不斷，我很憤怒揮拳，覺得這世間也許總有失望透頂，但總是會留下一些什麼吧。留下什麼，我們就變成什麼樣的大人，我走在入夜的紹興南街，帶著惡臭的人孔蓋，湧出了大量墨黑液體，黃紅色的路燈映在這片黑沼澤，過去與未來化成了金銅色的魚悠然游過。

這段時間，沒有什麼奇蹟可言，只有一腳步一腳步地踏。但只有一回，真的只有那回，發生了奇蹟，但這奇蹟太微小、太微弱，同別人說時，總被笑呆傻，但我知道這真存在過。

這是真的，判決要出來那夜，寒流特別強勁，連合歡山都下了不少雪，天冷路上行人疏落，斜斜細雨散在整個潮濕的空氣。但也奇，屁仙家的炮仗紅遇寒卻開得特別滿豔，像是把整片灰牆侵蝕掉，勁插滿豔橘，那片牆就像張極尊貴的橘紅毯子，軟軟包圍了屁仙的家。

不知在哪聽說「天地無私」，說上蒼給予萬物的一切，都是平等的，任誰都沒有特等席。但從路燈下看去，如燃火的炮仗紅，卻像有感情的生物，細細柔柔的包覆了屁仙的花，就像在安慰屁仙的靈魂。從旁經過時，連路口都聞到了細細弱弱的香，炮仗紅從未有香味，但那幾夜，真有香，連我也不大信，我此生也只看過那一回。和著雨水的草味，讓我想起了什麼叫作沁人心脾。

事情真有了轉機，是否奇蹟之後總象徵了變化，很渺小，甚至不足為道，但在陰鬱的冬日中，很有冬陽的新鮮氣息。關於迫在眉睫的搬遷，法官有了另一番解讀。「法官判決三十個月後才須搬遷，台大校方也同意以每戶判決依最晚搬遷戶為準，可統一三十個月後搬遷，並協助安置。」聽到台大學生雀躍的解釋時，連我內心都謝了一聲娃，莫名覺得這次判決見證了娃的存在。屁仙想必也如是想。

激情告了段落，很久之後，大花朵又坐在外頭的某天，那天到現在我還不知是夢還是真實，但印象記著我問屁仙：「還會念著娃嗎？」屁仙沒說話，但模樣帶笑。潘阿姨才大聲答：「屁頭仙，早就把這當成每天要吸的空氣了，不會忘啦。」我想或許是這些日子裡的氣定神閒，昇華了思念。女娃或許仍在某個角落，但思念太過無濟於事，不會改變。只是看到炮仗花，就會聽到娃的笑聲，站在路口時，總會想瞧瞧，女娃是不是又會雀躍而入。屁仙又放了一串的響屁，一如既往。

（台灣師範大學「紅樓現代文學獎」首獎作品）

得獎感言

很謝謝這個機會，也謝謝身邊的親朋好友。三島由紀夫提到：「少年就像一只陀螺。開始轉動時，很難穩住重心，就這麼歪著陀身。但和成年人不同的是，總之先轉了再說，隨著轉動才逐漸站立。」這次嘗試性地旋轉，很驚奇，竟有瞬間的站立，人生真的很奇妙。

這篇文章是由長輩認為「沒意義的事」組成，但沒參加過紹興的訪調小組、沒看課外書、沒試著寫作，就不會有這篇文章。很多當初被認為沒意義的片段，卻成了這段碩士歲月最不可思議的事件。寫得獎心得的這一刻，我還是震驚大於喜悅，情緒無比複雜驚喜，很多想說什麼，卻只能重複說著謝謝。

徐念慈

南投縣埔里人，畢業於台中女中和交大傳科系，目前就讀師大大傳所，研究所期間，曾赴內華達大學里諾校區交換，目前正撰寫畢業論文中。文學寫作靈感主要來自生活中的各種體悟和人物報導。

優等

當掉那個台北人

李牧耘

在某個時期劉方安有支手機。

手機是他高中三年級時拿到的，諾基亞的舊型號，除了撥電話和發簡訊沒有其餘功能。劉方安來自一個極普通的單親家庭，但這手機的來歷很複雜，起因是他大舅肺癌末期住院，臨走前的兩個月，讓看護推著輪椅在中庭曬太陽，方安經過時，大舅問他指考有何打算，方安說，來日方長。大舅輕嘆一聲，從口袋掏出一支諾基亞給他，說方安快十八歲了，還沒有自己的手機，著實不便。方安聽了很激動，差點就要雙手接過，但他的母親在一旁用眼神示意，意思是，你敢拿你試試看，於是方安把手按在病人枯瘦的手掌上，告訴他不要放棄康復的希望。大舅變成骨灰罈後，方安收到新的諾基亞作補償。拿到手機時是高中畢業前的五月，正逢世界盃棒球賽，中華隊連輸三場，但頭尾兩場分別取得關鍵性勝利，體育記者都說，中華隊展現台灣體壇的有始有終。方安對於最後一場迎戰法國隊的記憶是十分深刻的，這事要從那個五月的下午說起。

那天剛下過雨，他打算搭校車回家，走到校門前車已經發了。他方才問朋友時間，沒有把走路的過程算上，只能目送校車揚長而去，於是方安調頭回去看他那位朋友。他的朋友綽號叫老刀，跟方安同屆，兩人是學生會上認識的，社團幹部交接當天，老刀正窩在空白的會議記錄本上塗鴉，方安走近一看不得了，上頭畫的是個裸女，兩人立刻結為莫逆之交。老刀是位熱衷讀書的優秀青年，當他談到我覺得三島由紀夫怎樣怎樣，或我覺得川端康成如何如何，好學生紛紛敬而遠之，認為那對課業毫無幫助。其實這些並沒有錯，錯的是沒人知道那些日本人是做什麼的，當大家露出一副困惑的神情時，老刀會說，三島和川端其實是日治時期的台灣總督，大家便心滿意足地點頭，表示長了知識。

老刀素來有酗菸的習慣，有次他去參加一場反貪腐遊行，心中滿是對社會前景的美好嚮往，於是信步走向二二八紀念公園，坐在長板椅上點了根菸，結果過沒多久，被剛好在公園巡邏的警察帶回派出所。老刀作了筆錄，遣送父母帶走，讓人不勝唏噓，此後他心底一直有個感慨，那就是國家執法機關竟然在一個青年心中充滿法治精神的時候把他抓了，像是鯉魚躍龍門的鯉魚，在要躍過龍門變成龍的那刻被漁夫網住一樣。聽說此事的人，紛紛安慰老刀，在這個世界很多事是不從人願的，有多少鯉魚變成龍我們不知道，能煮熟的都上菜了，老刀聽了破涕為笑，說某某女模是他理想中的菜，然而後來有人告訴他，那盤菜是端到某富二代少東床上的。由於這話太過現實，從此激發他的批判思考。

劉方安回頭找老刀時，他正躺在社團的沙發上補眠，鐵門打開的細縫裡，可以看見辦公桌前還有一位正在抄筆記的陌生姑娘。她戴上眼鏡，問方安找誰，方安一愣，說找老刀。老刀醒來，拎起保溫杯喝水，然後朝方安望了望，顯然對他沒搭上校車是胸有成竹。他說，哥們，我跟你介紹一下，這位是司儀社的學妹，今年校慶前來支援我們，司儀社的姑娘都是好樣的，你身為學長別虧待人家了。方安猛點頭說，一定不虧的。老刀於是問他，晚上有空嗎？

「我除了準備考試沒別的規劃。」方安答。

「那就是沒規劃了。」老刀說：「其實是這樣，我們打算六點去信義威秀廣場看球賽轉播，你來不來？今天中華隊跟法國打最後一場。」

「可是我又不懂棒球。」方安很委屈。

「棒球不用懂，你當他們都在玩棒球九宮格。」

「你這樣說職棒球員會哭的。」

「我想也是。」老刀點頭。

方安一行人搭公車離開學校，車子從士林區拐出車輛漸多的鬧區，他一直記得那天街景的光線層次是半晦暗半透明的，天空中的烏雲釋放出雨後，變成一群山牧季移的白色家畜，氣溫約二十七度，陽光不甚明顯。公車上的人一半坐著，一半站著，學妹是坐著的那一半，他們兩個則是站著的那一半。學妹拿出一本小說，讀累了就側身打盹，方安別過頭時偷看她的睡姿，心想，老刀這傢伙真沒義氣，如果認識這種學妹，應該早點介紹的，然後又覺得有些惋惜，司儀社還負責主持畢業典禮呢，而他就要畢業了。他想起國家地理頻道介紹的非洲草原，每當雨季過後，旁白溫厚語調的求偶期裡，都有一堆雄性動物互相廝殺。

轉播還在準備時，廣場上設置的座位已經坐滿了人，大布幕正進行測試工作。六點整一過，布幕出現光點，放映機投出中華隊的五連環旗幟，隨著現場熱烈的歡呼，球賽拉開序幕，那一天，眾人確實都盼望著能夠扳回一城的勝利，譬如說法國在七月革命後，畫家德拉克羅瓦畫了幅《自由引導人民》，用裸體女神引領大眾從亂世中走出，以體現人性的尊嚴與自由，而此時此刻，大家都希望這次引領法國隊的精神領袖還是那位裸體女神，因為愛國心切的緣故，沒有人不希望法國能夠輸到脫光。球賽到第五局，老刀拍拍方安，問方安行不行，他搔搔鼻子說：「你看不懂也沒關係，想判斷球的好壞，只要看觀眾神情就夠了，就像台灣的總統大選只有選票數字在跑，但是選民還是能圍在電視機前一個晚上，你就想像我們今天跟法國用棒球選總統，湊個熱鬧便是了。」

「所以說？」方安問。

「所以說這是有訣竅的。」老刀說。

「拜託講具體一點。」方安說。

「你看樓下在歡呼，你就跟著歡呼。」

「歡呼？」

「對，歡呼！」

「那比分被追過怎麼辦？」

「烏鴉嘴。」老刀說：「被追分樓下自然就躁動啦。」

「但是你看，樓下有一半的躁動了。」方安說。

「唉呀不好！」老刀驚叫：「四比四，打平了。」

方安中途離席去買麵包果腹，回來的時候，局面照舊，他咀嚼著肉鬆麵包，感覺美乃滋與此刻的歡騰是不協調的，因為中華隊與法國如此激烈對峙，然而這表現在他而言是看不懂的，也就抽去球賽的激情。比賽來到十二局下半，中華隊的表現沉穩，一路保持平手，因此大會宣布進入延長賽，而延長賽的結果是，中華隊一分勝出。方安忘記當時是怎樣的情況，他只知道場面沸騰，但他完全不懂比賽是如何結束的。隨著眾人歡呼吶喊之際，他身上的手機不慎從二樓摔到廣場上，手機不久後從一樓被扔回來，可是機身很明顯完好如初。學妹關切他的手機狀況，試撥他的電話，通話後兩人站著看對方，笑出聲來，他打心底覺得這手機摔得真值，心裡寧願它多摔幾次。

那天學妹問方安與老刀，畢業以後除了念大學還有什麼打算，兩人想了許久，感覺未來一片茫然。他們三人搭上捷運，在到站前各自告別，方安往路邊轉乘公車，上頭擠滿了人，他走向安全門的階梯前站著。想到自己將要升大學了，他真沒辦法揪著長輩的領子說，文憑是不重要的，他只有先揪著自己領子說，文憑是最重要的，然後才能用金錢去告訴晚輩，文憑是不重要的。方安感到一種深刻的倦意，他屈膝蹲在小階梯上，眼睛只看見骯髒的逃生門，窗外一片漆黑。一直要到很久以後，方安才慢慢想起，那個時候他聽老刀的話，確實是沒有虧待學妹的，然而他們誰都沒有虧到學妹，這是一件不幸的事。只是事後提起大家都拿出來調侃，權充一種娛樂。當他出了社會若干年，才發現到，原來他早就忘記學妹的長相了，甚至她的名字和她說話的方式。當別人問起，那位女孩子如何的時候，他只能回答，她是一個女的，於是他得到的反應多半是，廢話。但是那跟年輕時的調侃其實是相同的性質，兩者僅有的差別在於，一個是他回想時會笑出聲的，一個在他想起後讓人痛哭失聲。

高中畢業的暑假，方安在山上替小學生上美勞課。

指考放榜後他接到高中主任的電話，說是美術班要搭車到三峽辦暑期營隊。其實這跟他原本毫無關係，他的興趣在於那是個全然陌生的地方，他知道自己對藝能班的學生是外部的存在，就像那些無聊、低級、幼稚的男高中生趴在窗外看舞蹈班女孩伸展肢體一樣，他們憧憬好身材的同時，也在想對方跟自己有什麼不一樣。他在心中無數次幻想一個學藝術的女朋友臉譜，她首先要長得靠譜，然後最好能懂樂譜或食譜，而兩人交往的結局是，在一個不譜出什麼貧富差距、學歷問題、宗教戒律的離譜狀況下，把她編入自己的家譜。當然，方安是個明事人，明事的人懂得如何區別理想跟現實。

山中景色分明，領隊的教師走到車廂前頭的座位，拿起麥克風朝眾人說，各位同學，我們剛離開三峽市區，現在離小學還有二十分鐘車程，待會男同學比較辛苦，你們要協助女生搬行李，校長之後來視察，會帶飲料犒賞你們。不久遊覽車拐進一個視野開闊的停車場，前後分別只停放小學校長和工友的車，其餘教員的都是機車，讓人誤以為在這所小學除了校長以外，最大的就是工友，而事實證明確實如此，因為山區人力缺乏的緣故，這工友還身兼訓導主任、維修技工、貨運司機等多重身分。下車後，方安協助搬行李，然而他怎麼數人數就是不對，因為男學生有七個，女學生有十六位，但扣除男學生行李外，全部的行李卻占人頭的兩倍。後來他總算弄清楚了，這七件外的其餘四十件都是女學生的。

因此那天就在搬運的情況下過去了。

入夜後，男學生聚在原本作為教師宿舍的榻榻米房間打牌，房間約有七坪左右，第一天眾人十分想念故鄉，起因是這房間有台電腦，但不能上網，這就像跟一個姑娘獨處，她睜著濕潤的眼睫，但是你不能吻她。後來這些男的不知從什麼管道買來一箱啤酒，方安喝下一瓶，打了酒嗝，而美術班的男學生們自覺在山上不能無線上網，於是趁著酒醉，紛紛開始對女學生進行無限嚮往。上網是要繳月租的，而嚮往免費，古今中外有許多藝術家都是這樣誕生的。他們打賭的是明天睡醒以後，大家都會忘掉自己說過的話，而事實上正好相反。方安無意參與這種活動，於是戴起耳機，走出戶外。

他到了走廊才發現宿舍是木造的，整個學校只有教室由水泥砌成，而班級數那麼少，把小學操場截半了可能還足夠辦一場熱鬧的運動會。操場再延伸過去是一片森林，從遠處只看見前頭的幾棵小樹，後面全是霧氣，霧氣再過去就什麼也沒有了，沒有樹的樣子也沒有霧的樣子。方安對那座森林產生興趣，然而他抬起頭，看見ＰＵ跑道圍成橢圓狀的草地上坐著一個人，這個時候他已經走了操場一半，要裝作若無其事地走過去有些困難。那人影站起身，從口袋掏出一個匣子，湊近嘴邊時冒出微弱的火光，方安從打火機的餘光中看出那是一個女學生，她手中夾著的香菸已經近得可以嗅出煙圈飄散的味道。

那時劉方安心想，糟了，是個太妹。

然而轉身跟他對望的姑娘是如此單純，單純到讓人以為上天造她時，把什麼好的都給了她，就是忘記送她女人飄忽的狡獪，加上她是單眼皮，眼睛是情感進出口的港都，單眼皮遠比雙眼皮的腹地小些，因此出口少些，間接造成了她的含蓄。追根究柢來說，從這感覺裡他看出，一個姑娘要好看，跟胳膊的粗細、腰怎樣窄、腿怎樣長、眼睛用力能睜多大，其實都無關。姑娘為了減輕兩人見面的尷尬，首先開口說話，她問方安，「你是那位跟梯的普通班學生嗎？」方安走到一旁，蹲下身說：「我是主任邀上來的。」

「欸。」她說：「你剛才該不會想進那座森林吧？」

「嗯，我盤算很久了。」方安點頭。

「你要是進去的話，太危險了。」

「那妳呢，這麼晚了還待在操場抽菸？」

「這個嘛，是我男友的菸。」她說話時輕咳了兩聲：「我們已經結束一段日子了，有時我自己一個人待著，突然想起他，就抽這種聞慣的菸，感覺有相同的氣息在肺裡打轉，算是變相的自我安慰吧，你肯定會覺得很奇怪。」

「不會，我覺得這樣很好。」方安說。

「這樣啊。」

「對了。」方安問：「我該怎麼稱呼妳呢？」

「我叫深深。」她說。

此刻的方安有些侷促，因為他自覺闖入這個女孩自己才知道的儀式。然而他放棄進去森林的念頭，因為深深將手中的菸盒遞給他看，那是個薄型的金屬匣子，上頭噴印一幅雷諾瓦的畫作，畫中的女人正攙著男伴在跳舞。他打開匣子一看，結果是款荷蘭的薰衣草香料菸，老刀被抓進警察局那天，吸的就是這牌子。他像是遇見老朋友一樣露出微笑，可是幾秒鐘後又想，不對，沒有男的會看著另一個男的給女人的信物露出緬懷的笑容。於是他把匣子還給深深，擺出一本正經的表情，結果兩人安靜一陣子後，她問：「你怎麼了嗎？」

「什麼怎麼了？」

「你看起來有點緊張。」

「不，一點也不。」

「嗯。」她笑著把菸捻熄。

「別說這個。」方安說：「我們聊點什麼好了。」

「那好，你喜歡剛才菸盒上的畫嗎，它的用色或構想。」

「妳是怎麼看的？」

「這個我也說不清楚，只是他畫的女孩子呢，乾淨又好看，頭髮用的顏料也很有生命喔，像是潔白的臉頰上隨時都要掙出幾粒迷人的雀斑，我就覺得奇怪，怎麼女性的靈氣都從他一個男人的畫裡迸出來了，很不公平對吧，我自己的畫，就沒有那種感覺，怎麼講，就是那種有光溢出的筆觸。」

「那是因為雷諾瓦整天都在想女人的肌膚吧。」

「可能喔，」她伸了個懶腰，斜躺在草地上說：「不過說到光線，你看，今天晚上的天空，連到了離市區這麼遠的地方都有光害啊，有光害而沒有光纖，換句話說呢，就是既不讓人上網，看夜色也不能過癮。」

「山中小學嘛，有地方洗澡就慶幸了。」方安說。

「可是這些星星的光，是幾十億年前的光喔。」她說：「雖然這裡入夜後的能見度欠佳，畢竟跟平常見到的風景還是不一樣啊。」

「欸，我看見漏水的北斗七星。」方安說。

「哪裡漏水？」深深問。

「勺子那邊缺一顆。」

「哈。」她說：「銀河潰堤了。」

後來他們躺在草皮上，看銀河潰堤，方安用手枕住後腦勺，心裡思量要如何敘述這段對話的流程，但是他只記得兩個被截斷的概念，一個是深深的親切，另一個是她說，這天上的星點，都是幾十億年前傳送而來的光，他覺得這話有意思的地方在於，人在看那些星光時，並不能判斷它的存在與否，可能光線在進入瞳孔的過程之前，恆星本身已耗盡能量而死亡了，凝結成白矮星，或塌陷為黑洞。劉方安在不慎睡著的過程中說了些話，不過他忘記那是什麼了，而後兩人不再說話，可是那個時候他覺得孤單的是，他身旁躺著的姑娘正想著她的男人呢，她的思緒是一條往回溯游的河，裡頭的魚都想起自己還是卵的時候。

早上深深將劉方安搖醒，兩人走回校舍準備教具。

開課的過程是這樣的，兩個隊員帶一組小學生，一堂課有一種勞作。跟他一起帶學生的是位男隊員，綽號阿偉，此男留著棕色捲髮，配一副粗框玳瑁眼鏡，很瘦。阿偉的話慣例不多，若從口語分析他的對答方式，很有一種中學教師在聯絡簿上批個「閱」字的感覺。他們有一堂課是這樣的，畫圖說故事，也就是通稱的繪本，幾個美術班學生在黑板上畫了這樣的示範圖：

甲、從前從前，有隻兔長老。
乙、兔長老有片蘿蔔田，種一條全村最大的蘿蔔。
丙、有天一位兔旅人向長老要求吃那最大的蘿蔔。
丁、兔長老為了交換外地的見聞，答應了牠的要求。
戊、兔旅人使盡了力氣仍拔不出蘿蔔，長老上前幫忙也沒辦法。
己、後來兔長老號召全村的兔子一起拔蘿蔔，終於成功了。
庚、兔旅人正要把蘿蔔帶走時，長老攔住牠說了句話。
辛、旅人最後決定留在村子料理一鍋超大的蘿蔔湯。
壬、所有兔子都有蘿蔔湯喝，露出開心的笑容。

方安看著黑板心想，多麼天真的故事，在現實裡一定會有兔子挨餓受凍，死於村長家門口的，真是朱門蘿蔔臭，路有凍死兔。下午阿偉偕同方安，去山腳的雜貨店購物，走路時，沉默的阿偉終於說了三個字——好建議——而那句話是針對方安說「我們來談點什麼吧」所說的。回程路上，一輛公車從他們身旁駛過，車輪軋過孔蓋，捲起一些細細的塵埃，那是從夏日積滿灰塵的山林抖落的。山路的遠方分別可以看見兩種風格的住宅，一個是別墅，一個是公墓，相比長年無人使用的別墅，公墓由於有了狗的光顧，從上邊經過時，能聽見一種細微且模糊的吠聲，那聲音隱約讓人感到安心。

就這樣又過了兩天，最後一天的晚飯，是在山腰的合菜餐廳舉辦的，因為校長前來履行視察工作，這視察工作同時提升了伙食的品質，眾人齊聲歡呼。飯後方安先行從餐廳離開，走產業道路回小學，他在斜坡上看見那座接壤操場的森林，像是又跟原先見到的有了些微的不同。在白天，它適合所有好的形容詞，到了晚上，一切都像黑洞般被它自己吸了進去。林木對風向有所反應，紛紛搖起了頭，他叉腰站在路上，覺得那些樹是在對他表示輕蔑。

方安經過小學的教室時，看見深深和一位女學生在不遠處聊天，然而她沒有招呼，兩人只是隔著一段距離揮手，他一邊走著路，一邊在心裡暗自期望，這裡頭有一種無聲的語言，或者她會在自己翻過操場上的鐵柵欄時前來阻止，然而她的視線只是隨著他走上一段距離而已。

他穿過柵欄，踏上了入口的小徑，如果森林從上空俯瞰能看見浪濤，那麼他現在就在海底了。那些樹木起初是稀疏的群體，可以預測接下來的路線，後來就像用了速效生髮劑，變得濃密，他在入口只看見了層次，看不到其中的內涵。樹枝樹葉在風中無章搖晃，他探路的時候差點踩到一隻在道路上的蛇。這逼得方安想起了手機具有手電筒的功能，於是他得到照明，可能諾基亞的廠商很早就評估，它的使用者不是在路上摔它，就是拿進一個都是樹木的地方摔它。走路走到摔跤後，他決定等待眼睛適應這一切才繼續前進。

後來出現一種持續三秒左右的動物吼叫聲，嚇得他趕緊回頭逃跑，但是逃出幾步發現方向錯了，便停下來，此時他不禁想到，如果有一個姑娘跟在身邊就好了，他可以因為看著她害怕，而忘記自己正在害怕，那個時候他會硬著頭皮拉住她說，別怕。他從前到現在一直有兩個願望，一是能夠在原野上無盡頭的鐵軌散步，還想到遠離城市的一個透明的地方，陪伴一個姑娘找她的狗，那會是一片漸層拓開的橘黃色草原，而他們永遠也找不到那隻狗。

他持續往深處邁步十幾分鐘，正尋思怎麼霧氣都不見的當下，霧就出現了，這讓他舉步維艱，就像一棟圖書館的書都失去了索書編號，於是他移步到最附近能見的樹木下休息，直到他看見樹上有隻品種不明的天牛在爬，只能離開，這得歸功於他怕蟲的因素。他不知道自己走了多遠，如果有一個小時，那可能快要三公里，但是在這樣的森林，人不能有太多期望，他覺得自己或許走了整天，而整天走下來的也只有三公里，因為一失去方向，在原地裡進退幾次都是可能的。在霧中，聲音沒有被遮蔽，他可以清楚聽見風的雜質和遊絲，而這個季節是夏天，鳥鳴退去後浮現出蛙鼓聲，這象徵青蛙正在求偶，暗示他不遠處有一條山澗。方安想要知道風是往哪個方向吹的，於是朝手上吐了口唾沫，但是他發覺剛才從地上撐起身時，除了中指以外的手指都沾了泥土，於是他只能高舉中指，感受風的去向，中指告訴他，風往北方去了，你現在只能一路向北。

方安在霧中保持一貫的直線，中途沒有撞上一棵樹，經過很長的一段時間，他總算找到一個能辨識夜色的地方，那是霧的破綻，從這個破綻走出去，他看見自己正站在一個森林的邊緣上，再走過去沒有任何泥土，是懸空的，望下去果然躺著一條溪，腳如果再往前踏一步就跌落山澗了。這驚嚇讓他清醒過來，他站定在那個高處喘氣，不過也因此有了一種狂喜，這個狂喜起因於，他以為他找到了這個森林的盡頭，實情上他可能僅僅繞了個圈。

他決定離開，結果回去的路就遇上了迷途。

迷路催促他加快腳步，腳步一快就不管迷路與否，直到他看見一條斑馬線延伸的山路出現在下方，那棟合菜餐館赫然矗立於眼前，他醒悟自己走上了完全相反的方向，而森林的終點竟是吃飽飯時的起點。他累得抬不動腿，看見路邊有座亮著日光燈的公車站便停下來，決定等公車載他上山。回到男學生宿舍，方安第一個看見阿偉，他邊收拾行李邊問候方安，同學，我還以為你遇上山難了。方安心想，你這傢伙終於說出一句完整的話了，然後閉上眼睛，倒地就睡。

第二天方安睜開眼，看見遊覽車車窗外的陽光，感覺瞳孔有些刺痛，他在回程路途塞上耳機聽音樂，恍然想到，身為高中生最後的暑假正要結束了，而那個過渡期他回到了都市。返家時，桌上擺著兩張手機月租費的催繳單，他發現身上的財產都在出遊中散去了，因而當他想起，應該打電話給什麼人的時候，才察覺諾基亞已經被停機了，現在它完全變成一支具有手電筒功能的鬧鐘。然而就在回到台北的幾個禮拜後，他收到一封深深寄來的掛號信，細問他人才知道，原來是阿偉多管閒事，把他的通訊方式貼在美術班梯隊的聯絡群上。牛皮紙袋裡頭，除了半張素色信箋，還放著一幅色鉛筆畫，是她從菸盒上臨摹下來的。他佇立在桌前，用手指去碰那畫上的人兒，她的筆觸裡彷彿有一種既乾燥又溫暖的光。

他把畫掛在牆上，又覺得有些不妥當，因為那幅畫太小，讓牆壁顯得有些寂寞，只好再收下來，放回牛皮紙袋，這件事費了他好些天的思量。幾天後他去大學報到，在搭捷運時遇上有人跳軌，班車延誤十五分鐘，月台上的人群紛紛喧譁了起來，他看見站務人員抬著擔架要走時，鐵軌上遺落了一雙拖鞋，此人死的時候，拖鞋沒有被帶走，看來是遇見了不能妥協的事，才選擇這種不體面的方式。他打算趁晚上抽空去買一雙拖鞋，只要他妥協了，碰上事情變得容易處理，很多問題也都能大事化小，小事化無。

問題是老刀跟他同校，故人相見，顯得格外親切，而且兩人都讀中文系。在師範體系裡的學生，特別保守，剛開學時大家心中對課業抱持著各種追求，可是當方安詢問同學考試以外的事情時，大家都只追求兩性交往。他想像授課情況是這樣的，教室裡的學生抱一本磚頭書，整天搖頭晃腦，下課時脖子各別朝四個不同的方向歪去。朝前面歪的，是因為對學習認真，誠惶誠恐，不敢直視教授；朝左邊歪的，是因為思想左傾，誠惶誠恐，需要學分穩當；朝右邊歪的，是因為學習時吸收不良，左耳進，右耳出，於是向右傾斜；至於那些朝後歪的，是因為睡著了。雖然很殘忍，不過跟實情相距不遠。

方安常在午後圖書館的自習室醒來，醒來的時候心想，自己讀大學只是順應一個社會趨勢，跟他人的情形是沒有兩樣的，讀書是為了找工作，找工作是為了幫老婆買奶罩，幫小孩買奶粉，都是一個相同的公式，那種心情上的失落，跟台灣秋季只有秋老虎而沒有秋天一樣，心中都是空空虛虛的。期中考過後，台北在年底進入漫長的雨季，圖書館前常有人因為傘被偷走而產生苦惱，網路上出現各種形式的尋傘啟示，然而原本就待在北部的人，已經習慣這種天氣，方安跟老刀除了前往二輪戲院消磨時間，一直在計算他們光顧學生餐廳的次數，他們上課、吃飯、待在河堤抽菸。他們各自找了許多消遣，但是消遣都在消遣他們。

方安有段時間加入校刊社，成員不足五個，迎新時才發現社團快倒了，社長在開過會議後表示，這一期的校刊大概不用印了。問其緣由，得到的答案是，學校沒有經費，然而，同一年裡校地蓋起兩棟新大樓，操場整圈跑道連皮翻新，方安覺得，這工程可能只要撥出伙食費一半的金額，就可以解決社團委靡不振的現況。有次社長在收拾辦公室時語重心長地告訴他：「學弟啊，我們社團被學校威脅很久了，按規矩來講，只要印不出刊物就會祭出處分，能不能撐下去就看你們這一屆了，有件事我一直沒跟你說，那就是校長選舉快到了，這個舊校長的決策跟多數教職員不合，為了爭取支持，肯定你說什麼，他就答應什麼。」

「這種事真的行嗎？」他問。

「你肯定聽過挾校長以令諸侯吧。」社長說。

「好。」方安起身說：「我這就去。」

「不，你別過去。」

「為什麼？」

「你去了不夠親切。」社長搖頭說：「談事情原本是講道理的，但是校長和主任都是高層，女大學生比男學生相對容易引起上級的關愛，所以我們派一個女的過去，更能揭發學校反對發放經費裡潛在的矛盾。」

「好一個美女連環計！」方安擊掌。

「問題是，」社長說：「你覺得我們這裡誰是美女？」
「大概是那個體育系的吧。」
「你說誰，剛入社的嗎？」
「就那個綁馬尾的女生，先前體適能測驗的時候，一分鐘能夠做八十下仰臥起坐，立定跳遠則打破了甲組紀錄，我們打賭她所以會來校刊社，是因為體能過多，消耗不完的緣故。」方安說：「大家都戲稱她體適能姑娘。」
「她要是去了，校長肯定會很高興的。」
體適能姑娘是一個好姑娘，她個性活潑，條件不錯，擁有許多追求者，然而到手的禮物從不經手便退還，起於她理想中的自己，是舊年代那種大家閨秀，她的長眼睫和纖細的體態，都宜於造成一種恬淡的印象，因此在田徑跑道上，經常害對手輕敵。她來自一個公職家庭，父親從事報業工作，母親則在地方小學裡擔任教員，她的父母跟很多家庭一樣，從小送她到才藝班去學習樂器，一方面是為了親戚來訪時能有個背景音樂，二方面是，當她練琴時，家中轉為安靜，她父親能夠少聽她母親的碎念，可說是將古典樂的陶冶性情發揮至淋漓盡致。
體適能姑娘剛經歷過一場失敗的戀情，因此邀約不斷，大家一直勸她，感情的事要拿得起放得下，她於是擦乾眼淚，把原本拎在手中的男方放到了地上，結果有好一陣子她身邊的蒼蠅都不敢亂飛。方安透過社員資料將體適能姑娘找來後，三人商議一番，社長認為社團可終於有救了，興奮地擊掌稱許。只是他們這種讚嘆的擊掌，很快就變成了扼腕的擊掌，那年舊校長遴選失利，辦公室換了主人，導致最後還是沒能出刊，那一箱原本預計要付印的稿件，最後都成了廢紙，社團成員一邊大笑、一邊在河堤上把辛苦經營的稿紙都燒了，方安在燒完兩個紙箱後，感到徹底失望，便退出了社團。

這件事造成方安長時期的鬱悶，只好找些事情來轉移注意，他回家後把深深送的畫從信封袋抽出來，反覆看了幾遍，決定提筆寫封信作為答謝。他透過網路聯絡上小有交情的阿偉，相約在和平東路上的一家咖啡廳吃飯，順便向他詢問深深大學後住宿的地址，得到的答案是，她沒有待在台北念書，而是前往東部學西畫去了。然而平時沉默寡言的阿偉卻告訴他：「你想寫信是可以的，只是我看你對她雖然有些意思，怎麼寫也很難寫到心坎上的。」

「我不是那個意思。」方安解釋。

「在那些女生眼裡看來是這樣的。」阿偉說。

「那你是怎麼看的？」

「你知道深深交過男友吧？」

「我知道，已經聽說了。」

「他死了。」

「什麼？」

「那個男的叫阿星，是我介紹他們認識的。」

「喂，」方安問：「你確定這個能告訴我嗎？」

「這種事情私下講沒有大礙。」阿偉想了很久才接話：「這種死不是你們中文系寫文章總要緬懷幾個死人那樣，不太能放到書面上去說，所以，你不要對我突然多嘴存有芥蒂，我不是在開玩笑，真的。」

「我能明白。」方安點頭。

「阿星這傢伙是遇上山難才走的。」阿偉說．「他比我們大上三歲，在板橋那間藝術大學讀影像設計，來協助我們辦過學生畫展，他自已喜歡風景攝影，所以固定參加一間登山俱樂部的活動，原本這些都沒什麼，有次他們上山就出事了。那座山的位置我就不多說了，總之是有管制的地方。」

「他們是碰上颱風嗎？」

「不是，那太蠢了。」

「不過這樣講好了。」阿偉嘆口氣說：「你知道登山隊雖然也有年輕人，但成員還是以中老年人居多，所以青壯年有些在前頭開路，有的走在後頭。可是阿星的死，確實是有點可笑，他的問題在於那天剛下了場雨，山徑窒礙難行，而前面的隊友走太慢了，他雖然注意到路況，卻踩到道路邊緣的軟泥，被沉重的裝備給拖下山去，然後就出事了。」

「他怎麼一聲不吭呢？」方安問。

「其實他還是有吭聲的。」阿偉解釋：「只是走前面的登山隊員年紀大，沒注意到有人不見了，後來搜救小組的人員搭著直升機去找人，找上好一陣子，才在山澗幾十公尺下方的岩石夾縫發現他的身體，那時候已經入夜了，我們跟隨無線電的指示過去時，都別過頭不敢看他，只記得那天天上的星星亮得嚇人，可能因為晚上風勢變大，霧氣都散去的緣故吧，他的死法很美呢。」

「死人躺著觀星啊。」

「那是一年多以前的事了。」

「我們還是高中二年級的時候？」

「對。」阿偉說：「所以那個，怎麼講，那時候真的好寂寞啊，葬禮舉辦的時候算是家祭，出席的只有家屬和深深而已，你看她現在已經平靜點了吧，上山的幾天裡一直待在操場抽菸，可是我們這些人呢，都不敢去找她說話，阿星剛走的一陣子也是喔，只有時間會治癒人的這件事是真的，因此有時候我會想，我所以把這些事惦記在心裡，是因為對阿星的死有恐懼，害怕自己哪天遇上意外，最親近我的人如果被治癒，也就把我給淡忘了。」

「我這樣想肯定很自私吧。」阿偉說。

「其實我跟你想的是一樣的。」方安說。

「謝謝。」

方安發覺寫信的時光是會把人吸進去的，他從課堂上寫到中午，覺得不妥當便又撕去重寫，寫了很久後感嘆自己能想到的著實不多，最後只能敘述自己的近況，然後感謝她的畫，用這種感謝來詮釋自己的問候，可是當他一想到阿星的事情，心裡的反芻就叫他難受，他感覺那在心象的素描裡會是一片虛擬的雪點，如同黑白電影的冬天荒原中漸格落下的雪，然後將他埋沒，他害怕信是寫在那雪原上的，最後隨著時序的轉移而融化。他寫了三天，結果只完成一張，又拖了一個禮拜才草草寄出，誰知過了不久，便收到回音，這種書信來往的開展，連帶影響了他的心情，致使他的期末考試並不理想。在他拿回考卷以前，原本還期盼成績會是超現實的，沒想到分數非常寫實，他告訴老刀，這學期只是試用期，明年我會踏實點的，至少考試時應付一下教授。

然而冬天轉冷的時節，劉方安交了個女友。

此女不是別人，而是跟他待同一個社團的體適能姑娘。某天晚上方安接到她的電話，說是剛從台中的高鐵出站，正打算招計程車回家，話筒裡他一直聽見夜間駛過的車聲。體適能姑娘說到一半，突然嚎啕大哭，說她其實也想符合父母的期待，也想跟某某好好相處，然而原本待在身邊的人都要離她而去，這對話一直從她的國小開始說起，又添入許多插敘。當他們的對話進入了第五個小時，也就是凌晨四點多的時候，劉方安終於闔上眼，直接倒地。他們莫名其妙走到一塊，讓眾人跌破各種款式的眼鏡，因為男的如此平凡，而女的炙手可熱，於是女學生之間的八卦都用「他憑什麼」作開頭。方安在心底起了許多思量，然而那些思想說成白話都有些可笑，他認為他只是招架不住姑娘家的眼淚罷了，更何況，自己還惦記給深深寫信呢，那種原本的心意就不知要放到何處去了。

可是就在學期快要結束的時間點，他再次收到深深的來信，而信的開頭是這樣的：「抱歉，這封信又拖延了一段時間，不過畢竟是我自己起頭的。能收到你的問候，我的心其實是很愉快的。這陣子獨自在花蓮南濱的海邊散步，我時常猜想，你大概會把那幅畫藏起來，收到櫃子底下養灰塵吧，為此我曾經感到有些後悔。上個月中，我用手機連絡過你，但那號碼是個空號，是抄錯號碼了嗎？我正在忙碌於搬家的事，或許是我想頭腦發昏，想太多了。」

她在信末註記一個日期，說是二月過後，將從學校宿舍遷入外頭的套房，冬天大概是不能回到台北了，如果方安願意搭火車去花蓮找她，那陣子她是可以保留下來的。方安看著信，心想自己應該找機會去電信公司復機的，他那支諾基亞手機，已經很久沒有和人通訊過了。收到這封信時，方安的心情變得更為矛盾，後來他在學餐用飯，老刀拍拍他的肩膀說，哥們，我沒想過你如此有前途，我們心裡原本都裝著無主招領的愛情，只是你現在變成了一個主子，不過呢，這畢竟是你的私事，在你思想裡折騰你的，到外人的嘴裡，都會變成滑稽的話柄。可是如果你想通透點，給這世界磨得頑鈍些，願意用心栽培，那麼這些事呢，就會變成真正溫暖你的東西，所以說，我不能給你意見的。

直到有天晚上，體適能姑娘在一場音樂會上扔下方安自己走掉了。方安發現，從中正紀念堂追出來，繞了白色圍牆兩圈才發現自己確實糊塗，弄不清楚心底是著急呢，還是生氣，於是急忙又奔回廣場，然而他走上階梯，抬起頭來便看到，她一直在那等著。這故事經人們廣為流傳，最後可以整理出三種以上不同的版本，方安的意思是，我要宰了那些說故事的，然而那些說故事的一個都沒被抓到，他只有安下心來和體適能姑娘相處。當然，最能確立來龍去脈的還是方安自己，針對這個他發表了一些感想。

「她是體育系的。」

「我知道，大家都叫她體適能姑娘。」老刀說。

「我去你的。」方安說：「你聽到的是什麼版本？」

「你別生氣，依我看啊，她很顧你面子。」

「什麼意思？」

「這樣說吧。」老刀說：「你追了兩圈才看見人家，體適能姑娘待在那臉不紅氣不喘的，不是根本沒動過，人家那是早就繞中正紀念堂跑完兩圈，還臉不紅氣不喘的等你出現，因為她確信你會找到她。」

「喂，照你這樣說，我豈不是更沒面子嗎？」方安對此表示。

「你看你追不上她，還不是追到她了。」

劉方安躲回他的房間，又繼續提筆寫信，因為其實連他自己也不知道，這些信最後寄到深深手上時，他和她心中所存在的感覺會是如何不同的兩造。那年冬天來了第二波寒流，方安有一科扣考，兩科不及格，而老刀則全數通過，方安止不住好奇地問，你是怎麼搞成這樣的？他聳聳肩說，我這只是接受現實罷了。到了那天放學，老刀因為工作的緣故，先跟方安告別，信步走去巷弄裡的小公園吸菸，結果意外捲入兩派流氓的鬥毆，被剛好在附近巡邏的員警帶回警局偵訊。接到電話通知後，方安帶體適能姑娘去看他，發現他有三處瘀青，嘴唇破皮，方安遞衛生紙給他，老刀說，甭了，你看，我還上著手銬呢。方安正要再說點什麼，老刀卻嘆道，怎麼有人能夠連續兩次在公園抽菸被抓進警局的？兩個小時後，他們從警局走出來，老刀找到一台機車當椅子坐，摸出打火機抽了根菸，伸手將剩半包的菸盒揉成一團，朝遠處扔掉。

那個晚上方安一直觀察城市邊緣的夜色，遠山模模糊糊，彷彿有霧，他向站在身旁的體適能姑娘說起自己闖進森林時想起的兩個願望，儘管她聽得不明不白。可是方安暗自在想，就算真的那樣也無所謂了，他曾有過許多願望，然而那些願望最後都落空。在他跟老刀一樣，被這個世界揍成鼻青臉腫以前，他所追尋的，從來不曾出現過，可是如果真有那樣一天，他會拿滿腦子的理想去撞一堵現實的牆，上路去尋找那個已經出現的。

這樣的日子過了不久，劉方安開始收拾行囊，穿上他顯得有些骯髒的布鞋，搭捷運到台北車站買一張前往花東的山線車票。他站在月台上，看見藍色的區間車離他急駛而去，時間是下午三點整，月台廣播告訴他，再過十分鐘列車就要進站了，他在迷途裡希望火車能夠帶他走，帶他離開這不屬於他的地方，就像他在那座山上，因為大霧而迷路，最後靠著風向找到正確的路一樣。方安從背包裡抽出深深送他的牛皮紙袋，信封已經有些磨損而出現了皺褶，這皺褶似乎在告訴他，從這裡出發之後，每一座車站都是相同的鬆垮。他不知道自己是否該搭上火車，坐在綠皮革的客座上，看那些窗外疏淡的風景。然而，他所苦惱的這一切，他心中的這些思想，那位體適能姑娘是不會曉得的，在方安還被一座看不見的森林給困住的同時，她的思緒與牽念，跟兩年前那位死在山澗裡的阿星眼中看見的夜晚一樣，同是片繁星燦爛的天空。

然後，火車就進站了。

（中央大學「金筆獎」首獎作品）

得獎感言

這篇小說是先有片段後有全部的，不是想到某個故事才催動它的孕育，它只是一雙怪孤伶的腳，在那裡走啊走的，然後忽然想起自己應該要有身體和雙手、要有頭顱，於是我寫完它。文中專寫十幾歲代結束時發生的事，雖是少作，能得獎當然甚好，這裡面儘管有我素來痛恨的文藝腔，不過經過許多年再回頭看，文章寫得還是挺好笑的，希望它能為別人帶來一些我沒想到的療癒效果。

李牧耘

台北人，現就讀中央大學中文系。以後的夢想是帶著喜歡的姑娘躲去鄉村開間書店，賣書，養幾隻小雞，種一些蘿蔔，就這樣了此一生，好像不錯。這篇小說是我二十歲寫的，往後只會出現更好的作品，那是我為數不多的願望。

優等

認眞計畫

吳金龍

上午九點半，你準備了淡藍色沒有香味的信紙，一隻稍粗的黑筆正要寫信。你寫了兩個字便放下，寫作對你而言不是困難的事，但挑字是。你終於決定要前進了，雖然不知道這決定是不是好的，但你決定了。

你想起那一條有著黑白斑點，後腿瘸著走路的狗一直對你懷有敵意。你在心中暗暗地想，有沒有方法能夠接近牠，比如拿些狗食，緩慢地放在牠的眼前，從牠的鼻息裡覺得可以摸牠了，就能伸手摸摸牠的頭，牠便對你晃動尾巴。可是你從來沒有成功過。你想，為什麼？為什麼牠不喜歡我的手。

於是你規劃一連串的方式，如同撰寫一份劇本。首先一個禮拜內要有七天經過狗兒的家門口，偶爾蹲下來跟狗玩，讓牠記住你移動的氣味。為此你找了一些資料，與狗相處的一百種方法，第一種方法：不要直視牠的眼睛。所以你從來沒有正眼看過牠，但就算用偏斜的餘光，行經那黑白的狗兒面前，你震驚地發現牠從未抬頭看你，只是自顧睡覺，因此只能嘗試第二種方法：不要直視牠的眼睛，但引起牠的注意，不過就算你拿了一百個麵包還是沒辦法吸引牠，也許牠根本不喜歡麵包。

〈後來的情人〉

男孩給了蒼蒼一張明信片，那張明信片上寫著「不管彼此是誰，認不認識，只要有所連結！就互相擊拳吧！」他們便是擊拳而識，在一座靠海小鎮裡的旅程中。蒼蒼乘坐一班最早的火車，沿著單軌來到小鎮，他走上天橋看著單軌火車直往不知名的方向，可是就是一條沒有彎曲的直線，爲此他卻感到心安，他的世界彷彿沉靜在初現的日光裡隱隱反射光芒。

男孩出現時騎著單車，但不該說是男孩，他們都已經是男人了。

在小鎮裡的背包民宿裡，幾許人都在等待黎明到來，迎接第一道曙光在東海岸的藍色海面上。蒼蒼背著青藍色的背包，身懷著單薄衣服，準備迎向新年那顆高壓籠罩冷天裡的日陽。灰濛的雲層看得出一點天藍的背景，雲層在日出之前可能會散開。而在日出之前他抖瑟身體感到難受，忍不住到民宿裡要了一杯熱茶，並等待著第一道曙光在六點三十六分來到。時間緩慢而過，如同民宿家貓懶身而起。男孩走下樓來，牽走自己的腳踏車就離開民宿前行。他看了男孩一眼。民宿老闆娘好意問男孩需不需要喝些什麼再上路，男孩應答有什麼可以喝。

「只有綠茶。」蒼蒼順著話語轉承而上。

「謝謝。那不用了。」男孩沒有喝茶便走去門口，騎車上路。

蒼蒼一直想像著這樣的場景可能會發生，雖然這對他來說是煽情的，可是他心裡總是隱隱這麼希望著。而男孩離開有那麼一刻，他覺得男孩像極了他曾經的情人，他兒時的情人，只是一個側臉，一個轉身而顯的背影。也因此他深深記住這個男孩。

那道曙光終於從昏灰的雲層裡探出，此時男孩已經上路了。蒼蒼一直這麼掛念著。

老闆娘隨口提了一句：「他一個人騎腳踏車環島，滿厲害的。」

蒼蒼心想：一個人的環島嗎？我也是一個人啊，雖然是坐火車來的。

「一個人，那他要去哪？」

「部落吧，好像在台十一上的哪個不知道的，大港口吧。」

蒼蒼曾經沿著台十一線海路騎機車抵達大港口，只爲了原住民的豐年祭，以及未知旅程裡可能會遇到的人。他常有一種幻想，相信在未知的地方會遇到一個人，能夠解釋他的過去，以及陪他走到未來。但他從未知道如何解釋過去的一件事情。可能因爲他還年輕吧。

你心想或許應該要換個方式，比如直接來個久別重逢，遇上那戶人家的女孩，問她還記不記得你，接著也許你們就會有很好的發展。首先，你可以先跟女孩聊關於小時候傳情書的事情——你們喜歡把情書塞在對方家門口的信箱裡，那信箱從來沒用過，因為這區的郵差每次都把信直接拋在家裡面——當然，小時候的你根本不知道什麼叫作情書，只是呆呆地寫吃飽了沒，今天做了什麼而已。然後你們才可以聊到這種寫法很無知，跟國小寫日記混作業一樣，以此接上對方的國小、國中、高中，還有交男朋友的問題。你心想這或許是個好方法，可是，那女孩太少回家了，該怎麼遇上就變成了你另外一個苦惱的問題了。

而且，女孩對你來說，是個重要也不重要的存在，你曾經想著是否要以女孩為題寫一篇文章，因為女孩，你的人生起了很大的變化，以至於你到現在都還會想起他，想起以前在他家躲貓貓，在他家被蟑螂驚嚇而打翻孤挺花盆的那些細節。

可你想起為什麼要管女孩，自己不正在寫信嗎？

蒼蒼已錯過目視曙光閃現的那個當下，像是時間裡走過的刻度無法往回流動。他心想人生也是這樣。蒼蒼昨天搭乘最早的火車，轉上客運來到靠海的小鎮，停留一晚些許入眠，現在，他又要搭上最早的客運轉乘火車，回到他在另一個小鎮的住處。他在這個靠海的小鎮遇上了一個沒有姓名的男孩，而他現在要回到靠山的小鎮了。

在一個人談不上是孤獨的旅程裡，蒼蒼總是幻想自己是孤獨的。他總是想究竟過去是怎麼一回事，爲何會走在這條路上？他已經離家多年，而且是被趕出家門的。火車剛經過縱谷裡的大站，遊客上車便站滿走道，他靜靜審看這些來去走闖的人，有些是遊客，有些是工作的人、家庭旅遊……各種類型都聚集在這班火車中，窗外的風景比他眨眼的速度還快，他聽見人們說話的語詞比他一天想說的話還要多，車就這麼轟轟鬧鬧的。也許他該跟隔壁的人借衛生紙，身上連一張衛生紙都沒有，他想到這樣的密閉空間裡，如果等一下想要上洗手間又沒有衛生紙是多麼尷尬的事。這個問題讓他分神。等火車抵達另一個大站，一批人下車了，又一批人上車了。

他的母親不願意讓他回家，而且看過他寫的小說。小說裡，他把自己與兒時情人的故事鉅細靡遺地用「第一人稱」寫成小說，取名〈兒時的情人〉而且投稿而出，沒有得獎。在評審會議上，他聽到委員們說那篇小說寫得太露骨直白了，而且沒辦法解釋爲什麼主角被侵犯還要如此眷戀那個情人。就連他自己的同學朋友對於那篇小說也避之唯恐不及。蒼蒼一點也不在乎，彷佛自己已經完成了某種任務，挖出能夠藏話的一條無止境的暗穴。

蒼蒼刻意將作品按在桌前書堆的最上層，並期待被看見，或乾脆不被看見當成垃圾丟了。他總是想，究竟自己的人生發生什麼樣的問題，而自己迫於思考這些事情。後來他離家念書，來到小鎮，過沒多久，母親要他別回家了。這下可好，他本來就不太想要留在家中，或者說，蒼蒼每次留在家中，就會想起很多事情。尤其是對於父母的種種内疚。而他相信小說被看見了。小說寫得非常貼近，像夏日被浪打濕的白色襯衫，露骨的言詞與過於熟悉的場景讓一篇小說不成爲小說，他的家人認爲那根本就是自白，那也是蒼蒼選擇用第一人稱來宣示自己的身分，縱使他深深明白虛構與眞實之間的界線。在他陷入癲狂的那段時間，沒日夜地閱讀大量理論之後，想起自己人生被建構而起，他心想爲什麼不能夠把自己的事情寫出來，那樣的過去讓自己陷入情感糾結的狀態之中——他深深懷疑，自己是願意的，就這麼是願意的——讓他青梅竹馬的父親，他的兒時情人，深深地侵犯他。

他卻是快樂的。

你打算寫信給男人。

一想起家裡攤位前的油耗味，就會想起市場街裡，正在凋零的老父母親。這條街的小孩大部分都長大了，每個人開始不同的人生，聽說有些人結婚了，但你沒有收到帖子，也許他們不記得你，也許你不是他們人生中一個重要的角色。每個人都應該有自己的位置，你是這麼想的。曾經你的母親問過你有沒有認識朋友，你說每個人都有朋友；你的母親在你更大一些時，問你有沒有認識女生，你說整個班幾乎都是女生；等到你已經大到不能到大的時候，你的母親問你，有沒有女朋友。從此你知道生命中的重要話題已經爲你安妥，也深知一輩子無法穩當地過渡一生，你只是隨口應諾，沒有，找不到，沒有適合的……

母親總是要你回家，說家裡很忙，人手不夠。回到家總是有一桌豐富的等著你，臨走前母親會塞一些錢到你的口袋。你已經開始意識到生命已經走向另外一個區段，當你歸返家中看見那老父母親拱著彎背，在家前擺攤做生意，便暗自希望早點賺錢買房，母親說倒也不用，反正你還小，再過幾年再說吧。於是你又苟且了一點，離開了家，到另外一個地方，過與市場街無關的生活。

時間已經過去半個鐘頭，如果你再不動筆，你明白將錯過一個關鍵的時間。為此你可能會後悔幾個日子。

寫信給男人是一件重要的事情，比接近狗接近女孩都來得重要，這男人悄悄改變你的一生，在你還沒有意識到生命是流動的之前。你拿起筆來，決定先寫給男人問他之前的事，還有要不要——

回到靠山的小鎮當晚，蒼蒼正沿著路燈羅列的藍光道路行走，思考著新的一年該如何被假意的期盼，只有在假意的精神狀態裡，似乎才是活著的人，如同把自己架空在遙遠的彼端，用望遠鏡看著鏡中的人影移動身軀，成爲一個冷靜旁觀世界的人。蒼蒼也常常用這樣的態度思考自己的人生，他已經很少有機會讓自己受到衝擊，認爲什麼事情都是可能的，什麼事情都是被創造的，包含自己被他人認爲的那樣形象。

「唔……」蒼蒼再次遇上那個男孩，在他居仹的小鎮裡。

「請問附近有民宿嗎？」男孩一腳踩在單車卜，顯得漫不經心地問著。

「你看起來很累。」蒼蒼不理男孩的問題。

「對，你知道這附近有民宿嗎？」

他不知道該怎麼回答那個男孩，這附近確實有民宿，但他想要問男孩要不要到他家暫借一晚。這已經不是他第一次有這樣的衝動面對未知的陌生人，但他不知道是怎麼學會的。他總在這些男人或男孩的身上嗅到一些氣味，類似自己或是兒時情人的，這誘發他打從心裡無法克制的慾望，想要脫口而出：就來我這吧，一個晚上就好。

「有，很貴。」蒼蒼語帶保留地說了。

「話說你，早上是不是有在東海岸？」男孩認出了蒼蒼。

但蒼蒼以爲男孩早就認出他了。他遲疑一下，心想原來自己沒有同等地被牢記：「喔……對，那你還要去民宿嗎？」

「有更便宜的地方嗎？」男孩看著他。

蒼蒼心想這時候該怎麼回答他，就回答他吧，按照自己的想法：「我家。」

男孩露出驚恐的表情，卻又立刻收斂起來，但在那短短的時間裡，蒼蒼懷疑男孩透露出的是不屑。

蒼蒼緊接著解釋：「我的意思是，我家很空，而且只有我住，你也不用給我錢，只是要睡客廳而已。」

小鎮晚上八點之後家户燈滅，在路旁的芒草堆裡滿是小蟲的鳴唱，比他們談話的聲音還要大了，蒼蒼不知道男孩心裡在想什麼，心裡顯得相當緊張。

蒼蒼心想這應該可以說服男孩：「這裡是找不到其他地方了。民宿在更遠的地方。」又多嘴說上一句：「而且，你這麼早走，怎麼騎這麼晚才騎到鎮上。」

「你，有注意到我走了喔？」男孩這下露出驚奇而害羞的表情。

蒼蒼這一刻終於沒辦法再忍受自己的情感，這種在異鄉偶遇的情境，他曾經心裡想著，也許某天會有一個自己多看一眼的人，哪怕是說上一句話，就算是一個眼神也會讓自己融化，像熱刀劃過的奶油，山雨過後的石崩。

這天就這麼恰巧地來到。

而男孩說好。

你將寫好的信摺好，放在抽屜的小角落，用日記本壓著它。並拿出藏在燈座底部的一把小鑰匙，泛金色的黃銅鑰匙，輕輕地旋上抽屜的鎖，再將鑰匙放回燈座下，彷彿完成什麼儀式般閉上雙眼，嘆了兩秒鐘的氣。你想起昨夜裡，還沒有寫完的那篇小說，它正躺在桌角，取名〈後來的情人〉，小說正安靜如現在處於桌前的你，靜靜流轉著故事，你決定用「第三人稱」，如同那不是你的事情，但你心裡是真的想過這不是你的事情，或者你的世界有很多個你在說話著，並且都擁有不同的意義。你忽然想起應該先寫一封信給自己，於是你抽出一張信紙，在紙角簽上自己的名字，在信紙上邊寫上給自己，在中間寫著：一切都過去了。

蒼蒼與男孩並肩而睡。

男孩說自己曾在一個部落教書，蒼蒼也曾在那個部落課輔小孩，於是他們生命突如其來地有所共鳴，就像被安排好的一樣。人與人之間也許都會有最少一個共通點能夠連結，只是有沒有恰如其分地串接而已。他們聊起部落裡秋天的稻浪浮移間的摩擦聲。他們就像是那樣的摩擦聲。部落裡還有很老的老師，說日語的耆老，還有一個得人疼的小男生。男孩說那個小男生跟家人搬走了。蒼蒼問爲什麼？男孩直視蒼蒼的眼睛，堅肯眼神彷彿看穿蒼蒼靈魂摺疊的層次。

「被學校老師侵害了。學校通報後，他們一家就搬走了。」

蒼蒼忽然有點害怕，在他成長的這些日子裡，他最害怕的就是聽聞這種消息，往往讓他想起自己的過去，他曾在報紙讀過：十歲男孩慘遭叔父魔爪，爲此令他毛骨悚然，卻又不自覺地把新聞稿看過一遍，再看一遍，然後躲到房間裡面輕緩地念出字句。
但他也曾經因這些字句感到莫名的興奮。
蒼蒼看著男孩的眼神，彷彿男孩的眼神讀出他靈魂的邊界。
「是喔。」蒼蒼淡淡地回應。
當晚他們並肩而睡。聊部落的事情，聊自己的生平，還有念的學校。夜愈發暗，蟲聲愈是從窗外灌入，伴隨涼意。黑暗中，蒼蒼一直讀自己的唇，從心裡緩緩吐出的唇語。而男孩似乎已經睡去。蒼蒼下意識地喊了男孩的名字。那是男孩在睡前的自我介紹。
「幹嘛？」男孩依名回應。蒼蒼不自覺地伸出拳頭，敲擊男孩的臂膀。一下、兩下、三下。
而男孩最後握住了蒼蒼的手。

中午十二點，你打算穿越人群來到他的面前，讓他嚇一跳。你一直以來都是用這樣的方法經過他的眼前，但是你從來沒有正眼看過他，也許是緊張、害怕，或是不敢面對男人的眼神。你此刻下定決心走向男人，直視他的雙眼，彷彿審問一般，企圖從他未談吐的唇中攫取他掩蓋的實話。可是你失敗了。在遇到男人之前，你遇到從市場買菜而回的母親。乘興而至、敗興而歸可謂你的寫照。母親領你回到家中，要脅說要吃飯了你還要去哪。但你看見男人看見你了，在母親的背後。你乖乖當個好兒子隨同母親回家，暗自想著那男人看見你也好，等到下午，就把那封信給男人吧。
母親問你還記不記得那青梅竹馬的女孩，說起剛剛她家人關心你畢業了沒有，去哪工作了。你無以回應，心想問這麼多有什麼意思嗎？母親提起小時候你與女孩，你們常常在家裡的信箱寫些無聊的玩意兒，你驚恐地說媽你怎麼會知道，母親見你驚訝反而放聲大笑，說以前跟你爸常常會偷看，看完再放回去而已。而且女孩的爸爸媽媽也知道這件事情，他們常常交換心得。

這下可好了，你感到恐慌，原來一直以來自覺是祕密的事情早就被知道了，懷疑自己在家裡是不是也沒有祕密了，甚至開始害怕父母親偷翻自己的東西，一時之間彷彿裸身讓全天下看見。於此你飯後倉皇走出家門。你看見隔壁賣茶葉蛋的阿婆用親切的眼神看著你，但你再也不覺得親切，你覺得她一定知道什麼事情。而市場裡賣菜的阿伯，從小看著你出入那女孩的家，你覺得阿伯一定暗懷鬼想。每一步的每一戶裡，他們都認識你，都與你打招呼，就像你過去跟他們相應玩樂一樣，但你內心恐懼的不只是這件微恙小事，而是整條街是不是沒有祕密了。你開始在意每一個人腦子裡的想法。

你走得特別小心，等巷弄裡的人們都半掩著門午休了，緩緩地往目的地前進。午後二點了，這樣的一個關鍵時間。你算準時間走到男人的家門外，而他的妻子正準備駕車出外做生意。你閃到巷裡偏狹一角，聞到了發霉麵團的味道，就像熱鍋子乾燥過度的麵粉一樣，你心想這條市場街的氣味，一直以來都沒有太大改變，老人家沒辦法做了就傳給小孩，不斷地延續下去。

那戶人家的狗正挨著牆壁走來，牠看見你，你反而不知所措了。但牠貌似親切地走向你，並聞聞你腳邊的氣味，你試探地摸摸牠的頭，卻意外地碰到牠蓬鬆的髮毛，你慶幸是否進一步接近這隻狗了。而狗看見熟悉的車子即將駛離，頭也不回地奔向女主人的所在。你悵然若失。

男孩爲了他，多留了一晚。

你正賭注，而你也明白這件事情。

你看了女主人駕車離開後十分鐘，準備走向他的家門，可你忘記帶上那封信函。你假意路過那戶人家，沒見到男人。你走進便利商店買了氣泡飲料，出了門口又回頭買了口香糖，沒買咖啡在窗邊坐了五分鐘。最後決定直接以口詢問。

這於你而言是多大的勇氣，而你積累了這勇氣已經十幾年了。每一次的前進你都聞到市場裡的氣味，你想起這市場是家裡賴以為生的事業，也是很多戶人家依存的所在。這裡雜和著不同的氣味，食物腐敗的味道在你聞來卻是新鮮的朽壞氣息，是另一種生命轉換的型態。

兩年前，你在年夜前來到女孩的家裡，見了她的父親，問他為何小時候要對你做那些事情，他笑著說那些只是遊戲，不要放在心裡。而後他憨笑地問你，現在還想要嘗試嗎？

這句話你一直記在心上，無法放下你這位心目中的兒時情人。女孩根本一點都不重要，但你多次以她作為對話的橋梁，詢問這位女孩父親——你兒時的情人——最近好嗎？而男人也是時不時提起他女兒的近況，恍如你們曾經真的是一對小情人，而你正在與岳父說話而已。

而後你寫下一篇「第三人稱」的小說，名為〈兒時的情人〉，投稿而出，公布出來，這於你意義重大，正如你直視自己的過往，而且開誠布公地說出真相——你與你的兒時情人，那一段不為人知的祕密關係。可事情不只是這樣的，你心裡明白得很，你慣用第三人稱來寫所有跟你有關的事情時，讓故事裡的角色自述夢魘，你畫出一道界線分割你的世界之外，如同隔著毛玻璃靜觀角色的生死。

這計畫你已經想了許多年，打自男人領你到他家中後，你就開始構思這長期計畫。你常常回家，每次回家都會經過這戶人家門口，試著能夠多了解一些自己從未了解的事情，縱使你也不知道那是什麼事情，再把各種想法寫在紙上後，放進抽屜幽微的底層，旋上鑰匙。

當男人向你舉起他成熟男性的性徵時，你生澀的表情透露出的是趣味，你未曾有的經驗，你心裡非常明白這件事情，直至你長大以後，永遠沒有忘記那只舉起的物體，擔任你成長過程中，每每慾望流動時用以自瀆的一樣媒介。男人對其他仍生活在市場街的人而言，是個良好鄰居，但對你而言，卻是你第一次對性的悸動，那年的你才十歲，什麼都不懂，什麼都好玩。直至你終於明白這個世界有其他的說法來解釋這件事情，你卻早已深陷不已。

那只稀鬆平常的人類器官，已經成為你人生的一塊拼圖。

隨著時間流轉，那只物體在你心中已經模糊，但你對兒時情人的眷戀卻一直都在，永遠沒放下的一段遭遇，乃至於你不斷經過他的家門，假意偶遇。直至如今，你決定試試看，當初那男人問你還想要嘗試嗎，是否為真。

車過水流幾希的溪谷，一路上沒有什麼人車行動。蒼蒼駕著機車帶男孩進入山裡，感覺男孩在背後微小的勃起。蒼蒼頑皮地刻意往後躺仰，笑鬧地問：精神很好啊。男孩不說話，只是傻笑。

昨晚男孩握住了蒼蒼的手，兩人徹夜未眠。男孩輕輕地滑過他的手、手指，以及每一隻手指的關節，用指腹輕輕地觸碰著他稜角的指骨，像一只幽靈蜘蛛輕晃地移動在飄盪的浮網之上。最後蒼蒼受不了男孩的戲弄，握緊了男孩的手。期間兩人漸次地去上廁所。漫長的夜彼此沒有說話。當男孩將手放置在蒼蒼的大腿上時，他本能地擋住了男孩的手。蒼蒼有顧忌，是這個世界只有自己知道的顧忌。可當蒼蒼回敬於男孩的大腿時，男孩卻將他的手引向了另外一處。

他終於知道除了兒時情人以外的男人，是什麼樣子的。

你動身走向男人的家門外，輕微地打了招呼。男人問你現在好嗎，在哪裡工作了。你說正在念書，接著又問起女孩現在如何？男人說女兒現在在外地工作，常常不在家。你問他平常下午都忙到幾點，縱使你早已知道現在已經是他的休息時間。男人說要休息了，老婆出去了，又提起家裡還有小女兒在。你心想小女兒，大概就是自己從未看過的另一個女兒吧。你聽見男人家裡還有人，變得些微不安，可男人卻問你要不要進來坐坐，又不斷說家裡還有人。你心想男人到底想怎樣，是要挑釁你的忍耐，還是其實男人也有慾望的獸不斷勃發著。而你心裡似乎也有按捺不住的情緒，如同深藏於身沒有刀鞘的尖物，離手或是刺傷自己。

你問男人：在我與你的關係之後，你還有其他人嗎？你想起當年這市場也有非常多戶人家的小孩，是不是都有同樣的遭遇？

男人說：沒有。

男人不說話退後一點，而你已身在男人的家中。而那黑白斑點的狗不斷地對你吠叫，不知道你是誰。男人斥喝著，安靜！狗兒便安靜繞走你的身邊，嗅聞你的氣味，你反而緊張地立正站好。男人笑了。一如過去的記憶，男人領著你到後面的廚房中，你緊張地開始記起屋間裡的物品，一輛轎車，兩台冰櫃，還有四雙拖鞋，跟過去沒有太大的改變。你跟男人獨處在一扇門裡，在那扇門外是你熟悉存在腦中的市場街地圖，而你正在重繪兒時記憶裡的種種細節，你低下頭已經不知所措。男人捲起上衣便問你：你想要怎麼玩。你安靜了。整個世界都為你沉寂，你慌張地看了旁邊的廁所，指著那邊。

你面對著一個超過五十的男人了。與十幾年前的你與男人，都是不同的身體了。過去的你讓男人領著你的手，當時的你什麼都不明白，就像是玩笑一般跟男人打鬧。那些兩腳類牲畜的童語疊字詞彙，用以解釋器官的別名，也是當時男人的用語。可你眼前的男人現在不解釋了，而你也已經懂了。男人卻沒有降低音量說話，如果這時候男人的家人聽見他在說話，就會發現廁所裡面的另一段感情。為此你緊張地伸出左手想要制止男人大聲說話，卻又感覺沒有什麼立場而放下。男人問你，你有跟別人玩過嗎——

而你自覺被打入無法復生的窠臼之中。

第二個晚上，蒼蒼與男孩在地板上翻滾，男孩靜靜地用臉貼近他的臉，不是直接吻上，而以鼻子摩擦鼻子。蒼蒼從未被這麼對待過，他第一個男人，也就是他兒時的情人，曾經粗暴不明就裡地親吻他。

男孩吻了蒼蒼。他覺得男孩的唇很輕很柔，像第一次觸碰到兒時情人領他觸碰的柔軟袋狀物體。蒼蒼的情感潰堤，反身將男孩壓制在地，咬住男孩的唇頰，而男孩也不甘示弱地回應著他。蒼蒼相信有一段自身想像的感情示現當下，就在這個當下。男孩突然委身向下，而蒼蒼想起曾經被這麼對待過。

一個半夜過去，蒼蒼與男孩樂此不疲。

「可是，」男孩赤裸身軀躺在仿木皮的膠墊上說：「你不覺得我們好像有點快嗎？」

「是嗎，可是我覺得很自然。」蒼蒼毫無感受地回應男孩的提問。

「對我來說，這很新鮮。」男孩害羞地開口說著，停頓了一會，聲音略轉低沉地說：「可是……」

「可是？」

「可是你對我來說，是很陌生的——」男孩說完，不再說話，停下自己的喘息。

蒼蒼不說話，靜靜將自己的衣服穿上。起身看著男孩在黑夜中的單線輪廓，他忽然覺得世界離自己好遠。他對男孩說：「我覺得我們對彼此都是陌生的，可是這是要坦誠了解的吧——」

「我想睡了，明天要早起出發。」男孩如是穿起衣服，開始安妥晚上要躺平的地方。

「嗯。」蒼蒼轉身而起，拿起隨身聽準備到街上跑步，在離開家門前，他向男孩用極小如蚊的聲音道晚：「有緣再見。」蒼蒼的隨身聽裡有范宗沛拉奏大提琴的那張專輯，他聽起〈問〉，聽起〈楊柳〉，聽起〈蓮花池〉。在聽到〈歸鄉〉時，蒼蒼愕然不忍情緒地開始奔跑，世界拉開寬廣的劇場在他的眼前，而他在夜晚的藍光道路上跛行獨舞，像個瘸腿的獨腳偶，向沒有終點的夜奉獻自己僅剩的靈魂。

你讓男人用粗糙生繭的大手觸碰你健壯的身體，男人問你，你有練吧。你不知道怎麼回答，內心有百般糾結，心想為何要在這男人面前暴露自己的全部。男人主動地褪下你的褲子，沒有用任何解釋的詞彙與你說話，你早年的性啟蒙，由這男人而起，而你在思考為何要回到同樣的場景，難道是為了看清楚男人的樣子、男人的器官。

終於男人褪去他的衣褲。你看見一個近老的身體滿是疲態，男人緊挨著你上下蠕動，你聞到他身上腥羶的氣味，你忍受著，沒有過多的興奮，卻自然地勃起了。而男人一手握住你的器官，而你終於不在男人的引領下，主動出手觸碰他的器官，你終於看見這已經模糊的圖像再次清楚地出現於你的眼前，霎時間與過去重疊，你思考這確實是我過去看到的那樣嗎——男人已經不是勃起的了，你在內心苦苦地恥笑著。

男人蹲下靠近你的下肢，在吞吐間你似乎感到同樣的緊張在十幾年前發生，當時的你沒有任何屬於性的激動，而現在的你已經是個全人，可你卻思考著為什麼我要讓這個男人在我生命裡產生極大作用。你感到矛盾，感到慾望的無法控制，你想起他的家人，想起他的妻子，也想起自己的家人，還有你剛結束的一段感情。你開始思考自己到底是誰。

最後，你勃發的體液在男人的口中滲出，男人沒有說話，將體液吐入馬桶之中，卻又回頭將你器官上的殘餘清理乾淨。你覺得你輸了，你心想回來看看這個男人的全部，看看他曾經用什麼樣貌來教導你，讓你對這個世界充滿想像，而你現在看清了，可是你好像輸了。但你卻又感到強烈的勝利感，男人過去擁有你，而你擁有青春，有著讓男人耽戀的身體，而他只是一個不再能勃起的男人了。

你將自己清理乾淨，而男人穿起褲子。

男人輕挽你的肩膀，走出廚房，而那隻黑白斑點的狗兒再次衝出對你吠叫，一會兒後，牠讓你觸摸牠的頭。男人說，你這樣已經不是在玩了，你是在玩火。你靜了一會，大概是男人撫摸你背的幾個次數，你說，我只是想要知道，以前到底發生了什麼事。

他們在西海的公園裡，不是在令人發冷的夜裡，也不是下著微微細雨的風中，是個晴天，是個無風無雨無夜的白日裡，分開了。隔了幾天，蒼蒼收到男孩寄給他的明信片，畫了一隻線條湊成的人像，人臉沒有微笑，嘴唇用一條線橫躺著，蒼蒼心想那天晚上，他就是用這個表情回應男孩的問題，而男孩在上頭註明：不笑的你。

而後你一臉木然回到家裡，回想起剛剛發生的事情，卻又懷著輕微的勃起。你打開自己的日記本，還有那封沒有送出的信。有點年月累積的日記本已經有些蠹蟲啃咬的痕跡，以及紙張發霉的氣味。你仔細翻閱過去的種種計畫，你寫下〈兒時的情人〉那份手稿已經發黃損邊，裡面記載著男人如何教導你簡單的知識，如何使你在成長的過程，不斷追憶曾經被受侵害，或說是啟蒙的那段遭遇，你再次閱讀第一次去找男人問話的那份勇敢，你站在他家門口，屋內的場景如你剛遭逢的沒有兩樣，你在門口徘徊移動，問男人說，以前為什麼你要這樣對我。你想起男人有笑，而剛剛男人也有笑，以前的男人說你不要在意這只是遊戲，而現在的男人說你是在玩火，你懷疑自己留存的那份真的是勇敢嗎？

根據你認真編排的這份計畫，你清楚記下每趟回家男子家中的改變，直到你寫下〈後來的情人〉後，才把計畫一一梳理，你清楚地寫下步驟：女孩當作話引，工作時間當作話引、妻子當作話引，以及接近黑白斑點的狗。這些你每次回家就會記下的微小細節，都一一示現了，用變形的方式來到你的身邊了。

你打開未送出那封信，想著剛剛自己恍惚的精神狀態，可你未料在那張問起男人要不要的紙張，有模糊潦草字跡寫著：

別去。

你站了起來，不記得自己有在紙上寫下這句話，那字跡雖然不清，卻像極了母親慣習的寫法，又像父親潦草的簽名，但又像自己寫下的，你分不出來，看不出這字跡是真實的還是虛假的。你發出苦澀如鯁在喉的笑聲，覺得應該自己留下的。可你沒辦法想起來了，應該說你不知道該怎麼決定了，是自己也好，是誰都好，可是……

你心想這世界就算不是所有人知道你的祕密，但還是有些人輕微地，以一個照面或微笑，不出聲響觸碰到你人生的邊緣，參與了你的人生。你拿出了昨夜寫好的小說，不知道該不該修改還是繼續寫下去。你坐了下來，開始思考這計畫已經實行了，那麼下一步呢？該不該寫一封信，寫一批信，給一個情人，給男人的家人，給你的父母，給與這件事情有關的人，以及無關的所有人。

在那靠山的小鎮，當陽光自山的一頭落向另外一頭，蒼蒼總會在太陽還在的時候，拿起那張明信片，問自己——我到底是誰。

（東華大學「奇萊文學獎」首獎作品）

得獎感言

致謝予成為這篇小說的那些人，以及無關的所有人。

吳金龍

畢業於暨南國際大學中文系，現就讀東華大學華文所創作組。

優等

黑夜以前

張蔚巍

父親選在一個沒有人能忘記的夜晚離開。

一九九九年盛夏，國中二年級開學的第一個月，教室裡瀰漫著風扇帶不走的熱氣，配上禿頭班導老張的數學課，坐在第二排的我只能靠著凝視老張腋下的汗漬逐漸擴大來打發時間，突然有什麼東西撞上我的腳。

趁著老張轉身寫公式的時間撿起腳邊的一團紙球，王大偉叫我下課到男廁打掃間，有「好康」的要給我開開眼界。

王大偉和我從小學就認識，有次作文課上寫「我的志願」，當其他人還在考慮要當醫生總統還是科學家時，他就決定他的志願是要成為一位很能罩人的黑道大哥。沒錯，就是香港古惑仔電影裡的陳浩南，身後會跟著十來個帶槍的小弟，只要有人要危害他，小弟會不惜生命的相救。可惜小時候王大偉身旁的跟班只有我，而且我只能替他跑腿買雞腿便當或是飲料，偶爾替他抄抄作業。

上了國中之後王大偉加入「三頭幫」，成為學校裡專門欺負弱勢收取保護費的一群流氓。想要進入「三頭幫」的除了通過入幫考驗之外，一律都要在平頭上用電動剃刀剃出一個「3」。自從上學期有個成員不服學校管教，拿著蝴蝶刀捅了三年六班的老師的肚子一刀被退學後，再也沒有主任或老師敢制止或教訓他們。

男廁裡充滿三頭幫的成員還有菸味，以及幾個倒楣鬼正在被霸凌，王大偉早就在等我，他的臉上多了幾處瘀傷，他笑著說他幫老大擋了兩拳，這是升職的標誌。

「這本是坐飛機來的，給你『登大人』用。」王大偉從書包裡拿出牛皮紙袋，裡面是用哈哈書套包好的日本女星寫真集，不像是台灣的露點寫真，總在封面上打上兩點耐人尋味的星星，這本光是封面就已經展現得一覽無遺。

「看在兄弟分上第一個借你，一個禮拜後還我啊！不要弄髒了喔！嘿嘿！」王大偉擺出打手槍的姿勢，全廁所裡的混混都笑成一片，我把牛皮紙袋夾在腋下，紅著臉跑出男廁。

王大偉他爸在他很小的時候就在台中一場角頭的火拚裡死了，媽媽隨即改嫁給以前酒店的恩客，連夜收拾行李跑了只留下連鼻涕都不會擤的他。王大偉說他能念書到現在，都是因為他爸替一位大哥擋子彈，這位大哥感念他爸的功績，因此給了他祖父母一大筆錢，讓他們能舉辦喪禮還有撫育王大偉長大，前幾個月大哥還將他在台北一間房子讓給王大偉住，只希望他上學能夠省些路程。所以王大偉說他要努力混幫派累積實力，等到有一天，他也要向像他爸一樣，替大哥擋子彈。

今天是爸輪休的日子，我安心地搭上放學後的第一班公車回家，媽正在下水餃，小我九歲的妹妹在客廳裡看卡通。

「等你爸買醬油膏回來，就準備吃晚餐了。」媽穿著淺藍色的圍裙，手指上沾了不少水餃上的麵粉。

王大偉來過我家吃過幾次飯，他說我爸能開這麼大的車很帥，稱讚我媽煮的飯好吃，甚至斷言我才五歲的妹妹長大後一定和徐若瑄一樣漂亮，到時候他要當她的經紀人幫她出寫真。

我罵他幹。不是因為他肖想要幫我妹出寫真，而是我從來不覺得我爸開公車很帥，也不覺得我媽煮飯好吃。

比起王大偉那個會擋子彈的老爸，我的家庭多麼平庸。

我和爸爸的對話不多，大多都是「學校怎麼樣？」、「認真念書就好。」他知道我刻意不搭他的公車上下學，但從來不問原因。

結束晚餐後回到房間，卻遲遲無法下筆開始寫作業，我感覺書包裡那本寫真集正蠢蠢欲動，我拿出寫真集，封面上的女優好像能開口說話，用軟綿綿的聲音，要我打開它。

妹妹突然跑進我房間，我趕緊將女優和她的胸部收入抽屜，她和我炫耀新買的皮鞋，粉紅色的皮革上用金色與紅色的線繡出含苞待放的玫瑰，我看著她的眼睛，或許真的跟王大偉說的一樣，她會成為像徐若瑄那樣的美女。

終於熬到凌晨一點多，深怕爸媽起床上廁所發現我燈開著，我躡手躡腳拿了手電筒並且關掉房間的燈，躲在棉被裡準備開始「登大人」之旅，這時候我發現一個嚴重的問題，已經一手拿著手電筒又一手翻書，那誰來「照料」小弟弟呢？一分鐘後我解決了這個問題，我用嘴巴咬著手電筒。

才翻到第三頁，一陣不尋常的天搖地動襲來。

我趕緊穿好褲子咬著手電筒衝出房間，一家人躲在家裡的梁柱下。搖晃持續了很久，感覺家裡所有的盤子跟杯子都摔得差不多時，才逐漸停下。

我的鼻子頂著有些灰塵的紗窗，發現整個城市彷彿被黑暗淹沒般，只剩下消防車呼嘯而過的聲音，媽媽把妹妹抱進房間，而我爸踏過一地的狼藉，準備打開大門。

「我去看看有沒有人需要幫忙。」發現到我正注視著他，我爸是這麼敷衍我的，好像我是個不經世事的三歲小孩。

「照顧好媽媽跟妹妹。」穿好鞋子後，我爸的背影一同消失在夜晚裡，再也沒有回來過。

我爸離開的事實還沒正式對我造成衝擊以前，王大偉的死訊就傳來了。

他住的大樓倒了，八層樓高的大廈直接倒在地上，就像前陣子在散步途中中風暈倒的林先生一樣。只不過命運殘酷的地方在於，林先生後來復健出院，但王大偉的屍體卻埋在瓦礫堆中整整三天才被發現，班上沒有同學會為他摺紙鶴或是留下半滴眼淚，有些人甚至感到鬆一口氣，畢竟王大偉在學校時就是個混蛋，不過三頭幫的混混們倒是很有義氣的把三樓男廁布置成小型靈堂，磁磚上貼著王大偉小學的畢業照，因為是他的青梅竹馬，我也「受邀」去為王大偉上香。

「呃……我不抽菸。」一個三頭幫的小弟拿給我三根七星牌的香菸，並且逐一點著。

「這是拿來拜的。」他的眼神說明這完全不是在開玩笑。

這是我人生第一次經歷到的喪禮，說起來荒謬，但看著眾多小弟甚至有別校的大哥，都拿著三根香菸對著王大偉那張呆頭呆腦的小學畢業照行禮。

我他媽的哭了。

王大偉你的生命真他媽值得了。

我爸的照片被放在報紙的失蹤人口那一欄。三十八歲，體型微胖，腰部後方有胎記。那一個欄位的人數每天都在減少，數字增加到另外一欄上。

我爸離開後，我已經連續吃了十四天的水餃，我媽似乎不想煮除了水餃以外的食物，我提議買泡麵，但她說那是地震或颱風天時才能吃的。

我媽總是抿著嘴，就算妹妹哭著要見爸爸，就算親戚上門詢問。

一個活生生的人在大地震過後的夜晚消失，我們去報案時，警察局已經被大地震搞到很頭痛，根本沒有心力去管這個行為能力健全的成年男子到底去哪。

「有跟人結怨或是跟地下錢莊借錢嗎？簽賭大家樂有嗎？」

「冒昧問一下，你丈夫有外遇對象嗎？」

「我們會調監視器、也會看看附近的排水溝，你們確定他沒有想要輕生的念頭嗎？」

我媽總是抿著嘴，好像有誰拿了一條隱形的線，密密地縫在上頭。

早上搭六點二十五分的公車上學，司機是我爸的好友何叔叔，他叫我不要難過，認真念書要緊。傍晚放學搭五點三十二分的公車，司機是我爸的換帖兄弟梁叔叔，他說如果日子難過就去他家吃飯，有事就說千萬不要客氣。

有次回家的公車上不小心睡過頭，一路被載回公車總站，所有公車司機就像在動物園看國王企鵝一樣圍上來。

「伊丟係水餃仔欸囝啦……」

「幹！好人攏短命。」

回家之後我拿出爸的排班表，把所有我認識的公車司機都標註出來，然後決定以後提早十分鐘出門。

最後警察給我媽看了一具臉部腫得跟豬頭一樣的屍體，指著背後的方形胎記。然後他們說，研判是失足落水。

一臉疲憊的警員左手撐著腰，右手拿著一堆表單、證明書給我媽簽名和蓋手章。

那天晚上媽站在水槽前，用力搓著拇指上的紅印，但那塊印子卻像是水蛭般，緊緊吸附在上頭。

至於王大偉給我的那本「登大人」用的寫真集，我在我爸的公祭開始前藉口肚子痛跑去廁所，脫下褲子看著女優的胸部，等著下體該有的反應。

我把寫真集丟到垃圾桶裡。

因為我再也不需要「登大人」了。

●

還有一分鐘，我在心裡默默倒數著。

成年後我居住的小鎮在城市的邊緣，晚上八點過後營運的只有連鎖便利商店，走在街上的人更是寥寥無幾。

大賣場招牌的燈光在夏夜時吸引無數趨光性的蚊蟲，高達兩層樓高的招牌幾乎是小鎮夜晚唯一的光源，好比海上的燈塔。

每天晚上的十點五十三分，這盞燈會毫不猶豫地被關掉，整個小鎮像被黑暗吞噬，但卻平靜得像是自願被綁架的受害者。

十點五十四分，眼睛終於適應了黑暗，我將手上的菸捻熄。

「小林你這次一定要相信我，我研發的探測儀真的預測到一個月後的大地震，你一定要準備好逃命！」我的高中同學Ｊ，他曾是我高中時代的傳奇，打破創校以來的紀錄，高分錄取了台大地質系，卻在大二時因為在女生宿舍偷拍女學生洗澡而被退學。

Ｊ高中畢業的那天從校長手中接過榮譽狀，代表全體畢業生致詞，不管男女都攀著他的肩膀要和他合照，要他用那支已經快沒水的簽字筆在制服上簽名。

那大概是Ｊ最光輝的一段日子。

「真噁心，還好我高中時就不怎麼喜歡他。」畢業時因為拿到Ｊ制服上第二顆扣子而興奮尖叫的女生，在Ｊ被退學後的同學會上這麼說。

其實我和Ｊ不算熟識，撇除高中同班三年，我們幾乎沒有任何交集，只是剛好前些日子在萬華看到他的身影，請他吃了一盤水餃。

Ｊ說被退學後他失去了身旁所有的朋友，甚至連家人都和他斷絕聯繫。

我想起Ｊ的媽媽，她在Ｊ上台領取榮譽狀時擠到台前畢業生的席位，不停地拍照，甚至戲劇性地眼泛淚光，等Ｊ下台後才發現我的存在。

「你跟我家兒子同班啊！你考上哪裡啊？」聽到我說我正在準備重考，Ｊ的媽媽收起臉上的笑容。

我看著Ｊ狼吞虎嚥的吃完水餃，轉身跟老闆多點了一盤水餃和酸辣湯給他。

我曾在電話中和妹妹提起Ｊ說的地震預測，我能感覺電話那頭的她翻了個白眼。

「你真的很容易相信別人。」

「他說那天傍晚其實想去買木炭，如果不是遇到我，他大概已經死了。」

「所以你是同情他？」

「……」

稱不上是同情，我只是不樂見一個曾經認識過的人消失。

僅此而已。

賣場裡的老舊空調讓空氣瀰漫著霉味，天花板上可以看到漏水的泛黃斑漬，滴在凹凸不平的地板上。聽附近的家庭主婦說，賣場老闆娘年輕時曾是叱吒林森北路一時的酒店紅牌，嫁給擁有三家大工廠的董事長，沒想到金融海嘯時公司倒閉，丈夫跑路到大陸還把她當作公司保證人，老闆娘花光畢生積蓄與賣掉年輕時的名牌包和金項鍊，最後隱姓埋名頂了這間原本經營不善的賣場做生意。

「帥哥，這邊結帳。兩袋衛生紙特價不多拿一包嗎？」老闆娘俐落的刷過條碼，見我搖頭說不用，她口中低咕著幾句怪人，把發票塞給我。

老闆娘的女兒坐在收銀台旁，她穿的是明星私立學校的制服，一頭黑髮及肩，正用黃色的螢光筆把整本歷史課本填滿，連註解都不放過。

●

二〇〇四年。

我和阿明一起逛了餿水街一圈，最後選擇巷口的便當店。

那天的新聞都聚焦在總統大選前的槍擊案，我夾著阿明不吃的雞腿皮，眼睛盯著電視上閃爍的畫面。

「可惜阿扁不是黑幫老大，不然就有小弟出來幫他擋子彈。」

「搞不好他其實就是在替人擋子彈啊。」阿明連頭都沒抬，繼續扒著碗裡的飯。

阿明的年紀早該念大二了，但卻遲遲考不上大學，只能繼續被關在南陽街的冷氣房裡。他說他知道自己不是念書的料，但家人好像看不清這點，一直對外宣稱他只是還沒發揮實力。阿明每一次模擬考猜完就趴下，還跟我分享哪一本複習講義的封面最光滑適合把臉貼上去睡覺，號稱連笨蛋都能救的補教名師都拿他沒轍。

隔天報紙頭條全都被槍擊案占滿，槍擊案前一刻，阿扁站在選舉車上，旁邊的選民夾道歡迎的照片被重複印刷在上頭，我的手指上沾了些許的油墨，阿明抽走廣告拿去墊便當。

我看見我爸的臉，硬生生地出現在列隊歡呼的選民當中，廉價的油墨把他的臉弄得近乎模糊，但我確定是爸。

五年前那具巨大而浮腫的屍體並不屬於我爸，現在想起來，爸背後的胎記也不是方形的。

和爸親近的司機們都叫我爸「水餃仔」，因為他背後有一塊粉色的胎記，長的就和水餃一樣。

「我考完試那天就要離開了，你可以借我錢嗎？」阿明吃著便當裡的雞排，語氣就像是在說今天的天氣一樣平靜。

「別鬧了，終究都要回家的。」

「不，我再也不回來了。」阿明的回答像是代替被印在報紙上的我爸說道。

我還是把私藏起來的六千塊壓歲錢給了阿明，考完試那天，所有人都歡騰著丟書本慶祝時，我看著阿明在轉角一處，向我揮手告別。

那是我最後一次看到阿明。

放榜的時候，南陽街裡充斥著山一般高的榜單，裡面摻雜著一兩張阿明的家人發放的協尋單。

只要J打電話來跟我報備最新的地震預測，我就會到大賣場去買一袋衛生紙，堆疊在七坪大的租屋處的角落裡，像是在進行某種不知名的儀式。

大賣場外總盤踞著一群高中生，拿著香菸坐在摩托車上，看著坐在收銀台念書的老闆娘女兒，眼神裡透露出的慾望一覽無遺。

賣場來了新的員工，稍短的頭髮停在耳際旁邊，耳朵上穿掛了幾個不羈的耳飾，單薄的身子穿著素色的上衣，身上有淡淡的香菸味。

結帳時她看了我一眼，隨即跳開的眼神反而讓我想起我曾經見過她。

去年她的名字叫作小惠，留著淡褐色的長髮。

到台中出差時被拉去KTV的我，看著一群打扮妖豔的傳播妹進入包廂，她就是其中之一。或許那時她剛入行不久，沒喝幾杯就醉，吐得我同事滿身，最後被同行的拉出去。

我刻意在賣場外等她，她看到我也沒有一絲驚慌，只是淡淡問我一句，「有火嗎？」她跟我說，那是她第一次當傳播妹，進包廂時，她第一眼就看出來我和其他同事完全不同。

「一臉就是沒出過社會的樣子，很嫩。」她含著香菸的側臉很迷人，我替她點上火。

「聽說大地震時山上有間精神病院的患者們跑出來，到現在都還沒被找到。」

她背向著我坐在床邊燃起菸，說起她的家庭，生下她就離開的母親與負債跑路的父親，以及她每個月固定匯款給療養院，智能不足的弟弟。

她的腰部有一塊小小的胎記，透著一點迷離的紫紅色，像女人的唇。我忍不住用手去觸摸。

「國中的時候有個混帳在我坐下時拉開我的椅子，跌倒後就出現了，原本以為是瘀青，卻怎麼也消不掉。」

「我覺得很漂亮。」

於是她又躺上我的床。

她固定在十點下班後來到我公寓，原本我們避免過多的自我揭露，純粹享受肉體的歡愉，但幾乎是無法避免的，她開始買菜到公寓，替我收拾散落一地的衣物。

「為什麼要買這麼多衛生紙？用來打手槍嗎？」她指著我堆在房內的衛生紙，笑嘻嘻地揶揄我，然後把她的行李塞進我的衣櫃。

日子過久了，她把我收在櫃子裡的藍儂海報貼在發霉的牆上，在大賣場裡買了日曆和時鐘，試圖把我的公寓變成我們的家。

她想要的家。

「老闆娘的女兒懷孕了。」大賣場的驗孕棒一向沒什麼銷路，但前幾天少了三盒，賣場沒有裝監視器，老闆娘正苦惱抓不到賊時，就在自家的垃圾袋裡發現紫色的包裝盒。

「老闆娘抓著她的頭髮，還賞了她兩巴掌，叫她再也不要回來了。」

「是哪個小混混的種嗎？」我想起那些在賣場外覬覦老闆娘女兒的高中生們。

「不，聽說是學校老師。」她點了一根菸，即使我說過多次我不喜歡在房裡抽菸。

「真不懂為什麼要用到三盒驗孕棒。」

「大概是不想面對事實吧。」

隔天早上她帶走她的行李，只留給我牆上的日曆跟時鐘，沒錯，她把約翰·藍儂的海報幹走了，她曾說她喜歡這個大鬍子，即使她連披頭四都沒聽過。

我在廁所的垃圾桶找到淡紫色的紙包裝盒，上面寫著，若出現兩條線代表懷孕。

至今我仍找不到驗孕棒與她選擇離開的原因。

●

前陣子收到妹妹的喜帖。

王大偉說得沒錯，我妹長大後跟徐若瑄一樣漂亮，但個性出人意料的陰鬱。大概是前幾年我還在當兵，妹妹正在念高中時，我從花蓮返回台北，立刻就接到她的電話。

「你有空嗎？」這是一句包裝在問句下的要求，她直勾勾的眼神盯著剛下部隊的我，差距九歲的年齡在我們之間形成鴻溝，爸離開後的妹妹變得沉默。

「怎麼了嗎？」

「陪我去拿小孩。」她穿著人人稱羨的明星高中制服，纖細的手臂與雙腿，小腹在制服的完美遮掩下完全看不出裡面承載著一個生命。

掛號的時候護士瞅了我一眼，要我簽署同意書，還有一些文件。簽下名的瞬間，我想起媽媽，她只用一支筆就殺死爸爸。而我殺的，是還沒有性別的侄女或是侄兒。

等候室的冷氣很強，我多拿一件棉被給妹妹，還去樓下商店買了貴死人的蘋果（就開在太平間的旁邊，貨真價實的貴死人），她換上病人服，眼睛直盯著天花板看。

「你為什麼不喜歡搭爸的公車？」她突然側身問我，粉紅色的病人服讓我想起小時候爸在夜市幫她買的皮鞋，在爸離開之後她再也不願意穿。

「是爸不喜歡我搭他的公車。」我削起蘋果，從接近梗的上部開始，慢慢地為它褪去上蠟的表面。

第一次搭公車上學時，一想到可以搭上爸開的公車，我緊抓著零錢的雙手甚至汗濕成一片，看到33路公車，我舉起臂膀用力地搖。踏上公車的踏板，我卻發現爸根本沒有看我一眼。

但他對其他人很親切。「李同學啊！今天不會遲到了吧！」、「你讀的高中這麼遠，通車很辛苦的」、「下車小心啊！注意後面摩托車。」

下車時他終於看了我一眼，因為我說了「謝謝。」

我和爸維持著這種關係，反覆淩遲我好幾年，我總是紅著眼看著其他車上的學生和爸有說有笑，他甚至在年末時獲頒優良司機，那個獎牌掛在公車的擋風玻璃上。

「爸是個王八蛋。」上一次聽到妹妹說這句話，是爸還沒離開前，在超商不願買給妹妹健達出奇蛋的時候。

但不可否認爸確實是一個王八蛋。

我把削好的水果拿給妹妹，她說她現在看到除了水餃還有蘋果以外的食物都想吐。

「我覺得我好像知道爸為什麼要離開媽。」妹妹一直都很確定爸只是離開了，就連葬禮的時候她也一滴眼淚都沒掉。

「那天晚上爸媽以為我睡了，但其實我還沒有睡著，媽告訴爸她懷孕了，但爸什麼也沒說，然後媽就哭了，我那時實在不知道媽為什麼要哭。後來昏昏沉沉的睡了，地震過後，爸就離開了。」

「媽那時懷孕了？」

「她誰也沒說，她帶我一起去兩條街口外的陳醫生婦產科。你知道的，我們都是在那邊出生的。」

「醫生原本不想幫她拿小孩的，但最後還是拗不過媽，動手術的地方甚至稱不上是手術室，就是一張病床而已，陳醫生跟那個臉很機掰的護士，從媽的下體間拉出了我們的弟弟或是妹妹，一個紅紅的、血肉模糊的東西。」

「你從頭到尾都在旁邊嗎？」

「對，那個很機掰的護士叫我坐在那裡不要亂跑。重點不是這個，我以為他們會把嬰兒做些處理，例如拿個真空袋包好什麼的，結果醫生就只是把它丟在垃圾桶裡。對，就是垃圾桶，甚至連醫療廢棄物都不算是。」

「那之後媽就一直打不起精神，有親戚帶她去找廟口算命仙改運，那時我也在現場。」

「算命仙說了什麼？」

「我記不清楚了，但他好像說，不處理好的話會很麻煩的，對了，我一直很好奇，那段時間你晚上睡覺不會聽到哭聲嗎？」

「什麼哭聲？」

「媽拿掉小孩後我常常晚上睡到一半聽到哭聲，那時我都覺得是那位來不及出世的弟弟或妹妹，有次鼓起勇氣掀開棉被看，才發現是媽在哭。」

護士進來提醒我們待會要進手術室。妹妹突然握住我的手，我從來沒看過她這麼懇切的眼神。

「你覺得它會恨我嗎？我實在不想和媽一樣。」

我摸摸妹妹的頭髮，她勉強擠給我一個微笑。

「如果他們要把它丟在垃圾桶，記得叫他們要分類，我怕清潔阿姨會嚇到。」

我當然不知道醫護人員有沒有做分類，我甚至沒有等妹妹醒來就離開了。

我想我的骨子裡遺傳到爸的王八蛋基因。

對了，我妹嫁給讓她墮胎的高中公民老師，同樣也是個王八蛋。

●

作了很長的夢，夢見我爸選上台南市長，謝票時被開了一槍，槍手是王大偉。結果王大偉為了逃避追緝躲到我家，愛上了我妹妹，但我妹妹肚子裡懷了別人的孩子。

夢被電鈴聲打斷，有兩個警察找上門，問我認不認識陳聿傑，我才想起那是J的本名。

「他前天在高中母校的大禮堂上吊自殺，看來你不常看新聞。」

「他生前最後一筆轉帳是轉到你的帳戶裡，你們有金錢往來嗎？」

我抿著嘴，彷彿我的嘴上也被縫上透明的線。

「已經通知他的家人處理後事了，這是他署名要留給你的。」

J留給我的紙條上只寫著「末日近了」，讓我懷疑他最後那段日子是不是加入了基督教會。

我點了三根菸插在陽台的小盆栽上。

●

快訊！凌晨兩點三十三分發生芮氏規模九．一超大地震，震央位於台北天母，多棟民宅已倒塌，正在緊急救援中。

快訊！百年來最大地震，北縣市初估百棟民宅倒塌，目前確定已有八十五人罹難，數字仍在升高。

我們選在沒有人能忘記的夜晚離開。

（世新大學「舍我文學獎」首獎作品）

得獎感言

謝謝評審們的厚愛，這個獎項是對我從國中開始創作以來的肯定，因為我有一年只能創作一篇小說的病，也沒得過很威的台積電或是林榮三文學獎。謝謝我的兩位專業校稿人在占據立法院期間仍替我校稿，也感謝我能夠出生在一個可以接觸到不同社會階層的家庭裡，體會到不同的人生故事。喔對了這篇文章在我電腦裡時叫作「打得出來嗎青年領袖啊」，所以謝謝美江，我打出來啦！

張蔚巍（筆名）

一九九五年生，標準獅子座A型女，喜歡動物勝過於人，就讀於世新大學新聞學系。認為新聞寫作完全是在摧毀創作小說的靈魂，生活的組成是獨立音樂與美術展覽，還有美食。

優等

博弈

林烱勛

穿過神明廳，神明的樣子留在上頭，我無法記得那些神明名字，瞇著眼似看非看的俯視著。在神明廳後最裡頭的一個房間，不時飄出菸味和某些氣息的混合，舊厝是那樣的，總是安靜，安靜到時間都變慢了。舊厝保有四合院的形式，仰賴陽光的自然照明，陽光背後的東西都具有它的影子，我想那個房間就是房子的影子，總是帶著陰涼潮濕，聚集幾個叫不出名字的人，他們彷彿互相熟識又陌生，有時噓寒問暖，有時沉默就穿越彼此的身邊。

他們的年紀總是謎題，而且對我們小孩來說也不想知道。有位阿姨經常過來，時常從那個陰暗的房間出來，臉上紫色與白色壓平她的皺紋，略為掩蓋過她的年紀，她彷彿熟識我，或者我們這些小孩，那種熟識是一種微笑，但維持著距離，我們幾乎像是魚缸裡的魚，靠近又隔著玻璃。

長輩會讓我們幫忙洗牌，將塑膠籃裡頭的四色牌從牌盒裡倒出，四色牌是四種顏色與棋盤的結合，寫著兵砲馬卒帥車，除此之外我並不理解這個遊戲，沒有被要求學習，了解這個遊戲的規則，在房間裡製造，為了某一個遊戲的規則，製造公平。

顏色在手中被搓開，再重整回窄小的牌盒裡，宛如重新改造一個生命的來源，我是這群小孩做得最差的，不知為何我的手經常跟不上想法，也可能只是單純的手指不靈活而已，裡頭的房間就此與我們有一種相連又疏遠的關係，整理回原來的籃子裡之後，大人就會把整個塑膠籃拿到那個房間，有時是我們小孩間的競賽，或者只有他們這樣想，正如我所說的，我是我們裡面手最慢的，我一直很不想做，也不是不做就沒有飯吃，那記述在故事裡的老橋段，而是更為幽微的引力，潛在的關係，他們用視線告知，而他們的小孩也被訓練成藉由此來評斷能力，在一點都不意外的情況下，逐漸被邊緣化。我的父親很早就離開，離開就是死亡，雖然沒有人知道他到底死去了沒有，但背離家族的人就跟死去沒有兩樣，在對話談到的分量逐漸減少，過多的日常去填充，父親的樣子越來越稀薄，好像那些神像只是懸掛著，沒有真的透露什麼足以證明的神蹟。

電視播放著《賭神》。

高進正視著對手，眼神帶著凶狠的氣息，牌桌外站著幾個西裝筆挺的人手上握著武器，將他們獨立起來，兩側各有觀眾一群，賭神的朋友恰好坐在第一排，不時穿插著討論戰術或製造笑點，一場博弈，壓住了所有能夠發生的大事，對手總是像是早已預測好一切，握有腳本的不論是隱形液晶眼鏡或者是特異功能，微笑，不懷好意的淺笑，暗示著一切都被掌握。

「賭神，你輸了。」攤開牌，一副同花順或者鐵支。

賭神眉頭深鎖，再華麗地逆轉結局，說明其實我早就知道了這一切都是個布局，我的小動作是最近刻意養成的，你中計了。

「我終於報仇了。」必然是更難能可見的牌，恰好勝過對手，觀眾起身驚呼，好像運氣也是種實力，對手就會無法接受命運，然後運用其他的手段，開槍之類的比牌桌更為直接的手段，場面轉為風風火火，許多黑衣人跳出，結果一切依舊還是傾斜在賭神那邊，他的好友龍五一槍一個，對手最終敗下，賭神在閃動的相機中離開。在那時間裡，電視不斷重複播放著關於賭之類的香港電影，帶著神祕與壯大的色彩。

我在我自己的房間，據說父親過去也曾待過這個房間，多數的時間只有我自己，偶爾他們會開啟門，如果是表姊表妹就是找尋他們的姊妹，一種捉迷藏式的侵擾，一種則是他們的父親或母親交代剩餘的事情。

叔叔說：「你就拿進去啊。」推推我的手。

我拿著一籠牌堆，光線略為陰暗，長廊間牆壁沒有經過粉刷，透出灰色的斑駁，沒有用的器具堆放於兩側，有的也難以辨識出什麼，只能看見一些竹編造的痕跡，和潮濕的氣味，下水道給人的氣氛。

我不知道該如何叫喚他們，長輩並沒有給予指示，只給予他們簡單的叔叔阿姨，他們並不像是電影有著怎樣的仇恨，或者更多是種相連的與相憐關係，他們臉上的紋路，和藹又抽離著，彷彿我們都不在現場，他們點點頭作為一個回應，招呼是由嬸嬸取代，對於一連串的閩南語，當下我是聽清楚了，卻沒有記住半個字，也就是一些問候，對於今天天氣的瞎扯，而不管天氣如何他們都待在這個房間裡，看著手中的牌，一點也不流行的牌。

房間裡頭的冷氣逼出，像是鬼魂流出的感覺，感覺就令人難以停留。

作為莊家的人，是不該涉入賭博的，需要於勝負之外，只需提供空間，租借所有的牌具以及一個空間場所，我們等待抽成，按照桌子計費抽取最為獲勝的那個人，就某種程度來說，你也可以不說我們是在賭博，而是百事達租借娛樂那樣。

很久沒回去。

倒數，秒與秒的消逝是讓人感覺得最為明顯的。

超過一定時間之後反而一切都變得模糊起來，我想父親也是那樣的，離開久了以後就逐漸模糊起來，房間內也找不到他的照片，或者有，也難以辨識出是不是他。

時間比淹了水的倉庫更令人難受。

多雨，那一年特別多雨，神明廳依舊維持燭光，雖然那是燈泡的替代品，雨水打在屋瓦，積蓄雷聲在一些抖顫之下，瞬間往下潑倒，那像是塊狀的雨水，摔在地面上，四散，沖刷出一些陳舊的東西。

停在秒數前，能夠聽見怎麼樣的暗示，流竄的各種空間，每個移動的都有自己的空間，用移動去製造屬於自己的空間，接著形成一條街的移動，蔓延開展。盯著那些縫隙，總讓我想起很多事情，很像看著河流的倒影，那些臉孔的陌生，又帶著熟悉，有時候會覺得其中有一個人會認識自己，在這個轉角口，也許會停下，推開自己的安全帽鏡片，然後問候，諸如此類的生活。

催動油門。

「我媽說，不要跟你玩。」

小孩是容易被影響的，在我是小孩的時候，就非常明白。

「嗯。」用句點劃分開關係，但我沒有離去，還不能離去。

我的母親，在七點後來接我，晚餐是個圓桌，我們盡可能不去就座，空氣始終太悶，或許是沸騰的油膩氣味，老舊日光燈的時而閃動，即便是安穩地也過於蒼白，臉孔在那下面都彷彿失去血色，一點也不安靜地有著電視的聲響和一些咕噥。偶爾那些叔叔阿姨也會加入飯局。

藍色眼影的阿姨跟祖父好像很熟稔，總是靠在他的左邊，眼瞼上的假睫毛厚重地像對肥厚的翅膀，努力想拍動起來。

「大哥，再喝一杯。」拿著一罐酒盛滿玻璃杯，泡沫凝結著像是室內空氣旋轉的風扇一點也排不出悶熱，幾乎都沒有話可以插入，這種氣氛讓小孩都自然離開餐桌，到外面的小涼椅或者分散到其他地方進食，當然我是去哪裡都沒有差異的。

藍翅阿姨沒有說甚麼，幾乎就是重複那句，或者換了別句類似「我看你應該還喝得下，一臉餓鬼像。」祖父滿臉通紅，但還是把玻璃杯往上一闔，隨之倒扣在桌面上，象徵沒有一點點留下來。祖父那時候已經逐漸失去語言能力，他常開口，多是指示、交代，隨著時間也變得含糊，咕噥在口腔裡，但好酒的習慣並沒有改變，除了在餐桌上幾乎就是酣睡，陷入了他的夢境。腦袋都是酒精的時候，大概也只能想要酒精，他的手臂揮動著示意再來一杯再來，叔叔和嬸嬸不知該不該反對，兩種的情緒或者更多穿插著，眼神四處飄移沒有定點。

「我說我要再喝一杯！」咬字用力，牙齦繃緊。

藍翅阿姨說：「好好好，就陪你再喝一杯，晚了，我要走了。」

晚餐又照常的運行起來，只是更為緩慢的、頹廢的。

琥珀色的液體流動著，時間也是。

喝不下了，就倒在桌子前，跟醒的時候一樣咕噥著，只是更為深沉，叔叔架起祖父的肩膀，準備將其移往臥房。

一面向藍翅阿姨揮手：「再見，明天要再來嗎？」

「加減玩玩。」一點也沒有尷尬地熟悉這樣的場合。

流動的車子，都像一種賭局安插其中，尋求安穩地下幾個少量的籌碼，記錄每一把牌的，熟記數字的，像是老手那樣沉穩而自然地，或是喜歡在邊緣上享受翻牌的快感，賭額巨大像是生命的重量，一種自毀然後不斷重生的瞬間。一台豔紅色的重機，壓低身體，從不大的間距來回穿梭，留下的殘影長長的，掠過我的前面，他的風在前面散開，車輪燒出微焦的氣味，壓緊龍頭往另一個方向轉，擦過那樣的貼近，碰到我的安全帽發出聲音，我彷彿看到他的眼神，說是彷彿是因為我並未真的看到他的面容，他的不透明安全帽使我看不見他的眼神，但我相信他是毫不迷惘的，知道自己正在掌控著什麼，而正是知道自己掌控著什麼才敢冒險，大概是那個樣子的，去想著最壞的狀態然後淺淺地遺忘。

遊戲跟賭博總是一線之隔。

露，某個女孩像是大學的通識課那樣，看起來親近，而你又不會真的想要認真。遇到了，就上了。選課名單裡突然多了那項，你偶爾想蹺課，但多數時候你還是會去上。每次不去上課都是種微小的賭注。

「剛剛教授有沒有點名？」傳送訊息。

答案多數時候沒有那麼重要，你只是想知道自己閃躲過沒有。

「沒有啊，不過下禮拜說要分組報告。」

你鬆了一口氣，帶點勝利者或僥倖的氣氛。

沒有生病也沒有其他的理由，只是不想留在課堂上，雖然有時也不知道為了什麼，好像照著課表，不是什麼好事情。

你看了一場電影或者逛街，喔那些類似於一種被優養化的生活，過分營養而肥滿著。

「有啊，有點名。」有時運氣並不是這麼好，罵罵髒話。幹，上次不點名。

或者有時是對於感覺像被欺瞞，比方說有的教授說好不點名，實際又用別種方式來維持點名的意義，諸如當場寫回應等等。

露是那樣的女孩，對於課程跟上跟不上，看起來是沒有多大興趣地，張著眼睛散漫地發散某種青春的氣味，但那之外又是世故的，或者說熟知。

我們不確定是否愛上彼此，或者談論那個本身就是過於奢侈，我們第一次的開始，因為漢昇，露的前男友。他為了誰離開，誰不一定是另一個異性，也許是夢想或者更多繁雜的事項，而我甚麼也沒有，只是剛好就在身邊而已。露哭泣的時候也像是小孩，扁著嘴，然後嘩啦啦地融化般，把枕頭跟床單都弄濕，空氣裡瀰漫一種海的味道，略為腥鹹。

我們在床上躺了一段時間，疲軟的身體一部分像是飄了起來，另一部分似乎從後面的視角看著自己飄離，兩者的距離不斷拉大，直到碰著天花板，一部分就沉了下來，像是洩了氣的往下墜落，拚命墜落，空氣彷彿都能聽見摩擦的聲音，當兩個部分的自己重疊，身體明顯感覺到床墊的凹陷，那股重量回到身上。我們都不會是純淨的，早就知道的事情。喉嚨有點乾燥，露卻先開口了：「等等去買事後避孕藥吧。」坦白地令我有點驚訝，想法還跟不上就微微點頭了。

「為什麼對於離開哭泣，或者感到驚慌，而對於這件事卻這麼冷靜？」

「因為，」流露出一種不知該說脆弱還是堅強的表情，聳聳鼻尖，她說：「因為一件事情不是被自己掌握的，而這件事可以。」

我們找尋藥局，受到前幾天大雨的影響，大部分早早就歇業了，手機上查詢離我們最近的藥局店家，那是一個群體，而只需要其中一個，略為古典式藥局，門口是拉門，門口放置著仿舊的藥櫃，裡頭卻排列著各種西藥名稱，例如最常見止癢的療黴舒和受傷常用的小護士。

掛著厚眼鏡的藥師從裡頭走出來，看見我有點驚訝的感覺，開頭問：

「你想要什麼？」

我按捺著，我手心冒著汗。

「我想要事後避孕藥。」

門外以前，露還一直提醒我，要說是事後不是事前，教導的語氣像是她對這種事情，真的如她所說的在掌握當中。可以預見的未來，是不是種賭博，我想起電視上的賭神對於結局，似乎早有一種定數，對於賭徒來說也許正是掌握那一瞬間，那一自己好像掌握了什麼的感覺，並不只是運氣，還有技巧或者種種埋伏下的事物。

「我們這裡沒有。」實際上他連這句話都沒說出口，他用眼神透露，一種疲倦的不想為我耗費過多的時間，也是審判的，對於一個危險的行徑或者扼殺，年輕人啊我甚至可以猜出他會說出那樣的語詞，雖然我不知道是否那生命誕生了沒有，正常的情況應該僅僅擁有我們各自的那一半還在漂浮，還沒有成為完整的一切。離開前，瞥見一張家族照掛在陰暗的室內。

揮揮手。或者那是我想像的動作，退出拉門之外，繼續在大街上尋找另一間，並沒有想像得艱辛，在飲料店旁邊就找到一家連鎖藥局，黃綠色的招牌類似霓紅的色澤，在走過斑馬線之前，露說她想要買飲料，她用智慧手機拍照傳訊息給她的室友，詢問他們想要哪一款飲料，就這點來說，她真是善解人意的溫柔，這一舉動也消弭我內心的什麼，什麼也許是愧疚的一部分。

我只能把它當作是代價的一部分，就像是你輸了一場賭注，需要一個方式來彌補或者做保險。自動門彈開，我走進去向一位豐滿的藥師——她穿的一身潔白像是醫生袍，但你卻可以知道不是，但不是真正觀察到什麼，就是知道不是——，我說，我盡可能很小心地說：「我想要事後避孕藥。」

她先是愣了一下，可能只有半秒。隨後，從背後的藥櫃拿出一小罐瓶子，她對我說明：「還沒七天，對吧？」如同世界被創造一樣。

「嗯。」

「把這個和這個一起喝掉。」她的眼神有著　種憐憫的樣子，是對於犯錯小孩的憐惜或者是對於生命本身，我並不知道。

「這樣，四百塊。」一顆藥四百，貴得要死。但就一個代價來說卻算是相當輕微了。露仰著頭吃掉，咕嚕咕嚕。她說，漢昇也做過類似的事情。我該為她傷心嗎？我付了我應有的代價了嗎？

過了馬路之後來到醫院，並不是往上走，而是往下B1，已經布置了黃與白的景致，人本事業與醫院的結合，祖父就停在那，一只暗深色的棺木，我來得太晚了，並沒有看見他的最後一面，只是如果看見了又能表示什麼。他少於我記憶中的台灣男性平均壽命，或許這就是他支付的代價。

關於死亡，有許多無法滲透的情節，染黃的絹布蓋上，所有人面朝著煙霧，看著或不看著都充盈了室內，法師來到前頭，說著難以明白的語言，他說，彷彿在和另外一個世界溝通般，眼神沒有停在任何人身上，而手上的法器舞動，像是一種現代抽象的舞蹈。

他說，而沒有人懂他說什麼，僅僅是低頭。

露不想早死，雖然我從未問她理由，或許活著本身就不需要理由，在我們意識到活著以前就已經活著了，至少從記憶上來看是如此的，而死亡是相依我們的鄰居卻永不相見。露所說的死亡像是種消失，像是電腦重灌消失的那些文檔一樣，情節在此突然遺失，而我們都忘記後續的發展，像是任何一本爛尾的小說。死亡抽象的沒有天堂地獄，沒有使者醜陋長滿瘤的臉孔，沒有湯水忘記前世的所有，僅僅是刪除，而我們都害怕這樣刪除。或許我們並不知道到底是不是刪除，如果後續是真實存在的，諸如投胎換置一個肉體對峙前世的風風雨雨，那麼死亡只是個巨大的轉折，如果不斷有體驗過死亡的人回到這世界，說著歷經那段情節般的美好，像是黃泉的顏色發著酒香之類的，似乎死亡就可愛許多了，是嗎？

我看著旁邊抽泣的臉，就血緣的層次上我們的距離是相同的，仰望著這場死後的儀式。儀式像過淡的水墨畫，年代的仿作，在一切從簡的情況下仍然維持一些不知道是不是重要的情節，好似你在電視看一齣電影，你不知道電視剪去哪些部分，但你輕易就察覺到有某種遺漏的情節。或許對我來說也是，我抬頭張望，大人的表情分為兩邊，一種眼眶變色不時擦拭，另一種像儀式本身一樣的，從簡性質的悲傷是難以體會的語言，一切或許都像是他說的話，難懂而正在擴張。

靈堂外面我看見當年的藍翅阿姨，臉上的顏色更重了，就像時間一樣無形地給予人重量，頭髮也經過多次染色後變成濃重的橘色，像是夕陽的餘暉燃燒盡頭的樣子，眼尾勾得很長。

「你想抽嗎？」遞給她一根菸。

她沒有回答，但很有默契地走到大廳外。

「你長大了。」她先開口，然後吹了一口菸，白色逐漸融化的邊緣，像是毛玻璃般。

「人都會長大的吧。」

「我們就沒辦法再長大啦。」

「還有在玩牌嗎？」

「有啊，不然也不知道該做什麼。」

我注意到她的指甲充滿龜裂，藍色的像是某種昆蟲的背脊蛻殼後剩餘的部分。

「你還在讀書嗎？」她反問。

「快結束了。」不知為何有點羞愧，好像我也應當回答還持續著。

「為什麼？」

「也沒為什麼。」

「離開也好。」

「喔？」

「新聞上說的，畢業也會失業啊，所以有沒有念也差不多，不是嗎？」她依舊沒有看著我彷彿實際上是在跟漆黑的車道對話一樣。我發現她的眼睛畏光，不時在閃動著，也許是不久前才做了手術，藉由路燈的光線能夠看見紅腫未退的痕跡，用以修補自己的時間。

「嗯。」離開學校，因為露提出了邀請，我沒有告知母親，那些課堂是必然被當掉的，不是我不小心或睡過頭不專心等其他的要素，也不是哪個教授過於機車，都不是。只是因為露提出了邀請，邀請的內容也很模糊，就是希望畢業之前能拍一部短片，至於內容是什麼，我們都還沒想，於是我就先決定給自己多一點時間，大四最後一學期怎樣都不太夠用的，刻意地留下一門課，沒去上沒點名也沒有考試，就像是刻意留下的假動作，等待一些什麼發生，在發生以前，都必須安靜地保持沉默，有如所有賭徒凹陷的眉心沉穩深思的樣子。

「你阿公，不知道下去會過得如何？」

「不知道。」一點也沒什麼把握。

那根菸抽完以後，我們沒有燒銀紙，也許這也是時代的一種進步，一切變得乾淨簡單，沒有那些四處瀰漫空氣的煙霧，流竄火花，那一經風就不安分地張揚著，對著行人宣示離開的華麗。

祖父付出了自己的代價，為了他的選擇。對我年紀來說，難以靠近的距離，為何對自己生命的放棄用此方式，不斷喝酒讓自己的身體潰敗，記得我們最後一起吃飯的晚餐，他已經對餐桌上的食物沒有任何興趣，迷離的眼神，好像看著遠方又好像甚麼都沒有在他的視線內，用著一些喉音要求旁人替他斟酒。他說，用幾乎沒人察覺到的聲音說：「喔嗡……」像是一種鳴叫招喚鬼靈的聲音，或是宿醉的哀鳴，但是他雙眼那麼清醒，彷彿那些酣睡都是個假象，是為了最後意外的結局，是為了給人逆轉的可能，就像賭神養成的動作，重複第一次的時候也許是個偶然，私下製造的空間，把謎底拋丟得老遠，那樣才能夠自然，沒有接縫所產生的痕跡，製造一個習慣然後不斷日常化，誘使對手掉入陷阱，需要很多的耐心就像是個獵人那樣。也許祖父也是那樣，也許不是。

大人們開始討論在哪一個日子要送去火化，成為灰燼，這樣說來比較乾淨，不會像那些山裡的墳墓一樣，陰風淒淒。

「找個好日子。喔，不該說好日子，應該說適宜的日子。」對於死者來說，他的生命已經到此終結，不會有任何更好或更壞的事情發生，對於記憶而言比起電影實在太過於脆弱了，無法重複播放那些經典畫面或台詞，實在過於平淡了一點。雖然我不能明白時日對於活著有什麼重要，都像是冥冥中的操作，更具體點來說就像是有另一個更高的層次影響著，有如波紋的方式對我們擴散，當一個人死去將可以轉為符號符碼，成為承繼者的好運與壞運，就像是賭徒對於觀察事物的細節，將所有細節都數字化條碼化，好似看見真理的部分。

藍翅阿姨的朋友很會數算，有時也會到那個房間，很瘦高，大家都叫他長腳仔，我們小孩最喜歡他，有時他會帶來一些從百貨公司買來的水果糖，色澤鮮豔比起真實的水果更為豔麗，他喜歡邊瞇著四色牌，一邊在白紙旁抄寫數字，他說每天這時候都是他最有靈感的時候，沒有人知道他做的是什麼工作，喔那好像是禁忌般，在賭桌上沒有人會去管別人背後的生活，大家的興趣都是一致地為了贏，或者為了更容易贏的方式，從前祖父過生日的時候，長腳仔都會呈上一張紙條，上面有各種塗改的數字，不斷劃掉又重新謄寫，他說：「這次就是幾個變化啦。」倒是有沒有中過，也沒有計較，總之給人一種神祕的感覺。

母親與我站在那什麼也沒說，我們本來就不擅長說話，祖父死後舊厝的一切就歸屬於叔叔，非常和平地移植，家裡沒有其他人有意見，當然他們也長久就已經經營這一塊。從我小時候就對神明廳之後穿過走廊和許多雜物後的房間，叔叔對我說：「我想你不會計較吧。」不會。沒什麼可以計較的，我沒有停留在這裡過，縱使待過的時間很長，長得如果用童年來計算，那已經沒有任何童年可說，被設限於房間與隔壁的安親班，他們說反正都要來舊厝，就在隔壁啊大家（小孩們）一起去好有個照應，安親班阿姨不准我們叫她老師，說老師會老的意思，但學校老師都是老師，而我沒有選擇權，小孩沒有選擇權，小孩只能選擇哭泣或笑，都是毫無意義的，除非你是他們的小孩。賭注，那是種自由，拿著銅板堆成一座小山，像是電影中的籌碼，我們抽牌在阿摩尼亞四溢的廁所裡，牆壁上的黃斑沒有遏止我們的趣味，一種深刻地存活在於心跳，喔眼中沒有別人，被教訓你看見人不會叫嗎？我有說我有說我有說，我的聲音無法被留在那裡。頭頂冒汗，蹺課哈菸，訓導主任叫我們站成一排，口袋裝滿那些撲克牌，我不懂四色牌，縱使我洗了好幾次，但我一點都還是無法明白那些規則，他們也沒有想讓我理解啊。

我說：「嗯，不會。」語氣略微上揚。

「很好，那你以後想要做什麼？」他問。

「還在想。」

「反正你還在念書嘛，不急不急。」

我沒見過叔叔去上過班，至少在那些童年裡，他總是侍奉著裡頭房間的人，在外頭張羅買菸買檳榔或是要什麼涼的，或是晚上有沒有要留下來吃飯，預先準備好材料，安排得很好有時也幫忙叫計程車，隱匿得很好或說是打點得很好，我只見過一兩次警察來探訪，年輕的樣子鬍子剃得乾乾淨淨，沒有一點雜毛，剛畢業的感覺，制服都還筆挺得僵直，按了電鈴，小孩們總最先知道，跑到裡頭的房間用自以為輕聲的聲音說警察來了。叔叔請警察進來，站在神明廳前，警察說只是來關心一下，叔叔微笑著，他推推警察的手臂，好像遞給他什麼又好像沒有，只是滿口說拜託拜託，不知道拜託什麼，沒有高潮起伏的連續劇，一下子就平和掉了，恢復那日常的日子，也許沒那麼日常，警察穿著剛燙過的衣服從大門離開，沒有回頭看一眼，然後小孩們又回到崗位繼續洗牌分配那樣的競賽。

叔叔曾經想做小生意，但是脫離不了內心的某種依戀，或者太害怕失敗，又回到舊厝。他從來不賭，從不喝酒，他與嬸嬸就像是保護好的老舊建築，依舊藏在城市的邊緣，那隙縫，母親曾說他們家的房子是父親離開前贈送給他們的，在他們新婚的時候作為嫁妝，用以壓鎮婚姻，那比契約更為重量的東西。不過那都是在我出生以前的事情，實在沒有任何證據可以證實。

很快就把祖父剩下來的東西分配完了，眾人也收拾好眼淚，法師也倦了坐在門口的椅子喝著杯水，聽著人本公司說下一場的開始時間以及我們決定在什麼時候火化，親戚滯留在那，也不知道該說什麼，好像說什麼都不是，我們應當感受相同的悲傷，悲傷到說不出任何話才是，但誰也找不到離開的說法，就像是下班時間到了，但沒有人願意先離開，或者像是期末考試都在等待第一個人交卷，總之僵持著，雖然一切的事情幾乎都結束了，幾乎都沒什麼話好說了。降低到室溫以下的溫度之後，我用明天還要上課的理由說，喔那我應該準備去搭車了，其他人也立馬跟上對對對明天還要忙呢，火化那天是十一號記好了，別跟老人家講，暫時別跟她講。「我知道，我不會的。」

我把這事情跟露說了以後和她做了一次，用沉默而溫熱的方式，但她似乎能夠懂我的體溫，這次我買了保險套，蒼白的黏稠綁個死結拋丟往垃圾桶，看著盒子上寫說正確使用可以達到百分之九十七的避孕機率，也就是還是有百分之三的機率發生，每一百個就有三個會獲獎的機率，相較起來還是比樂透高了太多，這時我必須相信自己是沒有一點賭運的，一點都不幸運的，活得就像是日常那樣的重複，每一天都像是另一天，一樣的一百天。

那天我和露在電視上看見三條新聞，一邊相擁著試著維持熱烈的體溫。新聞記者站在馬路邊，不遠處打滿了馬賽克，能看見一些紅色的機骸，記者以平穩的口氣敘述著，疑似路況不熟又互相競速，結果男大生煞車不及撞上路邊護欄彈飛了三十公尺，當場失去生命意識，送醫後雖然恢復心跳，但仍然有生命危險。我知道他面對了另一位賭徒遇見了代價，我沒有想為他做什麼，我並不認識，他只是在我身邊做了一場賭博對著自己，想要掌握的生命，最後他沒掌握到，或者其實這是他早就安排好的結局，我並不知道。就像是我看到另兩條新聞，上面都是「父親」的名字，其中一個是在工地，我記得小時候曾和他一起去過工地，至於是怎樣的工地倒也不記得了，只記得可以玩沙，工人們多半黝黑打赤膊，安全帽愛戴不戴充滿男子氣概，機械在角落運轉出巨大的聲音，新聞上說「父親」準備進行鑽炸工程時，隧道上方岩塊突然掉落，閃避不及，遭石塊擊中頭部，送醫急救中。該工程動工至今已發生四件重大工安意外，造成六死四重傷慘劇。另一個「父親」則是被控訴欺詐了幾億元逃往國外，只留下一間空殼公司和幾百箱不知來源的貨物，記者採訪著受害人，他們用著不太清楚的含糊語調說明自己的痛苦，不時捶胸頓足說著：「他一臉誠懇，我們都很相信他，但他現在不知道去哪了，我們的血汗錢啊都被他帶走了。」

父親，也許就在那當中，也許不是。

我並不需要一個沒有結果的博弈，我關掉電視，將今天購入的點數儲值在電腦裡，遊戲的轉蛋，旋轉旋轉旋轉，已經熟練的對失望感到麻痺，只是重複地點開點開點開，直到掉落一件金黃色的戰衣，系統貼心地跳出彩色的光圈給予祝賀。抽了第八十三次了，終於抽到傳說級的戰甲了，立刻將角色上傳到個人的資訊欄裡，一堆人開始詢問著哪裡來的哪裡來的，角色站在城池上，金黃色的像是太陽般耀眼，讓人無法直視。

（東海大學「東海文學獎」首獎作品）

得獎感言

很意外。

我不知道該如何說明意外，從一開始在校內被選入的時候，我就覺得意外。那時我覺得我沒有把故事處理好，記得以前老師在黑板上，畫了一條曲線，表示小說的起伏以及衝突點，我覺得我都沒做好，尤其是衝突點，老師也和我說過，我的小說總是太慢進展遲遲沒有事情發生。我想，也許是我自己無意間找出了什麼平衡的方式，使得沒什麼劇情的小說能得大家厚愛吧，謝謝評審，謝謝所有寫作的時光。

林炯勛

大學就讀東海社會系，不是跟文學太有關係，喜歡寫作的時間點發生得很早，大概是國中，對流行歌詞開始拼貼改變順序，喜歡寫詩，喜歡城市和羅智成，但這是小說，我也很意外。現就讀東海大學中文研究所。

入圍

迷途

林念慈

連月光也沒有，只有家園那清甜撲鼻的橘子花香指引著小男孩。他狂亂的踩過每條產業道路，踢騰每一顆亂石，默如幾乎都能聽見京劇裡緊張的鑼鼓梆子，淒厲的敲打在那一條夜路上，每一棵果樹都張牙舞爪，好似山鬼要撲抓這夜歸的赤子，默如在男孩身後喊他：「小朋友，你迷路了嗎？」

小男孩停下腳步，緩緩回頭，默如友善的伸出手，又笑著說了一遍：「你迷路了嗎？你是誰的小孩？來，我帶你回家。」

小男孩緩緩的朝她走來，但童稚的臉卻快速衰老，默如驚愕的倒退，小男孩卻步步逼近，直到她慌亂的倒在地上，退無可退，那張變形的臉瞬間壓下來，緊貼著她的臉，然後，惡狠狠的、咬牙切齒的迸出：「無路用啦！讀冊讀彼呢高，攏沒效果啦！不知影變巧！」

默如嚇出一身冷汗，在自己的床上，窗外的陽光隔著窗簾滲透入屋，默如這才想起今天是週末，不用到學校去面對那班可惡的寶貝蛋。她癱軟在床上，想起那張猙獰的臉，那個恐怖的小孩，還有在緊要關頭說出的那一句，父親的口頭禪。

原來是父親，默如疲倦的想著。

又想起去年夏天，老家供奉的媽祖娘娘聖誕千秋，所有親戚圍聚一堂。當天午後，「天妃娘娘」會附在三叔的乩身上，為家族裡的人排憂解難；默如看著三叔拿著桃木劍和七星刀猛揮，在院子裡亂竄，心底很是惶恐，一直想著刀劍無眼。

「秋樹的這個查某仔甲我有緣，前世人伊就在本妃的身軀邊修行，所以勸妳一句話，心結要開。」默如看著粗獷的三叔叔滿頭大汗，又作嬌嬈態，不敢造次，「娘娘」顯然很滿意，繼續往下開示：「總共一句，心結開，妳的姻緣就通。」

默如的父親此刻正忙著翻譯天妃娘娘的「人語」，奶奶更是畢恭畢敬的表示默如定會「痛改前非」，此刻忽然聽得一聲長嘯，三叔往後一倒，四叔大喊「娘娘退駕」之後便俐落的接住三叔，大伯父含了許久的米酒總算派上用場，噴了三叔一頭一臉，而家中女眷有些忌妒，在一旁私語起來，都說娘娘太偏愛默如了。

媽祖俗名恰為林默，這樣一來，倒也不算默如「攀親帶故」了，可是她想起那海邊的女兒，提著無望的燈，和汪洋爭自己的父親，最後孤獨的倒下，成一座海上燈塔，這樣偉大的故事，無論如何不能讓凡俗的默如喜悅起來。至於「心結」的內容是什麼呢？天妃娘娘說：「那就只有妳自己才知影囉。」

默如煩惱的搓了搓一頭亂髮，打開房門，就看見父親呆坐在沙發上，好像天黑天光都與他無涉，真難把那個小男孩和父親聯想在一起。

父親的眼裡有著熊熊的火光，默如看見的。在早晨八點交班以後，父親還輕快的吹著口哨，打算回家先洗個熱水澡再補眠，就在步出廠房的那一刻，廠房內部忽然發出爆炸的巨大聲響，他回過頭，怔怔的佇立著，看著火舌和黑煙凶猛的在廠房內外竄逃，並不是害怕和慌張，至少，一開始並不害怕和慌張，只是整個人放空了，彷彿那場火是燒在電視新聞上，而不是近在咫尺。

默如後來在新聞裡看見父親和幾個同事，被大批記者包圍著，向來肥壯的父親忽然變得很小，同事們正慷慨激昂的表達看法，然而父親只是念念有詞，默如試圖從螢幕上解讀父親的唇語，然而，默如從來就不懂父親，也不被父親真正理解。

像一場失敗的默劇那樣。

默如的父親此刻面無表情，看著陽台上的花草，而母親正圍著他叨念，像游擊隊背著一串子彈在發射，然而默如的父親還是充耳不聞，他甚至閉上了眼睛，想來個眼不見為淨。

「我看喔，妳爸這樣不行，自從失業以後就怪怪的，人都沒精神了。」默如的母親拉著她到房裡去商量：「我在想，下個月就放暑假了，妳跟我們回南部一趟，趁這個機會，回去把老宅整理整理，讓妳爸有個事做，人有寄託，比較不會胡思亂想。」

「老爸是在煩惱錢的事情嗎？」默如壓低了聲音：「老弟明年就畢業了，我跟哥的工作都還算穩定，叫他不要煩惱。」

「妳爸喔，好好的日子不會過啦。」默如的母親搖搖頭，一邊交代她：「打電話叫妳哥請兩天假，整理房子總要搬搬東西什麼的，派得上用場。」

●

父親和三叔叔揮動著鐮刀，除去擋道的雜草，默如看見一棟老宅子滿臉風霜的座落著，老哥和小弟人高馬大，卻顯得有些大而無用，除不了多少草，虎口已經被鐮刀柄磨破了。

默如的爺爺早就過世，奶奶也搬去和三叔三嬸一起住了，這裡早已荒廢，記憶也是。就像默如對爺爺一點印象也沒有，許多年來，爺爺始終只是灰淡牆面上的一張照片，雖始終不老的占據了一方，但早逝仍使他的表情略帶驚愕。一切都進行中，大家忙著為他展延姓氏和血脈，他自己卻結束了，只能啞口無言的貼著那堵牆，成為生活的背景，直至淡出。

聽說父親八歲那年被送養，夜半翻過好幾個山頭才逃回來，爺爺一開門，又把父親打了一頓，默如看著豔陽下的父親，不相信他有這樣無助的時刻，即便此刻他的王國都崩毀了，她還是清楚地看見父親的不屑，對她。

南方的日頭真毒辣，默如想打傘，又怕父親吼她，只好作罷。她順著父親所開之道，小心翼翼的前進，然而有些暈眩，父親回頭看見，有些不悅，他順手又砍下一把雜草，眼睛看都不看默如：「沒效果啦！愛哭擱愛跟路，讀冊人攏讀到天頂去，做一點代誌都死死昏昏去，去坐欶啦，妳哪昏去喔，我加麻煩啦！」

默如坐在樹蔭下，微微的喘，一方面也是生父親的氣，一點面子也不給，她喝了口水，故意把嘴巴鼓起來，讓自己像隻河豚那樣，在台北搭電梯時她總這樣對著鏡子扮鬼臉，電梯一開，她又是同事、學生口中的「林老師」。

恁老師勒，她想起頑皮的男學生總背著她這樣喊。

「恁老爸對妳還不錯，我阿爸攏拿鋤頭給我打，甲我打到死死昏昏去。」

默如一口水差點噴出來，她看見那個夢裡的小男孩，赤著腳，穿著白色吊肩背心和小短褲，和一頭天生的自然卷髮，一派自然的坐在她旁邊；默如緊張的看著遠方，老爸仍然在揮刀除草，母親和老哥、小弟跟在後面搬點小雜物，一旁的橘子樹開滿了細碎的小白花，香氣在高溫下蒸騰開來，一切如常，只有旁邊這個小子不對勁。

或者是中暑了，默如下了結論。

「妳也是來看新娘的嗎？」那小子繼續發話，興致還很高：「我跟妳說，今仔日有很多人客喔，有青山來的，有水上來的，還擱有白河那頭的親戚，我阿母很歡喜，說按呢才有面子！」

「你是林秋樹對不對？」默如壓低著聲音，一邊注意著父母的動靜。

「對啦，我叫阿樹仔。」他站起來，一邊抓著頭，好像有幾天沒洗了，然而仍不減他的興致。阿樹指著老宅，興高采烈的說：「全庄頭攏有來欸，有夠鬧熱，妳看，五十幾桌，有一半攏是老芋仔。」

默如真不敢相信，自己竟然和幻覺對起話來，她順著阿樹的手指看過去，是方才走過的那片荒煙蔓草，然此刻竟然人山人海，而父親早已放下鐮刀，甚至還戴著白手套，身穿漿挺的藍色西裝，領上別著一朵禮花，正對著一桌外省伯伯敬酒，默如站起來，和年輕的父親對上視線，他靦腆的笑了笑，在遠方對默如舉杯致意。

「我不甲意老芋頭，我阿爸把我送給老孫，伊講我沒效，所有兄弟就是我最沒效。」阿樹忽然垂下頭，表情很憂傷，厚嘟嘟的嘴唇也捲了起來，就要落淚的樣子：「其實我很會做事頭，我也很打拚，但是就是顧人怨。」

默如不知該說些什麼，只覺得跟著他憂傷起來，所幸阿樹不是那種掃興的人，太陽很大，他的憂傷很快就晾乾了，一會兒他又把眼淚丟在腦後，忙拉著默如：「走，咱去看新娘。」

「新娘有什麼好看的？不過是青春的終結，像是打著蝴蝶結的禮物，獻給家庭的祭品。」這段話默如沒說出來，怕掃了阿樹的興致，但阿樹彷彿感受到她的不以為然，連忙補述：「妳不知影啦，這是全庄最水的新娘，上次博士博娶那個有夠歹看，臉紅吱吱，人攏講像猴三。」

「好缺德喔你。」話雖如此，默如還是笑了起來。

他們躡著手腳，慢慢接近老宅的其中一扇小窗，阿樹踮著腳看進窗縫，癡癡的笑起來：「沒騙妳喔！這個新娘從都市來的，都踩三吋半的高跟鞋，妳看伊的新娘衫，就知影不同，全新的，一領就愛八千多塊，博士博娶那個猴三，新娘衫才花兩千塊。」

「你又知道不一樣了。」默如對新娘向來沒有什麼好感，但是面對自己的母親，當然難免好奇，她把阿樹擠開，也從窗縫看進去，床沿上的新娘仍舊是個新娘，除了漂亮，倒也看不出什麼所以然，但那一緊張就歪嘴的動作，完全就是母親的正字標記。

「是誰？」母親發現了他們，走過來開窗，阿樹一溜煙的跑掉了，默如趕快蹲下，在牆角下縮成一團，心裡暗恨阿樹沒有義氣。

「妳在幹嘛？頭不暈啦？頭不暈就趕快來幫忙。」

默如抬起頭，嬌羞的新娘已成老娘，果然，婚姻是一條不歸路，默如更堅定的這樣想著。

●

默如也常迷路。

說真的，在台北誰不迷路？而女人如果不迷路，全天下的男子都只好孤獨終身。情人每次聽到默如的論述就笑起來，又是欣賞又是莫可奈何的：「誰說得過妳那張嘴巴？」

默如總是撒嬌的偎上去：「我告訴你，嘴巴是值得投資的，你看你吃多少，都不會有半點流失，全部反應在身材上，所以說，嘴巴是世界上最可靠的器官，怎麼，你覺得我的嘴巴不漂亮呀？」

「看來我得懸賞天下名嘴來治妳！誰說妳不漂亮？誰說的？」情人溫柔的撫摸著她的頭，默如偎在他的膝蓋上，看起來就像個孩子。

有一次默如在情人的住處睡著了，醒來卻找不到門，整個屋子變成了密閉空間，她一向最讚賞的情人的品味，簡約的北歐風，頓時成為一個密閉的荒洞。她驚慌的在屋裡亂竄，忽然從穿衣鏡裡看見情人，然而他卻年輕了二十歲左右，更荒謬的是，情人的輪椅呢？他竟然能夠佇立在那裡，以一種省視的目光，冷冷的看著她。

她不可置信的問：「你為什麼還這麼年輕？」

情人一貫淺淺的笑，他指著鏡子：「那妳呢？」

默如這才發現，鏡子裡的自己，是十歲的模樣，她伸出手，摸著涼透的鏡面，顫抖的說：「這不對，這樣不對，這是哪裡，這不像你家。」

「是不對呀，因為我不像妳父親了。」情人笑意更深了：「沒有妳父親的地方，妳都不覺得是個家。」

默如從鏡子裡看見情人一步一步逼近，直到她背後，她屏住呼吸想要轉身，卻被情人一把推入鏡子裡，封鎖。

她從情人的膝蓋上彈起身，一臉驚恐，情人擦著她額頭的冷汗，疼惜的說：「作惡夢了？」

默如搖搖頭，但顯然餘悸未退，她在情人的膝蓋上仔細蓋好了毯子，冰冷的鐵製輪椅忽然多了一點溫度和柔軟，默如半跪在輪椅前，沒有一絲不耐煩。

●

經過大半天的整理，總算有個雛形出來了，默如趁拿垃圾去丟的空檔，撥了通電話給台北的情人，怕父親聽見，又是一陣晴天霹靂。

「妳哪想欲嫁乎彼隻老猴就免叫我！」默如記得父親是這樣宣布的。

「媽！媽妳快來看！」默如聽見小弟挖寶似的興奮尖叫：「天啊！鋼筆字帖欸！好古意盎然喔！民國幾年的事啊？哇！爸還寫日記勒！你看你看『親愛的日記：今天阿爸找了媒人到香香家，香香的阿爸把媒人趕出來，說我們不見笑，他就是嫌我窮，以後我一定要當有錢人，賺很多很多的錢，給香香的阿爸知道我不是沒志氣，以後我要娶一個很賢慧很漂亮的老婆。』我的天啊！香香是誰啊？還有什麼是『不見笑』？是不是不要臉的意思啊？」

默如進屋裡去，看見母親、老哥和老弟笑成一團，手裡還傳著那本紅色絨布的日記本，鑰匙已經在歲月裡丟失了，只剩下一個損壞而孤獨的鎖頭。她接過那本舊日記，翻開春天的章節，秋樹已經變成一個年輕人，在遠房親戚開的香燭店裡當學徒，入門的前三年學製香手藝，不拿薪水，只供膳宿。十六歲的秋樹有張老實憨厚的臉，厚嘟嘟的嘴唇，親戚稱讚他，厚唇重感情啊，這款人，必定會好好幹活，不會讓人失望的。

秋樹永不能忘記的，是當伊垂著手，老老實實聽著香爸訓話的時候，穿著制服，有張可愛圓臉的香香，背著書包從店門口走進來，輕輕的喊了聲阿爸，然後進房去的畫面，有點像是在看電影，恍恍惚惚的。後來秋樹才知道，香香是香爸的大漢查某仔，比他大上一歲，是個好命的中學生，平日裡什麼也不用幫忙，就等著高中畢業，給她找戶好人家，所以香娘帶著些微的肉感，是一種富貴人家才有的豐實。

「你甘有想欲好好讀冊？」

有一次，秋樹替香媽送便當到學校去，香香接過便當，忽然這麼說。

秋樹的眼睛隨即出現某種光芒，但又迅速消失了，他想起家裡的兩個弟弟，三弟春生嘴巴最甜，也最得阿母喜歡，而小弟阿冬特別幼弱，阿母最心疼他。阿兄倒是比他多念了兩年的書，阿爸說，阿兄是家裡的大漢後生，以後要繼承家業，本該好好栽培，雖然阿兄的頭殼，比起家裡那頭豬好不到哪裡去，可是阿爸說的一定是有道理的。

秋樹搖搖頭，說：「我家無錢乎我讀冊，要不，嘛不用來妳家學師仔。」

看出秋樹眼光裡的黯淡，香香笑著說：「只要你肯打拚，多讀一些冊，說不定以後你就會長智識，做大頭家，自己開店勒！」

「哪有可能？」秋樹提高了聲調：「這我不敢想！我也讀過冊，小學五年就沒擱讀啊，國中攏無畢業，哪有可能做頭家？我不像是妳好命囝仔，會凍讀高中大學，以後嫁一個好尪，做少奶奶。」

香香的臉一紅，半是發嗔：「誰甲你說我欲嫁尪？你再黑白講，我去找我阿爸，甲你趕趕返去！」

老實的秋樹都嚇傻了，連忙鞠躬道歉，但香香不再說話，一回頭就走了，讓伊擔心了一整晚，怕自己飯碗不保，更怕香香討厭伊，伊暗恨自己多嘴，沒事說這幹什麼，難道不知女兒心態，這下惹了香香生氣，怕是再也不會和伊說話了。

隔天，秋樹帶著忐忑不安的心情，送便當到學校去，香香倒是早等在門口了，伊正煩惱著不知怎麼道歉，香香說話了。

「這給你。」香香的手上有幾本鋼筆字帖，還有幾支鋼筆，她淡淡的接著說：「沒法度讀冊，也把字練好，我阿爸較甲意字水的人。」

秋樹一楞，香香已經一把搶過便當，又把字帖塞到伊手裡，等伊回過神，香香早已回教室去，只剩秋樹還站在門口發楞。

校門口的大樹被風溫柔的吹拂，發出沙沙的聲響。

那個香香倒是好女孩，默如嘆了口氣，但一早看出這是個悲慘的愛情故事，長工和千金小姐，不管哪朝哪代，總是難結善果。默如聽見母親說，親戚後來把父親，不，是把秋樹趕出來了，秋樹只學會了製香環，一半的工夫，等於武功全廢，所以秋樹走進了屬於他的婚姻，不知道四十年以後，他工作的廠房起火，使他再度失去自己建立的秩序，他更不知道，他的兒女，全都有碩士以上的學歷。

但也許這些都像父親說的，這些攏沒效果，默如想，因為無法挽回什麼，無法讓父親再變成秋樹。

默如看著門外的父親，他正抱著一塊裱框的砂畫細細清理，父親心情好的時候，曾告訴默如，那是在東沙島當兵的時候，用當地獨有的白沙填入買來的圖樣，再以青春上色；七〇年代的純情，留下一幅「龍鳳呈祥」，三十年來，飛不出那個俗氣的框架。

默如牽著阿樹，抬頭看著那懸在梁上的大香環層層旋繞，直通天聽而煙霧瀰漫，把老宅的屋頂燻成一片漆黑，像那個沒有星星的夜晚，也如一個永遠走不出去的迷宮，沒完沒了的環繞著。

（淡江大學「五虎崗文學獎」首獎作品）

林念慈

一九八五年生於台北，就讀淡江大學中文系研究所文學組。習慣烏煙瘴氣和車水馬龍，十五歲那年的某節下課，忽然興起「要不然來寫一首詩吧」的念頭，一路寫到今天；正在瀝乾作品裡的黏膩和潮溼，有人說妳作品中的女性意識和某某主義越來越明顯，常因此愣住，覺得沒有這麼複雜，之於寫作。

一半

陳以庭

1

妳倆站在馬路的兩端，從視線交會的當刻起腳癢，兩隻鬥牛跺著蹄，屏息以待柵欄升起——終於，猛獸出柙，妳想。

「親愛的——」從彼端一路燒至妳耳邊的超長吶喊，妳壓著那頭牛，故作鎮定，等待預料中的，C的大擁抱，而妳在密合的曲線裡感覺靈魂存在。路人不由得多看了妳倆幾眼，表情怪異地快步走過。

妳的手勾過C的手，緊緊地，然後邁步。

鬧鐘就這麼響了。

2

妳與睽違一年多的友人們相約回母校，邊等人邊吃飯。L和W合點了一份主餐，又加點了幾份飲料和湯品，妳笑她們這到底是食量小還是食量大？卻被反駁喝飲料的胃跟吃正餐的不一樣。妳連連稱是，她們才滿意地開始聊起天來。

「真像回到以前的午飯時間。」妳不禁這樣想也這樣地說了，她們突然靜默下來，正要喝水的妳嚇了一跳，兩眼直勾勾的望著她們，「是啊，真懷念有人能一起這樣吃午餐。」L忽然回過神，補了這一句，彷彿妳們只是忽然斷電。

「能一起吃飯就好了。」

「可以約啊，但可能要等開學後才能確定……」妳笑笑地附和道。

「那不一樣！」

W把茶水灑了滿桌，流過L的面前，沿著桌邊滴了下去，她驚呼起來。

「沒關係，我不會在意的，是我太大聲了。記得嗎？以前我們曾經打翻一整個便當，滿裙子都是飯粒。」L笑起來，W和櫃檯要抹布去了，L接過妳遞給她的紙巾，說了聲謝謝。

「那時候真好。」她意思意思地擦了幾下放在腿上的外套，隨手就掛到椅背去。

妳不知道要說什麼，只好摸摸她的頭。

「如果能一直和妳們在一起就好了，真不想開學。」

「我也不想……又得一個人去上課。」W又說道：「而且我討厭跟他們說話。」即使一段時間不見，妳仍自網路上斷斷續續知道W多少參加了系上的活動，以及她與周遭同學普普通通的關係。

「我努力了，不知道為什麼大學以後交朋友這麼難，每次每次每次都會聊到『妳怎麼還沒交男朋友？』一回答沒興趣，就被說『怎麼可能？所以妳是T喔！』難道只有這兩種答案嗎？吃喝玩樂全都環繞著誰愛誰、誰甩誰，誰的八卦……」

W疲於面對這些空洞的對話，疲於解釋，疲於認真回答然後一次次被嘲弄。

「當他們說這些東西的時候我實在很想對他們翻白眼。」W用力地叉起了義大利麵上的培根，妳試圖安慰，還提供各種反駁的話語，明知道W不可能真的對人說出這種話，但妳滿希望哪天他們直接把脾氣好的W給惹毛了。

「沒錯，我也遇過這種人，真的很煩，三天兩頭就一直問一直問，尤其那什麼家族制度，明明就沒話聊卻硬要把人拉在一起。不應付、不跟系上往來，就被貼上宅的標籤，這字在台灣濫用成這樣，虧我還是日文系的，怎麼自己的同學連宅本來的意思都搞不清楚呢？」

L似乎心有戚戚，續說道：「我選擇我的社交生活，可好不容易找到稍微有點話說的同學，卻硬是被說成那種關係。就因為我勾了他的手，但我沒有別的意思，只是和高中的時候一樣而已。」

「『閨密』就是『閨密』嘛。」只是剛好是男生，要是能變性就好了，L嘟囔了一下。

「聊得來就好啦，幹嘛管旁邊的人瞎起鬨。」

「唉，反正就這樣……鬧一鬧之後我現在都只在線上敲他了，而且他有他自己的交友圈啊，男生那邊的，系上女生我合不來，所以就自己一個啦。」L補充道。

妳們不約而同地喝了一口茶，「話說，妳們怎麼看牽手這個動作？」L忽然疑問道。

「哪有怎麼看……就牽手啊，怎麼？」

「對吧！我就覺得奇怪，進大學以後不管我牽男生或女生好像都不行。」

「我懂！我也遇過，抱一下什麼……雖然我只對女生啦，但他們也一副我是變態的樣子，奇怪，路上到處是摟摟抱抱的情侶，怎麼反而就可以了？」

「就是說！啊啊，好想坐誰的腿啊——」L趴在桌上嘀咕了一下，「冬天真的太冷了，到底為什麼以前可以現在不行呢，比起冰冷的椅子，人不是很溫暖的嘛。」

妳苦笑著，輕輕地攪拌了下自己的飲料，美麗的拉花便融進了咖啡色的液體，彷彿本來就不存在。

3

妳們用完餐走進校園，頂著整個假期以來的最低溫。

「今天真的好冷喔。」妳摩挲著雙手，指尖卻還是凍著，於是下一秒就往A的臉上一貼，「好暖——」「真的嗎？我也要！」「喂，妳們不要一起上來啊！」A開始逃跑，妳們自然不會放過她。「欸要小聲一點喔，離下課還有一會。」誰提醒了句，妳們點點頭，自動轉為安靜的戰爭模式。

妳記得每到冬天，大家呼著自己的手掌卻還是滿手冰，便自動伸上誰的脖子，摟著——「攻擊！」一冰一暖，也就不冷了。每到下課，背對著背或同向坐在一張椅子上，從誰的肩頭探出頭來看她鍾愛的漫畫；妳的肩頭忽然負上重物，一個或兩個，活像一堆麻糬相黏。

妳們在每個季節想念彼此，不分季節需要彼此的溫度。

最後A在轉角被追上，煞不住車的S往A身上一撲，後頭的人便連番抱了上來。

妳們搗著嘴沒笑出聲來，依依不捨地站起身，下課鐘聲不偏不倚地響起，學妹紛紛走出教室，椰子樹的影子稀疏落在地上，妳們的黃衣黑裙與白鞋襪跳著走過，好一段沒有雜質的生活。

妳們找到令人想念的老師，談話間，極自然地問起了大學的種種，妳們不禁面面相覷，老師神采飛揚地告訴妳們趁現在體驗人生、多走多看，甚至提議妳們趕上最後一波天燈。好幾次身體微傾，腳尖向前，似乎要走了，又一直想到甚麼，便不住地回過來和妳們大力推薦、大力推薦，就怕漏說了什麼。

「下次妳們回來的時候換妳們來跟我說有什麼好玩的啊！這是功課！還要記得交男朋友！」圓環的行政穿堂中如此迴盪著。

後來妳們還真的去放了天燈，除了幾個男朋友纏身的，總是不克參加。十幾個人浩浩蕩蕩地擠公車，暈暈餓餓地到了目的地。

天燈願望超載，險些被戳破，不只生活大小事鉅細靡遺地被「希望」上去，連妳們平時鍾愛的幾個熱門組合，也吵了好幾回才選出古人代表李杜和西洋代表福爾摩斯與華生，妳們鄭重地在他們名字之下寫上長長久久，「神大概要很困擾吧。」

妳望著天燈紛紛飛上天際，好像高中第一次到同學家過夜時上山看的夜空，晚上妳們還交換了睡衣，趴在床上神智混沌、煞有其事地算起塔羅，嘟噥著睡意說了一夜的話，關於未來。

妳記得那一個奇異的晚上。

妳以為妳們會和天燈承載的祝福一樣，與妳們羨慕的那幾人一樣，長長久久在一起。或許妳們當初放的不是天燈，而是斷了線的風箏。

火箭發射後便不斷地分離，逃離塔分離、助推器分離、級間分離、整流罩分離……最後能到達新世界的不就只是妳一個嗎？

4

大二時C無預警地休學，甚至沒有和最要好的妳留下隻字片語，便失去聯繫，和她同校的W在打聽下只知道似乎和系上有些狀況，卻不清楚。妳知道C一直帶著與高中那同一顆心去面對這個世界，好幾次妳跟C相見時，看到妳穿上短裙她還是作勢抓妳——「纖纖出玉腿！」妳不禁也要回敬她，伸手要攞弄起她的裙角。妳們，還有更多的妳們，一直是這樣的，可到了新世界之後，誰都要把你們看成變態，在同性間妳們似乎也成為異類。妳們說，這不是很正常嗎？高中大家都是這樣一起玩的；她們說，她們合校的才不知道這種玩法，誰會做這些奇怪的事情。

所有的肢體接觸被分門別類，合法與非法。

妳，以及其他的妳逐漸發現這條法律的界線，但C沒有。

快畢業的時候妳終於在另外一個美術系的同學口中才聽見零星——C在一次美展的作畫期間，和三位模特兒——兩女一男以及他們的朋友發生衝突，謠言滿天飛舞。

當時好幾個人都被記過了，誰還想談這件事。他說。

妳一直沒有告訴任何人，從C離開妳們開始在世界的某個角落流浪，妳就開始陰陽眼，可是妳看不見鬼魅，妳只看到一隻隻水蛭在兩個人擁抱或親吻或牽手時爬上另一個人，開始變得巨大。妳覺得那些背了水蛭的人應該會被壓垮，可是他們好像都沒有感覺。

從那時開始妳很害怕，妳不想讓那種噁心的東西爬上自己，妳發現只有妳們還有像曾經的妳們一樣的高中生不具有那種異物。

時間是妳們之間的推進器，卻是牠們的培養皿，妳和妳被拉得老遠。從台灣戳一根竹籤穿透地心到另一面都不能形容這種距離——

妳感到緊繃，

妳氣若游絲，

妳痙攣，

妳斷裂。

妳不知道怎樣的接觸才能不被那種水蛭纏上，最終還是改掉了高中的習慣，以斷絕來保障自己的安全，這樣的間接妥協只讓妳覺得背叛了那些純粹的日子。

妳需要溫度，可是妳不敢。

尤在妳看見身邊的朋友漸漸被水蛭纏上，一部分的身體被水蛭吸走，然後填上另一部分，直到妳幾乎認不出他們，看見這些變化一次次都令妳想吐。

C一定是妳們間最乾淨的一個，妳想。

雖然C離開前妳看不見水蛭，但妳就是這麼覺得。

是不是正因為太乾淨了，才無法在這裡留下來？

妳仍記得最後一次見到C的時候，她和任何時候的她都相同——

妳倆站在馬路的兩端，從視線交會的當刻起腳癢，兩隻鬥牛跺著蹄，屏息以待柵欄升起——終於，猛獸出柙，妳想。

「親愛的——」從彼端一路燒至妳耳邊的超長吶喊，妳故作鎮定，壓下嘴邊將揚起的愉悅，等待預料中的，C的大擁抱，而妳在密合的曲線裡感覺靈魂存在。路人狐疑地看著妳倆，接著快步離開。

妳的手勾過C的手，緊緊地，然後邁步。

妳一次又一次地作著這樣的夢，抓緊了滿床的棉被，仍被空虛叫醒。

C常說妳身上有很乾淨很甜的味道，妳做了個鬼臉跟她說：「乾淨怎麼會有味道。」她說有，就是那種乾淨很甜的味道。妳吐槽那叫作自相矛盾。

「真好，在妳身邊我才能呼吸。」「我又不是空氣清淨機。」「妳知道中國的空氣髒到有婦人全副武裝扛著空氣清淨機才能上街買菜嗎？」「妳騙我吧，所以妳也要背一台上街嗎？」「那妳要讓我扛？」「我很重……欸不是這個問題啦！」

妳聽見C笑，那是C最後一次在妳面前笑的樣子，可是現在妳如果不認真看著合照就連C的眼角如何上揚都會忘掉。

C離開以後，呼吸困難的妳，不論和誰擁抱，都沒有一個身體的曲線可以吻合妳心裡的形狀。不久妳開始看見水蛭，便連擁抱的手也伸不出去了。

C離開以後的妳們，以更加迅速的速度脫離，妳用這雙眼，看著一條又一條的水蛭出沒，壓彎她們的腰。妳看見被水蛭纏上的人身體的部分消失，不久又長出一塊新的補丁，但他們毫無感覺。

卻是妳痛苦地喘息著，妳們不斷斷裂分離出芽分離時，許多的妳跟著一個個她被帶走了，一些她在妳身上活下去，但最終還是會跟著另一部分的妳被分離出去，妳們蕩然無存。

妳們的分離早在第一次發射時就注定，妳看見許多光點被拋下，在妳身後，妳的面前漆黑一片，只剩下自己的聲音。

5

妳睜開眼，發現自己置身於一間工廠，男男女女站成一列，不斷地拾起地上的紅色泥土，放進自己眼前等身的模型，一個人填著一個。妳看見她們親手把紅色的人敲出模子，微笑然後擁抱、收緊手臂，直到它碎，然後再重複拾起泥土、填模、擁抱，碎裂……

紅色的泥土不斷地落下，妳抬起頭，遙遙懸崖上一個個捧著心臟的人列隊站好，人首馬身獸手持皮鞭，身旁還有一群合唱團打扮的人，黑壓壓地一片看不見面孔。他們手持羊皮卷，捧心的人依次上前。他們朗讀出妳和某個人相處的種種與舉動，鉅細靡遺，時間清楚不已，把接觸編號命名，追問其背後的意義，捧心者沒有口，無法言語，合唱團愈起勁，捧心者愈痛苦。他們手上每一卷羊皮紙內容不同，可卷終合唱團總要齊聲高歌這唯一相同的一句話：「這——是——喜——歡——這——是——愛——這——是——喜——歡——這——是——愛——這——是——喜——」捧心者強烈地搖頭，不是，不是，不是，他們越唱越急促，隨著節奏強奪人們手上的心。面對谷底一個又一個的人型框，高舉——「不要放進——，不要放進——拜託，不要——」妳彷彿聽見捧心者內心的哭喊，卻無能為力，妳簡直不知道自己是在哪個角度觀賞這煉獄。

但最後的下場總是大鞭一揮，高捧的心臟破碎成雨，與方才捧心的人一同葬進模型框，然後下一批捧心者顫抖著身軀上前，接受拷問，反反覆覆、反反覆覆。

6

那天早晨妳收到一封沒有寄件人的邀請函，上頭既沒有地址也沒有郵戳。妳覺得這是惡作劇，可是上頭寫著妳名字的字跡看起來如此熟悉。

信封裡只有一張小卡，簡單地印了某展覽舉辦的時間和地點，除此之外再沒有任何信息。妳上網查了這個展館，確實有同時間舉辦的個人展覽，卻無法讓妳進一步得知租借者的身分。

一定是C，妳想，C要和妳說話了。

一想到C，妳拚了命的工作，終於在展覽前一晚結束近期那些惱人的工作，得以准假。妳從沒想過自己如此有效率。

妳早早就到了會場，除了妳以外還有幾個熟悉的面孔，看來她們也收到了同樣的信件，沒想到C會成為妳們難得聚齊的原因。「不過C真的在這裡嗎……」某人打破了僵局，妳們許久未見造成的失語以這句話為引導，漸漸地恢復了能力，但終究還是因為彼此離得太遠，沒能持續太久。妳們尷尬地跟著隊伍逐步前進，蒞臨展覽的人年齡甚廣，形形色色，令妳十分驚訝。

隊伍非常緩慢，除了人數管制，還有一點是因為「門票」。C的展覽並不售票，卻要求參觀者必須和自己前後的人各擁抱十秒才得以入內，這自然引起不少狀況。不只在陌生人之間，也在同行者間，小朋友們的抱抱看起來自是十分可愛的，簡單的擁抱對於年長些的人似乎是莫大的障礙，幾個人跳出來嚷嚷寧可付錢也不願意做這種奇怪的事情，「沒事抱什麼抱，羞不羞啊！」「又不是小孩子，也不是男女朋友啊！」「見笑！」但也有幾個人在尷尬的擁抱之後反過來替策展者的構思說話。

「剛抱的時候覺得很不習慣，而且會想東想西的，但是十秒之後就覺得沒甚麼了，真的就只是個擁抱。」

妳聽見最後幾個字時，不自主地笑出聲來，「小姐，換妳囉。」正失神想著事情時，竟已經換到自己，幾個朋友都先一步進去了，剩下前面的K和後面的一位陌生女子。妳很久沒和她們擁抱了，十秒這個看似很短的時間，在肢體接觸時卻能無限放大，足以令人感覺到每一寸肌膚的觸感，呼吸、氣味、溫度，妳不由得閉上雙眼，細細地回味著，許久未曾有的純粹。

一瞬間妳聞到了過去那些時間裡空氣的味道，在她們身邊呼吸的味道。

「謝謝妳。」妳們擁抱以後，等待下一梯次的空檔，妳後面的女子以細小的聲音和妳說道，「我好像從來沒有這樣和人擁抱過呢，這樣和陌生人攀談也是讓我自己覺得很奇怪的事情。」她微微一笑，然後轉過身和一名陌生男性擁抱，同樣地以細小的聲音與男子做了簡單的交談。

妳轉身，才發現四處是與人交談的聲音，卻不再是各自為圈的壁壘分明，似乎那條界線也因為肢體的直接接觸而變得淡薄起來。

妳彷彿聽見了C的聲音。

「諸位貴賓請進，請後面的貴賓往前移動，謝謝。」妳眼前的服務員將紅色的繩解開，妳踏進這小小的畫室。

是環室的長型畫，如莫內的荷花池那樣，卻不只一個主題。

是C走進了妳的夢，還是妳誤闖了C的夢境？

看見畫的瞬間，妳為這樣的「巧合」起了雞皮疙瘩。

妳能理解為什麼C將那些景象用環狀油畫展示的原因，無法擺脫的壓抑隨著畫面的進展住進妳的心，以字條作為「雨」，一根根刺入歡快的人群，形形色色的男男女女男女，被字句分裂段離，每張字條上寫竟是夢裡合唱團羊皮紙的內容。那一再重複的最後一句被大量印製，撕裂拼貼進各個畫面，與玻璃、碎布、塑膠及油彩等媒材合而為一。

畫室的最後一幅作品，正是參展者進入室內前的擁抱畫面，十秒的特寫被六十影格細膩地分解而出。妳踏著這六十步，一幕幕地妳腦中旋轉、一幕幕底畫、一幕幕的妳們和妳們，一幕幕、一幕幕……

妳走過六十步的長廊，走過。

妳倆站在長廊的兩端，從視線交會的當刻起，兩隻鬥牛跺著蹄，屏息以待的分秒多數了太多回——

終於，妳想。

（台北市立大學「學燈文學獎」首獎作品）

陳以庭

一九九三年生，新店人，現就讀台北市立大學中國語文學系。目前任系上文藝組副組長。讀書期間參加過幾個校內文學獎，作品包括〈電梯〉、〈天空冥想〉、〈鼻子叛逆期〉、〈E城市冥想〉，持續摸索文學世界，希望更懂得訴說自己所見所想。

老鼠不戀愛

彭筠

你寫了一封信，要我回家，帶走屬於我的東西。

當年離別時分倉促，我沒有記得路，靠著地圖與路人的指點，我回來了。

圍牆鐵閘門輕輕一推即敞開，壯麗的雕花正門卻深鎖著，絲毫沒有請進的歡迎，拉扯細鍊，隱約的縫隙中是黑漆漆一片。沿著大石磚步道拐入側院，低頭擔心高跟鞋跟卡進石縫，目不轉睛看著腳下，與當時離開輕快跳躍，對照著現今的提心吊膽，嘴角微揚。

小路旁花草茂盛，該是有段時間沒有修剪了，暗夜時一定會像張牙舞爪的獸。木圍籬後前方就是側門，白色油漆脫落的矮柵欄卻上了鎖。狼狽的越過，掌心被木板磨得有些發疼，皺著眉頭，暫且握著後門金屬的門把冰鎮紅腫。

只要手往下使力，就能回家了。

吶，我還記得窩在堆放書籍的房間裡，我靠著沙發側、坐在地毯上，夾在沙發與單腳桌之間，雙腿微微的曲起，這是小小孩才獨有的空間。你總是說這樣光線不足的看書會近視。可是，我喜歡聽你坐在沙發上報紙翻頁的沙沙聲；喜歡看你腿麻了換邊翹腳，又焦躁的換回來；喜歡感覺你拿桌上的咖啡時，手在我頭上掠過陰影。

想再靠近你一點，這是最近的距離，小細節也要反覆練習刻骨銘心。你總是說這樣光線不足的看書會近視，但你也從未要求我改變位置。打掃的婦人有時會移動地毯，我奮力的從房間一端拖行地毯到沙發旁，你沒有阻止我，也沒有幫我。

現在你要我回家，卻把我所知道的入口都鎖上了。握著金色門把，反覆的用力，確認是真的鎖住了，喪氣無力得不顧灰塵就直接坐在門階上。住在這裡的期間，只見過側門、正門，沒有真正足踏過後院，總是從窗戶俯瞰著，即使臉頰在玻璃上印出紅印子，視覺死角讓我無從得知後門是否存在。

擠壓在高跟鞋端的腳趾已經到達了極限，讓我失去動力探訪後院；倉狂失控的植物造景，也警示著生人勿入。回家不一定要從門，然而我期盼是被歡迎的場合，是你對我張開那雙令我思念的臂彎，不該是我在窗戶前如小偷般探頭探腦的張望，抑或以指節叩壁的觀察暗門所在。

曾經美輪美奐的莊園，窗框也是細緻精美，破窗而入的便宜行事等於是在破壞藝術品，存有審美意識的人類絕對無法如此，況且我是誰呢？

砰、砰、砰，是空心隔板，聽起來是可以進去的，但你是個嚴謹的設計師，如果能讓人輕易闖入，就太愚蠢了，這是只能由內往外開啟的單向出口。沿著屋子往正門慢慢走、慢慢看、慢慢摸索。這邊牆磚間有一條較寬的延綿縫隙，卻不是使用蠻力就能推開，一定有機關、一定會有，或許不開正門的你就是想向我炫耀你的精巧傑作。留意著每一塊磚頭顏色、形狀、紋理，按按看、摳摳看，撥開蔓生的草最下方的也不能放過，惡魔藏在細節裡，你總是這樣教誨我。

可是猜錯了，我想縫隙只是縫隙，但旁邊這扇窗戶我非常篤定有問題，從外看到的是木板，而高度又特異地比旁邊一排的其他窗低了一截，彷彿是為了讓人方便出入規劃，我知道一定有機關、一定會有的！

吶，我還記得挑高的藏書閣有個階梯式的書櫃，約莫一半樓層，像座小山坡陡峭的階梯通往更多的書櫃，你設計用以方便拿取高處的書，卻意外的衍生更多收納處。階台間隔不高，其下的高度只夠安放口袋書、繪本一類的小矮人，給小小孩閱讀。

我不喜歡爬樓梯，我也不是向來熱愛閱讀，可是小型圖畫書都在那裡，而你在我身邊時都在看書。我試圖提議：「為甚麼有階梯，卻沒有滑梯呢？」你不喜歡我在你觸手可及的距離內，難得讓我坐在沙發上你的身旁，你現在應該心情不錯。

「書上有大象溜滑梯！」沒有回應，直線的問句又畫下弧度，變成無解問號。

「還有長頸鹿……」拋出問題的獨腳戲冰冷刺骨。

「動物園真的有這麼多動物？」識相轉移話題，再天真也能感受氣氛一觸即發。

「妳在書上看到了甚麼動物呢？」你願意回應。

「我只看過老鼠。」隱含不放棄的輕聲埋怨。

「世界只有鼠輩。」你起身離開，藏書閣的階梯也依舊通往更多的書櫃。

回家是長長的破折號。雜草搔癢著不耐煩，體重給予腳掌的壓力更是刺傷徬徨。我又回到了大門，坐在門前的三層矮階梯上，腳隨意的前後搖晃，敲擊著階台。咚、咚、咚，五味雜陳的茫然席捲心頭，預想你打開大門，依靠門扉對著坐在這裡的我勾起你的嘴角，可是回頭了好幾次，門還是一樣。

那時你握著我的手放在胸膛，咚、咚、咚，心跳聲傳導振動。不要忘記我，你落下話語，也落下眼淚。怔怔的望著滴落在地板的淚水，不是不知道怎麼安慰你，而是不可思議你原來是會哭泣的啊。

你是否只是希望我回憶你？要我帶走對你的記憶？望著規律搖擺的高跟鞋，我下了這樣的結論。

風聲呼呼也在呼應這樣的解答，呼呼蕭瑟催促著我快回家，走吧、走吧！

喀，黑色跟鞋停下在石階，想向你宣示小女孩成長的驕傲蕩然無存。

站起身，嘲諷的想起你說乾脆是我的優點欸，走吧。

吶，我還記得你曾經是我專屬的解夢人，只要你在身邊，夢貘不敢以我為食。

豢養惡魔，暗夜的童話才得以誕生，我因你而清醒、而沉睡。

「我夢到了老鼠。是一大群老鼠從洞裡鑽出來，跑來跑去，很噁心。」我啜泣不成聲的沙沙細語，淚水鼻涕體液沾滿了白色睡袍，我被抱起在你的腿上，那時不知耐心原來是難得的高級消耗品。

「我也作了相同的夢，所以妳不用擔心。」你寬厚手掌輕撫我的恐懼，我以為你永遠都如此溫柔，我以為這是溫柔。

「擔心甚麼呢？」愚昧往漆黑處探問。

「我不愛妳。」你的手放上了我的腿，成群的鼠輩夾帶地下黏膩的濕氣，羞恥侵襲初潮。在你安撫我的這一刻，你提出了一種我從未想過的可能性。

步下階梯，腳底傳來一陣騷動。

咑、咑、咑，啪搭，像是被強硬扭開的鎖頭聲響，鏈條輪轉稀稀疏疏。

急切的轉身，不熟稔的垂直腳板，帶著我遲鈍的身體直接滾入在門前、地板下沉的黑暗之中。

當瞳孔放大至接收得到光線，我身在藏書閣長廊，走道長年的無人關心，牆角蔓延出植被，書架由蜘蛛開張昆蟲樂園，真是周到的歡迎排場。

盡頭有微光，我依稀記得這裡過去是樓梯，是高高的樓梯書櫃！欣喜快步跑，是你吧！是你！

喀喀、喀喀、喀喀、喀喀、喀喀。

吶，我還記得身高剛滿一百公分的我為了媽媽的生日盛裝打扮，拿出收藏在箱子最底層的檸檬綠洋裝，這是唯一一件媽媽給我的舊衣服。相片中十二歲的媽媽嬌柔身軀包裹在其中，炫目綺麗，踏出的步伐搖曳生姿，荷葉雪紡是綠葉，媽媽是巍巍盛開的夢境。媽媽從荷葉邊露出細白的頸項掛著珍珠鍊墜，現在珍珠鍊在我身上卻直直的指向肚臍，綠葉邊更是不留情掛在乳尖下。

我往向鏡子的眼睛懊惱黯淡，換來的是一舉明亮輕笑。

你在鏡子裡看著我，斜著門框，你的手指告訴我別出聲。

你的目光笑盈盈，卻又帶著猙獰的嘴角。你走來跪拜在我膝邊，軟旎的滑過我每吋肌膚，褪下我的檸檬綠，為我穿上紅綺，為我戴上疼痛。

為我們實踐魂牽夢縈。

拉開門，是與過往不同的光景，煞不住的慣性，腳底一滑，重心笨拙跟隨地心引力。重力加速度讓我切身感受到滑梯尾端與地板高低差的設計缺失，一只高跟鞋也伴隨混亂脫離。

是溜滑梯！階梯書櫃一半被改裝了成滑梯！

可是興奮驚喜迅速的蒸發殆盡。

舉目，房間只有微弱的一盞油燈，可我一眼就發現了，檸檬綠洋裝有了新主人，蜷曲霸占了藏書閣僅有的沙發。

吶，我還記得你在半睡半醒的愉悅間，近乎乞討的誠懇呢喃著：「我只剩下妳了。」

禁臠，這樣的形容實在太玷汙我們之間的關係了。

混濁的空氣液體交換，你的聲音有些距離，你的面容卻格外清晰。

上方的空氣清新，卻刮痛鼻腔黏膜，雙手以你的脖子胸口為我上身的支撐，還不想認清現實的我其實知道，只要手往下使力，就能回家了。

你向上對我伸出的手，是祈禱的手。

好幾次，我在你的臂彎中醒來，看到門縫間透出微光，然後把你抱得更緊，默背咒文，發誓我們永遠不要分離。

「我也只有你。」有光，就遮住它。

油燈將檸檬綠渲染陳黃。

啊，是新女孩嗎？抑或，何曾多次更換？

我脫去殘留的鞋，失去遮掩的腳底在微涼的大理石地板上不遺露一絲動靜，我走向沙發，走向過去。

他側躺著，細白手腕順勢垂下地毯，絨毛布上的指節分明。

「妳像是不曾離開過。」他開口，是把男聲，我驚慌得不敢向前。

「別拘謹，這是妳的所在。」他輕閉的眼畔也一起微笑了。

吶，我還記得你低聲說痛、很痛，我專注的搖晃著頸項並不以為意，你扯過我的髮絲，讓抵在我咽喉的癱軟異物退離，發現你緊揪的眉心，沙發沾染了異色的黃漬。你凹陷的雙頰看來凌厲嚴峻，完全反常的不發一言，不哄我嗎？

這頭長髮你一直視如珍寶的每日為其輕壓拭乾、輕柔吹拂，你竟忍心拉扯。自覺矛頭不對，我縮起肩膀，做錯事的孩子不敢輕舉妄動，赤裸緊貼地磚的雙腿連顫抖也極力克制。

絲絲液體自頭皮流淌下眉髮。

「你叫甚麼名字？」他搖了搖頭。

「每個人都有名字的。」我覺得是他不想說。

「那妳是誰命名的？」這麼問的他彷彿知道答案，掩不住意味深藏的竊笑。

「是我媽媽。」

「妳知道嗎？」他翻身仰臥，手指交疊安放腹部，檸檬綠露出的修長雙腿交疊越出沙發扶手。他顧自接續話語，沒有看向我。

「他，一直喋喋不休的重複著，初遇妳的景象：

『離家兩年的姊姊為了送父親一程終於回來了，給風塵僕僕的她揪心的擁抱，越過肩膀，是小巧的妳。那時才三足歲，白皙膚質與紅撲撲的圓臉蛋，像個三寸白瓷洋娃娃，崽崽怯怯的揪著白蕾絲絲質海藍洋裝。擁妳入懷就是擁有全世界，全世界卻只存在短短的喪禮期間，勢必要有新的葬式，才能留住妳啊。』

「如同現在啊。」他張開雙眼，卻只是一片蒼茫。

吶，我還記得有意識以來，就明白吻不只是唇與唇的相貼，渴求著彼此最柔軟的深處，像是貓兒憑藉著幼時汲取乳汁、必須擠壓母親肚子所殘留的記憶，貓兒對柔軟物體的執著揉踏，正是旁人不解的撒嬌。

但我們不是家貓，我們是嚙齒動物，稀稀疏疏、吱吱喳喳，苟延殘喘。

「我夢到手裡捧著小老鼠。」依偎在你的懷裡磨蹭，試圖勾起話題。你卻刷白了臉色，輕顫的手掌不安的將我抱離了沙發。你的反應看來就是答案，這是你最後一次為我解夢，後來我已無法清楚描繪潛意識的輪廓。一日接續一夜，生命變成模糊影像，在消逝、在改變、在無法挽回，但我失去了辨識能力。

我時常被叩、叩、叩的腳步聲驚醒，技術性的不動聲色，穩定頻率的呼吸著。我知道你來了，我也知道你不喜歡吵醒我，我只會喚醒你夜晚的野獸。

在你赤裸裸的注視下，只能假裝輾轉乍醒。

注意到你骨瘦嶙嶙的手指不自覺的輕微痙攣跳動，你想問，夢到了些甚麼，你卻嘴上說著違背心意不相干的：「睡飽了。」我抹了一把眼淚，望著濕潤的掌心，慢了半拍。

「我睡到流眼淚了欸！」自覺地對你開朗，然後把不明所以全部嚥下。

「你看不見嗎？」我向前一步。

他不理會，如夢囈、如吟唱般喃喃自語：「小倉鼠們在玩耍，吱吱叫的、吱吱。突然間，叫聲變得很刺耳，他們在打架，你咬我、我咬你，用大門牙攻擊對方……一陣子，又安靜了。」他停頓垂下眼，睫毛在蒼白肌膚上形成了陰影。

「然後？」

「然後，倉鼠們擠成一團，聲音細細碎碎的……」眼光閃爍，他的話語含糊。

「所以怎麼了？」我的音調有些不耐煩的高亢，我討厭人們不清楚的講話。

「……吃掉了。」模糊的隻字片語，就彷彿是在議論紛紛。

「吃掉甚麼？」

「他們把同類吃掉了！」他看向我，異樣的光芒從他看不見的雙眼散發著。

「我們明天去動物園。」你說。

「那我們甚麼時候回家？」

「明天。」你說。

「明天出去、明天回來？」

「明天出去、明天回家。」你加重了語調，刻意省略所有主詞。

吶，我還記得初次踏足側院。鋪地石塊，我想作是漂浮河中的危橋木板，掉下去就要淹沒。天空很白，相映白色衣物得扎眼，可是我的眼瞇瞇，不是因此。是萌芽的自由在雀躍，你曾說最愛我會笑的眼眉，回頭望你，你卻神情慌張，慌張囑咐我頭低低，不要張望、不要出聲，快走！快走！快走！你日漸消瘦的手拽著我卻像是鷹隼緊抓獵物的絕對，兵荒馬亂的未明急迫中我一瞥正門後，就隨即被趕上車。

屋內傳來的隱約叫吶，倏忽間在記憶中的尖聲被揭起迴盪。

有人一直在尖叫，一直。

不是不能理解他的顛倒，但尋找高跟鞋比較實際。

黑色跟鞋遺落在書櫃梯上，我拿回時又順勢從滑梯下來。

「妳怎麼不問我呢？」他已經坐起身子，垂下方才被壓在身後的長髮。

我沒有回應，也不願靠近。

「當實驗中的小老鼠認定了右門會有食物，如果將實有食物的左門換上透明門，小老鼠還是會執著衝向空無一物的右門，即使右門是銅牆鐵壁，寧可頭破血流。」

「你想說甚麼？」油燈火燭黯然，看不清陰影中他的表情。

「我在頭破血流後，做了妳想做卻不敢做的事。」他側向光源，照亮顏面。

我不願確認猜測，於是放任靜默橫亙。

「妳知道信的來由。」他卻毫無遲疑點出的肯定句。

「我知道。但是，你知道嗎，小白鼠在反覆受到電擊後，也是能跌跌撞撞的跑出迷宮。」我揚起下巴，穿回高跟鞋。

「可是迷宮才是小白鼠的家。」他的指尖玩弄著指甲縫隙，語表無辜。

「那只有你。」斬釘截鐵的權威句號。

吶，我還記得當窗外紅葉成春泥、沃野綠葉又枯萎後，我順從得讓人把一頭長髮剪齊至下巴。這裡是動物園，我是被馴養的奇獸，白衣女士每日以憐憫餵養。

「噓。你有沒有聽到叩、叩、叩的？」聽啊，是誰的心跳震動傳達到地表了。

「沒有。」自答。真的沒有，像是在說服自己的又在內心重複一次。

不是叩、叩、叩，是滴答、滴答、滴答，已經不再是那個人有跟皮鞋叩在大理石地板的聲響。

滴答、滴答的點滴，不是叩、叩、叩。已無法再次入睡，靜下的絕望，是延綿繁衍的希望。滴答、滴答、滴答，是新生的心跳節拍。

「我們從一開始就沒有好好的互相自我介紹呢。」他輕輕笑了，刻意壓抑的低沉細語，有氣無力沉淪音調，很像你。

暫停一下下，他又開口：「日安。」他的眼睛不避諱的反射光線，伸出手邀請我。

我放上左手等著，亟欲他的嗓音，讓我細細收藏品嘗。

「這位小姐，恕我冒昧，能否告訴我，妳的芳名？」吻落手背，他垂下眼自顧自的接下去說。

「實在有失禮節，未能先報上自己的姓名。」他抬起眼直勾勾的望向我，眸裡卻沒有我，蒼茫的瞳孔映照遠方。

受他牽引，不自覺的回應他：「你叫甚麼名字呢？」

他深吸了一口氣，加重了手勁。

「妳沒有為我取名。」揭開暗布，把深藏怨懟吐露，他似乎早已胸有成竹，反而是我遮遮掩掩地繞著圈子，有種被扒光衣服遊街示眾的倉皇失措。

「我，不知道。」囁嚅的死盯著地板，想抽出自己的手，他卻扣得更緊。想要甩開他的掌握，用全身力量拉離他，他由沙發跌落地面，油燈火光在他眼中跳動，還是不願放手。

「放手！」我發出非人般的尖銳嘯叫，為此片刻遲疑。他眨眨眼，吞下口水，喉結上下移動。他放輕力道，但對我往他身上使力一扯。翻身將我限制於身下，緊貼洋裝下的胸膛已經成熟。他不再緊抓我，他粗促的喘息一呼呼撲在臉上。

掙扎只更像是打撈上岸垂死的魚。

光又被遮住了。

吶，我還記得如何變成路上被碾爛的鼠輩，也再沒有人認得。

沉靜的韻律著欲念，背光的面容卻格外清晰。

鬢梢顴骨輕微搔癢，指甲戳刮，詫異指腹竟是堆疊的淚液。

在久違的葬式後，莊園恢復往日榮耀，壯麗的雕花大門又重啟，接待各式訪客。目盲主人汲汲營營努力為新的女主人鑽研著地產交易。一如十六年前，園內失控的綠色惡獸已被修剪得服服貼貼。

我們在籠子裡，在鼠籠滾輪上，不斷奔跑著。

吶，倉鼠自然會自相殘殺。

因為他們跟你我一樣，只該獨居至死。

稀稀疏疏、吱吱喳喳，相濡以沫，苟延殘喘。

（暨南國際大學「水煙紗漣文學獎」首獎作品）

彭筠

一九九二年生，目前就讀暨南國際大學中文系。一個不想被世界逼著長大的好動者，還在反覆詰問著相信與不相信，期盼一覺醒來所有疑問都變成像老虎融成奶油一樣直接簡單美好。

鐵盒裡的黃色小鳥

余柏蕎

教室裡頭很安靜，除了一片輕緩的呼吸聲以外，和偶爾發出來的一點夢囈以外，其他甚麼聲音都沒有，彷彿只要一根針的掉落都會使全部的人驚醒，所以他得更安靜，比一根針還要安靜。

他悄悄的爬起來，用不算靈活的動作穿梭過一個又一個睡著的小孩，有個小孩露出了一條腿，他差點絆到了那條腿，有些則露出了一個圓滾滾的小肚子，但絕大部分都包裹得好好的躺在被子裡。

現在老師不在，他心想，老師剛剛出教室跟隔壁班的老師見面，她們很久很久才會進來，他知道，因為他上星期才看見她們在廁所裡偷親嘴，她們在親吻前會很緊張的查看門口是否有人經過，接吻完以後也會一前一後的分別離開，但是她們沒有注意到廁所靠裡邊的透氣窗，他全都看到了，他為了偷窺別人的隱私這件事情感到得意洋洋，但他不會跟任何一位朋友說，他要獨享這件事情，這讓他覺得自己比其他人還多了點甚麼。

他已經穿越過排排躺的小孩了，他蹲下來，悄然無聲尋找一位女生的背包，她長得不好看，真心的不好看，黑嚕嚕的皮膚，彷彿永遠都在瞪人的內雙眼皮，當男生欺負她的時候，她也會凶巴巴的直接打回去，臭女生。

不過沒有關係，雖然她很醜，脾氣又很差，全身上下沒有半點優點，不過她鉛筆盒裡頭的那個橡皮擦很好看，那是一隻小鳥，鮮黃色的底，上頭用紅色的線條勾勒羽毛，黑白分明的眼睛很是靈動，他一看到就無法忘記。

她不會把那個漂亮的橡皮擦給我的，那個臭女生絕對不會，可他真的好想要那隻黃色小鳥，為了這件事他花了好幾天的時間觀察了大家睡午覺的情況，通常經過了十八分鐘以後大家就會睡著了，如果上午有戶外活動的話那只需要十五分鐘，至於老師，通常老師在午休開始十分鐘以後就會迫不及待的出去了。

最重要的是橡皮擦的位置，她總是把小鳥放在她的鉛筆盒裡，在任何可能用到鉛筆盒的時候把鉛筆盒打開，擺出那隻漂亮的小鳥，臉上掛起一副得意洋洋的表情，彷彿那橡皮擦是世界上最美麗的一隻小鳥。

但那真的是最美麗的小鳥，他心不甘情不願的承認，鉛筆盒就放在她的背包裡，而背包在從門口數來第二個櫃子的第三格裡，她總是把包包放在那裡，即使有人搶先一步把東西放在那一格，她也會暴跳如雷的把裡頭的東西扯出來，再把自己的包包放進去。

終於爬到櫃子旁了，這段短短的路程就像是從幼稚園走回家一樣的漫長，他用最安靜最輕巧的動作，小心翼翼打開櫃子的門，拉開背包的拉鍊，翻弄裡頭的東西並找出了其中的鉛筆盒，然後他發現了那隻黃色的小鳥，在昏黃的光線中小鳥似乎沒有這麼鮮活了，他猜是因為悶在鉛筆盒裡頭太久了。

我會讓你離開那個臭女生的，他悄聲說，我會帶你離開，就像是幫灰姑娘離開邪惡又醜陋的後母一樣，我會當你英勇的王子。

這時他聽見了有人在說話，他僵直了頸椎，慢慢的轉頭，其中一位小朋友搔了搔自己裸露的肚皮，嘟噥幾聲之後又沉沉睡去。

他鬆了一口氣，迅速的把背包歸位，用比一開始快很多的速度爬回了自己的床位，手裡還緊握著他的小鳥兒。

●

下午時，女孩大吼大叫說她的橡皮擦不見了，老師一邊安撫她，一邊詢問是否有人有看到她的東西，但沒有人承認，後來那女孩哭了，鼻涕流了下來，流到她的下巴，又滑落到她的衣襟上，他想，這可真噁心。最後女孩抽抽噎噎一整個下午，直到她那穿著庸俗連身裙的母親接走了她。

一直等到女孩離開了他的視線，他才有膽子把口袋裡頭的橡皮擦拿出來，下午的幾個小時他都緊捏著小鳥，生怕它不小心飛出來，但現在醜兮兮的苛刻後母已經走了，他帶著安心感檢視著小鳥，但是小鳥似乎沒有他記憶中的美麗，它的表面灰撲撲的，邊角有磨損過的痕跡，甚至連那鮮活的眼睛都變得死沉沉了。他失望了一下，把橡皮擦塞回去口袋裡，繼續坐著等母親來接他。

回到家以後，他打開了一個小鐵盒，把橡皮擦放進去，鐵盒裡頭滿滿的，全都是不同形狀的橡皮擦。從幼稚園到了國中，小鐵盒已經變成了一個大箱子，沒有任何人知道他這個祕密，連他的母親都沒有。她是一位護士，總是上班上到了天亮才回來，到家就倒頭大睡，一路睡到了快接近上班時才起床，他們很少互相說話，為數不多的交流僅限於放在餐桌上的飯錢。

他也沒再偷別人的橡皮擦了，因為他發現橡皮擦已經沒有吸引力可言，那只是一隻虛假的小鳥，呆板空洞乏味，或是任何可以形容無聊的字眼。他偷瞄了坐在右前方的女生一眼，她有著黑溜溜的長髮，然後裝作毫不在意的繼續翻著徐志摩的人間四月天，紙上的字句一行也沒有進入他的腦中。

他根本不喜歡這種無聊的書，它甚至比課本上的範文都還要無趣，但是這種東西可以讓自己看起來很有內涵，有時候做一件事情根本不是興趣，只是一種表現自己似乎很厲害的手段。

不過大家都是這樣的，對音樂根本沒興趣，但是因為看起來很酷就參加入了樂團；根本不喜歡看的連續劇，只是班上都在討論，為了能夠融入話題，而每天花了一個小時浪費人生，大家都一樣的虛偽，只是自己虛偽的方式比他們有品味多了。他小聲的嗤笑，只引起了前面同學的一點注意。

老師在講台上說著考試範圍，他繼續偷看右前方的女生，她有一雙很黑很亮的眼睛，他注意很久了，他總是偷偷的在後方看著她，她有時候會打瞌睡，頭會向左邊傾斜，但絕大部分的時間都很認真的在上課，腰板挺直，腿不會打開開，而是規規矩矩的併攏著，雙手放在桌上，桌上左邊放著課本，右邊則是筆記本，她的字跡很清秀，喜歡用淺綠色的筆寫筆記，然後用粉紅色的螢光筆做記號，他經過她的座位時有偷看過。

突然間，女生僵硬了一下，非常微小的舉動，要不是他一直在看她，不然不會有任何人注意到這一點。她帶點惶恐的挪動下半身，並偷偷的查看了自己的裙子，露出了沮喪的神情，接下來的整節課，她看起來都非常的不自在。

她一定發生了甚麼事，他繼續偷看著她。　到下課，女生就匆匆忙忙的起身去廁所，沒多久以後就回來了，生怕被別人發現似的往書包裡塞了一小包東西，做完這些事以後，她臉上明顯鬆了一口氣，他忍不住露出知曉的微笑，嘴唇保持在不被人發現異狀的弧度。

●

下一節是體育課，男生們滿場跑只為了搶　顆小球，女生們則是照舊的坐在一旁聊天，他知道現在不會有任何人注意到他，同學們都在享受難得不用考試的時光，用打籃球或是講八卦的方式。

他若無其事的站起來，假裝要去廁所，在他快走到體育館門口時，一顆球滾到了腳邊，他轉頭一看，位置在他前面的那位男同學對他揮了揮手，示意讓他把球傳過去，他撿起了那顆球，用最普通最不吸引人的姿勢丟回去。

教室裡空無一人，想想這也是理所當然的，現在這個時間大家都還在體育館，只有他溜了回來，他謹慎的查看了四周是否有人往外看，連對面的教室都沒有放過，他可沒有忘記幼稚園時接吻的女老師，他沒有笨到會犯下這種失誤。

他迅速的走到了女生的座位，熟練的打開書包，找出了稍早她放入的那一小包東西。果然沒有錯，他無法克制興奮的翻弄手中的東西，粉紅色的，帶了點黃漬，邊緣因為洗滌太多次而有點脫線。

還有讓她脫下這件布料的原因，他摳弄著布料上的深咖啡色血跡，不知道她現在下半身有沒有穿，他忍不住笑得有點猥瑣。血乾涸在布面上，導致棉布不像原本柔軟的材質，變得硬硬的，跟他的下半身一樣。

●

女生在哭，她哭的可比幼稚園時的臭女生還要好看多了，至少她沒有髒兮兮的把鼻涕到處蹭。他忍不住分心了一下，但馬上就把注意力放回台上的教官上，教官臉部的線條很尖銳，映著胸口上亮晃晃的徽章，讓人聯想到剛正不阿這個字詞。教官掃視了全班的同學，觀察每個人臉上是否有心虛的表情，當教官的眼神瞥到他時，他擺出了他所能表現最無辜的表情。

班導師叫他們通通出去，打算一個個搜查他們的座位，可以呈堂的證據還躺在他的抽屜裡頭，他不禁慌了，手心汗淋淋的，一定抓不住任何東西，包括他的心跳，他猜全教室的人都聽得到他心跳的怦怦聲了，他們一定會知道他就是那個凶手，他們會知道他有多噁心，會鄙夷他，老師看他的眼光會充滿了不信任，甚至連在路上走動時，都會有人在背後對他指指點點。

這時外頭有人喊住了教官跟班導師，導師斥喝同學們保持安靜，就走出去站在教室外與對方討論事情。他稍微鬆了口氣，在褲子上把汗濕的雙手抹乾。這件事絕不能被發現，他斜眼掃視了整間教室，全班同學正在鬧哄哄的猜測到底是誰偷了內褲，沒有任何人注意到他。

現在是最好的時機，內心的聲音在鼓譟，看看你前面的同學，那個蠢貨甚至連書包都沒有闔起來，把它放進去，把那個會害慘你的小東西放進去，然後你就安全了，不會有鄙夷的眼神，不會有指指點點，你可以繼續當一個普通的乖學生，你可以享受普通的生活。

這不是一個正確的行為，但是他從小到大就沒什麼道德觀念，總是忙得昏天暗地的母親也沒有教導過他任何事情，況且保全自己的想法占據了他整個腦袋，他不在意是否會傷害到別人，他只求自己不會像隻螃蟹一樣，毫不留情的被拔出他的洞穴。

他甚至沒有深呼吸——這可能會讓別人發現他的不安，就輕巧的把罪證放入了前面同學的書包裡，沒有任何人發現，沒有任何的障礙，甚至連手汗都沒有影響到他。

●

後來坐在他前面的男同學轉學了，一位表情鐵青的中年婦女進來教室收拾他座位上的東西，大概是媽媽吧，這種情況不禁讓他想像要是這種情況發生在自己身上的話，自己的母親會有甚麼樣的反應，恐怕她連學校都不會來，只會叫他把所有的事情都自己解決，這讓他更覺得當時的決定是正確的。

那位男同學連走進教室都沒有，只是面無表情的站在外頭看著收拾的過程。他似乎沒有跟對方說過話，只記得對方手臂上有一大片燙傷的疤痕，在班上不算多話，但人緣看起來還不錯，至少常有人找他幫忙事情或向他道謝。

那位婦人收完了，他目送她走出門口，用力的巴了她兒子的頭，彷彿把所有的怒氣都灌輸在這一下。母親甚至沒有罵過自己，他心想，彷彿我不是她兒子。

他們走了，離開之前，男同學回頭冷冷的瞥了他一眼，他心跳停了一拍，彷彿有甚麼東西突然強硬的塞進了原本正常跳動的心臟。

最後，那對母子頭也不回的走了。

●

幼稚園老師曾在課堂上問全班同學最喜歡的顏色是甚麼，通常男孩子們都會說喜歡藍色，而女孩子則都說粉紅色。

而問到他的時候，他說黃色。可能是因為這答案比較少見，所以老師特別問他說為甚麼會喜歡黃色。

他的回應是：「因為黃色是小鳥的顏色。」

●

考完基測以後，右前方的那位女同學對他告白了，徐志摩的詩集果然還是有點作用，她羞澀的站在校園角落的樹下問他，是否願意讓她成為他的陸小曼。

真蠢，他忍不住在內心嘲笑她，他可不是徐志摩，他也不會賺錢讓她吸食鴉片，甚至讓她在外頭劈腿。看似聰明，卻連徐志摩跟陸小曼的關係都沒弄清楚，還拿來當告白的台詞，真是個笨女孩。這讓他想起了幼稚園時看到的那隻黃色小鳥，看似美好，但當好不容易握在手中時，卻發現那只是一個普通的橡皮擦，黯淡、生硬，只是一個無機物。

但他還是答應了，露出了靦腆害羞又帶點高興的神情，說他也喜歡她很久了，還牽了女孩的手，女孩開心得像是全世界都放在她的面前一樣，臉龐染上了幸福的顏色，最後她像隻麻雀蹦蹦跳跳的離開了。

兩個星期後，他們在學校的樓梯做了，連保險套都沒戴。

畢業當天，鳳凰木開了花，落在地上的花兒像一顆顆被剖開的心，他毫不留情地甩了那個女孩。

●

上大學以後，他第一次覺得有人可以如此完美。那是社團的一位學姊，乾乾淨淨的，身材纖細皮膚白皙，平時只畫淡妝，襯得眼睛異常的明亮靈動。她很愛貓，他有時候傍晚會經過公園，幾乎每次都會看見她蹲在公園裡餵食流浪貓。

最重要的是，她穿起黃色裙子特別的漂亮。

三個月後他告白了，用非常老套的方式，寫了情書偷偷夾在她的筆記本裡頭，學姊的筆記就跟她的人一樣，非常的整齊，沒有任何一字是雜亂的，也沒有任何的塗鴉，甚至也沒有多餘的顏色。

不意外的被拒絕了，學姊甚至沒有當面講明，而是像他一樣，寫了一封信夾入了他的課本裡，信裡頭的文字就和平時她給人的印象一樣，謙和有禮的說明目前沒有與人交往的打算。這並沒有打擊到他，反之他認為正是因為她的矜持使她更加吸引人。他轉而使用柔情攻勢，送早餐，每日噓寒問暖等等，所有的老梗都用遍了。

但是一直都沒有成功，整個學期都過去了，學姊的態度一樣不冷不熱，對於他獻的殷勤也沒什麼特別的反應。他不免感到有點沮喪，同社團的學長們知道這事情後，也都是捶了他一拳，笑罵說他蟾蜍也想吃天鵝肉。

而在某一日經過社辦時，他發現學姊的包包放在社辦，裡頭空無一人，他突然感到有些興奮，就像是國中時產生的悸動一樣。他掏出了口袋裡的口香糖，迅速的嚼食了幾下，找出了學姊的鑰匙，把鑰匙拓印在口香糖上，然後小心翼翼的包起來。

不敢去學校附近的鑰匙店，所以他特別搭車到了外縣市，風塵僕僕地下了火車，又去轉搭公車，最後找了一間位在小巷子裡面的小店。店家看著他帶的口香糖拓印，懷疑的眼神繞著他上下打量，他沒敢說話，只把特別戴上的帽子再壓低了一點。

●

學姊是一個人住，平時的作息相當的正常，也不會跟別人出門到半夜才回家。而經過了一個學期的示好跟追求，他理所當然的背下了學姊所有的課表，他挑了一個絕不可能會碰到學姊的時間去拜訪她家。

說真的他沒感到甚麼罪惡感，或許他僅有的良知已經留在因他而被退學的男同學那回頭一瞥之中了。他掏出了亮晃晃、嶄新的鑰匙，打開了學姊的家門。

學姊的家非常的乾淨，各個家具都處在應有的地方，衣服都掛得好好的，地板上也沒有多餘的東西，除了幾袋堆疊整齊的黑色塑膠袋。他首先走向了學姊的衣櫃，打開來檢視裡頭，以不弄亂的原則下翻弄她的貼身衣物，甚至大膽地躺在學姊的床上，嗅著被枕殘留的髮香。但房間裡泛著一股淡淡的腐爛氣味，他不禁有點訝異，依照學姊的個性，應該是不會把垃圾放到臭掉的。

這出乎意料的小細節讓他稍稍感覺到失望，但他從床上爬起來，走到書桌邊。學姊的書桌擺飾有她給人一貫的印象，他翻了下學姊的日記本，欣賞著裡頭娟秀的字跡，而擺放在架上堆疊整齊的剪貼本卻讓他更感興趣，他打開其中一本厚厚的剪貼簿時，卻在下一秒嚇得將整本冊子都掉落在地上。

裡頭都是貓的照片，卻不是那種可愛活潑的貓照片，裡頭的貓全死了，身上坑坑疤疤的，有些是被開膛剖肚，有些遭到了肢解，有些甚至是整身毛皮被剝了下來，只留下了粉紅色的肌肉以及白色的筋脈。牠們的表情都充滿了驚恐，每隻貓的舌頭都伸了出來，眼睛爆凸，彷彿所有的恐懼都流到了眼球之中。

最讓他感覺到毛骨悚然的是，每一張照片都標記了日期。他簌簌地把剪貼簿翻到了最新的一面，上面的日期是兩天前。

手顫抖到捧不住剪貼冊，他甚至丟臉的腿軟了，只能半坐在地板上，黑色的塑膠袋就在旁邊，在伸手就可以碰到的距離。或許學姊只是喜歡收集這樣的照片吧，他試著催眠自己，而為了證明自己的謬論，他爬向了塑膠袋，打開它們。

一瞬間，撲鼻的腐臭味擴散到整個室內，他先是被這股惡臭嗆得連連咳嗽，馬上接著就被一個瞪視著他的貓頭嚇到了屏住呼吸。

照片拍出的噁心感及不上實體的萬一，他的喉頭一陣鹹酸湧上。原本應該是晶瑩透亮的貓眼，現在就像是劣質的果凍一樣汙濁；貓的舌頭不見了，取而代之的是滿嘴蠕動的蛆蟲；其餘的肢體以及內臟都散落在袋中，結塊的血液以及屍水沉積在底部。他想他要吐了，他拖著無法控制的下肢往後挪動，想離那袋貓屍越遠越好，他坐在地板上，幾乎無法壓抑自己咽嗚以及鮮明的作嘔感。

而在貓頭不小心掉出塑膠袋之後，他真的吐了，吐得滿地都是，甚至連褲管都沾染到自己的嘔吐物，他把胃裡的東西全吐了出來，還可以見到午餐的半消化肉類。他用袖口抹了抹自己的嘴角，試圖讓自己停止嘔吐，但胃液的酸臭味混和著屍體腐爛的味道繼續朝他襲來，他再次的吐了，這次連酸水都吐出來了，胃酸抓撓著他的食道，痛覺勉強帶給了他一點清醒。

他往門外衝去，急著逃離這個醜惡的房間，甚至沒把學姊家的門關上。

●

後來學姊因為事情爆發而退學了，對此他沒有做出任何反應。

他只有回老家一趟，找出了床底下的鐵盒。經過了這麼多年，鐵盒還是沒有被任何人發現過，只是裡頭的橡皮擦變得更黯淡了。

挑出了最上頭的那塊黃色鳥形的橡皮擦，鳥兒黑色的眼睛都快褪成灰色了，他突然不知道自己這些年所追求的到底是甚麼，他發現他所追求的完美一直都是不存在的。

他終於明白這一點，他哭了，哭得像幼稚園時的那個女孩一樣醜。

隔天，垃圾車載走了滿滿一袋舊橡皮擦。

（銘傳大學「銘傳文藝獎」首獎作品）

余柏蕎

一九九三年生，畢業於基隆女中，現就讀銘傳大學應用中文系。平時的興趣為畫畫、看美式卡通、聽音樂。

七日談

蔡宜玲

星期一，電腦教室。

外頭陽光強勁，刺眼的光線毫不客氣挾帶大量熱氣照在地上，心不甘情不願的走出宿舍。走出早餐店，提著熱騰騰的蛋餅，為了抵抗炎熱你用力吸起一口微涼的豆漿，踩著沉重的步伐往教室前進。短短五分鐘的路程，在你眼中就像是永遠走不完的地獄路，你謹慎挑選陰影中行走以躲避陽光，豆大的汗珠從臉頰滑落下滴在領口上，一下子全身燥熱且黏膩。

眼看著教室越來越接近，你在心中默默鬆口氣，電腦教室強勁的冷氣可以撫平你起伏的心情。

提著早餐踏進教室，早上八點開始的課程，上課人數很少，你對於身邊沒有坐著其他同學感到非常開心。愉悅的夾起第一塊蛋餅，你小心翼翼的張口咬下，正準備享受酥香的口感時，旁邊卻有人開口說話：「電腦教室禁止飲食喔！」

你恨恨的擦掉嘴邊沾上的醬油膏，不太高興的轉頭看著隔壁坐的人。

說話的人是個男生，明明一排有四個位子，他卻偏偏坐在你的隔壁。他撐著下巴看著你，嘴邊掛著一抹淺淺的笑，但是你沒在這堂課上見過這個人，也沒在系上見過他。因為對方是陌生人，你小小聲的說句謝謝後，尷尬的將早餐塞進背包裡。

正好這時候老師走進教室，你刻意不去看依然掛著笑容的他，將注意力集中在電腦螢幕上，強迫自己認真看老師的示範。

時間過了十五分鐘，沒有吃到早餐讓你血糖降低，濃烈的睡意襲來，你嘗試搖晃幾下讓自己清醒，然後你就聽見隔壁傳來笑聲。

「課程內容有這麼無聊嗎？」他這次沒有撐著下巴，而是慵懶的靠在椅背上看著你。

「你根本沒把螢幕打開，有資格說我嗎？」你有些氣憤，壓下想要跟他吵架的心情，你深深吸一口氣，保持形象並壓低音量反過來質問明顯比你更偷懶的他。

他沒有馬上回應，帶著笑容看著你幾秒後，輕輕的說：「可是我，無法碰觸電腦。」一瞬間四周聲音變得很模糊，而他仍維持同樣姿勢看著你。

你感覺非常不對勁，趁著老師沒有注意偷偷換到其他位子，遠離那個人。在那之後上課的情形你都不記得了，等你回過神來，已經坐在宿舍書桌前，拿著下堂課的課本準備上課去。

星期二，實驗室。

從床上掙扎著爬起，今天你比平常還要早起床，踩著梯子一步一步從床鋪下來，你習慣性的按下電腦開關後去梳洗。沖了水後感覺比較清醒一點，你走向走廊盡頭的曬衣間，拿取今天要穿的衣物。

今日的太陽不像昨日那般焰，一點點的微風吹在臉上感覺很舒服。你發呆一陣子後回到房間，開啟臉書確認沒有什麼急需回覆的訊息後，看手錶確認時間，穿好衣服準備出發到另一個校區去上課。

先到學校對面的早餐店買了一份煎餃之後，你悠閒的走向教室，裡面沒有人，也許是來的時間沒有算準，距離上課時間還有一小段空檔，你選擇一個靠窗吹得到風的位子坐下，你把煎餃一顆一顆送進嘴裡，細細的品嘗煎得焦黃又流淌滿滿肉汁的美食。

教室的配置是幾個大桌子，學生四五個人坐一桌。這堂課是外系的選修課，即使上了三、四週的課程，你還是沒有認識同樣上這堂課的同學，由於老師不在意分組問題，你也就在每個桌子流浪。有個女生從你後面走過來，她很快速的放下提包，和你同一桌坐下，正好是在你對面的位子。

你不在意的看了她幾眼之後，繼續享用早餐。沉默一陣子後她突然站起身，走到教室後面看著一排排的實驗器材發呆，過了很久以後，垂頭喪氣的回到位子上。

你好奇的往實驗器材的方向看，有一個量杯沒有洗乾淨，還殘留少許的液體。

你轉頭看看那個女生，而她也正好看著你，視線交錯的瞬間，你沒來由的想起昨日在電腦教室遇見的奇怪男生。你碰碰量杯試探她的反應，而對方微微點頭，所以你拿起量杯走到教室外頭的洗手台清洗。當泛紅的液體流入排水孔之中，你無暇注意美麗的水流漩渦，而是清楚的感受到從教室傳來的視線帶來強烈的壓力。迅速清洗完畢後，你拿著沾滿水珠的乾淨量杯走回教室，空無一人。

星期三，畫室。

昨日的經歷讓你作了惡夢，深沉的黑暗中滿是一隻隻圓睜的眼盯著你。

你一邊爬下床一邊煩躁的抓抓頭，拿起手機看，現在已經是接近正午的時間了。你忍著突然意識到的強烈飢餓感，打算先去梳洗完畢後，再到學生餐廳買個便當回來吃。於是你伸手轉開門把，卻無法推開門，隨即發現到室友出門時將你鎖在房裡了。

你默默在心裡多加一撇畫記，這個月已經發生第四次了，你熟練的從抽屜拿出電話，用手機撥打請宿舍櫃台人員幫忙開門。

等到門開的瞬間，原本的飢餓感也已經煙消雲散，空洞的心裡面剩下的只有一點點的壞心情。你面無表情的走出宿舍，假裝不在意櫃台人員關心的眼神，緩慢的往另一個校區前進。汗珠從額頭沿著臉部輪廓落進衣領裡面，十分鐘的路程就已讓你汗流浹背。你刻意不先到上課的教室，悶熱的教室只會讓你感到煩躁，所以你隨意選擇一間開著冷氣的畫室坐下。

小小的畫室擺放一個畫架和兩把小凳子，畫架上的畫作正繪圖到一半，你心想，畫作的主人也許去吃飯休息了，所以就先占用他的位置吧！

涼爽的冷氣和未開燈的昏暗環境使你輕易的放鬆繃緊的神經，也許是因為昨夜難眠，瞌睡蟲忽然開始入侵你的腦子，讓你感到極度渴求睡眠。

伴著窗外樹葉沙沙的聲響，你靠著牆壁沉沉睡去。

喀搭。

你從沉睡中驚醒，睜著還找不到焦距的眼看向門口。「抱歉，我是來這裡休息一下。你要開始畫了嗎？那我直接離開了。」你慌亂的站起來，然後急忙對著來者表示歉意。

綁著小馬尾的男生就站在門口，一動也不動。這時你忽然因此感到異常的尷尬，就像是被父母抓到惡作劇的孩子，紅了一張臉想要逃離現場。

你硬著頭皮往門口移動，對方往右移動一步，讓你從他身邊走過。一出了畫室，你頭也不回的加速離開，直奔教室。因為接近上課時間了，教室中已經擄滿了上課的學生，大家嘻鬧、喧譁，沒有人特別注意到你有些怪異的模樣。

你迅速的找了空位坐下，喘口氣後想喝點水，才發現你方才太匆忙的跑走，結果忘了將背包帶出畫室。

硬著頭皮回到畫室，你禮貌的敲門，在外頭枯站一會後，將門打開一點縫隙想探頭進去。

那個小馬尾男生還站在跟剛剛一樣的位置，所以你一開門就正好跟他對上眼。「你忘記拿你的背包了。」小馬尾男生舉起纖長的手指，指向你的背包這樣說著。

你壓下腦中浮起的問號，對他說聲謝謝後，把背包揹起來就直接離開往教室走去。走到距離畫室有一段距離的地方後，你轉身遠望畫室，看到有另一個男生走進畫室裡，手裡提著畫具。鐘聲響起，你轉身不再回頭，默默的走去教室上課。

星期四，游泳池。

今日的課程排得很滿，上滿八節課讓你身心俱疲。雖然很想一下課就直奔宿舍癱倒在床上，但礙於畢業門檻的問題，就算內心再怎麼抗拒，也只能強迫自己提著一袋泳衣來到游泳池報到。

利用課後時間前來游泳池練習的人很多，大家都踏著拖鞋直接進到更衣室換上游泳衣物，但是你卻選擇先走向一旁的休息區坐下。你從袋子裡拿出事先買來的晚餐，打算先填飽肚子之後再下水去游泳。

你開心的捧著麵包，小口小口的吃，深怕內餡掉落出來。你一邊吃一邊看著游泳池裡陸陸續續增加的人群，每位同學的泳衣款式都不相同，可以藉由身上的衣物看出一個人的特色。

下水前大家都皺著眉頭將身體沾濕，似乎是因為游泳池的水過於冰冷，有幾個人抱著蹲停在岸邊發抖，然後才手牽手，臉上滿是堅定的決心，彷彿水裡有什麼極大的惡鬼一般，從容赴義的跳下水。

和你一樣先在休息區填飽肚子的人並不多，所以你欣喜的享受寬敞的空間。你看著水底下的人熟悉水溫後，互相推擠、潑水玩得很開心，而後又往身邊看看同樣在休息區的人正在做些什麼事情。

其中有一個人攫住你的目光，那個女生穿著連身泳裝，戴著泳帽蛙鏡，單獨一個人坐在最後一排的角落。她看著游泳池的眼神非常興奮，眼睛彷彿是長著星星一樣清晰、明亮。

你覺得很奇怪，穿上泳衣為何又不下水呢？雖然很想知道答案，但畢竟對方與你並不熟識，你也不知道要用什麼立場來去詢問她，所以你就偷偷用眼角餘光注意她。當你兩個麵包都已經吃完了，卻還是沒有從中找出什麼端倪，只好放棄找尋答案，提著泳衣袋進入更衣室。

你將身上的衣物換成泳衣，然後將背包寄放在置物櫃，等到你踏出更衣室之後，身穿泳衣的那人已經不在原本的位子上了。

東張西望一會兒之後，你帶著滿腹的問號，開始練習打水。

星期五，琴房。

運動完的隔天早晨總是特別的輕鬆愉快，帶著難得的快樂心情離開床，即使不小心被驚動到的室友惡狠狠的瞪了你一眼，也無法撼動你現在的好心情。今天是難得沒有課的日子，你用著喜歡的步調做事情，如果不是室友仍在睡覺，你甚至還想要一邊哼首小曲。

你看著空空如也的課表，想起今天下午有登記琴房練習鋼琴。你慢條斯理的整理期中考的樂譜，一張一張放入資料夾並妥善放進提袋中。

去琴房的路上你買了一份涼麵之後，選了校園中有遮棚的桌椅坐下，吹著微風，一邊吃著麵條一邊看著不遠處有幾隻麻雀正在互相玩鬧。你始終將視線對準麻雀們，有時甚至忘記夾下一口麵，就這樣過了很久，你才意識到自己的失態，迅速的將麵吃完。

你提著袋子走到借用的琴房坐下，並沒有急著攤開樂譜，而是先讓自己的手指適應彈奏的感覺。你跟著音符一同哼唱，一點一點的將感情帶進音樂的國度，而後，才將樂譜打開，彈起一首又一首的指定曲。

全心投入的做事，總會覺得時間偷偷的加快腳步。感覺還沒練習到多少，卻已經花費掉將近兩個小時，逼近借用教室結束的時間。下一位使用的同學隨時都可能會到達，你仔細考慮後，決定在這短暫的時間再練習一次較短的那首指定曲。

你有點躁急的彈奏，與時間賽跑使手指變得僵硬，使得錯誤率增加，反而沒有達到很好的練習成效。彈完一曲後，已經稍微超過一點時間，收拾完畢後你立刻退出琴房，在走廊上與一個矮小的男生擦身而過。

回頭一看，果然是進到你剛才待著的那一間，你慶幸自己沒有正好跟他打照面，不然總會覺得不小心稍稍占用到別人時間很不好意思。

現在離晚餐時間還有一段頗長的空閒，你買了一杯飲品，讓冰涼的茶水流入喉嚨中，你隨意的在校園中繞圈子。有時候你盯著樹蔭下晃動的光影，有時候坐在司令台上看著跑道上正在練習慢跑的同學們，有時候走到展覽室看看藝術系同學們的畫作。

鐘聲響起，原先死氣沉沉的教室忽然活了過來，學生們兩三個人結伴走出教室，一時之間空曠的走道就擠滿了下課的人潮。不一會兒，就連你現在所待的樹蔭下也湧進了大量的學生，滿山滿谷不熟識的人讓你沒來由的感到不知所措，於是你逃跑一般的離開人群。

你心慌意亂的在校園東竄西跑，最後躲進琴房所在的大樓，等你完全冷靜下來後，你就站在午後練習使用的那一間門前。

當因奔跑而粗重的喘息聲減弱後，寂靜忽然的籠罩著你，這很不正常。

就算琴房的隔音再好也不至於完全沒聲響，你告訴自己應該是暫時停止練習，可是前天在畫室碰見那個一直呆站的小馬尾男生，讓你感覺太過詭異，你嘗試轉動手把，想要確認看看裡面的人是怎麼了。

照理說練習時並不會特別鎖門，但是這扇門是鎖起來的。你用手背輕輕叩擊門板，沒有得到任何回應。你的背完全涼透了。

這時候，有個女生拿著水壺向你走來，她疑惑的看著你。「請問你找我有什麼事嗎？」她從裙子口袋掏出鎖，熟練的開啟門，裡面空無一人。

「現在是妳一個人在這間練習？」你刻意的控制嘴唇不要顫抖，讓自己的聲音聽起來很正常。

「對啊，我已經在這裡練習一個小時多了喔。」她指向鋼琴，琴上放著樂譜，而椅子旁放著蝴蝶結小背包。

你胡亂找些認錯房間這類的理由之後，就離開現場，躲到轉角蹲下。你的腦中閃過不久前的畫面，與你擦身而過進門的那個矮個子男生，好像並沒有開門的動作就進去了。

你閉上眼睛，深呼吸一大口氣，假裝已經忘記這件事，搖搖晃晃的往回宿舍的路上走去。

星期六，球場。

每個星期的這個日子是你運動的時間，看著日漸增加的肥肉，你強迫自己做些運動以保持身體健康舒暢。

傍晚的陽光不是那麼強烈，球隊也還沒有開始練習，雖然這個時候也有些人一起在球場上運動，但是人數很少，讓你可以比較輕鬆自在的活動筋骨。

你注意到球場角落有一顆排球，也許是某個人昨天練習的時候留下的吧？你拿起球，在心裡默默決定先借用這顆球，所以今天的運動就是用這顆排球練習發球。嘗試幾次發球，不是落空就是打中網子，你安慰自己只是運動而已，不需要在意是否發球成功，但總會偷偷用眼角餘光查看是不是有人正看著你失敗的動作。

第十二次發球失敗時，你注意到有個女生穿著球衣在不遠處看著你。因為有人盯著反而更加不自在，因此輕鬆的獲得了第十三次的失敗與她的笑聲。

「我來教你怎麼發球吧！」她的笑容很陽光、很可愛，雖然這時候其實你已經有些氣餒的想要放棄發球，她卻走過來想要幫助你。

她直接從後面手把手教你正確的姿勢，當她冰涼的皮膚碰到你沾黏汗水的手臂，你察覺到自己滿身汗臭味，所以感覺對她有點不好意思。

做了幾次姿勢練習後，她讓你再次拿起球用糾正過後的姿勢發球。第一次沒有抓準時機失敗了，但是第二次就漂亮的讓球越過網子，落在對面的球場上。久違的成就感湧上心頭，你欣喜的轉頭看向「恩師」，想與她分享喜悅，卻見到她一臉複雜的看著已經落地許久的排球。

你小跑步過去將球抱回來，並提議兩個人一起傳接球，她笑了笑，搖搖頭表示拒絕。對於她的反應你有點小失望，但仍然笑著與她談論有關排球的話題，一直到人潮湧入球場，你才向對方道別，先行離開球場。

星期日，教學大樓。

假日是學生休息的時間，在外求學的大學生不是回家享受家庭的溫暖，就是與親朋好友一起出遊，也有些人打算待在被窩裡舒服的過上一整天。而你，卻選擇站在教學大樓的陽台上。

你在好幾個月前就已經想好要在今日爬上這裡，費盡千辛萬苦，終於讓你找到在假日偷溜進陽台的方法。你站在陽台的邊緣，感受強勁的風吹打你的衣服與頭髮，或許是今天本來就是大風的日子，又或許是因為你站得太高。

你彎下腰看著底下縮小的人影，有很多老人家都在地下活動筋骨，偶爾會有出門的學生經過。你心想，雖然距離看似很接近，但他們不可能會預想得到你就站在這上面看著他們。不會有人發現你，就像平時並沒有人會去看你一樣。

你維持這個姿勢，一直看著底下的人群，就像你平時一樣看著他人快樂聚在一起，然後，你又讓自己的心情變糟糕了。

從什麼時候開始與人群分離呢？你不知道。

等你重視這個問題的時候，已經是從遠方看著人們了。也許一開始你是帶著羨慕的眼光看著，但是那分美好的心情終究會開始變質。每當你看見快樂的人們，你就意識到這樣的幸福並不屬於你，越是往這方面思考，你就越覺得自己有問題，所以才不配擁有幸福。

你並沒有因此尋求旁人的協助，也沒有特別想要改變現狀，而是將這樣的扭曲心情壓抑在心中，任由內心中的那塊小刺扎根、茁壯，最後將你的內心狠狠的困住。

然後呢？在某一天你就決定站在這裡。選擇這條路並不是因為憎恨這個世界，又或者是想要進行什麼報復。

你只是單純的無法克制自己，卻又討厭著這樣扭曲又瘋狂的內心。你只是不想讓自己沉浸在痛苦之中，而選擇結束。也許其他人聽了會覺得這麼一點小事尋求其他人的幫助不就好了？

可是你就是因為身邊沒有人可以傾訴而感到痛苦。而且就連你自己都討厭這樣的你，又要怎麼樣找到合適的同學、師長訴說，而不被嫌棄呢？而且說出來又如何呢？就能改變現狀嗎？你也不是沒有想過會改變的這分可能性，但若尋求協助卻沒有助益的話，你也許會因此憎恨對方，而你並不想要有這種結果。

你將視線抽離底下的人群，因為你注意到有腳步聲從後方傳來，從聲音聽得出人數不少。腳步聲停止，你感覺得出來他們就站在你的背後，看著你準備一躍而下的背影。

你的嘴角揚起笑出聲，原先還以為不會有人來到這裡，不會有人注意到將會有人從這裡落下，而現在卻有好幾個人站在你的背後。「你們是來阻止我的嗎？」你音調稍微尖銳的詢問後方的人，換得一陣靜默。

正當你覺得氣氛很怪，想要轉頭確認究竟這些人是誰的時候，其中一個人沉默的走到你的身邊，一起站在邊緣上搖搖欲墜。而後兩個人、三個人……，總共有六個人站在你的身邊，這時候你才看清這六個人，分別是你這週遇到的特殊人物。

星期一遇見的笑臉男生跨出腳向下跳，並看著你說：「我以為死亡可以讓我比現在快樂，但是現在的我卻無法碰觸喜歡的電腦。」

星期二遇見的沉默女生跟著往下跳，也看著你說：「我以為死亡可以讓我過得很開心，但是死去的我再也無法碰觸任何實驗器材。」

星期三遇見的小馬尾男生背對著邊緣往後倒，盯著你說：「我以為死亡可以讓我不受感情困擾，但是沒有身體的我就連畫筆都拿不了。」

星期四遇見的泳衣女生坐在邊緣漸漸的向下挪動，並轉頭看著你說：「我以為死亡會帶給我莫大的自由，但是現在我卻無法盡情的游泳。」

星期五遇見的矮個子男生壓著已經大量噴血的動脈向下跳，然後說：「我以為死亡可以讓其他人懂得我對音樂的執著，但是現在卻無法按下任何一個琴鍵。」

星期六遇見的陽光女孩稍微退後，利用助跑的衝力一躍而下，並大喊著：「我以為死亡就可以讓因為輸球而低潮的心情煙消雲散，但是我現在連拿起球重來一次的機會都沒有了。」

他們都在半空中停下來仰首望著你，你的眼眶裡滾滿淚水，失控的大喊著已經沒有會讓你感到後悔的事情了。

他們用溫柔的眼神看著你，異口同聲的說：「如果你死了，就再也無法碰觸到喜歡的人們了。」

在那一瞬間，你覺得內心中一直被遺忘的、還柔軟的那一部分正在膨脹。你癱倒在地上放聲大哭，即使鼻水與淚水交雜在一起也依然大吼著，視野模糊的你就這樣像個野獸一樣嘶吼，並且用盡全身的力氣捶打地板，將心中痛苦狠狠的發洩出來，即使你依然無法將心中的黑暗立刻抹消，但你覺得那股能夠與之對抗的力量就藏在你的心裡。

哭累了，捶痛了，你離開陽台到化妝室整理自己。

你拖著依然沉重的步伐往宿舍走去，為了呵護、養育你還弱小的那分活下去力量，你帶著許久不見的微笑打開門。

「我們一起去吃晚餐吧！」

（屏東教育大學「陳哲男校友文學獎」首獎作品）

蔡宜玲

一九九三年出生於台南，台南女中畢業，現就讀於國立屏東教育大學教育學系。參加小說類徵文是第一次，只是想為學校生活寫下一個個平凡卻可能意義重大的故事。

糖果屋裡的少女

莊硯涵

左手腕傳來細微的麻癢。

翻開袖口，輕輕撫摸手腕的皮膚，指尖在青藍血管上方打轉。手腕乾淨，沒有傷痕，細微的癢卻彷彿來自行將癒合的傷口，一道不曾存在的傷疤。

又仿若一聲喟嘆，一聲呢喃，呼喚著血和傷口。

我不相信血和傷口能帶領人前往任何地方，可是小遙相信。小遙是我的高中同學，那時的她喜歡穿哥德式風格的衣裙，深黑色的，像她的眼睛，像深淵的顏色。當她離開學校，脫下無趣的制服、換上深黑衣飾，在我眼中的她，立刻從平凡的女高中生搖身一變，成為某種存在主義的象徵。

對高中時期的我而言，「存在主義」只是某個聽起來很酷的詞彙，我並未真正弄懂它的意思。而要等到多年以後，我才明白，當初被我誤認為呆板無聊的制服，其實意味著一去不回的青春。

當時我對任何看上去具有深度的事物都非常著迷，小遙正是其中之一。她獨來獨往的姿態、她讀的書、她寫的文章，讓習於棲身群眾之中的我感到吃驚，彷彿她掌握了某種只有她這樣的人才能掌握的祕密。於是我開始與她攀談。在放學後，穿著制服的我與穿著黑色衣飾的她，會一起坐在平價咖啡廳消磨時間。就是在某個那樣的傍晚，她開始對我談起自殘的事。

她是從童話故事開始的。

「妳記得小時候讀過的〈糖果屋〉嗎？」

「好像是迷路的兄妹嘛，走到森林裡，丟小石子還有麵包屑，最後把壞女巫打敗的故事。」

小遙點點頭，她告訴我：鮮血就像糖果屋裡的麵包屑一樣，被一路小心的灑下來。只要循著它一直走，就能離開森林和壞女巫，找到回家的路。所以只要她痛苦的時候，就會把自己鎖在房間，用控制好的力度，在手腕劃下鮮紅的傷口。她說，血可以讓她很快的平靜下來。

小遙的說法超過了我的理解範圍，但面對她有點緊張的、觀察著我的表情的臉，我仍然擺出一副處變不驚的樣子，說：「聽起來挺管用的——但那不會很痛嗎？」

「不會，」小遙笑了，她說：「一點也不會。」

那天以後，雖然我並未真正瞭解她所談論的事情，但我們真正成為了朋友。我開始知道她家裡的一些狀況，看過她藏在手錶和袖口底下的傷疤，接過幾次很深很深的夜裡，她偷偷打來的電話。

這段友誼並未在我們分別考上不同的大學後結束，在忙碌的大一生涯之中，我們依然彼此聯繫。當我知道她交了男朋友的消息時，衷心替她感到高興——我以為終於有人能夠撫慰她的傷口，陪她一起面對生命中難以忍受的一切。

但她的男友僅僅曇花一現，就徹底從她的人生之中消失。我又在深夜裡接到她的電話，帶著一點困惑和不確定，她說：「他碰都不敢碰我的傷口，說我的個性太激烈。愛不是可以克服一切嗎？」

然後，我知道她又要走進浴室，帶著她慣用的美工刀。在她的小套房裡，浴室的門開著，水龍頭打開，她在手腕上割出傷痕，一道一道，滲出的血匯聚成串，混入水龍頭的水，在水槽形成小小的粉色漩渦，消失在陰暗的排水孔深處。

當她離開浴室的時候，手腕上的傷口已經止血包好，她又可以恢復日常作息。而逼迫她在手腕割出傷口的事情，連同殷紅的血和難以忍受的心緒，都隨著流水一起溜進沒有盡頭的排水孔。然後，她可以重新回到電腦前，開始打下一份期中報告。

「就像用一種痛苦取代另一種，是這樣嗎？」

我曾這樣問她，而她回答：「不盡然，割下去的時候是不會痛的。」

我睜大眼睛，她看見我的表情，笑一笑，說：「所以才需要流血啊。比起身體受傷，感覺不到痛的心靈比較可怕吧？得讓它回到常軌才行。」

回到常軌之後呢？只會更痛吧，然後還有下一次，再下一次。我這樣告訴她，她回答：「後來的確會痛，但是習慣了。不這樣的話，只會更慘而已。」

我沒有問她更慘是怎麼一回事。有些事情可以透過語言傳達，另一些事情則費盡唇舌也無法讓他人體會。關於小遙的痛苦，我知道的不多，而我能感同身受的部分，則比我能知道的更少。於是那一天我們的話題轉到即將來臨的考試、大學選填的志願序等等。

那是我們高三那年的事。

痛覺的銼磨，會在恍惚間將她帶離凡塵的苦痛哀愁，抵達另一嶄新、豁免於痛覺的世界嗎？這和嗑藥一樣，是我從未嘗試，也難以想像的經驗。我是非常怕痛的人，怕痛也怕血，光是看到菜刀就感到暈眩，因此只敢用水果刀切菜——還為此被好友恥笑過一段時間。

對我而言，痛只是痛，是應該竭力避免的事情，血則是較大的痛的附屬品。我想不出任何追逐痛覺的理由。相對於我，小遙的理由是如此充分，她必然是迷失在某座巨大幽深的森林裡頭，一不小心就會成為壞女巫的晚餐，她只能沿途灑下鮮紅的麵包屑，讓紅色的痕跡作為暗號，引領她穿越錯綜的小徑，離開森林，回到家裡。

或許，那是被遺留在森林裡的她，唯一能做的事情。

現在，我已進入職場，工作數年。每日往返於賃居公寓和辦公大樓，望著鏡中的自己一年年枯萎，像營養不良的植物。我還不到會被逼婚的年紀，卻和日漸枯萎的自己相處融洽。當我撫摸沒有皺紋的肌膚，彷彿能碰觸到底下脈動的肌理，感覺在更深的地方，有什麼正在靜靜朽壞。

對我來說，感受不到這一點，才是自欺欺人。所謂的生，如果倒過來看，只是邁向死亡的倒數計時。我彷彿開始能理解小遙的心情。開始理解痛苦，往往在親身經驗之後。而在體驗之前，說得再多都沒有用。望著鏡中的自己，我不禁想：或許，這就是自始至終，小遙從未告訴我她的故事的理由——那讓她一再割傷自己，只能以鮮血索解的核心故事。

那必定是個沒有幸福結局的故事，而我所知道的除了這個，再無其他。

但美工刀並不總是管用。

大學二年級的某一天，我剛剛回到宿舍，就接到她的電話。她的聲音帶著哭腔，她說：怎麼辦，好痛，還是好痛，已經流了這麼多血了。她沙啞的嗓音裡有一種深沉的絕望。

那是我第一次替她叫一一九。她被發現的時候渾身是血，躺在浴室的地板上，手和腿流出的血染紅了白色的磁磚。

她住院的時候我去看她，替她買了她想看的書，以及一盆綠葉小盆栽，剛好可以擺在書桌角落的那種。走進她的病房時，她抬起沒包繃帶的右手，朝我招手，露出一個燦爛的笑容。

我想回她一個笑容，卻只能露出苦笑。那時我和她已經半年沒見，我坐在她床邊，像平常約出來小聚一樣，開始聊起彼此的近況。但我終究還是問了，我說：「妳想自殺嗎？」

她搖搖頭。

「不，我只是不小心，我不知道傷口居然那麼深。因為割的時候，感覺不到痛，所以……」她嘆了口氣，望著我說：「謝謝妳幫我叫救護車。」

「我很擔心妳。」

「我知道，對不起。」

風吹過米色窗簾，午後的陽光散灑在床單和她的手上，她的面容恬靜安詳。然而那個當下，我們都知道這會再次發生，像逐漸腐敗的花，將要面臨變黑發臭的命運。

小遙不是沒有努力過。這次的經驗嚇到了她，讓她至少有一段日子振作起來。她早睡早起，作息規律，固定時間運動，讀一些心靈療癒的著作，與朋友互動。她真的很努力想讓自己活下去，想讓自己健康起來。

然而，僅僅這樣是沒有用的。

許多人認為自殘是沒事找事，引起話題；自殺則是招惹同情，浪費社會資源的手段——如果沒有遇見小遙，如果沒有因為遇見她而去瞭解這些，或許我也會有同樣的想法。但小遙讓我明白，某些時候，要不要傷害自己，已經不再是一種選擇。

儘管我可能是小遙最好的朋友，我也不曾踏入她心中最隱密的角落。那裡安放著她的過去，她不曾揭開的祕密，她痛苦的根源。那可能是家庭問題，可能是某段祕密戀情，可能是某種黑暗的遭遇。關於小遙，我什麼都知道一點，卻不瞭解真正深入的事。

她不曾向我訴說，而即使她說了，我也可能永遠不會懂。

我曾經去讀關於自殘的書，試著去瞭解發生在她身上的事，揣摩她的心情。後來我放棄了，不只因為我在一個幸福的家庭長大，也因為在我生命中，不曾經歷過真正痛苦的事情。

如果透過努力，就能明白難以明白的事情，那就太好了。有段時間，我是多麼想幫助小遙，但同時我也明白，對於她的傷口與痛苦，我有多無能為力。

我最近經常作夢。每當我換下套裝，穿起有別於辦公室的家居服，賴在沙發上假寐——在寂靜的公寓裡，掛鐘秒針的滴答聲清晰可聞。滴——答——滴——答——，我經常聽著聽著，就陷入夢鄉。有的時候我會夢見大學時期的校園，更多時候我會夢見自己身處古老的森林，既不知道為何在此，也不知道離開的路徑。在我身邊，各式葉片寬大的植株輕輕搖曳，色澤斑斕的花朵躲在葉片底下的陰影裡。整座森林，除了我之外，一個人也沒有。夢裡的我，就這樣留在原處，聆聽整座森林發出的輕柔嗡鳴。

後來，情況變得越來越糟。根據小遙的說法，她總是每隔一陣子，就會感到情緒低落，這個情緒低落的週期不變，但她越來越沒辦法控制自己的刀道，她總是會不小心就割得太深，流太多的血，讓自己置身險境。

「有些時候醫生幫得上忙，但其他時候，情況還是一樣糟糕。」她說。

她第一次因為自殘被送醫之後，就被強制轉介給精神科醫師，後續和醫生有長期的療程。她的父母不吝惜在她身上花錢，但從高中時期我就知道，她的父母給她的除了資源，壓力也絕對不小。

如果找個室友，把美工刀藏起來呢？如果設法讓傷害自己變得困難，等那段情緒惡劣的時候過去，是不是就會好一些？我這樣問小遙。

她說她都試過，但是刀子、刀片一類的東西太容易取得，她在學校的廁所就可以做同樣的事，還更不衛生。她說這話時帶著淡淡的苦笑。

在一個風和日麗的午後，我們相約到公園散步。那天小遙戴著草帽，穿著淺粉紅色的連身長裙，出乎意料的合適。她左手腕的寬大手鐲，剛好夠遮掩傷痕。

我們有一搭沒一搭的聊著天。關於那天談了些什麼，此刻我已不復記憶——約莫是各自大學生活的近況，抑或在談關於出社會打算的嚴肅話題？我已經記不得了。我對那天唯一的印象，是當我們的話題終究又回到她的病況時，她說的話。

「我最近在想，或許我這麼做，打從一開始就註定會失敗。」

我對這句話表示不解，於是，她就像第一次對我談起自殘時那樣，重新提起了童話故事。她說：

「記得〈糖果屋〉的故事嗎？迷路的兄妹一開始用石子作記號，順利回到了家；後來改用麵包屑作記號，才會迷失在深深的森林裡，找不到出去的路。

「他們真傻，怎麼會以為麵包屑可以指路呢。」

淺粉紅色的長裙輕輕飄盪，小遙用左手拉緊帽簷，草帽底下的臉孔平靜而憂傷。

最後一次聽見小遙的聲音，是在電話裡。

她跟我聊起海子，聊起海子的一首詩。她說，那麼年輕就死了，死得那麼蹊蹺，真可惜。說不定是被害死的。就這樣絮絮叨叨的說了一堆。

我帶著深深的睏倦，迷迷糊糊的聽她說話。系上營隊剛結束，我忙了好幾天，躺在柔軟的床上，所有細胞都奮力鼓吹我進入夢鄉，但不知怎地，儘管小遙的嗓音聽起來非常輕快，我卻隱隱約約覺得有什麼不對。

「為什麼提到海子？妳該不會在胡思亂想些什麼吧？」我說。

我以為要是她真的決定做些什麼，憑我們之間的交情，她一定會告訴我，至少會讓我有點頭緒。

但那個時候，她什麼也沒有告訴我。她說了幾句再正常不過的回答，聲調沒有一點可疑的痕跡。我心想是我多慮了，而她說：「妳累了，快去睡吧。」

那是我們之間的最後一句話。

最終，我還是沒有參加她的告別式。

由「要是當時」開始的問句，我不知道問過自己幾次。要是當時和她談久一點，要是當時敏感一點，問得多一點——或許她直到現在還活著，或許她可以看看別的醫生，最後終於把她心裡那個結給解開，她的手腕再也不會有新的傷痕。

然而，這世界從來不曾給予我們第二次機會。

在那之後，左手腕開始不定期的麻癢。我因為情緒低落，看過幾次精神科，後來被轉介給諮商心理師。我和心理師討論手腕的癢，像有螞蟻爬過，不定期就會發生。心理師說，身體的狀態可能是心靈狀態的反映，於是我們開始討論手腕的癢，討論布滿遠古植物的夢境，討論小遙。

我開始想像現在的小遙，想像她終於擺脫塵世的痛苦，不再需要透過傷口與鮮血來換取平靜。關於地獄或死後刑罰的說法，無論如何，我是不信的。我寧可相信死後的世界確實存在，而在那裡的小遙，終於得到了她不曾得到的幸福，擁有乾淨光滑的手腕。

她透過最後的痛苦飛抵那裡。

心理師曾經問我：那道傷口癒合了嗎？這句話讓我想到，此時此刻，我也和小遙一樣，擁有會流血的傷口。然而小遙透過她的傷口抵達別處，而我的傷口，則無法引領我前往任何地方。

那道傷口癒合了嗎？後來，我如此詢問自己。抑或它一直持續流血，在視覺之外的地方。

我穿著家居服，躺在沙發上，環顧租賃公寓裡，四面白色的牆。牆上沒有海報，沒有色澤溫暖的畫框。我的視線朝下，茶几上也一樣空蕩，沒鋪桌巾，也沒有花朵或綠色盆栽。

我曾經是喜歡打理空間的人，不知從何時開始，卻喪失了購置花草的餘裕。望著公寓裡的一切——所謂的一切，也僅止於家徒四壁的生活空間而已——忽然感到有點睏倦。我開始撫摸起左手手腕，指腹擦過手腕皮膚的時候，會引起輕微的癢，以及某種幽微難辨的，溫暖熟悉的感覺。

我閉上眼睛，將手腕擱在沙發上，在秒針滴答的聲響之中，用想像中的美工刀，在手腕劃出傷痕。

（彰化師範大學「白沙文學獎」首獎作品）

莊硯涵

就讀於彰化師範大學輔導與諮商研究所。養貓，喜歡貓，想活得像貓。除此之外，是個幸福的人。

Eversleeping

黃睿萱

所有的感官彷彿剛從一場很深、很深的夢境中醒來，從意識到自己的存在，順著全身的血脈流動與循環，然後藉由感知慢慢地延伸到四肢、接著是指尖，速度是那樣的緩慢，像是反射弧被無限延長了那般，你感覺自己就像是枝芽緩慢卻用力地向天空盡情延展，不斷拉長再拉長，如此努力地想將感覺擴展到全身，過了許久，又或者只是須臾，凌亂而斷斷續續的聲音總算傳進了耳朵。

剛張眼時，視線還是一片模糊白光，四周的聲響雜亂不清，你眨了下眼，眼前的景象伴隨著特殊的煤氣味逐漸清晰，短暫的迷茫後，你發覺自己坐在長椅上，四周人群熙來攘往像是川流不息的光陰來去匆匆。車站的氣氛總是這樣。

方才應該是睡著了吧，你想。

習慣性看了一眼顯目的掛鐘，你站起身來想舒展一下因久坐而僵硬的身體，卻不想被人給喊住了。

「等會車來的時候，能不能幫我看一下是哪個班次啊？」

你轉過頭，發現是位上了年紀的老婦人，雖然對於她的突然出現有些奇怪，你想可能是自己剛睡醒還有點恍惚吧！

笑著回了聲「好」後，你將原本放在長椅上的行李背起，把位子讓給對方。

「這雙眼，幾乎都看不到了啊。」老婦人坐下後，也不管你是不是有在聽，便說：「老了以後，毛病越來越多，腳總是發痛，治也治不好，現在連眼睛都看不清，兒孫們忙自己的生活，也沒人來陪我這個老人家。」

老婦人似乎不在乎和一個陌生人講這些，也或許她就只是想說出來而已，有沒有人聽根本不重要，她就這麼以緩慢的語調喃喃著。

於是你就這樣站在一旁，明知道該說點什麼卻發現什麼也說不出來，那些時光所伴隨而來的病痛、寂寞與無奈，不可忤逆地、強硬地加諸於每一個活著的人身上，那是每個生命遲早都會背負的生老病死。

人生八苦，別離與失去，是一輩子的課題，卻不一定真能理解它的答案，即使臨摹著、憑著公式解出了答案，即使知道那是生命正常的衰老敗亡，卻依然無法理解從中得到解脫。

再說什麼都是枉然。你對這種既定的命運感到無力。

當提醒進站的汽笛響起時，你從思緒中反應過來，想起要去看清車號的告示，卻發現老婦人不知何時已經離開，空無一人的長椅什麼都沒有留下。

也沒有時間多想，你拿好行李便與許多剛下站的人群擦身而過，在繁忙的腳步中走進車廂。

●

直覺地從口袋中掏出車票，你照著號碼找到了自己的座位，放置好背包後你便坐下等待火車出發。

乘客陸續上車，就座後大部分就開始忙自己的，即使是走著同樣的路程，也只是短暫的萍水相逢而已，交通工具就是這樣聚集了人群也形成許多小世界的空間。

沒過多久，等火車發動後，你便注意到隔壁的乘客。

那是個女孩，從外貌上來看的年紀獨自旅行顯得有些稀奇，因此你有些在意，猶豫了一會後，你還是決定開口。

「你一個人而已嗎？」

似乎被你突然的搭話給嚇到，驚訝的表情在女孩臉上毫無掩飾，然而你看得出來她馬上令自己恢復鎮定，並不著痕跡地往另一邊挪了挪後，才露出禮貌卻帶著疏遠的笑容向你說「對」。

將這些反應都看在眼裡，你並沒有因此而感到被冒犯。

「自己旅行的話，小心一點是好的，凡事都留著一絲戒心，畢竟慾望能令人做出任何事。」然後你笑了笑，「不過也不要變得什麼都不信，所謂旅行，最難能可貴的便是每一段與人之間的邂逅。」

「要做到平衡不容易，加油喔！」

你想她大概聽不懂自己在講什麼吧！可能會被覺得是怪人也說不定，卻沒想到女孩的情緒似乎不太對，而你卻不知道究竟是剛剛說的哪個詞刺激到她了。

「所以人類始終都無法抵抗慾望嗎？」那雙眼中有著顯而易見的悲傷，「我知道每個人都會犯錯，知道這世上是充滿著那麼多、那麼多的貪婪，所謂人心，不就是如此嗎？」

「但是為什麼……為什麼一定要發生在我身邊呢？」

為什麼呢？

你彷彿能從那些質疑中看見受命運操弄的無奈，一句又一句的為什麼，你卻無法告訴她答案，畢竟你根本不了解、也沒有立場說什麼，而且你想，其實她自己也是明白的，明白世上太多事根本就沒有

「為什麼」。

「明明已經有了誰能夠為自己點一盞燈等待自己歸來的幸福，卻因為習以為常而忽略了那些平凡卻無比真貴的美好，抵抗不了誘惑、抵抗不了現實，被慾望所掌控，勾引著違背曾經的誓言與信任，最終卻連原本擁有的都失去了。」

「於是人開始變得猜忌，明明該是最親近的人，卻對彼此的一舉一動都感到多疑，身處一室，卻像敵人那般爾虞我詐，在名為人生的棋盤上相互廝殺，烽火漫天。」

「人類就是這麼脆弱。」

女孩有些話就像是囈語一般微弱，她像是快要哭出來了，卻又不見有淚水從那雙執拗的雙眼流出。

你看著這樣年輕的生命卻背負著難以明說的苦，這個年紀獨自旅行、臉上也不見該有的熱情與期待，以及對人性的控訴和不信任，背後的原因大概可想而知。但是還能夠這樣被一個詞、一句話牽動情緒，還能夠訴說，又覺得還好不到對一切都淡漠的地步。最可怕的，是連悲傷都失去的人。

你沒有說出什麼「一切都會好的」這樣不切實際的話語，因為她需要的不是虛幻的安慰，從那雙眼中，你能看見堅定不移的決心。她早就有所選擇。

於是你摸了摸她的頭，希望微薄的溫度多少能帶給她鼓勵。

火車行進的速度漸漸慢了下來，一陣晃動後，到站的廣播響起，那孩子很快整理好情緒，再度抬起頭來，又是剛開始那副平靜的神情，只剩眼底深處不顧一切的決絕隱隱閃動。

「我到了。」她向你笑了笑。

那些悲傷無奈痛苦，每個人所各自背負的過去，在短暫的停留後又被收進了背包，在下一段旅途中繼續跟隨著每一個人，不曾消失。

你聽見她說，謝謝你沒有問我原因。

然後那道嬌小的身影便淹沒在茫茫人海中，宛如寒風中傲然挺立的孤花。

●

意識似乎在下墜，你感覺自己像是在很深、很深的海裡，水壓令大腦混沌不堪，周遭一片晦暗不明，僅能憑微弱的光線努力看清眼前的景象。

是兩個人影。在連音波都為之扭曲的深海中，你卻奇異的知道他們在爭吵。

一旁的樓梯上，在那兩個人影的視覺死角，也坐著一道身影，安靜無聲，彷彿連存在也要消亡在這一片喧鬧的寂靜中。

你知道的，你能理解的，你很懂事的，所以……

「啵」

是泡沫破碎的聲音。

●

「你還好嗎？」

倏然張眼，胸口悶痛得近乎窒息，你感覺有人越過你將一旁的窗戶打開，風與土的味道順著呼吸迴盪在體內，呼吸漸漸平順。

「好點了嗎？」

你現在才看清楚對方的樣子，他的眉眼溫潤，深邃的黑中光芒細碎，點亮了那雙眼眸，一瞬間美得迷炫了你的目光。

注意到自己一直這樣盯著很失禮，你有些慌張地道謝。

他笑著說不會，「剛想起來走動一下，就看到你似乎不太舒服才把你叫醒，你沒有覺得我多管閒事就好。」

原來自己是睡著了，「怎麼會呢，真的很謝謝你。」

夢的內容已經想不起了，即便努力回想，卻無法順著些微的感覺想起更多，只剩那種悶痛殘留下來。於是你放棄逼自己回想，視線一轉，剛好瞥見他手裡拿著一本寫滿字的簿子。素色的筆記本上，手寫的筆跡宛若古老民族繁複華美的紋路，靜靜地述說著不為人知的故事。你想起，有人說文字代表著一個人的許多特質，那越來越多不再用「寫」來傳遞消息的人們，是不是在不知不覺中喪失了個人的靈魂？

或許是被你的視線所影響，原本像是在專注思考些什麼的他突然迅速地闔上本子，往旁邊一看後才恍然發現是你。

「抱歉，反射性就……」

「不，我才是，抱歉擅自看你寫的字。」你說，「因為很少看見滿滿的手寫字，忍不住就盯著看了。」

「原來是這樣。」他笑著，纖長的手指沿著紙張摩挲，「我是因為有點個人堅持，不太喜歡讓人看見內容，就算其實只是些無意義的字詞。所以一感受到視線就會直覺去遮掩，一直到現在，已經變成習慣了。」

他說這些的時候，表情似是在懷念些什麼，明明是看著這裡，卻又不是在看著眼前。

「可以問你在寫什麼嗎？」

「嗯……沒有說特別分類成什麼，真要說的話，就是寫自己想寫的而已吧！」他不好意思地笑了笑，「單純興趣而已，不是多專業的。」

「有時候不是專業的才好，像你寫出來的文字，一定會是最真實而純粹的吧！」

擁有那樣美麗的眼神，寫出來的文字定是十分溫柔的。你想起你第一眼看到的對方。

他愣了愣，才有些不好意思地說了聲謝謝。

「但是要看懂一個人的文字其實並不是那麼容易，有時候終其一生也不一定能找到知曉你字中寓意的人。」

「就像所謂的知己，如此難得。」

他依然是笑著的，就像連微笑都變成一種習慣，然而你卻在語氣中看見了無形的淚水。

「你沒有找到。」

像是察覺你用的是肯定句，他沒有回應對或錯，只是笑得有些苦澀。

「也許我還是在等待吧。」等哪天，能夠有一個人了解他的文字，了解他的人。

「多少年過去了，我卻仍固執地不願放棄，明明失望過那麼多次，以為找到了，卻又發現對誰而言，自己都是可有可無、僅是需要時拿來利用的工具。」

「很傻吧！」

沒有誰是對誰絕對必要的，時間啊、感情啊，歷經了這些又有誰能夠不變呢？最戀舊的，往往都會輸得最慘。

哀戚在他眉眼中纏繞，宛如毒蛇將獵物綑綁住、不斷地收緊，皮膚被磨出了血痕，斷裂的肋骨刺進胸腔，連稀薄的氧氣都吝於給予直至死亡。

你看見那雙原本有著點點星輝的眸子轉瞬被黑暗襲捲吞噬，少了光芒的夜空黯淡無光，黑得那麼令人絕望。

他的心是一座空城，寂寞在一夜間燒殺擄掠、轉眼血流成河滿地斷骨殘肢，之後連下了七天七夜的大雨，白骨爛泥中蔓延出豔麗的彼岸紅花，沿著每一道斷垣殘壁交錯叢生恣意歌頌起哀楚卻猖狂的輓歌，而城門上是誰寂寥的靈魂無聲嘶吼著求救，卻一再被淹沒忽略，最終埋葬在泥土中等待腐敗。

你什麼都說不出來。

如果說每個人都是一道謎，等待著哪天有個人能看透其中的規則探觸到核心，而你即便如何努力去嘗試，也無法窺見到謎底的一小角。

因為你終究不是他所尋覓的那個人。

「別露出那種表情嘛，找了那麼久，我也習慣了。」

明明該難過的人是他，卻反被安慰。你勉強勾起嘴角向他笑了笑。

你明白那種事根本不可能習慣的。

像是也知道自己說的一點說服力也沒有，他翻開簿子提筆寫了些什麼，你原以為他是要做點事情轉換心情，於是轉過頭去不想打擾，卻聽見一聲突兀的撕裂聲，接著一張紙被遞到了你眼前。

你知道自己現在的表情一定一臉疑惑。

「我該走了。」他說。

不知從何時火車已經停下，甚至連煞車的晃動都沒感受到，毫無預警地，你目送著他的背影離去。

坐在位子上，你捏緊那張有著他筆跡的紙，指尖用力到蒼白，一如你此時的心。

●

這是怎樣的一種感受呢？

偌大的世界上，生命是川流不息的海洋，奔騰在五光十色、紙醉金迷的都會中，與形形色色的人們相遇、交錯、最終分離，不曾停止。

你想，這是夢。

每顆心的距離如此相近，卻從不會懂得誰，聽不見，看不到，身邊明明有著那麼多、那麼多的人，竟沒有能夠彼此了解與放心信賴的。於是心被各種情緒塞滿，痛苦悲傷無奈疲憊壓力無處宣洩，黑色在心底沉積、老去的身軀越來越沉重，哪天膨脹至極限、再也無法承受任何一點重量時——

「砰」。

畫面消失了。

●

晃動的車廂宛若搖籃，些微的耳鳴伴隨著暈眩襲擊而來。

你一陣恍惚。

即便如何用力回想也記不起夢境確切的內容，只有胸口被掏空似的感覺殘留了下來，張揚地叫囂著存在。

像是有誰在阻止你想起什麼，記憶的軌跡被大雪埋沒，每當要仔細看清輪廓時，突來的風暴又將其覆上整片的白茫，一絲線索也沒留下。

火車駛進山洞，瞬間黑暗吞噬了光明，整個世界都為之沉寂。車窗上倒印著鏡花水月似的浮光掠影，如跑馬燈般隨著自身的前進向後遠去。

明明只是山洞中造成的光影變幻，卻使你有種說不上來的扭曲感，是現實或是夢境？暈眩的是自己還是這個世界？

須臾後，火車駛離隧道，你卻突然覺得寒冷。將外套拉緊，你在狹窄卻空泛的車廂中蜷縮起身子，像是迷途的孩子那般無助。

遠行有種奇異的魔力，時間會在旅途中淡化成峽谷間縹緲的霧靄，人們身處其中，卻會漸漸迷失方向，究竟是經過了多少次日升月落，又或者其實只是一日間太陽在天空中些許的角度差。

於是車上的旅客又一次交替。

乘客越來越少，而這次上車的，只有一位青年。

你最先注意到的，是他深邃的眉眼。並非西方人突出寬闊的五官，骨架也不似那般挺拔，要說的話，就像是異域民族那樣有著濃厚而古老歷史的氣質吧！你感覺這樣的人比起都市，更適合自由地隨處生活。

不過最顯眼的不是他的外表，而是那背在身後的長形物體，長度幾乎一不小心就會打到任何一處，而他又似乎專注在手上的行李於是沒有特別注意。

你看著他可以說是驚險地在狹窄的走道中前進，在那截長柄差點就要砸到車頂時，你忍不住過去幫忙了。

「我幫你拿吧！」

你這樣說著，眼睛看向他背後的長柄。

順著你的視線望去，他像是終於注意到了不方便，將那長形物體卸下肩。你小心地接過。

「謝謝。」他說。聲音中有種特殊的口音。

你們將東西放置在行李架上，只剩他胸前的包——因為他希望隨身帶著。

「這是相機。」他從脖子上把背帶取下，改用手拿著，「而那個很長的是腳架，其他大大小小的也是相關器材。」確認一下行李不會因晃動而倒塌，他才總算放心走到位子坐下。

「你是攝影師？」

「不算是。」他笑得一臉神祕。

得到這樣不算回答的回答，你也不急著追問。他願意說的話，總是會說的。於是你轉移話題。

「你很喜歡攝影吧？」

從他剛剛那麼保護胸前的相機，連腳架那些器材都比不上它來得重要，你不禁這麼想。

「『因為可以記錄最美的瞬間啊！』標準答案應該是這樣的。」

「那麼，你自己的答案呢？」你問。

「我認為，最美的瞬間果然還是得用雙眼看見的當下，那是任何機器或語言都無法複製的、獨一無二的瞬間。」

「照片是契機。」

他笑得是那麼溫暖而美麗。

「當多年以後再次看見那些被定格的畫面，進而勾起了曾經的那分感動，那時發生了些什麼、想起了誰、是什麼樣的心情，漸漸地，我們會讓心底沉澱已久的記憶再次鮮明，因為那是不會遺忘的、構築每個人生的基礎，只不過因為光陰的流逝而暫時想不起來罷了。」

「每當看見人們因為相片而露出懷念的神情，因而和自己的家人、朋友，甚至是陌生人談論起當時的我是如何如何，誰做了什麼事、誰又是哭著笑著或生氣著，聯繫起一段又一段因生活而疏遠的情感，讓他們想起無論時光帶走多少東西、改變了多少事，那些曾經發生過的美好與幸福、那些屬於人們炙熱而純粹的感情都是真實存在過的，永遠不會消失。」

「那便是，我身為攝影者最大的驕傲。」

不是「攝影師」這樣給人死板感覺的職業名稱，而是單純的、拍攝風景的人。

世人說，他四海為家，能夠擁有許多其他人終其一生也無法獲得的回憶與經歷，看遍世間壯麗山水、奇人異事，曾在嚴寒冰原之上與狼群共存，絢爛極光令滿夜星空流動不止；曾在古樸巷弄中穿梭，斑斕紅磚記載了多少年以來人們世代書寫而成的歷史，但是唯有一樣風景，卻是他如何也無法尋見的。

「那便是家鄉。」他說。

「我是世界的旅人，沒有能夠眷戀的歸所，思念家鄉、酸澀卻無比溫暖的感情，一定是這世間最美好的感情吧！」

世界明明是如此遼闊，他卻找不到一處能夠扎根的土地，也或許他生來便是浮萍，抓不住什麼，也留不住什麼，只能隨波漂泊。

但其實，除了家以外，還有一個地方是可以用「回歸」這個詞的。

那是所有人遲早都會回去的，生命的起點。

「旅人啊，你的歸所又在哪裡呢？」

你覺得好像有什麼就要想起，卻無法把那　閃而逝的畫面給抓住，模糊的影像就這麼從指間溜走。你明明覺得是那麼地熟悉，沉重而嚮往的感情如此似曾相似。

「……已經沒了。」

話語不知不覺從唇間流溢而出，連你自己都沒有意識到自己說了什麼，而等你回過神時，那位青年已經不見了。

「家啊……」

關於一個有誰會煮好一桌熱騰騰的飯菜，即便涼了又熱、熱了又涼，在世界已然沉睡的深夜裡，點一盞鵝黃色的燈火搖曳等著你歸來；關於一個就算在嚴冬中，沒有爐火炎炎、厚實卻柔軟的毛毯，也會是世上最溫暖的地方。

關於家。

窗外傳來清脆的拍打聲，一開始只是微弱而零散的幾聲，不久後便向串珠散落地上那般瑲瑲不斷，彷彿玲瓏剔透的珠玉滾動不止，敲響了整個沉寂的車廂。

下雨了。

●

一瞬眼，入目處盡是一片湛藍。

你彷彿置身於大空。

所有的景物變得那麼渺小與遙遠，俯視的角度下，帶來的不僅是壯闊的視覺衝擊，還有人類長久以來累積的、與陸地間的距離感突然被拉長的恐懼。

是的，恐懼。

太過遼闊的視野，會形成與世界間的一種隔閡，明明理智上清楚明白自己便身處在此地，即便是那遙遠的一點也是同一個世界，然而比起那觸摸不到、看不清楚的遠方，腳下的陸地更能給予人真實感，站在高處被過度放大的視野與彷彿抽離世界的遙遠感，只會帶給人類本能裡的顫慄。

但是你卻站在這裡，一躍而下的衝動在腦中咆哮。

不是不害怕，應該說怎麼可能不怕？恐懼危害生命的一切事物是所有生物多年演化的結果。更何況你比誰都要來的懦弱。

但是你更害怕無止境的痛苦悲傷壓力與寂寞。

你將重心從平均向前傾斜至腳尖，一點、一點，像是枝芽緩慢卻用力地向天空盡情延展，不斷拉長再拉長，從心臟、四肢、到指尖，神經一邊控制著身體是那麼渴望去觸碰到天際，一邊用盡全力抗拒著沒有支撐點的恐懼，就快了、就快了……

失重的瞬間，你墜落至那片天空。

●

鐵軌與車輪間的金屬碰撞聲在這個安靜的世界中成為唯一的聲音，你甚至聽不見屬於生命特有的、微弱的脈搏與呼吸。

沒來由的，你知道那是最後一次「夢境」。

其實你明白的，也許是在模糊的影像中，也許是在那些失焦的夢境中，也可能，早在一開始你便有所懷疑了，只是你刻意去忽略。

你想起戲園子裡，誰唱過：「生前心已碎，死後性空靈。家富人寧；終有個，家亡人散各奔騰。」雖然你求的從不是富貴名利，但不過就是安寧平穩，一樣還是那麼難得。又唱到：「眼看他起朱樓，眼看他宴賓客，眼看他樓塌了。」那曲子歌的是外敵犯境、山河殘破，而你這闋詞譜的卻是內部的叛離，小小的家卑微得成不了千古絕唱。

你燃放求救的狼煙卻因寒風暴雪消散在冷漠中，餘下的火點反倒蔓延起燎原大火，跳起瘋狂戰舞滿身鮮血紅蓮，燒去了泛黃記憶中記錄了一切青澀幸福的那屋紅牆矮平房。

不再有倦了累了時能夠收起羽翼停駐的枝頭，不再有傷了痛了時能夠得到支持保護的避風港。

什麼都沒有了。

縱使明白再多道理，所謂人生所謂生活不就是如此，再痛苦也得過日子、心中悲痛不已也得保持笑容，不能懦弱不能哭訴不能任性不能撒嬌，那這些恐懼淚水不安寂寞又該何去何從？

你不知道。

不知不覺，車身的晃動逐漸停息，鳴笛的聲響昭示著旅途的結束，而整個車廂上，只剩下你一個人。於是你起身，走過一排又一排已然空蕩的座位，看過一段又一段人們的故事，最終走向屬於自己的結局。

那裡會是怎麼樣的風景呢？

踏出車門的那刻，瞬間的光線反差令你反射性瞇起眼，一片白茫中，你聽見誰說了句什麼。那是宛如人們初生之時，在羊水中還不懂何為現實的種種無可奈何，還不懂那些複雜而深沉的感情，令人無比安心的話語。

「歡迎回來。」

（輔英科技大學「天使嶺文學獎」首獎作品）

黃睿萱

就讀於輔英科技大學應用外語科。喜歡旅行，在一段又一段的流浪中邂逅珍貴的萍水相逢。從不會寫作文，只會寫所想。希望筆下的孩子都能幸福。等待著誰能看懂我字裡行間的話語。

高塔

董宛君

來吧／遊戲開始了
我豢養一道縫隙／通向懸在臍下的你的人間

你不會忘記了，曾經暮色降落於屋頂，拉長整間房的影子，將群飛的鳥打散，朵雲停留，漫不經心。

占卜師坐在水晶簾後，將牌鋪成半弧形，她一雙擦著深紫黑的指甲油逐步翻開你指尖的牌，受過訓練後的面無表情，緩慢地解釋你的過去，現在，甚至於未來。

還記得那個夢嗎？你疲憊地重新溯回夢境，存在於黑夜連結無聲的畫面裡頭，你一人散漫地走在熟悉的街衢，兩眼無焦，形神渙渙，夜將路燈下的影子拉得很長，一隻黑貓突地從你身旁掠過，澄澈且無辜的雙眼回望著你，貓臉有白鬍，白鬍下有奸狡的笑，那笑像要告訴你什麼，仔細一看，又像在警告你什麼。無人的身後突然有人向你跑來，加緊步伐，急趨向前，那人的指尖就快要碰觸到你，你開始由小跑步加速衝刺，最後整個身體忍不住顫抖狂奔了起來，你拚命跑著，斷斷續續的夢境一連夢見幾個月，使你疲憊不堪，整個人彷彿就要萎縮下去，在最接近的夢境裡頭，你終於停下腳步。

「後來呢？」占卜師開口。

你發現她的音質異常低沉，感覺像站在夜半的大廳，仔仔細細收聽訊號不良的空中電台，嗚噎的煙嗓順道把你拉回現實。

些許泛白的牌張上依附大大小小的指紋，形成一枚又一枚淡霧色的橢圓狀。

你離開之後自己便買副新牌，小心拿好了，牌放入鬆垮的牛仔褲口袋。

你著迷於無疆界的未知世界一如母親從廟宇求來的籤詩。你細數母親床墊下的張數，五十四張的六十甲子籤，六十三分之五十四次的賭注，當年她可是嫁給毫無財產的父親，母親是最勇敢的賭徒。

那麼放在小木格裡靜靜等待被人們翻出的籤詩，也就是占卜師擁有的一手好牌了。占卜已然成為家族生活史不可動搖的元素，好比功名求財，人緣婚姻；好比家宅遷移，鬼神安葬。父親與母親之間的瑣事。爭吵。那些信仰的不可動搖。

事實是，你喜歡將那樣的鏈結比喻為親密的敵人，closing enemy，你與他們總似暗夜中伸出貓爪與戲謔的笑完成一樁驚悚的夢境，並在下個夜晚來臨之前，無從得知情節的誕生。

那些假惺惺的青春期，你將噩夢改寫為情色詩，不佐青春與愛情的文字，你偽裝成隱匿的詩人，專門編造心中靈感來源的無端，一次次丟棄正經八百的筆名，模糊心中的處女之地。無情無愛也能驅使你筆桿不停，如道士咒語，巫言危危。

甚至討厭有人分析那些文字，真他媽個屁。有些字眼來不及寫下，在記憶的裂縫之中穿針插縫，你不允許事件的不完整，更厭惡寫情書的女同學幻想為詩中主角，對著你的詩搓吟一次又一次的高潮。然而在魔幻的塔羅牌與籤詩面前，你又成了一隻幼小嬌弱的家貓，欲以淒厲的叫聲反擊，卻只吟哦出嬰孩般的啼聲。

於是這樣的你彷彿在沉睡的夢中被剝掘剖析，在祕密的角力當中不斷誘惑一個個解答，記憶與夢未知的真相是什麼，你自己也不知道。

你看見母親，走出破爛的舊房子，兩隻手摩擦咖啡紅的褲子，布料漸漸吸入手上的水滴，白煙從廚房窗縫蹦手蹦腳溜出，排油煙機的聲音響著，隆隆，老舊地運轉，像午後父親的咳嗽聲，悶悶的。

古銅色的鐘擺不停擺盪，長型的老鐘隨意拿了鐵釘掛在白牆上，旁邊掛著鄉公所發送的農民曆，布滿灰塵的吊扇旁長出銀絲蜘蛛網，像配合這棟老房子的氣氛似的，就連蜘蛛網也不完整，有時風勁一強，隨時都有可能掉下來的樣子。

母親跟你說過，她極喜歡廟宇的氣氛。早晨微光映在雙龍搶珠的脊飾，正殿上的寶珠、鰲魚及雙龍護塔是她安心所在，那最接近信仰的頂端，是她瞇眼望向鴿群與簷上神像的密語。

眾神彷彿已到來，你尾隨她的身後，她輕巧橫過廟檻，安靜如一縷芳魂。她先是拍拍衣裳，抖落灰塵，接著跪在赭紅墊上，丟下你，面對神像們呢喃起來，她總喜歡和祂們對話，似有無端感應，連接二元宇宙之間。

這樣的情景已經發生不下數次，每次面對母親沉溺其中，甚且有些過頭的傾向，母親的那張臉就會出現從未見過的嫣容，眼前穿著娥粉色長裙的母親，在你面前顯現小女人的嫵媚，母親大概也是這樣對待年輕時的父親吧，微微刷過的捲翹黑睫，塗拭豔紅的長指甲，櫻桃紅的小嘴卻時時說出尖銳的話，看似無辜實為鋒利，這女人就像一把利刃一般，兼有刀鋒與刀背。有次她隨意哼了周璇的〈夜上海〉，軟綿綿的聲音唱著「夜上海／夜上海／你是個不夜城／夜生活／如夢初醒」，眼淚急得滾出淚眶，她說：「你知不知道，知不知道，你長得真像，真像。」話說完眼淚都給吞回去了，嘴邊露出甜甜的笑，哼著甜甜的歌。

從你寬鬆的口袋露出牌面一角。突然感到冷。你知道牌張的意思。巴別塔上的毀滅與重生。人與人之間內在的本我與自我尚未分離，那時人們屬於無須語言的心靈融合狀態，因為人欲造通天塔而觸怒天神，神懲責人們之間只能擁有不同的語言，人們無法溝通，塔身因而毀滅。有時隱約覺得家的存在像是關在那塔上。外頭陽光很熱，穿過廟宇附近的湖面，水的折射使你瞳內的物形矮了一截，光幾乎就要讓樹葉一瞬間起火燃燒，風吹過的時候感到無聲的氣息，接近對峙的狀態。

你的右頰顴骨上有顆凸起的黑痣。眼見鏡前的你額頭寬高，越靠近額的髮量越稀薄，你幾乎能預測四十歲的你，大概會像早死的父親一樣雄性禿。

你和他那麼像，突出的肩胛骨展示衰弱無力的肌群，全身瘦成一根牧羊童的竹笛，胃卻隨時隨地待哺食噍，然甲狀腺亢進許你一副胖不起來的軀體，雙眼混濁無清，浮腫略凸，咽喉腫碩如嵌在脖子上的馬賽克。小時候你橫過廟檻，母親的雙手環繞你胳臂之上，不待你直挺挺站著，從身後押著你非得直視神像，拜。

原先你不打算看著千里眼的眼瞳，真醜，你說。母親在你的平頭上重重打了一下，頭有些暈，感覺母親在哭。不懂懺悔嗎。白養你了。國中生學人抽菸。抽啊。抽啊。抽死你。盡學你死不回家的父親。你沒有回頭，當她手臂垂下的時候，雙手掉入你的視線，你只瞥見她指甲上的，掉漆的豔紅色指甲油。

不知道母親是不是從那時學會躲在窄仄的房間裡，拒絕和任何人溝通，在你尚未學會摸清母親的脾氣之前，老早被她的哀怒無常推出門外，母親藏匿的行為如同一台巨大的冰箱，裡頭只有回溯記憶的耳針，終年升落的情緒荷爾蒙，還有無人知曉的心事密語。放任心緒安靜腐敗，久而久之漸少說話的母親，眼窩掐緊淚水，一使力便讓鬆弛的皮膚沒了骨頭那樣，啪弱地隨桌上的野薑花塌謝，總是低音啜和房裡生鏽的風扇一塊兒發出噪音。

你習慣那種氣氛。一種昨日的氛圍。孩提時期，你遂將偶像海報，從國小轉角的文具店一張張買回家，足足貼滿整面牆，動感的蔡依林，中性的孫燕姿，那時還未組團的范曉萱，女偶像的貼圖是你在朋友面前討人羨慕的誇耀。有天你在學校紅土操場跌了一跤，全身髒兮兮地回家，發現牆上的海報在垃圾桶裡靜靜躺著，整面牆乾乾淨淨，沒有過去。

不知道為什麼，家不知覺被餵養成巨大的黑塔，時間不斷邁前，你也不注意，等到哪天回頭一看，因為彼此之間不再顧忌對方，才發覺你們在塔裡演出無聲默劇，你與他們，closing enemy，就像飯桌的晚餐時刻，只要在電視新聞播報的空檔，其中一人張嘴發出聲音，另一人便會開始插話，沒人肯安靜聆聽，接著也沒人肯再說話。

在父親遺留的房間裡，有時會響起彈珠的聲音，穿透薄壁而來，當彈珠從桌上掉落，清脆的反彈聲爬進你的耳膜，這時身上會流動一股異樣的酥麻感，你想起父親從未同你遊戲，小五暑假結束前一晚，父親拿了張矮板凳坐在桌邊許久，右手握著美工刀細細削起竹筷起來，那刀片在日光燈下閃閃發光，一根又一根不同長短的竹筷子在桌面上橫放，你看見父親不發一語時悶出汗滴，長出抬頭紋的額頭像溺濕的信紙，左手索利地綁著橡皮筋，不一會兒工夫，一隻簡便的竹槍就現身在你眼前，巧手的父親年輕時曾經做了一木盒的中國結給母親，那個暑假你也擁有父親的禮物，日思夜想終於盼得了，後來你才發現，那把竹槍就是你童年的唯一了。

父親與母親分房睡。沿著牆往廁所盡頭走去，左邊數來第一間房，父親習慣睡在那裡，母親的房則要爬上樓梯轉角，兩人各自擁有一台小電視，客廳的竹椅總是冷的，觀音神像與祖先牌位置放中央，那紅燈在暗室裡更顯得紅豔豔的，終年烏沉香煙不斷，一圈圈往屋裡繞，你回想母親在房裡恭誦《阿彌陀佛經》，誦完了，又接著念禱《觀世音菩薩普門品》，無上甚深微妙法，百千萬劫難遭遇，我今見聞得受持，願解如來真實義。父親房間的電視一直是開著的，聲音從政論台轉到幼兒卡通，電視的餘光整夜一直打在你房間的玻璃窗上。

極少言笑的父親，他的房內意外貼上與他不稱的海報，就是貼在嬰兒房的那種，一個個小嬰兒，有的正咧著嘴，有的哭有的在笑，每張面容都長得極為相似，像從同一胚胎複製出來一樣，嬰兒生氣的嘴臉與微笑的樣子差不了多少，遠遠一望，總覺得蹙眉的時候是在笑，嘴巴上揚的時候正在哭，嬰兒只有些許區別，黃臉白臉黑臉，印度孩童的無辜眸光，西方世界的金髮娃娃。

至今回想起來，事發時，角落乾燥的滿天星散落一地，塑膠花瓶以奇怪的角度傾斜，不知被誰撞倒，裡頭乾涸無水，壁櫥擺了一尊小小的地藏菩薩，石料質地的堅冷，沒有畫上眼珠的雙眸，是比無語更冷的沉默，矮小的木桌上，書本與書本的邊緣直角相疊，隱約透露銳利的訊息。

是的，訊息。父親的蹤跡彷彿仍置身於這間屋子任何的角落裡。只是你不得不承認**一切聲音都溜走了／溜向灌叢微光閃爍的花苞裡**。

其實父親早已形成巨大的影子，會在你不留神之際乘隙而入，那是從遠古時期每位父與子必須和解的對峙，好比你得習慣他留下的茶杯，沒有底蓋的遙控器，以及一路從濃煙換掉的藍星淡菸，他抽菸的時候，只拿食指和中指夾住，你蹲在國中髒亂的廁所裡，一根抽完接換一根，鼻子跑出的白霧，也算是另一種懷念的方式，儘管面對高姿態的父親，你總是忍不住拿言語踐踏，一句又一句踩在他的白髮之上，那一陣子，你時常宿夜未歸，流連在網咖裡頭，你也不知道，為什麼動輒講兩三句話就會伴隨怒火，父親與母親出外賺錢的同時，你的童年，一溜煙拍拍屁股就不見。青春期的你幾乎是討債的姿態，說起來也不過是個要糖吃的小孩。

走進屋內，你彎腰拾起地上的滿天星，父親桌下有個包裹吸引你，視線往那兒看過去，是一疊相片。相片中的你嘴角揚起，嘴唇弧度像湖上彩虹的倒影，笑得很幸福。

左頰顴骨的痣還是一樣明顯，但年齡小了一些。

等等，左頰。那是誰？

再仔細一看，分明那人的笑都要榨出水來，他站在遊樂園的旋轉木馬前。你記得除了小學畢業旅行，再也沒踏進遊樂園一步。相片裡的男孩還穿著曾經流行的灌籃高手的號碼衣，你確信你沒穿過，那很俗。

照片背面用了黑色簽字筆寫著：任立傑。

「任立傑。」你聽過這個名字。

當母親持香敬拜或者念經祝禱時，名如煙霧，在你耳邊炸開。好幾次都以為母親念錯了，母親與父親吵架時，名字偶然夾雜其中，真相炸開之前，如同四序嬗遞正常，唯有占卜師喃喃自鳴時露出破綻，你沒有說謊。你不會想到會有另一個男子，只是偶然一瞬覺得那名字與你的生命重疊，你即他，他便是你。牌裡的高塔上住了一群人，棲息或者囚困。感覺名字和照片在閃閃發光。那種感覺像極小時候你和死黨躲在幽暗的房間內，鬼片裡的小女孩擅自移動紙門，疾厲的鬼魂瞬間浮出來那樣，你開始有些懊悔、自憐。

你該問誰？足不出戶的母親，還是離開的父親？

你永不會說的。照片裡的男孩那麼乾淨。像那面被撕爛的牆。乾乾淨淨。沒有過去。

你那麼倔，全身細胞同你父親複製過來一般，拗倔的精子將你拼齊全，奸矯的蛇引誘亞當吃下蘋果，然後輪迴之密啟動，你從母親濕潤且腥紅的陰道口誕生，「哇」地一聲，你的人生便開始了，連選擇的餘地都沒有。母親說了，你剛生出來時像隻猴似的，全身黃疸纏身，小手握得緊緊，久久也不肯叫一聲，一八四七公克，足足住滿一個月的保溫箱。

出院後的返家路上，好長一段時間沒有氣息，眼下沒有反應，大嬷缺牙的嘴硬湊上鼻孔，吸氣吐氣，小命才從鬼門關撈回。每次母親提起這段往事，總感到一陣心悸，臆想他是不是和你一樣，一堆雜病相隨。過瘦、脾胃虛旺、心腎不足、陰虛陽亢、心悸失眠、健忘夢遺胃酸不止夢中盜汗，一身疾病再配上纖細敏感，死黨笑你娘味十足，定是黛玉妹妹投胎。你也學會抓藥，順道往廟裡求籤，三不五時往塔羅店裡走去。你自有一副良方，香灰配酸棗仁、麥門冬，再抓上幾克生地黃、遠志，專門安魂定魄，益智凝神。黑溜溜的湯水一碗接一碗不落，幾乎伴你一路飛也似地來到高中大學。

幸／不幸／有時我看見聖靈走在善惡的彼岸

你繼續寫詩，只有當你貼伏在床上亂寫，先整理出自己蜷曲的身形，左右側躺，想透了才能進入夢鄉，那一刻你發現你與父親是貼近的。

「我想那應該就是父親唯一留下的破綻。」

你躺在床上，輕輕吸吮女孩小巧圓潤的耳垂，上頭夾了一個蝴蝶耳環，略略微尖的耳廓使她看起來像隻小精靈，你把頭湊近她，第一次發現她的耳道很深，也第一次從別人的雙耳認識自己的。貓從棉被的尾端鑽了進來，橫臥在你與女孩赤裸的軀體中間，喵嗚幾聲，聽來像在撒嬌，遠處傳來幾聲狗吠，貓咪搖晃白尾巴，女孩擦著淡粉色的指甲正試圖抓住貓尾巴，那樣子很像從前母親掏弄耳朵的挖耳棒，一撮白絨絨的驚嘆號。

你從未想要認識自己。你先從國中發現的那張相片，才意識到世上有人輪廓與你和父親相符，你從女孩的耳道認識自己的耳朵，心想也許下次只能從未來的女伴口中，才能知道自己的背長成什麼模樣。課堂上，哲學老教授一手托著眼鏡，一手拿著《查拉圖斯特拉如是說》，書露出幾張桃紅嫩綠的便利貼，歲月洗去先生的容顏，他疲憊不堪，在偌大的教室走動，偶爾會露出如書頁摺痕的表情，不時低沉吟哦，走向學生，接著又抽身走了，「一切哲學始於自省。」他說。他佝僂的背使你聯想父親最後的背影，你瞥見老先生所剩無幾的白髮在風中兀自顫動。

你怎麼不認識自己。母親的籤詩。占卜師手中的塔羅牌。每日晨起鏡中惺忪的自己。二十年不變的平頭髮型。兩公斤差異上下的冬夏季體重。都指向另一個你，任易傑。你的生活無關哲學，每日單純地在床鋪中整理出自己的形狀，才能睡去，一如父親在被褥之間整理他一生的歲月，蹉跎與渴望。

從母親沒由來地沉浸於佛經偈語，床頭漸漸多出佛像壁畫，那有大勢至菩薩的座騎，般若波羅蜜多心經，觀音手持的白玉瓶，還有乩童揮畫的符咒，母親篤信生生不息的輪迴觀，你彷佛看見她為了尋求永不毀壞的信仰，上自碧落，下達黃泉，但信仰卻是時常崩解的，你知道父親與母親之間微妙的關係，卻不動聲色充當潤滑劑，站在客廳，你接到一通來自父親的電話。

「告訴你媽，我還沒死，聽到沒?你媽知道我在哪。」

日光燈閃了一下，你幻想燈裡將會有一群蛾卵孵育，棲成一片爛泥，發出嗡嗡的聲音，那是你第一次接收到死亡的訊息，你用童稚的聲音如實講了一遍。

「媽，死是什麼意思?」那年你才七歲半。

街道巷口天氣很熱，如果有人抽菸，大概也會逢火成灰，柏油地面快要軟化成黏稠的瀝青，現今都快忘了父親長什麼樣子，幾筆勾勒，只記得父親穿白襪的模樣，白襪極新，新得像鄉下的月亮。從前父親時時爛醉到天明，家中大門的鑰匙孔不會有鎖匙摩擦的聲音，等你晨起到隔壁買早餐的時候，父親的左腳還越出車窗掛在邊上，白襪上有蚊子血漬，你假裝不認識他，但路過的行人都知道，他是你從不主動外出買三餐的父親，有次他醒了，他還告訴你：「我夢見他了，真像。」像誰?你有些後悔當初怎不問問他。

世界是一面巨大的時鐘，你沿著順時針方向走，走在那無人路上。赤炎天，連續數月的噩夢執拗地不走，夜半醒來喉裡似有千萬根針尖跳舞，床褥上有盜汗的痕跡，渴，你說。鐵窗外的天色雨仍不肯落下，拉起百葉窗，外頭濃雲密密，不見月影。你意識到將有一場驟雨欲來。雨畢竟不曾真的到來，窗外的低氣壓拿捏不準何時預備降落，感其衰頹之外，似乎沒有什麼能夠吸引你的注意了，夢的本身或許只是虛空，門房裡的母親也以緊閉的門在告訴你，別進來，否則裡頭只有虛空而已。夢裡嘗試抓攫你不放的，就是童年的父親。

母親的鼾聲自隔壁傳來，你聽著聽著，彷彿有種前所未有的感受，正在爬行。

註：本文部分黑體字為引用文字。

（清華大學「月涵文學獎」首獎作品）

董宛君（筆名）

一九九〇年生，台中人。目前就讀清華大學台文所，並擔任蔚藍文化出版社小編輯。平日喜發呆，愛幻想，寫作是種搬演內心戲的巨大舞台。

那計程車司機正講著電話

李蘄寬

深夜在安全島上吹陶笛。此時潮寒隨著夜晚來臨懷帶倦意於空氣中漸弭，我抬頭想像公寓內一個個磨損不堪的靈魂正準備迎向歇息，迎向濛幻溶液裡的消溶。我又想像了一些可能與不可能，天總是會亮的，我試圖同意我自己。抽搐，意識邊疆映上逼真溫和的情節，卻為頸部鞍上無以名狀的恐懼。我並不清楚日常生活如何造成我們深深的恐懼，這種事沒有人懂。

有一點喘，音色並不飽滿。此刻的夜晚顯得過於明亮，橙銅色的街容閃爍著紅綠小點。一輛計程車緩緩駛向便利商店邊後停靠，握著方向盤司機正講著電話，表情扭獰，講話飛快。望向車窗的反光，我對那裡頭的世界一無所知。他開了車門走進便利商店。關於意志這件事總難免染上一層扭捏的曖昧，像是出土的瓷器碎片。猜疑油然而生。

這陶笛粉紅色的光澤中略帶一種敦厚的深沉，捧在指掌間體溫飽滿了它。對面人行道上一對打扮時髦的情侶拋著狐疑地打量著我，當然這也難怪，穿著尼泊爾花褲的男子半夜在安全島上正吹著陶笛。他們遠離，而我的目光一路追隨。他們踏經水漬尚殘的斑馬線，穿著羅馬涼鞋的女孩慵懶地邁經行道樹與滿地慘黃的果泥。沒什麼果子只剩暈糊色塊的人行道，我幾乎聞到一絲酸氣。他們也許又經過了機車停車格、玻璃大樓、站牌與其之上空蕩蕩的風。那吹拂裡頭還沾著一點白天的涼意吧。

日光燈的白色。我從沒和這店員進行稱得上是聊天的對話。你的發票，謝謝，加熱嗎，謝謝，小心燙，謝謝。我們共享的是倦怠，伴隨著都市特有的語感攀上額眉，存在於他每一寸息吐。然而，不同於他，我未曾在此目睹黎明，也沒有如此打算。我拿著微波食品朝座位前去。三張桌子五張椅子。

桌上有三罐台啤，計程車司機正拿著關東煮碗啜飲著，另一隻手正用食指敲打著尊爵菸盒。看起來年近四十，穿著簡潔的深色背心，鬍渣倒像是二四天沒刮，凌磊眼神所投之處都是枯涸的冬季河床。迴避那目光，手中的叉子向我細語。我注意到那突出的腹部與瘦而精實的四肢。

我總覺得那落地窗之外應該還有一層更薄、更廣的落地窗，至少我走出那扇自動門時是這麼想的，我忍不住這麼想。一定清透到連月光都難以駐足，躡手躡腳地嬌羞拂過。街上並不是很冷，好像這裡從來都不是很冷似的，我在刺眼的燈光下逡巡，試著繞個八字還是交叉步，又或倒退旋轉。車輛稀疏的像是中年男性的髮量，胸腑間潮湧著一種噁心。這些象徵進步史觀的進步鐵械確實很噁心。生活中也許有個衛星般的玩意兒繞著我們運行，以小熊維尼的想像或許就是一罐濃純蜂蜜。我們暈頭轉向難以自已，在鬆軟泥土上打滾時不小心被樹枝刮傷；而當你產生冬日已近的微妙錯覺時，春神與仙子卻欣喜地戴上花冠，為麵包膏上蜜漿與奶油。

我放一點菸草進菸斗裡。啵。腥綿氣韻在唇齒間流盪，一涓涓青煙像是要攀上樹梢般漸行漸遠。然而我清楚明白它哪兒也到不了，無法觸及一片葉子，其中更是被空洞的意志所填滿。那司機走出自動門。站立的他並沒有想像中高大，但慢跑鞋下的步伐卻明顯甸重。飄忽中接觸到了那我所迴避的深邃，一雙帶著龜裂土壤質感的眼眸。

「不好意思可不可以借個火？」

「嗯。」

「……謝謝。」

不知為何我突然想起那些受傷的運動員，那些肩膀開刀而再也無法投球的、因膝蓋軟骨磨損殆盡不得不退休的，更有阿基里斯腱撕裂而再無法站、再無法思考的模糊片段。安全島上似乎沒什麼小草，兀自凌亂地像是清晨的麻將桌，我盯著水泥椅子上的一點。啊，我剛才不也坐在那上面嗎。用打坐的方式坐下，我努力盯著那椅子上的某一點，想像要用目光在上頭插一根圖釘而用力、專注地盯著。那一點開始擴散、穿過萬花筒似地奮力扭曲，最後為我恍惚的視網膜蒙上一層失重感。我很清楚一直有什麼東西正晃動著，但除了理解到那個存在之外似乎就只有更多晃動；永不位移的晃動、永不成圓的旋轉，多像搖滾樂。不，應該說是那些也許漏風的口哨小曲還有傍晚不遠處的鼓聲，那樣子的搖滾樂。

司機接著菸頭點起下一支尊爵，第五支。果醬傾動式的時間，在這小熊維尼構成的世界裡我大概連真正的蜂蜜都找不著吧，只有吸吮與吸吮。或許那才是真正的蜂蜜精神。騎樓柱子結著巴掌大的蜘蛛網，日光燈包覆著那特別的一角。聽說蜘蛛結巢之地都是健康而適合居住呢。唉呀，三十幾歲就開始禿頭啦，有些悲哀簡直無可避免。我們會在電視上看到那些刺激毛囊、植髮的童話故事，然後去想像隔著螢幕的激動，毫無疑問，當我們嗅到了資本主義的偉大脈絡，計程車司機緊接著映入眼簾。我們很有可能活在掉髮的畏疑當中，怕掉髮、怕被降職、怕分手、怕把雨傘留在便利商店的傘桶。生活正向我們揭示著這樣的意志，而我揣測著他下車前那通電話的內容。

「吸菸會導致肺癌、肺氣腫」這句標語有什麼科學根據嗎？隨便一個羅斯福路上的有為好青年都能為此侃侃三夜吧。多蓋些吸菸區吧，去吧，好以豢養你的人群。數據，偉大的數據。不遠不近那方一雙纖麗的腿正被肥仔頂在電線桿上。看著他們像盆栽般糾纏，我又想起了果泥和它的酸腐氣息。大地之母的屄所生的這世界一點也不科學哪。

「那是什麼？」司機。

「嗯？」

「胸前那個。」

「陶笛。」

「陶笛？」

「嗯。」

尷尬的我。

「這麼晚了睡不著來這邊吹陶笛嗎？晚上吹笛子會招好兄弟來哪。」

「我想我並不怕鬼啊。」

這句話一點也不正確，不過有它的政治正確，齊家治國平天下的漢子跟怪力亂神怎麼可能搭上邊嘛。鬼我是怕得要死，睡不著倒是不錯。我開始吹起〈Blue Moon〉。他看起來好像高加索人。對，黃皮膚黑頭髮微禿抽著尊爵的高加索面孔，在這城市永不迷路的高加索人。

我喘。

「嘿可以給我看一下嗎？」

「好啊。」

「很輕啊，有趣有趣。哼呃。你剛剛吹那是什麼曲子？」打了一個嗝。

「呃，先別管這個，你要喝啤酒嗎？」

於是我們開始喝啤酒。喝啤酒這檔事當中混雜著不明不白、淡薄的激情。從酒精濃度來說好了，想喝醉的人們為什麼非得攝取這般低濃度的酒精飲品呢？喝點威士忌不挺乾脆的嗎？但是我們喝啤酒。

「這麼晚了還在這裡喝啤酒，不覺得總有些荒謬嗎？」
「難道要回去休息嗎？這裡那裡，到處都是一樣啊，現在不是挺舒服的嗎？」
「真要說舒服的話，暫時不用再吹陶笛倒也不賴。」
「我看你不吹得挺帶勁的，嗄？真那麼恨陶笛的話乾脆把它摔了，事情不就成了嗎，嗄？」
「倒也不是這麼說……」
「那到底是銃三小來著？」
見鬼的。
「我前陣子還是搞樂團的，在團裡負責唱歌跟吹吹陶笛。樂團裡吹陶笛，夠奇怪吧？不過事情就是這樣子，原本以為奇怪的事情總是會適應的，慢慢的，或許還會感到舒服。但是吹陶笛呢？我不知道，唱歌的時候我不會那麼喘，那對我來講很自然，但是吹笛子呢？只要一到台上就會很喘。我只有一個人吹的時候感覺比較舒服。但那無力感終究會跟上來的。」
「那你的樂團如何了呢？」
「好像散了。那不是我的樂團。呵哼。」
「好像？」
「好像。」
「怎麼會是『好像』？」
長長的沉默。請容我描述一下這個沉默。躁動是在指間萌發的劇毒藤蔓，很快地便旋上那些若隱若現的綠色靜脈，再來是頸部，最後沿著脊椎盤繞在想像中腦幹所在的部位。在沉默之中我開始想像沉默。那是一個跛腳的沉默，而且正打算在這不冷不熱的夜晚兜上幾圈。在想像當中我手裡握著一條鋁棍，打斷沉默的腿，特別是有殘疾的那一隻，非常仔細、試圖穩定節奏的敲打。我流著汗，它則是從地上絕望地看著我。我幾乎感到一絲滿足。那樣的節奏在兩個極點互相拉扯，靠近時就漸弱，離遠反而壯大。然後再也無所謂滿足。

「那你靠什麼活。」

「總是有辦法弄錢的。」

「你要養誰嗎？」

「我自己。養我自己就很辛苦了。」

「意思是說你沒有一份穩定的工作，然後在這邊抽著花俏的菸斗。阿弟，我真的羨慕你。」

幾乎笑了一下，接著腦中閃過了類似「農曆說今天不太適合自殺啊，維尼熊先生」的奇怪語句。我燻黃的指甲暗自竊笑。

「現在他們又開始在車上裝悠遊卡，那錢也不是說拿就拿的現金，而且匯帳戶，侖蛋，給人討都來不及了我拿屁啊你說是吧。侖侖侖，帳戶裡的錢繳車貸去繳車貸，家裡還有一大堆亂七八糟。」

「這就是為什麼你們不喜歡別人用悠遊卡付錢哪。」

「什麼都一樣。賺錢討生活，唉我好像說太多了。」

「關於那個，我可能做太少了。」

「命。」

「你值得有人請你喝上幾杯。」

買了包蠶豆跟三得利的半角、拿了關東煮碗。配上維大力再好不過，於是又轉身進去。終於要開始喝酒了啊，我那時這樣想。似聊非聊地話題跑上新聞打轉。不知道北韓國民的生活如何？想逃離那裡擁抱資本主義嗎？還是甘之如飴地服侍領導呢？不知怎麼地聊起了自己的事，這時我才得知這位先生以前是打棒球的。我是對棒球一竅不通。

「開完刀之後三個禮拜我再次站上投手丘，我先投幾球，一切都很完美。大概是那第八還是第九球，肩膀怎麼說，就怪怪的，球直接砸中麥香紅茶，那該死的紅茶濺得到處都是，當下我站不太穩，紅土在我臉上。那年我十九歲。」

「你哭了嗎。」

「對。」

他低著頭。一台發財車停在安全島旁，上頭寫著「飛揚　廣告　旗幟」。看著那樣的字體我突然想著——肏、肏他媽的什麼意志，什麼洋人來台辦的音樂會通通去肏自己吧。裡頭的人走下來，搬下梯子把那旗幟鎖在路燈上，screwgun 的聲音相當刺耳。我沒看身旁的司機。我突然覺得風不再吹拂，而它是否吹拂也暫時不是那麼重要了。剎那間路燈全暗了。全部、同時。安全島上的樹不再清晰，而便利商店的白光顯得多麼刺眼突兀。然而更為奪目的是他那活生生具現的悲靡詩意，理智無法多說什麼。低下頭，我聞到了白蟻的氣味。多久沒有吃荔枝了？潤紅的將涔下淚珠的殼、果肉豐溢澤亮好似少女的乳房，是那樣子的荔枝。老天保佑荔枝裡不要有蟲。我往上瞥見一隻白蟻飛繞，瘋也似地撞著玻璃甚至幾乎要嵌了進去。白蟻是值得羨慕的，簡單、激情且倏然殞落。

我雙眼乏累卻無法闔上。

於是我鼓起那漾著焦油的肺吹奏陶笛，就像我在台上那般。我是岸上被洗滌的兩棲類，我是被開腸剖肚的仙人掌。吹得面紅耳赤，好似要把笛子活吞。終於吹到胯下麻痛，踉蹌地我站起來舒活筋骨。包皮的疼痛是因為我湎溺於自瀆嗎？那幾乎是出於日常中難以抵擋的死寂，為了逃避那種輪迴般的戕害而輪迴地射精。然而那純白的一瞬終會隨著流光一片片剝落，最後變得看似永不可及。全身重心擺在肚臍上方並抓著陰莖的我是這城市裡一齣滑稽的默劇。晃著搖著我不知怎麼唱起了我們樂團的歌：

裸人睡在山洞裡
懂得生火　不懂生活
沒有太多可以墮落　閒來沒事做個六九
終朝一日濺起石油　生火不只烤斑鳩　抽插也得套套頭　噢——
而我們再也不需要躲藏猛獸
（這裡我有一段陶笛）
大麻花啊朵朵開　沒有花的麻呀朵朵開
（農業萬歲——歲！）
不叫玫瑰的花兒依然芬芳　卻沒人吻我臉頰
不需要了　不再需要　沒了下巴　不停傻笑
不需要了　不再需要

我沒有繼續再唱一遍，良好押韻及像樣節奏的匱乏讓我沮喪。

「嘿！走吧！」地磚看著我。

「去哪裡？」

「你剛剛下車之前在跟誰講電話？」

「什麼？」

「我是說你下車之前。正跟誰講著電話不是嗎？」

「你不會懂啦。」他站身，懶腰。

他眼角邊幾束不明顯的皺紋讓我想起了河水。向晚的河水趨於暗沉，而那上方的波光像是仙草的躁動。關於仙草的作業通常是在溫度飽和太甚的夏季進行的。捧在手掌裡缺乏摩擦力的仙草凍被抵在平時用於刨蘿蔔的刀刃上，而我亢奮同時害怕被劃傷、小心翼翼地磨蹭著。刀刃下絞肉狀的黑色物無規律地流入塑膠盒，最後澆上水與蜜。之中的躁動宛如向晚河水上的紋路般巧妙地呈現。仙草若河水、河水似皺紋，皺紋卻一點也不像它的主人。

皺紋如果有朝一日得以擴散不知為不幸還是幸。

「嘿，其實你現在看到的我都只是某種正在急速消失的假象，黃沙裡鹹鹹的倒影。你知道，我這個月把機車賣掉繳房租，是個沒根沒積蓄的揮霍者。揮霍金錢，揮霍著裡頭空空如也的自己。你有工作，你有目標，你有車。」

他開了車門躺下，雙腳踩在外面，嘆了一口莫可奈何。雨越來越密，茄色的雲不知不覺已然熟透。

「好想打棒球。」

「打啊。」

「說笑。」

「真的啦。」

「打毛？你他媽的說怎麼打？」

「呃……」

呃。生孩子似地我開始咳痰，黃色的眼白上可以感受到迸裂的血管。錯誤的比喻，我是帶把的而生孩子這件事我大概沒種。

「這樣子好了，我跟你說這對我來說是個很重要的陶笛，」我取下陶笛向他遞去，「你先拿著。」

沒有答覆。深色的褲子又暈上了一層暗沉。小熊維尼內餡棉花發霉了，他沒料到節氣沒說會下雨。不過那也是北方的節氣了，這裡是台北。被時間糟蹋的啤酒順著罐子自個兒蜿蜒。說到台北，我還是想想要怎麼當選立委然後精心策劃如何一槍崩了自己，這種快樂的想法幾乎可以寫進希臘的舊喜劇裡。

「起來拿著。拜託了。」

陶笛在他手上看起來很小，好像手心的紅潤將瓷器的顏色一併融於無形。步履蹣跚是我的節拍，吐出來的是尊爵香菸。我想起大學畢業後的暑假大家在熱炒店，一個同學已是光頭準備入伍的一番話：「對於那些我想做的，我不知道我是不是真的想做，而且我也不是海鷗。頭毛通通擼掉，幹，也好，讓我再想想。我明明知道這沒什麼意義啊，要走現在就該拔腿就跑，遠到死都不要回來。哈哈，當然這只是在打誑語。可是你看看我們，看看你自己，四年下來一個接一個，到了現在，我們竟然到了得用抽菸來抑制自己悲傷的年紀。」

「扔過來吧。」我向司機說。

距離我十公尺左右，躊躇撩起了他的長褲。事實上，不，沒有什麼事實上，我兩腳張開、腰部懸著上半身倒著看世界，胡亂想像我是某一種捕手。陶笛很有可能就他媽的摔碎了，很好，它應該要被摔碎的，最好是可被畫在地獄變屏風上的猛烈墜落。並不清楚他要扔什麼球，但我更不清楚我想不想接住陶笛。我閉上眼睛讓黑色擁抱我。黑暗挾著我們自己的影子齜牙咧嘴，那些冷的、濕的、蚓擾的，什麼時候都回來了？停。想要大腦停止運轉，就想想頂著長腿妹的胖子，我管他胖子是不是歧視性字眼。這十公尺的距離是兒戲的長度。扔吧，我不會睜開眼的。

可是我接住了。

沒特別示意什麼便向他道別，大概說了保重，臨走前隨便買了一包菸。我走了一小段路開了家樓下的門，看了看社區的布告欄。在等電梯的同時我玩弄布告欄上的磁鐵將它排成飛機的形狀，進了電梯我按了頂樓。

頂樓在一片光害的籠罩下氤氳著紫褐色，沒有月亮卻看得相當清楚，桃酥般的地磚綴著青苔，一旁襯著原意不明、生鏽的鐵構。呼吸不太順暢，我曲著身子倚著牆點菸，咳了兩聲決定坐下，然後跪下。發疼的膝蓋讓我又想多喝上兩杯角瓶套維大力。心裡如果可以呼喊，不知道嘴巴會不會出聲。願雙腿發疼的人都有酒可以解解渴，願保溫箱裡的嬰兒一生下來便懂得哭泣，願小熊維尼找到這城市的路，願消防員個個都平安。

我打電話給我們團裡的鼓手，沒接。Bass 手接了。

首先當然是敘敘舊。這說法其實很怪，好像某些事情因著時間而遙遠，但也不過才兩個月沒練團哪。

「想要找大家來開會，越快越好。」我切入正題。

「有點麻煩哪，一點麻煩哪。」

「先把大家找來喝酒好嗎？」

「我本身現在很少喝了，其他人好像天天都喝到不行，不然就是在哈草啊。」

「總之大家出來談再說，好嗎？」我好渴。

「你覺得我們到底為什麼要做音樂玩音樂？真的只是在玩？」

「我今晚好像又找回了什麼。」

「當初可是你挑起爭端的哪。」

到底在等待什麼並不明確，可是我沒回話。那東西原本是孔雀上的羽毛，如今卻一支支插在扇子上僅僅是拿來搧風。搧風或許是讓火旺起來，於是燒吧燒吧我腦海中一片橙黃花瓣就要飛散。但我始終沉默。

「你不需要道歉，你知道。」他說。

「我需要。非如此不可。」

「你知道你可以不用。」

「我……」

無比懾人的聲響衝擊了我的聽覺。放下電話，我向街道望去。抓著牆垣片刻，水泥顆粒比我的手繭更加粗糙。衝向電梯反覆不停按著按鈕，就算那並沒有任何幫助。繩纜還是得將那幾噸的鐵箱拉上來，照著設定好的速度，承載能夠承載的重量。我知道這些都是發生在一瞬間的事，咻、就是那樣，我告訴我自己。就是幾秒鐘。

違反理智地我開始衝下樓梯，八樓、七樓、五樓、二樓。我們又何必想像聲音的速度。碎了。

二樓到處都是陶笛，碎片勾勒出好一條豔冶的紅色。不再是敦厚溫雅的紅，也不再是陶笛。我站起來踉蹌幾步，下樓推開門。

一點也不凝重的空氣，雨變小了，一切彷彿被洗滌而清新。不知道剛剛到底撞到了什麼地方，腿好重好疼。行道樹的密茂枝葉中似乎還暗藏著另一片祕密的廣袤森林，靠著樹幹踩著粗大的根，我想聽聽那裡頭生靈的低語。不太能走了我，舔拭著手臂上的傷口。為什麼有路燈的街道顯得如此昏暗呢？好想去浮潛噢。為什麼非得在這種時刻想起這般事情呢？就那樣縱身躍入一池靛色之中，漂得遠到看不見沙灘也看不見車輛，睜開眼睛都是熱帶魚以及牠們所處的繽紛王國，觸摸牠們的色彩。

過了這麼多年終究還是沒去考駕照啊我。

一直是到 Bass 手再度打電話給我才回神。

「你剛剛那邊……」

「先別管。」

「到底是……」

「等等我打給你。」

好臭。我越走越近，也有許多人往那兒走。半夜的「許多人」大概就是這麼多人。我看見一個推著嬰兒車的孕婦急忙離去。可是三更半夜身懷六甲到底怎麼會出現在這呢？煙向上飄著，我點起一根菸。不知道為什麼腦袋第一件迸出的事情是尋找那個胖仔與長腿妹，杳然無跡。便利商店面目全非，破裂的日光燈宛如無力的手指垂下。象徵著進步史觀的的鐵械終於什麼也不是了，頂多保有一點黃色，能確定的是多了一些暗沉，兀自飄散著自己的悲劇。洋人來台辦音樂會的旗幟飄揚。旁邊的人們在喧囂什麼我並不清楚，遠方似乎不間斷地傳來嗚響。完全不知道司機現在到底是以何種形體存在於這世界上，但我會記得他以前的樣子。小熊維尼的身軀也是黃色的呢。

燒吧燒吧我想著。當然事情沒有像電影裡那樣什麼混帳東西碰在一起都會爆炸，那樣未免太容易了。

（台灣大學「台大文學獎」首獎作品）

李靳寬

一九九四年生。目前就讀於台大戲劇系。開始寫小說是因為十六歲時聽一九七六樂團的歌，樂團的主唱阿凱開了一家咖啡店叫海邊的卡夫卡，後來發現那其實是一本書的名字。那本書雖然有看沒有懂，總之是被文字吸引了，開始想要寫出很棒的東西。

夢蝶

黃國翁

一

捷運地下的候車處裡冷冷清清的沒幾個人，沒有平常已經見怪不怪的滿滿人潮，也許現在時間是清晨的關係，又或許是高雄捷運所有車站中，這裡是最不被需要的。

一個穿著某所高中制服的男孩，輕輕地走進了這不怎麼擁擠的等車空間，他表情淡淡地看了電子告示板一眼，上面顯示還有兩分鐘下一班車進站，男孩低下頭悄悄往最前頭的門走去。

其他等車的人回頭看了一眼男孩又撇過頭去，只是因為這男孩實在很普通，沒有染燙的短髮、整齊的制服、清瘦的身形、沒什麼特色的臉和一副黑色的眼鏡，唯一特別一點的只有脖子上那副雪白色的耳罩式耳機，除去了那個，男孩全身上下看不出有會讓人多看幾眼的地方，男孩的存在感和櫥窗的玻璃一樣，很透明。

機械音響起，列車不疾不徐地進了站，男孩走進了車廂內，選了一個角落的位置站著。車廂內很空，僅有少少幾個人，尤其是男孩在的第一節車廂，完全只有他一個人。

機械音再度響起，車門緩緩地關上往著下一站出發，對捷運來說，到下一站不過數分鐘的事，但人們總能把握這短短的時間做點事情，像是滑手機什麼的，但男孩只是站在角落，表情淡漠的看著窗外，等待列車進下一站。

下一站入站，車門輕輕開啟，不像上一站這樣冷清，從門外湧入了些許人群，讓車廂內的空間稍微減少了些。可能是第一節車廂距離樓梯太遠的原因，第一節的車廂雖然也進來了一些人，不過還是剩下不少位子。

因為正好是學生通勤上課的時段，進來的乘客裡有一些學生，能看見不同學校的制服夾雜在其他乘客之中，其中有幾個和男孩一樣制服的男女學生，走進了男孩站著的第一節車廂，他們一走進來就發現了男孩，但是他們並沒有任何反應，只是吵吵鬧鬧的聚集在中間的位置。

也許是因為不認識，男孩從窗上的反射看見那群同校的學生後，連頭都沒轉地沒有任何反應，依然只是望著窗外。車門輕輕關閉，繼續前往著下一站。

下一站，車門仍舊依循著自己的規律開啟，進來第一節車廂的，只有幾個某高中的學生，他們走進車廂後來回看著，似乎想找個好位子。

其中一個男學生看到了角落看著窗外的男孩，走過去拍拍男孩的手臂，親切的問道：「嗨！你也在這節啊？要不要過來我們這裡？」

似乎並沒注意到進來的是誰，男孩聽到這個詢問聲，怔了怔轉過頭來，看看是誰對他說話。

他發現眼前對他說話的男學生，似乎是班上的某一人，他沒記得很清楚。班上同學的臉和名字倒不是不知道，只是很少在意同學，所以有時候人和名字對不起來。

「啊！你好，我站這裡就好了，謝謝你！」男孩臉上帶著稍顯生硬的笑容，用一種很有禮貌的語氣對著男學生說道。

而那名男學生聽到後，並沒有立刻放棄，「一個人會很無聊吧？一起來吧，人多比較有話聊嘛！」

男孩聽完依舊沒有改變他的想法，仍然禮貌地拒絕道：「謝謝你，我還是自己在這就好。」

「既然你都這麼說了，那好吧。」男學生只好放棄，走回自己那一群之中。

「你幹嘛邀他過來啊？他那麼陰沉的人，一定很不好相處啦！」

「是啊！在班上也都這樣，他從不會找別人聊天，去找他聊天也聊不了什麼東西，超無聊的。」

「咦？原來他是你們班的喔？好像沒什麼印象。」

「不要這樣講嘛，人家只是比較安靜，話比較少而已啦！」

和男學生在一起的幾個學生，嘰嘰喳喳地討論著關於男孩的事，雖然並沒有很大聲，也沒有對男孩站的角落這邊指手畫腳，但偶爾望向這邊的眼光和斷斷續續傳來的聲音還是能知道他們在說些什麼。

男孩並沒有很在意，所以他並沒有選擇仔細去聽或是完全無視掉，對他來說，那只是眾多乘客嘈雜的聲音之一。他自己也明白，在那些同學眼中的自己，是個什麼樣的人，所以他不厭惡那些同學，畢竟他們只是陳述了一項事實。

面對著窗，男孩心裡悄悄地疑問著，剛剛走過來搭理自己的那個同班男生，他知道站他左邊，正大聲說話的那個男同學，常常私下說他壞話嗎？

他們知道和男生站一起的那幾個女同學，表面裝作友善，卻偷偷排擠班上某個女生，只因為那女生喜歡的偶像和她們不一樣？

知道女生旁笑得很開心的那男生，因為和別人打賭，就把站他旁邊那個女生暗戀某男生的事傳出去，結果女生被討厭了，他邊安慰她邊把這事當笑話說給別人聽？

那大聲說話的男同學又知道，搭理自己的那男生，因為大聲說話的男同學成績好，總找他討論功課，但那男生覺得他很吵鬧，和朋友出去玩每次都少邀他一個，男同學的邀約也裝作有事要忙而推掉，明明空閒時間很多？

這些私下的事不是男孩刻意去打聽，只是不經意從不同人身上聽來罷了，因為誰都沒有注意到他。

這種輕易就能背叛人的感覺，讓男孩覺得很討厭，相信著誰卻在不知不覺中受到傷害，等到猛然驚覺，已經沒有多餘的力氣去原諒自己或是誰了。男孩想著，曾經也嘗試著相信誰的自己，最後卻疲累得分不清楚真假，不如……相信自己就好……。

二

那傢伙……我以為會像小動物般，用一副受寵若驚的表情接受對方提議，然後像隻沒有自我的工蜂去附和這個小團體，沒想到……他竟然拒絕了。

不過他拒絕的表情令我討厭，是我很熟悉的那種虛偽表情，彷彿畫上妝、戴上面具的小丑，女孩面色冷淡地想著。

今早，女孩像往常般從列車最後一節車廂上車，對她來說，同樣空曠少人的車頭車尾，這裡比較近。

讓女孩感到意外的是，今天車尾比平常多了不少人潮，原先在手裡拿著的書正要打開，在車廂逐漸填滿時又悄悄闔上，闔上的內頁中夾著一張淡藍色的書籤。

還是換個地方吧，女孩這麼想著。

在下一站的車門剛開啟，女孩就急匆匆地往車廂的另一端走去，為了閃避上車的人群，她只得讓速度慢下許多。

就在快到的時候，即將關門的警示鈴毫不留情地響起，女孩立刻朝最近的車門擠了上去，還好這裡已經是第二節車廂。女孩看了看四周，雖然人比較之前算是少了，但是人還是越少越好，因此女孩毫不遲疑地往隔壁車廂走去，正巧看見了男孩被同校男生搭話的畫面，雖然和自己毫無關係，但女孩還是將所有過程都悄悄看著。

女孩站在男孩的斜前方，將手上的書打開，卻只翻開在序的那一頁，淡藍色的書籤還夾在上次沒看完的那一頁。女孩雖然想將心思放回書上，卻忍不住偷偷打量著男孩。

似乎還挺普通的，女孩這樣想著，沒有染燙的短髮、整齊的制服、清瘦的身形、沒什麼特色的臉和一副黑色的眼鏡，不過這副普通才是不普通的原因，現在……還有這麼普通打扮的高中生嗎？

他總是只看著窗外嗎？女孩看著男孩面對的那扇車窗，上頭映出了男孩淡漠的表情，似乎不太關心剛剛的同學，男孩沒有回頭瞥向剛剛那群人，也沒有其他的反應，就只是……一直看著窗外。

女孩表情淡淡地觀察著男孩的舉動，她說不出為什麼會對這傢伙感到好奇，只是有一種似乎很熟悉，卻又有點不一樣的氛圍……。

女孩回想剛剛男孩說話時的臉，對照現在這個淡漠的表情，她對男孩不像自己的那種應對方式感到厭惡，女孩心想，這樣你和那邀請著你卻說著你是非的那群人有什麼分別？只要不失禮，即使冷淡有什麼關係？至少……那樣還是自己。

車門打開，男孩在這一站下了車，女孩偷偷看著男孩離去，不過是人群裡另一個任性的、虛偽的、裝自閉的傢伙罷了，看著車門關閉，女孩對著陌生的男孩下了結論。

三

男孩走上了車，今天和昨天沒什麼差別，人還是那樣的少，男孩依舊往昨天那個角落走去，沒什麼理由，只是一個無聊的習慣。

背靠著窗，男孩撥弄著脖子上的耳機，想著要不要聽個音樂什麼的。車門關閉，在猶豫之時繼續前進。

那女孩不知為什麼一直看著我？男孩想起昨天的事，想起那站在他斜前方的女孩。

她好像以為我不知道，其實窗上都看見了，窗外這麼黑，裡面的情況能看得很清楚。她表情冷冷的、冰冰的，又好像……有點厭惡？是為什麼呢？我應該不認識她吧？那時好像一開始也沒看見她……是從什麼時候出現的呢？以前好像也沒看過她……咦？她又出現了?!

男孩正驚訝著時，女孩從車門口走進了車廂，她看見了男孩，表情卻沒有任何波動，一樣冷冷的，她選了上次的位置站著。

男孩偷偷看向女孩，心想剛剛她看向我了，不過……好像沒什麼反應，那昨天是怎麼回事？難道是我看錯了？果然還是不該相信「非當事人」的吧？

想著自己對自己說的笑話，男孩嘴角輕輕勾了起來。

男孩假裝低頭看著自己的前方地板，眼睛卻偷偷看著女孩，女孩長得很好看，不過男孩不知道自己認為的是正確還不正確，別人覺得普通的女孩，他其實也覺得很好看。

眼前的這個女孩，身材瘦瘦的，身高也不算高，臉小小的，看起來很白很乾淨，不像有些女生現在就開始往臉上化妝。綁著俐落的馬尾，就連表情也是冷淡得很俐落，有種堅硬的感覺，穿著不同高中的制服，所以不是我們學校的。

那……為啥昨天要用那種表情看著我？男孩看著看著又想起這個問題。

車來到昨天男孩同學上車的那一站，男孩停止思考剛剛的問題，轉頭望向門口，那群人並沒有進來，大概是搭別節車廂吧。男孩深深吐出一口氣，慶幸他們沒有坐這節車廂。

他回到原本的姿勢，戴上耳機，雖然還是不知道要聽哪一首，就隨便吧。男孩閉上眼，將音量調大，進入這只屬於自己的空間……。

咚咚……咚咚……，似乎感覺到什麼，男孩睜開了眼，眼前突然出現女孩那張白皙的臉，他怔了一怔，不知道這女孩想做什麼。

女孩把手舉到他眼前，手上拿著一張學生證往前遞了遞，嘴巴開合著好像在說些什麼，臉上沒有他預期中那冷硬的表情，而是淺淺的微笑。

以為她只會冷著一張臉，笑起來挺好看的嘛！男孩驚訝地想著。

只見女孩又把手往前伸，男孩這才發現那張學生證是自己的，上面那醜醜的照片正是自己，大概是調音量時掉出來的吧。

他伸手拿過學生證放進右邊口袋，女孩又說了點什麼，男孩奇怪怎麼聽不見她說什麼，突然想起自己把耳機音量調高了，正想把音量調低，女孩已經走回自己的位置，翻開手上的書閱讀，男孩只好用他認為剛好的音量對女孩說謝謝，女孩抬起頭笑了笑，似乎是有聽到。男孩鬆了口氣，心想有聽到就好，閉上眼繼續聽著自己的音樂

到站的語音響起，聲音壓過了耳機裡的音樂，男孩睜開眼睛，知道自己要在這裡下車，他看了一眼女孩，女孩的表情還是冷冷的，除了看自己的書以外沒有其他反應，彷彿剛剛什麼事都沒有發生。

男孩走向門口，順手摸了摸自己右邊的口袋想確定學生證有放好，一摸之下讓他嚇了一跳，右邊口袋裡竟然沒摸到，他緊張地又把手摸向其他口袋，才在胸口的口袋摸到學生證，他鬆了一口氣，趕緊下車。

他轉身目送車廂繼續往下一站開去，從緩緩離開的車廂窗口看見女孩，依然是表情冷淡地看著書。

男孩奇怪剛剛發生的到底是……？

四

女孩本來是像平常一樣，坐最後一節車廂，可能是運氣不太好，今天又是滿滿的人擠了進來，本來

打開的書又闔了起來，還附上女孩緊皺不悅的眉頭，只好像昨天那樣，在下一站換到前面去。

下一站入站，女孩很快速地出去，換乘第一節車廂，今天很順利，警示鈴還沒響起就走到了。

一上車，男孩的身影立刻出現在眼前，女孩看向男孩，發現男孩正在看她，還帶著一絲絲驚訝的表情，女孩雖然覺得奇怪，表情依然保持冷淡，轉過頭不再看著男孩，走向上次的位置站著。

雖然很在意男孩剛剛看見她那驚訝的表情，也許昨天他其實知道我一直看著他？不過那也沒什麼吧？甩開對這件事的想法，女孩現在只想好好看書。

翻開手上的書，那張淡藍色的書籤仍舊夾在上面，女孩把書籤拿下夾在手指上，很認真地看起書來，讓想像進入書中世界。

不知時間來到哪時，一個聽起來暖暖的、柔柔的聲音不斷傳來……，似乎是叫著同學、同學……。是誰呢？女孩直覺地想著，忽然感覺有人拍了拍她的肩，女孩才驚覺有人站在她前方，她抬起頭，看見男孩手中拿著一張書籤站在她面前。

「妳掉了這個喔。」男孩遞給她，表情很柔和、感覺暖暖的。

「謝……謝謝。」女孩愣了愣，不自覺地伸手接過，仔細一看果然是她的書籤，書籤的淡藍色明顯證明著。

男孩見她接過，就轉身走回原位。

女孩愣愣地把書籤放進在書頁的夾層中，露出了一半。

女孩想著，那是男孩沒錯吧？可是他剛剛的表情……不像假的，沒有那種違心的違和感……。那個任性、孤僻的男孩會對一個不認識的人……這麼溫柔？

想不透……算了，還是先看書吧，女孩這麼想著，就又專注地讓自己潛進書的世界中。

輕輕吐出一口氣，女孩讓自己回過神來，若不每看一段就回神，恐怕一不小心就會坐過頭了，這種感覺就好像正作著好夢卻被人一巴掌打醒一般。沒辦法，誰叫書的內容實在太好看了。

把自己從書中世界抽出來後，女孩想起男孩的事，她悄悄地把書抬高到和自己的臉一樣高，偷偷從書的上緣看向男孩。

男孩閉著眼，頭上戴著一副雪白色的大耳機，似乎是正在聽音樂，表情又恢復成淡漠的樣子，彷彿剛剛那溫暖的笑容都是想像的，那股熟悉又陌生的氛圍再一次湧了出來。女孩看著這樣的男孩想著，明明……可以很溫柔，為什麼卻要這麼任性，用那張戴著面具的臉看著別人？

女孩疑惑不解，彷彿要確認似地，女孩很認真地將男孩從頭到腳掃視一遍，卻只看到那種……不想說出口……，那種寂寞的，寂寞的男孩。

忽然，女孩看見男孩的腳邊有一張像卡片的東西，有點疑惑，女孩放輕腳步偷偷走近男孩，她蹲下身將那張卡片撿了起來，發現那是男孩的學生證。

翻到正面她看見男孩的照片，上面的男孩表情很正經，還是有點正經過頭的那種表情。

女孩噗哧一笑，驚覺自己笑出來，她慌張地看向周遭和男孩，其他乘客絲毫沒有任何反應，看向男孩，男孩的表情依然沒有變化，連身體都沒有一絲絲的移動，看來是很專心地聽著音樂，也可能是聲音調得很大聲。

趕忙恢復成平常冷淡的表情，女孩輕巧地拍拍男孩的肩頭，可是男孩卻沒有任何反應，看起來又不像是睡著，猜想是自己太小力，女孩加大了力道，再一次伸手拍向男孩，卻依然沒有反應。

女孩看著男孩，手足無措地不知該怎麼辦，只好直接塞回給他了。

從眼前看來只有胸前的口袋最容易放，她只好把手緩緩地、緩緩地伸向男孩的胸前，想把學生證放進去，她動作很小心，生怕放到一半的時候男孩睜開眼睛，那時肯定會是一個奇怪的場面。

輕輕地，女孩手上的學生證碰到了男孩的身體，男孩沒有反應，女孩冷靜地將學生證塞進一點點後就放手讓它自己滑進去，還好很順利，若放不進去她還真不知該怎麼辦，女孩悄悄退回自己的位置。

不久之後，進站的語音通知響起，男孩張開了眼睛，似乎是要在這站下車。

女孩表情很冷靜，她看向男孩，男孩好像沒感覺到發生什麼事，並沒有特別的反應，反正他到時候就知道了，女孩這麼想著。

五

隔天，男孩走上了車就看見女孩坐在那裡，也許……她本來就一直有坐捷運，只是沒遇到罷了，他這樣想著。

男孩站在女孩對面，期間他用眼角偷偷觀察著女孩，這時女孩正低著頭看著書。

她好像很喜歡看書，遇到她的時候都會看見她手上有書，男孩這樣想著。

男孩仔細觀察著書的封面，想知道她看的是什麼書，那封面上的名稱似乎是《血字的研究》，印象中好像是柯南．道爾的福爾摩斯系列，男孩想著自己也看過福爾摩斯系列，不過內容有點忘記了。

「妳是在看《血字的研究》嗎？」男孩鼓起勇氣問道。

「……」女孩抬起了頭，冷淡的表情帶了點審視的味道，她看了一眼男孩卻沒有回答。

「呃……抱歉……」男孩見她不回答，因此樣子有點發窘地急忙道歉。

「嘛……也是，不認識的人突然搭話，這種反應是正常的。」男孩心裡自嘲道，「人與人的關係……果真好難懂，也許是我太少接觸，總覺得交流、應對什麼的，該做到什麼程度不是很了解……還是……算了吧。」

男孩戴上雪白色耳機，閉上眼靜靜地聽著音樂。

「你……聽什麼音樂？」

一個小小、有點模糊的聲音傳到男孩耳裡，男孩感覺有人在對他說話，睜開眼睛，發現女孩正看著他。

男孩吃了一驚，把音量調低，「抱歉！妳剛剛說什麼？」

「我是問你聽什麼音樂？」女孩輕輕勾起嘴角，「我是看《血字的研究》沒錯。」

女孩用抱歉的表情繼續說道，「我沒注意到你會突然問我，我有點嚇到了，真是不好意思呢。」

「啊啊，沒關係，是我太突然，」男孩說道，「我聽的是古典音樂，誰的沒有一定，覺得好聽就聽。」

「妳看的這個系列我也有看過，挺好看的。」

「真的嗎?!你有看過啊，那你喜歡看書嗎？」女孩彷彿遇到同好般，用開心的口吻問道。

「嗯……滿喜歡的。」男孩有點驚訝女孩的興奮。

到站語音響起，男孩準備下車。

「我該下車了，再見。」

「好的，再見。」

男孩下了車，閉上眼拿下耳機，輕呼一口氣，剛剛有點緊張呢。

他回過頭看向窗口，女孩也正好回望他，他舉起手說再見，女孩卻面色冷淡的看了一眼，就低下了頭。

男孩覺得納悶，怎麼女孩的反應這麼冷淡，但他也只能看著列車離開。

六

女孩今早不同往常的乘上第一節車廂，她不知道自己怎麼了，也許是有在意的東西，但自己也說不清楚。

她坐在座位上低頭看著腳的前方，那裡空空的什麼都沒有。

書翻開了，可是卻不是很想看它。

女孩想著男孩的事，她看到他的任性、看到他的冷漠，卻也看到他的溫柔，雖然不知道是真的還是假的。

她想起自己學校的同學，明明是這麼討厭對方，卻總在別人面前裝作要好，明明是故意找碴，卻裝作是無心之過，彷彿只要夠虛偽、夠可憐就能為所欲為。

女孩厭惡著這樣的人際關係，厭惡任性的同學，厭惡虛偽的人們，她想……男孩是否也是這種人？

車門打開，男孩走上了車，男孩看見了她，臉上卻沒什麼反應，逕自站在女孩的對面，他又像之前一樣冷漠地看著窗外，明明外面什麼都沒有……。

女孩看見了他的樣子，表情轉趨冷淡，轉過頭來看著自己的書，因為她不知道……看著窗外冷淡的男孩，替她撿書籤的男孩，哪個才是真的他……。

女孩讓自己只看著書裡的世界。

回過神來，女孩輕輕呼一口氣，好像書裡的精彩還餘味無窮。

她抬起頭看了男孩一眼，男孩的姿勢似乎沒有變過，頭上戴著雪白色耳機，閉著眼聽音樂。

女孩心想，也許冷漠只是因為他不習慣接觸別人，溫暖的樣子才是他本來的樣子。

但女孩自己也無法確定，她想不如自己試著和他說說話，也許就能搞清楚了。

「你……在聽什麼？」女孩對著男孩問道。

「……」男孩睜開眼睛。「那個……妳是問我嗎？」

「是啊，你聽的是？」

「這個啊，這是古典音樂，不過誰的就不一定了，好聽就聽囉。」

「妳看的是福爾摩斯系列的第一集吧！我也很喜歡看喔，不過沒全部看完就是了，呵呵！」

男孩說話的時候都帶著溫暖的笑容，雖然一開始的反應是驚訝、猶豫，不過女孩覺得男孩現在的溫暖笑臉並不是假的，因為跟他說話，她感到很放鬆，並沒有那種討厭的感覺。

「啊啊，我該下車了，再見。」男孩輕輕笑著說道。

「好的，再見。」

男孩下了車，女孩本來重新低頭看著書，卻忍不住抬頭從窗口看向男孩，稍微走得有點遠的男孩，表情又是恢復成冷淡的樣子。

女孩想著自己的答案，卻依然沒有想法。

七

每一天的情節沒有變過，上車下車，上學放學，還沒掙足夠用的力量去掙脫這個循環。

男孩，站在女孩的旁邊。

女孩，坐在男孩旁邊。

中間隔著一片玻璃，正如兩人之間的情況，明明看得見，卻沒法直接面對面。

兩人心中想得也許是一樣的，即使面對面，卻無法知道對方當下的樣子，是否最真實的樣子？或者只是像自己遇上的其他人，只是那樣欺騙自己的存在罷了。

男孩心想，對女孩來說，自己不過是相遇沒幾天、被幫助過的人而已，沒什麼道理會對自己展露最真實的樣子，更何況自己對待自己同學不也是這樣嗎？

女孩心想，到底哪個才是他？是那個戴著面具說話的他？還是帶著溫暖微笑的他？為什麼那股感覺這麼熟悉？

男孩悄悄瞥一眼女孩又迅速轉了回來，現在的她是她嗎？為什麼會覺得她跟自己在某個地方好像……，也許她也……。

女孩假裝不經意的樣子，偷偷看了男孩，現在的他身上就有著那種感覺，可是仔細想想……即使微笑的那時，似乎也有一絲絲……，或許他……。

說不定是我不夠勇敢，如果我再勇敢一些，也許就能多了解她一點……。

說不定是我拒絕相信，如果我再相信一點，也許他就會多告訴我一些……。

男孩，戴上了耳機，沒有放出任何聲音，他需要先給自己一點勇敢。

女孩，翻開有書籤的那頁，沒有看著內容，她需要讓自己相信，也有人會像書裡的人一樣真實。

列車，進了站。

車門打開，只見男孩下了車，表情還是那樣冷漠，他隨著人潮走向出口。

當他離開地下的時候，耀眼的陽光照射在男孩身上，在陽光下可以很清楚地看到，男孩手上輕輕握著，一張上頭寫著三個字的淡藍色書籤。

（大葉大學「紅城文學獎」首獎作品）

黃國翁

就讀於大葉大學生物資源系，高雄市人，對小說有些興趣，因此嘗試自己寫看看，試著表達出自己想要的感覺。

New Ark

洪嘉懋

這是女孩思念的聲音。

「阿黎，讓我看看妳。」

窗邊的人影輪廓依舊模糊，阿黎伸出小手想要抓住眼前那渺忽不定的形影，身體繃緊地緩緩爬向窗邊的呼喚。

「阿黎，過來這邊。」

小手離呼喚聲只剩一蹴的距離，眼前的黑影卻越來越模糊，形體逐漸消褪，阿黎更加奮力地爬向那僅存的勾勒邊角，雙手在空中奮力地揮著。

「我永遠在這裡，阿黎。」

剎那間黑影的呼喚從中心亮起極細的針點，迅速擴張後往外吞噬，空氣在極速收縮後的鳴爆，將周遭的光亮一併帶去，瞬明，瞬暗，接著一陣窒息的刺浪在中心炸了開來，女孩在這陣極快的變化之中，失去了意識。

孩子的名字叫欣黎。

●

人類終究沒有贏得這場戰爭。

二一四〇年，南極地區的臭氧層發生了原因不明的極速削薄，臭氧層含量僅存不到原本量的百分之〇．〇三，全球氣候急轉直下，人類文明直接面臨滅絕危機，地球變得將不再適合人類居住。

全球紅火遍布，炙熱，饑荒，動亂，文明潰散。

首先是陸地的縮減導致紛爭，海平面的上升不斷地噬咬著陸面，大部分的低窪地區沉入了海底，外圍地區的人們往陸地中心移動，高地地區的國家為了防止過度人口移入伴隨的問題，開始實施封境。於是邊境處發生高度的爭執，國家動用武力防止一切危害到自己利益的外來者，在這爭亂之中，世界人口銳減了將近三成，地球除了溫度上升外，烽火也在陸境蔓延。

人類的多數並沒有存活在接下來的巨變。

劣化的氣候改變了洋流，太陽風的影響穿越了稀薄的臭氧層，直接影響了地心，活絡了火山群、板塊群，大地開始被撕裂，末日終於來臨。

而科學，是人類最後能扭轉頹勢的能力。

在大地碎裂成無數的疆界之前，科學家嘗試著用臭氧形成彈去阻止變化的世界，但效果僅止於拖延，灰密的厚雲層包覆了殘缺的海面，地球的溫度稍微回復到了可適應的程度，但人類仍舊喪失了多數的生命，剩下的在這世界繼續苟延殘喘著。

絕望是這世界最後的呼喊。

僅僅兩年的時光，人類面對的是更加黯淡的未來。

●

阿黎在她的廢衣堆上，隔著淡藍的光體罐看著光暈忽明忽暗地燃著角落的氣息。連續幾晚的噩夢讓阿黎恍了神，在夢中的阿黎揮著小手，仍然留著觸感在她手上，捻著一些那人影的氣息，阿黎不自覺地握著手，想像著那樣的呼喊聲出自心底的何方。

藍色的光體罐開始閃爍，阿黎的思緒波長也被打斷。她將罐子從地上拿起，把這有著液態夾層的透明薄罐浸入海水中充電。

在這個時代中，利用僅存的科學力發展了將海水轉換成電能的接處表面，還有使海水轉換成淡水的CUBE海綿。為了生存，這些都是人類選擇繼續生活下去的必需品，甚至成了殘缺世界貨幣的新標準。

CUBE海綿是世界終結之時的救命藥，更精確地來說，它是一種轉換的質體，人類除了面臨環境的威脅外，食物和水也馬上陷入匱乏。當淡水幾乎消失，海水轉化的方向就成了取得水源的重要管道，而CUBE這種海綿就是將吸飽了海水的海綿靜置後，等待表面變成藍色後，擠壓出CUBE的水即減少百分之九十八的鹽分雜質，為可用的處理水，減輕了人類生存的一些負擔，但因為數量稀少，許多生存者們連海綿轉換率不到標準的鑑定藍色外觀之下，仍然不願意丟棄這塊瑰寶，堅持繼續使用。

阿黎的棲身之處在一處鄰近高樓廢墟的殘缺矮房中，生存者們稱這種區域為「灰谷」。這些區域在人類文明繁榮時都是經濟區或是住宅區，灰谷往往聚集了最多的生存者，可尋找的物資最多，但同時也最危險。

以往高反差的強光玻璃如今已盡數散去，僅存的細鋼骨結構繁密猶如記憶中的樹林，取代的是死氣僵硬的方正線條，網住灰密天空，低垂著這片鹹水流域，海水蔓延的網將各個碎島相連，對阿黎來說，此處的隱蔽性和水源正是她所需要的，儲備能量繼續在這世間掙扎。

她將手上的CUBE浸入迴繞矮房的海水渠之中，連同手一齊泡在水中，凝視著轉換海綿將鹹水吸飽後，逐漸從邊緣的清藍逐漸醞釀出生命的滴水。自從世間轉變後，如此鮮豔的顏色只留在記憶中，每當阿黎看著CUBE的轉化過程之中，總想起仍是藍天的日子，以及曾是平凡的過去，平凡……就如此美好的世界。

「Judgment Day。」是二一四五年的別稱，諷刺的是，原本是一眨眼的解脫機會卻將人類的生存機會拉扯得緩慢且痛苦，看著腳底下的陸地四分五裂。

儘管世界正值分崩離析，阿黎仍然記得她童年中世界正在劇烈動盪之時的日子。

幸運的，阿黎的父母是靠近拯救世界核心的技術人員，FSP（Final Saving Project）中的一員。FSP將聚集的菁英人員集中至香港，臨於第一個分裂的大陸，代號F2035的位置，台灣板塊群。

FSP成立於臭氧層巨變的隔年，而世界開始籌畫為了挽救剩餘的人類族群希望。NASA捨棄了所有太空計畫，轉而將資金投入代號「橄欖樹」的計畫之中，同時收編了各國的高等科學機構創立了人類最後希望組織，FSP，去建造超大型的兩棲據點艦隊。每一艘船的面積幾乎接近四十至五十個足球場面積總數大，高度是二十層樓高，擁有容納極多人類住民的能力。每一分艦上擁有自主的生態系統，利用高度調配的平衡控制著自給自足的獨立生活，確保人類能在找到陸地前，擁有足夠的生存能力，而動力是搭載雙核融合引擎，雖然技術尚未純熟，但這也是人類在有限的時間內做的最大努力了。

二一四五年二月，世界終結開始，太平洋板塊開始陷落和分離，島嶼群島幾乎淪陷，FSP並沒有在第一時間完全撤離太平洋附近的人口，而橄欖樹計畫只有三艘船面世，世界人口的數量指針開始快速反轉。四月，撤離失敗，導致FSP重新移動到更內陸，迅速上漲的海平面使得海陸兩棲的機動機構FSP在劇變的洋流環境中，撤離的軌道偏離了第二階段的進行，也就是臭氧層形成彈發射至平流層的

第二波部署，而大西洋區域也在這段時間中開始分解，人類的存活岌岌可危。

審判年開始時，世界組織了三處FSP組類轉移到兩棲航母的移動機構中，開始啟動拯救地球以及人類文明的行動。年初，發射了三枚形成彈至平流層，氣候極不穩定而導致失敗，於是開始撤離。第二波的部署下，總計十五枚導彈只有二枚成功，而引爆成功之後的展開速度以及濃度的不平均，結果並不理想，由於是實驗性階段的臭氧形成彈，副作用也比預想之大，形成失敗的化學介質布滿了整個星球。

儘管如此，人類稍稍拉回一些頽勢，溫度控制之下使得撤離行動得以繼續進行下去。五月，僅存的兩處FSP匯合後，開始將剩餘的人口遷至中亞，最高山脊之處，此時的地球已經看不出昔日的大片板塊，只剩點綴似的島群，像是載浮載沉的遍布世間。

接著情況急轉直下，而阿黎就是在這時候與那光芒相遇。

●

那時阿黎十三歲，她總是想著自己留在家中的褐色袋鼠玩偶，應該跟著行李一同來到這個充滿玻璃隔間的白色環境。空調很冷，童年的阿黎在FSP的機構中，總是包著白色的被單，拖著長長的尾巴在兩棲航母的中央庭園最高處往下望，尋找著自己父母的身影。已經整整兩個月沒有看到她的父母，阿黎畫中的家人不再充滿活力，每天在同個位置看著FSP的人群不斷穿梭，空氣中蒸著緊繃的情緒，阿黎很不快樂。

四月中，亞洲地區的FSP開始遷移，阿黎第一次感受到危機感的存在，周遭的白色環境彷彿在陷落，所在的地面時常開始劇烈晃動，自從那開始，阿黎開始作惡夢，在那陳舊的石房中，窗邊黑影的呼喚，小手伸出無數次的光芒終結。

過沒多久，FSP開始實施居房分割，更多的移境人們居住在兩棲航母上，阿黎的白色房間變得更小了，原本貼滿過去小街生活的一切風景和學校生活，阿黎感覺畫筆間的活力逐漸逝去，與之映襯的白色空間更加地讓她鬱卒。

五月，兩棲艦上的住民開始鼓譟，原本預計補給的航線因洋流而打亂，食物短缺，飲水驟減，剛剛投入實驗性的 CUBE 轉換率不到百分之四十，極難使用，白色大船中的情況不比外面的世界祥和。

原本在FSP艦上配有的武裝人員不多，大部分都是像阿黎父母這樣有技術背景的工作人員。接著，聽聞臭氧形成彈的失敗後，群眾攻下艦艇室，要求船長著陸最近的地面，尋求附近國家的補給。海上的白色空間中，衝突的戮血濺灑在FSP走廊的各處，而阿黎在這場衝突中幾乎失去了聽力，因為一顆戰術性閃光手榴彈，在人群中央炸開，而阿黎被震波彈了出去，與她的白色被單朋友。等到阿黎醒來後，她意識到室內的部分漏水，已經到了膝蓋的部分，她的半身從濕漉混亂的白色地板中萎顫地扶牆而起，想要在這之中尋找依靠，她的父母。

群眾在遠處咆哮，核融合的引擎室外圍開始起火，保護機制啟動，白色大船中央開始氮氣降溫，FSP的亞洲分艦宣布棄船。

保護機制失敗，降溫失敗，白色大船開始爆炸，阿黎仍在尋找她的父母，她將已經不再純白的被單，她的唯一朋友披在肩上，緩緩地走向不知道何處，微微張著口，適應她的耳鳴，或許她仍不知道爆炸聲是她在這殘酷世間上最後聽聞的聲音。

FSP的白色大船大部分已經沉入進水，船身的重量迅速地將一切向下拉扯。

劇烈的震動將阿黎不斷地上下拋起，痛覺已經不存在於這個驚嚇過度的小身軀，驅使著她的是記憶中的唯一依靠，儘管這幾個月的變化，她的一切仍跟過去緊緊相連，況且她仍有著她的父母，在這船上的某一處。

屍體，哀嚎的人們映入阿黎眼簾，恐懼不必透過聲音，是直達心裡。對於恐懼，阿黎並不熟悉，但是她知道這是和當初父母突然帶她到這艘船上的唯一原因，同樣的感覺，在車上回首小街盡頭的不安感，隨著船身搖晃，更加劇烈。

剎那間，熟悉的身影在她眼前出現，伴隨著人影身後的炙熱白光，收縮的空氣將阿黎瞬間地被往前吸引，與夢中一樣的炫目，一樣的壓迫感，眨眼間帶走一切，包括她的意識。

FSP亞洲號沉沒，世界的三盞燭火滅了一芯，世界籠罩著更多的黑暗。

在搜救隊帶走僅存的人民後，核心在海底膨脹，不平靜的海面像是鼓起的氣球薄皮般，連續充著能量，接著釋放。

在地球的某處，巨浪戳出表面，一陣深層怒吼，久久不從空氣中散去。

●

阿黎將白色的頭巾綁在肩上，將變成藍色的CUBE放置在空罐頭中，將充好電的光體罐表面的水分甩乾，收進她的棲息處的鐵櫃當中，用新的鎖藏好，接著她將防水助聽電子耳機塞入耳中，這是從她好友穆罕默德手中接下的最後遺物。

準備出發。

她撥開殘缺的塑膠簾，背起破灰的雙背肩軍包，將登山鍬插進牛仔褲腰帶間，抬頭望了望灰悶的天空，透過大樓殘支的間隙，勉強透過雲色分辨灰階的濃淡，來決定出門尋找物資的時間。

當陽光不再成為時間的指標，一切變得漫長，阿黎也不曉得離審判之年過了多久，世界為何變得這樣，是否仍有人為了生存在掙扎，以及下一步該何去何從。

自上次遇到人類已經好一陣子了，阿黎掌心的傷口逐漸癒合，但有時仍會在半夜隱隱作痛，迫使她離開休憩的地方，在夜中悶濕的空氣中將手掌浸入周遭的鹹水細流中，讓溫度降低刺痛，縱使鹽分仍會刺激傷口，但她覺得這個動作讓她心中好受些。

一些規則已經不適用在這世界上，生存的規則才適用。

生存者們掠奪CUBE，光體罐，食物，居住處，埋伏著等待其他人類回巢，接著攻擊，奪取一切，繼續過著狩獵與被狩獵的日子。

阿黎選擇生存。

由於聽力的劣勢，使她常常處於危險之中。掌心的傷，連同兩個CUBE，是在上一個灰谷失去的慘痛代價。

生存對阿黎來說，並沒有多大的動力，她一直想要的是從白色大船上所逝去的思念。她的記憶中斷在白光之中，醒於診療室的白光之中，從此未曾與她的過去連結，她選擇從FSP美洲分艦離開不久後，全數的分艦接連喪失動力在海面上，失去作用，直到最後一波的營救行動和形成彈發射後，FSP宣告計畫失敗，世界的發展交給了上天，而阿黎，選擇回到F2035區域的群島上，追尋在過往生活的可能性，以及在亞洲群板尋找她父母的可能性。

等到她在只存在代號的陸地上時，一切被荒蕪和頹廢的城市取代，生氣被急轉直下的世界所籠罩，未來與希望，只不過是兩種複數的名詞，而那只存在於過去，對阿黎來說亦是渺茫，繼續在破碎的陸地之間，一個又一個的灰谷，和海水迴繞的環境周旋，尋找CUBE，替換光體罐，食物，找尋遮蔽所，以及小心生命被奪取，與其他四散的生存者一起，「生存」。

陪伴阿黎的是白色肩條，還有父母給她的藍色光體罐。

藍色的光體罐是未經發表的實驗品，比第一代的透明光體罐擁有更短的觸水介面充電時間，造光時間也更長更廣。

獨一無二，阿黎時常盯著這個與其他一般光體罐不同的夾層活性質，凝視著豔藍的氣泡活性劑發呆。

阿黎沒有過往的照片，一切都只存在於白光的記憶之中。

阿黎選擇今日往F2035區的336區域移動，首要目的，更換新的CUBE，僅存的一個轉換率已經不是純粹的青藍了，飲水問題需要馬上解決。

阿黎手中按著登山鍬，戒備著四周的廢墟暗處。

她展開S公司在二〇八七年所發表的劃時代個人裝置，「PAPER」，外觀像可摺疊的薄膜片，僅僅一．五公厘的透明裝置可取代舊時代的手機、隨身電腦，可攜性與泛用性都屬於次世代的應用產品。阿黎在FSP的兩棲艦上拿到一個配發的PAPER，用於位置標的、傳輸即時資訊和發布消息給船上人員知道。海水的介面轉化劑也用作電池的發展，使得這類型的裝置並無電力的存慮，但隨著轉化劑的使用時間，也會逐漸失去效用。

阿黎將336區標註出來，將PAPER摺成掌心大小作為指示針，透著掌心的肉色，看著淡藍的箭頭緩慢閃爍。她的目標是336區，以往是高雄左營區的巨大建築，巨蛋殘骸，曾是亞洲區前幾波撤離的主要收容所，阿黎認為尚有些第一代的CUBE留在這區域中。

世界終結之始，FSP將CUBE發送到各地的醫院、警察局、軍事重要機構、國家機關的分布據點，人民可以在這些據點獲得數量限額的轉換介質，以提防將至的災難。但是在CUBE發放未完成前，FSP便開始撤離低海拔地區的人民，庫存的CUBE就留在當地國家，隨著海水的高漲沉入海底或是四散，而FSP仍持續分發一些更新版本的CUBE至即將面臨災難國家，生存者尋著這些遺留的發散路徑，尋找著剩餘的CUBE。

由於板塊的重布，一些地形擠壓，左營區只剩原有面積的一成，以往的巨蛋建築只剩三分之一的頂部在外頭，阿黎得想辦法涉過頗深的水域才能到達336區，她試著尋找附近的警局，是否有遺留的氣墊艇，沒有動力也行，她可以藉由浮力划過去。

靠近巨蛋的灰谷有一半沉入水中，即使今天的灰暗天空仍能清晰地看到水中的倒影，映著殘破的城市，無聲卻有力地刻畫人類的末日景象。

阿黎在露出水面間的斷垣殘壁上躍過，一邊看著PAPER上冷冷的文字，336區域的閃爍信號，一邊前進著。

灰谷中鮮少有著聲音，一切由隨意的風在灰支間磨擦，偶爾撩起水波，為這景象添上更多淒涼邊飾，而阿黎則是這片現代的寫實畫風中，顯眼且突兀的有機體表現，踩著自己的節奏，繼續生存下去。

在336區的25分域的部分，有著分區派處所的建築，而阿黎遠遠就看到，那斑駁鏽蝕的金色文字。她將PAPER攤平，貼在附近舊公寓的殘骸上，這附近的訊號源分布，確認附近只有她一個人。藍點數一，顯示在PAPER上，也就是阿黎一人，而附近也沒有可以埋伏的地方，因為這塊分域除了派處所的建築外，其餘都沉入灰白的水平面下，水面中央矗立著一棟詭異的人造建築，卻也顯得水面的平靜。

阿黎將先前在廢棄賣場的超市中尋找到的防水套衣從灰布包中拿出，她的萬用法寶之一，將套衣展開，穿在身上，將PAPER和裝有CUBE的罐頭一同塞入衣內，整身拉好拉鍊，接著便躍入水中。

灰谷的水平面下是一個截然不同的世界。水平面之上是一片死寂，而水面下，彷彿世間顛倒了一般，光線彷彿留在這靜止的沉水間，光暈的墨色從兩個世界的夾縫中向下擴散，審判年之前的舊時代物品在水中沉浮，保持時間凍結前的氛圍，獨自地緩緩升起和落下。

阿黎享受這種景象，一些逐漸遺忘的事物在這之下才讓她重新認識，曾經看過的平凡事物讓她感到美好且平靜。

一些白色的衣物從水底下的斷垣縫中飄起，彷彿有著生命的漂泊動感令阿黎凝視，讓她想起一切單純的生命動態，曾在的舊世界，竟是如此的靠近，像是掌心抓住了這些，就能回到過去，或許還能找到她的父母。

接近五年了，自從阿黎從ＦＳＰ美洲兩棲艦上下船，她的PAPER最後一次定位告訴她，從東亞附近的板塊回來這邊，已經過了五年了。地球剩餘的衛星一個接著一個的失效，在太陽風的影響下，PAPER的功能也已經逐漸失去效用，她必須把握好每一次衛星經過的時間，下載足夠的地理訊息，以保持之後生存的可能性。

阿黎緩緩撥開水流，暗藍色的水霧讓她不由得放慢速度，深怕水底下的殘骸讓她受傷，或是失去方向。接著她撥開一些擋在水面的泥板，扶著建築邊緣的石岸，將身體拉離水面，坐在一旁聽著水串從她身體滑落，規律地調整呼吸，看著遠方的水面，看著經過的水痕，柔軟地將液面溶斷。

「看起來好哀傷。」阿黎喃喃地自語。

耳中的助聽器發出啵啵啵的氣泡聲小聲回應。

在灰暗的天際之下，一個人獨自在水面邊緣，呼吸著自己周遭的寂寞空氣，獨自生存的壓力讓阿黎在獨處時總是有著不一樣的畫面。眼前的景物與過去連結的一切都讓她沮喪，接著去試想下一步和煩惱物資的搜尋，以及躲避危險，生存。

在白色大船上的生活並沒有比較令她開心地去回想，但是過了這麼長一段時間，她有點懷念和一大群同類一起生活，也許並沒有真正的一起生活，也許她沒有和她父母一起生活，儘管那時是非常時期，但那是阿黎第一次的搭船經驗，雖然緊張但總是興奮地在船上跑來跑去，總是披著白色被單尋找父母的身影。

阿黎曾經有過同伴，在她在ＦＳＰ美洲分部的最後一年，來自德國的史丹，美國的艾倫兄弟，伊朗的萊利．穆罕默德，他們同意一夥兒一起下船，在靠近原始丹麥的地區尋找一個地方重新建構屬於自己的生活，無論世界變得如此絕望，在最後的時刻與朋友一同過活，阿黎想要藉由周遭人的陪伴填滿心中那塊自從ＦＳＰ亞洲艦上的那閃白光所奪去的思念。

阿黎並沒有期望世界能夠從此善待心中已經有著傷口的人生。

當他們離開了美洲艦隊，艾倫兄弟死於意外。她的同伴都還小，都是逝去父母的青少年們，他們的生存經驗沒有提供足夠的保護，艾倫兄弟在一次尋找橡皮艇的過程中被別的生存者所狙殺，接著他們逃命，穆罕默德在過程中受傷，傷口的感染也奪去他的生命，史丹在一夜過後把他們所有的CUBE和食物帶走，將她留在其中一個不知名的灰谷。接著阿黎嘗試著從背叛和再次失去的經歷中站起，學習更多的求生技巧，躲避危險，在一個又一個灰谷中穿梭，尋找最初的白色大船的失事地點。

欣黎，她從來不知道自己名字的故事。在艦隊上，艾倫兄弟曾經告訴她，他們倆的名字是取自他們的爺爺，因為他在一次深夜公路失事中喪身，謹此紀念。當阿黎第一次聽到這個故事時，她陷入一陣低潮，尋找她父母的情感變得更加強烈。

手中的PAPER發出低沉的提示音，將阿黎從凝視水中倒影的自己喚醒。她將防水衣套褪去，將裝有CUBE的罐子掀開，將CUBE從中拿起，掌心的傷痕感受它的濕潤和重量，看著CUBE的靛藍，輕輕地將水分從中壓出，沿著掌緣的清水滑入罐中。阿黎將轉化水一仰而盡，舌尖嚐著鹹味，然後慢慢地吞下，閉上眼聽著心跳。

阿黎的脖子感到一股寒氣。

「站起來，緩緩地將CUBE遞過來。」

冰冷的男性聲音在她背後亮起，她感受到腰間冰冷的觸感，一把尼泊爾彎刀抵在她身後。

「交過來，然後慢慢地轉過來。」冰冷的聲音再次響起，語氣更加堅定。

阿黎緩緩轉過身來，眼前的人更是讓她詫異和憤怒。

「阿黎?妳是欣黎嗎？」

史丹的面孔映入阿黎的眼中。

「欣黎？」史丹將手上彎刀遞下，即使是驚訝的臉龐，阿黎仍認得出當初在FSP美國艦上認識的史丹。

「史丹，好久不見。」阿黎冷冷地說，一手捏著CUBE，一手仍握著空罐，眼神射出的盡是不信任和敵意。

「阿黎，妳是來找CUBE的嗎？妳可以加入我們！」史丹的話語突然變得輕快，他瞬間將彎刀收回背上的刀鞘，興奮地向阿黎提出邀約。

史丹伸出雙手，伸向阿黎的肩膀，重複著對話。

「阿黎，妳願意嗎？我們現在有著規模不小的聚落，我們都是一起行動，一起尋找物資，這樣比較安全！」

阿黎將史丹的雙手奮力地揮開，抽出腰間的登山鍬擺出防禦姿勢，眼神惡狠狠地盯著史丹，低聲道：「史丹，你忘了我嗎？被你背叛的同伴，現在卻要我相信你，是嗎？」阿黎吐著沉重的氣息，登山鍬的刀鋒已經被她舉至眼神同高。

「聽著，我希望妳能諒解，我那時並不是有意要置妳於死地，我只是太害怕了，妳知道，當穆罕默德死後，還有艾倫兄弟，我只是想要回到FSP那裡去而已。」史丹伸出雙手擋禦，語氣戰戰兢兢地向阿黎懇求，壓低身子。

「FSP？為什麼要回去FSP那邊，FSP已經全數沉沒了，世界只剩下我們這些生存者了啊，史丹，你想逃避過去嗎？告訴我！」阿黎縱身一躍，將鍬子的鋸齒口抵向史丹的喉間，阿黎可以看到史丹的喉結不停地顫抖，經歷長時間生存遊戲的史丹臉上也有著和阿黎一樣的倦容，眼神不再清澈，他們被世界提早拉大，被趕到一個比成人世界更險惡的弱肉強食的戰爭中。

放低身段就是他的失誤，阿黎一邊想著，而手掌上的傷口變得隱隱作疼。

「阿黎！」史丹大聲叫道，「我很對不起，但是請聽我說，我們AFSP得知消息，這將是我們拯救一切的機會！相信我！」史丹激動地大喊，身子往前傾，將刀緣更抵向喉頭，博取信任。

阿黎的登山鍬握得更緊了，她被史丹的話給迷惑了。

她整理一下情緒，冷靜地問道：

「AFSP（Anti-FSP）？這是你們現在的稱呼嗎？為什麼要與FSP為敵？」

史丹嚥了口水。

「回答我！」阿黎憤怒地吼道。

「因為FSP欺騙了世界！」史丹回答。

「什麼？」

「FSP，他們還有第四階段的計畫還沒有實現。」史丹顫抖地解釋，「五年前，FSP在實行拯救地球的計畫時，還有最後一個備案，也就是啟動第四艘FSP的船。」

「騙子！」阿黎整個人將史丹按在牆上，語氣也跟著顫抖，對著史丹吼著，「你說的那個消息只是PAPER上面的謠言，FSP已經潰散了，世界只剩我們了，這種安慰自己的謠言，也想拿來愚弄我嗎？」

阿黎對於背叛時期的經歷，幾乎喪失了活下去的動力。沒有飲水，沒有食物，幸好在最後的關頭，她抵達了台灣板塊群，F2035區域的高地，靠著一間綠洲似的商店廢墟，在裡面度過了兩個月療傷和休憩的生活，這才讓她重新建構起生存的信心，透過PAPER她得知了她與目的地越來越近，並在這塊區域生活了將近兩年的時光。

眼前這個身穿舊式澳洲軍迷彩的人正是痛苦的元凶，拋棄和擊潰她信心的男人。

史丹淺金色的眉間掛著汗水，蒼紫色的嘴唇打顫地厲害，因為阿黎的鋸齒已經劃破他脖子的皮膚。

「聽著，我很抱歉之前的事情，但是我需要妳跟我來，我能解釋給妳聽，我需要妳暫時相信我。」史丹的眼神盯著已經沿著刀口流下暗血的景象，加快自己的語速，解釋原因。

「阿黎，FSP還存在，他們去年在亞洲又重新組織起來，想要把最後一艘船給啟動，就在不遠的地方。」史丹急促的說道：「FSP到最後只想救他們自己！所以才把美洲和歐洲的兩棲艦弄沉，這樣他們就有機會啟動這個計畫生存下，他們根本沒有能力拯救世界上的所有人！還記得美洲號的核心癱瘓事件嗎？妳不覺得歐洲艦也相繼癱瘓事件很詭譎嗎？那是要掩護他們逃到這邊的事件！」

「所以FSP在哪裡？」阿黎稍微放鬆力道，思考著史丹所說的話。

「這邊，F2035，福爾摩沙地區的板塊群！」史丹急著大叫，身體側傾掙脫出阿黎手上的刀口。

「你說的船，是什麼意思？」阿黎冷冷看著史丹問道，手上的鍬子仍指著史丹，「FSP為什麼現在還需要大型兩棲艦？人類已經剩下不多了不是嗎？」

「那不是兩棲艦。」史丹話語變得冷靜，慢慢地將視線與阿黎接觸。

「你指的是什麼意思？」

「那是三棲艦？」史丹的手指向天空。

「什麼？三棲？」

「那是一艘擁有永恆動力的天行艦，」史丹看著阿黎身後的遠處，緩慢說道，「地球的最後堡壘，人類文明的最後方舟。」

「你說什麼？」阿黎將手上的登山鍬放下，表情扭曲。

「妳後面。」史丹的眼神變得銳利。

「什……？」阿黎迅速將身子向後旋轉，接著一記強烈的痛楚占據了她的腦袋，暈倒在地。

史丹拍拍身子，手中按著脖子的傷口，瞪著暈倒的阿黎。

「帶著她，」史丹指示剛剛在阿黎身後將她敲暈，早已埋伏多時的同夥說道，「回基地去，把她的CUBE和包包也帶著。」說著便撿起登山鍬，示意同伴跟上。

阿黎被史丹和他同伴拖著，往巨蛋殘骸的方向走去。

●

「阿黎，讓我看看妳。」

阿黎伸出小手想要抓住眼前那渺忽不定的形影，奮力地往前。

她看著那個身影，比前幾次還要更加清晰，她幾乎可以看到人影的眼紋，而人影依舊是不斷呼喚她的名字。

「欣黎。」

白光喚醒了她。

她在一個白色房間的床上。

阿黎驚嚇地掙扎，發現自己被綁在床上，鐵床被晃動地大聲作響。

周遭和亞洲號一樣的白色調性空間，阿黎陷入恐慌。

不不不，我不要再回到這邊！

阿黎心中嘶啞著，眼眶被情景給逼紅了。於是她掙扎地愈加用力，想要將手上的束帶掙脫。

她幾乎聽不見聲音了。

她看見她的助聽器和所有的東西都擱在旁邊的床上，她愈看愈加著急，嘴形不斷地張合著。

「別動了，浪費力氣而已。」史丹從門口走了進來。

阿黎激怒地看著史丹，脹紅的雙頰，身體仍不斷地在床上奮力掙動。

「阿黎，我跟妳說，我們不是AFSP，我們是FSP。」史丹一邊輕鬆地說著，坐在放著阿黎東西的床邊，而阿黎則是惡狠狠地看著史丹。

「歡迎來到第四方舟，FSP的天行艦。以海水當作轉換動力的三棲艦艇，不過呢……」史丹望著過度使用力氣的阿黎，「現在我們的介質轉換引擎還需要妳最後的幫忙，才能啟動。」

阿黎喊著自己聽不見的惡毒話語，詛咒著這個看似靦腆的德國少年。

史丹選擇忽略阿黎的咒罵，微微笑著繼續解說。

「啊！我都忘了妳的耳機沒戴上呢。來，讓我幫妳戴上，」史丹笑著看著阿黎，「就是這樣，好了。」

「你這叛徒！你到底想要什麼？」阿黎嘶吼著，激烈地反抗。

「我要妳父母給妳的東西。」史丹淡淡地說道。

「你在說什麼？」

「這是妳父母的PAPER，」他將懷中的透明片放在阿黎枕頭旁，「上面有著最後轉化介質的資訊，妳的父母是FSP的核心人員，妳知道嗎？」史丹語氣不再輕浮，冷冷地質問著阿黎。

「你想要什麼？」阿黎警備著史丹，藏著憂慮，試探性地詢問。

「這上面的PAPER說，他將剩餘的介質模組藏了起來，於是在我回歸FSP時，就一直很後悔追丟了妳，不過呢，」史丹站了起來，背對著阿黎，「我們不斷地嘗試搜尋妳的PAPER定位位置，終於在這區域抓到妳了。」史丹轉頭看著阿黎。

「我沒有那個什麼介質的東西。」阿黎不帶感情的回答，一邊用餘光瞄向背包中露出的淡藍色光芒。

「喔，我知道，妳沒有，」史丹突然快速地將阿黎脖子按住，「但是妳會告訴我在哪裡的。」

阿黎近距離看著史丹脖子上的刀傷，還在緩緩滲出血，而不能呼吸的痛苦感逼使她掙扎。

「告訴我！阿黎！」史丹奮力地按住阿黎的脖子，不斷地搖晃，「妳得讓我們FSP離開這鬼地方，妳得要帶我們去最後的陸地。」他嘶吼著。

阿黎強忍著痛苦，一句話也不說，不斷地抵抗。

「說！」史丹咆哮著。

轟燃一響，貫破緊張的空氣。

突然一陣巨大熱浪，將他們倆整個拋到空中。

●

AFSP 得知了 FSP 的飛行艦和新大陸消息，全數湧向巨蛋殘骸中的飛行艦上。船身陷入混亂，雙方激烈的駁火，雙方都想要拿到前往人類最後一塊淨土的船票。

「引擎室要被攻破了！全員防守！不能讓 AFSP 控制了整艘船！」戰火四起，人類又再度為了自己生存而和同類戰鬥著。

醫療室的房間中，阿黎顫抖地從地上爬起，她所處的白色房間被炸出一個大洞，一切變得混亂。

亞洲號的慘狀馬上與現實連結，阿黎止不住的驚恐，一邊將地上的背包撿起，走到門邊。

她看著肋骨穿刺出身體而不斷呻吟的史丹，倒在爆炸大洞的不遠處。

阿黎緊緊捏著肩上白色肩單，提起精神地前往引擎室。

大量的屍體和鮮血散布在走廊上，和記憶中一樣的混亂和焦灰的味道，強烈地刺激著阿黎的雙眼，而她蹣跚地一步步跨過這些傷心的過去。

遠處仍不斷傳來雙方激烈的打鬥聲和慘叫，阿黎在自己生存的過程中，與這些經歷交手不下上百次，但是與心裡最深層的恐懼場景重疊之下，她仍把持不住心中的悸動。

一個更令她激動的訊息是，她父母的 PAPER 還存在著。

FSP艦上的PAPER每一個人是獨一無二的，只要人員失去生命或是身體變故，PAPER將會自動記錄以及回報，接著基於安全因素，PAPER將會自動格式化，也就是說，如果她父母的PAPER仍能讀取到訊息，那就代表他們仍有生存的機會。

阿黎停在引擎室後方的門口，從引擎機構中的深色縫隙，看著令她屏息的場景。

她看著引擎室裡的兩個FSP人員，接過按住腹部傷口的垂死史丹所給的藍色罐體，才發覺自己的藍色光體罐已經不見了。

但這不是她所真正在意的，接著更讓她揪心的，是這兩個FSP的人員所講的語氣、口音，都和自己夢中的黑影相似，她這幾年來汲汲營營，所追求的一切終極目標，她要的不是永遠生存，只為了尋找她所思念的聲音，有無再會之時？

阿黎的父母，正接過史丹手中的藍色光體罐，將罐中的液態介質倒入薄形的介質容器中，接著放進引擎夾層上。

引擎巨大的聲響阻隔了阿黎心中思念的吶喊，她一邊拖著受傷的雙腳，跌跌撞撞地穿越一個又一個氣閥核心，一步步地朝著核融合核心機構上的兩人走去，一邊聲嘶力竭地喊著，這次，只有這次，我說什麼都不能再放你們走了，爸爸和媽媽！

一股從船中心瞬間穿透的高頻音，使所有人失去了平衡，船身劇烈搖晃，像是從地心深處的低喃將引擎室震得隆隆作響。

FSP最後的飛行艦被啟動了，它撞碎剩餘的巨蛋殘骸，緩緩地升空，強襲的起飛煙霧將周遭的水域排開至環側，將灰谷連地基一同吹起。

阿黎伸出手在地上爬向父母的背影，震耳欲聾的背景聲使得她的耳道助聽器也跟著失效。

爸爸，媽媽，我在這裡！我就在你們身後啊！

核融合的核心逐漸在透明的轉換閥裡不斷膨脹，轉變得更加劇烈，而阿黎的父母完全沒有注意到身後的阿黎，專注地看著儀表板上的數據，以及介質活性化的轉換率，手中緊抓著透明的投影鍵幕。

飛行艦開始將周圍的海水向中央的渦輪捲去，並從船身噴出炙熱煙霧蓋住它的龐大陰影，灰暗地球上的人類方舟，緩緩升空之中。

阿黎依舊只聽得到內心的喊叫，她的生存人生，就是為了填滿心中需要依靠的空缺，她寂寞時的唯一陪伴。

阿黎的手就如夢境般的重現一樣，手伸出的畫面疊視在她眼前。

白光一閃，引擎室的金屬門應聲炸裂，子彈像密雨般地衝了進來。

阿黎感到她的腹部和胸口一陣灼熱，滾血從她眼前綻了開來。

接著透過血雨中，她的父母，站在她眼前的兩人，在兩聲槍響之後，往後一栽，倒在她眼前。

AFSP攻進引擎室，企圖奪取控制權，史丹被隨後湧進的AFSP給刺殺。

阿黎大聲地嘶吼，她只能無助地看著她的父母倒在血泊中，這幾年來的思念仍在最後一刻斷了星火。

她哭喊，累積的壓力潰堤，在轟隆作響的背景聲中，她竭盡力氣的想要蓋過這一切聲音，一切事實，只為了要喚醒她所要的。

她的母親在倒下之後，終於見到了阿黎。

阿黎一邊喊著，奮力地掙扎著筋疲力盡的雙腿，想用手將身體拉至她依靠的身邊，陪伴他們。

她看著母親的嘴形，心中不斷地哭嚎著，淚水在與思念之間不斷的模糊又清晰，心裡讀著母親的話語。

「阿黎，讓我看看妳。」

她將沾滿鮮血的雙手顫顫地伸向阿黎，一邊繼續說著。

「阿黎，對不起妳，爸爸媽媽沒有去找妳，我們為了人類而在做努力。」

阿黎早已泣不成聲，在她感受到她母親雙手的觸感後，她只是不斷地哭泣，不斷地哭泣，竭盡地哭泣。

「阿黎，我們都在這裡。」她母親闔眼前的最後一句話，讓阿黎崩潰。

她心中燃起對人類的貪婪，私欲，為了生存所做的決定。

她想起艾倫兄弟，穆罕默德，還有亞洲號上的白色生活。

欣黎心中不斷的燃起狂怒，詛咒著讓一切不幸的原因們。

或許人類早該滅亡，這世界需要一個新的契機重新接受純淨，美好的情感與交流，讓這些發生在她身上的不幸，隨之逝去。

阿黎感到有些倦了，她靜靜地看著她所追尋以及愛的兩人，即便他們有理由不去尋找阿黎，她也接受了。她受夠了在這絕望的世界繼續生存，再也不用尋找CUBE，不用擔心食物，不用擔心任何事了。

她的心中又響起了夢中的呼喚，這次她能夠清楚地看到人影了。

而且不只一個，窗外的穆罕默德和艾倫正和她揮手，而那親切呼喚聲也不再那麼虛渺不定，她握著她父母的雙手，幸福地在那記憶中熟悉的窗邊走去，與她的老朋友重新見面。

藍色光體罐中的介質失效，核融合引擎終於還是失控了。

FSP的飛行艦從中央射出白光和巨響，將船體硬生生的撕裂，飛行艦被地心引力毫不留情地向下拉回。

膨發的火海吞噬了引擎間，飛行艦停止捲入海水，艦體由於攻入的破壞性影響，開始分崩離析，塊體散落，在F2035區域的海面上陷落。

阿黎安穩地睡去，陪伴著她倒在血泊中的父母，安詳的解脫。

儘管這一家人腳底下的世界終究崩毀，但她們重逢了。

地球的太平洋西側，人類的最後方舟在海面掀起水花，沉入海底，如喪鐘一般，敲響了末日結束的尾聲，人類的滅亡。

●

二二五七年，當最後一個群落在北美洲因為飲水缺乏而消逝時，人類正式從地球上消失，留下大片的殘骸灰谷，以及舊世界種種。

人類並沒有存活下來，但大自然做到了。

臭氧形成彈的副作用消失，使得地球回歸正常溫度，臭氧層濃度恢復正常，海平面開始後退，地表的陸塊逐漸露出新樣貌，地球正在康復。

二二八八年，遠處的綠意開始盎然。

（大同大學「尚志現代文學獎」首獎作品）

洪嘉懋

就讀於大同大學工業設計系。創作靈感來自於電影配樂形式，為心中的故事畫面配上文字，藉此希望讀者也能聽見構想的思緒共鳴。

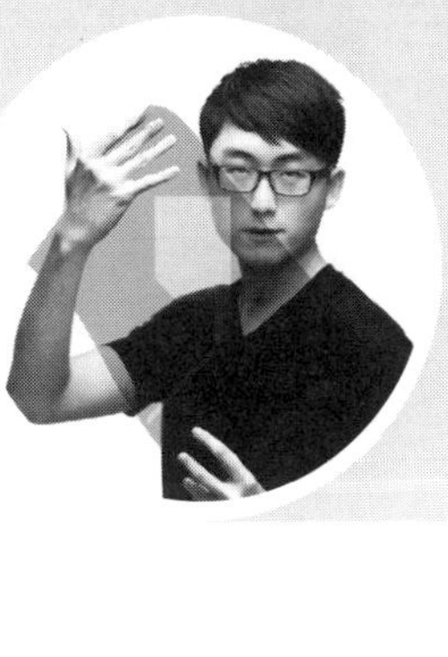

擇歸

郭妍麟

題記

誰人花解語？一代傾城色。
英雄氣短，一時豔絕江山。

第一折　梧桐雨

西元一九一一年　春　蘇杭

江南煙雨，朦朧了水色江山。本應溫軟的南風卻不知怎地夾雜一絲紊亂，山雨欲來。西湖畔，他身著墨色唐衫，披散的烏絲映著秀美卻不失英氣的眉眼，如詩似畫。

「擇歸賢弟，久等了。」打破這幅美景的颯爽女音，是不同綿軟南調子的正統京腔。

聞言，他回身。方才攏在眉間的淺淡陰霾漸散，更顯其顏如玉。「想看看西子，便先來了。咱別站著說話，到亭裡坐罷。」

「若不是這口京片子仍如此地溜，我幾要以為你已成老江南了。」幾步外，軟轎內傳出溫潤如玉的美好男音，「上轎吧！到咱府上去，在這你們姊弟倆也不好說體己話，可不……咳、咳！」

「姊夫受了寒？」

「呵呵，畢竟是有些年紀了，乍暖還寒時候，稍不留神爾爾。好了，上轎吧！病人可不好在外頭吹風。」她未等他回應，兀自掀簾上轎。

他輕嘆了口氣，往後頭的空轎走去。

庭院小榭，小橋流水。

他們在庭中，等紅爐煮水一壺，等茶香四溢。

靠在太師椅上閉目養神的男子，一襲月牙色長袍，映著柔和的五官，雖並不特別出色，如斯柔和。

而端坐在他前方的他，手捧書冊，逐字逐句讀著，直到後來，索性起身張口唱道：

蘇三離了洪桐縣，

將身來在大街前。

未曾開言我心內慘，

過往的君子聽我言。

哪一位去往南京轉，

與我那三郎把信傳，

言說蘇三把命斷，

來生變犬馬我當報還！

太師椅上的他，微張了輕闔的眸，瞧他舞，聽他唱。

直至爐上水滾，曲亦盡。

「歲月真是不饒人，竟是有些喘了。」白皙的面上浮現一抹嫣紅，雖口上這麼說卻不見他喘一口大氣，僅是從容的理了理衣衫，回坐。

「以沐，你的蘇玉堂，已不再青澀了，好啊！」直呼名諱，雖於禮不符，是另一種親暱，「也是，我以耳順有餘，咱爺倆，真已不復年少。」他舉手沖茶，輕淺一笑。

擇歸亦回以莞爾，「都當祖父的人兒了，仍不服老？」頓了會兒，又張口道：「明個兒船就要開了，平兒的行囊可否備妥了？」

非不明白他言中之意，那些年少輕狂，早已是昨日黃花，不復記憶。

「可不是備妥了？」她穿過長廊，在擇歸身邊的椅坐下，毫不避諱所謂男女之防，那般自然。「好弟弟，平兒那孩子就托你了。」拉過他的手，輕握著，千言萬語，僅只化作一握，「到了英格蘭，終究不比自己家，好生照料自己，明白麼？」

「靜姊，男女之防不可無。」雖嘴上這麼說，但他並無抽手的意思，「況且，我今年亦四十有五了，能出啥大岔子？放心，會平安的。」安撫似的回握，抬起頭卻正對上一雙溫和平穩的眸。「襄湘，我和安平都會平安，我承諾。你們一路進藏亦要多留意，這時局……怕是又要亂了。」

「哎，又得知了什麼消息，是不？」斟上一碗茶。

「一路上，自個兒多留意，入了藏，找張少麟，報上我的字，他會替你們安頓好一切。」端起茶碗，呷了一口。「今年的西湖龍井啊……可惜了。」「切記，他的左腿是瘸的，被洋鬼子打斷了。」柔和的目光頓時劃過一絲鋒利，電光石火間，他明白了，那是證明身分的暗號。

「乾爹！果然是您來了，方才聽見您在唱曲兒呢！再唱首給大夥兒聽聽好不？以後便再難有機會了。」清潤的少年音從長廊那頭傳來，「兄長你走快點啊！哎呀，沐春、沐秋小心，別跌跤了。嫂子慢點別急，我們又不是立馬要走了。」

「這小崽子真是！人未到而聲先至，還沒大沒小的。」她笑罵，卻是紅了目眶。「到了外地怎麼辦喲……」

「兒孫自有兒孫福，別操心。何況，有以沐仕，還能出什大亂子？」平淡的五官映著平穩的語氣，雲淡風輕。

「畢竟那是靜姊懷胎十月拚命生下的親骨血，總捨不得的。」他再次起身，這回拿起茶几上的撥子將一頭及腰烏絲綰起。「點曲罷。說不定這是最後 回了。」

他望著他，思量。

「許久沒聽擇歸唱〈思凡〉，可否請君歌一曲？」率先點曲的，是她。「想聽小舅舅唱西施，打小的最愛呢！」後來居上，是襄湘和靜的長子，司馬安守。「舅爺的昭君特有味道。」「乾爹的虞姬唱得最好了！」「舅爺，沐春、沐秋想聽〈牡丹亭〉。」兩個孩子擠到了最前頭，拉著他衣袖撒嬌。本靜謐的小亭成了鬧市，好不歡騰。

擇歸看著滿亭小輩，心底霎時流過一絲甜暖。這些和他毫無血緣干係的，竟是真給了他一個「家」

……「別急，慢點兒。每個都有。」

一道不算強烈的目光投在他臉上，循其而上，和襄湘四目相接。是了。這個笑若春風的男人，讓他有了「家」。「姊夫想聽甚麼？」

「想聽你唱。」只要是他唱的戲，他便聽。

張口，清唱。舉手，起舞。

最後，他張口唱起了那齣〈梧桐雨〉，是方才無人點的戲。

每一次垂眸斂目，他輕移蓮步，在狹小的六角亭中化身楊玉環，在夢中與心愛之人相逢。

嫵媚的，是他的眼神綺豔；妖冶的，是他的身段柔軟。

扣人心弦的，是語句中濃得化不開的哀傷。今日一別，便是永訣，黃粱夢醒之後，再無緣相見。

曲終，一室靜默。

「我以為，你至死亦不唱楊貴妃。」直到襄湘一句話終結靜默。

擇歸不語，僅是看了他一眼，深深的。

很久以後，襄湘才終於明白，那齣〈梧桐雨〉的含意。每每想起，總惆悵萬千，要說，卻又說不上來。

「乾爹！怎麼您以前都不肯唱楊貴妃？分明是如此豔絕紅塵呀。」首先發出喝采的，是次子安平。「我方才似乎看見乾爹身著唐裝，蠶眉櫻桃嘴的模樣呢！」「我也看見了！」「原來不是只有我產生這樣錯覺！」再次恢復一室喧騰。

「好了，我該回府了。」拿起桌上的茶，飲盡。「明日就要上船了，還有些細軟還沒收拾呢。」

「舅爺不留下一起用晚膳嗎？」長子媳率先開口挽留。「是啊，舅爺不要我們了，不肯留下了！」「人家明日一打早就要去英國了，當然不肯理會我們了。」兩個孫輩一搭一唱的。「既然孩子都這麼說了，就留下用膳吧。」最後，連襄湘亦開了口。

「好罷，我留下。」話語出口的瞬間，歡聲雷動。

本欲再坐下，卻被安平拉起。「乾爹，跟我來。讓您看一樣東西。」少年拉著他的手，風風火火地離開了那小亭。

安平拉著他到了一只陳年大紅木箱前，打開。日暮的微光灑落於箱內的衣物上，相映成輝。

「乾爹，您看！這件戲服如何？和您當年在京城的是否相同？」安平的笑靨燦爛，「您待會兒要不要穿看看？飯後我充當小廝替您梳妝一回。好不？」

「安平，我老了。不適合再穿。」擇歸輕搖了搖頭，那些繁華，是再也回不去。即便心中還有想望，也已是餘燼，無法再燃。

「我想看。爹想看、娘也想看，哥哥嫂嫂和小鬼頭們，都想看。咱都知道，乾爹您是當年紅極一時的名伶，想把這樣的乾爹一輩子記得。我可以和乾爹行走天涯，但對他們，這樣相聚卻是再無機會了。」拿起箱中的大紅戲服，在他身上比劃著，「媽呀老人，這個俏姑娘是哪家的呢？不知是否已許人？」

「你這孩子真是！貧嘴！」他不禁失笑，這孩子啊，雖仍毛毛躁躁，卻是心細如髮，溫柔體貼。「等等用完膳，再來梳妝罷。」也是，就當是為了這家人，再梳妝一次。

溫軟的燭光搖曳，他步履款款，走向內院。左手由安平攙扶著，那排場，像是回到了當年京城的堂會，上場前的甬道。僅只是境遷，到了山明水秀的迴廊井閣、小山小水；與當年大氣的山石庭院迥然不同，卻別有滋味。

登台時，他聽見台下驚豔的抽氣，恰似當年。雖今日只得一連戲台子都稱不上的木台。

他張口唱起那首曲，那首讓他成名的，〈霸王別姬〉。

在台上唱著，又是一季花開花謝；台下，卻只不過須臾時間。而今日這曲，與眼前人的境遇，竟是有幾分相似了。再無西楚霸王會虞姬。

雖是生離，不是死別，卻難再見。

台下的襄湘看那台上的虞姬，竟是有了回到北京舊宅的錯覺。

那人，依舊是唱著〈霸王別姬〉；台下的人兒，依舊為他的美驚豔。
韶光似乎未曾流動過。
那年，他仍未改名換姓、仍未離鄉背井，仍不知，民間疾苦。
那年的北京城，他仍垂髫，她及笄。而他，年十八。

第二折　玉堂春

西元一八九八年　北京

堂會之上，人聲鼎沸，茶香四溢。
「公子，這種地方您不該來的。想看戲請戲班子到府上便是。您……」小廝萬分緊張地跟在白衣公子身後，「若您有些差池，福晉、不，夫人不會放過小的啊！」他張頭探腦的，在外人眼中看來很是滑稽。
「好了好了，人家都在看咱呢！」終於受不了叨念，那公子拿起手中的玉扇，輕敲了下那人的頭。「甭緊張，我不過想來聽戲，沒那麼多規矩的。」不理會那道哀怨的目光，他揀了個位子，坐定。「阿寧，去打聽打聽，今兒唱堂會的是哪位戲子。」
「我的大爺啊！您行行好，真打算看完一齣戲？」小廝幾乎要抱頭哀號了，他家公子卻是心意已決，連理睬也無。見哀求無用，他只得嘆了口氣，找人詢問去了。
不一會兒，小廝回來了，「今兒的當家旦角，是司擇歸。聽說他打十歲初登台到現下已兩餘載，最知名的曲兒，是〈霸王別姬〉。那水嫩靈秀的啊，似是能掐出水來；又那嫵媚近妖，令人連骨都酥了呦。」
他那眉飛色舞地模樣，讓白衣公子伸手拍了一下。

INK PUBLISHING

讀者服務卡

您買的書是：________________

生日：　　年　　月　　日

學歷：□國中　□高中　□大專　□研究所（含以上）

職業：□學生　□軍警公教　□服務業

□工　□商　□大眾傳播

□SOHO族　□學生　□其他 ________

購書方式：□門市 ____ 書店 □網路書店 □親友贈送 □其他 ____

購書原因：□題材吸引　□價格實在　□力挺作者　□設計新穎

□就愛印刻　□其他 ________（可複選）

購買日期：____年____月____日

你從哪裡得知本書：□書店　□報紙　□雜誌　□網路　□親友介紹

□DM傳單　□廣播　□電視　□其他

你對本書的評價：（請填代號　1.非常滿意　2.滿意　3.普通　4.不滿意）

書名____ 內容____封面設計____版面設計____

讀完本書後您覺得：

1.□非常喜歡　2.□喜歡　3.□普通　4.□不喜歡　5.□非常不喜歡

您對於本書建議：

感謝您的惠顧，為了提供更好的服務，請填妥各欄資料，將讀者服務卡直接寄回或傳真本社，我們將隨時提供最新的出版、活動等相關訊息。

讀者服務專線：（02）2228-1626　讀者傳真專線：（02）2228-1598

「真是！瞧你那豬哥樣。」白衣公子的眉目並不算頂出色，硬要說也僅是二字清秀，但身上隱約散發的貴氣卻仍是逼人。「好了，咱看戲罷。要開始了。」今日會走這一遭，是因聽聞他的未婚妻納蘭氏素喜聽戲，好奇之下才會逃家到了會堂來一探究竟。

銅鑼響，絲竹音揚。戲台上，那身穿紅花衣的戲子水袖輕揚，旋著舞著。

隨著戲曲情節進行，虞姬的情感隨場上季節更迭而轉，直至四面楚歌，豔絕紅塵的女英雄歡著，只望良人能體其用心，東山再起。

漢兵已略地，

四面楚歌聲。

君王意氣盡，

賤妾何聊生！

他的劍隨著他的歌，逐漸加快了節奏，連絲竹也加緊了速度，一舉手一投足，化身為虞美人，在最後一個旋身，豔色飛濺。

「阿寧，等等請那位旦角到府上坐坐。」那身形，應是十來歲的少年罷。能唱出如此氣度，定是不凡。他暗咐。

聞言，小廝立馬變了臉色。「我的爺爺啊！您過些時日就要娶妻了，千萬別對龍陽產生興趣啊！完了完了，我小命休已，會被夫人殺掉的！」

「渾小子！你想哪兒去了？」執起玉扇往他後腦結實的招呼去，「未來的少夫人愛聽戲，嫁了人必是不便外出聽戲了。這戲子的唱功不錯，可收。」是了，他未曾見過自個兒的未婚妻，卻也不希望對方嫁了自己卻不快樂。

「爺真是好男人！」讚嘆過後，阿寧想起了甚麼似的皺起了眉。「但，爺，這位司擇歸據說十分惜羽，打出道至今還未曾答應任何私會，這……怕是有些難度。」那位戲子，據說被整個戲班子護得好好的，好不寶貝。

「哦？是這樣啊，頂有趣的。」他輕淺一笑，如沐春風。「不知是否連我愛新覺羅氏這麼大的名號都請不起他呢？」是了，雖是庶子，但他終究是當朝小王爺的獨子，仍是皇家血統。「就下拜帖罷，以我愛新覺羅裏湘的名義。倒真想會會這個一身傲骨的少年。」

大宅院裡，一整個戲班兒方結束例行的下午排練，終於得了閒小憩會兒，卻是嘻笑怒罵，好不熱鬧。「擇歸，有你的拜帖。」剛下了長凳的他，身上鉛華未洗，便立即聞見同門師兄的吆喝。「人就在前堂，要推掉麼？」一旁的師姊立即探頭，接過那拜帖，也不經本人同意便拆了。「這小子還頂懂得禮貌的，擇歸你看看。」

擇歸接過一看，果然，下帖的人十分用心，並無因他是個角兒而出言不遜或輕蔑以待，「這人，請他入前廳享茶。」

又看了一眼帖子底部的署名，羅寒江。怪哉，京城裡，記得是未曾有姓羅的大戶人家才是？莫非是文人？

他腦中的思緒轉著，卻是未曾停下往前廳的腳步。

方踏入前廳，便見一襲月牙色長袍，和那相貌雖不出眾卻溫潤柔和的男子。「小女子拜見兄台。」福了福身，他道。

他還來不及回禮，一聲怒斥便迴盪在前廳內：「擇歸！你這孩子真是的！連妝都沒卸就來見客，成何體統？」

「請閣下稍待，奴家先下去梳洗一番。」被大聲斥喝，他面上卻反浮起一抹淺笑，再次福身後便離了廳堂。

他並未錯過他轉身那順眼底閃過的狡黠光芒。

不可否認，方才那一瞬他卻是動了凡心俗念。剛下戲的他，因劇烈運動而大汗淋漓，潮紅的面似眉目含春，竟是連天香絕色也比不上，那般嬌豔。

方才那瞬，他會意過來。這般不合禮節的舉止，或許，是對他的試探。

莫約一盞茶的時間後，擇歸換上了尋常的男童服，回到前廳。

「師父，徒兒來給您請安了。」他先是給方才出聲怒喝他的青年請安，才轉向他，「這位公子，在下司擇歸。敢問如何稱呼。」

「在下未打探清楚，有勞小公子了。」他指的，是方才因未梳洗便臨前廳之事。「在下羅寒江，幸會了。」他舉手抱揖。

對於來者的有禮，擇歸是歡喜的，「公子太客氣了。在下只是小小的角兒，擔不起羅公子這個揖。」

「擇歸公子言重，以一介愛戲人的角度來說，您是絕對擔得起這個名兒的。」襄湘輕笑，這孩兒頂有趣，雖年紀輕輕卻應對進退有度，有趣。

少年雖依舊是笑語晏晏，眼神卻透露出一絲的冷，「既然如此，那公子就恕我直言了。擇歸年紀尚小，未有唱私會的打算，公子請回罷。」

他怎會不知這些人的目的？不外乎是他的嗓子，抑或是他的身子罷了。出道兩年來，他已看多了，也看透了。

「這樣的人……定是不少吧？」否則，不會連他尚未說明來意便受此種拒絕。「但在下絕無此種心思，只是想和擇歸公子交個朋友，來來便走。」雖說他的本意是讓他唱私會，卻也知道這事兒急不得。「既然願望達成，在下也該告辭了，你好生休息，剛練完曲子應是累了。」

「嗯，小四，送客。」他喚來自己的貼身小廝，交代著：「把爺送到胡同口，明白麼？」

「不必多禮，羅某可自行離去。」回拒送行，他離開了那座大宅院。

待羅寒江離開後，擇歸像是被抽乾了全身氣力，癱坐在太師椅上。

「師父啊……徒兒方才的表現尚可罷？」那人身上散發著貴氣，來歷必定不凡，他究竟又是招誰惹誰了？這回竟招來這樣的大人物。「那人的眼神好利，差點兒就要站不穩腳了。」

青年端起茶，啜了口後道：「徒兒，那是皇家人。」他嘆氣，是啊！藏了這麼多年，終究還是被發現了。「咱們已盡人事，就看天命如何了。方才那位應是小王爺的阿哥，愛新覺羅襄湘，字寒江。」

「這人，算是頂有禮的。」擇歸沉默了會兒，才緩緩開口。「看起來也不像是有龍陽之好的那類人。」身為角兒，看過的人畢竟是多了。

他並不討厭那男人溫和的眉眼，甚至是頂喜歡的。那人笑起來有暖暖的感覺，笑意蔓延入眼，淺淺淡淡的，倒討人喜。

「以沐，我的沐兒。你自個兒決定罷，要跟誰。是留在戲班子裡頭，或是跟著那方才的阿哥，甚至是上回自作主張投了庚帖的傻女孩兒，師父和你爹娘不會干涉。」他起身，輕撫著擇歸的頭，「我和你爹娘給了你這藝名、這個字兒，便是望你能擇其所歸。懂麼？」

「擇歸的心意，未曾變過。不要大紅大紫，只要平凡的一輩子。能在您和爹娘身邊膝下承歡，便是擇歸要的。」他笑，是啊。以他的天分，大紅大紫指日可待。但，他要的僅是安生。卻不知怎地，心頭有那麼一處隱隱不安，似是風雨欲來。「師父，下雪了。」

早春的北京城，仍是會下雪的。料峭的寒意漫進屋裡。

「天涼了，咱到內廳去罷，大夥兒等著咱用膳呢！」青年秀美的臉龐漾起絕美的笑靨一抹，仍依稀可見當年戲台上的風流。「將來的事兒還遠著，隨遇而安便是。」

後來，那位羅寒江羅公子經常去捧擇歸的場子，亦會在下戲後請他喝盞茶，偶有閒趣就對對詩文兒、唱唱些街坊流傳的小曲兒。於是，擇歸知道了羅公子果真是愛新覺羅氏，而襄湘亦得知司擇歸出道時唱的曲兒是〈玉堂春〉，不是〈霸王別姬〉。甚至到後來，他們毫不避諱禮節直呼對方名諱。如此相交，倒是連原本覺得不妥的戲班領頭也默許了。

暮春的某個傍晚，餘暉將大宅院映得紅彤彤的，像是穿了喜服的新嫁娘般，好不美麗。戲班子裡的大夥兒偷得浮生半日閒，錯落在院子各處談天，年紀較小的孩子便騎著竹馬在庭中嬉戲玩耍，而擇歸，坐在門檻上，輕斂著眉眼，嘴裡不知叨念著什麼，而靠在他肩上的少女，掛著輕淺的笑意，應是聽得專注、聽得仔細。

當愛新覺羅襄湘踏進大宅院時，看見的便是這樣一幅和諧的景象。

「以沐，看是誰來了？」他大步流星地走到他面前，蹲下後，伸出食指輕刮了下少年挺直的鼻梁。

「襄湘。」擇歸和他四目相接，笑開了眉眼。「不是忙著處理大婚的事兒嗎？怎有空過來呢？」

愛新覺羅氏與納蘭氏的聯姻在即，是京城無人不知無人不曉的。但本該忙的焦頭爛額的正主兒卻出現在一個名不見經傳的小胡同深處的大宅院中，怎看都覺得有些不妥。

「悶啊。受不了那些繁瑣的禮節，趁隙溜出來了。」他笑，從懷中掏出一塊手絹，裡頭包了兩三塊糕點。「喏，你最愛的芙蓉糕，這兩天家裡進了不少，挾兩塊出來給你嘗嘗。小姑娘也嘗塊糕罷？」他並未忽略枕在他肩上的青衣姑娘，伸長手將糕點遞給她。

「謝謝大哥，我同擇歸分食一塊足矣。其他的留給他吃罷。怕這小饞貓還不夠吃呢！」她毫不避諱有外人在場，張口咬了擇歸手上已被咬了一口的糕。

「靜姊！」擇歸急忙叫道，小臉上浮現一抹淡淡的紅。

「害羞個甚麼勁兒？又不是第一天識得。」襄湘看她那副可愛至極的樣，啞然失笑，眸子一轉，似是想起了甚麼，又道：「也是，怕是一桌的糕都不夠這隻貪甜的小饞貓吃呢！」

「今日存心不放過我，你們一個兩個都一樣！」被他們這樣一前一後的調笑，畢竟是少年心性，擇歸有些惱了。

「好弟弟，消消氣。是姊姊不好，別嘔氣了。」青衫少女看苗頭不對，轉而安撫情緒不佳的小少年。

「哎，以沐你也體諒我明日大婚，壓力大，難免會想逗逗你。別生我的氣，好不？」襄湘也不是省油的燈，立馬見風轉舵，逗得擇歸忍俊不住，「噗嗤！」一聲便笑了出來。

笑聲漸歇後，擇歸起身道：「好了，你們都該走了。失蹤太久家裡會擔心的。有空再過來罷，或者給我張帖子，我去就是了。」他瞇起眼，笑得十分得意，像隻詭計得逞的小狐狸。「僅汝等有此特權，切記了。」

他們心底都明白，成了家，許多事都會不同了。即便如此，總是要面對的。襄湘嘆了一口氣，將糕餅小心包好後放入他掌心。「以沐，你的糕，拿好了。我要走了，你別送，感覺怪難過的。」

「要走，咱一塊兒走罷，讓弟弟歇會兒。待會還有場堂會不是？」青衫少女亦是起身告辭。

「承蒙姊姊費心了，慢走不送。」

擇歸看著他們倆並肩離去的身影，心底不禁感嘆道：「真是，好一對璧人啊！」是了，方才那位與他毫無男女之防的少女，便是襄湘的未婚妻，納蘭靜。

不知襄湘掀開蓋頭時會是怎樣表情？真想看看啊……

他望著東方亮起的第一顆星子，嘴裡含糊念道。

後來，擇歸在襄湘大喜之日的當夜便接到請帖，還是新婚夫妻小倆口一同署名發的，他怒氣沖沖卻仍是上了妝赴約去了，據小廝說他嘴中還喃喃念著：「君子一言，駟馬難追」之類的話語。當然，這是後話了。

第三折　牡丹亭

西元一九〇〇年　北京

王爺府內廳，時不時傳來鈴鐺般的清脆笑聲。

當襄湘回到府裡時，看見的便是他的愛妻和擇歸在桃花樹下品茗談笑。

人面桃花相映紅。

「靜兒，怎麼不到屋裡去？外頭風大，傷風了可不好。」從背後摟住嬌妻，為她多披上一件外袍。

「自我有妊後，你姊夫就一直是這副神經兮兮的樣子，幾乎快令小女子無福消受了。」靜伸手拉了拉那件從天而降的外袍，無奈笑道。

「姊夫是疼妳，姊姊就多擔待些吧！」擇歸笑了笑，「好了，既然姊夫回來，我也該走了。待會還有堂會，再不回去會被罰的。」拿起放在一旁的披風，他起身欲離。

「又有堂會？最近堂會未免太頻繁了些，你身子受得住麼？」襄湘一聽又有堂會，眉間立馬糾結成川字，「就說了你不如從了我，起碼不必如此辛苦。」

「然後被外頭說我是你養的面首？這種事我才不幹。」他揚起下巴，眉宇間充斥著一抹驕氣。「我不能壞你名聲，你明白的。」

「就算你不認，太頻繁出入王爺府也夠外頭風聲四起了。認不認，又有何差別？」連一旁的納蘭靜皆開口勸說，「你以一介清倌之姿打滾至今已屬不易，接下來呢？要用甚麼法子保住你的身子？」

「既然靜姊都說了，外頭風聲四起。想必是有人質疑我早已不是清白之身了，保不保，有何意義？」他回嘴的速度極快，似是演練過千百回那般。

聞言，納蘭靜的眼中閃過一絲難過，她並不是那個意思，卻被少年曲解。

發現自己的口快傷了人，擇歸嘆了口氣，道：「姊姊和姊夫的心意，擇歸不是不明白。但我不希望咱這些年的交情因外頭的風言風語，甚至是襄湘收了我而改。」其實，他僅是想保有最初最單純的，那分情。即便那分情早已不純粹，亦同。「望姊姊、姊夫成全。」言畢，起身欲行。

到了門口，卻是硬生生被襄湘給拉了回來。「擇歸，等等。」

「堂會真會來不及。」擇歸的眼底漾著深刻的無奈，真是的，就是不肯讓走就是。

「待會我讓轎夫送你，聽我把話說完。」襄湘四處張望了下，確定無外人經過後，才以極低的音量在他耳邊道：「回去收拾細軟，明個兒和咱一同下江南去。」

「出了甚麼事？怎會如此突然？」他嚇了一跳，差點沒壓住聲量。「這麼大的事兒我從前沒聽說過？」

沉默了會兒，襄湘嘆了口氣，才道：「老佛爺信了那勞什子義和團，聽說是要亂了，咱先南下避避風頭，過了便回來。」畢竟和擇歸說謊沒好處，不如據實以告要來得實際些。他現下只祈禱神明讓擇歸不要太固執，和他們下江南去。「擇歸，走罷。好不？算我求你了。」

「該去唱會堂了，你方才說的話還算數罷？備轎。」擇歸沒有回答，只是一個轉身，瀟灑離去。

即便如此，襄湘並未漏聽那句消散在風中，幾不可聞的話語：「請讓我好好想想，拜託。」

隔日天未亮，一道墨色人影翻過王爺府外牆，熟門熟路地入了內室。

那人推開少王爺和王妃的房門，輕盈地閃身入室。

在他坐上床沿地的那霎，襄湘睜開了眼睛。

「若我是刺客，您小命休矣。」輕笑，那聲音的正主兒正是司擇歸。「我來了，襄湘。小聲點，別吵醒靜姊了。」

他的眼底盛滿驚訝，「你怎麼這時候來了？」襄湘本以為，他至出發前一刻才會出現，卻在這種曖昧無比的時分出現在王爺府中。

「睡不著，想看看你們，便來了。」即便他們皆明白，不是那麼一回事。但擇歸仍用彆腳的理由，敷衍著。「靜姊……就拜託你了。」

襄湘自是懂他話中的意思，卻故意曲解：「她是我妻子，照顧她是應當的。」是，他是氣，氣擇歸如此固執、傻氣而不知變通。

擇歸無奈地嘆了口氣，怎麼立冠了的男子卻比他更孩子氣？「襄湘，她是我義姊，在這世上唯一的手足，即便無血緣關係。捨下她，也是不得已。求你諒解，好麼？」頓了頓，又開口：「我知道現下局勢險峻，但我不能棄其他人於不顧，大宅院裡的怙恃、師父還有師兄姊……我不能就這麼一走了之的。」

沉默良久，黑暗中的那人才幽幽地問道：「那我呢？你置我於何處？」那音調，竟是有些許哽咽。

「你就如此輕易地捨棄我們？捨棄自個兒的性命？」

「襄湘，不是的，不是的。」擇歸伸出手，輕輕撫摸那人的頭頂，像當年師父安撫他一般。「你們活著，我便活著。我答應你。我不能拋棄我的責任。戲班子的當家旦角走了，大夥兒怎麼辦？沒我在身邊，你們一樣可以存活的，明白麼？」是的，他選擇留下。「我替你們守著這個家，等你們回來，好麼？」

襄湘知道，這人是心意已決，勸不動了。「你允過我的，可別忘了。」

「嗯，我允過的，在這兒，等你們回來。」

那年冬，是擇歸這輩子最難捱的一個。是，洋鬼子打進來了。他們極其所能地糟蹋京城，和城裡的老百姓。

大雪幾乎要覆蓋了整個城，瑞雪兆豐年，但這場瑞雪，卻下得北京人更是膽寒了……莫非真是天要亡我大清麼？擇歸不止一次在心中這樣問，他看著路邊凍死的屍骨，拉緊衣襟，快速的步過胡同。

「師父，我回來了。」推開紅木小門，閃入那棟殘破的屋子。

「咳，咳！」尚未開口，便是劇咳，臥在病榻上的青年，已不復意氣風發。「沐兒，外頭的情形還好麼？」

「您不必擔心，一切如舊。」擇歸褪下身上厚重的大麾，「師父，您又不按時喝藥了。」看著一旁文風不動的藥碗，皺眉。

青年秀美的眉輕攏，病美人之姿，倒是別有一番風情。「咱家的身子咱自個兒明白，半截入土的身子了，不必費心。」

聞言，少年的面色轉青，怒道：「淨說些渾話！」眼底的憤怒若燎原烈火，燃盡一切，「師尊會長命百歲，會看著徒兒娶妻生子。待著風頭過了，咱便離了京城，下江南隱居。」到頭來，語尾竟是帶著嗚咽。

青年見他是真的動了怒，輕嘆了口氣，「是，是師傅不好，不該淨說些渾話。莫氣了，如今也剩咱師徒倆相依為命，沐兒再不理會我便無人了。」

「還知道剩咱爺倆？」雖嘴上仍是惡狠狠地，但擇歸的神色卻已緩了許多，逕自捧過藥碗，加熱。「您這不是折煞我麼？」

溫熱了碗中液體，少年舀了一匙，以口稍試過溫度後，送往青年唇畔。

青年乖順的喝著擇歸餵過的每一勺藥，方才的抗拒已不復見。的確，這條命，是辛苦撿來的，就算是為了眼前的少年，也得活下去。整個家，只剩下他們師徒倆了。冬初一場大火，燃盡了大宅院，以及裡頭的人們。擇歸同他就診，那夜等得晚了便在醫館住下，才逃過了一劫。

「不准死，聽見沒有。」餵完了藥，仍不忘撂下一句。

少年離去的背影，竟是有說不出的滄桑寂寥。將身軀往床榻身處縮了縮，青年眼底泛起一股難言的苦澀，若可以，他又何嘗不想與他白首偕老？

「沐兒，人世間的事，總不是咱說了算的啊。」

閉上眼，不願再去多想，只求老天再給他這副殘破的身軀多些時間，起碼護了沐兒周全。

「師父，今年年節可要委屈您了。」過了會兒，擇歸端著一盆熱水，回到床邊替他擦身。

「說甚麼委屈呢！倒是今年生辰，只有為師給你慶祝。你的及笄禮，為師定辦得風光。」笑著牽起少年白皙的手，輕握。「當年，你師祖亦是在我及笄之日，為我盤髮畫眉，算咱這支的規矩罷。」

輕淺笑一抹，在少年眉間蕩漾，「嗯，徒兒待著。」

歲末，仍是替這慘澹的城帶來了些許人氣。終究又是一年春。

年夜飯，簡單的幾樣小菜，卻已是足夠師徒倆一頓飽餐了。

「等明兒早，為師便幫你梳妝。」他飲盡了碗中的湯。卻在語盡之時，一道人影破門而入。

「先生們快走，那洋鬼子找上這兒來了。司先生唱戲時被洋鬼子盯上了，現在正向這兒來。再不走就來不及了！」原來那人是醫館的小廝。

擇歸聞言，立馬從椅子上跳起，「師父，咱快走吧！」

卻已聞見人聲。

「來不及了，沐兒！」他拉過擇歸的手，占據房間偌大空間的衣櫥打開，裡頭吊滿華美的戲服，「進去！」將他推入衣櫥深處，拿起一件覆住他，並攏好懸吊著的華服。「不論發生什麼事，答應為師，別出聲。」下一瞬，衣櫥門被闔上。

幾乎是同時，門板被破的聲響與槍鳴聲迴盪。從衣物的縫隙中，他窺視外頭的景象。

幾個人高馬大的洋人跨過小廝的屍首，翻弄房內的一切，眼所及之物皆是支離破碎。衣櫥門被拉開的那一瞬，他屏息，期間幾次皆差點觸及他身軀，但因藏得夠深，那洋人並未發覺其中蹊蹺。

他的師尊，如遺世獨立，負著手冷眼看這鬧劇。僅只有他看明白了，青年眼底的恐懼與絕望。

當其中一個男人拉過青年時，擇歸在電光石火間明白了甚麼，他幾乎就要失聲叫喊，卻硬是緊咬住下唇，讓鮮血的腥味和痛覺喚回理智。

他不能出聲，死也不能！

布帛撕裂的聲響傳來時，少年彷若在恍惚間亦聞見甚麼破碎的聲響。他眼睜睜看著，看著青年被那幾個禽獸凌辱卻束手無策。

一明一暗，他們目光交纏著，緊抱汪洋中最後一根浮木。良久，青年緩緩闔上眼，晶瑩從他眼角滑落。顫抖的唇，隱約呢喃著什麼，他卻看得真切。

指甲嵌入掌心的痛覺，亦是比不過胸口傳來的強烈。

天方霽，逞足了獸慾的洋人終於離去，而床榻上的青年卻已是體無完膚，慘不忍睹。

少年從衣櫥中跌撞而出，跪在床前，執起那雙白皙勻稱的掌。「師父……撐住，徒兒求您再堅持會，大夫、大夫……」

青年似是聞見了他的呼喊，失了焦的眸定在他臉上，卻猛地劃過絢爛流光，無比清亮，而本已是面無表情，亦瞬間綻出絕美笑靨。

「沐兒。」沙啞了的嗓音，竟是如春風醉人。

出水芙蓉，那樣清豔。

下一瞬，那雙燦美的眸緩緩地垂下，牽連著一滴晶透，再無聲息。

怵目豔紅在擇歸眼角漾開。
那日，他替青年淨了身，替自個兒梳髻點絳唇。
仍是一把大火淨了一切浮生。
元月初一，擇歸年志學，失了所有家人，生辰。

第四折　霸王別姬

西元一九一〇年　冬　北京

青年微濕的及腰長髮隨意披散，透了身上雪白的衣衫，似不畏天寒。
納蘭靜踏上西式洋樓露台時，所見便是此景。
「髮未乾，就別吹風了罷。」
背對著他的青年這才緩緩地回了身，「勞煩靜姊跑這趟了。」脫離了少年的青澀，他的眉宇染了男子特有的英氣，散發的淡漠疏離更托顯君子如玉。
她遞過手中的青布包，輕嘆道：「甚麼勞不勞煩？翅膀硬了，連我這義姊都不肯認了？」
那年，她在南方產下長子，在江南一待竟就是五輪寒暑。當他們歸京時，便聞擇歸已歸了一個留洋返國的才子。那時說不驚不怨是騙人的，但後來聽聞那年他在京城的際遇，便又是心疼得難以自持，一時竟不知如何開口，這一猶疑，又是五載。
終於，趁著今個兒又逢年節時分，送禮順道破了冰。
「靜姊，咱……擇歸只是，已不再天真。」頓了頓，饒是千言萬語，亦吞入喉，「你走你的陽關道，我走我的獨木橋。這般，不好麼？」不是不肯，是今非昔比，他不願拖累了那一大家子。

那年冬後，擇歸仍舊唱著戲、賣著笑，因緣際會下結識了他今日的「主」。那人十分疼寵他，教他讀外文及許多從未接觸的新知識。

當他得知那人是同盟會一員後，他亦義無反顧伴那人投身其中。

說「陪」，他心底卻比明鏡兒還要清楚，這是他的願。這樣昏庸的主，令他失去了一切。這些年，擇歸唱堂會攢的錢，幾全給了革命黨，近些年甚是開始投身入情報交換與流通。

這是殺頭的差，他又怎會不明白？是故，無論如何他皆不願牽連靜和襄湘，尤其是現下那兩人已有了家累，更是萬萬不可。

她似是還想說些甚麼，最終卻仍只是嘆了口氣，轉身離去。

在靜離去後，擇歸伸手解開了那青布包，一襲豔紅長衫就這麼映入眼。

長姊如母，這是代他怙恃師尊，給一襲新衣，怎不明白？

倏地一滴冷涼液體滴上手背，他楞了楞，許久才會意過來，那透明液體名為淚水。並未伸手拭去，擇歸任己身就這麼憑著欄，將千愁萬緒予以朔風斷。

二九年夜，擇歸盯著桌上的請帖，發獃。

「歸，怎了？打一早便盯著那帖子看，都中午了，還看不膩？」隨著男人輕柔的嗓音，被來人從身後環抱。

擇歸嘆了口氣，也不掩飾心中矛盾，道：「去，亦不去？」

「你就去罷。」擇歸可以感覺那人胸腔微震，輕聲笑著。「雖說有些忌妒，究竟是先來後到，我亦得歸家過年，總不捨留你在這兒形隻影單。」

一句話，扭轉了日後一切軌跡。

當擇歸抵達久違的王爺府門前，心底竟是有說不出的惆悵。十年啊，人生終究能有幾個十年？驀然回首，已是隔世。

「以沐。」

聞見那稱呼，司擇歸似是被踩著尾的貓，滿臉驚懼，卻在下一瞬安了心神，轉身面對來人，彷若那一瞬僵硬不曾存在。

這幕情景，清晰地落入始作俑者，愛新覺羅襄湘的眸。即便如此，仍是未多言些什麼，僅只是微笑著，牽起那雙白玉般的手，往殿內步去。

如同過往。

長長的迴廊，竟是沒了盡般延續。好幾回，擇歸幾乎要張口喚出男子的名，張口時卻失了聲音。最終，他們到了那個無人的院落。牽著的手，就這麼鬆開了。

心底倏地閃過一絲難以言喻的失落。誰也不開口，僵持著。

「你對我，竟已是無話可說麼？」似是用盡了全身氣力，卻是那樣淺淡，若無仔細捕捉，消逝隨風。

終於從牙縫中迸出幾字。「不是的。」聲音不大，卻敲入了前者心坎。

壓死駱駝的最後一根稻稈，只是根稻稈。

「你究竟把我們當成甚麼了？搞革命，啊？翅膀硬了了不起，瞧不起咱了是不？歸來後聞見你從了人，我和你姊甚麼心情你想過沒有？眼巴巴地找著了，竟是換來二字請回。約好在這等咱回來的……」一個回身，四目相接，他平靜陳述，卻動魄驚心。「為了革命？」

擇歸沉默，終究是沒能瞞住這人。

「這片江山，是該易主了。即便我是個王爺，亦是同意這碼事。」

他的眸中終於閃過一絲驚愕，「別胡說！只是……怎能牽連你們，叛國之名，我一足矣。」

襄湘唇畔這才勾起一道弧，「別怕累了咱，我們亦是不可失了你的，懂麼？」從懷中掏出紅包，「這些年把錢都打水漂兒去了，收著罷。」

「會累了你們的。」言下之意，竟是不肯收。

「你仍未娶媳，長姊給紅包又有何不妥？」硬是要他收了下，「回來，好不？」

聞言，擇歸唇畔綻出一抹笑意輕淺，「待塵埃落定。」

一頓酒足飯飽後，擇歸欲離，最終仍是拗不過年僅十歲的姪子安守，與小少年同榻而眠。興許是今夜鬧騰得很了，安守沾了枕便睡去，仍不忘將身邊的他緊緊抱著。今夜飲了些酒水，亦不覺得寒。敢情是把他當暖爐了呢！

打十年前起，便未曾在此日安眠的他，卻是逐漸朦朧了神識，一夜無夢。

青年接過他遞過的外衣，笑問：「歸，近日心情不錯？」

「托你的福。」擇歸笑了笑，「南方的消息到了。」從懷中取出密信遞過手，兩人一前一後坐到了沙發上。

那人閱完信後，摘下眼鏡捏了捏鼻梁，似是有些許疲憊。「我得到南邊去一趟，這兒交予你，可否？」

「放心罷，這些年來也不是第一回，能出啥大岔子？倒是你一路小心。」這一去並不簡單，他亦是明白的。

「歸，待這回事兒成了，咱便結婚好不？」執起他的手，在掌心間撫弄。

被他著孩子氣的舉動逗得笑了，擇歸伸手揉亂那人一頭短髮，「老大不小的人兒了，竟說些渾話，真是！收拾細軟罷，不是要走了？」那可是急件啊！

莫約半時辰後，擇歸倚著陽台目送那人離開，一個一步三回頭，一個垂眸凝笑，好不甜蜜。

卻未料此一去，竟是天人永隔。

西元一九一一年　冬　北京

革命的腥風血雨過後，這座城終是歸了平靜。老胡同依舊，百姓依舊，司擇歸，亦依舊。他並未同那些志士，或出仕為官、或退隱山林，只是回到了堂會，再唱那段〈霸王別姬〉。

卻是蒼涼得令聞者鼻酸。

納蘭靜看著那急啊，竟是束手無策，終究是身懷六甲，不可操勞。

是，相隔十五載，納蘭靜有妊了。是故，這會兒襄湘成了蠟燭雙頭燒，經商本已忙碌，妻子亦讓人放心不下……。

折衷之後，他讓納蘭靜及安守暫寄居至擇歸的洋樓，由他代為看顧。

是日，擇歸又倚在陽台上望著樓下的街，沉默。

靜見狀，是說不出的心疼啊，「擇歸，就聽姊姊一次勸，逝者已矣，這樣分明不是讓他走得心不安麼？」

聞言，司擇歸並未回首，僅只是輕聲喟嘆，「非我不願，是不能啊……」是不願再多談。

「呀！」突地一聲痛呼，嚇得擇歸立馬飛奔至她身旁。「靜！」

「孩子似乎是要出世了……」

在樓上念書的安守聞見聲響亦是飛奔下樓，問：「怎麼了？」

「守兒快去喚穩婆，娘要生了！」

那夜，擇歸緊握著她的手，伴她產下一子。潔白無瑕的左臂，留下了一道至死不曾淡去的痕跡。

得知消息的襄湘打江南趕回時，見到的便是擇歸抱著粉雕玉琢的小娃兒，哄著餵奶的光景。

「爹，您回來了。」安守手中端著藥碗，眸也未抬的繼續餵母親喝下。

擇歸將懷中的孩子交予他，「這孩子還沒起名呢，你抱。」

接過擇歸懷中的嬰孩，如斯自然。

「啊？我以為弟弟的名該是要小舅舅起呢？」安平手一抖，藥碗差點翻了。無視母親投來的責備目光，他續言，「本該如此啊！小弟那般喜歡小舅舅，見了您就笑，就算是認作義子也不為過呀。」

擇歸先是一楞，接道：「別胡說了，你娘瞪你呢！」

「我瞪是因他差點灑了藥。若說起名，我早就同寒江說過，孩子的名由你起，又剛巧同你有緣，便收了他罷。」有了那孩子後，擇歸的笑容多了，開始有了年少時的影子，她看在眼底，好不欣慰。

見屋內三雙眼皆望向他，斟酌了會，開口：「安平，好麼？」

「這是你義父許你的，一世平安。安平，好名字，司馬安平。」襄湘搖晃著襁褓中的嬰兒，他燦然一笑。

「司馬？」擇歸驚愕。

「這世道，終究是不適合那姓了。待靜坐完月子，打算一家子下江南定居。畢竟事業都在那，兩地相隔也不是辦法。」他解釋，擇歸卻是聽出了弦外之音。「北京，終究是座太沉重的城。」

「小舅舅，跟咱一道走，好不？」雖年僅志學，安守亦明白，若此一別，便是此生不見。

看著三人或期盼或擔憂的目光，擇歸的眼眶泛了紅，他何其有幸呵！「你們在哪，家便在哪。我還能不走麼？」

聞言，安守立即從床榻上彈跳而起，「太好了！舅舅答應了。」

靜沒忍住眼淚，掉了。卻是喜極而泣。

往後，吳儂軟語江南，再無雪雨風霜加身。

尾折　思凡

西元一九六六年　冬　西藏

青康藏高原之上悠遠的藍天，映在老者滄桑卻仍澄淨的眸中，更顯清亮。望著西方的天際，那是故人所在之處。

不知那人可否安好？

自那年擇歸同安平去了英國，已三十餘載，總是時局亂，最終斷了音信。

夜闌人靜，司馬襄湘總想起那男人，和他那曲〈梧桐雨〉。當年，他以一曲〈梧桐雨〉，訴了楊貴妃對玄宗之情，卻是永世不相見。

那人一生紅塵浮沉，終究是背負了太多傷痕，消磨靈魂，再無愛的可能。

「爺爺，外邊來了個人，說是舅爺的徒弟。」沐春窩到老者膝前，輕聲詢問，如同兒時那般。但哽咽的聲音，仍是洩漏了甚麼。

該來的，終歸是到了麼？但，安平呢？「讓他過來罷。」

當青年步至他跟前時，襄湘幾乎要以為那便是擇歸了，氣質是那般神似，像是源自同個模子。

「晚輩拜見過寒江先生。」恭敬的一個作揖。

呵呵！以沐，你這徒兒教導得極好啊！

他從懷中掏出一封信，似是捧著寶貝般小心翼翼。

趁襄湘展信，青年柔和的嗓音娓娓傾訴，這些年那人的際遇。

原來他終究回了京，撿了個孤兒，教他唱戲。原來安平到了台灣，在那落地生了根。原來，原來……

「師尊遇上了第一批的肅清，自刎而亡。」語畢，青年便抱頭痛哭，孩子一般。「為了讓我逃走……師尊，師尊他……」

襄湘輕撫著他的頭，道：「那人啊，定是從容地梳好了妝，畫眉點唇，唱罷那闋〈霸王別姬〉，豔絕紅塵，是不？」想起他那倔強的眉眼，莞爾。「快別哭了，那人會放不下的。」

「師尊說，他歸北京，是因某位故人。那兒是他的家，所以歸。」

聞言，老者清透的眸終於閃過一絲深刻的傷痕。兩行清淚，潸潸。

猶記得，那年他肯伴安平往西洋，為的是那人求學之所。

而後來又是為了誰，回了北京城呢？

再睜眼，恍惚間見故人著一襲大紅戲袍，在他跟前唱著那齣〈梧桐雨〉，目光流轉間，嫵媚嬌妍。

再回首，已是百年身。

不過思凡。

（文藻外語大學「文藻文學獎」首獎作品）

郭妍麟

就讀文藻五專部德文科。有人說這篇小說和電影《霸王別姬》有點相似，但我個人認為，〈擇歸〉就只是〈擇歸〉。小說只是想陳述主人翁「擇其所歸」的信念而已。至於故事背景，只是因為我對清末民初的歷史特別迷戀，又喜歡傳統戲曲而已。總之，希望大家會喜歡這篇小說。

消逝的，親情

徐立丞

警鈴聲響徹清晨的A區，護理人員細心的將他扶下床並整理衣著坐上輪椅，而面對鏡子的是一個頭上覆蓋一層白雪和臉上肌肉毫無支撐力的臉龐，他是「湯博士」。一個在航太界上赫赫有名的大人物，如今卻坐在輪椅上，等待著別人的幫助。

今天是大年初一，湯博士被護理人員推到窗邊，他默默地看著窗外，綿綿細雨中思念著他的老伴，這是老伴離開他的第二十年，眺望著遠方的大海，無比的感觸湧上心窩，不自覺的眼淚從眼角滑過臉頰，剎那間，湯博士突然驚醒，心想：「大熱鬧天的，怎麼能躲在這偷偷哭！」於是用盡全身的力氣推著輪椅，向訪客稀疏的大廳走去，期待著他的孩子們來接他回去團圓。

想起十年前，健壯的他還能打理自己，而他的孩子們也輪流地讓他住在他們家裡，直到某一天，在市場採買時，突然頭昏一下，向地板倒去，並忍痛跛著腳回到家中。到了晚上，四兒子湯奇回家看到自己老爸傷得不輕，並說：「啊呦！老爸啊！你怎麼傷成這樣？」

湯博士回答：「這沒什麼啦！不小心摔倒的！沒事！快去煮飯，別讓我的孫子餓著了！」

湯奇不敢多說甚麼，只是心頭覺得怪怪的，並請了一天的假。

翌日，湯奇帶著負傷的湯博士上醫院，檢查傷口是否有感染的風險並檢查一些神經的問題，他口頭上跟湯博士說：「帶你來看看傷口有沒有感染到，你也知道你吃了這麼多藥，類固醇侵蝕了你的皮膚，以你現在皮膚的情況，根本不堪一擊，如果傷口再處置不當，那後續的麻煩可就大囉！」

湯博士聽了也無法表達任何意見，索性就依兒子的意思吧！本是在醫院擔任建築師的湯奇，對於醫學都有些了解，並跟各科的權威醫生有些接觸，就把病歷資料給這些權威醫生們看。

神經科主任說：「依我看來，這應該是帕金森氏症；但先不用緊張，這種病你也知道，手腳的機能會慢慢退化，不會影響生命的安全。」

湯奇：「好的醫生！除了這些症狀，生活起居是否也要注意呢？」

醫生：「這是一定的，面對帕金森氏症的患者，家屬是必須注意一些細節，像是走路，兩隻腳的節奏會不太一樣，就像這次，一不小心就會摔跤，所以你們得多擔待些。」

湯奇：「謝謝醫生，這些我了解了！我會轉告給家人們，讓他們了解現在的情況。」

湯奇帶著湯博士回家後，湯博士忍不住心急的問：「醫生到底跟你說些甚麼？是不是我的身體有甚麼毛病？會不會對你們的家庭造成甚麼煩惱？」

湯奇不願意透漏關於湯博士的病情，於是他就說：「老爸啊！以後走路要走慢一點，不要太趕，如果你覺得重心不是很穩，那我可以買支拐杖，這樣你走起路來就不會太吃力。」

湯博士是個愛面子的男性，對於拿拐杖這件事他做不到，並用嚴重的口氣對湯奇說：「不用啦！拐杖這種東西我用不到啦！走路我會好好走啦！錢就省了。」

之後一路上，湯奇就默默地開著車往家中返去。到家後，先攙扶著湯博士上床休息，等湯博士睡去後，他著急得向家中的兄弟姊妹打電話告訴他們湯博士的情形，並告知未來照顧的注意事項；而他的兄弟姊妹也都答應並遵守承諾。

很快的，時間過了五年，隨著時間的增長，湯博士的身體也逐漸老化，他的帕金森氏症也開始惡化，漸漸的，爬樓梯、走路都成為他的敵人，他逐漸的衰弱；而他的孩子們卻因為工作並照顧家庭得不斷的加班，疏忽了對他的照顧，因此，之前上街買菜、購物這些事項也因為病情和心情的影響，而逐漸地不出門，就是為了得到孩子們的關注；但，在這樣的惡性循環下，他的身體也不堪病魔惡化，長期的營養攝取不足外，運動量減少許多，使他的身體無法再任由他自己的意識使喚。他的兒子們積極的尋找替代的方案，像他最小的兒子，湯修，遠赴大陸工作，而在那也賺了不少錢，對於他老爸這件事，他的想法是，置產一間房子，並將老爸安住在那兒，再請專業看護全天照顧，而這個想法也請在保險公司上班的姊姊幫忙找間適合湯博士居住；但這件事後來被湯奇和湯修的老婆給否決了，原本是為了一片孝心，卻鬧成妯娌間的不合，湯博士看了也覺得不忍，於是就跟湯芬說：「沒關係的！我都有看到，你就別想那麼多了！你兒子女兒顧好比較要緊！」

後來，湯奇覺得這件事必須向大家說明清楚，希望家裡的人要一起討論，包括湯博士在內。餐會結束後，大哥湯雄、二哥湯成、三哥湯忠，以及湯芬和最小的湯修，大夥來到湯奇的家中，湯奇就當頭棒喝地說：「相信大家都了解老爸的狀況了吧？」大夥沒有反應，湯奇接著說：「老爸，你有帕金森氏症，就是手腳的機能會慢慢退縮，並僵直，沒有辦法活動，再來你的體能已經沒有以前那麼好了，大哥、二哥和三哥家的樓梯你快沒有體力應付了。」

湯博士失落的說：「這我都知道，我的身體我最清楚，所以現在你想對我怎麼樣？找人照顧？還是把我送到安養院？」

湯奇又說：「看大哥、二哥也都老了，退休了，精神和經濟上沒有辦法負擔那麼多，所以是想說，將你送到安養院，那邊照顧比較完善，而且我們比較放心。」

接著湯雄也說了，「湯奇說的沒有錯啦！你看我們家那個樓梯，再下來，有可能連我都爬不上去！」

然而，這時湯博士卻勃然大怒：「叫我去安養院是不可能的啦！在空中自由那麼久了，還要回去那邊被關，想都別想！」

湯忠和湯芬出面緩頰：「不要那樣想啦！在那邊都有專門的人來照顧你，生病時也會直接送你去醫院，而且三餐都不用煩惱，還有營養師幫你調好！」

湯博士還是很憤怒的說：「管他有沒有人照顧，一個我也照顧得很好，想吃什麼煮什麼，還需要人來幫我煮？」

接著湯修就說：「去看看就知道了！喜不喜歡到時候再說！重點是你一個人，我們做孩子會很不放心。」

湯博士的心終於被軟化了一些：「好啦！就看一下！不過要不要住還是要照我的意思！如果覺得不舒服我死也不會住進去知道嗎？」

大夥非常清楚湯博士的脾氣，於是就答應他。然後，大家相約時間，在大家空閒時，帶湯博士去參觀安養院。

到了約定的時間了，湯奇帶著家人們來到了位於山上的安養院，空氣新鮮、視野開闊、環境乾淨、干擾物少，對於養老這裡是個不錯的選擇，但是對沿途嘟囔的湯博士來說，這可能不是一個適合他的地方。接著接待人員帶著湯奇一夥人參觀安養院的內部設施，並詳細介紹院內的服務及設備，同時，湯雄、湯修也觀察住在這裡的長輩們及他們的環境。回程時，大夥決定去吃個東西好討論這次觀察的心得。

湯奇先說：「老爸，你看了覺得怎樣？」

湯博士：「還能怎樣！反正我是不會去住的啦！跟那麼多老人！」

湯芬就說：「不會啦！那邊很乾淨，不會有尿騷味，比起我們去看的幾家，這家真的不錯。」

接著湯修也說：「對啊！你看那邊的人，每個人都健健康康的，而且護理人員都很專業，不輸醫院！」

湯博士又憤怒的說：「哪裡好了！每個人都坐輪椅，想走到哪都不行，不用勸了，我是不會去的！」心意堅決的湯博士擺著臭臉坐在那兒，他的孩子們知道，以湯博士的個性是想勸也勸不了的，為了不再破壞吃飯的氣氛，大夥心裡已有共識，不再提這件事就讓它過去。

湯奇載著湯博士回到家中，湯博士馬上衝回自己的房屋內收拾行李，並大聲喊著：「湯雄啊！時間不早了，你去準備一下。」

由於輪流照顧，湯雄這禮拜要載湯博士到他台北的家中住上兩星期，湯奇囑咐著大哥：「這段時間就不要再提這件事，然後要注意老爸的行動，特別是上下樓梯，你自己也注意一點，好了，不送了！保重。」

湯奇對著湯博士說：「你自己要注意嘿！走路慢慢走就好了，有甚麼問題就跟大哥說我會盡快回電給他，小心點！」

湯博士不耐煩地說：「好啦，知道啦。時間不早你就快去休息，湯雄我們走啦。」在互相的道別聲安靜下後，湯奇與湯芬兩個人坐下來討論著湯博士的問題。

湯芬道：「其實那邊真的很乾淨，像廁所、地板那些，都很乾淨，而且在老人的照顧上，他們確實做得比外面的幾家好！」

湯奇：「這我也觀察到了，可是老爸就是不去，給他看過了，他卻不喜歡，可能是心理因素吧！」

湯芬：「我同意你的看法，之後老爸要不要住就看他自己了！」結束話題後，湯芬也跟湯奇告別回到自己的家中，與她丈夫討論今天所發生的事。

隨著時間的流逝，很快的，一年過去了，而這一年裡，變化的事情太多了，老去的大哥已經沒有辦法應付一年要南下北上的載著湯博士，而二哥湯成也是無法負荷這種負擔，老三湯忠呢？因為職位的高升，帶來的是龐大的工作量，因此對於湯博士的照顧也隨著工作量的增加而減少，老四湯奇，湯芬及湯修，他們的小孩也在求學階段，大量的教育費使他們加班工作為了就是能撐住這經濟的缺口；而湯博士也知道這一切的變化，對於時間帶來的改變他也只能無奈地接受，年邁的身軀讓他感受到生活上的不便，行動上的不便、如廁時的不便……等等，使他開始考慮是否低下頭住進安養院，減少孩子對他的不安與負擔，於是他有天對湯奇說：「我覺得我還是住進去好了，要爬你大哥家的樓梯我都爬不上去，而且現在我的小孫子們也就業的、讀書的……使我成為你們第二個負擔。」

湯奇：「你確定想通了？如果真的我就跟其他兄弟說，然後讓他們決定，因為你沒意見了嘛！」

湯博士帶著不願意的口氣說：「對啦！你跟他們討論。」

於是湯奇就趕緊跟各位兄弟姊妹說湯博士答應的事情，而他們也很快就回應並認同這樣的看法。接著湯奇就密切的跟院方洽談，並很快地將湯博士做健康檢查和入住的評估，等一切手續好了，湯博士就可以入住安養院。

入住的那一天，全部晚輩們陪著湯博士走入安養院，院方立即派出接待人員告知湯博士入院注意事項及他們的服務，而湯雄一夥則是向湯博士交代該注意哪些：「如果有甚麼不適，要立刻向院方反映，院方會立即處置並將你送到附近的醫院就診和評估你的身體狀況，同時他們也會告訴家屬，我們也都會來看你，你就放心，那我們就先走了。」

接著就向護理人員說：「湯博士的脾氣比較古怪，在服務他的時候就請你們多多包容，謝謝你們！」

護理員說：「哪裡，這是我們該做的，那就請你們放心，我們會照顧好的。」

湯家一家人說：「謝謝您，如果他有脾氣上的問題都可以打電話告知，我們假日都會有人來看他，順便安撫他的情緒。」

護理員說：「好的，交給我們，必要時會以電話通知家屬。」

湯家一夥人跟護理員、院方交代完並答謝後就離開安養院，接著他們也按照慣例，當家人團聚時必會一起吃飯，湯芬就在餐桌說：「終於鬆了一口氣，負擔減少，心裡還是覺得怪怪的。」

湯修就安慰湯芬說：「這是一定會的，但起碼比沒人照顧來得安心。」

來到晚上，第一天躺在安養院的湯博士心裡滿是惆悵，並自言自語的說著：「唉……原本的自由灰飛煙滅了！悶死了！」

一週後，湯芬和湯奇分別在週休二日探望湯博士，湯奇是負責星期六，湯芬則是星期天，湯芬帶著家人來到山上的安養院探望湯博士，並將他推到室外的花園，湯芬就問：「老爸你最近過得怎樣？習不習慣這裡的生活？」

湯博士心平氣和地說：「很好啦！不用煩惱啦！叫你孩子好好努力，看能不能考上好的大學。」

湯芬眼眶瞬間充滿著淚水，哽咽的說：「好了！你要好好照顧自己！他們會好好讀書的。」閒話家常後，湯芬陪著湯博士吃完午餐，就答應湯博士每個星期都來看他。後來，這也成為湯家兄弟之間的習慣，定期的來安養院陪湯博士。

後來的兩年，變化也有了轉變，湯雄的兩個兒子最大的結了婚後就很少來探望湯博士、二兒子在美國工作很少回來，而他的女兒也因工作的緣故很少來探望湯博士；湯成呢？本來就很少發出意見的他也不太想理會，只是有空來看看湯博士，一個兒子在大學當教授、一個在香港做文創且幾乎沒有回來，而女兒嫁人後就從來沒來過；湯忠則是兩個禮拜來一次，有時候他會出國玩但不會忘記來探望湯博士，他的兒女，兒子從事建築也是有空才來，女兒則比較貼心，會跟他一起來看望湯博士，嫁人後也會帶著小孩來讓湯博士看；湯奇跟湯芬固定來看望，他們的兒女也是；湯修因人在大陸無法常常回來，但他一回來就會馬上到安養院看望湯博士。就這樣平平安安地過著，時間的增長，個人事業的起飛和身體體能的退化，親情，逐漸的，消逝。

呻吟聲穿透了整間房間，湯博士的身體開始冒著冷汗，醫護員看到趕快告知家屬並快速的送到就近的醫院就診，湯奇也在最快的時間趕到醫院，並詢問醫師關於湯博士的病情，醫師說：「要做大腸鏡檢查，因為在大腸中發現一個疑似腫瘤的東西，為了確保，我們必須做；但以湯博士現在的年齡，可能不適合，要不要做就要看他自己和家屬了。」醫師話就講到這，留下的是錯愕的湯奇，他急忙打電話給兄長和弟妹，這件事震驚了湯家大大小小的人，由於湯博士的年齡有些大，動手術是有很大的風險在，但在於親人對家人的占有欲，湯家全家願意做出這個風險，而湯博士也勇敢的決定做這個手術。

時針、分針、秒針，不斷的增加，家屬的心情越是沉重，每分每秒都是煎熬，擔心著裡面的湯博士是否撐得住這次重大的手術，三個小時後，手術室的門打開了，醫生帶著切下來的腫瘤跟湯家說明，並說：「手術很成功，你們放心！」不久，湯博士也被推出來，可能麻藥還沒退，所以還在睡夢中，此刻，家屬心中的大石頭終於放下了，之後湯博士復原狀況良好，不久，湯博士也就出院回到安養院，驚奇的是，他的兒女和孫子們幫他準備了一場別開盛宴的九十大壽。

到了慶祝的那天，湯家所有的成員都到齊了，唯獨出國的那兩位和他們的家庭，另外，湯博士家鄉的兄弟姊妹和親戚都來慶祝，吵雜的人聲、歡樂的笑聲和不斷的祝福聲逗樂了輪椅上不太能動的湯博士，如今湯博士心想：「大家都事業有成，難得大家聚會，大家開心，我也開心了！」餐會結束後，大夥帶著醉意返回各自的家中，而湯博士則被湯奇載回安養院，路程中，湯博士鬆垮垮的臉突然有力氣撐起一張最美的微笑，並跟湯奇分享今天大家聊甚麼、做什麼，談話間湯奇也發現湯博士對於今天的活動很滿意，也很欣慰。

歡樂結束後，很快地過了一年。湯博士突然沒力的躺在床上，眼尖的護理人員看到馬上通報醫院，也通知家屬，這次的情況不是很樂觀，在一連串的檢查和轉診下，湯博士疲憊地躺在病床上，看著天花板心想：「我是不是快活不下去了！」趕到醫院的湯奇急忙的衝去病床探望湯博士，並詢問他現在覺得如何，湯博士只說：「我現在很累了，我想休息。」湯奇也就不好意思打擾他，並向護理站問湯博士的情況，然而護理長卻推託地說：「我現在不清楚情況，要明天問主治醫師喔！」帶著不悅臉色的湯奇轉頭走後，馬上告知其家中成員，湯奇跟各位說：「以這家醫院的態度，我很想讓老爸轉院確認或做檢查，但老爸的身體狀況，我想這樣可能會讓他更痛苦。」

而家人們也很認同湯奇的看法，也就由那家醫院決定了。

隔日，湯奇刻意請一天的假和湯雄及湯忠去諮詢主治醫師。來到了腫瘤科，醫生只說疑似膽管癌，可是他不敢確定，因為以湯博士的歲數，沒有任何一個醫生敢保證做了手術就一定好轉，所以報告也就推託到精神內科，但精神內科的醫生卻不懂腫瘤科的報告，所以診斷的報告就不了了之；然而，院方卻不是積極的治療腫瘤反而是治療長期坐著引發的水腫，這讓不滿這家醫院的湯家看不下去了，院方的推託使他們失去信心，於是請醫生開個利尿劑和點滴，就將湯博士辦出院回安養院安養。出院後的湯博士也沒甚麼食欲，家屬甚是擔心，怎麼勸湯博士，他也總是吃那幾口，沒有胃口的湯博士只能依賴營養針來補充身體攝取的不足。

過了一年，大年初一的中午，來到了大廳，坐在輪椅上期待大家到來的湯博士，突然間往下倒去，來的不是他的家人，而是倉促的救護車和救護人員，絕望的湯博士靜靜地躺在加護病房的床上，來的也就是關心他的子女和孫子，而從來不關心的也沒來，失望至極的湯博士眼角含著淚，心裡默念著：「老伴，等我一下，我這就去找你了！」在外面辦理住院和搶救手續的湯家人，心裡滿是著急，急著想將最敬愛的父親從鬼門關前救回來，讓他可以再陪他們久一點，一切辦好後，家屬們急忙衝進病房，看望躺在病床上的湯博士，但湯博士用著虛弱的口氣說：「我痛恨安養院，我住進去也就是讓你們少些負擔，但，帶來的卻是親情的消逝，以前你們載來載去的，我都不嫌苦，至少我還能看到大家團聚，我的孩子過得怎樣，我的孫子有沒有吃飽有沒有把書讀好，有沒有好好孝順家裡的人；但是來到安養院後，我發現我在這裡想看到我兒子、孫子甚至曾孫都是奢求，以前關心我的每個人，現在卻很少來看我，在安養院裡，陪著我的是寂寞和回憶。而現在你看，陪著我的就是你們，謝謝你們，至少我看見你們的孝心了，面對生死，老爸我看得很開了！別救了，那也只是徒勞，讓我好好地走吧！」

在場的家屬們，眼淚已經忍不住的往下滑落，每個人好聲好勸的要湯博士加油、不要放棄，但湯博士的回應是，「別哭了孩子們！讓我回去好好陪陪天上的媽媽和你們的母親，就讓我有尊嚴地走完人生的最後一程，有那次的聚會，我已經很滿足了！夠了！」

湯博士的意志堅決，做子女的何不服從，於是大哥就率領兄弟去護理站，其餘的孫子、媳婦和女婿就在身旁陪伴湯博士。到了護理站，院方拿出了「放棄急救同意書」，看到這斗大的字體，即使是男生，心都揪成了一團，「既然老爸都決定了，做子女的也就只能簽字了。」此時大家已經說不出話來，只能以點頭表示認同，大哥湯雄舉起顫抖的手，拿起筆，簽下了最重要的名字，辦妥後，趁院方準備的同時，他的孩子們來到湯博士的身邊安慰他。

「打擾了！」醫護團隊來到湯博士的身邊，處理程序後，湯博士舉起手並揮手說：「辛苦你們了！之後就麻煩囉！拜拜！」

「嗶——」心電圖失去了心跳的脈絡圖，湯博士的手失去了力氣，緩緩地放在床上，湯家也失去了最敬愛的人，趕到的親人看到這一幕，淚水像關不了的水龍頭，看到的是剛剛失去溫度的、靈魂回到最遙遠的家鄉的身軀，威嚴中帶著一抹微笑的臉龐，遠在海外的眷屬們得知消息也在電話的另一頭崩潰，湯家沒有一個人承受得住這樣的打擊，每個人都哭得泣不成聲，頓時間，天搖地晃……砰的一聲。

「湯瑪德，你還在給我睡覺！」遠處傳來熟悉的聲音。

突然，眼睛睜開的湯瑪德，發現自己不在醫院的病床上，自己也沒有死，身邊也沒有他的子女，圍繞在他身旁的則是整齊的工具和偌大的飛機，原來他在修飛機時累得睡著了，剛好作了一場夢；但夢境裡的寫實使得他不得不思考，安養院真的適合給長輩養老嗎？他也有所反思，當人們在追求功名利祿時，是不是適時的陪陪家人，是不是真正的了解他們的心思，因為在夢境裡，他在職場上的朋友沒有一個來關心他，所以他相信，只有家人是他唯一的依靠，另外，他也回想到，當他在吃飯時，年輕一輩的孫子們很少關心他，原因卻是行動裝置，他也有所感慨，並道出：「科技帶給人進步，卻落後了人與人的關心和關懷。」

站起身來拍拍衣服，滿意的微笑，這下被罵也值得了！「謝謝老天給我這場夢！」湯瑪德說。遠處傳來工頭的叫罵聲，不久，機械運轉的聲音出現了，認真的湯瑪德開始工作了。

維護親情不難，但，消逝了，要它回來，難！

（中華科技大學「四分溪文學獎」首獎作品）

徐立丞

就讀於中華科技大學航空機械系。一個對文字撰寫懷抱著夢想，且希望未來能在航空業上班的台中男孩。喜歡用文字表達自己心中的感觸與想法，或許在文意上差強人意，但是期許自己在未來能夠不斷的進步。

父子

邱敬瀚

一陣鼻酸，小傑的淚水不禁流下。

他想起了他的父親。

早晨，小傑總是六點起床，如此確保他能在六點半前出門，再騎二十分鐘的單車，就可以到達離家最近的公車站牌，如果一切順利，就可以趕在七點五十分前到校，否則，就必須再等三十分鐘才會有下一班公車，而更糟的是他還必須為了他的遲到付出代價——愛校服務。

小傑與他的父親，就是住在如此一個交通不便的鄉村。雖說如此，但生活機能卻也說不上匱乏，該有的超商、書局、車行等，都讓這個鄉下便利不少。甚至，在小傑學齡屆至時，小傑的父親也打算將小傑送往一旁的小學就讀——更準確地說，小傑僅在那個學校試讀了一個月，便轉學到離家更遙遠的明玉小學了。

小傑從公車上下來時，七點半，其他家長也陸續將小孩子送進學校，揮揮手，然後驅駕著轟隆的引擎聲消失在下一個轉角，留下汙濁的空氣。就一個早晨而言，實在是忒也不平靜。一邊摀住鼻子，小傑進了學校，周遭的同學們似早已習慣，仍一如往常地走著。

明玉國小位於都市中心，就公立學校而言，算得上頂尖，大多數家長把這間學校當作是進入私立中學的跳板，也因此除了小傑，也有不少外地人是特地用各種管道、人脈，將小孩送進這所學校就讀。但小傑的父親會選擇這裡，只有一個原因。

「離家裡最近的公車站在這裡，而這邊可以坐公車到達的小學——」一名西裝筆挺，戴著細框眼鏡的壯年男子，將地圖攤開在桌面上，用紅筆在地圖上圈圈寫寫。旁邊坐著的是小傑，因為才剛大哭一場，所以眼睛有些紅腫。將他抱在懷中安撫著的人，是他的父親，休閒裝扮，頭髮花白，一雙眼瞇成一根針似的，與眼前梳著油頭的西裝男子，形成了強烈的對比。

「明玉國小。」西裝男子停頓了一下，緩緩抬起頭來，用餘光掃了一下小傑父子，只見小傑的父親皺著眉頭，語略沙啞地說：「明玉……」他撫著下巴：「明玉不是我們這種人進去的。」

說話的地方，在這棟大樓的三樓，也是最高樓，裡面鋪著大紅色地毯，旁邊靠著一組牛皮沙發，茶几上的瓷器一眼看上去十分昂貴，如果有什麼外賓蒞臨，絕對能十分有面子地接待。辦公桌在靠窗的方向，而他們就圍饒著辦公桌談論著。房間外則擺了幾盆鮮花，門上掛了個牌，上面寫著：校長室。

小傑從來不知道發生什麼事，他甚至連之前就讀的學校是什麼名字都記不太起來，只知道在上學第一天，他自我介紹完後，旁邊參觀的家長們突然開始議論紛紛。等到他發現時，竟然沒有一個人願意跟他說話！那倒也還好，他發現他的鉛筆、橡皮擦、尺，常常在他不注意的時候不翼而飛，他決定一查究竟。

某天下課，他走出教室，往福利社的方向，卻躲藏在遠處的一個轉角，窺視著教室內同學們的一舉一動。

三兩個同學，圍著他的座位，其中一個從他抽屜把鉛筆盒拿出來，將裡邊的東西通通取出，接著，每個人從口袋拿出垃圾……紙屑……從這位置，小傑看不太清楚，但用想像的，便猜得出不是多好的東西。小傑是又氣惱又傷心，回神過來，已經與其中一個同學扭打一塊了。

事實上，小傑的塊頭在班上算挺大的，他將那「惡作劇」的同學壓制在地上，對他吼叫，大聲質問他。被小傑壓制住的同學推不贏，早已哭得滿臉鼻涕眼淚，只得咒罵著：「你們家都不是好東西啦！就是你們家，就是你們家，讓大家都不好過！你們要做乞丐，還要大家一起陪你們當乞丐！我說你是乞丐還怎麼樣？乞丐！乞丐！乞丐！」

小傑聽他咒罵著，只更憤怒，小小的拳頭卻像重重地鐵鎚，冷冷的落下。

小傑的父親，於是被找來了學校。

明玉是所需要動用關係才能進去就讀的學校，而為了讓小傑能夠離開這邊，前一所學校的校長，還特地與明玉打了照面。

如今小傑已經五年級了，隨著年齡慢慢長大，知識、想法、明白了許多，卻逐漸開始討厭他的父親。

這一切要從他家鄉的便利超商開始說起。

在這鄉下裡，可以說什麼都有，但左右家裡都有台電視機，起碼知道城市現在流行些什麼。因此，像是牛排口味的洋芋片、香蕉口味的牛奶、最新的巧克力棒等，成為小孩子眼中的奇珍異寶；大人們也對法國來的紅酒、德國產的啤酒趨之若鶩。每每有人進城，這些東西大包小包地帶回來，雖麻煩，倒也成了大夥兒羨慕的對象。

於是當知名的連鎖便利超商「第一超商」找上那開雜貨店的鐵牛談加盟時，大夥莫不期待。

這間雜貨店是鐵牛從他爸傳下來的，鐵牛從小就沒念過書，價格是記得清楚，國字卻是一丁點兒也不識。他只能任那西裝筆挺的業務員講得天花亂墜，自己點頭如搗蒜。

業務員說，還需要付一百五十萬元的加盟金，鐵牛只能表示自己小本生意，沒有那麼多老本可以用；業務員說，他調查好了，鐵牛名下有筆土地，因為貧瘠，所以已經沒在耕種了，如果願意的話公司可以用一筆鐵牛滿意的價錢買下它。鐵牛想了想，一來鄉親都期待著都市的新鮮貨，再來這筆買賣似乎不會虧！

於是鐵牛點頭了，這讓他在三個月後成為當地最有錢的土豪。

於是每個家庭，都等待著大都市的企業來臨，就彷彿是盼望著財神的顯靈。

於是，住巷尾的志成開了間書局，有著各式各樣新奇的漫畫書，與漂亮的文具；原本打零工的老王，也加盟了一間飲料店，許許多多都市才有的玩意兒，如雨後春筍般紛紛冒出。一切都是那麼地美好，那麼地新鮮。唯一美中不足的事情，可能只有大家的田地也都歸他人所有了，但那也不是什麼要緊事，反正誰還耕田，是做買賣賺得才多，賺得才快。

這個純樸的小鎮，少了大地的土味，去了花草的芬芳，迎接來一波一波的銅臭。

計畫的最後一步，是一座大型的垃圾掩埋場，起初有一些環保團體、大學生來幫助這些村民抗爭，然而，隨著時間，抗爭的人愈來愈少了，正確來說，是廠商在舉行多次的公聽會後，終於與當地居民達成協議——以每戶八十萬元的代價。

一切看似順利，直到有一天他們發現了藍圖中有個黑點。

小傑家的田。

小傑的父親，是個茶農，種出來的茶曾經在某年度的比賽中獲得冠軍，但隨著速食飲料店的興起，加上種植技術更新緩慢，購買者已經大不如前。但憑著冠軍的驕傲，小傑的父親。仍然咬牙苦撐著。

因此說什麼，小傑的父親都不肯將那塊田地出售給財團，而偏偏那塊地又位處中央，成了整個計畫最大的絆腳石。

眼中釘、肉中刺，說什麼也要拔除。

第一次，業務員先拿了五十萬當見面禮，但是被請回。

第二次，業務員仍然拿了五十萬，但是還帶了一名保全，一進家裡便開始吆喝，當時年幼小傑，還因此被嚇哭，護子心切，小傑的父親更是強硬將他們趕出。

第三次，業務員沒來家裡了，反而是清晨小傑的父親到田裡整理時，不禁怔著。只有一片狼藉。

不但所有的作物都被壓得支離破碎，土壤也被翻得亂七八糟，數以萬計的菜蟲蠕動著，啃食剩下來的殘渣。

小傑的父親倒抽一口氣，足足花了三天的時間才把整塊田給重新整頓好。他不知道是誰搞的鬼，但可以肯定的是，今年的收成沒了。

第四次，鐵牛的加盟金調漲了、志成的書店持續合作書商終止契約了，飲料店也好、小吃店也好，其他各種商家，也都以不同方式受到影響。

「如果我們沒有辦法影響到他，那就讓他影響到別人……」老闆抽著名貴的雪茄菸，這樣對下面的人說道。

不知哪來的消息，鄉村裡的居民們，開始將矛頭指向了小傑家。「混帳」「滾！」等諸如此類的語句貼滿了整面牆不打緊。有天深夜，月黑人靜，小傑一家酣睡著，突如其來「砰」地一聲，玻璃窗就這麼給砸碎了。追出外頭，早已不見蹤影。為了保護家中的平安，特地養了條黑狗，第二天卻口吐白沫，一命嗚呼。小傑的父親只好將窗子全安上了防盜鐵窗，從此也不再去清理貼上的紙條、傳單，也不去清理牆上五顏六色的噴漆了。久而久之，也沒人再去騷擾他們家，想來是膩了吧，只是走在街上時，大夥兒看他們家的眼神仍然十分冷漠。終於，小傑的母親再也無法忍受這種生活，回娘家了。

這年，小傑才三歲。

小傑所有的為什麼，漸漸都有了解答。他可以理解，為什麼從小到大沒有朋友願意跟他玩在一塊；他可以理解，為什麼在學校會被欺負；他可以理解，為什麼老師不曾幫助過他；他可以理解，為什麼別人都有母親的關愛，而他未曾獲得。

他唯一不理解的是，他的父親。

無論如何，他都決定絕對不要向他父親一般。於是在這所新的學校，明玉國小，他決定做一名「普通人」，普通地上學，普通地回答老師問題，普通地交朋友，普通地下課回家。唯一不同的是，他特別受到自然科老師的喜愛，不但成為了自然科的小老師，還被老師推薦為五年級組自然科研究心得比賽的參賽人。這算在學校最開心的事吧。

小傑並沒有把這分喜悅分享給父親，兩人只坐在餐桌前，默不吭聲地吃晚飯，昨天如此，今天如此，明天還是會如此。

再一個月就是運動會了，這項活動，一直以來都是每個班級著重的榮譽，尤其是大隊接力，總是賽事的最高潮，尤其是接力賽跑最後一棒的男孩，總是女孩們青睞的對象。體育課練習時，小傑看了總有些吃味，卻只得悻悻然在樹下繼續看書。說到底，體育競賽他可一點也不想沾上邊，他想要的可能只是一點那種被注目的成就感吧。

「唉，還是普普通通就好啦！」小傑把書蓋在臉上，闔上眼睛思索著：「啊……下星期比賽結果就出來了……」突然「嗶——嗶——」兩聲長哨，是集合的意思。小傑「唉——」地嘆了口氣，小碎步地往操場跑去。

「下個月，就要比賽啦！」教練說：「我們班，四年級的時候差點拿到冠軍，但是今年，大家練習的情況都還不錯，好好加油，很有希望！」

「解散！」

小傑暗自覺得好笑，去年的冠軍是二班，跟小傑念的四班是同一個體育老師，他實在很想知道同一段話老師是怎麼跟二班講的。

「嘖，」他不再多想，體育課結束後的時間，是他一個禮拜內最期待的日子。因為在上體育課時，剛好是某個班級的實驗課，而小傑則應老師要求，負責整理使用過後的實驗教室。他通常會把剩下的實驗材料蒐集起來，再重新操作一次。

小傑將一些粉末小心翼翼的倒在燃燒匙內，並將燃燒匙慢慢接近酒精燈，觀察火焰的顏色變化，並將它記錄下來。嚴格來講，這個實驗其實並不適合小學，而是由學生觀看，老師操作的示範實驗。小傑看著老師示範時，早已產生一定要親自操作的想法。

他一邊看著火焰由紅轉綠，燒旺，再慢慢變小，內心一邊偷偷幻想著，自己做實驗時大家欽佩的場景。這個場景，就在一個禮拜過後，美夢成真。

「五年級組，第一名，五年四班，王思傑！」朝會頒獎時間，司儀唱名的一瞬間，小傑不禁握緊拳頭，瞪大眼睛，不可置信地不斷回頭張望，確定這所學校沒有第二個五年四班，確定這個五年四班沒有第二個王思傑，才相信司儀叫的人是自己，也才站了起來，跑到司令台上接受表揚。

接過獎牌的那一瞬間，掌聲如雷，小傑紅著臉看了台下的同學們，似乎台上台下成了兩個世界，而自己剛從下面的那個世界跑了上來，原本認識的人卻好像都不認識一般，一切是那麼新鮮。他可以很清楚地感覺到心跳的劇烈，這讓他產生一種矛盾，他不想那麼快下台去，卻又趕著想下台去。直到司儀說：「最後再給所有得獎的同學一個掌聲鼓勵。」他才覺得終於得救了，趕忙跑下台回到班上。

遺憾的是，這分榮耀沒有持續太久，嚴格來講甚至沒有持續。再兩個禮拜就是運動會了。學科競賽離班上同學太遙遠，不如運動競賽是全班參與來得有認同感，這是理所當然的事，然而，一個小學生又怎麼能理解呢？

但小傑還是不斷提醒自己，夠了吧，夠了，自己跟一般人一樣就好了。啊，如果今天是我去跑接力賽，被班上寄予厚望，贏了還好，輸了呢？到時候……想到這裡，小傑又嘆了口氣。

運動會當天，天氣炎熱，一早班長便將大夥叫出教室外整隊，接著由康樂股長帶領暖身操，前排的同學等等都要上場比賽，各個認真做好每一個步驟；比較後排的同學一副沒睡飽的表情，心裡大概想著：「我又沒有要比賽，幹嘛還要做操啊？」

小傑扭著脖子，轉動手腕，偶爾低頭看著自己腳上的新球鞋，那是父親為了獎勵他的成就送的禮物。雖然對父親的給與，有著莫名其妙的排斥，但這是小傑上學後從父親那得到的第一件禮物。因此，儘管沒有參加比賽，小傑還是特地穿上它上學。

跑道上，每名選手伏在起跑線上，聚精會神望著前方，就等待槍聲鳴響的一剎那，展現連月來辛苦練習的成果。

「砰！」比賽開始了。

抽籤的結果，四班是在第三跑道，不好也不差。第一棒次的同學每個都竭盡所能地向前追逐，第六名追趕著第五名，第五名追趕著第四名；第一名的，彷彿還有一個領先者在前方，也是全力想逮住他。

第六棒次時，五年二班與五年四班果然分占了第一名與第二名，差距也只在半個人身間拉鋸，現場的氣氛沸騰到了最高點。

一直到了最後一棒，在最後的彎道，四班的同學成功占到了第一跑道，接著最後衝刺時，將後方同學的距離愈拉愈開！直到衝過終點線的那一刻，全班歡呼！

「精神總錦標，五年四班！」

教室內，同學們一個個精疲力盡地癱坐在座位上，不只是參賽選手，場邊的啦啦隊們也因為情緒太亢奮，聲嘶力竭地叫喊，也都顯得疲倦。「起立——」簡單兩個字，卻像咒語一般，讓所有的東倒西歪全豎了起來。「立正，敬禮！」「老——師——好——」「坐下！」

老師將點名簿夾在腋下，雙手按在講桌上面，跟同學說話：「這次運動會，大家表現得非常好。」她嘴角揚起一抹微笑，想來是最近在辦公室中的面子挺大。「為了獎勵大家，老師決定自掏腰包，請你們喝『快樂冰』！」此話一出，全班簡直是在大漠中發現一片綠洲，莫不歡聲雷動。是啊，畢竟從「第一超商」推出「快樂冰」這種將汽水、可樂做成絲滑冰沙的碳酸飲料起，就完全攻陷兒童的心。但是一杯不多的飲料，卻要價將近五十元，並非每個家庭都願意購買這種非必需品來討好自己的兒女。因此一聽到老師要請客，全部同學都自然是欣喜若狂，只有一人例外。

那人就是小傑。

一開始小傑還有些遲疑，但他還未意識到，手卻已經緩緩舉起。老師點他時已無後悔的餘地。老師問：「王思傑，有什麼問題呢？」

小傑戰戰兢兢地說：「老師我之前看報導跟一些科學雜誌，他們他們都說喝『快樂冰』對我們的身體很不好。」小傑換了口氣，趕緊接著講，深怕一被打斷就再也沒膽量繼續說下去：「裡面有很多的化學添加物，對發育中的腎臟傷害很大，而且含糖量太高了，更重要的是咖啡因會讓我們上癮。我不知道不知道大家如何，但是為了健康著想，我還是不要喝好了。」

說完，小傑才敢將頭緩緩抬起來，偷偷瞄了老師一眼。只見老師好似被潑了一桶冷水，原本和藹的表情登時添了幾分慍色。

「我的意思是，只有我不……」還沒講完，話已被老師打斷：「既然有同學那麼關心大家的身體健康，那老師也響應他的美意吧！」此話一出，同學們都面露失望，有的同學甚至拍桌鼓譟表示抗議。

「安靜！」老師說：「總而言之就是這樣了，大家今天也累了，早點回家休息吧！下課。」

語畢，老師走出教室。大夥的眼光不約而同地投射在小傑的身上，好像一根根針似的，不停地往小傑身上戳，戳得小傑冷汗直流，身體卻是脹熱，無形的壓力更是將他壓得透不過氣。小傑就像一絲不掛一般地羞愧，只得拎起書包，跑出教室，頭也不回地跑出教室。

從這天起，小傑的課桌椅便時常在他剛到學校時消失，卻在垃圾回收場找到。營養午餐的廚餘，在掃地時間結束時，都會倒在小傑的座位上。老師知道班上發生了一些「惡作劇」，卻睜一隻眼閉一隻眼。

小傑開始懂了。

一陣鼻酸，小傑的淚水不禁流下。

他想起了他的父親。

（台北大學「飛鳶文學獎」首獎作品）

邱敬瀚

出生於新竹，生長於台中。家庭與趣為旅遊，故於生長的過程中，幾乎看遍了整個台灣各地不同的風景。進一步造就了對於人文社會議題特別關注的性格。現就讀台北大學法律系。寫作為平常消遣，特別偏好社會評論類的文章。

沒有花的世界

賴宗裕

「這個季度的銷售數字比起去年同期下降了大約百分之零點三，不過在政府推動的新政策上路之後，下個季度的報表……」會議桌前的市場總監口沫橫飛的擺弄著投影片上的各個圖表和數字。

在難以集中精神聽取簡報之下，我於是改為凝視著牆面巨大的公司徽章，一個由兩隻手捏塑成形的地球，環繞著公司的名稱——「人造生態」，試圖假裝出專心開會的樣子。不過大概是裝得太差勁了，下一秒執行長銳利的眼神就射向我，跟飛箭一樣的危險氣息立刻把我嚇出一身冷汗。

執行長站起來，手上的鋼筆輕敲桌面，剛才還自信滿滿的市場總監立刻噤聲，並挺直腰脊微微向後退了一步。

「今天的會就開到這裡，潘列特，到我的辦公室見我。」

我站在因德斯垂的辦公室裡，他拿著杯咖啡站在窗前，望著窗前的一片翠綠。

「你還記得從前嗎？」他問。

「你說那個走出門還踏的上真正草地的從前嗎？幾乎不記得了。」

「不靠著那次全球性的工業災害，我們現在還只是掌握著人造光合作用技術卻完全沒有用處的小公司。」他轉身和我對視，眼神冷若冰霜。

「我說服了聯合國那些人，植物永遠不可能再從地表上長出來這件事了，全世界每個國家很快地都必須向我們買那些人造植物，好維持全球二氧化碳的總量。所以工廠準備好投入新製程了沒？」

「準備好了。」

窗外的光線被我桌上的名牌反射到牆上散成片片金影，「副總裁兼科技總監」，多響亮的頭銜！但說到底也就只是隻實驗室老鼠罷了。我嘆口氣，披起實驗衣，回到實驗室和研發人員討論新製程的各個細節，畢竟新製程打算將產量推到前所未有的等級，任何環節都不容許出錯。

我的手幻化成商標上的巨手，揉搓地球，直到所有植物都掉落，讓地球成為一顆光禿禿的土球，然後插上一棵棵的人造植物，鮮翠依舊卻毫無生氣。想阻止自己的手，卻發現手轉向自己的脖子，逐漸扼緊……

掙扎尖叫的聲音迴盪在冰冷的臥室，把我從夢中拉出，睡意全消。拎著一瓶酒和杯子，坐在鋪著鬆軟黑土的「花園」裡，看著那些我的造物，想著剛剛那十五年來幾乎天天重複的夢，我一杯杯的接著喝，但再多的酒精都無法讓我有一刻忘記那個事實，忘記那些良心的折磨。

十五年前我剛取得博士學位，專長是人造光合作用系統，一個看來沒什麼意義的領域，畢竟當你可以種樹時，何必花更多的錢去做一棵假的樹？但因德斯垂找上了我，承諾他有資金也有機會創造市場，我幾乎是立刻就相信他了，畢竟我想留在我熟悉的領域，就算只是個微小的希望都好。

兩個月後公司成立，資金不多，只夠維持基本的實驗開銷，但因德斯垂卻常不在，甚至一消失就是兩個星期，他辦公室總是鎖著，不准任何人入內，偶爾聽到裡面傳來的斷續對話聲也讓人費解，都是關於某個工廠，和一些基因改造農藥之類的事，不管我怎麼問他都不肯說，只要我準備好，「時機就快到了。」他說。

半年之後，我看到了新聞，「孟山都公司的農藥工廠今天發生了意外，疑似因為機械故障導致發酵槽爆炸，三十萬噸的最新型生化武器飄進了大氣中，後續效應還在評估當中……」

我衝進他的辦公室，威脅要告發他，但他冷靜的看著我，對我說：「誰會相信你沒有參與？而且這是我們的機會，哪個偉人不是自己創造機會的？這是改變世界的時機，我們會變成英雄，你會變成英雄！」

我屈服了，半個月後全球植物大量死亡，不到兩個月，地球已是一片焦土，數十億人餓死，溫室效應因為二氧化碳的快速累積而益發的嚴重。我們公司崛起，成為救贖，成了英雄，但我看著因德斯垂，只看到他的冷血無情和不擇手段，可我自己也好不到哪去，一個夜夜被惡夢糾纏的懦夫，一個摧毀世界然後用仿造品瀆神的幫凶。

被刺眼的陽光照醒時我臉貼著土，旁邊散落著喝光的酒瓶，我強忍著吐意呻吟著起身，只求能走到廁所再吐出來。這時一朵黃色的小花吸引了我的注意力，我認得每個產品，卻認不得這朵花，於是我跪下來仔細檢查，十分鐘，二十分鐘，然後是一小時，顧不得全身都是酒氣，我在花朵上和周圍的土壤取了樣，直奔實驗室檢驗。

花朵上採下來的細胞確定是活的，不是人造品，土壤中的生物毒素依舊濃度極高，理論上根本不可能有任何植物存活才對。看著電腦上的數據苦思，換了幾種方式分析，結果都是一樣的，毒素依舊會毒害植物，根本就不可能存活。門口的身分辨識器傳來確認聲，門鎖喀答一聲地打開，我心跳加快手心出汗，難道是被因德斯垂發現了？

「副總裁？您今天怎麼這麼早來實驗室？」推門進來的是位研究員。

「檢查點資料罷了，我今天下班之前要看到新產品製造的完整流程圖在我桌上，瞭解了嗎？」趁著她慌亂的放下東西開始整理報告，我強裝鎮定將桌上的樣品掃進直通焚化爐的垃圾投遞口，清除電腦上的所有數據。

我心煩意亂的在辦公室裡踱步，完全無心去處理公司的事務，植物一定以某種方式克服了毒素，但是當初這種毒素就是開發來完全除掉目標土地上的所有植物，是一種全新的生化武器，保證的是不可能有東西能對它產生抗性，而且如果這是真的，為什麼沒有看見世界其他地方有任何報告？

「這一定是奇蹟。」我蹲在花園裡不敢置信地看著。地上不只早上的那朵花，現在又多了三朵，還冒出了些草的綠芽。我從廚房拿了點水仔細地替它們澆水，如果植物有情緒，我猜它們會很開心。

這是十五年來第一次睡得這麼好，沒有噩夢纏著，然後在半夜被自己的尖叫聲嚇醒。

「這是怎麼回事……」我喃喃的念著。眼前的花園草長得更密，花開滿了各處，角落甚至冒出了一叢矮灌木。

接下來一個禮拜，花園以奇特的速度成長，原來的人造物已經被一叢叢的植物掩蓋，這就是個很不真實的現實，我不懂為什麼，也放棄去找出為什麼，我只想每天下班之後坐在花園中，拿杯酒享受屬於我自己的微小幸福。

但現實依舊存在，外面的世界依然荒涼，日復一日我動用公司的資源搜尋所有有關植物重新出現在地表的報告或是跡象，卻一無所獲。聯合國已經宣布了由所有會員國共同通過的條款，要求依據國家本身的碳排放量購買我們的人造光合作用產品，第一次，人類終於不用在環境與工業發展中二擇一了，因為我們確認自己已經完全毀了地球。

每次在家裡看著花園裡的那些朝氣蓬勃的植物，我就被小小的罪惡感侵蝕著，只要開始出貨，大家就可以更肆無忌憚的發展大規模工業，汙染跟碳排放再也不是問題，可是我們明明就還有一絲希望，而那個希望的證明就在我手中。

「先生，執行長要你立刻去他的辦公室。」

「你為什麼要搜尋關於植物在地表上出現的資料？」他冰冷的藍色眼珠瞪視著我。

「只是想確認一些市場布局。」

「說起來很有趣，你以前從來不關心所謂的市場布局的。」他冷笑著，手上的筆在指尖翻轉。

「我只是想更……關心我們公司的未來。」我的手心開始冒汗。

「不管你想做什麼或有什麼祕密，我都建議你立刻解決。我不會容許任何會侵犯我們利益的事情發生，十五年前我能做的事情，現在也不會手軟。我給你三天，瞭解了嗎？」

「得保護它們……」我坐在辦公桌前，用手掌摩挲著太陽穴，一邊喃喃自語地重複著。這時候我看到了文件堆下壓著的那份新產品生產流程報告書，突然領悟到了一件很重要的事。

或許這整件事就是給我一個為了過去贖罪的機會，我得做出正確的決定。

我坐在花園裡，撫弄著花草，就像那些不只是花草而是我的寵物一般。門輕輕地打開又關上，我轉過頭，因德斯垂已經帶了兩個人無聲無息地走進我家站在我背後了。

「真的植物嗎？你怎麼做到的？」他饒富興味的看著花園裡的綠草如茵。

「我不知道，它們就只是某天出現在這裡而已。」

「你知道的，我們雖然算不上是朋友，不過是我給了你機會讓你成功的，如果沒有我，你現在就只是一個一文不名的人。」

「我從來都沒有要求你做這些事，我也不想要。」

「但是你也從來沒有阻止過我，你也享受這種生活不是嗎？成功，受人尊敬，被當作英雄看待。」

「我之前做了錯誤的決定。」

「都十五年了，現在做正確的決定不嫌晚嗎？更何況世界基本上就是由我，還有眾多的企業家所掌控的，你覺得你可以做什麼？」他蹲在我身邊輕聲笑道，帶著滿滿的驕傲。

「把他處理掉，然後燒了這裡，弄得像個意外。」兩個黑衣人點點頭，向我走近，拿出一條細尼龍線。

「人們會知道真相的，一定會的。」我淡淡地說。

「你都死了能怎麼告訴人真相？」

「我就算死了，人們還是會知道真相，一定會。」我嘴角漾開了笑容。

「你做了什麼？」他踏前一步，逼視著我的眼睛，這一次，我毫無畏懼的迎向他的眼神。

「除了我之外，沒有人真的了解所有產品細節，只能說，有些產品簡直就是栩栩如生，我們的客戶會很滿意的。」

「我會攔住那批貨，我不會讓你摧毀……」他開始撥手機。

「來不及了，而且那通電話也撥不出去。」我看著他愣住，拿著手機轉頭驚愕地看著我。

那是他最後一個眼神，也是我看過他眼裡流露出驚慌神色的唯一一次，下一秒，我在廚房安放的油氣彈爆炸，高達兩千度的火焰席捲而來，燒掉沿途的所有氧氣，我閉上眼睛，安然地迎向死亡，因為我知道自己終於贖罪了。

潘列特（plant）與因德斯垂（industry）或許這就是個諷刺的寓言，早在我和他相遇之前就已經寫好的劇本，但人類終究獲得了重新選擇的機會。

祝好夢。

（台東大學「砂城文學獎」首獎作品）

賴宗裕

一九九一年生，就讀於台東大學生命科學系。從台中繞過半個台灣來到台東讀書，在這裡都市小孩第一次懂得什麼是跟土地親近，懂得什麼是星空。也因為主修生命科學，對環境和人的關係也有了更多的思考。

毛

林芳儀

1

一點二五公分長、零點零一毫米粗，加上深植在皮膚內的毛囊，一共是一點二六公分長。連根拔起會伴著百分之一的疼痛，緩慢拔起會伴隨百分之二十的疼痛。擁有這些特徵的毛的總數有兩千三百根，平均分布在手背、腋下、小腿、陰部。

今天早晨，長出一個禮拜的毛又被拔了去，女人撫摸著滿是毛的黏膠，一臉滿足的樣子。它們歪歪斜斜地躺在濃稠的黏膠裡，動彈不得，免不了即將成為垃圾桶的祭品。然而女人連一眼都捨不得看它們，逕自細心呵護著紅點遍布的小腿們，給它們喝茶倒水，直到它們的紅點消失不見為止。

女人從衣櫃裡拿出好幾套衣服，在全身鏡面前比了比，十分鐘以後，她尖叫了起來。因為那些毛又出現在她腿上了，像是未曾拔過似的。

要遲到了，她只好把身上的洋裝換成牛仔長褲，匆匆地出門。

朋友見到她便問：「喲，難得你會穿長褲！」女人尷尬地笑了笑，她感覺自己的毛在牛仔褲裡顫動。

「我去一下洗手間。」

女人褪下牛仔褲，坐在馬桶上，瞪著小腿不發一語。有一個瞬間，毛似乎長長了零點零一毫米。她突然有點噁心，想像著自己的毛蔓延到身體的每一個角落，人們驚恐的衝著她喊：「大猩猩！」她看見自己倉皇地離開，卻怎麼也逃不出巨大的人牆。

「馬詩云！」她的名字從遙遠的地方傳來，伴隨著咚咚咚的敲擊聲。「你在裡面睡著啦？你點的餐都要涼了！」女人緩慢地起身，穿上褲子走了出去。

她嘴裡塞滿食物，一句話也不想講，惹來朋友的關心，然而就連那些關切的話語她也未曾入耳，想著的仍然是那三個字。她想著待會要再去添購貼布了，於是跟朋友道了歉，先行離去。

迎面走來的男人瞟了她一眼，女人也看到他了。她渾身發抖，牛仔褲裡的毛也不安分地抖動，但這次她沒有注意到，魂魄飄到很遠的地方去，回不了家。她就這樣失神的買了貼布回家，才發現自己多拿了好幾盒。

她把貼布貼上小腿，撕起來的那一剎那叫了起來。許久未曾感受到的疼痛席捲而來，像是毛對她的抗議。她很久沒有想起第一次拔毛時的恐懼和疼痛，盯著被拔下來的那些毛許久，些許驚訝，些許不捨，她感覺到身體的某個部分與自己分離了，就連小腿也用隱隱作痛表示抗議。

那個夏天，她卻失戀了。

2

男人忙裡偷閒，悠閒地帶著筆電前來享受一番，站在店門口想著要叫杯拿鐵還是摩卡的時候，一個身穿牛仔褲的女人從店裡出來，他感覺這身影似曾相識，特別瞧了一眼，只見那女人哆嗦了一陣，隨後快步走過。他確定她是認得自己的。

他最後決定點了杯摩卡，然後打開筆電工作了一會兒，還是甩不去那個女人的身影。他也曾經遇過一個喜歡穿牛仔褲的女人，像女孩的女人。

他翻著存在電腦裡的相簿，相片裡的她一開始總是穿著牛仔長褲，到後來卻連一張穿著褲子的照片都沒有。他突然覺得有點對不起女人。

他記得她的那雙腿，說不上難看，但總覺得有些瑕疵。當手指撫過那看似細長的美腿時，總感覺有一股粗糙感，不似看上去般滑嫩。他無疑地愛這個女人，身體卻怎麼也無法全然喜歡，這令男人感到困擾。

那一夜，她終於願意給他了。他興奮地全身顫抖，手指貪婪地在女人身上探索著，然而正當他探往陰部之時，他卻軟掉了。

他觸碰到的是一大撮毛躁茂密的毛。

於是他跟女人說自己累了，先睡覺吧。關上燈之後，他久久不能入眠。

男人喝了一口摩卡，試圖說服自己，當時身體的感覺是難以掌控的，再怎麼樣也不是他的錯。這麼一想便關閉了相簿，繼續未完成的工作。

3

女人忍不住叫出了聲，身上的男伴貪婪地吸吮著她的乳頭，兩手不安分的玩弄著陰部，平滑嫩白的觸感令男伴捨不得停手，女人將男伴的頭壓往陰部，期待接下來的歡愉，就在女人感受到男伴的軟舌在陰部蠕動的時候，換男伴叫出聲來。

那叫聲並非歡愉而是驚恐的。

「怎麼突然……你這個噁心的女人！」

女人愣住了，噁心這個詞在她腦海裡迴盪，她看著男伴離去，盯著自己的陰部久久不能自已。她很久很久沒有看到陰部有這麼一大撮毛了，很久很久沒有男人說她噁心。在長到一定的長度之前，她一向都會把陰部的毛清乾淨，就在做愛之前，她才好好地清理陰部的毛，難道被舌頭觸碰的那一剎那竟又長出來了嗎？

她想著早晨拔掉的腳毛過了不久又立即出現的情景，不覺悚然。

夢魘又要來襲了，不同的是之前她無所防備，這次她是防都防不了。

當女人還是少女的時候，她開始發現自己跟別人不一樣。每到夏天穿制服裙的時候，其他少女的腿上看不到毛的痕跡，只有她像男孩一般長滿了又粗又長的腳毛。她本以為這也沒有什麼，直到一個男孩指著她說：「你毛好長喔！」另一個男孩嘻笑地叫著：「大猩猩！」她才開始知道原來自己的毛是奇怪的、不美觀的。

從此，只要一談論到有關毛髮的事，她便會使勁地遮掩。

她也想過剃掉它們，媽媽卻又一直告訴她越剃越長，越剃越粗。於是她不敢剃，卻又百般厭惡長在身上的毛。此後只要不用穿制服的時候，她都穿著牛仔長褲。

褪下制服的某一天，男人闖入了她的生活。

他問她：「為什麼總是穿牛仔褲呢？我想看你穿裙子呀。」

女人從此收起了牛仔長褲，不顧媽媽的話語開始剃掉腳毛，穿起裙裝。

然而她卻沒有辦法為了男人剃掉陰毛，那是她全身上下最脆弱的地方，怎麼也不肯對那個地方下手。只有那個地方而已，男人怎麼也不該在意。

果然男人是愛她的，除了第一次準備做愛的時候，男人太累想先睡覺，之後幾次他並沒有嫌棄她的毛。只有開玩笑似的問她說：「要不要把陰毛都剃光光啊？這樣看起來更可口哦。」

女人一想起這句話便全身犯噁，她衝到廁所裡嘔吐，看著瞬間長滿陰部的毛，突然之間並不想再拔除它們。

4

有一個女子走到男人的桌邊，男人抬起頭來。

「高仲賢。」那個女子的聲音很細，他也記得。

「你還認得我。」

「剛剛馬詩云在這裡。」

「我看到她了。」

「是嗎？我以為你不會注意到她。」

「好歹我愛過她。」

「你對她做出什麼事我可還記得。」

「都過去了。」

「你知道她變成怎樣的女人嗎？」男人沉默了。

「是你害她的。」丟完這句話，女子就走了。

男人禁不住疑惑了起來，他搜尋女人的ＦＢ，皺起了眉頭。

他決定去見她，於是撥了通電話給細聲女子，問女人的電話。

5

手機在廁所門外響起，女人並不特別想接，當她幽幽地從廁所裡走出來的時候，鈴聲已經停止了，未接來電顯示著高仲賢。她很訝異自己沒有把那個男人的電話刪掉，這麼多年了，突然的一通電話喚起她椎心的過往。

她不記得他們是何時開始出問題，只記得他們是從何時開始不聯絡的。

中午才又除去的腳毛，此時竟然再度長了出來，女人親眼看著一根根腳毛從一個個毛細孔裡面慢慢地鑽出來，好似有生命一般，而她也不在乎地看著它們何時停止。到了一點四公分的時候停止了，她看著比以前更長的腳毛，開始用手指頭撫摸它們。

女人想到自己從來沒有買過蜜蠟，聽說拔毛效果很好，而且可以兩個禮拜到一個月都不用再拔，尤其長出來的毛會變細這一點更是吸引人。只是價格稍高了些。

她就是狠不下心，每當要將好不容易賺到的血汗錢砸下去的時候，她小時候的心就會抗議：「為什麼男人不用除毛，而女人卻要花大把的錢去除毛？」即使如此，這時的她卻無法阻止自己有這樣的念頭。

買了蜜蠟，腳毛可以停止長長嗎？

曾經，女人看著同學從架子上拿起一瓶蜜蠟，聽著「毛髮太過旺盛連自己都忍受不了」諸如此類的呢喃抱怨，下意識地把雙臂藏到背後，吶吶地發出「哦」、「嗯」、「也是」這樣的聲音，一邊端詳著同學手臂上的細毛還有毛細孔。

「沒有很明顯啊。」然後她輕聲地說出口。

「很明顯好不好。」然後同學用嫌惡地口吻反駁了回來，纖長的手指捏著手臂上的黑色細線，巴不得馬上把它們連根拔起。

她看著那一瓶蜜蠟的定價，忽然迷惘了。「因為我媽的蜜蠟快用完了，她給我錢叫我去買，我就可以跟她一起用。」這些字詞咚咚咚敲擊著她的腦門，彷彿從遙遠的地方傳來，卻又清晰無比。她不能理解為何男人的毛髮比女人粗大了幾百倍，卻只有女人到了四十幾歲還要煩惱那些細毛。

過去迷惘的自己又回來了，她感到疲倦不堪。

那天晚上，女人作了一個夢，夢裡的毛朝她包圍過來，她拿著銳利的鐮刀，一根一根地把毛給除掉，卻越除越多，它們越靠越近，眼見自己要被一堆毛給淹沒了。此時來了一個人幫她把毛除掉，她看到包圍自己的毛越來越少，精神大振，手上鐮刀所反映的光更加閃耀。

最後，周圍的毛都被除去，女人愉悅地看著男人，正想感激他的時候，男人伸手往自己身上襲來，從她身上拔去了一塊肉。女人禁不住地尖叫，一聲又一聲，男人卻彷彿聽不到似的繼續剝著她的肉，她感覺到自己只剩下骨頭了，卻看到男人對手上的肉感到嫌惡，衝著她喊：「你的肉，好難吃！」她想對他大吼：「是你自己要吃我的肉的！」卻怎麼也發不出聲音，只能眼睜睜看著自己身上的肉塊一個個被男人丟棄。

手機鈴聲又響了起來，她醒過來看著高仲賢的名字，順手接了起來。

6

「你還記得我嗎？」

「不記得，你是誰？」

「高仲賢。」

「我不認識，你打錯了。」

「馬詩云！沒必要這樣吧！」

「啊啊啊——」只聽到一聲尖叫，電話那頭就斷線了。

男人很擔心，只不過打個電話想跟女人道個欠了多年的歉，難不成倒惹得她出事了。

他打給女人的朋友，請她過去女人家中看一下。

幾十分鐘之後，女人的朋友傳簡訊來：「她沒事，只是發生了怪異的事。」

「她家在哪裡？我現在過去。」他回傳了簡訊。

「不用了，你別過來。」看到這則回覆，他皺了眉頭，心裡焦躁萬分。

「怎麼了？」妻子的聲音傳來，男人迅速收起手機。

「啊，好像朋友出了事情。」

「那就去看看他呀。」

「不用，沒關係，已經有其他人去照顧他了。」

「嗯，我要繼續工作了，你不用管我。」

聽著關門的聲音，男人吁了口氣，打開筆電點了ＦＢ。

女人的ＦＢ上充斥著許多照片，跟不同男人的合照裡面的那抹笑容看起來很自然，鮮嫩欲滴的唇還有無辜的大眼，伴著性感的服裝和姣好的身材，這樣的女人是不缺男人的。尤其昏暗的背景配上相機的閃光燈，將她光滑細緻的肌膚展露無遺，他能夠想像會有多少隻手搶著蹭上去。

然而他不知怎地感到心悸，面對她的轉變他本該不在意，然而女人朋友的話一直縈繞在他心中，久久不去。事實上，他自己心裡明白，女人的轉變十之八九跟他有關。

「原來是她。」

男人來不及把頁面關掉，只好愣然的轉過頭，妻子面無表情的看著他。

「比起我，你其實比較愛她吧！」

「那只是一開始，何必記到現在。」

「一開始你只喜歡我的身體，就算是到現在，我也不確定你是否真的愛我。」

「不要再談這個了，好嗎？我對你不差吧。」

「是啊，但我還是會介意。我想你也跟我一樣。」

男人沉默了，妻子嘆了一口氣，兩人對坐無言了一陣子。

7

女人躺在病床上，腦中不斷重複播放著方才的畫面。她全身的毛一直長一直長，蔓延到整個床上還停不下來，她的淚水也沒有停過，只是她分不清自己是為了不停長長的毛在掉淚，還是二十幾年來受長毛所苦的自己。她沒有好好哭過。哭著哭著，也不記得何時進了醫院，然後躺在這張病床上，而身上的毛也不知何時停止長長了。

她只注意到朋友正在幫她蓋棉被。看著朋友白皙光滑的手臂，女人忍不住揣想對方是天生無毛還是後天除毛而成的，開始幻想對方是幾歲開始除毛、在什麼狀況下、用哪種工具除毛。而她的陰部——

「你還好吧？」朋友幫她蓋好了被子，站在床邊憂心地看著她。

她回過神來問了問：「這是怎麼回事？我的毛現在怎麼樣了？」

「醫生幫你打了毛髮生長抑制劑，他還診不出來為什麼你的毛會突然迅速長長，不過他有說可以考慮做雷射除毛，以防之後再度發生狀況。」

「嗯，我想想看。」

「那我先去吃午餐，你再休息一下，我等一下回來。」

朋友離開之後，女人陷入了回憶裡。雷射除毛對現在的她意義不大了，快三十歲，青春年華轉眼就過去了，為了身體的毛所承受的痛苦已經永遠烙印在心上。她開始懷疑為什麼自己要除毛，少女時期以前，她多麼自在地覺得毛是自己的一部分，從沒想過會討厭到去除掉它。長出來又拔，多殘忍的事，至此她對自己的身體抱有很大的罪惡感。

啊，她想起來了，是在習慣穿牛仔長褲之前、在被男孩們稱作大猩猩之間，年輕的少女們開始在炎炎夏日間看著她露出來的雙腿，說著「怎麼不刮一下」等話語，或者在游泳課時指著她雙臂與軀體之間的毛，似笑非笑地說：「沒刮腋毛喔？」

直到某一天，她聽見自己對身旁的女伴脫口而出：「你的腋毛露出來了唷！」那個瞬間，她發現自己著實從女孩變成女人了。

成為一個「正常」的女人，不都是為了討好男人嗎？

於是她決定撥了電話。

8

男人身下的妻子呻吟了一聲，引得男人興致大發，他輕輕撫摸著這滑嫩的胴體，閉著眼享受美好的觸感。他的手指從雙峰移往腰間，再慢慢朝三角地帶邁進，他想像著接下來會是碰到平滑柔嫩的肉塊。

他止住了。

「怎麼？你以為女人的陰部天生就應該是沒有毛的嗎？」

手機鈴聲響起。

「每隔幾天就拔一次，有多痛你知道嗎？可是我一直忍著，因為我知道你是因為這個才跟我在一起。」

手機鈴聲繼續響著。

「不要再說了。」

「還有那一天，你知道為什麼會被她看到嗎？」

手機鈴聲響了最後一聲便停止了，男人看了一眼未接來電之後回撥。

「您撥的號碼是空號，請查明後再撥。」男人愣然。

「因為我為了除毛所以遲到了，把你原本算好的時間往後拖了。」

「我叫你閉嘴！」男人大吼一聲，把手機重重砸到地上。

「她推開門的時候，你摸著的其實是我除過毛的陰部。」

妻子咧開嘴笑了，她的毛在這時候突然開始迅速長長。

（成功大學「鳳凰樹文學獎」首獎作品）

林芳儀

一九九一年生，台北人，現就讀於成大台文所。空有年輕女性的皮囊，其實是個憤世嫉俗的歐巴桑。思緒跳脫常軌，喜用意象表達，文字短促且跳躍，或許只是因為太愛作夢了。像這般扭曲日常生活空間而成的奇怪作品，也只是歐巴桑的碎碎念罷了。

記憶枕的面具的我

林宏憲

偌大的房間裡僅有簡單的擺設及一張床，在房間裡顏色是淨白色的，有如停屍間般寧靜。沒有其他顏色，窗戶半開著。在黑夜來臨時，黝黑的氣息與路燈射進室內的角度相同地進入房間，白色被輕易地渲染開來，顏色是一樣的純粹，只是眼前的單色調令人窒息。

「你是誰？為何闖進我的世界？」出現了尖銳的聲音呼嘯而過。

此時窗戶被完全打開。

窗戶的骨架被扯開的聲音嘎嘎作響。在房間內有名男子，望著窗外急促的呼吸，他兩眼直瞪著前方自言自語。

于晨希坐在床沿抬頭來回撫摸著頸椎。如果有人正處於窺伺的狀態，發現晨希這樣若有所思的凝望，想必很難為情吧。窗戶外的鳥叫此起彼落，天氣晴朗。房間內的一切卻像被凍結，而晨希關心著自己昨晚是否落枕了。

「這顆枕頭看來該換了。」眼前這名陌生男子摸了摸枕頭說著，伸了伸懶腰準備要出門工作。

這位邋遢的男人忘記關上窗戶就出門了，而門是關上就會自動反鎖的，倒是替晨希省了鎖門的功夫，就某個角度來說他挺健忘的。他會忘記自己作的夢，也常常忘記替枕頭做保養。

這顆枕頭的顏色原本應該是米白色，不過在晨希拿到手時已經泛黃。柔軟的程度異常舒適，躺下去時能感受到有一顆柔軟突起的球狀物，在全身放鬆把頭放下去後，會發出「啵！」的聲音，隨著四季變化有不同的反應。在氣溫偏低時，球狀物會綻放開來，釋放一股暖流，像是溫泉般流經後腦勺；反之，氣溫偏高時，則會緩緩流出一種沁涼感，感覺是從大腦直至全身。不論何時何地，有了它的存在，不論到哪都能輕易入眠。這或許是晨希選擇這顆枕頭的原因，因為它的功能不是一般的枕頭，而是有治療失眠症狀的功用。

晨希出生在一個幸福美滿的家庭，父親是名醫生，母親是幼稚園的老師。晨希生下來就與眾不同，他從小就被視為怪胎、異類。父親曜明與母親欣蕤不顧他人的言語攻擊，給了晨希最大的愛與保護。

「晨希，該起床囉。」淡淡的一抹微笑如百合花般芳香，呼喚晨希的人是母親欣蕤。一切如以往讓人充滿期待的起床，第一眼見到自己最愛的人。父親也依舊起床後就不見蹤影，只會在桌上發現有一百元的零用錢，但是晨希從學校回到家後，打開門總是能發現父親正坐在客廳等著他回家，並催促晨希趕快去洗澡。關上門後就能享受滿滿的疼愛與照顧。

其實，晨希回到家打開門前總是哭著臉，等擦乾了淚水才提起勇氣打開門。而父親曜明坐在客廳若無其事的看報紙、看電視，桌上都留一包衛生紙，總是叮嚀晨希說台灣的氣候讓多數的人都有鼻子過敏，而且空氣很髒，要晨希進門後先擤擤鼻涕清乾淨了再去洗澡梳洗身體。欣蕤此時通常都會在廚房準備晚餐或者在書房改幼稚園小朋友的作業。在晨希寫完作業後，曜明會跟欣蕤帶著晨希一起在客廳聊天，聊到大家都累了才去睡覺，偶爾會一起看電影、吃爆米花，調侃電影中的男女主角以及誇張不符合現實的劇情，用歡笑聲作為一天的休止符。

門正等著晨希打開。一天的開始就從這啟動，不斷的輪迴，只是晨希不會記得要替門上鎖，因為他清楚這扇門會有家人關上，安全的關上。

夢醒了，晨希什麼也不記得，只是靜靜的坐在床沿來回撫摸著頸椎，叮嚀著自己要記得換枕頭，因為它已經讓晨希睡到覺得不舒服。晨希起身盥洗完，換過衣服就出門工作了。他是一名街頭藝人，沒有正職。房間是曜明與欣蕤生前投資的，遺產就留給了晨希。

于晨希，今年二十三歲，是一名戴著面具在街頭表演的人，藝齡五歲。面具下的他五官不整，半邊臉型鬆垮，失去有力的肌肉支撐。劍眉橫在雙眼上。嘴唇上唇厚下唇薄。家庭在他七歲時就瓦解，身邊沒有親戚願意收留。他從小就被視為怪胎、異類，凡是能用來人身攻擊的代名詞，幾乎都有幸戴上這罪惡的桂冠。父親于曜明是一名精神科醫師，工作的地點不大，屬於小診所，給人一種溫馨的感覺。他擁有大愛的精神，總是濟貧扶弱。母親鄭欣蕤，是名幼稚園老師。她情緒偶時不穩定，是因為過去遭受過劇烈的刺激，導致會看見幻覺。欣蕤接受曜明的治療且願意配合下，症狀才有好一些的跡象。曜明與欣蕤結婚十年後才有了于晨希，在欣蕤懷胎時用超音波看嬰兒時沒有發現異狀，於是選擇自然產生下這名小男孩。產下後才發現晨希的五官與眾不同，欣蕤非常內疚，曜明則是接受事實並決定要用盡所有能力給自己的孩子幸福。

在一天晨希回家後，父親沒有像以往叫他先擤鼻涕再去洗澡，而是表情凝重的望著前方發呆。

曜明的診所最近常有病人反應自己睡不好，他除了心理輔導及藥物治療之外，開始蒐集資料如何讓病患能減少痛苦。透過身邊醫學界的朋友，歷時六年的時間終於研發出一種記憶枕，枕心有個球狀物，能讓失眠的病患感覺舒適些。枕頭的構造由聚氨酯而成，讓頭部呈現最舒服的姿態。不過世界上僅此一顆，曜明清楚需要臨床實驗，因此讓幾名常來光顧診所的病患帶回去試用一個星期。在回饋的意見中都是優良，於是曜明準備好研究資料要向醫學界公布這個喜訊，記憶枕卻被劫走了。噩耗傳到了曜明耳中，就像一串鞭炮在心裡產生連鎖效應。診所被匪徒安置塑膠炸彈，所幸診所的人都沒有受傷，巧妙的是爆炸現場只少了曜明一人。所有的研究資料隨著焰火灰飛煙滅。曜明清楚肩上扛著許多病患的希望，愧對不已的自責感如浪濤般侵蝕著硬撐的意志力。在診所前佇立良久，才勉強走進裡面找尋資料的殘骸，能救多少就保護多少。

心中的那一絲希望破滅了，如燭台上搖晃不定的光芒，冷風過境後幻滅。診所毀壞的程度難以想像，資料與檔案只剩灰燼。曜明努力構築的世界被狠狠的賞了一記耳光，頓時下雨了。

曜明的頭髮有點濕，在燈光下沒有反射出原有的光澤，呆坐在客廳裡發呆，神情呆滯。母親欣蕤則還在幼稚園工作加班。晨希默默的拿了一張衛生紙給父親，接著就自己擤鼻涕去浴室盥洗。曜明手上的衛生紙是濕的，不是頭髮的水珠滴在衛生紙上，而是眼淚。

記憶枕被偷走了。所有協助曜明成功發明出這項產品的同仁們都很擔心，也很積極的幫忙尋找，大街小巷、左鄰右舍的詢問，結果依然杳無音訊。

曜明垂喪的原因不是因為這項發明能讓自己在醫學界占有一席之地，而是他愧對自己對病人們的承諾，他食言了。身為一名醫生卻沒有辦法替病人解除病痛，這是他最難接受的事實。晨希則什麼都不知道，只是覺得今晚很奇怪。

此時，記憶枕在一群竊賊的手上，月亮很朦朧，雲層有些濃厚。

「嘿嘿，兄弟們，我們挖到了一個寶，據說是個精神科界權威發明的記憶枕，能讓人舒服的睡覺！誰要先試試看啊！」其中一名滿臉鬍渣的匪徒說著。

「當然是先給大哥用囉！好東西要先讓大哥享受啊！懂不懂禮貌啊！」骨瘦如柴、顴骨稍高的匪徒說。

「算你們識相。」匪徒中的大哥建成一臉不屑的瞧著記憶枕。

橙紅色的月光被雨雲遮住半面臉，星群躲在黑色的斗篷後方，就像在祕密籌劃一場惡作劇。微亮的光線像藤蔓，伸出觸手延伸到了記憶枕上。匪徒的幫眾都窩在屬於自己的地方熟睡，而建成正在享受記憶枕帶給他的歡愉，睡得正甜美。這時風雲變色，記憶枕起了變化。球狀物的液體透過枕頭的表層滲出，顏色是黑偏紫，表層油亮反光，慢慢的在建成頭部四周形成一個巨型的圓球體。熟睡中的建成突然驚醒，來不及呼救就被球型液體吞噬。在球體張牙舞爪吞食完畢後，迅速的回到記憶枕中。建成的頭還在，只是眼神已經失去方向。

到了翌日。

幹部建安提早起床從外面買了早餐回來，門被輕輕的推開。

「建成大哥該起床了。」剛睡醒的建安試圖搖醒建成，可是見狀不對勁，馬上呼喊其他兄弟過來看看。

「大哥！你怎麼了！怎麼會變成這樣！」身為幹部的宇逢泣不成聲。

「馬上把這顆枕頭丟掉……銷毀更好……我不想再看到它……」宇逢哽咽的說著。

記憶枕被丟到一個廢棄的汽車回收場，建安拿著打火機點起一根菸，一臉沉重的把金紙與記憶枕打算一起燒毀，建安轉身後迅速的離開了現場。

隔日的早晨，曜明推開門去信箱收報紙與信件。頓時，曜明的神情整個崩潰了，在廢棄停車場的大火中發現一名幼童抱著一顆枕頭葬身火海。弔詭的是枕頭的表層被燒毀，於枕頭內的物體卻仍完好無缺。曜明進屋後收拾該帶的用具，在桌上留下一百元就出門了。今天是欣蕤在幼稚園要舉辦同樂會的日子，跟晨希吃完早餐後囑咐說會晚點回家，要晨希回家後要乖乖的做功課，不要亂跑。晨希微笑的跟母親拉勾說好，今天會乖乖的。

曜明全副武裝奔向火災現場，發現有許多記者及人群圍著，其中包括診所的護士及其他醫師。經過一番努力後，終於擠到了現場中央。屍體被焚化得看不出五官，畫面不堪。枕頭的顏色呈現焦黃。大家各個面容詫異，紛紛討論著為什麼枕頭沒有被焚毀。曜明不發一語就衝破人群把枕頭帶走，消失在大家的圍成的圈圈中。回到空無一人的家中，曜明著手寫了哀悼信致給去世男童的家屬，雖然不是他的錯，但他覺得應該要寫信表示悼念之。他到了浴室用水將枕頭清洗後，焦黃的部分褪色了，變成米白色的模樣，驚喜的是枕頭原先設計的內容物依舊。接著曜明的好奇心被勾引了出來，他打算趁妻子與晨希尚未回家的這段時間試驗枕頭的功能，他關上了窗戶，拉上窗簾，關上門，好讓他容易進入睡眠。

房間內的氣氛很詭異。曜明的後腦勺陷入枕頭裡，自動形成讓曜明覺得舒適的模式。「啵！」枕心的顆粒狀物體破裂了，接著曜明就呼呼大睡了起來。由於枕頭被竊的事情讓他失眠了一整夜，妻子欣蕤的睡眠品質也跟著受影響。緊接著，球狀物的液體透過枕頭的表層猛烈滲出，顏色是深層的黑，表層無光。迅速在曜明的頭部四周形成一個巨型的圓球體，熟睡中的曜明依舊，一眨眼的時間曜明的頭部就被球型液體鯨吞。在球體張牙舞爪吞食完畢後，緩慢的回到記憶枕中。曜明的頭部仍然如入睡時一樣。

就在曜明睡醒後，一個平凡的夜晚，一切是這麼的自然，貌似全是安排好的行程，怎麼也不會料想到會有意外，只是曜明的眼神已經渙散。曜明接到欣蕤的電話，另一頭的妻子焦躁的要求曜明要馬上去載她。而七歲的晨希從學校帶著滿分的考卷回家，渴望爸媽能讚賞他，看能不能換到一個玩具，內心充滿期待的等待門被打開的瞬間。可惜的是正當父親開著車去接母親下班時，母親上了車綁好安全帶後，車身被一個喝醉酒的貨車駕駛撞爛。父親最愛的轎車面目全非，車上這對鴛鴦牽著手離開了人世間，卻忘了帶走晨希。而那個該受法律制裁的酒醉駕駛，也提早去地獄接受審判。留在家的晨希依舊守著門被打開的那一刻，想用最完美的表情迎接父母親，讓他們能以自己的兒子為榮。沒有人能預測打開門的是誰，晨希認為是曜明與欣蕤，而且是堅決的相信，結果打開門的是警察。

警察面有難色的告訴這滿懷期待的男童令人哀傷的消息後，晨希的世界隨著鼻息急促成了廢墟，這張滿分的考卷的價值僅存一張廢紙。可悲的是晨希連可以恨的對象都不存在了。晨希的悲慟極度扭曲了面容，且抱著頭說這不是真的，緊緊抓著眼前警察的衣襬說：「帶我去見爸爸、媽媽！」

哭喊聲盤旋在屋內，窗戶因為風的緣故嘎嘎作響，讓哭聲顯得特別淒厲。警察無奈的將男童帶上警車，前往命案現場。曜明與欣蕤全身粉碎性骨折，顱內出血，要搶救人命也已經是回天乏術，連趕到現場的鑑識官也搖頭說可憐，而曜明的眼睛卻是睜開的，沒有靈魂。司機則是飛出擋風玻璃外，滿身的酒味混雜著血味，叫人作嘔。對於一個七歲的孩童要接受這樣的刺激，太過殘忍。晨希兩眼直瞪著屍體，身邊的警察拉不動他，僵直的身體彷彿被凍結，佇立在參雜血色的柏油路上。晨希在人群散開後，獨自在血泊中冷笑，讓身旁要帶走他的警察不寒而慄。

「我們回家吧？」警察的語氣怯懦。

「嗯。」晨希冷淡的用鼻腔共鳴回應。

故事的發展不該是這個樣子。正確來說晨希該等待的是喜悅的門，而不是充滿噩耗的消息湧入腦中。晨希抗拒這樣的結局，於是他被警察送回家後，抱著曜明替失眠病患設計的枕頭上，緊抱痛哭到睡著。晨希進入睡眠的時間是凌晨，枕頭沒有異狀。枕頭很正常的發出「啵！」的聲音，讓使用者順利的進入睡眠狀態。晨希就昏睡了好幾天。一直作夢，一直作夢，不斷的作夢。

曜明的轎車帶著妻子欣蕤到家了。車子發出嗶嗶聲。起先開門的是欣蕤，隨後跟進的是父親曜明。晨希興奮的眼神發亮，像個磁鐵似的往欣蕤的懷裡貼近，並且驕傲的告訴母親說，今天考試拿到了一百分。欣蕤欣喜若狂的跟曜明說自己的兒子今天表現很棒，並且慫恿曜明是不是該獎勵孩子有這麼棒的表現。曜明空洞的眼神中，亮出了一絲光芒，並且允諾晨希要帶他去玩具反斗城買他最想要的樂高積木。晨希的同學家境都很富裕，每個孩子手上都有積木可以創造出自己喜歡的樣子，例如動物、城堡、車子等等。晨希最想拼出的樣子是一棟房子，有窗戶、有門、有屋頂。在一家人共同分享榮耀的當下，那是最幸福的時刻。沒有因為病人製造的自責感、幼稚園學童製造的問題以及遭受同儕排擠的自卑感。接著如往常一家人在客廳裡聊天、說笑，度過這一天，劃下溫馨的休止符。

這才是故事該有的結局，在晨希的世界裡，而記憶枕賜予他的是在這樣的故事中徘徊。在無止境的重複、重複再重複裡，晨希每天都好快樂，他選擇了夢裡的世界才是真正的世界，不願醒來面對這殘酷的現實。

「晨希，你快樂嗎？快樂的話就保持現況吧！」尖銳如巫婆般的聲音乍現。

「我很快樂啊！」晨希開心的笑著回答。

隨後是都卜勒效應的刺耳笑聲，由遠而近，再漸漸遠。

晨希沉睡了接近十五年。在數到十五年的最後一天，晨希醒來了。他雙眼無神的望著陌生的天花板。陌生的窗戶半開著，外面有鳥叫聲嘰嘰喳喳，窗簾被風吹得一波一波起舞。晨希起身坐在床沿來回撫摸著頸椎，隨後抬頭左右伸展了一下。米白色的枕頭中央處凹陷，貌似已經定型，是屬於晨希腦勺的模樣。晨希稍微精神了之後，環顧四周發現這不是原本的家。房間裡顏色是淨白色的，有如停屍間般寧靜，沒有其他顏色。桌子上擺了遺產繼承書以及年曆。

這時他才在房間內來回走動了數次，找不到任何熟悉的事物。他感到非常無助與焦躁，仔細翻看遺產繼承書及年曆後才驚覺已經過了接近十六個年頭，他到底是發生了什麼事情，居然睡了一覺世界已經變得完全不同。他的模樣卻絲毫沒有任何轉變，彷彿時間的轉軸與他脫節，只有他停留在過去的時空。不過，這也是他選擇的，只是他無法適應瞬間接受的所有訊息。

桌子上還有一張不起眼的紙條，上面寫了幾行字以及一串電話號碼。

「看來這顆枕頭該換了。」晨希興致缺缺的說著。隨後帶上門就出去了，沒有將門上鎖，反正房間裡沒有任何東西值得偷。

這間房間是曜明與欣蕤生前投資的套房，是將來要留給晨希長大後的獨立空間，由於剛買下來所以只有裝潢室內的顏色，曜明選擇白色是因為他希望晨希像白色一樣純潔、善良，而母親的角度是白色就像百合一樣。室內的擺設非常簡單，都是曜明夫妻粗略設計的，原本可以更加的溫馨，只是飛來橫禍。

晨希出門去街上接觸陌生的一切，科技日新月異。他突然有種很深的感觸，就是被世界排擠，他覺得他不屬於這裡。在街上遊蕩了半晌便回到最熟悉的陌生環境中，繼續回到記憶枕中尋找快樂的容身處。

在這一次的睡眠中，晨希的夢中出現了父親曜明。曜明在晨希面前不是個慈父的形象，而是彷彿一隻頹喪的公雞，戰敗了所以懊悔，垂頹的雞冠。晨希睜大眼睛凝視著眼前的一切，並且旁觀著父親那一覺發生的事情。他問著自己說：「這是我的爸爸嗎？」父親曜明沒有回答，而是不斷的自言自語。最終晨希忍不住了，要奔向父親的懷裡跟以往一樣抱住他給予他溫暖。可是，晨希卻撲倒在地上，而且破皮流著血。曜明對著晨希說，現實的殘酷就像能讓你破皮卻不會致命的磨擦物。晨希自顧自的盤腿坐在地上嚎啕大哭，此刻他是希望曜明過來把他抱起來的，可是曜明沒有這麼做。曜明就這樣漸漸的消失，褪去。

晨希醒了。正當記憶枕起變化時，球狀物的液體透過枕頭的表層滲出，顏色是深不見底的黑，表層如深淵，在晨希的頭部四周形成一個巨型的圓球體，驚醒的晨希跳起，被球型液體形成的模樣所愣住，球體張牙舞爪的在原處竄動，馬上將晨希完全吞噬。窗戶半開著，接著被風吹到完全打開。在記憶枕完食後，晨希坐在床沿乾瞪眼了幾秒，隨後冷笑。此時，晨希似乎變成了另外一種人格，駭人的人格。

「當你發現這張紙條時，代表你已經從記憶枕中清醒過來了。我得跟你說這是個危險的物品，請立刻將它銷毀，不然它會毀了你，需要幫忙的話請打旁邊這個號碼，我會盡我所能的協助你。警察叔叔筆。」紙條的顏色已經泛黃，墨水是深藍色的，不過因為時間太久的緣故，已經褪色。晨希沒有打這支電話去求助，他選擇他覺得安全、快樂的方式生活，儘管這一切會讓他從此幻滅。

晨希著裝完正要出門，身穿五顏六色的小丑服，臉上掛著面具，讓外界完全看不見他的表情，難以臆測他的表情，是面無表情抑或是嘴角微微上揚掛著凜人的笑容。晨希打開門，可以看見偌大的房間裡僅有簡單的擺設及一張床，在房間裡顏色是單一的淨白色，有如停屍間般寧靜。沒有其他顏色，就連門都是白色的，窗戶是關閉的，枕頭的體積貌似比起以前大了一號。門把被溫柔地帶上，腳步輕快地離開了住處。

然而故事到這裡，于晨希永遠記住了夢中發生的一切以及會把門帶上反鎖，而且不打算換枕頭了。

（佛光大學「佛光文學創作獎」首獎作品）

林宏憲

就讀於佛光大學中國文學與應用學系。曾獲中山大學西子灣一行詩文學獎佳作、佛光第一屆文學創作獎短篇小說組第一名、佛光第二屆文學獎圖文創作組佳作。曾任中文系系學會會長。

啞女

梁詠詠

那個躺在那裡的人就是我，一秒前我還待在那個身體裡，而現在軀殼裡曾發生過的一切都恍如隔世。她的臉漸白，頭因為失去支撐而掛在肩上，眼睛漸漸地閉上卻又因為肌肉收縮而無法完全闔起，眼白染上從頭流下的鮮血，全身關節處都因為碰撞而發黑紫，左後腦勺也無倖免，右手因為脫臼而以一個不自然的姿勢摺疊在胸前，腳上的黑襪脫落一隻在身旁。

這個不協調又醜陋的姿勢伴隨著女人的尖叫和狗的吠叫，狗，可笑的畜生，一天到晚想追著路上野貓卻永遠束縛於門前的土狗，血噴灑到牠眼前兩尺處，嚇得躲回狗窩裡只敢對外咆哮，我真想用力地抱著牠，抱著被我的軀殼嚇到的牠，擁有一個庸俗的出生，平凡的命運，永遠焦躁且憤怒的一生，就連在我墜樓的一刻都不得解脫。

這是我第一次替牠感到可憐，就如同整街尖叫的人群替我的姿勢感到可悲一樣。平時牠就是一隻可惡且吵雜的看門狗，但現在我們沒有不同，都成為眾人憐憫的對象，成為茶餘飯後閒聊的話題，唯一的不同在於我將要死了，而牠還要繼續臣服於命運。

我已經感受不到疼痛，再過不久意識就要消失，原來這就是死亡。

如果可以，我真想抱著牠。

「天啊，是啞女嗎？」

「是啞女？真可憐，有沒有人幫她善後啊？」

「阿彌陀佛，希望她下輩子投胎不要再當啞巴，真可惜她這麼美麗卻沒有再嫁，可憐啊可憐。」

這些人的聲音將陪著我一同死去。

我就要死了。

我的靈魂看著躺在地上的屍體，那麼熟悉又同時感到陌生，遠遠地，傳來的是我結婚時的背景音樂，是前夫最喜歡的 Brahms 第一號鋼琴協奏曲。我知道我的時間剩下不多，這首曲子從結婚隔天就不曾聽過，是一首不可能拿來當作結婚典禮的樂曲，但是在結婚進行曲響起前，整場婚宴的背景都充滿孤獨且悲傷的 Brahms。現場瀰漫著一種訕笑，彷彿在嘲笑他怎麼會娶我這種殘缺且庸俗的二十歲漂亮女人，也嘲笑我怎麼會愛上一個想在婚宴上放這樂曲的憂鬱男人。

「妳工作太辛苦了，我可以給妳生活上的安穩，而我想要的是一個稱謂，讓我可以偽裝成好男人的婚姻，給父母一個交代讓他們不再逼婚。」在樂器行認識沒有多久，他就和我談了這場交易。

「這是一段各取所需的關係，我不會愛妳，妳也不用對我真心，只要在外人和家長面前假裝我們幸福就好。」他說。「妳不是我第一個問的女人，但是我有種預感妳會答應我，我們會是很好的室友。」

他現在好嗎？七、八年沒見了，我身上還穿著他留下的襪子，一雙沒有彈性、褪色的黑襪，一雙和我一樣，丟了可惜留著卻也不想再穿的襪子。是我違背了當初的結婚條件，只是我從沒告訴過他。

「你願意照顧她一輩子，無論生、老、病、死都不棄不離嗎？」

「我願意。」

騙子。

在這一刻我好想要再見到他，在死前最後一刻第一個出現在腦海裡的，是從沒有愛過我的男人，即使花了這麼多年來說服自己遺忘，在死亡的壓迫籠罩時，心還是臣服於思念。

好想念他坐在窗前看著樂譜那種不可一世的自傲，想念一邊抽著菸一邊寫信給愛人的側臉。他的字非常好看，結婚證書上的簽名我親吻且撫摸過千千萬萬次，筆尖和紙摩擦產生的聲響拆解我的理性，那張證書還放在床頭櫃，在死之後會和所有遺物一起被丟掉吧？

「宵夜在冰箱，我今天交管理費了。」

「下午兩點會有人來。」

「下週六是同學的婚禮，可以一起參加嗎？」

一張張紙條是我們溝通的工具，一本新買的黃色便利貼可以用一個月，寫好了貼在彼此房門口，隔著一道三公分厚的木門，是一段永遠都無法跨越的距離，我常把手放在門後，感受他把便條紙貼上時的顫動。早上九點他會出門，八點五十分我就會站在門口等待，聽著他梳洗的聲響，拖鞋和木地板摩擦的規律。他記得我不說話，但卻時常忘記我聽得見，當一個人失去某一種與外界溝通的能力時，其他能力會加倍敏銳。

我知道他和我結婚只因我是一個可以容忍他的平凡女人，他認為我沒有思想也不會反抗，在我身邊他可以盡情的迷戀、深愛著大學時期鋼琴教授的妻子。我之於他，之於這段婚姻就是一場音樂會的中場休息，他的人生在遇到我前繽紛亮麗，離開我後充實富足，少了我就像少穿了襪子，不舒服但不影響行走。

「你老婆真是又美又賢慧，娶到她一定很幸福。」

「是啊，我上輩子一定做很多好事。」

每一聲清脆的門鈴都在拉扯我的神經，她清亮且溫柔的聲音像毒藥侵蝕我每一條血管，每個星期四下午她總會來家裡彈琴，那是唯一可以躲避她先生的時間，而家裡也是唯一可以安心做愛的地方。

前夫是個感性且體貼的人，作為室友的確無可挑剔，除了一起出席公共場合之外，偶爾也會問我願不願意一起吃晚餐，星期六晚上，他總是帶我去鬧區最高級的餐廳，那短短的幾個小時是一週最期待的時刻，儘管感受得到他的邀約是出於友情，關懷是出於教養，高級餐廳是出自歉疚。

我有好多話想跟他說，每到週六一早就開始寫信，寫一封好深情的告白，但直到離婚還是沒勇氣拿給他。保留著任何和他有關的物件，記著每一段有他的回憶，將這段婚姻的每一片刻都小心翼翼地呵護著，深怕一疏忽就會遺忘或是失去，即使不曾擁有，卻也不想承認不擁有。

Brahms 深愛著他的老師 Schumann 的太太 Clara，一輩子為了 Clara 沒有再愛上別的女人。我們的婚姻在教授因為車禍死去後也死去，他飛奔到 Clara 身邊，甘心成為她愛情上的奴隸並快速的再婚，他的眉頭笑開了，但我卻陷得更深。我知道我不可能擁有熱愛著 Clara 的 Brahms，也沒有機會再告訴他，這十年的婚姻雖然不曾幸福，但是我可以理解孤獨與痛苦對他的意義，理解他鄙視幸福的人生是因為他覺得快樂是一種懦弱且沒有用的情緒，即使卑微但是感謝他曾經的陪伴。我們非常相似，都用全部生命去愛過、恨過，只是最終他獲得而我失去。

如果他知道我愛上他了，會感到抱歉嗎？如果看了我寫給他的每一封自白，會願意好好看我一眼嗎？人生下來就注定孤獨，自離開媽媽的孕育，張著一口哭嚎，便孑然一身，而我曾經這麼榮幸的擁有與他十年的婚姻，品味他的愛戀，享受拉扯且狂熱的忌妒，然後變成一隻失去彈性且褪色的襪子，墜下。

接著，我感到一股暖流，看到阿姨替我蓋上冬天厚重的棉被，一邊唱著搖籃曲一邊規律的輕拍我的肩膀。

「妹妹呼呼睡，妹妹呼呼睡。」

「阿姨，我睡不著。」

「睡不著就把眼睛閉上，閉著閉著就睡著了。」

臨死的意識還能撐多久？眼前的影像越來越模糊，是因為記憶更久遠還是離人間又更遠了一些？

十八歲離家以前我曾經如此深刻的被愛著，曾經可以輕易地說出自己的感受，單純且潔淨，樂觀又聰明，從不害怕黑夜的到來也不曾畏懼挑戰。我深愛著阿姨，也愛著這樣的自己，她養育我長大，給我無窮盡的愛和關懷，儘管不曾見過生我的父母，我對阿姨的感謝早已遠遠超過生我之恩。

「全世界我最愛的人就是姨了！」

「全世界我也最愛妳喔！」

家裡除了我們兩個人之外，還有一隻叫作快樂的長毛白貓，每天傍晚時分，快樂會爬上阿姨的腿，讓阿姨幫牠梳毛，姨總是一邊輕柔的撫摸著快樂，一邊跟我說：「妹妹，人生下來很苦，這世界上有很多苦難，妳愛的男人不愛妳，事業也總是失敗，無論發生什麼事情，即使全世界的人都開始互相憎恨，我依舊會愛妳，永遠都不要離開姨，姨會保護妳。」

快樂是隻陰晴不定的貓，總是剛到我們身邊卻又很快地跳走。

當時認為，我是全世界最幸福的小孩，姨是全世界最善良最好的媽媽，如果上天想意外地取走她的性命，那就讓我取代吧！讓我代替美麗又善良的姨死去，死亡和完美的姨是不可以並存的產物，她會永遠幸福地活下去，而我是愛的追隨者，她用母愛灌溉我的生命，我也以同樣炙熱的深情回報。

姨給我很舒適的空間讓我自由發展，讓我學任何想要學的才藝，給我優渥的外在條件，從不缺席任何一場音樂發表會也不吝嗇給予鼓勵，如果世界上有養育小孩的標準步驟，那麼我就是照著那個過程一步步被養大。姨看著我的眼神總是讓我感到自信，我真實地活在她的眼眶中，成為一個優秀的女孩來榮耀她，向世人證明雖然沒有血緣關係，但是她是一個成功的媽媽，教導出一個成功的孩子。

小時候有人告訴過我，姨之所以要領養我是因為她曾經被男人狠狠地拋棄，我是報復的工具，她想要把我教養成一個讓男人為之瘋狂的女人，再狠狠的傷害那些男性，藉此得到慰藉，最終這樣的愛與恨也會傷害我與姨自己。如果時光倒退讓我再選一次，依舊會選擇相信姨而非這樣的傳言。

從沒有懷疑過這樣無私且偉大的愛會有崩盤的一天。

姨告訴我男人是禽獸，是不會成長只用性慾思考的低等生物，萬萬不可在成年之前接受任何人的求歡，無論在心靈或是性上我都不會得到滿足，他們既粗暴又俗氣，沒有任何男人會喜歡上我的心靈，未成年的男孩只想要征服一個漂亮女孩，向世人展現他可笑的能力。我是眾人追求的目標，不是因為他們看到溫柔與善良，而是看到水汪汪的無辜眼神和女性的生理特質。姨會生氣地撕毀所有情書，拒絕所有登門拜訪的雄性動物，以一種極度厭惡的語調掛斷所有低頻的電話，說：

「妹妹妳不要害怕，我會保護妳。」

十八年的快樂回憶，以愛與關懷包裝的掌控，親情與友誼的多重依賴。

「今天是妳生日，早點回家慶生吧！」

「同學晚上約我一起吃飯，下課可以先跟他們去嗎？」我問。

「班上同學嗎？都是女生吧？」

「對啊，吃完就回家。」

曾經想過，會不會是因為撒了謊而接受上帝的懲罰，如果不曾背叛兩人之間的信任，是否不會失去姨和快樂？如果沒有答應隔壁校男同學的邀約，如果當天早點回家。

此刻，我沒有見到姨用手指強行進入我的畫面，也沒有見到姨從陽台躍下的瞬間，反而見到了一個個白色的斑點，如同當天散落滿地的安非他命，姨快樂的飛翔，帶走了我的家庭、童真，唯一留給我的是滿地的白色斑點和留在衣服上的一抹紅漬。

好想再被擁在懷裡，好想再次依偎在姨身旁一起看電視，一起做任何再平凡不過的家庭活動，但我連原諒或懺悔的機會都沒有，至死的這一刻也沒有得到饒恕。

白色斑點孕育我的童年，拋棄姨的男人是將白色斑點帶入姨生命的人，姨每每思念他時都會藉此得到紓解，美麗的姨與用不完的錢都不是理所當然，人生被強制畫上休止符，一夜之間我必須選擇長大或是墮落，因為藥物失去理性的姨傷害了我，這是無法抹滅的事實。死了之後就可以再見到姨跟快樂了嗎？可以再跟姨蓋著同一條被子午睡了嗎？可不可以到一個沒有白色斑點的地方呢？

「警察說是因為兩天前的颱風造成玻璃有裂痕。」

「沒有人告訴啞女那片玻璃牆很危險嗎？管理員在做什麼！」

「不是我，這兩天我都沒看到她出門啊，哪有辦法告訴她？」

「可憐啊，真可憐，如果有人告訴她就好，怎麼沒注意到呢。」

「老闆，兩碗炸醬麵和貢丸湯，再切一盤豆干和兩顆滷蛋。」

對街麵攤的煙還飄散著，水正滾著等待客人上門。

「妳不用開口，雖然大家都叫妳啞女，但我知道妳不是啞巴。」那是我們第一次講話，或許說是他第一次對我說話。「有天我不小心聽到妳唱歌，就在轉角的公園椅上。」

自十八歲那年就不再說話，我的聲音和死去的姨一起死去，壓抑且充滿謊言的婚姻更把我推入更深的陰鬱，J的出現就像在毫無生氣，死寂且荒蕪的沙漠降下一場甘霖。

J和前夫或姨非常不一樣，他付出的愛沒有目的，不曾想要在我身上得到任何實質上的利益或控制感，也不曾因為我的過去或殘缺而畏懼，我們的溝通幾乎沒有障礙，他負責說話我負責聽，如果非得表達什麼意見，我會點頭抑或揮手，有時候只要一個眼神也可以傳達我的答覆。

「每個人都需要被溫柔的對待。」這是他最常跟我說的一句話，J認為無論一個人的外表有多麼粗獷，社會地位高或低，堅強或軟弱，沒有人不需要被溫柔的對待，他是我見過最溫暖的一個人，從來不以外表評斷他人，對我更是如此。

離婚後我在 piano bar 彈琴，打工的薪水加上贍養費讓我過著不至於餓死但也無法揮霍的日子。J是老闆的兒子，在城市最好的大學念書，念的全是我早已忘記的科學理論，他總在開店前帶我去麵攤吃麵，即使我才是該請客的年紀但卻從沒出過半毛錢。

「一碗麵換妳半小時。」他總這麼說，用他能力範圍內最大的溫柔照顧我。

平時我們相處的時間不長，只有工作前後的一點零碎時間，我總覺得他應該多花點時間在與他同年齡的女孩身上，也或許因為我不會評斷他的生活，相處時總有說不完的話，今天想要聽什麼曲子，學校發生什麼事情或是又有女生寫情書給他，這一切都是我在腦海中幻想且渴望過千萬次的大學生活，在認識他的這兩年我彷彿真實的和他一起重來一次二十歲的人生。

「明天要考高等微積分，但是我都沒有念，死定了。」

「Christina 又打來了，她一直問我明天有沒有空，又不告訴我要做什麼，就是想要我約她去吃飯。」停頓了一會，喝一口湯。「但是我覺得跟妳吃飯有趣多了。」

「完蛋了啦！物化老師說如果下次考試沒有七十分就要把我當掉。」

J流著青春的血液，成長歷程一路順遂，家境也十分優渥，外在更是出類拔萃。他就像一個完全相反的我，因為樂觀的天性使他無條件也無畏懼的親近，不曾要求過任何回報，他帶著一場大雨進入我的生活，讓完全乾涸的心田再度得到滋潤。他不會突然消失，不想控制我的生活，更不曾干涉過去，曾問過他，為什麼會想要接近我？

「因為跟妳在一起很開心，愛妳不需要任何理由。」

開心？

本想要他不要再花這麼多時間在我身上，這些字句一下都被這兩個字駁回且顯得可笑。為什麼要跟前夫在一起？為什麼要跟姨在一起？在一起開心嗎？從他嘴裡說出這兩個字再自然不過，但之於我，卻像遙不可及的夢想，我曾經開心，但長大後開心卻像是一種奢侈品，花錢也買不到的珍寶。

當時我不覺得那足以構成他接近我的理由，年輕有活力，願意投懷送抱的女孩就不能讓他開心嗎？我不年輕也不再美貌，臉上盡是歲月的作品，眼裡流露的也是時光摧殘後的黯淡，不願意說話也不願意和外人接觸，唯一擁有的是一段虛有其表的婚姻和不願再提起的童年。

「我不想失去妳。」在提出希望他不要再來找我的時候，他這麼回答。「我不在乎妳的過去，只希望我們能存在於彼此的未來。」

他帶我去過許多地方，夕陽打在傍晚的湖面上，顯得些許刺眼，整個天空灑上一層淡淡的橘子色，接著在極短的時間內轉紅偏紫，再過幾分鐘就要天黑了，在湖邊捕捉到一天中最美的時刻，風從山上吹來，帶著五月雪的香氣，滿山的白花霎時染上溫暖的外衣，我們坐在湖邊的一塊大石上，山間的氤氳冉冉升起，蟬聲漸遠，那是我未曾見過的景色，他牽著我的手，一句話也不說。

那一刻我好想出聲，卻又不敢破壞當時的寧靜，深怕一點點聲響都會冒犯神明，上天創造如此美景，再予以平靜又幸福的氛圍，如果當時我有開口說話，我想那會是：「跟你在一起，我也很開心。」

當時從他眼裡映照出的橘紅色光，好美。他看著我的眼神讓我感受到他深怕會失去我。

救護車的聲音響起，他聽到聲響而從麵攤走出來，太遠了不清楚他的表情，但一定嚇壞了。如果能做任何事情來撫平這樣的傷痛，我一定會毫不猶豫地去做。在死前的最後一段日子，是何等榮幸認識這樣一個天使般的人，告訴我什麼是快樂，什麼是平凡的幸福，唯一的遺憾就是我沒有親口對他說過話，還有兩天前的爭吵，吵一件微乎其微的瑣事，但他兩天不同我吃飯。

「外面颱風天，我送妳回去吧！」

搖搖頭，拿著傘直往外走，我氣他在店裡和女同學相處得太近，笑聲和著酒氣，在昏暗的燈光下更顯得厭惡。他在後頭大吼，我還在氣頭上不讓他送，悶著頭衝往雨中。

J生氣了，淋著雨跑出來狠狠地揪著我，當時我也不知道為什麼一股火就這麼嚥不下去，用力一甩就跑了，沒想到這麼一跑就是永別，他永遠也不會知道為什麼當時我要跑走，這些小小的爭吵不曾困擾過我，而是在乎彼此的證明，但他一定不這麼想，如果相處的最後一刻是更美好的記憶就好了。

「妳不准走！說話啊！」聲音迴盪在雨中。

他的眼淚落在我沾了鮮血的臉上，用力的抱著漸漸失溫的身體。

「好溫暖。」心想，如果我曾帶給他一樣的感受那就太好了。即使最後的相處是爭執，我也不覺得可惜。

我今年三十八歲，因為靠在一片有裂痕的玻璃上而意外死亡，當時的我正在想著要怎麼和J和好，懷抱著要和他見面的期待心情死去也算是浪漫，這一輩子的悲痛與快樂都將結束，那隻狗被主人帶回家裡，縮在主人後頭不時看我兩眼，醫護人員準備帶我上救護車，儘管無用還是盡力搶救，街上又回到平靜，麵攤的煙持續瀰漫，圍觀的人們都回到各自的心事。

如果沒有答應男同學的邀約，如果沒有白色斑點，如果我嘗試打開那扇隔著彼此的門，如果每週都把書信拿給前夫，如果開口坦承我吃醋了，如果我年輕二十歲，這一切都將不同。但是生命之所以精彩就是因為選擇只有一次，愛就用生命去愛，活著就用力的活，「如果」是一種對過去的懊悔和不滿足於現況的掙扎，若能把握當下時時刻刻，怎麼又會在乎如果。

我有好好把握當下嗎？答案其實是肯定的。我用生命所有的力氣去愛姨，盡最大的努力成為一個好孩子，珍惜且在乎她的所有感受；二十歲那年，竭盡所能的遵守前夫的諾言，隱藏我的情感讓他放心的去愛，在外人面前扮演一個好妻子，在家扮演一個好室友；對J，儘管我沒有親口告訴他我的心意，但我打開心房讓他住進，和他一起度過無數個幸福且開心的日子。

「每個人都需要被溫柔的對待。」若有來世，我會用最大的溫柔對待生命中每一個過客，直到死亡再度將我們分離。

（長庚大學「長庚文學獎」首獎作品）

梁詠詠

一九九一年出生於台北，長庚大學生物醫學系畢，現就讀清華大學化工研究所。血液中流著音樂文學，腦子裡充滿邏輯科學，喜歡所有溫柔的事物，粗魯的外表有著截然不同的心。

壞去的透明與苔蘚

林燦

蹲坐在一缸滾燙的洗澡水中，直盯著在牆角邊悄悄叢生的青苔，我突然被一陣發疼的暈眩纏繞。我趕緊將熱水往身上一倒，浴巾一裹便出了浴室。看著浴室冒出的柔軟蒸氣不斷在天花板上氤氳成一片又一片淡薄的青苔，我這才想起，回家到現在，我都還沒有打開除濕機。

這個屋子裡只有我一個人，屋子也老老舊舊的，四處都是灰塵和苔蘚。幾個月前，因為要上大學的關係而搬進來時，我特地將幾個自己會用到的區域好好整理了一番，其他區域就這樣直接置放，讓一層又一層的苔蘚和灰塵交互疊錯成更多的潮濕。

幾年前，我和父母也曾在這裡住過。那時候母親還是個漂亮過人的美女，自從我出生便辭去工作回家照顧我的她，就如同這城市的苔蘚給人的感覺一般，柔順且滑嫩。

而明明是她兒子的我，卻只是個長相平凡，腦子也不甚好的普通人罷了。說是要離開他們現在所住的地方來就讀大學，倒不如說也只是毫無用處，而被志願排序所隨意抽中的亂數罷了。又或者說，是不敢每天面對母親？過去就像青苔般柔順的她，現在卻在幾年前因為苔蘚在她身上蔓延，真的成為了苔蘚。全身上下、指尖指縫都生著一層厚厚的苔，是一個活脫脫的人形蘚，就連那白皙的身軀也無法被窺見。

現在想起來，搬離這個地方也就是因為母親的緣故。我想，是想要遠離這個充滿了青苔的城市，然後期待情況好轉吧。但是，我無法相信這樣的想法，那並不是什麼病，只不過像是一種奇特的標誌。在這城市中，不少人身上都有著那樣的苔，於是大家都用雨衣、雨鞋的東西將自己罩起來。就連身上沒有苔蘚的人，也怕被人一眼認出，而一齊穿上了雨衣和雨鞋。

不過，從我小的時候開始，這就是個幾乎一年到頭都被雨水澆灌的城市，所以其實穿戴雨具也不是什麼奇怪的事情。

隔天早上，我關掉了一整個晚上都嗡嗡運轉的除濕機，隨意地將雨衣套上，直直地走向大學。明明是歌詠青春的大學，在這城市中，每個人卻依舊套著雨衣，將全身上下用各種五顏六色給包緊，宛若雨天時水溝閘口所積攢的機油水坑。隨著裡面身軀的動作，身體和雨衣都一個一個地親熱摩挲出塑膠質地的雨水氣味。

課堂很快就結束了，稀稀落落走出教室的雨鞋們都在地上踏出一只又一只的濕腳印，將它們隨地放養，在除濕機力所不及的角落，鮮活出一叢叢的青苔。

略微瞥了一眼，我走出學校，進入雨水的範圍。我將雨衣帽簷再向前拉一點，蜷縮著微冷的身軀。原本還想乘上公車四處看看，但當我看到那輕輕劃過公車玻璃的水珠，我卻不由得興起了一種如同白日夢般的異想——感覺這城市都一直被包覆在這層膜當中吧？和這些被閉鎖在裡面的濕氣與苔一起。

那為什麼明明早已離開城市的母親，卻依舊和這異癘的潮濕與苔蘚相互聯繫著？

還記得小時候，母親曾買給我一小缸圓球狀的球藻模型。這是在這個城市特有的產品，是拿來銷售給外地遊客的。將流經城市溪流裡的藻類用手小心掘起，並裝入一個一個的玻璃瓶罐，包裝後放在架上出售。在滿街盡是雨具行走、青苔於壁上蔓延的城市，這或許可以算是格外精緻的商品。

可是，眼前的這個似乎並不是什麼從商店裡買來的東西。現在想起來，大概是母親自己做的，裡面掛的球藻有些缺角，水似乎是直接從溪裡撈來的，水質並不澄澈，而且在河水映襯之下，還隱約能看到那透明的缸壁上附著一些沒清乾淨的綠蘚。

「裡面綠色的是什麼？」我發問。

「是球藻喔。」

「不是啦，我是說邊邊薄薄的那個綠色的東西，它長得好像毛喔！」

我用發夢似的眼光直盯著它，感覺這球藻展示缸就是由母親所產下的，我精緻的另一個分身。

還記得當時，母親並未回應我稚拙的言語和閃爍的眼光，只是面不改色地看著我，並悄悄地用手掩住了肚臍下方的鼠蹊部。

後來，晚上母親帶我洗澡時，在水氣蒸騰的水銀鏡面上，我隱約可以經由反射而看見，在一頭有點接近墨綠、垂落在膝頭上黑髮的深處，母親有意無意地夾緊了她裸露的一雙大腿，那模樣就彷彿是害怕被人給看到什麼似的。

因為呆滯而錯過公車的我，放棄了搭公車的想法。我重新整了整在雨衣中即將滑落的書包，在水坑上用腳刻意吵雜出微弱的啪搭啪搭，跟冷冷大雨的巨大水聲一齊緩步回我的住所。

一進門，脫下身上的雨衣雨鞋後，我便順手開啟除濕機，屋內的濕一點一點地被榨乾、啃食，我想，大概再一小時左右，它們在房屋四處所肆虐過的痕跡就會完全淡去、消失到幾乎無法辨識。

可是，那些已經生長出來的苔，卻不可能枯萎。我總覺得，它們已經在牆內扎實了根，只要空氣一乾燥，便肆無忌憚地汲取牆中的水分，貪得無厭地補充生存需求。

我決定不去管它們，只要還沒蔓延到我所使用的空間，那就一點都沒有關係。更何況，要清除這些青苔，也是需要耗費一筆不小的金錢來購買苔蘚專用清潔劑和刮子。雖然這麼說，但有些地方的青苔卻是無法被清除的，例如肉身上長出的青苔，又或者說是某些令人百思不解的場所。

偶爾可以在街上看到，清潔隊員在某個小巷中使勁地用刷子刷著，清潔劑也噴到泡沫滿溢，卻始終無法將那些區域的青苔給剷除，就連直接將混凝土給挖下，青苔也會在枯死之後，重新在同一處再生。

這始終沒有人知道到底是怎麼一回事。

在書桌前無神地點擊著電腦滑鼠，一頁一頁漫無目的地看著有關苔蘚的資料，我突然想起，以前那個球藻展示缸是不是沒有一起搬去新的住處，還放在這個家裡的某處呢？

突然興起了一股想要找回它的欲望，我闔上筆記型電腦，站起身來，將房間全都翻了一遍，接著再用視線與手腳掃過每個我所清理過的區域，卻依然一無所獲。

是在其他的地方嗎……我喃喃。

看向那些久未整理的空間，我不悅地踹了一下地板。

因為不想花錢去買專門的清除劑，上次使用時也已經把存貨用完了，我決定直接走進這些尚未被我整理過的地方。赤腳踏進被灰塵和青苔給包覆的地板，立刻在上方輕易留下一行腳印的隊伍。腳底板傳來一陣冰冷的柔軟觸感，感覺就像溫度早已被掠奪殆盡，但確實存在於這裡的奇特動物。

我突然感覺到，其實這個家已經死了，只是我一直都沒有察覺到這件事。

繼續向內踏，這些沒有清過的區域包括父母以前的房間、房間裡的浴室還有空出來作為餐廳的狹小空間。我直接跳過了空無一物的餐廳，緩緩地經由軟爛的地面繞進父母的房間。

父母的房間也沒有留下什麼，除了以前他們兩人用到的大床，也只剩下一些無用的擺飾物和略微腐朽的木製拉櫃。在這房間中，我在床底深處找到一張充滿灰塵的、母親和父親結婚前不久的照片。

照片中，有著三個人，兩男一女，以流經城市的溪為背景，父親和母親幸福地勾著手，而一旁，不認識的男人用一隻手勾著爸爸的脖子，似乎是他的好友。可是不知道為什麼，雖然並不明顯，但那男人的另一隻手，剛好輕觸著母親那被黃色雨衣給覆蓋的腰上。

還真是一張奇怪的相片。我腦中閃過這樣的想法，然後便隨手將它扔在地板上。

這樣的話，就只有小時候和母親洗澡時使用的附設浴室有可能吧？我自暴自棄地想著。

推開浴室的門，投入視野的便是一瓶瓶雜亂無章地在青苔上平躺的各式盥洗用品。我任意將這些瓶瓶罐罐給踢到一旁，也沒有多瞥一眼，只是望向灰塵滿布的鏡子，透過反射，我可以看見右後方的牆角處生了一叢異常茂密的鮮豔青苔，被圍繞在中間的，是一顆圓球狀的隆起。

是球藻展示缸，我直覺地想。

我轉過身來，試著用手剝去表面的青苔，但卻只能剝下小小的一塊，其他部分被剝去之後，都在數秒內如青春痘被擠破般，被擠壓似地竄了出來。

從那剝下的一小部分，我可以窺見裡面那已然髒汙不堪的玻璃弧面，還有內部鮮活著的、如膜一般的綠蘚。

試著用手將它拔出，但那些綠蘚就如同動物一般，將展示缸給抱緊、纏繞，我完全無法將其剝離那豔麗的綠，就算先剝除表面的青苔，它們也會以迅捷的速度再次竄出，鉤住缸緣不放。

這就是那種沒辦法被清掉的苔蘚？那這樣就算買專用清除劑也沒有用了吧。我微微嘆了口氣。

我不由得想起，小時候，母親和我一起清理屋子時，那彷彿要遮斷嗅覺似的清潔的味道。那時，屋子就如同老人一般，壁上與天花板生出一片一片薄薄的、羞怯的老人斑。

母親笑笑地，左手握清除劑的噴霧器，右手握著刮子，對一塊又一塊盤據牆上已久的青苔展開了趕盡殺絕。清除完後，她便安靜地用漂白水沖刷方才刮除過青苔的地方。青苔清除劑和漂白水的氣味在鼻腔內交融，誕生出一種全然不同的氣息，讓我不由得暈眩。

母親見我搖搖晃的樣子，停下了手邊的工作，將我扶到一旁沒有藥劑的地方稍作休息。那抓住我的手帶點綠色泡沫，泡沫的綠悄悄攀上我的手臂，感覺就像被寄生了，有種略微刺痛的扎入感。

「可以幫我拿一下中和劑嗎？手被泡沫沾到了。」我對母親說。

「……好！對、對不起，我馬上去拿。」母親慌張應答之後，便恍如夢中驚醒一般，趕緊站起身，跑去拿取中和的藥劑。

母親回來之後，立刻倒了一些中和劑在我的手臂上，但奇特的是，中和劑就如同流過滑膩膜層一般，什麼藥劑都沒有中和便滴落在地，毫無用處。

我看向母親的眼，感覺在她的瞳孔深處，我的身影還有她的手指就像這中和劑和泡沫一般，完全無法相容。

「這中和劑壞掉了啊。」母親感慨地說。

看著浴室角落那閃耀著淡芒的青苔，我呆滯了一會兒後，便抱持著「多少會有點抑制的效果」的想法，還是決定去買清除劑和刮子。翌日，待大學最後一堂課結束後，我便帶了足夠的錢，去公賣局把清除劑和刮子給買了回來。

但果然還是不出所料，不管噴了再多的清除劑，刷子和刮子一齊並用，都始終無法敵過如同爛瘡般生長快速而且韌性極強的苔蘚。

還真是沒有辦法拿出展示缸啊……我不由得一個人感慨了起來。

在嘗試無效的一個禮拜後，母親無預警地撥了一通電話給我。

「喂，最近還好嗎？大學過得怎樣？」

若不是依照語調，我真無法認出這聲音的主人是母親。

「大學那邊還可以，倒是家裡的青苔實在是很難清理，有些就連清除劑也拿它們沒轍。」

「可能是因為它長了太多苔蘚快要壞了吧？真是對不起。」

我本來想跟母親抱怨幾聲，但不知為何，緊貼著電話，我卻怔忡失去了言語。

「啊，忘記跟你說。最近我住到醫院去了，病情好像有點惡化，說要先觀察一陣子。」沉默了一會兒，母親突然向我開口。

「那……」我是不是該回去呢？心裡如此想著，但我卻沒有把握能夠好好面對幾乎已經成為青苔的母親。但在我說出來以前，母親便打斷了我的話，說：「唉，對不起啊。不過，我目前沒什麼大問題。好好顧好自己，至於房子的話，就先擺著吧。雖然，它也差不多該壞了。」

「嗯，好。」

後來又稍微聊了一會兒，才掛斷電話。

電話掛斷之後，我沒來由地望向父母房間附設的浴室，直直地站在原地呆滯了好一陣子。

之後，腦海中便時常出現我們正在搬家時，母親和另外一人所通的電話。那時候的母親雖然已經全身都長滿了蘚，但僅止於表面薄薄的一層，她依舊能夠如正常人一般活動身軀，感覺像是一盆能夠移動的、並不精美的盆栽。

那天，我一從中學放學回家，便看到她將手機貼附在如同葉片的耳瓣旁，如同植物行光合作用似地和另外一頭交談著。

「對不起，但這也是沒有辦法的，我也不想離開，但你也知道，我的身體已經……」

又頓了一會兒，母親的臉突然從憤慨轉變成了滄桑，悄聲說：「或許是因為我對自己感到羞愧……你不懂嗎？那時在浴室的事，大概就是我變成這樣的原因吧。」

母親突然像是失去了力量一般，直接滑坐在沙發上，背部摩擦沙發時，苔蘚被磨掉了些許，但又立刻竄出，回復到原樣。

「不清楚，其實啊，我從來都不敢去實際確認這件事情。不管是哪來的種，我都一點也不想知道。」

後面，我也不清楚母親到底在講什麼，又或是到底在和誰講話。那時的我，或許早已開始懼怕母親了。母親不再是那個長髮披肩，如同這城市的青苔般柔順滑嫩的漂亮女子，自從她漸漸幻化成青苔，我便一直害怕，害怕我似乎也會從身上的哪裡開始長出遍布母親身上那種鮮豔的綠色青苔。

不久後，我們便搬離了這座城市。而我也只是在另一城市的高中放學後，時而打混時而讀書到很晚才回家。我想，或許我只是害怕回到家中，要和這樣的母親相處吧。

後來，我決定不再思考要如何把球藻展示缸給拿出那片活生生的綠蘚，我將父母以前房間的房門鎖上，就這樣放任裡面快速老化。我想，那充滿濕酸氣味的房間和浴室，應該早已被青苔給完全包裹。不論是床、拉櫃或是老舊擺設品，都披上了一襲柔順滑嫩的綠茵，就如同緊縮的這個青苔城市，自己繁衍成一個生機盎然的小型展示缸。

後來，我試圖忘記這個家有過那樣的房間，或是我曾經有過球藻展示缸這件事情。但是，每當我蹲坐在浴缸中，看著牆上流出蒸騰熱液時，我總會不禁想起，浴室角落那彷佛有生命一般的苔。

還記得有一次，我和母親正一起站在淋浴間裡，我背對著她，讓母親沖去我頭上的泡沫，周圍濕氣蒸騰，彷佛身處五里霧之中似的什麼都看不清楚。

但是，我卻可以隱約地看見，媽媽的肚臍底下，跟浴室的角落有著同樣的色彩。

「媽媽？」我雙手摀著眼睛小聲地叫喚。

嗯，怎麼了？彷佛是這樣問我般，媽媽停下了手上的動作。

「為什麼媽媽肚臍下面和浴室角落長著一樣的東西？為什麼我沒有呢？」

母親聽到我的疑問後，原本放在我頭上的手滑了下來。正當我想轉頭過去直接詢問時，外面的電話卻突然叮鈴叮鈴地響起，母親像嚇了一跳似的碰通一聲摔倒在地，我卻無法反應地站在摔倒的母親旁。

「對不起，可能是因為，媽媽怕被爸爸和你發現，所以怕到連身體都綠了吧。」

媽媽趕緊站起身來，也不管蓮蓬頭依舊沖著水，隨便留下了一句話，便趕緊走到淋浴間外。

在水氣肆虐的浴室中獨自佇立了幾秒後，我突然可以穿過層層迷霧看見，牆角邊的青苔正以小小的幅度興奮地顫抖了起來，然後又隨著電話聲響的消失，悄悄地停下了動作。

三個月後，母親又撥了通電話過來。

似乎，是凌晨三四點，一個少見的、沒有雨水的夜晚。

明明就沒有設定任何的鈴聲，但我卻被那細微的震動聲給驚醒，醒來只見，手機在一旁的桌上，靜靜地，奏出了毫無噪音的沉寂震動。

看著手機螢幕上顯示的母親的名字，不知道為什麼，心突然在胸口下漸漸顫抖起來，我懼怕地按下了通話鍵。

「喂，媽……」

我靜靜地等了幾分鐘，但手機的另一邊卻仍是沉寂。就像是什麼東西消失了似的。

就像是自己的心中倏忽住進了苔蘚。

我扔掉了手機，在一片黑暗中急忙從抽屜中摸出父母房門的鑰匙，還好幾次不小心踢到桌腳。抱著腳呻吟了幾秒，我便大步跨向他們的房間，急促地打開房門。

一開門，嗅入裡面濃郁的濕氣，我動作竟不由自主地慢了下來，裡面什麼都無法看見，被苔蘚柔軟地包裹了起來，就連電燈開關都無法觸及。

我一步步踏在柔軟的，如同肉體觸感的冰冷苔蘚上，每踩一腳，腳底就黏膩到難以繼續前進。感覺這房間就如同青苔的沼澤一般，要將我纏繞吸吮、皮骨不剩地吞食殆盡。

行走過一片如同胃腸般漆黑且濕潤滑膩的地板，我來到附設浴室的門前，然後直接打開了掩住的附設浴室的房門。

房門一開，或許是因為浴室的窗仍未被苔蘚爬滿吧，一道細微的銀白色的光就這樣從苔蘚間的各個小孔直穿而入，破碎地打在角落那片怪異的綠蘚和其中包覆的球藻展示缸上。

我不由自主地將手朝那片被照射成盈盈光芒的綠色青苔伸出，但就在我即將觸碰到的剎那，那綠苔就如同耗盡僅剩的生命似地，用力捏碎了其中的球藻和透明的展示缸，然後，迅速地枯萎垂倒在那些被擱置的盥洗品之間。

我因此在原地呆滯了好一會兒，靜靜地看著那些在周遭鮮綠絨毯上迸裂四散的玻璃碎片和綠藻碎沫。我頓時感到胸口撓癢難耐，扯開上衣一看，心窩上竟蜷盤著細細的、油綠的絨毛。

在夜色與月光的灑落之下，我胸口的蘚和地上的玻璃碎片們都接二連三地開始閃爍，濕潤出已然壞去的、無法回溯修復的透明亮光。

（東吳大學「雙溪現代文學獎」首獎作品）

林燦

一九九五年生，新北市中和人，目前就讀東吳大學日本語文學系。曾獲松韻文學獎、台積電青年文學獎、雙溪文學獎。略懂日本茶道及和式服裝。對於小說，只會思考如何寫得更美，為了追求個人的美感，所以文字總有點偏執。

餘暉

王善豫

走出醫院的大門，一股寒意直撲而來。冷冽的風，就像細細的針，用力的扎在臉上，最後穿過大衣，狠狠的刺進了身體裡；我打了一個哆嗦，從口袋裡掏出車鑰匙，按了按，車子有氣無力的叫了一聲，便把自己丟進駕駛座裡。一路上，夜燈昏黃，路邊的景物像是永遠也追不回的過往，被我拋棄、被我扔擲，不知怎麼的，心裡竟越來越煩躁，也許是工作壓得我無法喘氣，而生活中又有太多不能掌控的變數，那令人無助和無奈，最後，我賭氣似的把廣播用力扭開，胡亂聽主持人講些不著邊際的話，一整天的疲憊已爬滿身上任何一個角落，那累得幾乎要讓我闔上眼……。

「感謝您今天的收聽，祝您有個美好的夜晚，期待下次再與您相見。」

廣播節目結束了，尾聲時，唱起了曾淑勤的〈魯冰花〉。

「家鄉的茶園開滿花，媽媽的心肝在天涯，夜夜想起媽媽的話，閃閃的淚光魯冰花……」

聽著熟悉的旋律，不自覺的悲傷突然湧上心頭……。

今天，是媽在家中的最後一個夜晚。

明天，就是把媽送到養老院的日子。

我吞了吞口水，深深的吸了一口氣，然後把車緩緩開進車庫。停好後，我並沒有馬上回家，只是坐在駕駛座，呆望著媽之前在門口親手栽種的花……。

此時，手機突然響起。

「恆達，你什麼時候到家？」

是妻。

「剛離開，正要開車。」我不想讓妻知道其實我已在家門口。此刻，我只需要一個人，好好的，靜一靜……。

「早點回來，媽明天就要去養老院了，很多東西都還沒收，媽也還沒洗澡，你快點啊！」

掛上電話，眼眶熱熱的，隨手把手機往副駕駛座一丟，卻怎麼樣也扔不掉心中的內疚與牽掛。

我點了根菸，把車窗搖下，讓冷冷的風吹進車內，而那漆黑的夜，就像無底的深淵，將我捲入遙遠的回憶裡……。

●

「媽，二兄打我啦！伊打我啦，嗚嗚……」

「報馬仔，誰叫你是報馬仔！閹嘴，活該！」

「媽，哇……」

「好了啦，弟弟卡細漢，別欺侮伊啦！」

媽將我攬進懷裡，然後輕輕拍著我的背。

「每次都這樣，只會裝可憐！」

「算了，我們不要理他啦！」

「恆平，你跟恆康是哥哥，不要跟恆達計較，多讓他一些。」

「才不要，愛哭愛對路，又是報馬仔，我們才不要跟他玩！」

大哥與二哥一溜煙的跑出家門，只留下哭得一把鼻涕一把眼淚的我。

「好了啦，達仔，不要哭，來，媽看看，媽嘸甘喔！」

我把頭埋在媽的膝上，媽用手替我擦去臉上的淚滴，然後，輕輕的、柔柔的摸著我的頭；我閉上眼睛，覺得所有的委屈都被漸漸撫平，最後，就這樣躺在媽的腿上，沉沉睡去……。

隔壁的阿水嬸曾說，媽在臨盆前，爸犯了闌尾炎，而在那窮苦的年代，家裡實在請不起醫生，經過幾天痛苦的折騰之後，爸終於在我出生後的第三天，冒著豆大的汗珠、張大著眼，嚥下了最後一口氣……。

打我有記憶以來，媽就很少說話。

她總是靜靜的低著頭，做著從外頭接來的女紅和手工，偶爾打聽哪兒缺人洗衣，便跑去抱著一堆衣服回來，洗完了、曬乾了，才又摺得整齊送回去。或許是因為我並不像哥哥們，比較活潑好動，所以從小就常坐在媽的身旁，陪著她，然後看著桌上的小零件，快速的在媽手中接合、組裝；而媽也總是在忙碌後的閒暇之餘，抱著我坐在家門的水泥檻前，喃喃的說著。

「可憐的達仔，一出世就沒有爸爸，連爸爸生什麼款都不知道，嘛沒親像平仔跟康仔，有給爸爸抱過……」

「好佳在有你們三個後生，媽媽會打拚賺錢，給你們讀冊……」

「達仔，你跟平仔、康仔，都是媽媽的心肝仔……」

我依偎在媽的懷中，看著黃昏暮色下，一群群在天空飛翔等待歸巢的鳥兒。通常只有這時候，媽才比較多話，而媽的手總是熱熱的，她的擁抱，讓我覺得格外溫暖。偶爾，她會趁哥哥們還沒放學的時候，偷偷煮一顆蛋給我；雖然在那懵懂無知的年紀，我卻已明白家中的經濟一直很吃緊，能夠吃上一顆蛋，都是天大的奢侈。

後來，我漸漸長大了。因為爸走得早，名字便由媽來取，她之所以叫我恆達，就是希望我將來可以成就非凡、飛黃騰達，也或許，我的運氣比哥哥們好，成績始終優異，不同於他們，國中畢業後就放棄升學；我很順利的完成國中與高中的學業，並且考上醫科，成了醫學院的學生。

當我把大學的入學通知書交到媽的手中時，媽只是笑了笑，然後輕輕的拍了拍我的背，我知道媽其實根本不識字，但我想讓她明白，她不用感到失望，她這些年的辛苦，並沒有白費……。當天，媽破例在過年以外的日子買了一隻雞，然後煮了一桌比年夜飯還更豐盛的菜，把大哥與二哥一同叫回家中慶祝；飯桌上，媽仍跟往常一樣，不發一語，只是安靜的替我們夾菜，只是沉默的為我們舀湯，儘管如此，我卻能從她的眼神中讀到喜悅，也能從她的微笑裡，看到欣慰……。

七年後，我從醫學院畢業，也結婚生子，媽肩上的重擔，終於卸下。然而，我卻因為工作的關係，必須離家到北部的大醫院去，哥哥們也因為各自有家庭，搬離了原本住的房子，如今，那小小的平房，只剩媽一人，獨自照顧自己的生活起居。

一開始的前幾年，我心想應該不打緊，媽還年輕，行動並無不便，可是平時，只能靠著電話關心彼此的近況，而通常也只有逢年過節，我們三兄弟才會返家團聚。隨著工作越來越忙碌，與媽通電話的次數也越來越少，我的生活被病患與研究所充斥，再加上孩子的出世，實在沒有多餘的心思想到遠在南部的媽，我沒有特別關心她究竟過的好不好、快不快樂？又或者，她心裡是否非常寂寞和孤單？直到在北部的第六年，某天開完會議的正午，我突然接到了媽打來的電話。

「達仔，是媽啦……」

「噢，媽，安抓？拍謝啦，最近卡沒閒，攏沒卡給您！阿您最近好嗎？」

「沒蝦米代誌啦，就是……不小心跌倒了啦，醫生說，我這……可能要開刀。我想說，自己的後生就是醫生，找你就好啊……」

「跌倒？怎會跌倒？啊有要緊沒？您現在人在叨位？」

我心裡七上八下的，媽還好嗎？到底要不要緊？

「我在厝，沒啥要緊啦，是阿水嬸送我去病院的啦！」

我一陣心酸，因為媽的聲音聽起來是那樣的虛弱。

「好，我晚上就返去看您。」

「免啦，你不要這麼緊張，有閒再返來就好了，你那是沒法度，我嘛可以在這看就好了！」

「不行，您先休息，我晚上就返去！」

下午的門診結束後，我就立刻開車南下，一路上心裡交疊著不安、不捨和自責……。都怪我不好，居然連媽跌倒了都不知道，媽一定是很嚴重，否則除非萬不得已，她是不會打電話給我的。

一進家門，看到媽，我簡直說不出話來。

客廳茶几上的碗筷、傳單和杯子凌散一片。媽坐在輪椅上，腿纏著厚厚的繃帶，衣服又皺又黃，頭髮黑白摻雜，嘴巴有點歪歪斜斜，臉上的皺紋好像又深了一些……。我心裡一驚，這是媽嗎？怎麼會變成這樣？怎麼一瞬間老了許多？

媽一見到我，竟立刻低下頭，像是做錯事的孩子，羞赧而沉默……。

「達仔，達仔……」回過頭，是鄰居阿水嬸。

「你母睏啊？」

我替媽收拾好了房子與衣物。明天一早，就立刻帶她回北部同住。

「睏啊，阿水嬸，阮媽為什麼會跌倒？」

「達仔，其實你媽有中風，就是因為中風，才會跌倒啦……」

我腦袋一片空白。

「中風？怎會中風？阮媽都沒跟我說！阿您怎會嘛沒跟我講？」

「唉唷你嘛不通怪我！伊上次突然昏倒，我們大家送她去病院，醫生說的，後來，伊就走不遠，一隻手嘛沒什麼力，我們攏有叫伊要跟你們這三個囝仔說，伊就說你們都沒閒，所以不肯啊！」

「阿水嬸，阮媽，中風多久了？」

「應該，有半年啊……」

我的心就像是被用刀子割開一般，淚水爬滿眼眶，忍不住滾滾落下……。

「唉……達仔，你母是怕給你們添麻煩啦，阿你不要這樣啦……」

我沒辦法回答阿水嬸，只覺得自己是個失敗的兒子。自從爸死後，媽就撐起了這個家，她含辛茹苦的扶養我們長大，也把她生命中最好的都留給了我和哥哥們，雖然她很少說話，可是我能從她那一點一滴無語的付出中，感受到溫敦與沉重的母愛。

那晚，我就坐在媽以前常抱著我的水泥檻前，望著那片布滿閃爍星光的夜空，直到天亮……。

所幸媽只是小骨折，並沒有什麼大礙。但，妻對於我沒有和她討論就直接把媽接回家中，心裡始終不是很高興。

「恆達，你突然把媽接來，這樣好嗎？」

「哪不好？她之前一個老人家住在南部，生病了都沒有人知道，我這個做兒子的怎麼放心？」

「不是說不讓你照顧，但你還有兩個哥哥啊！」

「大哥跟二哥都是做工地的，經濟不比我們好，再說，媽住在這兒，也沒礙著妳什麼啊！」

一股十分厭煩的感覺衝向我的腦門。工作已經令人焦頭爛額，好不容易回到家中休息，妻又與我爭吵。

「恆達，你不是不知道媽中風了啊，我下班後要接孩子跟煮晚餐，晚飯後還要幫媽洗澡，媽又不吃外面的早點，每天我都要提早起床幫她煮稀飯，我很累！這樣真的很累！」

「妳以為全世界只有妳累嗎？醫院事情多的不得了！有永遠開不完的會跟看不完的病患！妳就不能忍著點，別讓我操心嗎？」我終於按捺不住，從椅子上站起來對著妻大罵。

「那是你媽啊！恆達，你自己沒辦法照顧，我也沒有辦法啊。這樣長期下來，我受不了啊！就不能請大哥他們也輪流幫忙嗎？」妻被我突如其來的吼聲給嚇著了，她縮在床上，開始哭了起來……。

「對不起啦，我知道妳很累，再忍耐一段時間。我跟大哥和二哥說說看，請他們一起輪流照顧。」我內疚的抱著妻，突然驚見媽就站在房門口，一臉落寞而又虧欠似望著我們……。

大哥與二哥推說家裡太小沒地方住，拒絕輪流照顧，而儘管妻心裡百般不願，面對這樣的結果，她也只得接受。

但，或許是媽已經有了歲數，所以在手術之後，就總覺得她容易疲倦，加上中風行動不便，又住在不熟悉的北部都市，她常常在晚飯後就回到自己的房間，也常常在午後開著的電視機前打瞌睡，更常常見她，懶洋洋的癱在客廳沙發上，眼睛瞪著前方不知道在想些什麼……。一年過後，媽開始容易忘記事情，她有時會在半夜突然走到廚房嚷著要吃飯，最後不小心打破碗盤將全家都驚醒；偶爾也會在一大早的清晨，敲著我們的房門吵說她要洗澡，直到最近這一個月，她已經完全需要人照料，否則一不注意，就會跑出家而迷路……。

我與妻面對媽的退化，又要忙於工作和照顧孩子，已經筋疲力盡；而妻對於這樣的重擔，常常與我冷戰，甚至說話帶著酸酸的刺。

「恆達，你一定沒有斷奶，沒有媽媽什麼都不行！」

「達仔，依我看啊，你可以當第二十五孝了，愚孝啊！」

我就像是把上了膛的槍，怒火隨時都能一觸及發。妻對我越來越疏遠，最後，她與女兒同睡，不再和我同房，兒子緊接著要面臨國中的升學考試，媽在夜晚的脫序行為，也常吵得他睡不安穩。

我能感受到家中的每個人，對我越來越不諒解。我不知如何是好，雖然媽需要照料，但也不能因為這樣就讓家裡的關係日漸惡化。在想了幾個夜晚後，我終於提起話筒，撥了通電話給大哥，告訴他，希望他能幫幫忙，共同分擔照顧媽的責任。

當晚，大哥大嫂就來了。

「達仔，我不是跟你說過，阮厝很小間，工作擱沒閒，哪有法度啦！」

「哥，不是說媽就完全給你顧，我們三個月輪流一次嘛！」

「憑什麼？達仔，平仔是長子，不過媽從以前就卡惜你，給你讀冊，結果咧，今天阮平仔只是一個做粗工的，沒親像你，醫生耶！坐辦公室耶！錢賺這麼多，住這麼好的厝，給你照顧根本就是應該的啊！」

大嫂跑到大哥面前，指著我的鼻子大聲的說著。

「大嫂妳怎麼這樣說話！」妻也忍不住衝到跟前，一股戰火瀰漫在家中的客廳。

「我有說錯嗎？媽本來就偏心，什麼好的都給達仔！」

「好了，恬恬啦，不要再吵了！達仔，我一個月給你一點錢，算是作夥照顧媽，其他的沒法度啦。」

大哥皺著眉頭，不耐煩的說著。

「哥，我是覺得……」

「不要再說了啦，好處拿完，當了醫生就想把媽丟給我們！走啦，返去，他們是好野人耶，哪有可能沒法度照顧，把我們當作北七喔……」

大嫂把大哥拉出客廳，接著，我聽見厚重的鐵門被用力關上，匡噹一聲……。妻憤憤的看著他們離去，又惡狠狠的瞪了我一眼，最後也轉身回房，彷彿是使盡全力的把門甩上，砰一聲……。

最後，只剩我一人，茫然而又無助的站在客廳，耳邊只聽見分針拍打時間的聲音，滴答、滴答、滴答……。

我一抬頭，竟見媽躲在樓梯轉角的暗處，流著淚，嘴巴念念有詞，害怕而又驚恐的抓著扶手……。

●

「啊！」我被燒到尾端的菸燙到，立刻從過往的回憶重返現實。我將菸捻滅，再把車熄了火，最後，拖著疲乏的身驅走進家門。

「媽……」推開媽的房門，一股惡臭的尿味立刻撲鼻而來。

我看見尿壺被打翻，流得一地都是，桌上的粥也幾乎沒有吃，房裡盡是呼吸、食物與尿液混濁的味道。我不禁一把怒火在心中燃燒，因為這表示妻從早上送粥來給媽之後，就沒有再進房間替她清理穢物，媽已經中風，常常不小心把尿壺踢翻，如果沒擦乾，踩到滑倒了，那可怎麼辦？擦好了地，只看見媽蜷縮坐在床上。

「媽，我要幫您洗澡囉。」

我把媽從床上輕輕扶起，牽著她走進浴室，然後，替她把身上的衣服褪去。她就像個赤裸的孩子，安靜而溫順的任由我擺布，只是，她始終低著頭，臉上的水滴，就這樣順著臉龐滑落……。

許多複雜的感受在心裡奔竄著……。不曉得媽知不知道是我在替她沐浴？我是她的兒子，她會不會感到羞愧與尷尬？

當我幫媽洗頭時，她的頭髮稀稀疏疏，幾近花白，我記得，媽年輕時總以有一頭茂密的頭髮為傲，而且，全村就屬媽的頭髮，最黑、最亮。

當我替媽擦臉時，看見了媽空洞的眼神、始終緊閉的雙唇，還有，那許多又細又深的皺紋。我想起，年幼時的某一中秋，媽剝了一個柚子皮戴在我的頭上，我開心的在她面前又跑又跳，她靜靜的望著我，露出了慈祥而又溫暖的笑容。

當我用毛巾擦拭媽的手時，摸到了媽手掌上的厚繭，一雙粗糙的手，道盡了她曾為我們三兄弟無私的付出。我想起剛入大學那年，擔心家裡沒有錢而執意要休學，媽勸我打消了這樣的念頭，然後，在寒冷的冬夜裡，看見媽背對著我，用力洗著那堆疊的像小山的衣服，她的手在冰水中，被凍得紅腫泛紫；也想起了當兵放假時，媽曾在昏暗的燈光下，一針一線，吃力的替我縫補破掉的襪子……。

當我看見媽那下垂又乾癟的乳房，就想起出生時，媽失掉爸的痛，但是，她仍咬緊牙孕育著我，她把她的血水賦予了我，是媽給了我希望，是媽給了我光明，是媽給了我，這麼好的人生……。

「媽……明天，您就要去別人那了唷，您要乖乖聽話，有閒，我一定會去看您……」我一邊替媽穿衣，一邊小聲的說著。

「媽，我不是不要您……我實在，不知道要怎麼辦……」我越說越哽咽，最後，跪在床邊，抱著媽的膝蓋，嚎啕大哭……。

「媽，您要原諒我……我真的不是不要您了。我沒法度了，對不起啦……媽……」

我把頭埋在媽的膝上。也許，這是最後一晚，可以這樣跟媽在一起。突然，感覺到有一隻手，輕輕的、柔柔的摸著我的頭，就像小時候那樣，溫暖，又令人感到心安，然後，我聽見了許久不曾出現，而又熟悉的聲音——

「達仔，達仔，達仔……」

我的淚水潰堤在媽的膝前，我緊緊的擁著她，如同，她曾經也牢牢的抱著我一樣。媽就這樣喊著，摸著我的頭，直到我和童年般，沉沉的睡去……。

把媽送走後，總覺得不安，彷彿有什麼不好的事情要發生；心裡空了一大塊，取而代之的是內疚與思念。我悶悶不樂，也魂不守舍，原本，以為只是放不下與不習慣，過一段時間就會適應，然而就在媽去養老院的第二個禮拜，我接到妻打來的電話。

她語無倫次，幾近崩潰——

「恆達，你快來！媽出事了……」

我六神無主的趕到養老院，大哥與二哥哭倒在走廊上，而媽的房門外圍滿了人，我推開人群衝上前去，只見她雙腳懸在半空中，面向窗外，像個風吹起就會搖曳的石像。

我雙腿一軟，腦袋一片空白，最後，突然眼前一黑，就失去了知覺……。

（亞洲大學「亞大文學獎」首獎作品）

王善豫

一九八七年生，桃園人。就讀於亞洲大學心理學系碩士班。寫作一直都是我最喜愛的事情，它就像是呼吸般不著痕跡的存在於我的生活之中，必須卻又自然。

終端上的攻防戰

王宥惟

「起來！」

「啊！」我被組長狠狠敲了頭。

「開工第一天，就打瞌睡！」組長大聲斥責。

「我有一個任務要交給你，最近發生一起宿舍IP／MAC[1]的盜用事件，請你找出是誰在盜用，你可以找兩個人當你的夥伴，這是受害學生的申訴單。」組長把單子放在桌上便快步出辦公室。

宿舍IP／MAC盜用，第一次碰到這種案件，把室友的每日網路流量用完，而不用自己的流量，這個盜用者看來對網路有些了解，不過我會當面抓到你的。

「暫暮、璇琴，我們現在要處理一件IP／MAC盜用案件，璇琴請妳調出那個房間所有的封包記錄，找出可疑的上下線時間，暫暮你從現在開始監聽這個房間五個人所有的封包[2]，我撥給你叢集電腦、2T的陣列空間、2T備分陣列空間。」

下一步，就是告知對方，在事態不是很糟之前先來個警告，我拿起電話打給宿舍管理員，請她告知那一房的所有人，最近同寢室的人有在盜用同房人的網路流量。再來就是請受害人一段時間不要使用網路，這樣就可以抓到人了。

我看了申訴單一眼，綺樂，好特殊的名子，拿起電話便撥了過去。

「喂！你好，請問是綺樂同學嗎？」

「我是！」

「我是網管組的人員，我看過妳的申訴單，請妳明天這段時間，可以不要上網嗎？」

「今天禮拜三，明天我要做報告，但是我禮拜五不會用電腦。」

「可以請問一下妳用電腦的時段和主要用途嗎？」

「大概七點到十一點，我平常十二點以前就睡覺了，大多是上網和看影片。」

「好，我們禮拜五調查記錄，到時候有開放無線網路帳號給妳，妳仍然可以使用網路，那謝謝妳的協助，再見。」

「再見。」

事情進行得十分順利，接下來就是觀察一陣子。

到了星期四，盜用的情形仍然持續，記錄顯示當天凌晨綺樂的IP仍然在活動。

「會不會是其他房間盜用呢？」璇琴皺眉頭問著。

---

1 IP：為網路通訊用的數位地址。MAC：為網路設備的辨識碼，可以用軟體製造假辨識碼。

2 封包：網路在傳輸時會將資料切成一小段一小段，並以一個封包一個封包傳輸出去。

「不可能，申請的IP只能在同一個路由使用，除非他跑到宿舍機房做了更改。」

「資料顯示，當初綺樂最先申請IP時的電腦資訊是KALI的作業系統，而這一段時間監聽的封包，顯示是LINUX作業系統的電腦，所以凌晨時真的有人在盜用，而且使用流量非常大，似乎是在下載東西。」暫暮肯定地說。

「我預計禮拜五現場抓人，因為當天使用者不會使用電腦，當場抓人比較有證據可言，不然學生是不會承認的，都請管理員警告了，這是最後手段。」

「耀霄，我這邊找到一台可能是盜用者的LINUX電腦，他有可能使用虛擬電腦，不但不會被懷疑，還可以不用更改自己電腦的設定來冒用。」璇琴緊盯著螢幕不斷敲打指令。

「能知道是誰嗎？」我問璇琴。

「是二號床位的人，名叫興義德。」璇琴回答我。

「禮拜五，到了現場，第一就是檢查那個人的電腦。」我對暫暮和璇琴說。

禮拜五下午，我們到了現場，我檢查二號床位的電腦，敲著指令，突然發覺他的電腦偷偷執行遙控軟體，二號床的電腦看來是被入侵的，我順利地一一將病毒清除，顯然盜用者不是在這房間。雖然學生有些不滿，但至少解決了問題。

回到了辦公室，暫暮便提出問題了。

「為什麼，要使用虛擬電腦[3]功能的病毒呢？」暫暮指著螢幕上的流量記錄說著。

「可能是為了要嫁禍吧！」我猜測地說。

「他大可直接以二號床位的電腦作為跳板，我想是讓調查人員誤認為盜用事件，而不會追查到他。」璇琴推測地說。

我著手分析病毒碼的倒出目的地，得知是校園的無線網路，要從眾多的使用者當中找到他，幾乎不可能。

「看來要加強異常流量管控的功能。」我心想這真是吃力不討好的工作。

「唉……」暫暮嘆了一口氣。

「我最不喜歡寫程式了。」璇琴也開始抱怨了。

後來把事情上呈給組長後，組長也認為要加強異常流量的管控。

「這次你處理得很好，但是手法還可以更好一點，減少學生的不滿。」

「我下次會注意的。」我點頭地說。

下午正當我們努力寫程式時。

「耀霄！不好了！伺服器被阻斷式攻擊[4]了！」璇琴大喊著。

「什麼！」正在寫程式的我大吃一驚。

「快擋下來！」我命令暫暮和璇琴。

「切斷一至十二的線路。」

「拒絕所有連線要求，降低負荷。」

「查看路由的負載比例。」

「拒絕所有連線設定，完成。」

「路由負載比例為九十。」

---

3 虛擬電腦：在現有的作業系統上建立的虛擬電腦，功能與一般電腦無異。

4 阻斷式攻擊：由許多電腦不斷傳送要求給伺服器，使伺服器負荷不堪，其他正常使用者也無法正常使用。

「十二路線無法切斷。」
「關閉十二路線路由器。」
「路由無法關閉，權限已被修改。」
「可惡！」
「用防火牆擋住十二線路，保護主機和資料優先。」
「防火牆設定遭竄改。」
「切斷所有主機網路。」
「第十二號主機無法切斷。」
「關閉閘道，不要讓資料外流。」
「已關閉閘道。」
「流量仍持續。」
「什麼！流量來自校內無線網路系統。」
「原來是在區域網路內攻擊。」
「關閉無線控制器。」
「已關閉無線控制器。」
「零流量。」
「終於解決了。」我鬆了一口氣。
現在滿手都是手汗，不知剛才敲了幾百次的鍵盤了。經過長達一個半小時的修復，終於解決了問題。這個事件引起整個電腦中心的關注，也讓我們有了接不完的電話。

到了禮拜一，中心針對禮拜五的攻擊開了一次會議，系統組被點名使用不安全的認證機制，導致駭客有機會入侵系統。電腦設備組，提議購買更好的防火牆，用來阻擋無線網路攻擊。網管組則被稱讚第一時間阻擋攻擊，保護了資料安全。說到這點，組長會後滿面笑容，可能平常都被使用者批評得每天都很鬱卒，對我們來說，這是稀鬆平常的事，畢竟我們是第一線人員。

到了下午，電腦教室的電腦居然群起攻擊公文系統的主機，學校的行政被耽誤了一個小時，老師無法看公文，職員無法辦公事，原本架設主機的安全性本來就不好，組長以前使用時曾發現漏洞，但教務處也未曾請伺服器廠商做調整，不幸中的大幸沒有資料外流，這件事情傳到了校長那裡，校長便要求所有處室網路設備安全性要做檢查，所有的公用電腦也要加強安全性。

就這樣那一個月電腦中心整個忙翻了，修改了許多電腦的權限。

「耀霄，今天最後四十五台的電腦做最後修改，忙完了組長我請你們吃壽司吃到飽。」說完組長拿出迴轉壽司的名片。

「迴……」璇琴話說到一半，組長又插話了。

「不吃迴轉壽司，吃頂級的。」組長拍拍胸拿出了高級壽司店的名片。

「好！」我和暫暮、璇琴一口同聲地答應了。

我想組長又要大失血了。

做著做著，終於到了最後一台電腦，發覺有一個奇怪的記錄檔，我打開一看這是攻擊及監聽的記錄檔，從IP／MAC盜用、校內無線網路攻擊伺服器，到公文系統的攻擊，都詳細地記錄在這上面。

「璇琴，幫我拿磁碟修復的軟體光碟片。」我轉頭對璇琴說。

「好的。」璇琴便拿給我光碟。

「我把你們的電腦畫面與我的同步，仔細看好嘍！大夥！」說完我開始執行修復的動作。

「犯人忘了刪記錄檔，這是遠端遙控的記錄檔，這台電腦曾被作跳板，有記錄檔卻沒有執行程式，他刪除了一些監控、攻擊等軟體和其記錄檔，想要湮滅證據，不過好險，被我抓到了。」我心想終於有一絲線索了。

「所以現在正在復原，被刪除的資料嗎？」璇琴問。

「是的，刪除大部分都是只刪除在目錄索引的資料，並沒有刪除真正的檔案，其實他應該有能力真的把檔案從這個硬碟真正地刪除，可能是因為時間不夠的關係，只好只刪除目錄索引的資料。」暫暮對璇琴解釋。

「我們一般的刪除不就是刪了嗎？」璇琴一臉疑惑問著。

「我們一般作業系統的直接刪除，也就是妳常用的 Shift 加 Del 的刪除指令，只刪除目錄索引的資料，檔案仍留在硬碟的磁區上，它其實也可以徹底的刪除，第一它要花很多時間一個一個刪除磁區，第二要有支援的程式或作業系統。」我回答璇琴。

「喔！原來如此！」

「哦！已經復原好了，不愧是叢集電腦[5]。」

說完我打開了復原的檔案，這些攻擊、欺騙、嗅探、監控的程式都是同一個人寫的。所有的遙控源頭都是從第三電子實驗室發出的。

「我們來釣魚吧！」我站起來對暫暮和璇琴說。

「釣魚?!」

「沒錯，做一個釣駭客的釣魚網站。」

「釣駭客還是頭一次聽到。」暫暮笑著說。

我們規劃一個電腦中心所開發的雲端電腦[6]使用平台，花了三天建設，共有二十台雲端電腦可供學生使用，並持續監控著網路，後來調查第三電子實驗室的使用者是一位碩士學生，名叫尚雙井，平常為了研究都住在研究室裡。

就這樣釣魚行動開始後的第三天上午，果然第三電子實驗室的電腦開始對雲端電腦伺服器展開攻擊，不過它攻擊的對象是一台虛擬的伺服器，這是系統組花了許多時間精心建置的假分身，所有的攻擊皆不會對實體伺服器造成任何影響，系統開始發出假訊息給嗅探軟體，使得尚雙井認為還可以繼續攻擊其他伺服器，這一切都是假象，託系統組的幫忙讓老舊的電腦搖身一變成了假伺服器，現在尚雙井所入侵的任何設施皆是虛假。

接著組長和電子系的主任進去逮人，並把他帶到中心的會議廳，過了不久中心主任、各組組長、校長、電子系主任，開始詢問尚雙井為何要一再入侵學校系統。

「為什麼要入侵學校網路呢？」校長直接問話。

「因為我很討厭學校。」尚雙井回答。

「你知道，你的作為帶來巨大的資源浪費嗎？」中心主任顏色不悅的說。

「我知道……」尚雙井冷冷地回答。

---

5 叢集電腦：一種把許多電腦串聯一起做運算的一種技術。

6 雲端電腦：新一代的電腦網路技術，讓使用者連線至遠端大型電腦所模擬的虛擬電腦，所有的運算皆在大型電腦運算，使用者電腦只需顯示遠端所運算好的畫面，使得十年前配備的電腦也能不淘汰繼續使用。

「對於相關法律的後果你應該相當清楚吧！」電子系主任冷靜地說。

「為什麼討厭學校？」校長問話。

「因為，學校不公平，對於一些學生有雙重標準！」尚雙井憤怒地說。

「打工有時無法準時到課，為了生活我也不想遲到啊！因為打工被瞧不起，平常成績不及格，這算什麼！」尚雙井越說越大聲。

「尚雙井，校長我對你的才能十分肯定，希望你能用在好的地方，只要你在學校服務滿一年，我們就不再追究。」

「嗯?!」尚雙井大吃一驚。

後來尚雙井，承認自己的罪刑，願意承擔，校長和主任認為這麼厲害的人才要離開學校，有點不捨，組長並提議留在中心當工讀生，直到滿一年。

後來散會後，組長留下他私下問了尚雙井幾句話。

「你覺得，你在終端[7]上面是萬能的嗎？」

「我覺得就像創造者一樣，什麼事都可以達成。」尚雙井回答。

「在終端上的成就，是虛是實都有的，有了更好的程式，才讓提款機的系統得以建構起來。」說完便走向我們。

「大家，走！一起去吃，壽司！」

「耶！吃壽司，組長請客。」璇琴高興地說。

「要吃什麼，盡量點，今天一卡在手。」組長亮出他的信用卡。

「來個，豪華軍艦壽司！」暫暮大聲地說。

「要是吃不完，我可要你付錢。」組長的臉突然變得非常恐怖。

有時我總覺得，或許在現實的成就，是不如意的，當在電腦上時，可以天馬行空，呼風喚雨。但在世界上，無一處不是現實的，就算是在電腦上，它仍然影響著我們。每當我在終端上敲著指令，總有一種莫名的奇妙感。

（虎尾科技大學「虎尾溪文學獎」首獎作品）

7 終端：是讓使用者對主機下達指令的機器，它與個人電腦不同，它不執行運算，例如銀行提款機、繳費機等等。本文指的終端為虛擬終端，把個人電腦模擬成終端機，並對伺服器下達指令。

王宥惟

就讀於虎尾科技大學機械與電腦輔助工程學系。彰化縣人，喜歡彈鋼琴、攝影。受到日本視覺小說，及互動式小說的影響，高中時便開始寫作。在因緣際會下接觸了網管，而有了新的寫作題材，促使我寫下這篇小說，希望人們認識資安的重要。目前，正為自己的視覺小說腳本而煩惱。

明天請放晴

劉心閔

天空是水洗過的藍，遠遠望去，白茫茫的蘆葦半掩住遠方風景，隱隱約約阻隔山下的喧囂。在規劃工整的公墓裡，我憑著印象找到她所長眠之處。墓上的草長得不全，石碑上沒貼照片，只有刻上她的名字。明明好像才在眼前的，下一秒卻永遠沉睡了。

我望著石碑，怔怔地出了神。

「學姊。」幾日前在學校碰見小真以前的同學，她倆以前很要好。那時候她有來上香，跪在牌位前，眼睛又紅又腫。

「子安。」我喚她。

她說她忙完社團的事了，想跟我聊聊。我們坐在教室前的花圃，子安穿著及膝的黑襪的雙腿在空中上下擺盪。我是極不情願留下的，從子安身上，我可以找出很多回憶，有關於小真的。

常常在校園裡的一景一物搜尋她的身影，想找到有關於小真的點點滴滴，一天之中，只要是腦袋空閒的時間，腦裡不外乎裝的滿滿都是她，想著想著，把自己逼到痛苦了才肯罷休。

可是子安不一樣，她和小真曾經是那麼親暱，只要隨便一個舉動都能找出小真的影子，更何況她們還要談論那個再也不會出現的人。

子安說起小真的事情，那些隻字片語，拼拼湊湊，小真成了完整的樣子，就像出現在我眼前，我看著一幕幕電影快速上演，裡面有我們的曾經。

小真留著一頭及肩的髮，喜歡笑，笑的時候梨渦陷得很深；說話的聲音很甜，但不是嗲聲嗲氣的那種，單純讓人覺得她可愛；話很多，像隻小麻雀吱吱喳喳沒有閒下的一刻；還特別古靈精怪，團體拍照的時候也絕對是姿勢最奇特的。

子安說了很多，多半時候我只是專心聆聽，沒發表什麼意見，不消一會的時間，都要看不見夕陽了，即使再多話，也是時候該離開了。

踏出校門的時候，子安說：「學姊，有什麼心事可以試著跟我說喔。」

「啊？」我有種被窺探心中想法的無措，「我沒事啦。」

「學姊總是自己一個人默默承擔，看上去……過得不是很快樂。」這話說得過於直接，我沒有準備該用什麼樣的姿態面對子安。

「我沒事。」這話聽起來像在安慰自己，為增強說服力，我重複一次，「我真的沒事。」

子安動了動唇，看上去想說點什麼，最後還是微笑著說：「沒事就好了。」

要是當真沒事，那也就好了。

坐在教室，下午第一節課令人昏昏欲睡，很巧的，還是我最討厭的數學課，老師洋洋灑灑寫滿了整面黑板，我提筆無力抄下，魂早不知神遊到哪去。

下課的時候，我已經宣告陣亡，馬上一頭栽到書桌上，不過坐在窗邊的壞處是，窗外的人想對妳做什麼都是件容易事。小真靠在窗框上，搖了搖我。

我看了一眼對象，立刻決定不理她。

「快起來啦。」見我沒睡著，她開始不依不饒。「快點，子安也在外面等。」

「幹麼啦？」我頭都沒抬。

「我們去福利社。」小真推推我，「我沒帶錢包，妳是人體提款機。」

我只差沒罵髒話而已。

買完水，子安被老師叫到辦公室，我和她坐在大樹下乘涼。

小真邊喝運動飲料邊問：「姊，妳會不會覺得我很煩？」

「會。」我毫不猶豫地回答。

「那要是有一天我沒在妳身邊，妳一定會超不習慣。」她笑嘻嘻的說。

我橫她一眼，「也沒什麼不好啊，世界就此寧靜了。」

是的，沒了她的世界，就此寧靜了，至少我是如此。

大雨傾盆的下，伴隨著呼嘯的風，我在水中流離失所。

那場雨下得令人印象深刻，那場洪水也來得猝不及防，我跟小真和父母失散了，就在父母被救上岸的時候，救生艇翻覆了，我和小真根本無力挽回。

我們緊抱著對方，那一刻，也覺得就只有彼此了，即使身上傷痕累累，臉上分不清是雨水還是淚水，至少擁有彼此的信念是讓我堅持下去的動力。

我們找到漂流木攀著，水的流速還是快。

小真問我：「我們會漂到哪裡？」

「我不知道。」我四處搜尋有沒有直升機或軍人在附近，但這裡的人都疏散了，還有人會回來嗎？大雨把這裡淹成水鄉澤國，我認不出這是家鄉。

豆大的雨打在臉上，全然沒有消停的跡象，水上漂浮著雜七雜八的家具什物，天外飛來的鐵皮屋頂毫無預警砸落我們面前，小真一驚，鬆脫了手，一時間我覺得自己呼吸要停止了，轉眼間她就離我好遙遠了，我顧不上其他，放開抱著漂流木的手，再次握住了小真冰冷的手掌。當時怎麼也沒想過的是，這片刻的救贖，讓我掉入另一個深淵。

「姊，我手好痛。」我看著那雙傷痕累累的小手，只消一眼，再也不忍多看。

我和小真抱著大石，小真的手又痛又無力，方才那塊鐵皮飛來的時候，她受了重傷，我騰出手拉過她，小真手上的傷口汩汩流出鮮紅的血，滲入幾乎吞沒我們的洪水中。

我覺得自己隨時都會被沖走，只有在這時候才體悟人類多麼渺小，竟妄想和大自然作對。

我死命一手抱著大石，再看向小真的時候，她抱著大石那隻手已經鬆脫了，我只能竭盡所有力氣抓著她手掌，小真的手也緊緊握住我。

小真看著我，眼眸中盡是掙扎，她想留著，可是無情的大水想把她從我身邊帶離。

她的嘴唇都蒼白了，只是看著我，連說話的力氣都沒有。

時間過去了，等待的救難人員還是沒出現，有好幾次我都想脫口，說些放棄的話，可是看著小真受著傷的手還緊握住我，那些話就哽在喉嚨，什麼也說不出口了。

只有湍急的水流讓我感受到除了冰冷和疲憊以外的存在，我掙扎著不放手，我們誰也不會鬆開手。

應該要這樣的。

剎那間，小真尖叫著被洪水沖走了，離我的視線範圍愈來愈遠，最終去到了我再也找不到她的地方。

視線糊模了，我在水裡哭著喊著，再心痛也喚不回我最親愛的妹妹。

從此以後，這段記憶成了我的陰影，直到現在都無法散去。

因為先放手的人，是我。

清醒的時候，我人在醫院。

知道什麼最殘忍嗎？剛清醒的時候，記憶蜂擁而上，無從逃避。

我顫聲問了小真的去向，父母只說遺體找到了，要我好好靜養，他們不要再失去第二個女兒。也是因為這句話，即使後來我痛苦到想自殺，也是這句話讓我覺得自己活該受罪，我活著的意義就是背負罪惡。

出院以後，生活像行屍走肉，我告訴爸媽和他們分散之後發生的事，他們只對我說了四個字：「生死有命。」

我不常夢見小真，但只要一夢見她，驚醒後要再入睡就是輾轉難眠。

那是我心裡的瘡疤，除了小真以外，沒有人能治癒。

每次翻開相簿回憶就會湧上，不論是吵架的還是歡笑的，只要想起洪水那一幕，全部就成了大石硬生生壓在心口上。

從此我失去快樂的權利。我看著別人快樂笑鬧，表面上還是當初的自己，只是某部分的我已經隨著小真一塊離開了，就像一道又一道厚重的鎖與日俱增的加在門扉上，誰也打不開。

總是不向人吐露真心，那天子安來找我的時候，我也在想，如果我告訴她，是我先放手的，她還會像原本那樣關心我嗎？她最好的朋友，是我害死的。子安到家裡上香的時候，我偷偷跑到後門偏僻的草叢裡哭，她哭得有多大聲，我傷得就有多痛。

自責的情緒從未停歇，只要是能喚起記憶的時候，我就會在心裡告訴自己：「看，小真本來可以做這些事的，都是因為妳。」

就算全世界的人都原諒了我，我還是無法原諒自己，我一直在等著誰的救贖，但除了小真以外，沒有人能救得了我。

班上有幾個人也在那場水災中受傷，同校的學生也有幾個不幸罹難，但時日久了，他們終究是無憂無慮的學生，傷痕的、負面的久而久之就被淡忘了，那些停留在那裡的人也鮮少被人再提起了。

一切就好像船過水無痕，他們過著只要煩惱課業和人際關係的瑣事，我卻背負著沉重的傷，拖著步走下去。

水災過了，還不是照樣日出日落，有時候那些真實都好像幻象，小真是我想像出來的，彷彿不曾存在過，也無法想起那麼多事，也不再習慣性的做著有她還在的時候的事。

只有偶爾出神的時候，會覺得教室門口探出顆頭，小真大聲喊：「姊妳書包收好沒？大家都走光了！」因為最後的記憶停留在不堪回首的地方，因此每一回想，都是一種令人窒息的哀傷。

抗拒著、掙扎著，陷在黑不見底的漩渦卻無法自拔。

有很長一段時間過得鬱鬱寡歡，程度不至於憂鬱患者嚴重，但學校測的心理量表顯示我應該找師長促膝長談，我不太願意提及往事，只推說課業壓力大，此後關於心理測驗都格外謹慎，作答時會先注意分數算法，或是盡量在直覺下的選項更改成輕微。

有次放學回家，那次忙晚了，走往校門的時候校園已經空盪盪，我隱約聽見緩慢的步伐，和一般人不太一樣，除了腳步聲外，還有什麼碰撞到地面的聲響。

循聲望去，一位男同學拄著拐杖，一步步往前走。我在校園裡見過他幾面，有時候他騎電動車上學，有時候他就像現在這樣拄著拐杖，一個人默默走著，我即使在路上見著了，也沒曾上前關懷過什麼，心裡只閃過幾個同情憐憫的情緒，轉過頭便忘了。

聽說是先天性殘障，生下來就沒有左腳掌，右腳自膝蓋以下萎縮。我看著他走路，心裡躊躇著要不要上前幫忙，也許是因為他的身影太過孤單，才萌生出先前不曾有過的念頭。

我一鼓作氣的上前問他需不需要幫忙，他停了會才懷疑的抬起頭。也許我錯了，他並不是孤單，而是認真，就連這對於常人最基本的動作他都小心翼翼，踏實而專心的走著自己的路。

「不用。」過了一會他淡然回答，接著繞過我繼續走。

我臉上一熱，覺得尷尬，還有些懊悔，也許他根本不需要我幫助，反倒認為我是在瞧不起他。

我轉過身，難為情的說：「有什麼需要幫忙的，可以……」他停下，站在原地等我把話說完。「我沒有別的意思，請不要介意。」

他嗤之以鼻的看著我，「妳打算幫我什麼？」

我臉上持續發熱，「那個，也不一定是行動上的……」我左思右想，試圖擠出適合又能打動他的字彙。「任何事都可以，同學，對，我們是同學，理當互相幫忙。」

夕陽把他影子拉得好長，側臉在暖橙色微光照映下稜角分明。

他側著頭若有所思地看了我一會。「那好，」他說，「只要別想著幫我，於我而言就是最大的幫助了。」

我僵住，他又補上一句：「以後還是照平常那樣，見到面就裝作不認識吧。」這下子我更慚愧了，這不擺明了說我假惺惺嗎？以前看到他也不曾想去照顧，現在忽然的關切就像那些拿著透明箱子募集發票的學生一樣，為了服務時數才去做這些事，而不是發自內心想去關照他們。

只不過學校就這麼點大，要不遇上都困難，但尤其可惡的是，他每回見到我就刻意撇開臉，後來我從他制服知道他的名字，鈞揚。

原本心裡想著，既然他不想搭理我也就算了，可說不清楚究竟是自己想多接觸他，還是緣分未盡；

又是放學的時候，他落在人群之後，我上前走在他身側，陪著他慢慢走。

「妳到底想怎樣？」鈞揚老是以冷漠和嘲弄阻隔外界對他的關心，像刺蝟一樣不讓任何人靠近。

後來我時常在想，也許偏偏是鈞揚這樣難以相處讓我反骨的想一探究竟，也或許是覺得自己和他有著難以言喻的共同處，才會這樣一而再的想突破他重重防衛，好像只要這麼做，心裡鎖著的那扇門就可以打開了。

「我回家也走這條路。」我無辜的說，彷彿如此防備我是他的錯。

他不耐煩的別過頭去，拄著拐杖的手速度加快了，明顯想遠離我。

我配合著他的速度，他快我就跟著快，他慢我就跟著慢，道路旁是下水道入口，平常經過這裡都必須忍受惡臭。

鈞揚是真的不高興了，他吼道：「妳這人煩不煩啊！」其中一隻手舉起拐杖作勢在空中一揮，但沒要落下的樣子，我反射性的後退，不料鈞揚重心不穩，一頭滾落下水道。

那場面就好像那天的洪水，洪水淹沒了我和鈞揚，他就要陷進深淵了，我頓時覺得自己呼吸要停止了，他一屁股跌進水裡，懊惱的咒罵著，我焦急的拉他上岸。

「臭死了……」他嫌惡的捏住鼻子。

這一瞬間卻想哭了，看著他還完完整整的出現在眼前，眼淚再也克制不住的流出。

他很傻眼，「妳哭什麼啊？又不是妳掉進水裡。」

「我……我怕你摔進水裡不會游泳……」我邊啜泣邊說。

「拜託，這水這麼淺，要淹也淹不了……」他原先還想以「妳是智障嗎」的表情繼續鄙視我，但我真的哭得太用力，弄得好像他做錯什麼事，再大聲責罵我就是無惡不赦的大壞蛋。「好啦，別哭了。」他彆扭的安慰。

可以想像，路上有人經過看見這一幕，會是多麼逗趣的場面，一個下半身濕透還發著惡臭的男生，旁邊坐著一個哭得像三歲小孩的女生，男生還顧不得清理髒汙，用著手臂勉強還算乾淨的部分輕拍女生肩膀。

後來我和鈞揚的關係就起了微妙的變化，之後就算想再對我冷漠，只要想起當時那場景，臉色很快就敗陣下來。

已經打下課鐘了，我坐在教室低頭寫考卷，鈞揚在門口對我說，「出來一下。」

我狐疑的隨他走到人少的地方，鈞揚把拐杖放在一旁，坐在階梯上。他很少用輪椅，他說過想讓自己看起來盡量如同常人。

「什麼事啊？」我坐在他身旁。

「是關於小真的事。」他攢眉，「之前去輔導室的時候有聽見妳跟老師的對話。」

我心頭一緊，那些畫面排山倒海而來，我閉上眼不去想，可是這記憶早已深根蒂固，想忘也忘不了。

「不瞞妳說，先前在下水道那時候，我真的覺得妳很可笑，不過我在這裡鄭重跟妳道歉，那時我並不知道妳有過這樣一段經歷。」他嘆口氣，語氣僵硬的說：「我知道發生這樣的事，錯不在妳，妳只需要記得回憶美好的部分就夠了。」

我沉默，最後痛苦的閉上眼。「你懂什麼。」

「也許我是不懂。」他只是看著我，等到我願意睜開眼，他指著自己的雙腳說：「我只知道，曾經有好一段時間，我只要醒來，看見自己的腳，就想從房間窗戶一躍而下。」

「雯雯，我也許無法完全明白妳背負著怎樣沉重的包袱，可是我可以告訴妳，每個人活著，都是辛苦的，若立場對換，妳也不會希望小真痛苦的活著，不是嗎？」我想說，他說的都是錯的，可是心中又是那麼渴望放下一切，這樣活著，真的太累了。

「我無法原諒自己。」我握緊拳頭，每次只要回想起洪水的畫面，身上的包袱頓時沉重起來，令人無法喘息。

他想了想，「如果小真能夠原諒妳，是不是就不會那麼自責了呢？」

「這話是什麼意思？」我顫聲問。

「去見小真吧。」他說。

現在我就靜靜的待在這裡，沒有任何人打擾。

把最近一年大大小小的事都告訴小真，說完這些之後，我重重地吁口氣，先前只說了無關緊要的話，一開始還有些語無倫次。

我太緊張了，一時間又覺得自己憑什麼站在這裡和她說話，也許她根本不想見到我。

侷促的在墓前徘徊一會，想像著她坐在石碑上托著腮幫子等得不耐煩的模樣，我在她身前跪下，輕輕地說：「是我的錯。」

想像中的小真消失了，可是我感覺她就在我身邊。

「我在洪水中放手，妳被帶走了，接下來的事情我根本想像不到，我知道妳會很害怕，會大聲喊我，可是沒有人救得了妳……」我諷刺地笑，「就像現在，沒有人救得了我一樣。妳走了之後，我徹底封閉自己，人生沒了意義，如果不是為了爸媽，我早就去找妳了。後來我遇見鈞揚，我總覺得我們是同病相憐，他殘缺的是雙腳，而我殘缺的是心，當時我認為我們很合得來，雖然一開始相處上並不是那麼愉快。這一路走來，我覺得自己有些許改變了，可是到底不能原諒自己，每當從鈞揚身上獲得快樂的時候，罪惡感就會加諸在身上，它會告訴我，憑什麼放手的人能繼續活著快樂，而被拋棄的人只能結束短暫的生命。小真，我好痛苦，一直一直都好難受……我根本沒有資格活著，該死的人是我，是我！我活著只是為了贖罪……」

說到這裡，我已經泣不成聲。

「我知道我這一輩子都聽不見妳親口原諒了，可是我想代替妳活著，替妳感覺愛和快樂。」我深吸口氣，「如果願意的話，明天請放晴，好嗎？」

我起身，回頭望向涼亭，鈞揚拄著拐杖朝我走來。

我們肩並著肩，緩慢走在泥地上。抬頭看看天空，在這片天空底下，每天有多少人來了，又有多少人離去了，在這些悲歡離合中，我們都得學著堅強的繼續過生活。

希望明天能見到溫暖的太陽，就像妳的笑臉。

（明新科技大學「風崗文學獎」第二名作品；首獎從缺）

劉心閔

就讀於明新科技大學企業管理系。自提筆創作至今已有八年時間，其間創作多部長短不等小說，大多以愛情為主。

結局路上

游勝輝

第一次覺得，一條路走到這裡，再也不該回頭，是在車上被他握住手心的那一晚——這像是一本長篇的開頭，她回想很久都打撈不出來書名。

那是他們認識後的第三個月，不，大概是第二個月吧？她已經不記得兩人究竟何時才算真正認識。他是公司的營業部部長，聽說，是董事長老爸安插進來的空降部隊；聽說，他的婚姻實質上是企業聯盟的契約，現在跟妻子處於相敬如冰的狀態；又聽說，他在外跟不少女人糾纏不清……多虧風言風語，連面都沒見過，就可以得知不少，只是難辨真假——她當初直覺比較可能是閒扯淡，畢竟這些多像在超商隨手可得的言情小說的必要配備，本來，風言風語只是吹來吹去圖些清涼，並不需要攔下來審問真相。她從沒興趣參與這些，大家因此也不會特別告知，只是辦公桌之間擠得很，要真聽不到也得摀耳朵，不用那麼刻意。

偶爾他會出現在辦公室，東走走西看看，貌似巡視大家的工作進度，不知道他是真有看入眼，還是只為了多少像個營業部長。他給她的第一印象並不深，應該是有次，耳聞身旁同事的「部長好」，她才微微抬頭，看見一名年約三四十、眉毛有些粗黑的男子，也學旁人道了聲好，手上的筆一直沒停過，各專櫃盈餘比較清單劃記太雜亂哪容一秒分心。他似乎目光也未停留在她身上，不針對任何人的點點頭，便徐徐往別桌走去。紙輕輕向內彎摺一下便重歸平坦的印象，好一段時間，她以為他也一樣。

某天早上，在她負責管理的樓層有三通客訴，這並非怪事，至多讓她感嘆今天不那麼幸運。進公司前，以為樓管不過是負責監督專櫃運作有無問題，沒想到重要如評估讓哪家公司進駐專櫃，主管竟只負責對報告點頭與蓋章；瑣碎如客人投訴，樓管竟要出面陪笑挨罵。她對不同時刻出現的三位小姐重複深深鞠躬，接受相異的音調相同的怒氣，不時斜眼瞥見專櫃小姐的偷笑。一回辦公室，原本總沒什麼表情的女主管竟為客訴訓斥她好一頓，並丟給她數家新上櫃公司的安排idea，限她兩小時內交出評估，這便是怪事了。這主管相貌平凡無奇，本該無褒無貶的被忽略，然而就因從未在人前笑過，且戴一副似數十年前陳舊款式的金邊眼鏡，便讓同事們常常背後碎嘴，懷疑這女人是否曾試過男人的擁抱。她不管這些，工作仍勤快認分，雖沒有因此得到讚賞，也沒痛腳讓主管抓，這次繳交時間不留她餘地，卻似是有意刁難。

她面上水波不興，還是在將踩到時限前完成。急忙忙將資料歸檔時，一不留神，沒抱好，嘩啦啦一張張散落在地。她蹲下的同時，雙眼映入他迅捷屈下身幫忙收拾，三兩下就將資料收攏整齊，雙手遞來。「小心點喔！」口吻溫文中帶一點硬度。她輕輕點一下頭，快步去歸檔，耳中隱約傳來主管希罕的罵聲，至於用什麼字眼她就不甚明瞭。

雙眉平穩、整齊。眼神純淨淵深。一抹微笑使人親近。身高不突出，體型略微壯碩，比例算是剛好，至少不像廣告部主管那樣，不到四十已有可觀的啤酒肚……她對他，第一印象總算顯影。在她一向偏嚴的審美水準檢視下，其貌至多是中上水準，她卻有種被什麼撞進胸腔的感覺。現在回想起那刻，彷佛像自己養的天竺鼠，每當看到當頭灑下一把葵花子，一定是先反射性躍開，聞到香氣了還不敢躁進，不著痕跡，左顧右盼，然後……再雀躍奔來？

好像也在那天之後，她的工作日益吃重，甚至有一天那女主管酸道：「你妝幹嘛畫那麼厚？想勾引誰啊？」她心想，臉上不過多了兩張痘痘貼，還是拜你所賜。愈來愈確定這女主管是故意找碴，但想不到自己招惹什麼，多想也無益，就當作又一個奧客吧，不過是量的增加、限時的緊縮，還難不倒自己。下班回住處，一梳洗完，她大多倒頭就睡，有時連頭髮都忘了吹乾。以往下班後她還有餘裕看幾頁小說，寫一百多字的日記，那是過去讀台文系便養成的習慣，敏感的心靈該定時澆灌。如今身軀都已拉警報，不僅乾渴的心沒空解救，甚至有一兩天忘了餵天竺鼠，好在牠不曾忘了吱吱叫，不時來提醒主人牠還存在。

某天加班到十一點，搭捷運轉公車到下公車已經近一點。平常她都走燈火通明的大馬路，為了早點回家第一次抄小路，途中沒任何人經過，卻遇上三四隻野狗正在垃圾堆找食，一瞥見她，目光從貪婪瞬間轉成凶狠。她知道不應該逃跑，便要若無其事從牠們身邊繞過，其中一隻卻躍躍欲試要撲上來。她知道，狗群只要有一隻帶頭衝鋒，餘眾也會一擁而上，卻不知道還有什麼下一步。此時，一道車頭燈在她身後，彷彿劇場燈光適時趕到，窄巷頓時通亮。車窗搖下，他向她揮手。那股淡淡敵意又來了，彷彿浪尾啃食海岸線，但從局外人眼光來看，她走向車門的腳步看不出一絲遲疑。她很快認出這是名車。到車門前，她俐落伸手，開門，向他點點頭，便閃身進入。

除了吊在中間後照鏡的一隻OPEN將娃娃外，車內沒有多餘的裝飾，顯得空間寬廣。他身上的味道像是稀釋過的古龍水，又有點不擾人的男性體味，十足風格化，瀰漫整輛車——至少她嗅來是如此。夜晚的一切都被阻擋在外，車內彷彿自成世界，而且不顯窄小。

「我記得你。」他開口。她點頭致謝，有禮而矜持。「只是在家氣悶，開車四處晃晃，沒想到給我個英雄救美的機會。」他笑道。她微笑以對。

「你家在哪裡？既然都遇到了，就送你回去吧？」知道她租的套房就在附近，他似乎很驚喜，雙眉活潑跳動：「這麼巧啊！這麼說，我家和你住的地方很近，以後就可以常常見面囉！」這熱情未免過度直白，她想。

不到一分鐘的車程，只夠他確認她是公司職員，職務為何，主管是誰，工作感覺如何（「還不錯。」「很好，很好。」）。她向他鞠躬道謝，沒有面對客訴時誇張的折腰。他說聲再見，她揮手道別，轉身走去，步伐舒緩。

才走出幾步，他喚道：「既然你住得那麼近，上班時間也一樣，要不以後我都順路載你上班，怎樣？」看她恍若無聞又踏了兩步，他說：「我沒有別的意思。」見她停步但仍背對著他，他說：「交個朋友吧？」

她只感覺自己嘴唇蠕動一陣，他爽朗的笑聲隨即傳來：「那明天早上七點半見囉！」自己似乎閉起雙眼數秒，開眼時，只見他的車尾燈沒入巷子轉角的最後一抹微光，像是日暮。

回到住處，第一件例行公事是逗弄天竺鼠。牠原本在轉輪上不懈跑動著，一看到主人的手指伸進籠網的縫隙，便蹦跳過來，兩隻細稚的前腳攀住籠緣，嚙咬她素白的指甲。牠真相信這無故伸來的東西可能是食物嗎？她突然感到一陣厭惡，抽開手，牠蹦跳回轉輪上，喀隆喀隆繼續奔跑。

隔天一早，手錶顯示七點半過兩分鐘，樓下傳來一聲汽車喇叭。她一如往常的節奏出門，下樓，同樣的車同樣的人，在早晨陽光照耀下，似乎有種微風吹過青草地的清新。他敞開車門，在駕駛座上叫：「上車吧？」她點點頭，側身入座。

他端詳她一陣後說：「今天跟你以前的裝扮不太一樣吧？」她不置可否。

「我有準時吧？其實我每天都跟你們一樣，準時上班、做事，只是因為我的身分，大概很多人以為我可以睡到自然醒才準備上班吧？」他看著她，有詢問意味，她答：「不知道。我不太聽人家說閒話。」

他發動引擎，問：「你有聽廣播的習慣嗎？」她答：「有音樂的就好。」往昨晚他離開的方向駛去，突然她小聲叫道：「等等。」

「怎麼了？」他連忙煞車，兩人同時用力往前一晃，旋即被安全帶拉回座位。「不好意思，我家門沒鎖。」

那天之後，他仍是偶爾來巡視業務，眼神與身子仍很少逗留；她仍是埋首報表，或到負責樓層來回巡視。唯一改變的是，工作量突然銳減到正常狀態，一開始以為是那主管不知怎麼饒恕了她不知何時何地犯下的錯，然而此後她總被如刀的目光掃視，背後不時感到涼冷躲不掉揮之不去，看來自己不過是假釋出獄。那段交界時間，她彷彿患上高山症。大多數時候，她覺得病因只是工作量變化過劇，沒有別的，然而偶爾睡前調鬧鐘的那刻，她會想：或許，也就是因為沒有別的。上大學後至今，她久已不看通俗的愛情小說，但也還記得，男女主角相遇應該只是情節起跑的第一步。她的故事有了多麼俗套的開始，卻隨即陷入拖稿。既然看不見敘事拔出泥淖的努力，她便早早認定已經斷尾。

上次有這種感受，記得已是數年前。傍晚的教室。收拾上課講義的年輕男老師，主動留下擦白板的她。她還是乖巧的大一生，愛讀席慕蓉的詩。他據說才剛服役完便回歸母校，博士生一躍為國立大學的助理教授。他也拿起板擦，從左擦到右，她則從右擦到左，正覺奇異筆氣味刺鼻時，彼此板擦相撞，她手中板擦碰落在地，兩人同時蹲下來撿，他手掌完整蓋住她手背，還看得見她五根細長的手指，風吹動含羞草葉，將合未合。

「你上課很專心。」

「因為我喜歡詩。」

可是序幕隆重拉起，角色還未辨認清楚呢，簾幕便已快速合上。

這次不同了。簾幕又在她沒有任何準備之下俐落敞開，故事總算再啟連載。

幾年下來，她習慣週休二日找一天下午，自己一人去住處附近的游泳池，游兩三趟虛應故事後，就泡水耗完一下午，什麼也不想，什麼也不做，讓指頭皮膚靜靜的皺縮。時值盛夏，本就不大的池子，在一堆人頭中更顯得小了。她有些失望，因為善游的自由式很難伸展。她覺得自由式是最美的泳式，肢體最流暢奔縱的釋放，而在人擠人的池內，自由式也將不那麼自由。若就在池邊發呆吧，趁暑假學游泳的吵鬧孩子太多了，也令她浮想無法翩翩起舞，還不如回家讀小說。昨晚一篇短篇小說看了一半，男女之間言來語往，是節奏分明的雙人舞，也是步步驚心看誰先扭傷腳踝，她一直喜歡張腔的這一點。不知作者會在結尾擊出如何漂亮的一記殺球？

剛踩上一級鐵梯，就要拔起全身時，突然他叫住她：「怎麼這麼快就要走了？」掩飾不了驚訝的猛然回頭，見他正斜倚池邊，把一顆漂來的球扔給大概是球的主人的男孩。她感到有些困窘，露出水面的一雙白皙上臂似乎雞皮疙瘩正發芽。一直以來的一人時光，第一次被闖入，而且是他，而且是身著一件毫無設計感的連身淺藍泳衣，臉上沒有粉底，洩漏一兩處痘疤。

讓位給一個要離開泳池，正不耐煩瞪著呆愣的她的歐巴桑，她又重回池中，盪起圈圈波紋。他向她一步步走來，雙手排開水面，一副追擊的姿態，卻又徐徐穩穩，碰出的水花吃掉她泛起的微弱漣漪。驀然，一切喧囂都消融，原本視線內或大或小的他人身軀，從他的周遭一圈圈向外淡化為暈影，彷彿鏡頭只專注在他的面容，略為成形的二頭肌，還未鬆垮的肚腹，腰邊的陣陣水花。時間彷彿被拉長，空間卻變得如此逼仄，讓她心肺彷彿也遭到緊緊的擁抱。她以為自己會驚嘆出聲，卻只是靜靜看他面帶淺笑走來，不知自己是什麼表情。

「最近工作減輕很多，才能來這放鬆一下吧？」開場白完，他臉湊得更近：「老實跟你說，是我要你的主管不要再為難你的。」獅子搏兔般，語調卻仍是溫文。

她彷彿泳衣被一口氣撕開般，幾乎要打一個冷顫。

「是喔。」後來回想，當時除了回了這兩字，她不記得他們之間說了什麼，明明她還能清晰記起那時光影與水紋的交錯——他的身後被日光簇擁著，如有神助。

當她意識完整醒來，已身在更衣間內，泳衣因浸水緊縮正停在大腿上。將蓮蓬頭抬到額頂，水絲全盤籠罩整副身軀。她不自覺輕撫著胸乳，熟透多汁的果實，沉甸甸而不失彈性，水絲密集輕搥著。他有注意到嗎？在公司時連鎖骨都未曾露過。他有看到嗎？那天匆忙起床趕上最後一節課，穿的是鬆垮的T恤，而他與我都蹲了下來。水絲淅瀝淅瀝，輕搥著。

回更衣室走道，她只注意到兩類女人：一類年輕貌美，剛著好泳衣，清一色精神飽滿的朝外走；另一類大約正要來換下泳衣，無論老少美醜，皆全身鬆垂的走進，泳衣滿不在乎的滴水，散發消毒水的刺鼻味。

當他手掌離開她的手背，他再也沒正眼看過她一眼，她再也沒有拿過板擦。

她選擇鎮定而煥發的走出。他正在大門口等她，輕倚著柱子輕吐著菸，背後是如血夕陽。

故事從此沒了路障，快速推進著。

之後，每個上班日早上七點半，他的名牌車都會準時出現在住處樓下，總是僅僅一聲喇叭。從巷子東面來，載她從巷子西面出去。一天一小時左右車程，一個月排休四天，一個月下來有整整一天又二小時認識彼此。一個月後，只要他沒事，連下班也會接送。再之後，連假日他也會開車帶她出去走走。他們都該知道這代表什麼，也都沒對此多表示什麼。

她的房間，出現他為她付帳留下的一疊發票，且不定時一點點增厚（他從不對發票的，偶爾倒會買樂透玩玩），出現在夜市花了十枚十元夾到的黃色小鴨（她不懂這有什麼好瘋，他說自己喜歡略帶燥熱的人氣），出現一條相當於她幾個月薪水的項鍊（「這是名牌呀？」他歪頭）……之後，只會有更多有關他的物品需要消化。有時，她懷疑是否會弄壞腸胃，但門雖設而常開，大多時候嘴仍是自在的吞嚥。

她常常獨自把玩這些東西，總迷惑自己是否真擁有它們。似乎自己正走在一條平直往某方向的輸送帶上，快，卻絲毫不費力……似乎，彷彿，她心裡越來越常閃過「似乎」、「彷彿」等詞。

她還是不怎麼說話，他也從不多問。光講自己的事而沒絲毫回應，他也能滔滔不絕。她總算應該了解他了：他其實不只是空降部隊，談吐中頗見經營企業的視野；他有一個五歲大的兒子，還有感情的確不睦的妻子，回到家只跟兒子有話聊；他喜歡吃辣，覺得茄子很噁心；沒有政治傾向，但年輕時參與過野百合學運；談過三場戀愛，不包括他的妻子……然而，這些認識對她來說，彷彿只是某種作戰前備的資料——的確，她隱約明白，這場遇合與其說是踩在邊線，且不斷偷移界碑的偷情，更像是作戰。那種明白並不安靜，它閃進心中固著不去，不斷廣播這個認知，像住處那隻天竺鼠，一伸手要捉，便鑽入滾輪中不斷奔跑，成為一不可侵犯的圓。

她不明白，到底只是想看看它長什麼模樣，還是想捏死它。

那是他們認識後的第三個月，不，大概是第二個月吧？下班後，他帶她去漁人碼頭，那裡最有名的是情人橋，晚間燈火燦燦，再受汙染的河都能點綴出浪漫情調。吃點小吃，看點風景後，他們上車，離人群愈來愈遠，到一處少有人車經過的路邊停下。前方看得見兩條東西向岔路，東向路還有些車向西駛去，西向路卻無任何回應。

車子熄火後，整台車只剩兩人的呼吸聲，空間似在內縮，有回音嗡嗡。稀薄月光側托著 OPEN 將娃娃，看來有些妖異。隱約看見賓館的霓虹招牌閃耀，在西向路那邊，她想：怎麼又是西方？

此刻，他握住她的手心。

一條路走到這裡，她一度以為再也回不了頭。

沒有路障，卻是自己踩了煞車——最終，她掙開了他的手。於是，這次往住處西方離開的，是計程車在夜色下紅得怪異的車後燈。

一進家門，她便去看天竺鼠。牠正在滾輪上奔跑，瞥她一眼，止步，似是考慮要不要跑到籠邊，又繼續喀隆喀隆跑著。她抓起一拳葵花子，隨即任葵花子窸窣從指間流回紙袋，逕自去洗澡。

水聲淅瀝。她回想起那一刻，他的眼神，熊熊烈火，彷彿要將她捲入，那是獵取寶物的貪婪。她愈是這樣回想，餘熱加溫愈是迅速，水轉至最冷也澆不熄，逆推可知當時火焰的熾盛。

她認為，這次拒絕是動物察知危險時的本能反應。她開始放縱詮釋的邊界：他是不是命令那女主管先為難我，好讓他可以英雄救美，向我示好？第一次載我回家那晚，他是不是跟蹤我回家？要不怎會那麼巧，又怎會有人想在凌晨時開車到小巷子晃晃？聽說他在外有很多女人，我會是，不，我將會是第幾個？……

在浴室裡彷彿達成定論的她，躺在床上，立刻推翻自己：終究還是逃了，在故事要邁向高潮的那一刻逃了。她不想分清那是逃脫還是逃避，總之是逃了。所謂男人眼裡的慾火，只是想像的藉口吧？即使要面對的是糖衣蝕融後的煉獄，至少她能扮演一次被男主角抱住的女主角，即使是在俗濫的結局中落幕。

她原以為會輾轉難眠的，沒想到不久睡意就陣陣襲來，或許這也是種遁術？然而，隱隱然她又期待，明早七點半，那彷彿鬧鐘般準時的喇叭聲。「我會義無反顧的奔向你，西方……」夢中，她不停喃喃這句話，是不是從什麼小說抄來的呢？

那場夢裡，她正深陷在廣大的蜘蛛網，彷彿知道它會越束越緊，彷彿遠方有黑影慢慢欺近，又彷彿只覺得身在柔軟的床墊，只需沉沉睡去。

（政治大學「道南文學獎」首獎作品）

游勝輝

新詩筆名清晨。目前就讀於國立政治大學中國文學系碩士班。無論作品如何，總希望自己能記住胡適的〈小詩〉：「開的花還不多；／且把這一樹嫩黃的新葉／當作花看吧」。

關於城市

林夢嫣

故事1

雲朵喜歡白色。白色，代表更整齊、乾淨、美麗的世界，更好的生活。白色，讓雲朵的心情保持平靜。白色，幾乎就是純粹。雲朵是個對世界有著基本幻覺的女孩。幻覺的源頭，來自許多教養與規訓。她相信能夠成為有美好道德感的人，可以服務人群，為人類貢獻自己。雲朵是個好女孩，就像綿羊。白色的女孩。但她未必對這個世界或她後來生活的城市有更多的認識。在她的想像與夢境，世界是一種輕柔的、具備愉快感的白色，類似她對自己的印象與判斷——

世界應該是白色的，世界除了是白色不應該是別的。

雲朵就是雲朵，她的本名。不是代號或暱稱。雲朵相當喜歡自己的名字。雖然確實小時候遭遇到一些麻煩和取笑。但雲朵不願相信那些嘲弄具備惡意，她通常脹紅著臉，包容似的笑一笑，別人的胡鬧也就過去了。她認定人都是善良的，只是有時候有點無聊想要找樂子而已。雲朵來自台南鄉間，祖父母經營一家雜貨店，爸媽則在隔壁鄉鎮的小學任職老師。雲朵跟外界的關係根本上就是家庭狀態的放大，一切都帶著獨特光暈的人情感，像那些來到雜貨店買東西的老阿公阿嬤，每個人彼此認識，每個人都對雲朵散發善意。

世界的模型就是這麼建構的。是的，雲朵不相信邪惡。她從來不去想像人心裡包藏著多少深淵。她也的確沒有受傷過。雲朵從來沒有被陰影穿透，她是純淨而且永遠優美的雲朵。

雲朵從小就有一份心腸，體貼又溫柔，她的人緣自然而然很好，她是人人眼中的乖學生，雲朵也喜歡自己是他人的典範，尤其是從別人父母口中聽到怎麼妳就不能跟雲朵一樣聽話用功諸如此類的話，她更因此有著鮮明的存在感，像是腳底板長出藤蔓，深深地植入土中似的。雲朵始終需要別人鼓勵與肯定。她不自覺地追逐著掌聲而活。不過也沒人能說她什麼，畢竟有誰不是這樣子的呢？誰都依附著另一個誰的意見啊，不是嗎？

雲朵從南部上來發展，當然買不起房子，只能在工作的醫院附近租賃，幾坪空間的套房，簡單但舒適的布置，有一套獨立衛浴設備，每個月九千元的房租，再加上生活費，初初壓得雲朵喘不過氣。雲朵完全不懂為什麼移動一百多公里以後，物品價格會全然的不一樣，隨便買個便當都要八十元，稍微好點的一頓，一個簡餐加飲料居然要一百五十元，貴得離譜。雲朵不敢相信她居然要過這樣的恐怖生活。對雲朵來說，這其實是她最初對這座大城的定義。

在台北，有太多東西可以看了，一切都那麼絢爛、繽紛，但不知道為什麼每個人都是寂寞的，至少雲朵這麼以為。似乎再多的顏色也填補不了人裡面的空洞，再多的物質滿足都只是籠罩的煙霧，轉瞬即杳然，無法可想。

然雲朵沒有被各種管道、媒介耳提面命的欲望養成新的城市性格。雲朵是質樸的生活者，她從來不會要求更多。她的欲望值維持在低檔，只要可以生活，每個月轉一萬元到鄉間給八十幾歲的阿公阿嬤，她就是心滿意足了。不要求更多。

當然，雲朵不免寂寞。這是一個被寂寞吞食的城市。雲朵也想談一場偶像劇般的離奇戀愛。不過剛剛已經說過，雲朵並不貪婪。因此她也只是想想，並不會有任何行動。何況，這麼說吧，雲朵活在她被需要的空氣裡——

是的，雲朵的重點始終是幫助人，讓世界更形美好。這是雲朵的價值。

雲朵是護士，在長庚醫院工作，每天像齒輪一樣的運轉不休，坐在一張桌子，接過健保卡和預約單，重複聽著醫生和病人的對話，煩惱、緊張和壓力，列印單據，繼續處理下一個病人。在這裡，雲朵看過太多病症，她有時會有種錯覺，好像她正在看一場綿延的、無止境的怪胎馬戲團秀。而雲朵並不覺得好看或有趣。那是歪斜、扭曲的精神場域。有時候會讓雲朵毛悚。但雲朵總是盡可能和善而溫柔地面對病患。他們又寂寞又恐懼，因為對體內怪物感到無知，而幾乎要被生活與世界擊潰。

她知道來到這裡的人都已無可挽回地失去了一部分的人形。雲朵憐憫他們。

雲朵最關心的是那個罹患憂鬱症的男孩。他一個星期就要回診一次，換藥換個不停，但其實大家心知肚明，能用的藥都是那些，每個人都活在健保與藥廠的主宰之下，醫生能夠給的，你能夠拿的，就只有那些。醫藥統一化、標準化、企業化的年代裡，醫病雙方根本沒有太多選擇。雲朵相當喜歡那個男孩。他是個詩人。而詩讓雲朵迷戀。

男孩說文盲的時代已然過去了。這個城市的人都能閱讀。閱讀並不困難。困難的是思索。以自己的力量進行思考這件事已經變成人類潛藏的危機，除了認真、致力思想的少數人外，大多數人都不思考，他們只負責接受，他們都成了思索盲。這個時代唯行銷至上，唯經濟價值無雙啊。思索盲這三個字，讓雲朵的耳朵都開花了。這個男孩，這個男孩是特別的。原來如此，停止思索啊就是我們這個時代的弊病。

雲朵喜歡小她兩歲的男孩說起這些事的聲音。當他對醫生叨叨絮絮時，雲朵經常要覺得男孩其實才是治療者，而她和醫生才是病人吧的錯覺。男孩有時候會拿印在A4紙上的一些詩給醫生讀，但醫生只是假裝在看。有一次男孩離開以後，醫生還嘲笑的說，應該把男孩轉診給鯨向海，詩人對付詩人，才能有奇效。雲朵後來慢慢知道，這就是醫護工作的真相，醫生也只是工作，沒有多少人會真的打從心底關心病患，他們已經被日復一日的看診時光磨損到連最後的一點同情都解散、泯滅了。

雲朵開始私底下跟男孩約會。醫院隔一段時間就會調換時段的三班制，讓雲朵很難跟別人發展正常的關係，尤其是大夜班，當她下班時，都已經凌晨八點，身心俱疲的她，怎麼可能和誰有互動呢。還好，因為一個機會，雲朵轉成門診護士，她就是那時候遇見男孩。他們後來幾乎是同居，男孩總是去她的住處成天敲打電腦，等著她回來。不過男孩的憂鬱症啊時好時壞，壞的時候，他就像是要跟黑暗溶在一起似的，半步都不想離開，總是縮在他家裡的房間，被絕望包裹，猶如一塊冰。即使雲朵就在他面前，男孩還是看也不看她一眼，一句話都不說，只自顧自活在他絕對的零度裡。好的時候呢，男孩會說，城市的天空總是灰著的，但還好，還好有雲朵。那是相當乾淨的情話。雲朵喜歡聽。

男孩可以出門的時候，也會接雲朵下班，他們會沿著敦化北路朝市民大道的方向一直走，他們總得經過小巨蛋回到雲朵的住所，不過一次都沒有進去過小巨蛋。男孩跟她保證過，有一天他會帶雲朵去看一場真正的歌劇演出。但這件事在一年後男孩離開前還是沒有發生。反倒是附近巷弄的皇冠小劇場，他曾經帶她去看過一場雲朵完全不明白在做什麼、昏昏欲睡的表演。

其後，雲朵聽著男孩提到自己的遺憾，在蔡明亮、田啟元掀起小劇場運動時，他還在讀他的小學，而錯過了真正的崛起，真正的黃金時光。雲朵其實不懂有什麼好可惜，很多東西都是太遲的，能夠來得及的少之又少，而男孩對她來說，就是很神祕的抵達。雲朵希望男孩能夠多想想現在他擁有什麼，去珍惜去顧念去保護。但男孩能懂嗎？他到底有沒有打開眼睛好好地看著雲朵呢？

後來的後來，雲朵在多年以後，還記得男孩很多事。

她記得他曾經寫下的詩，說過的話，她記得他的眼神和表情，她記得男孩說喜歡她的白皙膚色，她記得時間在他們街頭散步時慢悠悠的形態，她記得男孩吻她時，世界整個崩壞又瞬間重建為新的完整模式的滋味，她記得他進入時的疼痛與甜蜜，她記得他們彼此的靠近，她記得她對他的崇拜與奉獻，她記得……她記得，即使她只剩下這些記得，但雲朵還是緊緊地像懷孕一樣不肯讓那些記憶離開。她一再地生產那些記憶，反覆地留著它們，絕不放手。

現在的雲朵，每天都被白色包圍，吃藥，活動，飲食，不斷回憶跟男孩的種種，偶爾聽見男孩微弱但確實流動在周邊的情話，然後深深地睡去，等待下一個天亮，等待自己醒來會赫然見到男孩來探望她的可能。

雲朵進入精神病院，她整天都生活在白色。她就是白色。世界最純淨的顏色。

故事2

何流喜歡藍色。何流看過一部好老的波蘭電影《藍色情挑》。他非常喜歡。女主人翁在玻璃另一邊流眼淚，望著天空的一幕，長久地生根在他的腦海。何流相信藍色就是自由，一種需要在傷痛間尋找出口的顏色，多麼美的愛與憂傷。他喜歡藍色。何流喜歡的東西不少，但徹底喜歡的，只有一種，就是藍色。何流第一次到隱匿的有河book時，就為它瘋狂，那是何流夢想中的空間。

詩就是藍色。何流寫詩是為了更確實捕捉藍色的形態與聲音。這應該是另一種精神病症：藍色癖。而活在這個人與人的關係狹隘到連一線思想都無法置身的城市，有一些異常的癖好是非常正常的。

何流沒有看到任何例外。完全正常的人啊本身就是一種異類吧。

何流經常以為他生活的地方是一處巨大的病院，封鎖而且永恆，沒有人逃得出去，像駱以軍小說那些深深陷溺到魔幻回路裡的人，無論是旅館或者城市，無論是怎麼樣一種預先設想的完全逃亡路線都無法有一丁點的機會離開，完了，一切都完了。每個人都罹患著某種難以言說的病症。而太多精神疾病的名目持續被發明，且不斷細分下去，但最根本的認識與療癒卻從來都是匱乏的。何流很悲觀。悲觀也是藍色。

在醫治已經死亡或並不存在的年代，一切都只是剩下來的生活，我們只是過著前人所創造的生活模式的渣滓，我們一出生就已無以避免在殘餘的資源中過活。沒有更多的了。我們終究還是會回到這裡。這是何流對世界的殘酷認識。

何流的父親是酒鬼，早在他十歲那年就死了。他醉倒在路邊，據推測可能因為口渴，把頭埋進水溝裡喝水，一不小心就溺死了。居然也有這樣的死法，何流佩服，同時也覺得的確是符合那人渣的垃圾死法。何流對他血緣的另一半的產生者的死並不傷心，他反倒慶幸從此啊再也沒有人對他和弟弟、媽媽拳打腳踢。何流的父親酗酒而且習慣性的動粗，何流身上的瘀青總是最多的，因為他要保護辛苦的母親和才五歲的弟弟。他承接那男人大多數的暴力。

那人渣死了，不只何流安心，他知道連媽媽都鬆了一口氣，雖然她有好長一段時間都不太能正常行動，而且像氣球被吹撐似的在兩個月裡暴增三十公斤，彷彿傷心在她的體內囤積太多。但至少，他們都活了下來，用不著被人渣拖累。

何流從小就痛恨酒類。在通過室內場所禁菸的法令時，何流還忿忿不平的想，為什麼不連酒也禁止呢？何流並不吸菸、不喝酒、不吸毒，所有禁令對他都沒有影響。菸殺人，依照那些曖昧不明的數據呢，不過都是些可能或也許的論調，缺乏明白的證據。但酒這件事可是扎扎實實，毫無疑問地在奪取人的性命，還不是飲酒者個人的性命，看看那些喝酒鬧事、砍殺、酒駕衝撞的，有哪一個人是無辜的，每一年因為飲酒過量而致死、致他人死的人有多少？

何流相信這個數據十分可觀。但何流也很清楚，禁令是癌般的可怕東西，有一個就會延生、擴增另外一個，不停繁殖，總有一天這個城市就只會是一個無菌室。而自由也只是空殼罷了。對此，何流著實是矛盾的。

何流的母親在師大夜市擺攤子賣麵食維生，這麼多年下來，總算把他和弟弟養大，兩個都是好孩子，課業都不錯，弟弟就讀台大，而何流本可以到更好的學校，但他堅持上文化大學的文藝創作組。何流熱中於閱讀。他對創作這件事的熱情早在國中就已表現出來了。他主要想寫的是詩。永遠是詩。尤其是詩。何流聽得見詩在對他說話，有無數的語詞和句子隨時隨地在他的腦子跳動，希望獲得他注意藉而促使它們誕生。詩讓何流有種救贖。他渴求成為詩人，但出版詩集非常困難。他把詩寄給幾家出版社看過，沒有什麼回應。

何流很快就知道除非他自費或通過某個單位的出版補助，否則沒有人會對他的詩集有興趣。畢竟，何流抗拒參加文學獎，也不投稿副刊雜誌。何流有何流的孤高、驕傲。他決定專心一意聆聽詩，並把它們寫下來，不再理會外界的評價。

但在此大城裡，噪音是盛大萬分的存有質，屢屢迫使何流分神。施工、車水馬龍、叫囂吵鬧、狗吠、手機鈴聲、超重低音喇叭、大聲公，以許多名目舉辦實則企圖經由人們的寂寞獲取利益的各式慶典，尤其是說話，那麼多人張著嘴巴，經由舌齒摩擦發聲說話，讓他有如置身外星人入侵地球的恐怖場景。無孔不入啊，噪音！

何流讀大學時，每天必須通勤到陽明山，他難以忍受和其他人同住一室，也不想過潮濕多霧的山居歲月。是以，他們一家還住在人渣老爸繼承的公寓，在八德路的巷弄內。而噪音簡直像某種妖物緊纏不放，好像他有它們要的什麼，比如說他是唐僧，一身的皮肉都足堪使它們位列仙班似的。何流覺得那些原本適切優游的詩意正快速地被噪音殺死。何流完全不明白為什麼以前不曾造成困擾的噪音，現在卻成了詩的敵人？

何流在大學的最後一年，幾乎已聽不見詩的聲音，只聽到各種噪音。有一種即將爆炸的什麼填充在他的腦海底，何流行徑愈發古怪，他徹夜失眠，幾天幾夜都睡不著，黑眼圈像邪惡標誌，搞得媽媽和弟弟誤會他在吸毒，他不得已只好去醫院就診索藥，他不過是想睡得毫無疑問而已。何流後來聽見更多其他的聲音。明明沒有誰說話，但他就是聽得見，即使一個人在家中，還是聽得到細語。幻聽。何流不想要聽見了，但聲音卻不肯放過他。他愈來愈憂鬱。他去買了隔音墊將整個房間鋪滿。何流也愈來愈討厭光亮，他用黑色膠布把窗戶、門縫都封死。

何流渴求藍色的自由，卻只能得到一個黑暗的房間。

何流除了去醫院，很少出門。他從來不讓任何人進去他的房間，唯一例外是那個護士，他鍾愛的女子。她有一把鑰匙。但何流卻封鎖自己，活在自己的終結裡。那是他的黑暗季節。女子就算有鑰匙吧，也無能為力，她終究沒辦法打開他。

何流需要她把更有效的藥拿過來，他只是想要抵抗那些噪音，在顱內狂奔的聲音。何流漸漸覺得自己跟那個死去的酒鬼人渣沒什麼兩樣，差別只在酒和藥而已。這個想法讓何流更加痛恨自己。但為了能讓憂鬱短暫停止在他腦內運作，何流不得不依靠藥物。何流覺得自己在黑暗的水面漂浮，無止境的。他知道他很快就會成為媽媽和弟弟、他愛著的女子的負擔，一如人渣老爸。所以後來，何流就死了。

何流現在需要做的一件事只有一個，他整天守候在那個女子旁邊——

她為了他去至煉獄的深處。

在何流還能思索的時候，曾經這麼想，天空總是灰著的，但還好，還好有雲朵，但更好的是，天空終歸是藍色的，藍得像是一線希望。何流需要希望。她則擁有他夢寐以求的藍色。女子的體內存在藍色。

她就是藍色。這是他所能意識的最強壯的溫柔。一種哪裡都不去的終極守護。同時，何流知道自己業已以鬼魂的模樣獲得自由。他既是永恆的靜止，也是無限的遊蕩。他可以不間斷地沉睡，但又清醒得無以復加。憂鬱和自由終於達到了一致性。

何流待在女子身邊，凝視她，愛著她，對她說話，以一種隱密的震動頻率，何流知道女子聽得見，她總是歪著頭在聆聽，宛如她是專屬於何流的收音機。然後，何流慢慢遺忘他攔截的，時光的自由。鬼魂的記憶說到底還是會加速逸去的。

何流會一直留在那個女子待的白色房間裡，在他完全失去記憶、連帶意識也消亡以後，他會變成固定的、附著在牆壁上，殘存的波動，在夜裡偶爾會閃現一抹神祕的藍光，只有那個女子看得見他的一點光影。

他以藍色的形態，存在也不存在。他再也不會因被自由的觀念綑綁而受難。

故事3

那邊喜歡黃色。那這個姓少見啊，那邊姓那。當然了，他的名字不是邊，他的父母恐怕還沒有那麼搞怪，給他安上那種名字。只是從小到大總有人要這邊、那邊的開他玩笑。那邊也習慣了，覺得那邊這個名號挺屌的，以致於有陣子他認真地考慮是否要去戶政事務所把身分證的那無忌改成那邊，他覺得那邊又清爽，又有親和力。

那邊喜歡自己就像是一團昏黃的光，一種懷舊性質的什麼，讓人倚賴。那邊覺得自己的形象應該是堅固、安穩而成熟的，誰都依靠他，沒有問題。黃色，是土地的顏色，是世間堅持的基礎。

那邊和朋友合資頂下一間溫州街的店面，努力經營成具有特色的人文咖啡館。他喜歡磨豆機碾碎咖啡豆的香氣，撲鼻，好像整個宇宙的清醒都集中在他的鼻尖。他也喜歡舉辦各種藝文活動，讀書會、朗詩會或者是小型 Live 演唱，這些都讓那邊感到滿足。那邊在店裡擺滿各種黃光燈泡的燈具，一到了夜晚，那邊的咖啡館，就像是從老時光逆轉回來的場所。黃色讓世界變得安心，變得周全、寧靜。

阿點老說那邊迷戀黃色，那邊則回應，真正讓我迷戀的，是你，阿點笑得很開心，那是張黃皮膚的臉，跟他一樣，厚實、誠懇，無可避免的帶點哀傷。黃色，對那邊來說，也是悲傷的色彩。

那邊也喜歡植物，他喜歡被它們的呼吸包圍，他喜歡那些植物的氣味。他在店裡放了不少盆栽，有茶花也有萬年青，但主要是各種九重葛，紫紅的苞，刺，鮮綠色的葉，那邊覺得九重葛是一種很細膩豐饒的語言，必須非常用心，才能夠解讀。那邊的店門口就是幾棵榕樹，垂著搖擺長鬚，每次那邊從裡面往外望出去，都有種恍惚的感覺，好像可以到樹下聽誰說書似的，後來他還真的在那兒辦了社區說書會，讓路人或周邊店家、住家自由參與，每個人都來說三分鐘故事。

另外啊那邊十成十地討厭人工造景，樓起樓塌，不過是轉眼間的事，意義在哪裡，那邊無能理解。所幸他所在這區一向維持在靜好的氣氛，雖有零星動工，但始終沒有大的都市建築計畫入侵，真是天可憐見。

那邊對文明的看法稍微悲觀一點，比較直接點的說法就是反進步。追求進步是人類文明的動力，但同時也是使自然變得邪惡的根本態度。進步，當代所謂進步觀點的內涵，經常是必須劫取、掠奪和改造自然。這讓文明和自然的關係進入絕對緊張的關係，人類再也不想與自然共生共處，他們只想征服自然，於是自然的位置瞬間變成文明的敵人，成為野蠻，成為不可饒恕的障礙物。

從工業文明開始，人類就貫徹進步至上的想法，期盼更快速、更便利、更舒適的生活，而完全忽略自然的野生狀態。這是一場戰爭，人類與自然的戰爭，而代價將是很不得了、延綿發生的災難。有時那邊會覺得索多瑪並不是一個故事，是普遍存在的，亦即現今所有的大都會，包括他所在的台北都是。那邊式的結論：我們都活在罪惡之城裡。

在台北，有太多的味道，走在街上，到處都是，從食物、廢氣、體味到香水，就像是攻城掠地一樣，而那邊腦中的氣味盒子則予以細細收藏。那邊有種本事，聞香認人，他的鼻子並不非常靈敏，但很擅長記憶氣味，他能夠在繁複的氣味訊號裡正確無誤地找到他要的那個。這也造就了他煮的咖啡，特別是單品的頗受好評。那邊對拉花技巧沒有多大興趣，他感到歡悅的始終是親手烘焙生豆的手藝。

那邊有間工作室，專門精研各類豆子，從挑選豆子到油脂、焦度，都能依照自己手感和鼻子的確認而精準製作。咖啡如是，戀人也如是。那邊挑選戀人的角度，經常是嗅覺的，而無關其他感官。

那邊的品味一向被說怪異，且從來沒有一個明確範疇。那邊的鼻子替他決定戀人，一直以來都是如此的。在茫茫氣海，在巨大的相似性裡，他就是能夠發現心有獨鍾的異味者。那邊就非常喜歡阿點的味道。第一次遇見阿點，那邊便對他心動，阿點的身體散發著清新如晨間露水般的氣味。那邊一下子就為阿點墜落到最深的地方。

那邊和阿點後來成為戀人，兩人剛剛好是同性，除了這一點稍微特殊一些，偶爾造成困擾以外，他們並不覺得在這座城市會惹來什麼麻煩。唯一有點討厭的是阿點的前女友，那個有偏執症的女人。她堅信是自己拋棄阿點，使得阿點精神創傷而轉向男男傾向。她抱持這種阿點是生病了的態度，讓那邊對她相當感冒。那邊一向認為如果文明有稍微一點值得珍惜的部分，就是不追求同化，允許異化的多元發生。但阿點前女友不認同，她堅持他們兩個是病態的關係，阿點必須去治療。當然了，他們並不理會她的說法。反正後來她也徹底地退出阿點的生活，甚至比阿點的哥哥還要更早地消失。

那邊的阿點是個舞者，他固定和幾個舞團合作，那邊去看過他在雲門和無垢的演出，對那些身體意象的開發很驚嘆，原來舞蹈根本就是另一種規格的詩嘛，那邊大開眼界。此後，那邊成為真正的舞迷，總是挑選最靠近舞台的位置，在視聽的動態中，仔細辨識阿點的氣味，與醞釀在那些味道裡的心思。而說到詩，阿點的哥哥是個詩人，幾年前在女友的宿舍上吊死了，阿點對哥哥不諒解，覺得他自私到極點，居然讓女友眼睜睜發現他的屍體，也讓媽媽一蹶不振，擺了幾十年的攤子頂讓出去，像一株失去水分的植物慢慢枯萎，沒多久就罹患阿茲海默症。

那邊喜歡阿點的媽媽，他樂意跟阿點一起照顧她。那邊本就是孤兒，在孤兒院度過無助的童年後，便一心渴望有個家。那邊很快搬進阿點在八德路的住處。阿點無法原諒他的哥哥。但那邊卻對阿點哥哥也有著好感，因為他寫詩，且寫得極好，在檯面下有不少人流傳著他的詩，而且那邊和阿點就是在阿點哥哥在咖啡館舉辦的小型讀詩會相遇的。

那邊知道在城市生活的人們，絕大多數都是被夾在縫隙裡的，一點餘裕也沒有，就像那些辛苦工作一個月為了一個名牌包包燒掉全部薪水的上班族一樣，也像是在工地求生活的原住民一樣，領不領薪水，都是吃喝不離身，酒是他們唯一的救贖，即使可憐。那邊不覺得其他人更好，更傑出。每個人都在非活不可與非死不可之間徘徊，每個人。如果不是有咖啡和阿點，那邊也會是盲目、醉生夢死的一員。但你怎能渴望所有人都找得到自己的路？至少那邊與阿點都在溫暖的黃色裡，他覺得他們被陽光保護。他們都是黃色的天使。

那邊進入阿點時總感覺到堅實、甚而具備扒力的包覆，嗅覺裡且充滿阿點的清香，當兩個人都高潮時，靜止的他們就像植物藤蔓般彼此纏結，許久、許久，都不動，那邊就真的抵達了他從小渴望的那邊——被黃色的光環繞著的一幅美麗無比的家庭生活風景：那邊的幸福。

故事4

愛情喜歡紅色，也喜歡大家叫她愛情，原來的名字反倒不重要，所有她認識的，不認識的，都知道她的名字是愛情。愛情對男人滿有一套，她的姊妹淘有什麼問題，都會尋求她的幫助。愛情來者不拒，總是為她們剖析情況，指引明路。如果是她力有未逮的，沒關係，愛情還有一個祕密武器足以應付，什麼疑難雜症愛情都沒有在怕的。

愛情在朋友間的另一個綽號是：愛情獵人。都說她不知道幫多少女人成功地狩獵了另一半，愛情對此頗感到滿足、得意。雖然距離上一任正式男友已經有大半年的時間，但愛情的床上從來不缺男人，只要她勾一勾手指，就有人會爭著要爬上來，這不是貼金或誇張，而是愛情的本事。愛情是女王，鮮紅如玫瑰如血的女王，她征服了男人國度，以她君臨般的極限極色肉身。

愛情認識一個盲眼預言師，只要愛情無法解決的，都會去找她。愛情也幫周邊的重要人士問過預言師一些事情，後者精準地預測了愛情前男友的性向轉向以及他哥哥的死亡。

預言師是愛情的法寶，愛情非常信任她，因此愛情很小心用火的問題，這是由於預言師曾經警告她，必須小心身邊的火焰。愛情從來不在家裡開伙，反正她也不需要。愛情的三餐和宵夜從來都是在外頭解決的。這是一個美食之都，要什麼就有什麼哪，何必費事親手做羹湯那麼麻煩。而愛情容易感到飢餓，心理上和身體上都是。她餓起來時，整頭牛或一個戀人都有辦法吃光抹淨。

愛情無法控制的想要更多、更強的進入與吞食。

愛情總是濕潤的，她一空閒下來，就會慾望著性愛，這時愛情的臉蛋老是紅通通，而且眼神流動像是一種咒術，男人的魂魄很容易就被她割走。愛情又濕又熱的門戶總在等待著。

愛情從來不覺得自己寂寞。對愛情來說，那只是單純的慾望。

但愛情很後悔傷害了前男友，前男友的表現很好，時間和力道都很好，但就是少了一種瘋狂的感覺，愛情想要的是男人瘋狂地進入她，需索她，沒日沒夜的，她要的是一種啊完全爆炸、連肉體都熔解了的性愛，因此她不得不一邊繼續和前男友乏味、無聊、過於冷靜的歡好，一邊暗中向外發展，找尋更凶猛的撞擊，直到東窗事發後，愛情才認真地反省了一下，決定除非有個在床笫之間完全零缺點的性愛機器，否則她再也不交男友，免得自己又那麼愧疚。

愛情住在信義路的一棟大樓，從那裡散步到一〇一只要三到五分鐘的時間。愛情沒有工作，但她從來不缺錢花用，有的是男人搶著替她付款，房子也是被哀求一定要住進去。

萬歲是愛情住的大樓的警衛，他每天都見到愛情。愛情來了，愛情走了。固定的相遇，固定的離別。沒有更多什麼，兩人連點頭打招呼都很少發生。愛情是萬歲看過最美、最高傲的女人。一個教人迷亂難以自已的，紅色的女神。俗豔的紅色在她身上被昇華了，有著驚人的高貴、優雅。愛情從來沒有正眼看過瘦小、沉默的萬歲。他在愛情的眼中，連個背景都不算，只是一套警衛制服罷了。

愛情所在的大城裡，夜市真是多，連超商也二十四小時地提供小吃與零嘴。愛情為了餵飽體內無底洞似的怪物，常拎著一堆食物進出，或讓迷戀她的男人們送來她想要的，士林夜市的藥燉排骨、師大夜市的滷味、饒河夜市的胡椒餅、西門町的大腸麵線、勞勒斯牛排、牡丹園的生魚片組合……她想要吃的，就一定能得到。

但奇怪的是愛情一點都不胖，她的體態比那些電視上model更完美無瑕，萬歲覺得不可思議。萬歲向來清楚住戶的動向，他彷彿是昆蟲學家，腦中記載大樓所有人昆蟲般出沒的路徑圖與行程表，以致於後來他乾脆把自已租的幾坪房子退掉，帶著簡單的行囊，偷偷潛入空屋或遠行者的屋中，躺在別人床上享受他難以獲得的安逸與溫暖。

而有那麼一次，萬歲值班的一晚，看見愛情拖著兩個行李箱，交代萬歲有什麼掛號或包裹先幫忙保管，她從義大利回來再取，就鑽進外頭等著的跑車，揚長而去。當晚，萬歲就睡在愛情的床上，他覺得自已如此真實的接近她、擁有她，萬歲有種這輩子也算值得了的奇妙感受。愛情卻在隔天早晨提前回來了，行李箱被她大小姐扔在街上，她直接甩上門離開男人的屋子，那男人打算和她求婚，要把義大利當作蜜月之旅，愛情可不吃這套。

愛情一進自己家門，卻沒想到床上有個警衛男，怎麼回事啊！

萬歲迷迷濛濛地看見愛情以為自己在作夢，不由放肆地喊著，哦，愛情，愛情妳終於來了。愛情摁下按鈕，室內燈光驟然亮起，萬歲嚇了好大一跳，原來真的是愛情，他的思緒停頓了幾秒鐘後，人立刻彈離床面。

愛情用一種刀鋒一般視線瞪著萬歲，現在的警衛服務這麼好，要這麼就近守護住戶嗎？萬歲訥訥的說不出話來，愛情忽爾嘴角揚起惡意的弧度，你想要我，對嗎？萬歲愣住。想要就來吧，愛情走向萬歲，指住他的胸膛，萬歲下意識的說，妳怎麼能這樣隨便，我，妳，妳根本不記得我是誰；你是誰有什麼關係，我只需要知道你是男人就已經足夠了，再說了，愛情鄙夷的說，隨便，你偷偷潛到我的房間，還真有那種臉說我隨便啊，還是說，你那裡不行，不行就滾，別浪費老娘寶貴的時間。

愛情的怒焰一路燃燒呢，這下全數投擲到萬歲身上。愛情迅速地伸手探進萬歲的褲子，抓住他的下體，軟的啊你，廢物，萬歲沒有想過原來女神是這種德行，他太震驚了，而且他被愛情踩到痛腳——萬歲的確有障礙，他的女友們都嫌棄過這件事，一陣灰暗快速地侵入腦海，等到他意識到自己在做什麼時，愛情已倒在地板，而他的拳頭都是血。萬歲一拳接著一拳痛毆愛情，將她那張美麗驕傲的臉徹底擊毀，徹底的。

愛情已經失去了意識，萬歲還繼續著，一邊哭，一邊繼續毆打著，沒辦法停止。愛情的臉幾乎凹陷成一個洞。而萬歲在拳頭再也揮不動之後，轉為撲到她的身上，咬住愛情的頸子，咬著，撕爛她細嫩的血肉咬到愛情斷氣為止——

於是，毀壞的愛情漂浮在毀滅的大海，紅色的大海裡，漂浮著。

故事5

圈喜歡黑色。她喜歡自己就在黑暗之中，被黑暗保護著，遠離一切的發生與終結，她永遠不必以眼睛見證這個悲慘而可憐的世界。圈從收音機裡得知那個女人的死訊時，她心中的海浪洶湧起來。但躲在墨鏡後的眼睛是乾的，她已經太累了，再也沒辦法為任何事、任何人落淚，只剩下僵硬堅固的鏡片替她阻絕外界的哀傷持續入侵。圈撫摸陪伴了她十五年的眼睛，她的黑狗，她知道牠將在不久後死去，牠也已經太老。

時間從來不仁慈，它善於奪走。一種巨大而隱形的超級暴力。圈始終能夠感到時間像是一桿槍，就抵在她的太陽穴，等待擊發。時間，對圈來說，是絕對殘酷的演示，是邪惡的切割，是無法逃離的，又真實又遙遠的觸覺。時間啊，一名最偉大的罪犯，以屠殺人的存在性為樂。

圈並不是生來就是盲人，她在十二歲前擁有視力，她看得見世界，她知道顏色與形狀，但視覺告訴她的事情都是又暴力又可怕。在孤兒院，在被說是愛心的最後防線之地，圈目睹的都是慘烈而無望的煉獄景象。

她必須一個人適應黑暗，且躲避其他人的欺侮與凌虐，誰夠強，誰就足以在那裡生活下來。圈沒有別的選擇，她必須留在那裡，學習人間與城市的生存法則。父親因為懷疑母親外遇，親手以開山刀刺殺了七十八刀，整個人染滿了母親的血，最後再用力劃開自己的脖子。圈記得媽媽渾身是洞，爸爸頭顱一低，險些就要從頸子上滾下來的那個畫面，它一直回來找她，一直回來，任意地襲擊她。

圈在緊急安置的時候，卻意外撞見保姆丈大對另一個處境和她差不多悽慘、大五歲的姊姊性侵。那人一邊微笑，一邊扯著女孩的頭髮，像是在玩洋娃娃似的弄壞那個姊姊。那時她才七歲。性侵，圈很早就知道這個字眼代表什麼。

圈不想看到這一些，於是她懇求天上的神讓她看不見，讓她遠離恐怖的視野。

圈十二歲那一年，有天不慎觸摸漏電的電線，圈只感覺一巨大的顫慄迅速通行，眼前一黑，人就失去了知覺，醒來以後，她什麼都看不見了，除了盛大的日光偶然會引發暗紅色外，其餘的，全部都是黑色。但那也是她的預知能力展開的時候，就像是一種支付或交換，只要她伸手觸摸，她就會知道未來會怎麼發展，怎麼結束。她的手指會翻譯他人肌膚流露出來的明日訊號，每個人的命運都潛藏在體內——

是的，他們就是他們自己的命運之書。

圈的腦海則像是有片銀幕會自動投放字句，包括時間、地點、方式，清晰無比。圈依靠這個能力躲避與應對殘酷的世間，不但安全地活了下來，而且還享有相當的聲名與財富。

圈不讓任何人知曉她是靠觸覺來預知的，她總是讓人誤會她憑藉的是聽覺，她傾聽，而神的聲音回應她，如此可以預防某些人的惡意，只要她能觸摸，她就能辨識眼前人的內部，躲開各種危機。

圈小心地保護自己，她生活在這裡，溫柔與美麗相當罕見。但她為了遇見它們而繼續。這是一個充滿鬼魂的城市。鬼魂並不代表凶惡。相反的，它們通常都是迷惘的，它們幾乎是物體的本身，沒有思欲，沒有過往，只是一抹蒼白的存在的波動。它們無論有沒有被看見，都在那裡，都在原來戀戀不去的地方，縱然它們失去為何不願離開的記憶後，仍然無法離開。

圈知道它們在，以觸覺感知。它們會在她的肌膚上引起一種顫慄，大部分的物體都殘餘著某些波動，尤其是牆壁上附著更多，圈總是試著解讀，並將它們的訊號留在自己的感傷，然後尋找適合的時間與方式釋放它們。

在台北，觸覺是一種錯誤，體溫也是一種錯誤。人人都保持距離，冷漠是避免麻煩、保持安全的習慣。圈也是，她感知到的是每個人都想當個好人，但代價太沉重了，誠實地堅守某種美好的信念，簡直是一種折磨，常常會讓自己痛苦萬分。到後來，幾乎大部分人都變成了逃兵。繼續，真的是最困難的一件事。自己掃自己的雪。於是，這座大城愈來愈冰冷，而大多數的人形裡面也只有寂寞還長存。

眼下，唯一熱情的大概就只有觸控螢幕吧。所有的愛，都在裡面了。

科技搭配人類的五感發展，看著吧，人總有一天會徹底跟機器互相融合，或者說機器有辦法完全與人的五感連接，從手機的發展不就看得出來了嗎，只是單純通話機制的物品，從灰階躍升彩色螢幕，還能錄影、視訊通話，到現在大行其道的觸覺系統，最近的哀鳳4S還大玩聽覺能耐，只可惜不怎麼靈光，但有一天，恐怕連味覺、嗅覺都會被好好的利用，手機會發出香氣招桃花，或者散發惡臭驅逐惡犬或臭蒼蠅，或者是舔著手機，品嘗各種味道，搞不好還能瘦身……

光是想像這些場景，圈就覺得荒涼、孤絕。每個人都只抱著自己的手機而活，一切都可以在手機貼身切膚的實踐。一切都錯了，都錯了，人應該更常、更需要觸摸他人而活。沒有溫度，人只會跟鬼魂愈來愈像。但這不是圈能左右的事。

圈知道自己活在一個神話重建的時代，科技神話如此，土地買賣或健康神話也無不如此，圈哪裡都逃不了，她只有一隻黑狗陪著，眼睛，她的眼睛，黑色的眼睛，那是她失明以前偷偷餵養的一隻狗，眼眶總是濕濕的流浪犬。

圈把自己的食物分出一大半給牠，她跟眼睛說心事，撫摸眼睛，讓牠快活地親她，享受有牠的陪伴。在圈發生意外以後，院長特別允許她可以養那條黑犬，那時候牠才有了名字，她的眼睛。被命名了，才能存在。名字是位置，是記憶的結構，是在世間辨識的基礎。眼睛為圈活了整整十五年，十五年了，也夠辛苦的了。在圈的撫摸下，眼睛正要步入長眠，牠疲憊不堪，圈感覺到牠正在離去，那總是潮濕、像是兩潭池水的視線必然牢牢地釘在圈的身上。

辛苦你了，眼睛，辛苦你了，圈小聲的說，小聲的，彷如說著隱密的咒語。

圈的左手沒有離開眼睛，始終按在牠的皮毛上。而她的跟前，還坐著一個小護士，大師這樣也能聽得到訊號嗎，她問圈，什麼意思，收音機挺大聲的，不會影響嗎，圈搖搖頭，不會，她剛剛和她握過手了，圈已經預知她會精神崩壞——像是鎖鍊一樣，一環扣著一環，所有人都是孤絕的，但孤絕的個體卻是彼此相繫的。在小護士的命運連結上，圈還感應到其他的一些人，比如剛剛才走、她警告要小心身邊的火焰的女子，或者一對男男情侶，直到他們結束咖啡館的經營，轉入獨立出版社以前都是幸福的一對……

圈腦中的銀幕回復到黑色。圈明白黑色是一種故事，顏色是有故事的。真正常在的顏色是黑色。永恆的夜晚普遍地活在每一個人的心中。圈現在的難題是要如何警告女孩，要她認識死亡時常是猝不及防降臨的，正當圈想開口以某種暗示警告她時，時辰已經到了——眼睛的最後一口氣，像燃料耗盡一樣的沒有了，趴在地上的眼睛已經鬆垮了。

而圈落下眼淚，迎接著眼睛的死亡。她再也沒有力氣跟那個後來精神將會壞死的女孩多說些什麼。悲傷，淋漓盡致地擊倒了圈。她失去了最後在世間、在大城的依傍與溫度。終於是完全的一個人。孤獨。絕對。

而是的，黑色總是壓倒性寂寞，總之會是最後的一個故事——

在大城裡，那些顏色的故事，於此邁向終極……。

（美和科技大學「瑞昌文學獎」首獎作品）

林夢媧（筆名）

一九九三年生，屏東市人，目前是學習如何運動語言與詩意的大學生，正走在愛情、文學與人生的路上，想要成為或許是詩人的探索者，於世界延續性中發掘巨大而溫柔的光。曾獲葉紅女性詩獎、好詩大家寫、教育部文藝創作獎、台中文學獎、X19全球華文詩獎。

洗手台上的落葉

蘇怡禎

距離門只有十五公分可意坐著，心情平順地解決了小號，一如往昔按下一旁的沖水鈕，她順勢地穿戴好，一手推開門，卻聽到右手邊的洗手台傳來沖水聲。女宿舍裡的浴室是兩寢共用，兩間寢室各有一扇門，裡頭有兩座平行的洗手台，中間隔著一根柱子，與兩小間淋浴室相對，兩間廁所於淋浴室旁相連。可意的視野隨著門縫的角度漸增，涵蓋範圍愈大，她的視線立刻被那水聲牽引向右邊。

是她。

剛升上三年級時，寢室從一樓挪近二樓一隅，即使是白天也能感受昏暗，兩間寢室並排佇足，於約十一步的短廊，可意住在廊裡的底端，搬進新寢室的那天，可意沒了自己。同樣單手握住門把，另一隻手拿著新鑰匙，喀嚓——準確無誤的開鎖——一聲，瞬間將可意置入幻境。秀麗黑短髮搭上鎖住水分的白肌，修長的身軀竟散發出陰鬱男子的美態。突然，那位中性女孩向右一瞥，可意不願貪婪多看，急忙低頭踏進寢室，一聲招呼也沒有，只留詫異。

「可意，你終於來了！」

「不過只剩下靠浴室和門的座位了。」

「沒關係，我習慣這個位置。」可意笑著說。

坐在靠門與浴室的位置意味著床位也是，因為座位上頭就是床位，一開始覺得這樣的設備相當不方便，尤其是它垂直的爬梯，不過經過一年的訓練，不便也能變成無感。這個位置當然有它迷人的地方：靠近門方便進出，也能呼吸第一手新鮮空氣，並且靠近浴室，能省得走路。缺點則是唯一的外出通道人來人往，還有冬天時毫無遮蔽的冷風。或許凡事一體多面，端看自己怎麼想。

「真的？你是高雄人？」

「對啊，你哪裡人？」

「雲林人。」像是含著某種液體或粉末在口中，語帶模糊地說。

「我小時候最喜歡的地名就是雲林耶。」同樣有著某種液體在口中的聽覺感受。

「真的假的，為什麼？」

「它很浪漫，感覺應該是個很舒服的地方吧，一大片如雲的樹林。」

「哈哈。」

這樣的對話如果可意用心，可以常聽到，尤其是浴室的門沒有全部掩上時。不知怎麼地透過聲音音品、說話速度、談話內容，她試著想像自己鄰居的模樣。哪種音質較符合那樣陰鬱柔美的中性女孩？應該是有些厚度但不算低沉，就像一般女孩咳嗽那般有點沙啞的聲音。

到目前為止，可意最難以克服的就是自在地與陌生人交談，特別是開場白。有時候甚至有幾分欣羨容易與人熱絡或是相當會裝熟的人。那樣的自然、不造作，輕易的串起人與人交流的電路。她則經常短路。

有心插柳，柳卻不見開，之後的幾天可意都不曾遇見她，即便是每天洗澡與如廁，也不見她的蹤影。可意竟有股衝動，想直接拉開另一扇鄰居浴室的門，理智卻有意阻擾她。許是催花花不開，就順其自然吧。

可意享受洗澡。水從蓮蓬頭急簌簌地刷了下來，淋在身上，快意舒適，夏天的涼水清涼解熱，總讓人不捨得離開淋浴間。原以為自己的日子又回到從前，不是誰的囚徒。就在剛剛可意洗澡時，聽到有一個人走近隔壁的洗手台，似乎同樣享受她的刷牙。當可意打開淋浴間的門時，她依稀看到一個背影，修長的身軀和簡約的黑短髮，是她？

雙腳抽了神經似的，無法往前走，即便大腦有下命令。忽然，可意的眼角瞄到左手邊的洗手台，有一隻黃色的蝴蝶側躺，仔細一看，原來是一片蝴蝶翅狀的落葉，完全對稱的葉緣恰似隻完美的蝴蝶，此時嫩黃的它看不出葉面的紋路，葉柄於拇指及中指指尖旋轉，有如隻圍著花朵打轉的黃蝴蝶。

「你們有人掉了落葉嗎？」可意走出浴室，滿臉困惑的問了室友。

室友看了她一眼，「落葉？風吹進來的吧？」笑著說。

「沒有耶。」另外兩位室友異口同聲，憋笑的模樣挺逗趣，同時可意知道自己有點犯傻，因為那只是一片落葉。

她順手將葉子收進口袋裡，不論從哪來，她都挺喜歡的，是今天的意外驚喜。睡前可意將葉子拿出來望幾眼，看著它打轉似乎也是種樂趣，可意想，它像是穿著芭蕾舞鞋的精靈，旋轉的弧度有幾分迷人。

美好的事物是否消逝的特別快？許是自己慣於依戀吧。

隔天早晨可意一睜眼，側躺的黃蝶已經枯槁，褐色的葉面布滿紋路，像墨畫裡的柳枝條。怎麼流水有情，落葉無意。

可意習慣睡前洗澡，約莫晚上十點多左右，然而奇怪的是：自從第一片葉子落在洗手台後，接連的幾天，可意都收到相似的落葉，有大有小，有側躺也有仰臥。不同那天的是：這幾天並沒有刷牙的聲音，也沒有迫近的跫音。她試想著自己該做些什麼好釐清目前的狀況呢？

守株待兔。

進了淋浴間，可意假裝鎖上門，將蓮蓬頭的水開到最大，將精神集中於隔了一扇門的洗手台，一有風吹草動立即奪門而出，她想著。

結果大敗北。

那天沒有落葉，門外頭靜得叫人惋惜，她什麼也沒聽到。

走出浴室只好自顧自地思索，一片片落葉堆疊著，能夠覆蓋可意的雙掌，她望著它們發想這些葉子背後可能的故事，只要願意花時間，其實能分辨每一片葉子不同的葉形、各自獨特的葉紋、富有自我特色的葉柄，然而卻無法預測下一片葉子會長得如何？曾經，可意遇見風帶給她的幸運，吹落數不盡的葉子，它們飄零的樣子像雨點，又像美人的秀髮，讓她醉心。可意盡可能保存它們，將它們置於她的書冊內，做個無印書籤。讓五片葉子各有歸宿。

經過那次的試探，接下來的一星期左右，可意都不曾看到新的落葉，不知怎麼的竟覺得有些落寞，可意萌發了敲鄰居浴室門的想法，好向她表示自己的歉意，並告訴她其實自己是很想跟她交個朋友，也很期待收到她給的落葉，希望能每天看到她出現，但是這個想法過了三天後就完全湮滅，可意甚至有點痛恨自己走進泥淖中，越陷越深，還找不著一根懸著的救命線。

無法疏通的思緒困擾著可意，只要一使用洗手台，她會想起那些無印書籤，一片片落葉。那個中性女孩，就像已經植入可意的腦，抹不掉也消除不了，即使自己摸不到、碰不著，那個女孩仍然不斷占據昨日和今日的自己。是那麼真實存在。

「嘿！可意，我要去麥當勞買宵夜，你要不要吃點什麼？」

「……」可意對著鍵盤繼續敲打著。

「可意？」似乎有隻手觸碰可意的左肩，她能感覺屬於人的特殊溫度。

「可意！」那聲音使她一次倒退了幾十個時空回到現實。

「喔？怎麼了？」她驚訝的看著自己的室友，發現原來她已經距離自己只有一隻手臂的長度。

「我是想問你，我要去麥當勞你有沒有要吃什麼？」她刻意放慢語氣說，像是對小孩子那樣，可意能清楚地看出她唇形的變換。

「不了，謝謝你。晚餐夠我消化了。」答完，可意回覆室友一個甜美的笑容，至少她認為應該是甜美的。桌前的燈不知怎麼的開了兩盞，可意伸手想拿左邊的水杯，卻發現它已經告罄，但是她的嘴唇非常乾澀，急需滋潤。離開自己慣用的筆電，可意拿著水杯往外走，於轉角與短廊的交界處，置放著資源回收箱及垃圾桶，原本以為與平常沒什麼不同，不過當可意隨興地撇一眼，有個中性的女孩背對著可意，站於垃圾桶一旁，是她？可意的嘴唇竟然因為過少水分而緊密在一起，她開不了口！中性女孩好像沒看見可意似的，自顧自地走進前方的曬衣間，可意打算跟過去。

突然，有隻手拉住可意，「可意！你要去哪裡？」她別過頭看著那隻手，抬起頭發現是自己的好朋友。「我要去裝水。」可意急忙又回過頭，想確定中性女孩是否從曬衣間裡出來。

「怎麼了嗎？你在找什麼？」朋友語帶關心地問。

「沒什麼。」可意心虛地說。

「我正好要去找你，與你討論一下明天的行程，不過你先去裝水吧，我等你。」

「好。你先到我房間去吧。」可意急忙跑向曬衣間，但是中性女孩已經消失無蹤。怎麼她像那主香者，可意是臨風尋覓的人，總遍尋不著香屑的來源。

為什麼甘心做個囚徒？可意問自己。

晚風徐徐吹著，可意漫步在校園的每個角落，街燈閃爍如今夜的星光，遍地淡黃色的阿勃勒，她想起一年前的那天。

百貨公司裡鏡子林立，雖然沒有森林裡佇立的樹木之多，卻也不失給予閒逛者闖入物種多樣化的樹海中那般感受。視覺藝術的饗宴隨之而起，豐富了閒逛者的身心，影像快速多變縈繞在四周，伸手容易觸碰，但是想安全獲取物品則需要一些經驗、一點智慧，也少不了搏鬥需要的精神與體力。通常閒逛者的身分可分兩種：一種是幾經與物種殊鬥的獵人，即便拿著武器漫不經心地遊走，一有蛛絲馬跡或是風吹草動，也能迅速且精準地獵捕，毫不膽怯也絕不輕易退縮；另一種則是具有幾稀微的戰鬥經驗，只因為好奇而勇闖此地，基本上仍可辨別何種獵物更為上等，但是沒有什麼能力獲得它，只能乾瞪眼，或是待尋長者幫忙捕捉。可意屬於後者。

這些林立的鏡子，以便顧客能夠挑選適合的物件穿戴於自己身上，可意不經意的看上一頂淡黃蕾絲帽，它精巧別緻，鏤花的白蕾絲圍繞著帽簷，結成一朵蝴蝶結。她並沒有伸出手去摸那樣高雅的帽子，只是站在能觀賞它的距離靜靜地望著它。透過鏡子的映照，她想像自己戴著它的模樣，似乎更能襯托自己臉龐的淨白完好，她不自覺地釋出淺淺的一抹笑容，突然，鏡子裡的後端確實有著一頂淡黃蕾絲帽，像是被人識破自己的白日夢，她驚訝得逕自往旁　站。

眼簾裡的那頂帽簷下有著一張歷經滄桑，卻亟欲掩飾的面孔，大紅色的唇，淡藍色的眼瞼，有幾絲成扇狀的線縫合在兩旁，那人的臉向左稍挪又向右微傾，大紅色的唇微微向上提成拱狀，看得出來她不太滿意，隨手將帽子擱在一旁。

可意能夠感受到像是有什麼在腦袋裡轉，或者說精確一點，是有什麼鑽進心頭。她沒有立刻會意過來，只知道那一幕，她永遠忘不了。

可意的視線繼續沿著小徑上筆直的黑線向前，發現似她的無印書籤的落葉，落了滿地，她抬起頭，看見自己的寢室就在前方不遠處，她計算著這些無印書籤若是從這裡飄向那裡，該飄多遠呢？一襲晚風拂過臉，似乎吹醒了她。

可意細細數著邁出的一步又一步，不自覺地她已經走回寢室，她順手從衣櫃裡取了睡衣，拿了盥洗用具，關上淋浴室的門後，把水龍頭開到最大，水順勢沿著牆壁和身體往下流，形成一圈又一圈的迴旋，旋出她的心，旋進排水孔。

這時，有個開門的聲音突然傳出，可意瞬間關上水龍頭，清楚地聽著這個人的足音，是她第一次收到那片無印書籤時的足音。倚著淋浴室的牆，她並沒有開門。

隔著一面牆，她想像著那個她踏著步伐，緩緩地向自己的洗手台，遞上另一片無印書籤，她不覺得難受，反倒是享受她們之間的曖昧，她是她的靈感。

那個足音，就像鋼琴的單音鍵，規律的按著，但是漸弱，直到停止，可意才開門。她的視線始終停留於洗手台，可意將她漫步時撿到的落葉放了上去，然後走出浴室。室友問她：「為什麼落葉總是飄進來？」

可意沒有回答。只是將房門反鎖。

可意步向那約十一步的短廊，就停在那天中性女孩第一次出現的門口，可意握著拳，食指微微高於其他指頭，她不再猶豫，往前敲了門，時間似乎在那一刻靜止，成了真空狀態。那扇門緩緩地開啟——秀麗黑短髮以及鎖住水分的白肌，修長的身軀和散發出陰鬱男子的美態——可意有一剎那看到了她。

「你找誰？」一個長頭髮的女孩問。

「我找……」可意停頓了一下，「不好意思，我忘了帶鑰匙，能否讓我從浴室通行？」她問。

「好，你進來吧。」

「謝謝。」

可意刻意放慢腳步，試著將路走成最長的距離。她環顧了寢室一圈，四個座位一如自己的寢室，不同的是有著四張不熟悉的面孔。曾經，她常常想那個她在這間寢室的模樣，那個中性女孩應該也是坐在靠近門口的這個位置，也跟自己一樣，喜歡旋轉著那些撿來的落葉，看著那一隻隻飛舞的蝴蝶，然後想著該怎麼遞給自己，「怎麼了？有什麼不對嗎？」長頭髮的女孩問。思緒被剝離般的可意回過神，「喔！沒什麼，真的很謝謝妳。」她回答，然後闔上浴室的門。

可意從這端的浴室走向那端，她知道時間就像沙漏，慢慢地滲，當自己不自覺的攫起那堆沙，才發現已經錯過它流動時的美。人的記憶卻像浪，一波浪跡疊住一波，似是交錯卻不著痕跡。人類最迷人的或許是：知道自己無法阻滯沙的流逝，也不能阻止後浪的推進，倘若想留住些什麼，就得想辦法留下什麼。於是，用沙堆起城堡，多少補償那樣逝去的流動美，昇華成一個個迷人獨特的故事。也說不清是哪天，可意開始明白，並不是有什麼鑽進心頭，而是始終存有著人之為人的共通點。漸漸地，她嚮往著建造自己的教堂，信仰自己的信仰，也許它不像巴西利卡式的寬敞，也絕達不到哥德式的高聳，卻是那麼真實存有，一如她的存在。

可意走回座位，拿出夾著無印書籤的書冊，翻著那幾頁落葉的歸宿，把最近剛撿到的也一併放進去，她細數著這些無印書籤，共有九片，她仔細的端詳著它們，恰似一隻隻歇息的舞精靈。回想每次於小徑的漫步，她不知道為什麼是這幾片落葉被自己拾走，而不是別的，也不曉得為何那些葉子受風吹落，飄零於自己的洗手台。只知道總有一天，落葉終將逝去，化成更細碎的不明物。

桌前的燈又開了兩盞，可意對著鍵盤毫不保留的敲打著，繼續將這些葉子與那個她寫進自己的生命裡。就像樂曲有休止符，故事也該有最終章，可意試想著那個她，走出這個故事該會是如何？

然後可意起身走進浴室如廁，那是她最後一次看見她。

（高雄師範大學「南風文學獎」首獎作品）

蘇怡禎

一九九三年生，就讀於高雄師範大學國文系，有著小孩子的外表，同時心裡也住著彼得潘。喜歡每天認識一件新事物與一個新觀點，有時候卻又會耽於舊習不肯改變，擁有雙魚座的標準性格。

被害者的兩面

廖柏旭

教室的一隅，最後一排靠窗的位子，頭髮微長的少年邊看著書，邊用眼角窺視窗外，數位男同學正將一名瘦小的學生壓制在地，即使不在現場，大概也可猜出幾位學生口中的不雅字眼與威脅話語，不久後，被壓倒的小個子便從身上的錢包抽出幾張現實貨幣，並拚命跪拜幾位少年好似求饒狀，然後那群欺人的團體滿足的離去。

「第二十八次……」以一位少年來說偏尖的嗓音，以睥睨的視線觀察了一下後，坐在窗邊的少年再度將視線移回手上的讀物。

二二一四年的現今，各種生活型態有了重大改變，量子微化電腦的技術普及，幾乎百分之九十六的生活機制皆改為數位化跟電子系統並存等型態，為了有效規範學生，學校裡當然設置了３Ｄ介面全息監視系統，在學校各個角落皆設置感應式全方位鏡頭，只要一有動靜便會立即上傳全息畫面到校園主監控室的螢幕上並發出警告。但是，再怎麼精密的控管依然有死角，就像剛剛目睹的校園圍牆旁的轉角處空地，位於操場後方垃圾場置物區，校舍頂樓的花圃區都是監視系統的死角，所以依然無法避免蹺課與霸凌行為。

約過五分鐘，剛才那名在樓下被霸凌的同學步履蹣跚的進了教室，緩緩的走到自己的位子上，靜靜的坐了下來，檢查身上疼痛的部位。一開始發現他被霸凌，是在一個月前，一聲偶然的巨大聲響打入了坐在窗邊的他一如往常的閱讀時間，接下來的日子裡，幾乎每一到兩天就會在那塊小空地上上演同樣的戲碼。

少年緩緩起身，走向那名被欺負的同儕：「沒事吧大頭？又摔倒了嗎？」

「嗯！新鞋子還是沒辦法適應，我還在想說如果一直這麼不好穿，那就再買雙新的了。」被稱為大頭的少年抓著頭悠悠的回著，就是因為這突出的外型和溫吞的個性加上家境富裕，讓他成為一部分有心人眼中的肥羊。

「喔！是嗎，那要多小心點哦。」少年在心中嘆了第二十八次大氣，準備走回自己的座位上繼續讀書。「嗯！我知道，我會更小心一點的，謝謝你這麼關心我，子銘。」悠悠的話語聽在子銘耳中依然是那麼五味雜陳，不過子銘還是默默的回到了他的閱讀時光，就這樣，開始了一如往常的一天。

經過了兩天的週末假期後，又是一個禮拜的開頭，感覺身上還留了點倦怠感，子銘慣例性的在自己的座位上拿出每天都會準備的讀物，一邊等著每次都會出現在視線角落的「鬧劇」，這一天很不一樣，原本時間一到就會重播的劇情一反常態，兩三位少年出現在空地上，晃了兩三圈之後就悻悻然的離開了，之後過了約十分鐘，綽號大頭的同學便出現在教室門口，但是今天有點不一樣，他的身邊多了一位女生，陪著他進了教室，對著他簡單的說了幾句話後便離開了。

隔天事情發生了。女生的尖叫聲在子銘寧靜的閱讀時光中撕扯出一道裂縫，昨天那名與大頭一起上學的女生，被之前那幾名霸凌的學生圍攻，一個女孩子哪抵得過那麼多男生，就這麼被綁上了牆邊的欄杆上，腹部還被打了幾拳，之後就這麼被棄置在那面牆上，那名女學生起初還奮力掙扎，過沒多久就無力似的倒靠在牆邊。

「我一定是反常了。」子銘一邊步下樓梯，一邊在虛擬介面打上請假單送到學校的伺服器中，只有在這時候，才會覺得人手一機的量子電腦媒介的便利性，平時都不以為意在使用的東西，在臨時的狀況中才會感受到它存在的價值。

因為逼近的腳步聲而轉過頭的女孩，吃驚的望向來人，心中浮現出多種疑問？看著步步靠近的少年，女孩終於將心中的問題丟出來：「為什麼……？」

「應該是先說『你是誰』吧？」子銘嘲笑般的回話，讓女孩更加疑惑了。

「你……」少女欲言又止，突然間像是想到什麼似的，將心中的想法喊了出來：「你看到了？」

「加上你這次總共二十九次，你呢？又是什麼時候發現的？」子銘悠悠的回著話，然後拉起少女胸前的名牌，在空中敲打了一陣之後，像是揮開空氣一般，將手從胸前滑出，之後開始解開少女身上緊緊綁死的繩索。

「昨天跟今天……」語音未落，少女的眼前突然出現驚嘆號圖格，這是來自學校伺服器的即時通知，內容是批准半天臨時請假的文件。

「你怎麼擅自幫我請假？」因為著急而突然吼了出來，少女的臉色突然緊繃了起來。

「……你這樣請半天都很勉強了好嗎？」子銘臉色一沉，停下了手邊的動作，一個手刀就這麼輕輕的刺在少女的側腹，突然的刺激讓少女盡可能的縮起了身子，口中的低吟顯示出身體的主人目前是多麼的痛苦，眼角甚至還泛出了淚光。

「嗚……對、對不起，謝謝你幫我請假。」接收到少女的道歉之後，子銘繼續為少女進行鬆綁。

「為什麼你會被他們盯上？他們的目標原本應該不是你吧！」

「因為他們的行為是錯誤的。」

「所以你就跳出來制止？真是夠笨的。」

「他們之所以行為偏差，就是因為沒有人在適當的時候告訴他們自己的錯誤，所以才會越來越嚴重，導致他們變本加厲的其實就是其他充耳不聞的學生們。」就像是故意說給子銘聽的一樣，少女憤恨的視線直直盯著眼前的這位少年。

「你說得很對，我深有同感，不過……羽涵同學，真正該出口制止的不該是我們，而是當事人。」

「為什麼你會知道我的……對了！你剛剛送出我的假單的時候有雙向通知！」羽涵停頓了一下之後繼續說道：「你剛剛說，該出口制止的應該是當事人，但是，因為恐懼與長期壓迫的話，當事人也可能不敢說出口呀，這時候我們應該幫幫他才對，不是嗎？」

「如果他真的有心想要人幫助的話……」

「這是什麼意思？一般被欺負的人，都希望脫離這種環境吧！」少女不可置信，在一般人的認知中，怎麼會有人自願成為被欺負的一方。

「至少，你今天挺身而出的大頭……張同學，並沒有那種意願，在我過去所目睹的二十八次裡面，我每次都會過去詢問他，而他連一次都沒有向我吐實，所以……他個人是不希望得救的。」

「怎麼會有你這種人，就算他不說，你既然看到了，就應該去通報，去揭發那些不良學生的偏差行為，怎麼可以默許！」少女花漾的面容因憤怒扭曲了起來，眼前的這位少年比想像中更加不可理喻，與自身以往的認知大相逕庭。

「生物的天性就是去壓迫比自己還要弱小的生物，然後踐踏弱小來讓自身得到滿足，人類也是這麼一回事，今天他會被欺負，就是因為他顯示自己的弱小，讓那群人有機可乘，但是受到危害的時候，又不加以反抗，更不向外尋求援助或保護，即使今天你出面揭發，讓他得救了以後那又如何？如果又有新的團體來欺負他，你是不是又要為了他跳出來，這樣循環下去，你又能保護得了他到哪時候？你想保護他多久？一年、兩年？還是十年？」子銘的視線射進羽涵的眼裡，那股認真的神情彷彿不容他人辯駁。

「那……你要我們怎麼辦？看到了裝作視而不見，遮住自己的眼睛，摀住耳朵之後就像什麼都沒發生？」羽涵茫然的詢問著眼前的少年，如果眼前這位少年的論點是對的，那對他來說究竟如何才能解決霸凌問題。

「當然是反抗啊！」子銘仍然是悠悠的回答，一副理所當然的態度。

「可是，我剛剛也說了，如果是無法反抗的對手……那他到底該怎麼辦？不是只能無助的等候別人的援手嗎？」

「即使對手真的無可反抗，但人是活的路是死的，總會有解決的方法，即使要借助他人的力量，也要由他本身去求援，而不是等著外人來闖入他的世界，介入他的環境裡，不然他永遠都不會成長，更不用說跳脫出這個被霸凌的輪迴了。」

「你……」羽涵的聲音在子銘的動作下瞬間止住，然後轉為喊叫，「你……你在幹什麼啦！快離我遠一點。」

這時的子銘將身體靠在青春少女的胸前，雙手伸向背後，讓綁在牆上的少女靠在自己身上，只見少女揮舞雙手，搥打著少年，拚命的要將兩人分開。

「忍耐一下啦，繩子就快解開了……好了！」話一說完，少女就像失去力氣一樣，瞬間像是奶油一下從子銘身上滑了下來，可能是因為先前受到了不小的攻擊，只要羽涵想站起身來，腹部馬上傳來激烈的痛楚，讓羽涵只能癱軟下滑，好在子銘反應靈敏，撐住了癱軟的少女，不然她可能就這麼應聲摔在地上。

「你真的不是普通的笨，你都已經痛成那樣了還想硬撐起來啊？」

「原……原來你是因為這樣所以才靠過來喔。」羽涵的聲音中帶著歉意與委屈，對於自己過於衝動的反應感到很抱歉，但是，瞬間就被心中的疑惑掃開，為了解開心中的疑惑，少女繼續追問：「所以只要我們說服他去揭露就好了嗎？」

「為什麼要我們去說服他？他自己無法發自內心想要掙脫的話，不管怎麼幫忙，他始終都會再回到那被欺負的世界，所以要他自己發覺、面對，然後起身反抗。這個世界很現實，光靠理想是行不通的。」

子銘站起身來，伸出手將少女拉了起來：「我的話就說到這裡，差不多半天了，該回去上課了，如果你真的想救他，就在他向你提出求救的時候再伸手幫忙，不然就不要再做白工了。」

對著說完轉頭就走的子銘，羽涵將心中的問題丟了出來：「你的心中就沒有半點的正義感嗎？」

「正義？」回過頭的臉上帶著滿滿的狐疑，子銘一臉帶著苦笑，說道：「你以為你現在做的事情是正義？別把自己的偽善說得那麼好聽，說白一點，你就只是在同情出現在眼前的弱小，藉此滿足自己虛榮的心，然後把這種行為稱為正義與善良罷了。正義是什麼，一百個人就有一百種正義，那種蠢話留在自己心中就好，正義感？那種東西只有神才知道！」半吼半喊的說完後，少年闊步離去，留下茫然的女孩。

接下來的連續三天，羽涵每個午休時間都來找大頭出去聊天，兩人一直到上課鐘響前才回到教室。

「我已經把你說過的話轉達給張同學了！」羽涵大剌剌的闖入教室，直直的站在子銘的座位旁。「我說過什麼了？」絲毫沒有放下手邊讀物的意願，子銘一副無所謂的悠閒態度回應著身旁的羽涵。

「應該自己出面揭露、自我面對才能自救……全都說了！所以，我希望可以和你談一談。」這時了銘終於闔上書本，斜眼看了一下羽涵之後深深嘆，起身就往門口走去，而緊跟在後的除了提議的羽涵外，還有那名被稱為大頭的男同學。

「所以呢？你們要說什麼事？」子銘一副雙手插在口袋的樣子，等著對方開口。

「他有意願要揭露那些人的惡行惡狀了，接下來該怎麼辦？」

「他不是自願，是被你誘導的。」

「才不是，他是出於自身的意識，所以向我求助的！」

「這是真的嗎大頭？不是這個滿腦子無謂正義的女瘋子教唆你的？」

「嗯……其實我在被她出手相救的那天就有跟她說了，不過怕她會被牽連，所以之後就不敢再提起，不過……我聽她說你很早之前就知道了，子銘，可不可以請你幫我？我、我想揭發他們的惡劣行為。」一如往常的溫吞發言，但是今天的話語還包含了某種想法，堅定的意志表達出發言者的決心。

「就這一次，然後就別再把我拖進你們的正義遊戲裡面。」

過了一星期，校方召開了臨時評鑑會議，同時將幾位學生叫進評鑑會議裡。

「這是一件令人匪夷所思的事情，在我們完善的系統下，竟然會發生這種舊時代才會有的問題。」在擺著校長名牌的位子上，戴著眼鏡的中年男子首先打破沉默。

「是啊，校長先生……我想，這應該是學生的惡作劇，純屬誤會，應該不會是真的吧，誤會解除就好了，應該可以不用把事情鬧大。」一臉逢迎的笑容，緊接在校長後面幫腔的，是常出現在早會講台報告的教務主任。

「這件事情的主因是你們班的張育城同學，就由你來處理吧，陳老師！」年邁的學務長處於與校長對立的立場，他的發言頓時讓會議廳的氣氛再度冷卻下來。

「好的，那首先就先請引發問題的幾位學生先發言吧！」被點名的陳老師應了聲後，就領著幾位邋遢裝扮的學生進入了會議廳。

「同學們，我想你們應該都知道今天為什麼會來這邊了，請你們把你們知道的事情誠實的說出來吧！」

「老師！我們也不知道為什麼，可是張育誠昨天就去告狀，誣賴我們說我們逼他把錢交出來咩。」站在最前頭的學生一臉痞態的反訴著，彷彿自己受到什麼委屈似的垂著肩膀表現出無奈的樣子。

「可是，有學生指證說自己也被你們聯手毆打，還被綁在學校圍牆的欄杆上，這個你們該怎麼解釋呢？」校長突如其來的問題讓學生們在一瞬間露出了鐵青的神色，不過還是繼續反駁：「那都是他們誣賴的，應該是因為之前打掃的時候不小心用拖把水灑到他們，所以他們才故意說我們的。」說完後，領頭的學生便鼓譟身後的學生幫腔，在一陣嘈雜聲後，陳老師便請他們就座。

「喔！原來是這樣，看吧！果然是一場誤會，那大家解釋過後就好了，應該就不必往上報了吧？大家都還是學生，沒有必要因為小誤會就影響他們的發展。」又是一記適時的幫腔，教務主任一臉慈愛的擁抱起被控訴的學生們，然後開始提議該如何解除學生間的誤會。

「你也太過草率了吧，教務主任！這種事情你光聽一面之詞就可以結案，真不愧是教育界的模範啊！」凌厲的視線掃過，在學務長的威嚴下，教務主任也只能乖乖的回到座位上。

為了打破冷下來的氣氛，陳老師又帶了兩位新的學生：「那接下來，就請他們兩位來說明一下這次事情的原由吧！」

羽涵率先跨出一步發言：「各位老師、主任，還有校長，首先要請你們先看這個。」說完後，便在空中操作了一下，然後半舉右手，從胸前往外滑出，將訊息傳進會議中的每位師長眼前，然後又將眼前的畫面轉換成公用全息圖：「目前各位師長所收到的就是現在我面前展示的這一份驗傷報告，這是我一星期前被毆打當天下午去醫院的驗傷單，上面有醫院的代碼，如果有疑慮的話可以去醫院調出這張單子，確認內容的真偽。」

對身後的人投以示意跟上的眼神之後，羽涵退了一步，張育誠向前一步：「再來是這個。」同樣的動作再次將訊息傳入師長們的訊息欄位，一份寫著數字的表單映入眼簾：「這是我的貨幣流通帳號翻拍畫面，為了不留下電子記錄，所以他們每天都要我拿出現實貨幣。」說到這裡，張育誠的身體便因為過度的恐懼而微微顫抖。

「他們？他們是指誰？」面對學務長的提問，一男一女兩位學生共同將手指指向先前進到會議廳中的幾名學生，異口同聲的大喊：「就是他們！」兩人照著子銘前一天所指示的去行動，眼看就要向那些惡霸學生討回公道了，兩人不禁激動得握緊雙手。

這個舉動刺激著原先的學生團體，使得團體中的兩名男生跳起來破口大罵，並激動得想衝上前，好在及時被老師們阻止，否則可能會直接引發肢體衝突。

「同學們冷靜點！」在學務長一聲喝斥中便穩住了情勢，他接著向控訴的兩名學生問道：「既然你們被他們脅迫了，為什麼不早點向學校提出來？還有，雖然你們提出了這些證據，但是你們怎麼證明是他們做的？」

的確，這些單據只能提出發生過這些事情，但是無法證明就是那些學生團體的行為，單憑兩個人的說詞跟間接的單據，並不能證明什麼，無言以對的羽涵恨恨得緊咬下唇，口中擠不出半句反駁的話。

突然「喀嚓」一聲，會議廳的門被打開了，子銘快速的踏進會議廳中央，一把拋出了手中的紙張，然後又在空中操作了一陣，接著投射出全息投影，畫面中分割成二十八塊，每一塊的角落，映照出學校圍牆邊的那塊小空地，還有那群學生與張育誠的身影：「這是每個A棟靠西邊的邊緣位子上的學生的證言與本人署名，歡迎各位老師去查證，畫面中目前映照出來的，就是過去一個月內旁邊的幾位同學霸凌我們班的張育誠同學的錄影畫面，然後請各位老師看一下聯合署名的最後一張，那是我和羽涵同學請半天假的假單申請雙向通知證明，然後對照目前影片中播放的時間。另外，這是在羽涵同學被毆打之後，我去把她從牆上救下來，並且請半天假的證據……」子銘特別放大了其中一格畫面，畫面中映照出男同學們將形似羽涵的女生壓制到牆上，並且毆打的情形。

就這樣，在學校評估之後，幾位行為偏差的學生被處以退學處分，而張育誠和羽涵也得到了施暴學生們所繳納的補償費用，事情就這麼告一段落。

「你是怎麼將所有事發經過錄影的？」放學時刻，羽涵和子銘待在教室的位子上，一起望向窗外那塊引發此次事件的小空地。

「3D介面全息監視系統這種東西，只要學生的電子介面鏡頭對到某個地方長時間凝視的話，就會自動連線攝影，並將檔案儲存在學生的個人空間裡面，我幾乎每天上課前都會在座位上看書，所以，我只要從個人空間裡將檔案提出來就可以了，如果這樣還不算證據的話，大頭本人的，跟那群學生的個人檔案裡面，也有比我的檔案更精彩的畫面才對，所以只要肯出面，其實他早就能脫離那種生活。」

「原來是這樣……難怪你會說出叫他自己站出來……」羽涵的話還沒說完，馬上被子銘打斷：「錯了！我要他自己站出來就是像我原本說的那樣，他如果真的靠我們兩個解決這次的事情，他的生活還是不會有任何改善，只會有一批新的人繼續來欺負他而已，反而讓其他有心人知道有隻肥羊等他們去宰割而已。別再以你那種可笑的正義論去分辨事情，害了自己也就算了，害到別人的話也只是多條罪狀而已。」

子銘帶著始終如一的冷漠向羽涵道別，遠遠離去的背影似乎傳達著隱隱的笑意。雖然兩人曾一度聯手做過令人難以忘懷的「正義」之事，但從此在學校生活中，幾乎不曾再提起。然而張育誠和羽涵，不時會將視線望向教室角落那個靠近窗台邊的位子，感受到那裡的明朗，以及陽光灑落的溫度。

（修平科技大學文藝創作比賽首獎作品）

廖柏旭

就讀於修平科技大學應用中文系。研究ACG領域十五年，擅長中、日文輕小說、漫畫創作；對電腦、程式設計也有涉略，能夠獨自開發程式。課餘從事日文翻譯及中、日文雙方面家教等。

暗香別

劉珮如

夜晚無雲，一彎明月早早地掛在天際，月光籠罩著西湖，陣陣冷風吹過捲起波波水紋，連帶著把映在湖心的月亮攪得晃蕩晃蕩的，清冷的風配上岸邊的枯枝殘葉，空曠靜謐，略有蕭索之感。岸上寥寥數人，各自零丁著身影行走，這才剛立冬，風颳得人直打寒顫。

有一身著青衫罩著大袍的男子佇於西湖邊，面容清俊眉眼溫和，如書生一般，他仰首對看明月，恬靜不言。凜凜寒風下，獨身而立的男子與沉靜的西湖融合繪就一幅寂寥無邊的水墨畫。

月色投射樹枝上在地面形成斑駁殘影，冷風吹拂間梅花暗香浮動似有若無。

「阮公子好興致，大冷天的也來賞月。」

已觀月好些時候的男子身後驀地多出一人，他回身去看出聲唐突這寂靜氛圍的女子，不明白這位從未見過的姑娘怎會知曉他的姓氏。

乍然到來的女子容貌姣好，白皙的皮膚被月光襯得更加細緻，烏黑的長髮以青色髮帶綰成一股拖曳在胸前，不畏冷似的只著薄衫裙，通身一溜白，唯裙襬繡有粉色梅花點綴，搭上鬢邊兩朵白梅花，好似誤入人間的梅花仙女；與之純潔氣質不同的是，當女子一笑，上挑的眼角與眉梢漫著韻味，瞬間風情萬千。

被喚作阮公子的男子在看清女子模樣後不為所動，有禮問道：「不知姑娘是否與在下認識？在下似乎不曾見過姑娘。」

見男子如此回答，女子眼中閃過一絲黯然，隨後再度嫣然一笑：「果然是貴人多忘事，阮公子竟把倩倩給忘了。」

男子一聽，便了然答道：「一年前在下得病，全身滾燙昏迷不醒，醒來後已是忘了從前往事，姑娘如此說來便是在下的故人了。冒昧問一句，姑娘與在下是何關係？」

「沒有關係。」適才還笑得豔麗無方的女子將笑容收得乾乾淨淨，神情差別彷彿兩人，此刻的她神情怨懟，口吻刻薄，「不過就是負心人與被負心人，哪有什麼關係？」

「阮祈，待你考取功名回來，與你成親的竟不是我。」

對於沒有過去記憶的阮祈而言，突如其來的女子說的這般話如同是天打雷劈，還想著眼前這位姑娘說的是否為真，待到回過神來自稱倩倩的姑娘早已不知所蹤。

月被遠處飄來的雲掩蓋，風勢漸大，看著濃墨一般的西湖，忽覺天更冷了。

●

御街上人來人往，流水似的人潮不斷，那廂貴婦剛領著小廝們抬著布匹出來預備再去下一家，這廂年輕姑娘們在金飾店裡擠呀搶的，生怕看中的鎏金手環給人捷足先登了。

蘇倩倩坐在屋頂上看，饒有興致地評論下面百姓們的穿著：「那個穿紅的不適合，黑成那樣還穿紅的不是讓人沒法看了麼？哎，好好的一個人怎就穿黑的！該穿青色的才是……那位夫人的步搖可好看了，鳳穿芍藥……」這樣一驚一乍的，也不怕滑到底下嚇死人。

「霍靖，你倒開口說句話啊，木頭人似的站著有意思麼？」蘇倩倩在欣賞之餘不忘她身邊還有一名男子。

一身墨色勁裝的霍靖靜靜站在一旁看著蘇倩倩，良久才開口：「想看就看吧，何必這樣遮遮掩掩。」

聞言，蘇倩倩像是被戳了個孔洩了氣一般，挺直的腰身剎那垮下，神采不再飛揚，面色淡然而悲悽，目光釘在下方小攤前挑看物件的阮祈身上：「他在看同心結呢，想必是要給他的未婚妻，同結連理……真好……」

今日的阮祈換穿一件白長衫外罩藏青襖，顯得更加溫和沉穩，當真是溫潤君子的風範。從前如此，如今更如此，慣穿淺色的阮祈一向都是這麼的風采翩翩，到哪都一樣，幾尺外還有兩個姑娘正看著他在竊竊私語呢。

「找過他了？」霍靖問。

「前些日子見的，還說不曾見過我呢。」思及當日的場景，蘇倩倩慘然一笑，「你說這可是天意安排我與他今生都不會有好結果？」

「既然如此便放過他，他要成親了。」霍靖看向阮祈，那個如玉一般溫潤的男子正聽著賣同心結的夥計說他與他妻子之間的故事。

蘇倩倩收回放在阮祈身上的目光，低頭思考，不消多久，她抬頭對霍靖道：「就這麼放過他，我不甘心。」

縱是天賜美貌的佳人終究也邁不過情關，清麗的容貌在怨怒下漫不開風情，眼神中透著執拗不悔的意念，蘇倩倩站起身：「當年他欠我的，我要他償還。」

「你從前不是這樣的。」霍靖蹙眉。猶記當年，蘇倩倩婉約可人，人們盛傳西湖蘇倩倩的乖巧柔順。

「我從前哪樣了？」斜睨霍靖一眼，蘇倩倩不再搭理他，「我的事不許你來橫插一杠。」

霍靖看著擦過他肩膀離去的蘇倩倩，面帶無奈，喟嘆一聲：「何必呢……」

再回頭看阮祈，同心結的攤子前已無人停駐。

●

雖還不到下雪的時候，可寒風冷冽刺骨，乃至西湖賞遊的人數銳減不少，岸上冷清，湖面更是蕭條空寂，與春日遊客如織，摩肩接踵的盛況是相差甚大。

阮祈突發興起，想感受冬日遊湖的滋味，到底是富家公子出身，不願意乘小舟盡受寒風侵襲，於是託人雇一艘畫舫供他單獨賞湖。

畫舫雕飾精美，粉紗隨著風微微擺盪，舫內大量炭火燒著，一時也不覺冷。

阮祈靠著雕欄賞湖，對面岸梅花大開，遠觀火焰一般的紅豔豔一片，甚是好看，就連畫舫這也隱隱聞得到梅花香氣。小爐上煨著酒，阮祈已看得盡興，便將身軀移至案几旁，打算飲酒暖暖被寒風吹凍的臉頰。

豈知——

「阮公子認為，這西湖可有倩倩好看？」

蘇倩倩依舊身著白衫長裙，只是鬢邊白梅換作紅梅，灼灼紅梅使得動人的容貌愈發豔麗奪目。她坐在案几邊拏著酒杯，唇邊噙著笑意，雙眼因上挑的眼角勾引似的看著阮祈。

「姑娘怎會在這？」阮祈以為畫舫只有他一人，故蘇倩倩的出現著實讓他受驚不小，暗自安定情緒後，他淡然接受蘇倩倩的不請自來，開口問道。

「湖上唯獨阮公子乘畫舫遊湖，倩倩只好沾阮公子的光同上這艘畫舫，公子不願與倩倩同遊？」蘇倩倩不在意阮祈忽略她原先的問題，答覆阮祈後，以袖半遮臉飲盡杯中酒，而後拿過几上另一只酒杯替阮祈斟上。

「阮公子請。」

阮祈經那晚西湖邊與蘇倩倩相遇後，不時自問究竟與這女子有何過往，怎的負了她的心？也曾問過娘親，得到否定的答案。

不好拂了蘇倩倩的意，阮祈接過酒杯把暖酒一次飲盡後就拿在手裡沿著杯壁左右轉動，猶疑地問道：「姑娘那次說……負心……可為真？」

蘇倩倩剛把手搭在酒壺蓋上打算給自己再斟一杯，聞言便罷了手，攏了攏袖襬道：「若倩倩說的是真的呢？公子又該如何？」

這下阮祈急了，他成親在即，新娘是他傾心的姑娘，但要真負過她，自認為君子的阮祈是不會原諒曾經做過這等混帳事的自己，必定要對她有所補償：「在下必當不再辜負姑娘之情，可……在下已有婚約……」

「倩倩知曉公子難處，也沒有要公子補償倩倩什麼。」蘇倩倩溫婉一笑，她舉手順了順胸前的長髮，「那晚只是倩倩一時心直口快，還望公子勿要掛懷。」

這番話讓阮祈心中一陣明朗，神情上略有放鬆跡象，善察言觀色的蘇倩倩自然沒有遺漏，她又續道：「當年公子與倩倩的承諾既已失去信用，那麼陪倩倩說說往事便算是公子回報倩倩對您的一點念想，可好？」

「可，在下已不記得往事了。」阮祈略一略蹙眉，蘇倩倩的要求並不過分，但過去對於他來說是一片空白。

「無妨，公子就當是聽聽閒話。」蘇倩倩再次給自己斟滿酒，又一次飲盡，酒杯還貼在唇上，拿眼橫覷阮祈，「聽聽阮祈公子與蘇倩倩的故事。」

阮祈對蘇倩倩的話總是感到無奈的多，這般看似明理的話又似乎暗示什麼，撓在心上不痛快似的。

春天的西湖花開得錦簇，春光甚好，風景甚美，少女揣著纏綿的心思偷偷瞧著柳樹下風神俊朗的青衣公子，那個誰的朋友眼神賊亮地發現了誰的情懷，左右嚷嚷了幾句，登時炸開了鍋般笑鬧，那個誰便瞧見了躲在桃花樹邊的姑娘，羞答答地臉頰燒開兩邊紅霞，花朵似的。才子佳人相顧一笑，就此一段佳話。西湖就是這麼個春光燦爛的地方，明鏡似的湖面粼粼波光，陽光照著一晃一晃的，閃得把懷春人們不安分的心給勾引出來。

西湖岸上的人賞花也賞人，華美的畫舫漫遊在湖中盡賞四周風光，舫中歌女抱著琵琶緩聲歌唱，俊朗的公子淺酌著酒靜靜地聽，聽歌女唱著相思調，彼時，歌女纖纖手指撥著弦也撩撥著人的心。

「跟這一樣的畫舫，你說你愛聽我唱歌。」環顧周圍的蘇倩倩輕聲道。

貌美的歌女與俊逸的書生，真真是一段戲本上的好姻緣。春意盎然的時節，湖上輕輕擺盪的畫舫，初次相見為她的美貌動心，再為她聲情並茂的歌曲傾心，西湖蘇倩倩果然名不盛傳，當真溫婉柔巧，一副善解人意的玲瓏心。柔懷的女子亦為知書達禮志向高遠的書生獻出芳心。

兩人情意相投，西湖上日日相見，她琵琶相陪他賦詩詠情，情深意濃地過了數個時日。鄉試會試皆順利上榜的書生將赴遠地考取功名，上京的前一晚，他對她說：「待我功成名就，我娶妳為妻。」

「待你功成名就，你娶我為妻。」蘇倩倩還陷入在回憶裡，呢喃著這句誓言，而後她微微頷首道：「這句話聽著真的很美好。」

說起這段往事的蘇倩倩不悲不怨，好似說的是他人的事，說來權當茶餘飯後的閒話，唯獨最後這句誓言讓她獨自思忖了一會兒。

阮祈自蘇倩倩傾訴過往，便靜心聆聽，在蘇倩倩的言語間，他依然想不起那段情深意切的過去，但他可想像，這樣的故事，過去的自己是如何全心全意對待蘇倩倩，但不知為何還未失憶的自己將娶她為妻的諾言最後淪為戲言。

「倩倩早已不抱任何期望公子能遵守承諾，公子放心。」蘇倩倩對阮祈莞爾一笑，笑容仍舊美麗，阮祈卻覺得她的笑似是在嘲笑他的辜負。「阮狀元，聽聞你將娶妻，倩倩在此預祝公子白首偕老，百年好合。」

「多謝姑娘美言。」前頭還聽著舊情人說彼此從前的情事，現在又接受舊情人的祝福，叫阮祈好生尷尬。

恰巧畫舫駛過孤山近處，蘇倩倩指著孤山道：「孤山梅花現正開得茂盛，公子可曾登山欣賞一番？」

「今年還不曾上過孤山。」阮祈搖頭，順著蘇倩倩手指之處遠看，見孤山山腰一片白梅，心喜梅花的他便想看得更清楚些，遂將身子挪至欄杆旁探頭望去。

「記得公子喜愛梅花，原來如今亦是。」

蘇倩倩未與阮祈一同賞花，她默然凝視阮祈的背影，神色冷漠。

被欺騙的滋味到如今還深深記在腦海裡，想起當年的背棄，蘇倩倩心頭上的怨恨不斷翻湧而出，刺激著她拿出藏在衣袖的匕首，什麼百年好合白首偕老，哄人的罷了，既然娶的不是她，那麼也別妄想他人能成為他的妻子！

下了黃泉做陰間夫妻也算是守諾了對吧？

拿著匕首的手高高舉起，阮祈專注在孤山梅花上未曾發覺她的意圖，蘇倩倩心一狠匕首揮下將刺進阮祈後心——「噹——噹——噹——」遠處佛寺的鐘聲算好了時候似地響起，一聲疊著一聲悠遠清朗，在整個西湖上回響，貫穿至蘇倩倩的耳中震得她立時收了手，這股波動叫她沒來由地驚慌，全身激靈瞋大了眼望向遠方。

佛祖……蘇倩倩餘驚未歇，她低頭看著手上的匕首，復又看了看仔細聽著鐘聲的阮祈，自諷似地笑，連佛祖也在阻撓我呢。

蘇倩倩收起匕首，暗自定一定心神，裝作沒事般拏起酒壺斟酒。

「倩倩姑娘……」尚不知自己已躲過一劫的阮祈回首看著蘇倩倩，期期艾艾琢磨著字句，「在下不明瞭當時究竟如何，但在下想……那時必定是真心喜歡著姑娘的。」方才遠眺孤山白梅之時，阮祈有一剎那的悸動，那分悸動說不明道不清，模模糊糊的熟悉感，直覺與蘇倩倩有關，跟他們的過去有關，這種感覺不討厭，反而覺得祥和安穩。

「你……」這下蘇倩倩結舌不能言，眼前的阮祈不記得過去卻仍跟她說得真誠，瞧他那副認真的模樣，想汙衊他說是玩笑話都不行。

這樣的阮祈和從前其實沒有差別，認真的書生很單純很淳樸還帶點傻氣，恍惚間以為一切未曾變過，他們仍舊在畫舫上談心說笑，深情真意許一生。蘇倩倩頓時覺得這一切似乎沒有了意義，報復過了又如何，得不到的還是得不到。霍靖說放下就是放過自己，留個寬闊天地給自己吧。

「呵……」蘇倩倩輕笑，「你這話要是被未來的娘子聽去，會吃醋的。」

「不、不會的吧？」阮祈聞言才覺不妥，思量著若是被她聽見了……

蘇倩倩就這樣看著阮祈掂量揣測，不置可否。美人在側舉杯飲酒，公子倒是不覺忽略了人，畫舫裡一時恬靜安寧，傍晚時分的昏黃夕暉撒落在湖面上，時光沉靜，如詩如畫。

畫舫不知不覺間已在孤山下停靠，發覺畫舫停下的蘇倩倩看了外頭便放下酒杯對阮祈道：「倩倩就在這下船了，公子請回頭吧。」

「哎？不一同回去了？」神遊到九霄雲外的阮祈猛然清醒，跟著蘇倩倩下畫舫，勸聲挽留。

「倩倩在這有居所。天要黑了，早回吧。」蘇倩倩送阮祈上船，看著畫舫轉個方向緩慢對著彼岸駛去，她又道：「公子改日若有空閒，上孤山看看吧，白梅很美……」也不管阮祈聽見與否，她轉身便往山上走去……

寒風砭骨，她素淨薄衣縵行，風捲起了衣袂翻飛不休，一股梅花暗香盈流飄動……

●

這天蘇倩倩又在御街樓台屋簷上坐，這回她不看姑娘的衣裝、不看公子的樣貌，專看著阮祈。

再三天，阮祈大婚。他在金飾鋪裡給他的未婚妻挑髮簪，和合二仙及鳳凰和鳴，左看右看還挑不定要哪個。

「給我選就要和合二仙。」蘇倩倩嘟囔著。

霍靖在另一邊高樓看著蘇倩倩，見她神情愉悅，毫無不快之貌，他寬心一嘆，擱在心裡的石頭總算是能放下了。

孤山於西湖西北角，四面環水，風景宜人，眺望西湖的好所在。

霍靖上孤山，他不東尋西找，目標直接往梅花林去，他在一片白梅中看見了蘇倩倩在一棵大梅花樹下壓著樹枝撫弄梅花瓣。

「阮祈成婚，新娘子長得沒妳好看。」霍靖來了就斜靠著樹幹，看蘇倩倩擺弄好一會兒才道。

「你去就只是為了看新娘？」蘇倩倩挑眉斜睨霍靖，霍靖只是無謂地聳聳肩。

蘇倩倩不再理會他，繼續照顧她的白梅花。百無聊賴，霍靖抬頭仰望藍天，冷雖冷，可碧空如洗，萬里無雲，他又道：「妳打算如何？」

「打算？」

「阮祈妳已放下，再來呢？」

「不如何，待在孤山挺好的，有梅樹相陪。」蘇倩倩道。

「呵……梅樹……難為妳還說得出口。」

「怎麼不行了？林和靖能以梅樹為妻，長久陪伴，我怎不能讓梅樹作我的丈夫了？」蘇倩倩幾近憐愛地撫過枝幹，「何況我本就離不開它……」

「妳就沒想過阮夫人？當年是她親自找上妳的。」

「我知道，可她是他娘親。」蘇倩倩收回放在梅樹上的手，拍拍純白的衣袖與霍靖同靠大梅樹，「我怎能讓他沒了娘親呢。」

妝容細膩的女子通身雪白，周身飄散梅花香，真要細心去瞧還是能發現的，蘇倩倩腳下其實沒有影子。

「何況不過是一介孤魂野鬼罷了，她怎會放在眼裡。」

蘇倩倩抬手把鬢邊的梅花取下，又在大梅樹枝頭上摘了兩朵簪在原處：「我還得感謝她讓人將我葬在這呢。」

說完蘇倩倩踩了踩腳邊的土垛兒。

當年——

書生與歌女良緣佳話，在西湖傳開，人人說男才女貌，天賜的好姻緣合該是一對佳偶。

這話傳到了杭州城，阮府夫人耳中。

阮祈母親許氏少時守寡，大家族中女子掌持不易，她毅力獨立撫養獨子成人，咬牙扛下阮家大計，成就阮府現今局面同時造就她雷厲風行說一不二的性格。兒子與歌女的情愛在阮夫人眼裡成了荒唐事，歌女小門小戶出身不談，還偏生是這樣的身分，傳出去叫人以為阮家嫡子找不著門當戶對的對象。

阮祈上京應考後沒多久，許氏帶人找到了在畫舫上唱曲的蘇倩倩。

蘇倩倩到底是見過大場面、數位高官大人的紅塵女子，見了身著華美衣裝的阮夫人也不畏懼，哪怕是阮夫人一開口便是惡言相向，她依然笑吟吟地捧茶禮待。

「蘇姑娘，做人要懂禮數，妳這樣的出身阮家是不會允許的。」

蘇倩倩也不惱，她道：「我與阮祈不在意門不當戶不對，他說會娶我。」

許氏自然拿出高額酬勞誘逼蘇倩倩離開杭州，而蘇倩倩心意堅定，無論阮夫人如何提出條件一律否決。

「您讓阮祈親自跟我說，除非他不要我，否則我絕不輕易答應。」在阮夫人無計可施離開之際，蘇倩倩如是對阮夫人這樣說。

便是這句宣言決定了蘇倩倩後半生無法活見阮祈的命運。

那一日酉時，天已黑，唱罷歸家的蘇倩倩走在夜路上，一名小廝扮樣的男子攔下她說明阮夫人邀她入府，蘇倩倩應邀前往。

「蘇姑娘，我兒親手寫了封信請妳親眼過目。」正廳裡阮夫人坐在主位上，她拿一紙書信給予蘇倩倩。

阮祈的筆跡蘇倩倩沒看過一千次也看了五百回，信上的字跡確確實實是阮祈親筆寫的無誤；她把信看得很快，看完了不能置信又看了一遍，信上的內容讓蘇倩倩無法接受：「這……這不可能！阮祈他不會這樣對我！他不可能改變心意！」

信上寫的是這個意思：阮祈上京後覺得京城繁華無比，美人無數人比花嬌，比之蘇倩倩是好上加好，後遇上一位佳人，兩人一見傾心，二見鍾情，又是門當戶對，已在京城給對方府上安排訂親事宜就等考取功名回杭州完婚。

這與阮祈對她說的諾言大大背離，蘇倩倩說什麼也不相信，「這信是造假的！你們胡謅的！」遇上阮祈的事，蘇倩倩無法理智，她把信扔在地上，控訴阮夫人行徑。

「想必蘇姑娘對我兒的字跡瞭若指掌，怎的看不出這封信為我兒親筆寫就呢？」

蘇倩倩向來很篤定認得出阮祈字跡，這封信卻叫她無從反駁，若是承認為阮祈所寫便是承認了這封信所書的內容。

「不對……這不對，我要上京城，我要找阮祈問清楚，問他便明白了！」蘇倩倩理好思緒後便想出府，才要跨過正廳門檻，卻讓門外的人給攔下。

「蘇姑娘，聰明人不做傻事。」蘇倩倩回頭去看阮夫人，不了解阮夫人為何讓人攔她，「妳既然不明白這其中用意，就別怪老身狠毒。」

蘇倩倩還未聽完阮夫人最後一句話，一個重擊打在她的後脖上後立即眼前一黑暈了過去。

「處理好就趕緊埋了，越遠越好。」

找人模仿阮祈的字跡代寫書信，若是蘇倩倩聰明就該拿著錢遠走高飛，偏偏她固執，要上京城討個明白，要真讓她找著了阮祈便知曉這是一個騙局。故，蘇倩倩決計不能活。

或許真如蘇倩倩所言，這是天意讓她與阮祈此生不會有好結果，蘇倩倩死後葬於孤山梅樹下，而阮祈在京無端染上重病，發熱數天醒來後毫無從前記憶。殿試放榜，阮祈高中狀元，帶著無回憶的身軀榮歸杭州，接受娘親灌輸的過往記事，認識了同一條街上另一大家的千金，兩家訂親，結為連理。

那棵根部葬著蘇倩倩屍骨的梅樹，枝葉日益茂盛，樹幹越發粗大抽高，成為了孤山梅樹的白梅王。

生前的記憶只到阮祈的信件，當蘇倩倩的魂魄出現在梅樹下，頭件想到的就是阮祈的背棄，心懷怨念計算著要報復；後來放下對阮祈的怨恨，生前記憶也逐漸回攏，才想起這場負心計主導者其實是阮夫人。

一切成定局，無可挽回。

「上回託你取的到手了嗎？」梅樹下，蘇倩倩問霍靖。

「在這呢。」霍靖自衣襟抽出一條青色髮帶，遞給她。這是蘇倩倩生前的遺物，阮祈送她的，那日巧好沒戴上才沒落為葬品。

「再託你辦件事。」蘇倩倩沒取髮帶，把霍靖的手推回他的胸前，「拿給阮祈，只消說是蘇倩倩給他。」

「這又是？」

「長髮綰君心。我已綰不了他的心，把髮帶回贈，我要他後半輩子記得我。」

這般結局究竟是誰造的孽？一個失憶另娶他人，一個永困梅樹不得超脫，有情人不能相守，最是悲涼。

「三生石上舊精魂，賞月吟風不要論。慚愧情人遠相訪，此身雖異性長存。」蘇倩倩這回不坐屋頂改坐三生石，翹首望月，皎然月光照在她身上，一身素白淨衣，彷彿謫仙。

「這邊離下天竺可近了，妳不怕被佛祖當作妖孽給收了？」霍靖陪同蘇倩倩，只不過他倚靠著石頭在下邊待著。

「我一不傷天害理，二不作姦犯科，怕什麼。」蘇倩倩無畏道，「放心，我的魂魄我愛惜著。」霍靖頷首，叼根草在嘴裡嚼著無所事事，任蘇倩倩在旁叨念著圓澤和李源的故事。

「前世、今世、來世，我前世定是造了孽這一世才算這麼完了，來世……」蘇倩倩掰著手指，一世一世地算，算到來世，她頓然感傷，「我還有來世麼……？」

「胡說什麼。」霍靖吐去口中的爛草，抬頭看著蘇倩倩「這一世還不算完，還有我陪著妳。」

「這倒是，有你霍大俠呢。」蘇倩倩低頭端詳霍靖的臉，突然發覺平常不曾細看的部分，「還未曾仔細看過你，你長得挺好看的啊。」

「小妮子，不正經。」

「說認真的。」蘇倩倩不依不饒，「你怎不娶妻？」

「沒姑娘看上我唄。」

「撒謊！阮祈還沒上京前我可是看過你跟一個姑娘拉拉扯扯……」

是日，又逢隆冬，阮祈收到髮帶後過數年。

娶了妻後舉家遷至京城定居，這些年記憶仍然無法回復，可午夜夢迴時，總有個彈琵琶的女子輕吟慢唱，他曉得那是蘇倩倩，夢醒後，心中止不住的疼痛，前些日子還會把髮帶拿出來，看了只是徒惹惆悵，後來收在櫃子再也不見天日。這是他深藏的祕密，連妻子也不知道，他對蘇倩倩的念想。回杭州是趁了官職的公務順道而來，他把髮帶也帶出來，想起最後一次見到蘇倩倩她說在那有居所、孤山上的白梅很美……

再度雇了畫舫前往孤山，一大片白梅花盡數開放，梅香縈繞在樹枝間，隨著寒風沁入鼻腔。

白梅盛放如舊，不見當年身著素衣容貌豔麗的女子。

阮祈歎聲離去，手上還攥著髮帶，這次回京城後，怕是沒有機會再來了。

身影自下山後化為一點，上了畫舫，搖搖盪盪地離開孤山。最壯碩的白梅樹下，兩個身影併立，默送阮祈離開。

一人一身墨色勁裝，身形修長挺拔如松。

另一人素衣白裙，裙襬兩朵粉梅作點綴，抹了胭脂的唇紅豔豔地在純白世界裡甚是奪目。

（華梵大學「大冠鷲文學獎」首獎作品）

劉珮如

一九九三年出生，就讀於華梵大學中國文學系。興趣是閱讀小說，聽網路古風歌曲。

學貓叫的人

阮翎耘

意識在他清醒後的某一個早晨離開了。那個不像是早晨的早晨，天色比他的臉色還難看。復甦後的躺下動作讓承載他夢的破蓆子浮起了不少微塵和死皮。打了個驚醒隔壁陽台上仍深睡的貓的大噴嚏之後，他的意識開始漂浮。

做人太難了，他想放棄。是當隻一根手指都不如的蟲子好，還是做某種就連動物學家也叫不出名字，學名比大象的鼻子還長，甚至從未在百科全書現身的物種？連專家都不知道的物種，他又怎麼會曉得。他皺了皺眉頭，想起了界門綱目科屬種。

鏡子裡此時此刻的他陷入不真切的徬徨，拖著一副他撿來的軀殼，而他用來盛裝意識的腦子，如一鍋尚未沸騰的豆腐湯裡，下沉的，未切塊的超嫩豆腐；可能只花兩個銅板（要是會找回一個銅板，那就像是只花一個銅板了）就可以放進嘴裡大口吸吮。這樣脆弱不堪的東西，寄生在他的頭骨裡，不知道誰設計的位置，懸浮著，每踏一步，那東西就晃浪一下，暈眩前仆後繼襲來，他更模糊了。為什麼腦袋要放在頭裡呢？他始終想不透。

如果放在手心裡呢？他想，不行，這樣不過呼個巴掌腦袋說不定就飛了，當然，若是那巴掌是往哪個大哥紋有大疤的左臉去，就算腦袋藏在家裡最不容易找到的，果汁機的電池蓋裡，腦袋依然和飛了沒兩樣，魂也早一步飛了。他不禁哆嗦，忘卻了曾幾何時，自己也是那樣一個令人敬畏三分的人物。左臂膀上的青龍依然生龍活虎，那是十四歲男孩勇氣與決心的證明，亦是他曾活躍的證據。青龍的眼珠子特別大，像半吸半吐的葡萄隨時都要掉出來。那時刺青師傅覺得他臂膀不夠壯，可能會再長大，特別把圖案刺大一點好讓他長了個子刺青也好看，沒想後來青龍的軀幹是壯碩了，眼睛的比例卻太大了。那時他有個名號，就叫凸眼。

他又想，那屁股裡呢？左半腦放在右半屁股裡，右半腦則放左邊的屁股，一來母親或嚴厲的父親就再也不敢暴打孩子的小屁股，免得傷了還未發育完全的小腦袋，如此便保全了孩子的屁股，想想是可行的。他走出浴室，在比他頭髮還烏黑的地墊上頓了頓，莞爾。

天氣開始轉好。多美好的一天，他想。只可惜他不是個能懶洋洋地享受陽光的人。

從四歲有記憶開始，他的屁股就沒一刻安寧。蓄著長鬚，兩眼渙散的父親，每每看著他，某隻眼瞳總是往上吊。父親總一癲一癲地抽著風，使著舊藤椅上扯下來的竹條，一步一步朝他迫近，滿口黃褐色的牙齒令他作嘔。他知道父親走向他唯一的理由是什麼。此時，個子才書桌般高的他必須去一趟巷子口的雜貨鋪，或是在兩個村外的書局，越快越好。

這是令他痛苦且難堪的事，只得被迫把這件事想成是遊戲。遊戲是這樣子的，雜貨鋪顧店的郭老頭總是穿著滿是灰黃斑點的汗衫和略顯短了的藍色布褲，手拿把羽毛都分叉的扇子坐在師爺椅上；腫得特凸的眼泡擠得眼睛又更瞇了些，半開半閉的令人分不清是醒是睡。這讓他格外害怕，卻又非玩這遊戲不可。

雜貨鋪外總是有許多野貓駐足，他會出其不意的摁住一隻，本來反抗扭曲的身子，經他往貓脖子一撓，就安靜了。一個四歲的孩子輕手輕足地從方便鄰居串門八卦而敞開的後門，懷裡揣著一隻花色綺麗的母貓，繞到了櫃檯後面有奇特香味的胡桃木櫃前。他乾枯而細小的手臂充斥著血痕，有貓爪子樣式，也有竹條樣式，嶄新的痕跡不禁觸碰還會滲血，但他眼睛也不眨一下，他知道，若沒拿到父親要的，這手又要更不完整了。

母貓雖輕，但他仍要費點力摟著，一手則無聲拉開從上往下數來第三個抽屜，他剛好搆得到的高度，迅速踮起腳尖，抓一把三到四條的強力膠，快速塞進口袋，再抓一把，就可以少來一次。要是被發現了，就把貓往郭老頭的方向一丟，拔腿就跑。不過這遊戲從沒啟動過逃跑計畫，像是郭老頭刻意忽略似的，時間久了，貓也不用他抓，自個兒就隨他蹭著腳跟摸進雜貨鋪。

那是在父親臨時犯毒癮的方法，要是不趕時間，他可以慢慢晃到兩個村外的那間書店，摸幾條強力膠便罷，方便，卻也少了些刺激。偷竊是孤獨的，有貓做他的共犯，他的玩伴，那便是童年唯一的遊戲了。

他推著歪斜的手推車走到河邊，沐浴在陽光裡，感覺一切都是美好的。依偎著河邊的一整排阿勃勒正黃色的搖曳，金色的陽光，金色的雨，這樣好的五月天什麼也不缺。他放慢了腳步。工作也緩一緩吧，他因鬆懈而有些駝背。

正對著河的憲兵隊大門口，蜷臥著一隻倚著被暖陽加熱的鐵條的貓，白得像是一灘冒失的憲兵才吃了兩三口就墜落到地面的香草冰淇淋。憲兵可能會罵著髒話，去福利社再買一支。

福利社阿姨因為開始轉熱的天氣，授意了憲兵隊上上下下，只要來到福利社，結帳便可一觀她不被束縛的悠遊自在脫垂的乳房——餵養過使她自豪的兩個兒子，一個在冷氣行當師傅，一個則是搞玻璃工藝的。她總是捧著一只透著水藍光漾的玻璃杯，喝口水都像在和杯子接吻，深情且癡情地顯擺。那是她小兒子的手藝，就連上級長官都知道那只杯子是她兒子為她做的。

十來個著白上衣紅短褲的憲兵們正在打籃球，不時的嬉笑怒罵，運動與團隊合作的快樂洋溢著。他呆立在憲兵隊外，一點也沾染不上。什麼都與他無關。

憲兵隊大門口的那隻白貓開始挑釁站衛兵的可憐蟲，一下往右手邊那高個兒憲兵的腳邊走，理毛洗臉樣樣來；一會兒又朝左手邊的憲兵去，繞著那個長相英挺的小夥子打轉轉，左滾一圈，右滾一圈。高個子的憲兵顯得有些惱怒，將雙腳合併踏了好大聲響，白貓卻依然自顧自地在他們身邊晃悠。有一張好看的臉的憲兵無奈的笑笑。

白貓什麼都不用在乎，牠不會因為在憲兵隊大門口囂張就以人類的軍法審判，牠不必像個人，拚命地工作以換取在人類社會生存的資本。牠可以享受十幾年無憂無慮的一生。餓了，便只管撫弄牠的婀娜，自然有人為了牠的生存買單。

當隻貓多好，他想。若是得以用八十年的光陰換取不到二十年的悠閒愜意，他求之不得。白貓就像是一片浮雲，擱淺在他的心上，難以抹去。他看著挑戰憲兵的白貓，看得出神，不自覺地紅了眼睛。他這樣的人，像是被社會放生，為了生存而撿拾別人的生活廢棄物。和垃圾一樣活著。局外人。

他哭了，窩囊，真窩囊。如果母親有好好讀書，課本上有任何一點吸引母親的事物，母親有任何的夢想；如果父親不吸臭臭的強力膠，不會每根手指上都因為揉過強力膠而發黏，任何老闆都願意接納，就算只是一份溫飽的薪水。他可不可以至少像個正常人一樣，至少能抬頭挺胸地走在路上，至少不要是現在這個樣子，畏頭畏尾地推著咿咿歪歪怪叫的手推車，或偷或撿所有可見的回收物或紙箱，還必須刻意避開放學時間，省得還要受剛放學的頑皮孩子們的手榴彈攻擊。

他痛苦地蹲了下去，倚著被陽光曬暖了的憲兵隊的圍牆。牆的裡邊，那十來個憲兵仍然在活動著，看起來年輕快樂；牆的外邊，有個衣衫襤褸的男子，不停地搓著滿布厚繭的雙手，像是犯了死罪般的無助，透亮的鼻水和眼淚直掉。那不像是他的第　次哭泣，儘管哭得彆扭。而哭泣的男子身旁，一輛殘敗不堪的手推車，什麼都不承載。

白貓做了幾個伸展動作，懶懶地起身，他跟了上去。

「文，妳有沒有聽到？」淳從原本半臥著的姿勢立坐起來，屏住了聲息，手指併攏著靠在耳朵旁，努力地想把窗外的聲音抓起來給妹妹聽聽。文看了看動作誇張的姊姊，只是不經思索地把頭擺向窗外，又轉回電視。

「妳聽，有貓叫聲，好像小貓在求救的聲音。」淳從妹妹手上奪下選台器，一瞬間，取代櫻桃小丸子嗲嗲撒嬌的是微弱的貓叫聲，淒烈而悲愴，真像隻小貓受困於何處，呼喚母親的吶喊，直竄上姊妹倆所在的九樓公寓。

白貓扭捏地走著，巡視著整條種滿了金黃色的阿勃勒的河道，腳不時踩到阿勃勒的豆莢，發出清脆的沙沙聲響。他跟著，脫掉了鞋的腳掌踩起豆莢的聲音卻是碎裂的。白貓走走停停，他亦走走停停。白貓走到了河邊的涼亭，在有著舒適涼蔭的涼椅邊停下，舔了舔腳掌再撓一撓臉；他也用口水沾了手抹臉。

他們身後那條河是以前名為建功河的遺支，未妥善管理的河道淤塞了泥沙、孩子們的點心飲料包裝、斷裂的阿勃勒樹枝，河面上，既沒有白貓也沒有他的樣子。空氣中有著極端的惡臭，像是重低音喇叭咚咚咚地敲擊著他的嗅覺，逼著他呼吸更短淺些。

他從沒養過寵物，父親就連買強力膠的區區十幾塊錢都給不起他，更遑論一隻寵物。雖然如此，家裡依舊是挺熱鬧的，蟑螂、螞蟻和老鼠，時不時會出現宣示牠們的存在。母親在某一個天色慘白的早晨離去，他四歲，一聲也不敢吭地看著母親從打包到奔逃。他知道母親為何而跑，也應該跑，只是沒有帶上他；他用不敢留下的眼淚為母親送行，母親不知道。他願意在吸毒的父親身邊做人質，直到母親有一天能贖回他。往後的日子，他就常抱著那隻與他共犯的花貓，在雜亂的院子裡坐望母親歸來。母親從未回來過，而他只是越來越熟悉貓叫聲，甚至更甚於他自己的語言。

白貓啃著長椅邊一株開白花的小草，嚼了嚼又吐出來，他也摘了根嘗嘗，味道像是有血有肉的中藥，多了一份草味。他望著白貓，白貓卻不回看他。他決定做一隻貓，一隻有尊嚴的貓，在無人的午後河邊，他成了隻貓，興奮地喵喵叫。白貓不以為意，自顧自地扒著地，發著低沉的嗚嗚聲。

「妳聽牠一直叫，我們去救牠好不好？」短髮的女孩看著年紀較大，但一臉的稚氣未脫；另一個綁著麻花辮的女孩搓著腳，只是低著頭。

「可是我想看電視。」文眼巴巴的盯著姊姊手裡的選台器，彷彿那是她幼小的心靈唯一的寄託，但是淳將選台器往屁股底下一放，手插著腰直看著妹妹。

「如果我們救了小貓，媽媽說不定可以給我們養。妳不想養貓嗎？」

「可是我們會過敏，媽媽說不可以養寵物。」文開始勇敢地伸手探取姊姊屁股下的選台器，但三歲的年齡差距實在讓她的力氣不足以對抗姊姊。

「救了，媽媽說不定會說可以，走吧！我們去救牠！」淳拉著文直衝玄關，飛快地幫自己穿上鞋，又幫妹妹理了理前額的頭髮。文無奈地將腳塞進鞋子，一副不情願的臉像是要哭了。淳拍了拍妹妹，興奮地笑了笑。

「回來就給妳看電視啦！」

「回來就演完了。」文的小嘴嘟噥著。

他學貓叫得唯妙唯肖，白貓主動地向他靠攏，像是已接納了這個新夥伴。他和白貓就這麼躺在涼亭的椅子下，蜷縮著身子，不時理理毛。地上的冰涼讓他感覺渾身舒暢，從沒有這麼舒服慵懶過。這才是生活，他慶幸自己成了一隻貓，在什麼都沒有的一天擁有最多。他知道了他自己是誰，而不再是漂浮於人類社會底層的孑孓。

躂躂躂的腳步聲打亂了他和白貓的寧靜，他往聲音傳來的方向看去。兩個小女孩手拉著手，領前頭的小女孩削了個短髮，穿著卡通圖案的短袖和及踝的長褲；被她拉著的小女孩兩條麻花辮像是風中的彩帶般一陣甩動，在耀眼的陽光下閃爍烏黑的金黃。一對打扮相似的小姊妹，臉上的風采卻相當不同，高的那個顯得興奮而雀躍，矮一些的則不然。他看向小姊妹跑出來的地方，是河邊一排住宅的最右邊一棟。那個綁辮子的小女孩殿後卻沒把大門給關上，敞開的大門讓他心生一股好奇。

白貓看著他溜了進去，伸伸懶腰，離開了涼亭。進到公寓裡的他先是看見了兩道鐵門，他知道那叫電梯，但他沒搭過幾次，不曉得該如何操作這個人類發明的東西。他想去頂樓，去最高的地方觀賞這悠閒的一天，於是他轉向樓梯，一階一階的爬，他數著。長年奔波的他有著不錯的體力，三百三十八階，爬起來確實是有點喘，但不至於要他的命。他興奮地打開了頂樓的安全門，到達了人生的高峰。

「妳有沒有看到貓？」淳邊撥著草叢，邊大聲地叫喊妹妹。

「沒有！」文不耐地在草叢裡行走，河邊的草叢該整理了，蚊蟲不時上前叮咬文的裙子下露出的雙腿，文只得不停地走動，防止蚊子在她腿上停駐。

「回家了啦！沒有貓叫聲了！」文生氣地剁著腳，向姊姊抗議。淳只是繼續盯著草叢，努力地幻想著救到了小貓之後，媽媽會如何稱讚她們，並答應把小貓留下。

「姊，那裡有貓耶。」白貓不屑地看了看這對小姊妹，扭頭就走。

「我們快跟上去！牠說不定要帶我們找小貓！」文不禁認真了起來，跟著姊姊的腳步，一同追尋那純白的幻夢。

警衛正在玩著接龍，臉貼著電腦螢幕，試圖把所有虛擬的撲克牌照著花色排好。監視器螢幕上，一個男子爬上了頂樓的圍牆，詭異地用四肢在圍牆上行走，不時用握拳的右手撓下頭，再舔舔手。男子在管線與管線間翻滾，像是玩得不亦樂乎，咧開著嘴不像是在說話，反倒像是在吼叫，像隻動物般，沒有人的眼光投射在他身上。

他看向遠方，右邊是一重又一重的山，左邊則是一線蔚藍的海。他感到前所未有的快樂，集中在這一天。他攀在圍牆邊，看著底下偶爾的車輛過往，臉上露出了微笑。他看見了白貓，和那對尾隨在後的小姊妹。白貓氣定神閒地穿越馬路，左不看，右也不看。火鍋店的轉角是個大彎，一輛滿載雞蛋的貨車快速地過彎，白貓望向那輛貨車，什麼都做不了。

「不要！」他從十三樓一躍而下。

「學長，你最好過來看看這個。」

「怎樣？那什麼臉啊？」兩個警察在憲兵隊裡，盯著回放的監視器，不敢相信自己的眼睛。

「怎麼跳成這樣。」一名小組成員邊拍照，邊皺著眉頭。

「怎麼說？」另一名小組成員撿拾著已拍完照的殘骸，小心翼翼地裝進袋子裡頭。

「四肢嚴重扭曲，看起來像是四肢直接著地，因為有了四肢支撐，所以肚子沒破，不像一般頭上腳下或腳下頭上，或是大字形的趴地。」

「聽去看大樓監視器的同仁說，這男的上到頂樓以後還學貓那樣玩耍了一下，自己跳下來前還大喊了不要。」兩名小組成員對望了下，又看了看地上的慘狀。

「你們來看這個，再詭異也沒有了。」兩名員警神情嚴肅地拿著螢幕，八隻眼睛盯著的監視器畫面，裡面有個黑影落下，再慢速點看，一名男子在高速落下中，把身體像貓一樣地弓起，四肢垂直地面伸直，落地。

「他是真的把自己當貓了。」他因高速墜落而擠出兩顆的眼球瞳孔縮得跟針似的，貓一般惡狠狠地看著馬路。一名員警在涼亭邊的水溝嘔吐了起來。

小姊妹緊緊握著彼此的手，眼前的白貓眼睛被擠出了眼眶，四肢不停地抽搐，白色的身軀緩緩地漫出血來。貨車沒有停下。小姊妹害怕得無法呼吸，也哭不出來，只聽見家附近似乎有著警車的聲音，不一會兒還有救護車的鳴笛聲。她們想救白貓，卻顫抖得動彈不得。白貓的眼珠子直盯著她們，像是她們做錯了什麼。好一會兒，姊姊才拉著妹妹逃開這即將死亡的生命。白貓停止了掙扎。

誰也沒注意到，草叢裡一隻還包裹著羊膜的小白貓，正拚命呼吸。

（朝陽科技大學「紅磚文學獎」首獎作品）

阮翎耘

新竹高工畢，現就讀於朝陽科技大學傳播藝術系。生於聖誕節子時，從小離經叛道、討厭規矩、欺負同學；最討厭上國文課，卻喜愛閱讀、寫作。慶幸自己不那麼乖，捅一簍子的禍就有三大簍子的故事可寫。謝謝那個學貓叫的人。

家

魯蓓蓓

第一章

凌晨兩點，坐在辦公桌前，盯著厚厚一疊財務報表。

摘下眼鏡，嘆了口氣，揉揉乾澀的眼，腦海裡盡是不斷下滑的折線圖和公司主管眉頭深鎖的模樣。已經連續兩個月了，待到凌晨一兩點才下班，隔天一早六點即趕來上班。這也是無可奈何。身為執行長，公司正面臨轉型的壓力，營運不佳、財務虧損，若轉型不成功，下場不是倒閉就是被併購。身子往後一滑，穿上被我踢到一旁的高跟鞋，起身整理好桌上的文件，準備回家。

推開辦公大樓的大門，冷冽的風迎面襲來，我拉緊身上的風衣，快步往附近的停車場走去。明日一大早還得召開一場緊急會議。微星科技昨晚放出消息，說有意收購亞思。消息傳得很快，公司上下人心惶惶，每個人都擔心自己的飯碗不保。想到這裡，不禁冷笑了幾聲，想收購？門都沒有！只要我還在，誰也別想動我的公司。

腦中奔騰的思緒還未得到安撫，就被一連串叫罵聲打斷。

「你這該死的蠢蛋！」

我停下腳步，尋找聲音來源。

對街停車場旁，一個身材魁梧的男人緊扯著一個女人的頭髮不放，嘴裡還不斷咒罵。

心裡忍不住升起熊熊怒火。對我來說，會對女人動手的男人就不是男人。於是三步併作兩步，快步朝那對男女走去。

「放開她！」我朝那男人喊道。

男人嚇了一跳，猛然回過頭，但手仍然沒鬆開。

他朝我鄙視的看了看：「關你什麼事，滾遠一點！」

我不死心。「我叫你放開她！再不放開我就要打電話報警。」然後作勢拿出手機。

男人不僅無視我的動作，還朝我噁心的一笑。

「我管自己的老婆錯了嗎？家務事你管得著？我勸你，別管閒事。」說完，猛力把女人拽到身後，女人痛得發出一聲嗚咽。

我什麼都可以忍，就這種事情忍不得。立即撥了通電話報案，向警察簡述事由及路名。就像看戲般，他瞧著整個過程，完全沒有阻攔的意思。

等我掛上電話，他冷冷問：「高興了？」

然後在毫無預警下，猛然朝我揮拳。

劇痛頓時在下顎爆開，我重重跌坐在地上，目眩頭暈，還搞不清楚怎麼回事，就又被打了第二拳。

我躺在地上，聽見女人的尖叫聲，還有男人的咒罵聲。

我真笨，我應該一開始就拿高跟鞋攻擊他的。

然後，我就昏了過去。

當我醒來時，發現自己躺在醫院。

掙扎著起身，感覺臉上隱隱作痛。我撫摸自己的臉，忽然一陣劇痛從下巴直衝腦袋，我忍不住哀嚎起來。

護士這時走了進來，向我簡單說明我的下顎裂開，鼻梁骨斷裂，除了需要長時間固定，近期也只能吃流質食物。然後她指了指一旁的抽屜，說我的東西都在裡面，幾個小時後警察還會再來找我作筆錄，因為他們以現行犯逮捕了那位施暴男子。

頭還在嗡嗡作響，聽著護士口沫橫飛的講了一連串話，只能虛弱的點點頭。

拉開抽屜，拿出包包，在散亂的物品中找出手機。然後深吸一口氣，按下解鎖鍵。

下午三點零七分，二十三通未接來電。

我無助的放下手機，腦海中不斷浮現主管們面面相覷，以為執行長真的拋下他們一走了之的畫面。嘆了一口氣，不管下巴還腫脹、說話困難，先打給我的助理再說。

「執行長！」助理接起電話的語氣之高亢，讓我忍不住皺了眉頭。

「對，是我。」我摸著額頭。「我昨晚出了點意外，現在人在醫院。」

「醫院？天啊，您沒事吧！要不要我去……」助理的聲音又飆高了八度，我的頭開始抽痛。

我打斷她。「我沒事。先告訴我早上的會議開得怎麼樣？」

助理開始發揮她的念功。「執行長您不知道，您沒有來開會把我們急得半死，我們以為微星真的把您買走了，好幾個女員工跑去廁所哭，以為自己要失業了，我也以為我要失業了！」

「說重點。」我再次打斷她。

「是陳經理安撫了大家，說您臨時有重要的事情要處理，會議擇期再開，然後就散會了。」助理簡單的概述完畢。

我說聲謝謝後就掛掉了電話。

看來會議的事沒有什麼大問題，現在該擔心自己什麼時候能恢復，回到公司處理。然後拿出鏡子。

鏡子裡的人是我嗎？我愣住了，被鏡子裡的影像驚嚇得說不出話。下巴三倍大不說，鼻子也三倍大，眼睛布滿了血絲，嘴角也有暗紅色的瘀青。

我憤怒的蓋上鏡子，扔進包包，然後瞪著自己微微發顫的雙手。

我握緊拳頭，眼淚忍不住掉了下來。

我在鏡中，看見了母親……。

第二章

我把房間門反鎖，爬上床，用棉被蓋住頭，然後用手緊緊摀住耳朵。

房門外的叫罵聲仍然一字不漏的灌進我的耳朵裡。

「你是豬啊！」

盤子掉在地上碎了。

「怎麼教都教不會，你這個蠢女人！」

一個清脆的掌摑聲。

蜷縮在棉被裡顫抖著，壓在耳朵上的指關節微微泛白。我緊閉著眼，開始想像自己在別的地方，但是不管怎麼用力去想像，仍然一再的被門外的怒吼聲給拉了回來。

突然一陣寂靜。

我屏住氣，等待下一波的襲擊。因為我知道不會只有這樣，事情不會這麼快結束。

結果，還是寂靜。

難道我錯了？

就在要卸下防備時，門口傳來悶悶的重擊聲。

我幽咽的哭了。

我恨自己的軟弱，恨自己活在這個世上。我恨這個家，恨這個父親。

從夢中驚醒，臉上濕濕的盡是淚痕。坐起身，拿起床頭櫃上的水一飲而盡。已經好幾天了，同樣的夢境一直在摧毀心底的高牆。從來沒有讓別人知道，我已經看了好幾年的精神科，每晚還要靠安眠藥才能勉強入睡。

站起身，披上睡袍走到陽台。

今晚的夜空很美，柔和的月光點亮整個星空，星星在遠方閃爍。

我在月光的映照中環抱著自己，跪坐在地上，低聲啜泣。

回想起交接大會的那一天，王總笑容滿面的朝我走來，張開雙臂給我一個熱情的擁抱。

「恭喜你，你真的堪稱女中豪傑。」王總笑著拍拍我的肩膀。

王總是亞思的前任執行長，也是我的恩師。我可以一路走到這裡都是他的提拔。

「是王總您教導有方。」我客氣的說道：「接下您的位子讓我誠惶誠恐，您要退休大家都很捨不得。

我要如何做，才能讓您的團隊忠心於我？」

「Follow your heart.」王總對我眨了眨眼。「傾聽員工內心的聲音，也要聽聽自己的聲音。」

我點點頭。

他繼續說：「我一直很看好你，你身上的特質和自信是別人沒有的。就是有時太孤獨了。」

王總看著我，表情耐人尋味。「這個位子不好做，將來會有很多挑戰，我不希望你獨自面對。」

一個月後，我婉拒了王總的求婚。

不是年齡差距使我卻步，而是我明白自己無力建立一個健全的家。家是每個人心中的港灣，累了，可以回去停泊。但我已經習慣一個人的生活。家對我來說，可有可無。

到如今，接下執行長的位子已經五年了，公司正面臨嚴重的財務壓力和轉型危機，而我現在卻被一個人渣打到住院，一個小時後還會有警方來找我作筆錄。我的人生至此，幾乎可以用命運多舛來形容。現在只想躲進家裡的被窩，當作這一切都沒有發生，當作沒有回想到過去，當作自己從來沒有在鏡中，看見母親。

第三章

因為復原情況不理想，向董事會請了長假，準備在家休養。我的助理買了一個大蛋糕，說要慰勞我這幾個月的辛勞，其實我知道她是高興自己終於可以放鬆。員工們特地寫了張大卡片，有人祝我早日康復，有人要我休息久一點，還有人寫早日變回大美女，好讓他把我娶回家。

看到這些，忍不住笑出來，雖然都是些玩笑話，但我很感動。

收起卡片，喝著剛榨好的柳橙汁，打開電視。

新聞記者拿著麥克風口沫橫飛的報導，還沒聽清楚他講些什麼，就看到聳動的標題。

「陸籍配偶狠殺丈夫，屍體仍未尋獲。」

皺了皺眉頭，繼續喝著果汁。

「十六號晚間，警方逮捕了躲藏在租屋處的王姓女子。十七號上午將進行命案現場模擬，試圖尋獲陳姓老翁的遺體。」

拿起遙控器關掉電視，重重的坐在沙發上。然後再次被回憶拉走。

好幾次，母親曾對我說，她想殺了父親。

已經連續好幾天，父親不是對她動手，就是惡言相向。有一次還在我的面前打了母親一個大巴掌。

「滾回你的房間！」父親對我大吼。

我迅速躲入房間鎖上門，聽父親繼續對母親咆哮。

我顫抖的坐在床沿，緊握拳頭，用力祈求這場悲劇趕快結束。不久，聽見父親甩門出去的聲音，於是怯生生的走出房間，結果看見母親頹坐在地上，臉上的表情只有恨意。

她的雙頰還留有血紅的掌印。在母親身旁坐下來，我低下頭沒有說話。

母親開口說：「我真希望有一天，他永遠不會再回來。」

我猛然抬起頭看著她。

「我每一天，都希望他在外面出了什麼意外，我……」說到這裡，她緊抿著嘴，整個臉糾結在一起，盡是憤怒。

「為什麼老天爺不睜開眼睛看看！」母親低吼，看著自己緊握的拳頭。然後，抬起頭注視著我，充滿絕望。「我怕有一天，我會親手殺了他。」

到現在，這一幕仍然歷歷在目。我永遠忘不了母親說出這句話時，臉上的恨意有多麼深。從那次以後，我一直擔心母親會做出傻事，因此一直不斷的向她表達如果她做了，我就沒有了母親。

我知道，那時母親沒有動手，是為了我。

於是，家的定義在我的心中變得支離破碎。父親毆打母親，母親想殺了父親。我不知道還有什麼是我可以相信的。很久很久以前，我還曾經願意竭盡全力守護一個願望。

希望有一天，家就是家。

第四章

我一直都很獨立。

自從開始工作，就不曾回過家。第一次離家是在十八歲，我跑到最遠的城市念大學，四年中沒有主動打過一通電話回去。到最後，我甚至愛上一個人的感覺。

一個人生活，一個人賺錢，一個人自己照顧自己。

父親，母親，開始像是最熟悉的陌生人。

母親偶爾會給我發發簡訊，內容不外乎是問錢夠不夠用？吃得好不好？我總是簡短的告訴她別擔心，我在這裡過得很好。跟母親的關係也開始變得很微妙，我愛她，但我不信任她；會發展成如此，或許要從十歲生日那天開始談起。

那天早上，我從房門看見母親在客廳寫字，以為母親只是像往常一樣在計算公司的帳本。於是跑回書桌旁，拉開大抽屜拿出彩色筆和繪圖本，準備到客廳跟母親一起塗鴉。但是當我走出房間時，母親已關上大門出去了。我失落的坐在沙發裡，發現有一張整齊摺好的紙放在桌面。

心臟噗通噗通的跳，我對那張紙的內容有種不祥的預感。望著紙足足十分鐘，才鼓起勇氣拿起紙，打開。

開頭的第一句話，母親就寫了「再見」。

看完信，當時才十歲的我就明白意識到母親要離開的事實。我氣得把信撕成了碎片，然後跑回房間把自己蒙在棉被裡。與其說傷心，更多的是憤怒與失望。我大力搥打床鋪對著枕頭大喊，試圖把對母親的失望和對父親的恐懼全部發洩。最後，躺在床上雙眼直盯著天花板，感覺自己已經遍體鱗傷。

當天晚上，母親回來了，我冷冷的看著她，什麼話也沒說。母親見到桌上的紙已經不見了，眼神裡流露出很深的愧疚。她走過來，張開雙臂想擁抱我，但我用力推開她，跑回房間把房門鎖上。

從此，我在自己跟母親之間，築起一道厚厚的高牆，開始忽視父親對她的拳打腳踢和大聲謾罵，開始讓自己變得冷漠。因為我相信只有這樣做，我才可以繼續在這個殘破不堪的家生活。

有一天放學，發現父親不在家。當我狼吞虎嚥的吃著餐桌上已經涼掉的飯菜時，母親正好從廚房走出來，夾菜的右手停在半空中，因為我看見她的嘴角留著凝固了的血跡，眼窩也有一圈很深的瘀青。低下頭，我努力假裝若無其事。

母親走到我身旁坐了下來，沒有說話。

靜默了幾分鐘，她才低聲的說：「禮拜五的家長會沒辦法去了，這樣子不能看。」

我點點頭。

她深深吸了一口氣，吐出。

「你以後要找一個真正對你好的人。」

我繼續點頭，淚水開始沿著眼角流下。

「千萬記得，不要找人來糟蹋自己。」

聽著母親淡淡說出這些話，我的心好痛好痛，講不出任何話，只能默默的把飯往嘴裡塞，希望可以止住嗚咽。

「我是走不了了，你還可以用念書的方式離開這裡，所以一定要好好念。」

母親轉過身來，抬起我的下巴，直直看進我的心。

以前，我從來都不知道一個人的眼睛可以如此漆黑，黑的可以把所有的悲傷都裝進去，然後牢牢鎖上。

我看著母親瞳孔裡反射出來的倒影，才發現原來自己的眼神也同樣悲傷。

她看著我，一字一句的說道：「一定要離開這裡。」

我愣住了。

母親又重複一遍：「記得，不管有多困難，你一定要離開這裡，走得越遠越好，而且永遠不要回來。」心裡的高牆慢慢瓦解，像是要把心裡的疙瘩都化解一般，放聲大哭。母親沒有流下一滴淚，只是輕輕拍著我的背。

我知道母親之所以沒有流淚，是因為她的淚早已乾涸。

第五章

對於母親的要求，我一直無法下定決心，直到那一天。

一如往常，晚飯後在房間裡溫書。父親拎著一箱啤酒一進家門就破口大罵。

「你在搞什麼？不會停車啊？停那樣我要怎麼進來？」

母親沒吭聲，低著頭繼續摺衣服。

「你是啞巴嗎？不會說話啊？」

走到餐桌旁，手一揮，將飯桌的湯碗全掃到地上。

金屬陶瓷碰撞地板的聲音，在寂靜中顯得特別宏亮。他繼續咒罵。

不知道是從哪裡來的勇氣，還是已受夠了這種生活，受夠了這個家；總之，當意識到自己正在做什麼時，我已經打開房門，對著父親大聲吼叫。

「你鬧夠了沒有？」我吼道。

接下來的畫面，就像膠捲電影的慢速播放，一格一格，深深烙印在我的腦海裡。

父親慢動作的轉過他的頭，用他布滿血絲的眼睛對上我。我感覺到我的雙腿在發抖。

「你說什麼？」他問。

「我說你不要再這樣了！」我努力堅守我的立場，但我的聲音在抖。

「你叫什麼叫？」他朝我走進一步。

他抓起身旁的椅子。我往後退，發不出任何聲音，恐懼在心中快速膨脹，不知道接下來會發生什麼。

他用力把椅子朝我丟過來。我聽見母親大喊不要。我下意識的護住頭。

椅子被母親擋了下來。砸在她的手臂上。

父親衝上前先打了母親大巴掌，她重心不穩跌坐在地上。然後父親朝我一步一步逼近。

「你叫什麼叫？」他問，順勢賞了我一個大耳光。

他一直重複這句話，就像壞掉了的唱盤。

「你叫什麼叫？」他又朝我打了一個耳光。

已記不得到底挨了多少巴掌，只記得我的眼鏡掉在地上，頭暈目眩，連站都站不穩。母親跑過來試圖抱住父親，父親把她推開，並且開始攻擊。雖然已經沒有了任何力氣，但我仍然舉起雙手護在母親前面，一直大喊：「不要打我媽！不要打我媽！」

最後是怎麼結束的，我已不記得了，只記得父親趕我們滾出去。

摸著火辣辣的臉，臉腫了，眼鏡也歪了，可是再怎麼痛，也比不上心痛。所以下定決心離開。

所以，現在我坐在這裡，望著偌大的房間，感覺自己好渺小，好無助。

時間再久，回憶依舊會毫無預警的浮現心頭。心理醫師說，要試著放走這些記憶，不然會造成心理很大的負擔。只是歲月流逝，這些記憶不但沒有隨之揮發，反而像樹根一樣，牢牢的緊纏著不放。

起身走到廚房，幫自己倒了杯紅酒，就在靜靜品味紅酒微甘微澀的口感時，突然升起了一個念頭。回家。

但很快地，搖了搖頭，試著甩掉這個荒謬的念頭。

「還沒準備好。」我這樣告訴自己。

抬起頭，忽然看見了櫥櫃鏡面上反射出來的倒影：一個女人，一個憂傷的女人，鼻子上的傷還沒痊癒，嘴角還有一抹淺紫色的瘀青。

我輕輕地摸著自己的臉，就像當年母親摸著自己的臉。

輕嘆一聲，一口氣喝完剩下的紅酒。

「勇敢點。」我告訴自己。

過去，應該是推動著我繼續向前，而不是讓我深陷在悲傷的泥淖裡。

是時候踏出去了。

第六章

撐著傘，站在鐵灰色的大門前。距離上次站在這裡，已是七年。

望向二樓的家，燈是暗的。

將鑰匙插入鑰匙孔，轉動，清脆的開鎖聲夾雜著雨聲顯得特別驚心。推開一樓大門，熟悉的景物一個一個映入眼簾。腳踏車，躺椅，一箱箱的雜物，還有好幾盆疏於照顧的植物。輕輕的上樓，打開二樓的燈。

我看見了父親。

他坐在椅子上，眼神渙散呆滯，脖子上圍了一條泛黃的舊毛巾。

我慢慢走上前，試探的叫了一聲：「爸。」

他沒有反應，動也不動的直盯著正前方。我伸出手探了探他的鼻息。還有呼吸。我在他耳邊大聲說：「爸，是我，我回來了。」

他慢慢的望向我，然後又把視線移開。

我不知道我離開的這段時間家裡發生了什麼事，但父親明顯是得了阿茲海默症，記憶力表達能力嚴重退化，全由母親獨自照料。見到這種景況，眼淚很快流了下來。真不知母親這幾年是怎麼熬過來的。

走進母親的房間，物品一如往常的收拾得整整齊齊。坐在她的床上，望向她的梳妝台。母親在那裡放了好幾張我的照片。

再也忍不住了，我奪門而出，衝下樓，任由雨水打在我的臉上。我開始大哭，哭父親的病，哭母親不計前嫌的付出，哭我自己這麼多年來的壓抑。我忽然清醒的意識到家暴的陰影對我的人生帶來多麼大的影響，不管是獨立還是冷漠，我一直努力把自己塑造成一個女強人，只是為了掩飾過去累累的傷痕。

回到車子裡，整理好情緒，決定先回租屋處換衣服，再到大賣場為母親採買生活必需品和食物。

「是時候面對了。」我喃喃自語。

傍晚，當我提著大包小包出現在家門，母親既驚且喜的神情我永遠忘不了。她邊笑邊哭的走上前來抱住我，我也緊緊回擁著她。

這個擁抱，我們彼此等待了近十年。

當天晚上，我和母親促膝長談了好幾個小時。過程中，有哭也有笑。我也為自己的不聞不問向母親道歉。

「你永遠是我的孩子。」母親只對我這麼說。

後來，我決定搬回去和母親同住，一起照料父親。看著父親消瘦茫然的臉，我再也恨不起來。

「過去的，就讓它隨風而逝吧。」我想。

放下，是對彼此最大的寬容。

很久很久以前，曾經想要小心呵護的一個願望，現在終於實現了。儘管已是十幾年過去。

因為家終於是個家。

（慈濟大學文學獎首獎作品）

魯蓓蓓

一九九二年生，就讀於慈濟大學醫學資訊學系。曾任慈濟大學第十二屆醫學資訊學系系學會會長。

魚鱗牆

陳玟瑗

早晨的陽光透過玻璃窗打到筱瑜臉上，她慵懶地翻了個身、手在床頭不停地摸索，摸了好一會兒才給她摸到了那只鬧鐘。

七點十分，已經不是一個學生可以賴床的時間。

筱瑜在心底暗叫了一聲糟，慌忙地翻下床，隨手抓了掛在椅子上還來不及洗的制服，對於上頭的黃斑汗漬毫不在意。反正她裡面還穿了件運動服呢，制服只是為了進校門不被糾察攔下用的，誰還管它乾不乾淨、平不平整？

套上制服後，筱瑜一把抓過旁邊一只老舊的書包。

那是個老舊的書包，從大哥傳給二姊、再從二姊傳到三姊、最後才傳到她這個么妹手上，她好幾次跟父親母親說著太舊了想換，可他們總說哥哥姊姊都這麼給用下來要她悠著點用，於是她也就沒再提這回事了。

筱瑜也沒管裡面放了什麼書，只是急急忙忙地出了房門，她房間在頂樓，一層一層地往下，完全不怕滑倒地跑過三姊、二姊、大哥和父母親的房門前，然後，到了二樓通往一樓的樓梯口。

一樓和二樓的樓梯間是她戲稱為「魚鱗牆」的地方。每當這面牆被燈光照耀，筱瑜就會想起市場裡躺在冰塊上的魚，牠們再也動不了的嘴、鰓蓋和沒被刮除的鱗。

魚鱗是個很美麗的小東西，每一片上頭都刻著不同的小祕密。

每次放學回家筱瑜都會站在這面牆前靜靜看著它們反射的光，但現在她可無暇欣賞，筱瑜深吸了一口氣，俯衝，魚鱗牆就這樣被她甩在身後。

一樓的車棚裡放著幾台新穎的機車和一架鏽跡斑斑的腳踏車，筱瑜把書包放在腳踏車的載台上，用機車繩來來回回的綑了好幾圈、綑得死緊、綑得書包奄奄一息，這才滿意的跨上腳踏車，出門。

八點十分。

直到上課鈴響，筱瑜才從後門緩緩地踱進教室裡最後一排的位子。她不是故意要遲來的，可能是昨晚太累、又或是她沒吃早餐的關係，才會讓她車騎得太慢。

她重重地把書包砸在椅子上。書包裡的書因為她的動作險些全蹦到灰撲撲的地板上。筱瑜對這些書也沒什麼上心，她拉開椅子，坐下，趴伏在桌上。

老師從前門進來。那是一個有些年紀的女老師，中年發福形成的便便大腹壓著講台，好似要把講台給壓扁。她有力的手中擁著一疊書，那讓筱瑜想到被抱在懷裡的嬰孩，一個哭泣的嬰孩。

老師輕輕柔柔的放下書，用粉筆在黑板上刮起惱人的音樂。筱瑜沒有抬頭，只是靜靜地盯著老舊的木製書桌、盯著書桌上深淺不一的木紋，在木紋間她好像看到了什麼，卻又好像什麼都沒有瞧著。

是以前學長姊們留下的痕跡吧。也許這裡頭也刻著什麼小祕密。

筱瑜從鉛筆盒裡拿出一枝筆，為書桌再添一點痕跡。

「筱瑜。」台上的老師無預警的喊了她的名字。

「……有……」她觸電似的瞬間挺直了身板。

「妳在做什麼？」

「……沒有……」筱瑜的聲音細細的、小小的，嘴巴一張一合，好像有說些什麼，卻又沒人聽到。

老師留給她一個冰塊般的眼神，冷冷地說：「上課就好好上課，別趴著睡覺。」

筱瑜渾身上下起了個激靈，她強迫自己打起精神面對黑板上的文字。sin、cos……幾個外來文字在黑板上飛舞、在她的腦袋裡兜著圈兒，筱瑜突然想到她應該拿起一本教科書——不管哪科都好——擺在桌上遮去那惱人的木紋。

她的手伸進書包裡胡亂摸了個圈，沒摸到數學課本卻摸到了書本下一張皺巴巴的紙。筱瑜縮回手，沒敢再碰書包，黑板上的鬼畫符卻著著實實的飛了起來，砸個她眼冒金星。

昨晚，她站在餐桌前。

家裡的餐桌很寬，是個長方形的餐桌，一頭坐著她父親母親，一頭站著她。大哥也在，他坐在桌子的一個角落，自顧自地看著警匪影集。

父親冷冷地問：「怎麼考這麼差？」

「……就……都……」筱瑜的嘴一張一合的，沒有聲音。她像是一尾熱帶魚，現在只想縮回海葵中。

「連自己為什麼考這麼差都不知道嗎！」父親一掌把筱瑜的成績單拍在餐桌上，掀起一陣巨響，像是菜刀敲擊砧板的聲音。

人為刀俎，我為魚肉。筱瑜不知怎地忽然想到了這句話，也許她就是被放在砧板上的魚肉吧。

電視裡法官敲著槌，那聲音和拍桌的餘韻合而為一。筱瑜嘴唇掀動著，一張一合。有個嘴型，卻不明確；有開口，卻沒有聲音。

餐廳裡的燈光很明亮，照得成績單上的黑字格外清晰。

如果這種光能照在魚鱗牆上，一定很漂亮吧。

正當筱瑜這麼想的時候，成績單上的字突然飛了起來，在空中盤旋、變形。有這麼一瞬間，筱瑜還以為自己正在看標楷體逐漸退化成甲骨文的動畫，定睛一看才發現自己還在教室裡。

文字安安分分的黏在黑板上，sin 還是 sin、三角函數仍是三角函數，不是成績單上的阿拉伯數字。

筱瑜瞇著眼，也許是魚鱗牆反射的光太刺眼了，才會讓她一下子失了神。

「……好了，課本收起來，現在開始考試。」台上的老師這麼一說，台下的書立刻一本本闔上，像是魚被甩出水面時不斷拍打地板的聲音。

一張黑白相間的考卷倏地出現在筱瑜眼前，好似一張大網在她眼前伸展開來。要被網住了嗎？有辦法逃脫嗎？看著旁邊振筆疾書的同學，她頓時陷入慌張之中，她想掙脫漁網，卻又不知該從何掙脫。

筱瑜握著筆在紙上戳出了幾個黑點。抬頭看向黑板，期待能在上面找到一絲解開這張大網的線索，無奈老師像是早就猜到她在想什麼，板擦在黑板上揮了揮，長篇大論的外來文字就化為粉塵散落在空氣中。

她低著頭重新審視考卷，黑色的異國文字下方留了一大片的空白，再接下去又是黑色的異國文字、空白、黑字……筱瑜皺起眉頭，努力翻攪腦袋中片段的記憶：幾個三角形、sin、cos，還有，魚鱗牆。

握著筆的手心有滿滿的冷汗，筱瑜的思緒在這時又游回了魚鱗牆。

她的哥哥姊姊一向都很優秀。

如果是他們的話，一定解得開來這些問題。

筱瑜的思緒突然回到她剛進入國中念書的那天，她的年代裡十二年國教還沒開始，能就讀一間有名氣的高中並不是一件容易的事。

那天她拿著一張被填滿的入學資料表交給老師。老師穿著一襲黑底花布洋裝，是有點老舊的款式，有著一股書的香氣。她的視線定在資料表上兄弟姊妹欄位，良久。

「……一個哥哥兩個姊姊……妳家小孩還滿多的……」

「嗯……」筱瑜的眼睛滴溜溜地轉著，左看右看就是不肯看老師。

「妳哥哥是X大的，姊姊也都是第一志願？」老師嘴角上揚了三度、聲音提高了八度，像是在深海發現了什麼寶箱一樣興奮。

筱瑜點頭，不敢對上老師發現新大陸的表情。

「那妳的功課一定也很好囉？」

她停頓了幾秒，然後搖頭。

老師發現的是只空了的寶箱。

她不是她的哥哥姊姊，也不像。

「……沒關係，既然妳的哥哥姊姊這麼優秀，妳一定也有著不輸給他們的頭腦，加油，妳一定可以做得跟他們一樣好。」

昔日老師的話宛如海中的氣泡急速向上跑離，連咕嚕咕嚕的聲響也不留一息。筱瑜突然驚覺整個學校就像是一個浩然大海，海中有各式魚類，除了蟄伏在暗處的深海魚類外，每一尾魚都奮力的向上游著，企圖爭取到更多的陽光。

由下往上看，太陽的光線被打碎在浪花之間，形成一片片發光的碎片折射進海中。那有點像魚鱗牆反射出的光芒，但是似乎又差了這麼一些。

筱瑜好像可以看到波光中有一個不小的黑點，還有……

噹噹——噹噹——

下課鐘響敲醒還浸在沉思中的筱瑜，她匆匆地在老師喊收卷時留下幾個 sin 和 cos 填補空白區塊，然後起身收卷。

她把自己的考卷夾在其他同學的中間，怯生生地看了老師一眼，快步走到講台前放下考卷。

「筱瑜。」老師突然叫住她，宏亮的聲音震得她的耳朵嗡嗡作響。

筱瑜不甘願轉過身，咬緊下唇不發一語。

「下次上課不要再睡覺了喔，知道嗎？」

筱瑜提氣張嘴，接著又洩氣地垂下身體，點頭，戰戰兢兢地回到自己的位子上。心情像是被拉離了水面再被放回了海中，也許是因為她是「小魚」的關係，所以才沒有哪艘漁船想要捕獲她。

好險，逃脫了。筱瑜輕輕地對自己說。

她的左手壓在桌子邊上，頭跟著靠了上去，堅韌的髮絲和木紋嵌在白皙的嫩肉裡，好像要把桌上用美工刀刻出的愛情一併嵌進她心裡。她的右手輕輕地觸碰木桌，一張小桌的木紋裡被麥克筆、原子筆、立可白、鉛筆重複畫了又畫，平時隨意一瞥還只當那是無意義的塗鴉，現在看來卻又像是一張藏寶圖。

橢圓的木紋看起來像是烏托邦的入口，在另一頭的會是魚鱗牆嗎？筱瑜不禁心想：如果那可以讓她脫離這些考試該有多好？

數學老師離開教室，換成生物老師進來。黑板被投影布幕給遮住，上面映著各種生物的胚胎，有魚、有雞、有豬、有人，這些生物最初的胚胎幾乎長得一模一樣。生物老師用紅外線在那些胚胎畫了一個又一個倏忽即逝的圈、嚷著「這會考」，但筱瑜沒有盯著那面流線網直瞧，她的手依舊留連在木紋中。

不知道是哪位前輩用鉛筆在上面留下了「只有勝利者才有發言的權利」一語，字跡有些模糊，但她依稀可以辨認出當年那位前輩的力道。如果學校是片海，想必那位前輩曾經也是尾潛伏在珊瑚礁旁、海葵邊的小魚吧。

不知道那位前輩最後是否變成了海中霸王。筱瑜半瞇著眼想。

生物老師說了幾節課又走了，換來了物理老師。sin與cos再次重擊她的腦袋，令她暈頭轉向。哪邊有陽光？哪邊又可以避開漁網？哪裡又可以通往魚鱗牆？

直到國文老師說完課本上的鬼頭刀喊下課時，筱瑜才從木紋中爬起來。

中午不知不覺就過了，筱瑜渾渾噩噩的站起身，同為一類的魚兒們嘴巴一張一合的聚在一起交談，某些小魚則依附在大魚旁，令人想到鯊魚和總是吸附在上面的鮣魚……她的視線晃啊晃地定在黑板上行中帶草的字體。

國文老師特別喜歡將字裡的「豎」拉得老長，字與字之間若有似無地牽著，遠遠看去好像海裡的延繩釣。筱瑜又想到了早上的數學考卷，每填上一行文字白色的部分就越小，網就越密。然後，她又想到了魚鱗牆、想到了動畫中被獵人砍下頭顱作為裝飾掛在牆上的動物。

她突然發覺，學校並不是海洋，只是個很大很大的魚塭。

回到家的筱瑜一如往常地站在一樓通往二樓的樓梯間。牆上有許多框架靠在一起，框架中有一片廉價的塑膠板，塑膠板的後面可能是金色的英文檢定證明、全校第一名的獎狀、全市競賽、全國競賽……各自刻著不同的事蹟。

這些塑膠板一片接一片的連著，有點像魚身上的鱗。

中間也有一些繪畫比賽冠軍或是歌唱比賽佳作的獎狀，但那都是哥哥姊姊國中小的事了。現在她的三姊在國外念大學，二姊也外出工作不常在家，而大學曾經當過電玩競賽國家代表選手的大哥則是在科學園區裡當工程師。

筱瑜快要不記得她大哥得到資格時候的表情了，現在能想到的大哥，總是帶著沉重的黑眼圈、浮腫的眼袋、盯著螢幕而充滿血絲的眼，和因長期晚睡而變得粗糙的皮膚。

她記得她二姊曾經有一段時間買了套錄音軟體說要錄音，最後她為了考研究所，那些東西就這樣被擱置著，直到二姊出外工作也不曾再拿起。

三姊很不喜歡英文，閒暇之餘就會拿起筆在課本的空白處畫起插畫——她會知道的原因是因為她三姊的書現在在她房間的書架上——，現在她的三姊也不畫畫了，她在美國那種極度需要英文的地方念精算。

二姊和三姊最近過得如何呢？

被拔掉鱗片的魚還能活得下來嗎？也許可以吧，但是那必然會是種特殊的方式，就像動物園的動物無法簡單被野放。

漁船用各式的網捉著了魚，經過挑選後把某些魚的鱗剝了下來。

只有被殺掉的魚才會被拔除鱗片。筱瑜心想。

夕陽的斜光打進樓梯間，將筱瑜的影子定在樓梯上拉得老長、將每片塑膠片照得發亮。筱瑜瞇起眼打量著魚鱗牆。

魚鱗牆也許是人類的戰利品吧。他們都是魚，有大有小。大的很容易就被漁網圈著、被人類捉走、剝鱗，魚肉可以作為晚餐，魚鱗就成了裝飾；小的鑽出漁網、被人類嫌棄，只能縮瑟在蒼白的珊瑚礁旁。

雖然魚鱗牆很美麗，但她絕不當那些被捕獲的魚。

她揹著書包的肩滑了一下，那個一代傳一代的書包掉到樓梯上，咚咚咚的向下滾，裡面的書被掀了出來，一本本的攤在樓梯間。

筱瑜突然覺得魚鱗牆反射的光不僅不再耀眼，反而很虛幻空洞。

如果要失去生命失去自由才能抵達魚鱗牆，那她寧可不要。筱瑜是這麼想的。

對啊，魚鱗牆不過就是給予往生者的榮耀。

她的思想是尾自由的魚，在知識海裡恣意游著。她不要像她的哥哥姊姊們被人類剝除了鱗片、被掛在牆上炫耀著。

看了好一會兒，筱瑜臉上揚起了一抹笑。她走下樓拿起從哥哥姊姊那傳下來的書包，撿起散落在樓梯間的教科書，一本本小心地收回。其中，有一團皺巴巴的紙球跌在最下層的階梯上。

筱瑜將它也撿了起來，把它攤開回原本長方形的模樣。接著，她沿著那些溝壑，一手一下地把它撕成了碎紙握在手裡。

然後，她又看了魚鱗牆一眼，逕自走上了漫長的樓梯。她手中的碎紙隨著她的動作跌落在樓梯間。有點像是魚的鱗片，又更像海面上破碎的波光。

魚鱗牆反射的光卻比記憶中的還要耀眼。

筱瑜握緊拳頭。

雖然魚鱗牆很耀眼，但她絕不成為人類的展示品，絕不！

（嘉義大學「嘉大現代文學獎」首獎作品）

陳玟瑗

一九九四年生，台南人，現就讀於嘉義大學資訊工程學系。平日甚愛閱讀、畫圖、寫作、寫程式。在許多人的眼中，寫程式與寫作兩者相去甚遠；但在我看來兩者和畫圖卻都是相同的事物：都是創作，只是使用了不同的方式來展現自己的想法。

上帝所教的事

蕭如凱

「媽！我們家能養寵物嗎？」小男孩這麼問。

「不行！」斷然拒絕，卻沒有相當的理由。

「為甚麼不行？」

「不行就是不行！」

由於音調是剛剛的好幾倍，男孩知道不能再追問下去，否則後果會不堪設想，但他並沒有打算放棄，轉過頭看著拿著報紙的爸爸。

「我是沒意見，不過要你媽同意才行。」察覺到兒子視線的父親，雖然沒有反對，但也沒有支持。

男孩只能無奈地回到自己的房間……。

畫面逐漸變成模糊。

「呼……，原來是夢啊！」我搖搖頭，試圖把不愉快給搖走。

與其說這是一場夢，不如說這是我的記憶：從小到大的記憶。

小時候只要經過寵物店或看見路上的寵物，夢中的情形就會上演，直到現在，我還是不明白不能養寵物的理由，所以我的願望也一直沒有實現。

或許是因為獨子的緣故，從小不論要甚麼，只要不太誇張，東西都能夠手到擒來，只不過先決條件就如同夢中一樣：媽媽要同意。假如她不同意，短時間內最好不要去煩她，不然就算是獨子，如果不會看臉色，挨幾下衣架子也是在所難免的。

「哇靠！好冷！」我的反應不曉得慢了幾拍，等我察覺的時候，便隨即把身子縮進被窩裡。

看了看手機，時間才五點五十分，但我也不得不起來準備了，順手把手機裡六點的鬧鐘關掉。

在這種強烈寒流來襲，卻必須早起準備的痛苦，我相信是不少人所經歷過的，偏偏我準備要去的，是冷到能凍死人的林口，又偏偏現在還下著一個禮拜幾乎沒停的雨。

這時候的家中，只剩我、媽媽和妹妹，爸爸則是值夜班，還沒有回到家。

「我出門囉！」我對著有喊等於沒喊的家裡叫著，同時，還不忘拿了兩個暖暖包丟進口袋，此舉雖有負於我身為男人之名，但我還是覺得比起來，生命的安全比較重要。

聖誕節才剛過沒多久，對我而言，那只是個沒有放假的節日，就算有放假也開心不起來，因為這表示距離學測不到一個月了：目前我正站在決定未來人生的十字路口上。

說起聖誕節，小時候倒也是會興高采烈地慶祝，至今也不知道在高興哪一點的；長大之後才覺得可笑，說明白點，那不就是一個外國古人的生日嗎?別人的生日，我們在高興甚麼?

（PS：這只是小說，無意冒犯，請各位基督徒們不要認真。）

常聽人說：「早起的鳥兒有蟲吃。」此話果真不假，不僅讓我等到要海枯石爛才出現的858公車外，重點是竟然還有位子坐！這是何其幸運的事！住在泰山的人都知道，858是唯一轉去林口的公車，除非你願意轉車，否則等車的時間，大概夠我把「中國各地省分」寫完了，順帶一提，本人是個超級地理白癡，方向感極差，要我一個人到台北，那是天方夜譚。如果硬要說的話，等車的時候，也是看書的好時機，不過要我抱著會遲到的心理壓力看書，我做不太到就是了。

我抱著感激的心情坐在位子上，頓時覺得早上的晨考有救了，因為要考的東西太多，有時會忘了某些考試也是理所當然，但我忘的居然是班導的英文，這著實是件該死的行為：她讓我們虐待自己的手，把錯誤的單字罰抄五十遍，不然就扣總成績五分。這對我來說已經不是第一次了，我永遠無法忘記我那像毒癮發作時的右手，我不希望這樣的慘劇重演，便拿起我的「必勝英文小本本」準備奮戰；之所以為它取名字，大概是因為考試壓力太大，後期會開始出現一些常人無法理解的怪異行為，為生活找些樂趣。當然！別的科目也有異於常「書」的名字存在。

到了學校，已經快七點了，班上竟來不到一半的人。

「靠！怎麼只有你們！」我覺得奇怪，並這麼問，其實理由我也心知肚明了。

「你問我，我要問鬼喔？」

「你擲杯問神比較快啦！」

我像靶子遇到機關槍一樣，已經破不成形了，我心裡卻挺開心的，絕對不是因為我是被虐狂，而是因為大家都在笑，事實上，我還滿喜歡像這樣跟朋友抬槓的，人雖然不多，但氣氛頓時溫暖了好幾倍。

要不是家裡住得算近，這種鬼天氣，我寧願用遲到五分鐘來多睡一點，但如果我真這麼做，恐怕會被大家罵吧！理由是一樣是遲到五分鐘，我會睡得比較多。

在跟他們聊了幾句之後，為了能在晨考之前再多看一些書，我走到後門準備拿掃具。

「咦？怎麼有個麻布袋在這裡？」我自顧自地問，隨後好奇地打開來看。

「幹！」我被裡頭的東西嚇到並大叫，感覺我剛在公車上讀的書都被我喊出來了，我知道這樣很不雅，但假如你看見一個莫名其妙的袋子裡面放者類似屍塊的東西，難不成你會氣定神閒地拿起來觀察嗎？這樣的話你應該是被埋沒的警界人才、國家未來的棟梁。

沒錯！我看見了類似屍塊的東西，就像我們普遍所認知分屍袋的樣子一樣。

「吵甚麼吵！」

「吵死了！」

我又變成了大家攻擊的目標，有些人別過頭看；有些人則繼續趴下睡覺。

「怎樣？你是看到鬼喔？」這是我們的班長。

當初在選班長的時候，似乎就像注定好了一樣，幾乎大家都投他，或許是因為他有種領導人的氣質吧，成績雖然很差，卻是個相當熱血、充滿正義感的人。

「沒有……但這袋子裡……好像有屍體……」

聽到我這麼講，連本來趴著的人都衝過來圍在旁邊，女生們也不例外，只是離得遠一些。

「屁啦！真的假的！」

他的好奇心似乎比恐懼感強得多，還是說他不懂何謂屍體：就是活體死後的身體（如果認為被當作白癡，表示你是正常人，比他好多了），如果他是勇敢跟熱心，我會佩服他，但看他的態度，根本只是不信邪跟好奇罷了，所以我對於有關他的介紹不完全，我向各位說聲抱歉，因為他也是個無腦的人，以後國家跟警界也不能交給他，否則會滅亡的。

他隨後把手伸進袋子裡。

「這不是狗嗎？」

那是隻約我們兩個手掌大的狗，或許是生平第一次遇到這樣大小的狗，所以一時沒有察覺，另外牠也真的跟屍體一樣，沒有任何動靜。

聽到他的疑問之後，身邊圍的人更多了。

「還活著嗎？」

「多大啊？」

「那……現在怎麼辦？」我有點不知所措地問。

「欸！你去看老師來了沒？你們把能保暖的東西和衛生紙拿出來！牠的身上濕濕的。」他迅速地指揮大家，大家也沒有異議地照做。他無腦是沒有錯，不過他的領導能力真的很高，也很有威嚴，會使人不自覺地順從他。

「濕濕的？」經他講我才發現，應該是天氣太冷，我的手沒知覺了吧！

我再看看袋子裡，還有些濕透了的衣服。

「這該不會是有人棄養的吧？」

「怎麼會？牠還這麼小！」

「誰這麼缺德啊！」

大家七嘴八舌地討論著。

結論是牠被主人遺棄，而主人怕良心不安，所以把一些衣服跟牠放在一起，卻因為連夜大雨，讓衣服也跟著濕了，他或許也沒想到，這會讓牠更容易失溫、更加危險吧！

「欸！牠在發抖欸！」

「快點！拿外套蓋在牠身上！」

跟大家一陣手忙腳亂之下，我突然想起口袋的暖暖包，便趕緊拿出來。

「你是不會早點拿出來喔！」

「快搓啦！」

雖然被大家催趕，心情挺糟的，但要怪也只能怪我的記性差，畢竟這是攸關性命的事，會生氣也是理所當然。

好在怕冷的不只我一個，班上全部加起來共有五個暖暖包，目前看來應該是夠用的才是，可能是變溫暖的緣故，牠開始有了生氣，像嬰兒般低鳴。

沒多久，老師走了進來。

「你們在做什麼？」老師有點生氣跟訝異地問。

因為是畢業班的緣故，一年下來老師變得有些嚴厲，但認識她的學生都知道，她其實是個很好的老師，也是個很好打發的老師……。

這麼說可能不太恰當，應該說她是個好說話的老師才對。她如果生氣的話，最多也不會超過二十分鐘，也因為如此，包括我在內的學生犯錯時常常會耍賴，班上的同學有的還能在五分鐘以內讓她從生氣到大笑，又能從大笑到生氣，這境界之高超，是我所敬佩也是我望塵莫及的。

「沒有啊。」

「沒幹嘛。」

邊說邊偷偷用外套將牠蓋起來，明明不是在做壞事，大家卻不約而同地想要隱瞞，這樣的劣根性，恐怕每個班級都有吧！

「哇！哇！」外套底下傳出這樣的叫聲，如果不說實話，老師可能以為我們在教室生小孩吧！

或許，牠不想讓我們藏起來。

「那怎麼辦？獸醫院也還沒開門啊。」老師在聽過緣由後這麼問。

「所以現在我們也只能先替牠保暖了。」

「對啊，我們只能先這樣。」

「是啊！老師，不然我們先上課吧！」我之所以這麼說也是別有用心的，還記得我脫口而出的那句髒話嗎？那個字包括了我在公車上累積的所有精華。

「好吧……對了，我們是不是要考試？」不曉得她是哪根筋突然接對，變得這麼精明。

「右手！我對不起你！」我在心裡吶喊著。

好不容易熬完考試，我絞盡腦汁的成果，是我只要罰抄兩百五十遍的單字，比起五百遍，我覺得自己挺幸運的了。

考試期間，老師坐在小狗的旁邊，擔心外套沒蓋好、暖暖包不夠熱，完全沒有監考的樣子，反而像慈母照顧嬰兒一樣，她監考時的樣子，是我們從未見過的，原來這才是她想起考試的原因，她不希望我們看見她那個樣子，想盡辦法把我們支開，真是……用心良苦。

「喂，我們瞞著老師這樣真的可以嗎？」

「安啦！我們這不是第一次了。」

幾個男人躲在圍牆邊，小聲的討論著。會說是「男人」，是因為我們即將做一件「大事」。

「向教官請假不就好了嗎？」

「那你是想等到民國幾年？」

「對啊！我們教官這麼機車！」

「啊……可是……」

「再囉嗦就我們去就好了，你回教室去！」

我們決定要翻牆出去，帶狗去看醫生，如果不是被拐來，我可能也不會在這兒。

「開玩笑！好歹我也是第一個發現牠的人。」

這理由其實還滿牽強的，不過與其在教室乾著急，跟著去我也比較放心。

「這小傢伙可真幸運，如果再沒被發現就死掉了。」

「是啊！第一眼看到牠的人也以為牠死了。」

「你很煩欸！真的很恐怖嘛！」

「對了！牠是什麼品種？」

「這還不曉得，牠才出生一兩天，等約過一個禮拜才知道。」

「那……牠是公的還是母的？」

「你他媽的是白癡嗎？牠下面是空的看不出來嗎？」

「沒錯喔！牠是個小女生！」

「只有你這變態才一天到晚往別人那邊看！」

整個獸醫診所充斥著我們的笑聲，我們也鬆了口氣。

到了下午的班會課，老師比平常早到，看來她真的是很關心牠。

課堂上，我們把獸醫說的重複一遍，同時也說明該如何照顧牠。

「那我們是不是該給牠取個名字？」

「對啊！不然都不知道要叫甚麼。」

「對了！牠是在聖誕節前後出生的嗎？」

講話的是班上超虔誠的基督徒，雖然個人對基督教沒什麼偏見，不過過於虔誠就稍微有些反感：曾經被超熱情的傳教士傳教，跟他們在路邊念了半個小時的《聖經》，到現在還很難忘記。

「應該是吧？怎樣？」因為從他的問題可以猜到他接下來大概要說什麼，所以我的語氣很冷漠。

「那牠不是活像個耶穌嘛！」

「是啊，那乾脆就叫牠『小耶穌』好了！」

我感到不以為然，便小聲地說。你可能很難相信，世上真的有這種宗教狂熱者，要不是我遇到我也不相信：每天能從他的社群網站中看到類似的圖文或發言，甚至還有打卡。

「好主意欸！就這樣叫吧！」

「還挺可愛的！」

我無心的一句話博得了滿堂彩，但為此他有一個禮拜都不跟我說話，即使他是命名的幕後大功臣……。

「那麼……該由誰照顧牠？」最大的問題在取完名之後立刻就被提了出來。

為了公平起見，起初大家決定按照座號輪流，假如家裡不行的再做討論。

「我……算不算是家中可以的呢？」這樣的疑問自心中湧出。

大家雖然都很喜歡牠，但提到要照顧牠，那又是另一個問題了，因為小耶穌的年紀太小，醫生說這一個禮拜是危險期，沒人敢承擔這個責任。

「要不……我先帶回去照顧。」

「真的可以嗎？」

「英雄！」

大家對我的提議感到崇拜與感謝，而我的這個舉動除了是對小耶穌的遭遇感到同情外，也是自私地為了滿足我的心願。

「你還真的把狗給帶回來喔！」

「對啊！不然牠超可憐的！」

就算電話通知過，媽媽還是感到驚訝。

「你最好顧好牠，不要讓牠吵到別人！」

「好啦！」

對於媽媽冷冷地警告，我的口氣有些生氣，這既可愛又可憐的狗，她竟連看都不看一眼。

「哇！牠好可愛喔！」

「是吧？那你要不要跟我一起照顧牠？」

「盡量囉！如果我不睡著的話！」

只有妹妹比較有良心一點，可能是因為知道了牠的身世吧！我倆就這樣開心地逗弄著牠，卻不知道真正的地獄就在那之後。

「哇！哇！」

「怎麼了？是餓了，還是想尿尿？」

時間是半夜三點，醫生說牠每兩個小時要喝一次奶，如果要廁所，還要用沾濕的棉花棒刺激肛門才行，就跟真的嬰兒一樣，如果只有我一個人，可能真的撐不下去。

「所以你到底是想尿尿還是喝奶奶啦！」

「不要這麼兇啦！牠還只是嬰兒而已。」

妹妹開始有些不耐煩了，我也能體會她的心情，事實上，我也感到身心俱疲，尤其是在能做的都做的狀況下，依然滿足不了牠，只是如果我也跟她一樣，那小耶穌該怎麼辦？是這個想法撐起我那即將闔起的雙眼。

「牠……是不是因為很難過？」

「不會吧！牠只是個嬰兒！」

「那牠幹嘛一直哭？」

這讓我無法回答，因為我也不知道牠哭的原因，只能假設妹妹說的是對的情況，盡力安撫牠，內心不禁感到不捨，另外也有一股怒意：如果牠的主人沒有遺棄牠，那牠也不會在這兒。或許，我只是想把不能睡覺的理由指向那狠心的主人吧！這股憤怒只有一剎那，因為我不能也沒有心力感到憤怒，眼前必須得照顧牠才是，我想，這就是所謂「甜蜜的負擔」吧！就跟小時候爸媽照顧我們一樣，這也讓我意識到我還沒有為人父母的資格，也明白了他們的偉大。

「哇靠！你黑眼圈好重！」

「廢話！我昨天幾乎都沒有睡！」

「好嘛！兇什麼兇？」

睡眠不足又加上起床氣的緣故，好心關心我的同學成了我的出氣筒。

到了學校反而才是我能休息的時候，雖然有不少人跑來關心我就是了。

「那……今天開始就真的要按照號碼排班囉！」

「還是……你要繼續照顧？」

「……」

「別了吧！他昨天不是都沒睡嗎？」

「對啊！超兇的！」

我沒有回答，不是我不想，只是有了昨天的經驗，一想到要再來，還是會猶豫一下。

「不行就這樣全部丟給他照顧啊！」

「你如果再照顧下去會爆肝吧？」

經過討論的結果，還是要輪流照顧。

之後在意識模糊的狀況下，不明不白地度過一天。

「嘿！怎麼樣？這下能鬆口氣了吧？」班長從後面拍了我的肩膀。

「應該吧！不過把小耶穌交給別人，我反而覺得不安。」

「不是吧！你已經對牠這麼有感情囉！」

「沒有啦！只是想說這樣把牠像足球踢來踢去，如果我是牠一定很難過。」

「嗯……這也代表很多人愛牠吧！」

班長無腦歸無腦，但他也挺會安慰人的。因為他，我的心情平復了很多。

「我回來了！」

「喔！你今天沒帶狗回來啊！」

「嗯！因為是輪流照顧。」

「這樣的話晚上就能好好睡了。」

「……」

我一句話也沒回，在正打算回房時，卻似乎看到媽媽露出了失落的表情，可能是我看錯吧。隨後我躺在床上，腦子想的全是小耶穌。

「牠……應該還活著吧？」

這是我最不願意想像的光景：如果小耶穌死在某個同學家，我該怎麼面對那個人？與其這樣是不是不如我來照顧牠？

隔天我比平常還要早到校，希望還能再看見活著的牠，不過我好像忘了一件事：照顧牠的人也要早到才行。

這樣我也只能坐著乾等了，而時鐘彷彿被人動了手腳似的，動得特別慢。

約莫過了半小時，那個傢伙才出現，那個該死的傢伙……。

「呼……好險牠還活著。」

見到牠平安地到了學校，我心裡鬆了一口氣，幸好今天還能見到牠，但……明天？後天呢？是否也能如此呢？這像俄羅斯轉盤一般的賭注，比起要我天天照顧牠，這更使得我心力交瘁，不過，之後我也沒擔心的必要了。

之後的兩天，我也抱著這樣的不安度過。

下午的英文課就跟往常一樣，小耶穌也快脫離危險期了，至於以後該如何安置牠，那也是之後的事了。包括班導在內，對牠的未來我們做了諸多想像。

「牠以後會是什麼樣子？」、「甚麼品種？」、「主人是什麼樣子？」

「老師！你會不會帶牠回去啊？」

「對啊！你這麼喜歡牠！」

「不行啦！家裡還有小孩在。」

「那牠怎麼辦？」

「還是要找個主人吧！」

「是啊！不過得找個跟我一樣漂亮跟善良的主人就是了！」

「啊！老師自誇！」

「照顧牠跟長相跟有什麼關係啦！」

大家聊得興高采烈，就像一般的父母一樣，幻想著小孩的未來，我又何嘗不是如此呢，甚至比其他同學更來得殷切；第一個發現牠的人、第一個照顧牠的人、替牠取名字的人，不都是指我嗎？雖然不知道將來看著牠長大的人是誰，不過那個人肯定不會是我，也幾乎能確定牠不會記得我，就算如此我也甘之如飴。

「喂！小耶穌沒有反應了！」

「啊！」

打斷喧鬧氣氛的話語，凍結了教室裡的空氣。

經多次確認之後，小耶穌確實沒了呼吸及心跳。許多女生頓時崩潰了，眼睛也潰堤了，老師也是其中的一分子，我的眼眶模糊，但我卻不相信這個事實。

「說不定牠還有救！」

話說完之後，我便把小耶穌抱起來往外衝，幾個男生也追了過來。

此時的我已不在乎翻牆什麼的了，明明是路癡的我，憑著那天的印象，找到了獸醫院。

「很遺憾，牠過不了危險期。」

就像剛見到牠時一樣——安詳地睡著，不一樣的是：牠……永遠不會醒過來了。

因為……我已經不能再擔心牠了……。

隨後同學也到了，他們很有默契地一句話也沒說，我也跟他們一樣，默默的走回去。

在我們一致決定要用班費把牠埋起來以後，沒有人再提到牠……。

在回家的途中，除了難過之外，對牠主人的那股憤怒自心中再次湧出，而且更加強烈。

「他一定會有報應的！」

「他會死無葬生之地的！」

我把所有的不悅，全部用來詛咒那個主人，這些話還是經過修飾的了。

回到家之後，我把自己關在房裡，或許是因為有跟家裡說了小耶穌的事，所以也沒有人叫我。

「兒子！我可以進來嗎？」

「嗯……」這其實不是表示我答應，而是我對這個聲音給愣住了。

「爸！你不是去上班了嗎？」雖然他是我爸，但因為工作的緣故，我們很少見面。

「今天就稍微給它遲到一下吧！」

「為什麼？」

「狗的事我聽說了。」

「媽跟你講的？」

「嗯！話說你有沒有覺得你媽最近很機車？」

「啊？」

此時與其說他是我爸，不如說是兄弟來得更貼切些。

「其實你媽是很喜歡寵物的。」

「屁啦！怎麼可能！」

「不相信吧！但這是真的。」

「所以，你也不知道半夜是你媽顧牠的？」

「喔！」我承認我跟我妹之後不小心睡著了。

「以前我是做工的，在工地有養了一堆狗。」

「嗯？」

「當然！那也是因為你媽喜歡才養的。」

「你媽雖然不常去，但對牠們感情很深。」

「那她現在為什麼……？」

「為甚麼看起來討厭動物是吧？」

「嗯！」

「狗的壽命畢竟比人短很多，再說我們也不是無時無刻都在那邊。有的病死、有的被車撞死、有的跑不見了。這種事你媽經歷得太多了。」

「所以從小家裡不養寵物是因為……？」

「因為你媽不想再遇到那種事，同時也不希望讓你們遇到。」

「那幹嘛不直接跟我們說？」

「那時你們的年紀太小，講了也聽不懂吧！」

「好了！我也該去上班了！」話才說完，爸爸便走了出去。

對於這段往事，我既是感到震驚，同時更對媽媽感到愧疚，找個時間得跟她道歉才行。

生命本來就有結束的時候，不論是離開的人，抑或是目送他人離開的人，都是有一天我們會扮演到的角色，所以如何做好相對的心理準備，也是人生的作業之一。

在大家不提起小耶穌以及學測的壓力下，大家對牠的記憶，逐漸隨著時間被沖淡。

一個月之後，考試結束了，姑且不論成績，大家都處於放鬆的狀態，我也不例外。

「哈！」從頂樓遠眺風景的我，不禁對這股心曠神怡吐了一口氣。

「嘿！你可不要想不開啊！」班長突然拍了我的背。

「為什麼我要想不開？」

「誰知道？你看起來就一副想跳下去的樣子。」

「心情再差我也不會跳下去。」

「這麼肯定？」

「對啊！因為有很多人想活都活不了，我們活得好好的，就這麼想不開不是很過分嗎？」

「哇！這話可真勵志啊！」

「這不是應該的嗎？」

「那……你剛在想些什麼？」

「你相信因果輪迴嗎？」

「還好吧！怎麼樣？」

「如果可以，我希望小耶穌以後能當我的小孩。」

可能是小時候鄉土劇看多了，我相信著這些。

「不好吧！牠會餓死的！」

「最好是啦！」

我打了他一拳，彼此卻笑得開心。

下午又是班導的英文課，每次上課前總要被她訓一下話。

「欸！這箱東西是什麼？怎麼亂丟呢？」

她找到了箱東西，便準備開罵了。

「那是上帝的東西！」

老師更顯得不開心，以為他在開玩笑。

「老師！那是小耶穌的東西啦！」

「哦！是這樣啊！幹嘛不早說？」

「剛不就講了嗎？」

因為這箱東西，又勾起了大家對小耶穌的回憶。

「小耶穌啊！這名字好懷念！」

「對啊！這傢伙還說希望下輩子牠能當他的女兒。」

我莫名其妙地被陷害了，這個人不用說也知道是誰了吧？

「那牠不就是我們的乾女兒了嗎？」

老師這麼說完以後，班上又是一陣嬉笑。

這看似玩笑的話，卻是我內心深處的願望，假如真能夠成真，我會盡力彌補因為我的無能為力對牠所造成的缺憾，以及那些同樣遭遇的動物們。因為牠，我為「活著」這件事感到可貴，同時也為我找到了新的人生目標，而這些體悟，是牠用生命教會我的，我不能忘記。

（黎明技術學院「黎明文學獎」首獎作品）

蕭如凱

就讀於黎明技術學院機械系。小說題材取自於成長過程中的親身經歷，希望藉由這一篇小說，讓讀者們明白生命的可貴。

藍雞

陳少翔

我買了一隻雞。牠有特別的毛色，是一隻藍色的雞。

我媽曾經嚴正的警告過我，不准在家裡養寵物。當然我從來也沒有把牠當寵物。所以，我認為自己沒有違反媽立下的規定。不過，我還是要把牠藏得好好的，以免我媽發現時，不是生氣，就是嚇一跳。我爸不會反對，因為他每天都在上班，他回家之後就睡覺了。

我們家裡靠山，是偏鄉小鎮，我們房間窗戶外就是一棵一棵的樹木。如果晚上還開燈的話，會有很多飛蛾附在窗戶上面，好像想要進來的樣子，有時候像是在窗戶上睡覺。我和哥睡同一間房，我給他看我的藍雞。

「你怎麼有這種雞？」他好驚訝的問。

我神祕兮兮的食指抵住唇上。噓！

（噓——）

小胖要我不要跟別人說。我們是國中同學，我現在國一，上課的時候他就坐我旁邊。我說我不會說。他領著我到學校的後山，那是一個樹多得像跨年時候的人潮多的小山，很少人來爬，所以山上沒有明顯的路可以走。

噹噹噹噹——鐘聲敲完了，第八節的課我蹺了；因為小胖說要給我看一個很厲害的東西。學校的鐘聲好像很遠很遠，我們好像走了好遠好遠，天色暗下來了。

「喂，小胖到底到了沒呀？」

「宋承義，你不要急啦。快到了。」他拿著長樹枝敲敲草的那邊，又敲敲草的這邊。

走了許久，腿發痠了。

「到了。」小胖說，我們看見一個山潭，水流聲窸窸窣窣好像魚和蝦在小聲講話，不知道是不是因為看見我這個外人所以在講什麼。

我們穿過瀑布，瀑布後面有一段彎曲的石徑，再走一段就看到了長長的道路，夾道放了一些紙類雜物，往盡頭看過去，就是赭紅色的門。好像被沉沉的關閉了許久的樣子，我注意到門的邊緣都已經生鏽了。小胖對著門敲一段節奏感輕快的聲音。

（叩叩叩叩。叩叩叩——）

門裡傳出冷冷兩個字，香蕉……小胖回說，已查證！

（嘎——）

突然那門就橫移開來。生鏽的粉屑像小胖的頭皮屑掉下來。

一個男的示意我們進來。當我看向裡面時，就看到一群和我年齡差不多的人。他們坐在小凳子上，圍著一堆黑色的大箱子。他們向小胖點點頭，其中有一個面貌俊秀，頭髮整齊的男生，抬起頭來看著小胖說，「大平，他是？」小胖本名叫作王大平，同學們多數都叫他小胖。因為他笑起來臉很胖，有福態，看起來和氣和氣的。

「馬哥，他是宋承義。我的同校同學。」

然後馬哥看著我，點點頭，招手要小胖過去。

然後他附耳對小胖說——

我哥聽到一直笑。

「真的啦，唉唷，五百塊錢買，值得的啦！」

「怎麼可能有雞會下金塊啦。而且是公雞耶？」我哥邊講還笑眼看窩在床底下的藍雞。

「有保證書喔。」我從書包裡面拿出來，斬釘截鐵的說。

「拿來我看。」我哥拿起來，然後眼睛瞇成縫，說：「怎麼都簡體字？」

我點點頭，說：「對呀，旁邊還有認證章，馬哥說這是『極高級機密』的意思。」

我哥國二，他看得懂上面沒有騙人。他把〈蓝钻级公鸡保证书〉拿在手上看，神情認真，點頭如搗蒜。自己低語說：「『必定下金塊啊』……感覺好厲害喔。」

我拍拍我哥肩膀，給他一個極堅定的眼神。

「哥，我們發財了。」

後來我們每一天細心照顧這隻雞，把牠餵得圓圓胖胖。牠藍色的羽毛好像就是寶石一般會發出閃閃的光亮，羽翮莖管在裡頭好像蠢蠢欲動的。牠的爪子都是藍色的，連同眼睛也是，好像很安靜的一片海，隨著海流漩渦的深淺遠近，水草海藻，都會有不同深淺顏色光層的藍。我越看越喜歡，我哥也是。

牠有時候會用牠的雞喙，搔搔自己，然後嘓嘓嘓的叫。有時候隔壁鄰居的狗亂叫的時候，牠也會嘓嘓地回應。大多數時候，牠都安安靜靜的，端坐在木床底下的空間。牠喜歡待在那種光照少，乾淨涼爽的地方。

然後，我想起來了，馬哥說，這隻藍雞不能給牠曬太陽。

馬哥在那赭紅色金屬門之後的祕密空間裡面，那個小地方被岩壁包圍著。牆壁上都有一些紅顏色和藍顏色的裝飾。他們四、五個人坐著矮凳，圍著黑色箱子坐著，不時看看箱子裡面的東西。小胖叫我不能站太近，遠遠的，所以看不見箱子裡面到底有什麼東西。

以馬哥為首，他雙手在空中比劃比劃著，白語喃喃好像念咒語，突然一定，食指長且直，如劍，對著箱子裡面一比，然後就是一陣嘓嘓嘓的聲音。那個聲音好多好雜，彷彿有千萬隻雞在裡面的樣子。

（嘓嘓嘓——嘓嘓嘓——）

（嘓嘓嘓——咔啦咔啦——）

接著就是一陣一陣此起彼落的金屬掉落的碰擊聲。

馬哥又一陣比劃，手指一定。比劃，定。

（嘓嘓嘓——咔啦咔啦——咔啦咔啦——）

聲音好多好多。像冰霰，像流彈，咔啦咔啦——

馬哥微笑，眼睛輕輕瞇著，像樂隊指揮家，領導著一切萬事萬物的秩序，其他人，連同小胖，還有我，都沉醉在那樣節奏明快的，舒緩有致的塊體落下的聲響。我們都沒有說話，一句話都沒有，好像呼吸也沒有似的。時間彷彿凝滯不動了，好像廣闊的草原有很多的馬蹄聲，像風一樣一陣一陣刮過去，又刮過來。

黑色箱子裡綻出閃閃的金光。好亮好刺。

（咔啦咔啦——嘓嘓嘓——咔啦咔啦——）

我只記得，等到我回魂的時候，我手裡已經捧著一隻藍雞了。

晚上，我和我哥帶著藍雞在馬路上晃，讓牠多走路，讓牠多運動，身體健壯得可以為我多下個金塊。在小鎮的馬路上很安靜，尤其晚上也沒有什麼車子的，沿著路上走，還聽得見蟲鳴蛙叫聲。

「藍雞呀，藍雞，你可要讓我發財。」我哥說，看著藍雞扭著屁股直直走。藍雞就嘓嘓嘓地叫幾聲。

「我說哥，有錢了你想做什麼？」

「嗯……有錢的話，我什麼都可以做啊。」

「比如說？」

「可以買一台新的腳踏車。」我哥一直笑，雙手抱著頭後面，一邊走，一邊踢掉路上石子。石頭被他踢得遠遠的，掉到草叢裡面了。

「我說完了，那你呢？」

「不知道耶。可是有錢爸就不用一直上班了，對吧？」風好像涼涼的，很舒服。

有一個人從馬路旁邊走出來，是一位大叔。鬍鬚長在他方方正正的大臉上，然後手腳很長，看起來很奇怪。他看到藍雞，一開始就定定的看著牠東啄西啄，嘓嘓嘓——突然他就抱走藍雞，然後就跑走。我和我哥，一時之間還不知怎麼反應。

（嘓嘓嘓——）

「喂！別跑！」後來我和我哥追著他跑。

他是大人，腳長，跑得好快。我們一直追，看到他的背影，在馬路上的街燈光暈落下的地方，慢慢湮沒不見。

（嘓嘓——）

（嘓——）

「喂，你很賤耶！」「喂，我買的啦！」「喂，還我們啦！」我和我哥一直跑，一直喊，一直覺得好像追不到了，然後好難過好難過。街燈光亮亮的，好像看不清楚前面有什麼東西，讓眼睛好模糊。什麼都看不清楚。

後來的好幾天，我們一直找，不過找不到。

「還可以再買一隻嗎？」

後來我和我哥和小胖一起去那個山上看，不過找不到瀑布，而那個地方已經找不到了。問小胖，他說他也不知道馬哥的想法和行動。我們大家都不知道怎麼辦。

「小胖，你不是認識馬哥嗎？」我說。

「對呀，大平。聯絡不到嗎？」

小胖點點頭，而後又兩手攤擺著。小胖真的不知道。

之後好幾天，我和我哥漸漸感覺心灰意冷。每天就是，上課，吃飯，下課，吃飯，睡覺。就好像太陽一樣上升，又下沉。後來我跟我媽說對不起，之前我有偷偷養一隻藍色的雞。我哥說對呀。我媽聽到的時候就一直笑，說爸爸下班後也要他聽聽看。雖然他有可能一回家就去睡覺了。他們根本不知道藍雞是一隻全身藍色的雞，而且還會下金塊的藍雞；然後我們就會有錢了，爸爸沒錢才要一直上班，上很久的班，很晚才回家。有錢的話，爸爸就可以不用每天上班了。

可是我媽不相信。然後一直笑。媽不相信我偷養雞。

但是，許久之後，我竟然找到藍雞了。

那是在我們鎮上的一個草坪旁邊的鎮民廣場。

（嘓嘓嘓——）

那天中午太陽好大，我看見那個偷我雞的大叔，在廣場中央對著藍雞一直比手畫腳的。藍雞被他用項圈和繩子綁釘在地上。我記得，馬哥說牠不能曬太陽。偷雞大叔然後又轉身來對旁邊圍觀的人——很多人哪，那可能有好幾百個人喔——遠遠的看著他嘴巴一開一闔，看起來很興奮的在講話。眼睛睜得大大的，眉毛彎彎卷卷的，鬍髭亂亂的，口沫橫飛的樣子。藍雞被群眾包圍起來了，一直叫。我記得，馬哥說牠不能曬太陽。

（嘓嘓嘓——）

那是我的雞，我心裡想。我記得，馬哥說牠不能曬太陽。然後我就找到人群堆中一個縫隙，一直往裡面鑽一鑽。那是我的藍雞。然後我聽到，大家都安靜下來了，看著那個偷我雞的大叔，喃喃的不知道在念什麼東西，長手跟長腳跟著比劃一陣，然後就有一陣微微的風，吹過來，窸窸窣窣，大家忽然嗚嗚嗚一陣亂叫。那個大叔又再叨念一段，講了一串串的咒語。風又刮一陣，樹上葉子，沙沙沙沙，發出響聲。

忽然之間，偷雞大叔手勢一定。手指如劍，指著我的藍雞。

（嘓嘓嘓——）

藍雞好像很難受，雞爪子一直在地上抓。以固定在地上的釘子，作為圓心，不斷的打著圈轉。轉著轉著，牠就突然之間不動了。蹲伏在地板上，身體抖動著，好像要下出金塊。我記得，馬哥給我的保證書〈蓝钻级公鸡保证书〉上面寫：「必定下金塊」。那個大叔看藍雞難受，就更興奮了。長手長腳擺動一陣，忽然他就跪在地上，手作成像碗一樣的姿勢，捧著的。他知道，我的藍雞，等一下會下金塊，他身體也在抖動，眼睛直直盯著雞尾巴，然後喃喃說著一些話，嘴巴也在抖。大家一陣嗚嗚嗚，交頭接耳的講話，凝神看著不停抖著的藍雞。

（嘓嘓嘓——）

藍雞最後抖個兩下，突然從雞尾巴不知哪裡噴出了一些東西。那是黏稠狀的物事。圍觀的人騷動一陣，有人說：「是雞屎啊！」「嗚嗚嗚——」「哇——」藍雞羽翮一陣動作，嘰嘰嘎嘎，啪一聲從地板上的釘子掙脫，拖著長長的繩子，尖利的爪子跑起來了，跑得快速，往人堆裡跑竄去。那是我的藍雞，我這樣想。那天太陽好大好大，好亮好亮。我記得，馬哥說牠不能曬太陽。

牠從人堆衝出去向著草坪，接著牠飛起來了。牠，我的藍雞，飛向太陽，那是我的藍雞，我抓住那個繩子。

（嘓嘓嘓——）

牠好像講什麼似的，然後我們便一起飛向太陽了。

（靜宜大學文學獎首獎作品）

陳少翔

就讀於靜宜大學中國文學系。說追求夢想稍嫌露骨了，但是，我的確是在做自己想做的事情呢！

浮誇

劉冠羚

當不成主角也罷，那就做個誇張的小丑——搶那一秒的風采。

請給他一個舞台，好好的伸展。

也許是一盞燦爛過了頭的諷刺大燈，或者，只是打在舞台上窮酸到傷人的小圈圈。無妨，在光照的範圍內，讓他、請讓他——

擁有瞬間的才華。

●

「葉知麻！你真的很誇張！」

導師毫不留情將學生作業簿重重拍在講桌，雙眼冒出熊熊火花，惡狠狠盯著講台正前方的男學生，不出意料對方仍是一臉玩世不恭、嘻皮笑臉的樟樣，反倒是其他同學都感受到她的憤怒而憋住呼吸。

「作文亂寫也就算了，還把整本作業簿塗成紅色的，你這孩子到底有什麼毛病啊！」

舉起紅中透藍的作業簿，和一邊正常同學的作業簿比較，的確明顯被用彩色筆塗成大紅色，顏色還不均勻。赤紅的色彩倒映導師眼裡，像燒得正旺的大火。

講台下冒出零碎的笑聲。

挨罵的男學生雙眼毫不避諱直直望著導師，沒有一絲畏懼的神情，隨後露出憐憫的眼光開口：

「啊唷，惠你也別生氣嘛，太常生氣會長出很多皺紋喔！抬頭紋、皺眉紋、魚尾紋、法令紋、嘴角紋……啊啊你看，這麼多紋，如果同時出現在臉上是多麼可怕的一件事啊！所以我建議你，還是不要對我這種狗改不了吃屎的誇張的學生發脾氣得好，免得賠了夫人又折兵，還讓自己成為歲月的目標。雖然現在很流行那個什麼電波拉皮和玻尿酸啦，不過我是覺得不要啦，因為你的臉部表情會變得很僵硬，以後學生上課要是都不知道你在生氣還以為你很開心，那問題可就大了！」

葉知麻說得流利順暢，頂嘴功夫完全不輸給她十五年累積下來教訓學生的功力。一旁無關的學生有人絲毫不敢出聲，有人忍不住發出氣音笑了。

更氣人的是，這該死的小子還囂張的將雙手托在後腦杓，翹著兩腳椅晃呀晃的還直呼她的名字，根本沒把她放在眼裡！

惠表情扭曲。

「你、你……」

她氣得咬牙切齒卻接不下去，肩膀上下起伏、呼吸紊亂，看著知麻滿臉笑容的表情，登時感到為人師表是件吃力不討好的差事，納稅人的錢果真沒這麼好領。學生的搞怪等級也一天比一天上升，不像以前丟句老師要打電話給你爸媽就能嚇倒的程度，現在的小孩簡直拿他們沒皮條！

闔上眼睛強迫自己吸一口氣，她告訴自己：生氣就輸了。差點湧出的情緒才被那口氣硬生生壓了下去。

「算了！反正你給我拿回去重寫就對了！」

一把將作業簿丟到知麻桌上，惠不想再多言，連個視線都不願給他了。

「哈，為什麼？」看了眼桌上的作業本，知麻皺起眉頭彷彿不敢置信，抬起頭用噁心的語調上訴：「我覺得我寫得很不錯耶，惠你不再考慮一下嗎？」

他舉起捲起來的作業簿在導師面前揮了兩下，眼神流露出「你不要這樣嘛」的對白。

「跟你說了八百遍不可以直接叫我惠，要叫老師！」

「有這麼多次嗎？你太誇張了啦！」

「誇張的是你！夠了喔！矯情也沒用，你的演技太假了，老師是不會上當的。況且只是重寫已經對你很厚道了，不准再跟我五四三！」

「那八七六可以嗎？」

「不行！」

惠耐性告罄的最後一聲咆哮，結束了葉知麻厚顏無恥的狡辯。

下課鐘聲很應景的隨之響起。今天就到這裡，下課。不用敬禮了。惠用四平八穩的聲音說，卻冷不防看著知麻又嘆了口氣，在離開前在教室灑了一地嘆息。知麻自是不知老師的用心良苦，還喜孜孜地轉過頭對班上同學投以一個勝利的表情。

同學大多不敢大動作回應，直到惠拿著教科書走出教室一陣子後，同學的臉上才換了個輕鬆表情，幾個男學生衝上前團團圍住知麻的座位。

「太讚了你！還好有你當擋箭牌讓長髮公主罵了半節課，不然我真不知道我要怎麼跟她解釋我沒寫作業的事！」

「我也是！早上遲到，想說今天她的課一定會被痛罵一頓，結果讓我逃過一劫！兄弟你好樣的！」

「我才是真的被救一命，我昨天啊……」

男同學個個爭相搶著說話，有人用手肘頂他肚子、搭他肩膀、拍一下戳一下，一瞬間他覺得自己好像是個英雄，儘管是個代打代罵的英雄。

「欸，你怎麼辦到的？」

「對啊，你作文到底寫了什麼？讓惠生氣到上演河東獅吼。」

「白痴，河東獅吼不是用在這裡！河東獅吼是形容老婆很兇。」

「啊隨便啦！你懂我的意思不就好了……」

男同學簇擁著知麻，面對湧出的騷動，知麻不禁笑了：「也沒有什麼啦……」他有些難為情，不過也不至於害羞到說不出口，就在他正要開口之際，不知左邊或右邊來的一個聲音傳入他耳際：「反正肯定是很好笑的東西吧哈哈！」緊接著對啊對啊的附和聲層層疊上，在耳畔繞了一圈後鑽入，他的眼神不經意多了分難以被察覺的落寞。

「哈哈沒寫什麼，不就是好笑的作文罷了，沒什麼好看的啦。」知麻乾笑數聲，捏著捲成筒狀的作業簿多了一分除了自己以外絕對不會被人察覺、若有似無的力道。

沒有任何人注意到知麻臉上細微的表情變化，只顧抬高音調大大調侃似的說：

「說的也是，你能寫出什麼正經的東西，你是葉知麻耶！」

明知道對方並沒有惡意，那個瞬間聽在他耳裡的話語卻是：「說的也是，你能寫出什麼正經的東西，你是個小丑欸！」

哈、哈哈，哈哈哈哈哈……

他順應大夥兒一起笑了，每人的表情都好開懷。放慢動作去觀察所有人的五官，全是開放的笑著，只有他知道，他看不見的自己的臉上，現在一定有著很難看的笑容。

只是大家都顧著自己笑，忘記看他了。

打在他身上的不是屬於主角那種好幾盞追著他跑的明亮燈光，而是只有一盞小圈圈的苦情聚光燈。

手裡的紅色作業簿默默塞進抽屜裡，在沒人看見的黑色的抽屜，他的作業簿也染了一身灰，安靜地沒有出聲抗議。

●

短促如馬蹄般喀啦喀啦的聲響迴盪，急著回家以及結伴參加課後活動的學生們在走廊上來來往往。

知麻一個人背著書包雙手插口袋走出教室外，放學後他通常都直接返家，沒有什麼多餘的行程，很少和好友相約去吃飯或逛街，社團活動則是看心情決定去不去。他聽見許多腳步聲，但從來不會撥暇去特別注意這些腳的主人是誰，他聽見有個特別響亮的跫音在身後，像是奔跑的聲音，最後落下摩擦地面的尾音，在他身後。他感覺肩膀被輕輕拍了兩下。

轉過身，慣性低著頭的他首先看見一雙白色帆布鞋，是女生的腳。將視線往上拉，清秀的女學生睜著圓圓的杏眼望著他，是他熟悉的人。還沒來得及問有什麼事嗎，女學生先對他開了口。

「葉知麻，你今天又做了什麼好事？」女學生鼓起臉頰，質問似的盯著他，好像他一說謊話就會被立刻拆穿。

……總是問這些啊。

知麻搔了搔頭髮，無奈的表情卻又不像真正感到困擾。

「幹了什麼好事啊我想想……」停頓了一下，像是在認真思考，數秒後他伸出手掌，一一細數，「其實我每天都有在做好事啦，不過今天的話是早上扶老太太過馬路、幫助年輕的女老師了解皺紋的恐怖……」

才說不到三句話，纖細的手掌往知麻肩頭拍了下去終結他的胡言亂語，力道並不重，知麻像是習慣了般癟癟嘴。

「就知道，又打馬虎眼！你真的很好笑又很異於常人。」女學生眯起眼睛，失笑般地掩嘴糗他。

雖然說知麻一下子搞不清楚這算是稱讚或是揶揄……但並沒有不開心的感覺。

抬起頭來看著前方的少女，她的五官很端正，皮膚白皙乾淨，身材穠纖合度，嗓音有種說不上來的清新。一頭烏溜溜的長髮襯她出眾的外表剛好，兩頰透出的酒窩也好像在微笑。

雖然爾偶會有不符合外貌的失態行徑……好比剛剛打了他那一下，但反而讓她在氣質外還多了分淘氣，坦率得可愛。知麻忍不住多看了幾眼，但表情並沒有顯著的變化。

眯著彎月形的眼，女學生又抬起頭看知麻的臉，她似乎還有話要說說：「啊，不過你……」

話還未說完，便被後方的聲音打斷。

「許力心！」

名為許力心的女學生和知麻同時將視線轉向聲音的來源方向。

戴著粗框眼鏡的男學生一步一步朝著他們走過來。

周書全，是知麻班上的班長，全身散發讀書味，但知麻卻覺得他看起來很難相處。一板一眼的神情看起來隨時都會生氣，或者說……很無趣的表情。知麻從來沒有看他笑過，雖然也可能是彼此沒有很常接觸的原因。

「今天幹部要開會，走吧。」周書全聲音平板的說。

許力心則是學藝股長兼班花。不，也許是校花吧，知麻總是這樣想。就在剛才他更加堅定了這個想法。

「喔、喔，好喔！我馬上過去。嗯、葉知麻，掰掰喔。」

「嗯……掰、掰掰……」

知麻動作僵硬地點了點頭，還不忘硬扯一個微笑，由腳底跑上來的情緒竟是無比的尷尬。

也許是儘管微小得幾乎看不見，知麻仍是注意到了許力心臉上浮上的紅暈，一點點類似不好意思的神情，讓他莫名心慌。他想轉開視線，卻同時也瞥見轉身前周書全眼鏡下的眼尾朝著他睨來那不友善的眼神，儼然像看見了什麼髒東西。

望著許力心和周書全一同並肩遠離的身影，知麻心頭忽然湧上一股不舒服的感覺。

像是難受、也像是不甘心。

知麻有點害怕周書全那類的人，無法具體的說上為什麼，但他總在周書全身上找到一些令他喘不過氣的特質以及壓迫感，那雙眼睛在控訴的時候會讓他動彈不得。

像是厭惡、更像是自卑。

●

「我回來了。」知麻打開玄關大門，彎下腰將年邁已高到幾乎可以用破爛兩個字來形容的球鞋放進鞋櫃裡。把書包隨手扔在沙發上，他習慣性地上樓往母親房間走去。

喀、喀、喀。他聽見自己的腳步聲。

站在母親敞開的房門外知麻仍是看不見昏暗房間裡的情形，閉上眼睛，讓四周的寂靜到達最高點，沒有感受到任何動靜、也沒有聽到房裡傳來平穩的呼吸聲。

不在。他心裡暗忖。

母親時常不在家。自從父親死去後。

走下樓到廚房裡替自己沖了杯熱牛奶，知麻坐在長沙發上，啜了一口牛奶，才發現泡得過燙了，倒抽一口氣冷卻舌頭，順手把馬克杯放到前面的桌子上也涼一下。他攤開雙手在椅背上，仰起臉，讓身體慵懶地陷入沙發之中，世界的角度登時變得有些怪異，他不以為然。

五年前，父親去世，這個家失去了主角。

母親逃離了這個沒有主角的世界，留下他一個不懂角色定位的孩子在過於寬敞的家裡亂竄。

時常是母親留下的一張鈔票陪他吃晚餐、有時候走出便利商店，拿著熱騰騰的微波食品，看著發票的時候他會特別寂寞。

他自己走出外面的世界，學習這世界的語言、學習所謂家庭與家人的概念，儘管這些都不是他既有知識裡的常態。他學會了交際、觀察、學會一般人的生活，他和在母愛下長大的孩子沒有差別。他明白不是每個人都可以健健康康的在正常家庭下成長，也明白童年提早到來的孤獨是因為世界來不及等他慢慢長大。

他很早熟，選擇沒有埋怨。

他比誰都還早了解憤世嫉俗的活著並不能讓他奪回一切。

除了證明自己，沒有其他辦法。證明自己就算比別人擁有得還少、就算在外人眼裡他屬於的是那塊不完整，他也不會因此是個不完美的人，他有力量扭轉生命，他想站在陽光下。

他是完整的，獨當一面的，人。

他也像一般孩子一樣愛著母親，深深的，沒有恨。

就算偶爾只在玄關看見她的鞋子依稀留下，或總是她在房間裡睡覺的時候。明知道她不會醒著待在這個家，他還是會上樓，站在房門外，即便只是聽著她規律的呼吸聲……

後來，儘管玄關沒了母親的某雙鞋子，他仍習慣在回家時對屋內喊我回來了，哪怕一整屋子的黑暗並不會因此就活過來給他一聲渴求的歡迎回家，他也覺得自己回到了歸屬的地方。

他並不是個充滿理想的人，潛意識裡卻偷偷相信，母親總會回到有人等她的地方。

他要成為有天她回到這個地方時，不會令她失控的元素。

到那時，她願意為了他留下。

積了太多思緒的腦袋有點打結讓他感覺好睏，天花板上的吊燈忽明忽滅地在視線殘存的範圍內似乎變得遠了些，無法克制沉重的眼皮愈來愈重、愈來愈重……但在沉睡的那一刻耳邊卻傳來班導細細的聲音，很遠很遠，像泡在水裡一樣模糊不清，漸漸地變成母親的聲音。

——「葉知麻！你眞的很誇張！」

他在睡夢中安穩的呼吸，夢囈似的呢喃：「……沒關係……讓我擁有浮誇的夢想吧……」

熱呼呼的牛奶早已失去溫度，上頭凝結了一層薄薄的白色蛋白質。

●

「喂！跟你換。」美術課堂上，知麻轉過頭，突然把分配到的綠色色紙放在拜把兄弟徐宇豪桌上丟了句跟你換，沒等對方反應過來說句好或不好，就一把搶走對方手上的紅色色紙。

「靠，為什麼？我都沒說ＯＫ欸。」不甘示弱的宇豪動作靈敏地從知麻手中奪回色紙，還不忘撂下一句：「葉知麻你是土匪嗎！」

「你很小氣，兄弟這樣當的啦。」

知麻揚起眉頭，話說完，又用迅雷不及掩耳的速度從宇豪手上搶回色紙，宇豪當然不讓他稱心如意，就在這樣一來一往的爭奪後，脆弱的紅色色紙終於被折磨得不成紙型，才為兩個人的幼稚告一段落。

「你在堅持什麼啦！」

「你才是，直接跟我換不就好了！」

「你好歹講個原因啊，綠色有什麼不好，你剪個葉子的的形狀在旁邊還可以簽上你的大名葉知（葉子），多有梗啊。」

見宇豪說得煞有其事，知麻瞪了宇豪一眼，宇豪這才驚覺說錯話移開視線。

「呃，抱歉啦，我忘了你討厭你的名字。」生性坦率的宇豪趕緊搔頭乾笑著道歉。

「可是我不討厭你的名字喔。」說完補充又被知麻用不是很開心的眼神青了一眼，他皮笑肉不笑皺起半邊臉，連忙說不是：「啊！抱歉抱歉啦，不要生氣……」

雖然他並不知道知麻生氣的點是什麼。

剛入學時，知麻也是在他前面的位子，因為兩個人國小曾經同班過，很快就熟絡起來。當時班上同學大多很陌生，許多人會問新朋友有沒有綽號，藉由親暱的稱呼來親近彼此，當時就有很多人搭訕知麻時會猜他的綽號是「葉子」或是「芝麻」，但知麻只是笑笑的搖頭，說他沒有綽號，叫他知麻就好。

直到他們熟到稱兄道弟之後，知麻才和宇豪說，其實他非常討厭自己的名字和別人猜的那些綽號。

「你是討厭葉知麻、葉子，還是芝麻？」宇豪記得當時自己問了這麼一個蠢問題。

「全部。」

宇豪無法忘記那時候，知麻的聲音比平時來得穩重，無言以對的眼神筆直望著前方，宇豪企圖從他平靜的表情裡找出些端倪，卻什麼也捕捉不到。

當下他感覺知麻傳遞而來的訊息，除了無比認真還有一種不容介入的氣勢。

直到現在宇豪還是沒有問知麻為什麼討厭自己的名字，畢竟從小學一直到現在他都是這樣被喊著自己所討厭的名字和綽號，也沒見他警告過別人不准這樣叫，宇豪很清楚知道自己是唯一知道這件事的人。

宇豪總覺得這樣就夠了，即使知麻沒告訴他原因，他也自認自己是知麻最信任的朋友，有一天知麻想說會第一個告訴他。

不過宇豪也常在想，知麻與芝麻發音沒兩樣，就算有人叫「芝麻」他也聽不出來吧。或許有不少人其實都是叫芝麻，而不是知麻。想到這裡，宇豪不禁笑出來。

「笑什麼笑？你有病喔。」

知麻的聲音將宇豪拉回美術課，宇豪回神抬起頭，看見知麻用同情的眼神看著自己搖頭，手中還拿著紅色、完整的色紙。

「為、為什麼你有？」宇豪不爽的問。

宇豪看了一眼知麻手中的色紙，眼神拉到自己桌面上，被搶得揉成一團的色紙還在桌上，知麻放在他桌上的綠色色紙也還在，不等他揣測，知麻就用得意的語氣說：「我又跟老師要一張了啦，不用懷疑，反正你就用綠色的吧。」

「拿來！」宇豪伸手想去搶，這次知麻的動作可快了，馬上把手往後抽。

「你想都別想。」

「算了，好男不跟小人鬥。」宇豪扁嘴，反正他也不是很討厭綠色，只是因為知麻沒理由搶他東西而本能地玩起來而已。他看了看綠色色紙，決定開始做美術課老師指定的作業。

正拿起色紙，宇豪又像想到什麼似的用筆戳了一下知麻的背：「你幹麻堅持要紅色？」

只見知麻埋頭苦幹連頭也不回，宇豪忍不住思忖對方是故意不回頭還是真的很認真，約莫一分鐘後宇豪才聽見前方傳來知麻遲來的回答。

「因為紅色是主角的顏色。」

「哈？」宇豪不解的從喉嚨跑出個問號。

「我是說，」知麻邊說邊轉過半個身來，將手肘撐在宇豪的桌子前端上，「紅色是主角的顏色，你看看七龍珠、海賊王、阿基拉、櫻木花道……哪個不是紅色？像我這種主人翁型的角色，最適合紅色了。」

「呃……」宇豪一時之間不知道要從哪個點吐槽，「火影忍者的鳴人就不是紅色啊。」言不由衷脫口而出這句話。

「但九尾妖狐是啊。」知麻翻了個白眼。

……這什麼歪理？宇豪吐槽在心裡。

隨後，知麻丟了個東西到宇豪桌上，東西滾了幾圈後停在書桌正中央，是一隻紅色的龍，長得有點像七龍珠裡的神龍，宇豪一開始還以為是公仔或吊飾之類的，定睛一看才發現竟然是紙雕，「幹！」宇豪驚訝到爆了句粗話。

「你、你用剛剛那張色紙搞……搞出這個？」嚥下口水，宇豪不禁氣短。

知麻沒說話，一手托著臉，慵懶的眼神對宇豪挑了個眉又聳聳肩，然後將多餘的色紙揉成球丟到他桌上。

「你這傢伙……」有夠扯。

看著手中猶如原狀連摺痕都沒有的綠色色紙，宇豪覺得其實知麻比較像是鬼靈精怪的KERORO軍曹。

●

說到知麻，宇豪記得，知麻以前不是這麼外向樂天的人。

除了脾氣很差之外、也不常笑，總是一個人在角落自己玩，活像個自閉兒。

宇豪印象最深刻的，大概是國小三年級的時候吧，距離現在約是五年前的事——知麻出手和班上同學打架。

小學生打打鬧鬧本不是什麼驚天動地的大事，記憶中那次卻嚴重鬧到雙方家長都被請到學校，對方家長死咬著知麻打人這點不放，在教職員室當場賞了知麻一巴掌。

其中最令人詫異的卻不是打人的怪獸家長或一把被打在地上的知麻，而是知麻母親眼睜睜看著自己兒子被人摑了一巴掌卻無動於衷的模樣。

沒有任何責備或關愛言語、也沒有情緒表情，彷彿隔著銀幕看著與自己一點都不相干的電影。

被強勁的力道摑了一掌跌坐在地上的知麻半聲都不敢哼，手掌貼著被打熱的半邊臉頰，眼角噙著淚卻強忍住沒哭。

知麻的母親從頭到尾神情平板、雙眼無神。直到知麻扭過頭來對上她的眼，她的眼裡才首次出現了一絲情緒——嫌惡，就像在路上看見了與自己無關卻討厭的人事物那樣地冷漠無情。

打架這事當時在班上引起軒然大波，但家長失手呼學生巴掌的事被老師下了禁止令，連和知麻打架的同學都乖乖的守口如瓶。這件事就成了那時剛好替老師送文件到教職員室親眼目睹了這一切的宇豪心裡一個不能說的祕密。

一直到現在。

宇豪還是會想，怎樣的母親才能對自己的兒子袖手旁觀到即使他被別人的母親打到跌在地上用眼神和自己求救也視若無睹？

讓宇豪來形容，大概就是無情或者狠心了吧。

現在想起來，母親正言厲色的望著在學校鬧事的兒子，兒子當然不敢哭鬧。但當時的知麻只是個小學三年級的孩子，要忍住被同學媽媽打在地上的委屈又能忍住哭泣需要多大的壓抑——

有時候宇豪想起這些細節，就覺得知麻很勇敢。

那一天的最後，知麻的母親看著坐在地上的知麻沒有流露半點情感，隻字片語也未落下，最後轉身離去，留下知麻和驚愕下手過重的家長及孩子、還有一旁的老師，但除了知麻，大家的表情最後都剩下錯愕。

宇豪也是。所以一年前國中新生入學時，他實在很難相信，眼前的笑咪咪、清新自然又大方開朗的葉知麻就是小學時同班的那個葉知麻。

五年，可以讓一個人改變多少？

簡直像是換了一副新的靈魂和容顏。不可思議。

●

「那就來討論運動會當天各班即興表演的項目，有人要提案嗎？」

班長周書全站在講台上，手拿運動會的相關資料主持班會。副班長兼任司儀的宇豪一邊提出本週的主題討論、一邊將一大疊的流程表一排一排照人數發下去，大家整齊地領取、將紙張傳給後面的人。

知麻默默地把玩著手中的自動鉛筆，他覺得開班會真是無趣極了。

雖然很想和宇豪聊天，但宇豪人在前面不在後面，每星期都因為和宇豪講話被舉發秩序問題就算了，上星期明明有在舉手後才和宇豪講話，一樣被冠上擾亂秩序的惡名。搞得班上哄堂大笑這點他並不以為意，但班長兼主席的周書全和幾個同樣那掛正經八百的人卻捎來非常不友善的視線，讓他感覺自己像個不受歡迎的混亂分子。

其中最討厭的卻不是那帶有嫌惡的視線而是自己因此產生心虛的感覺。

——因為那好像間接承認了自己是個令人厭惡的存在。

「那最終定案是演戲，接下來要決定劇本和演員，請大家提名。」

看宇豪有模有樣的主持班會，一點都不像平常那個只會和他打屁耍弱智的兄弟，知麻心裡有種不具名的情緒，說不上是什麼，他選擇不探究。

就在他發呆發得出神時，他聽見有人在呼喊他的名字。

知麻反射性地抬起頭，看見宇豪正把他的名字寫在黑板上，三個字。

左邊有粉紅色的粉筆寫著主角二字，再來是白色粉筆寫著宇豪和其他幾位同學的名字、還有剛剛補上去的他的名字。間隔一段距離的黑板同樣用粉紅色粉筆寫著「女角」、「配角」、「丑角」幾個大字。

「還有人要提名主角的嗎？」宇豪轉過身，拿著粉筆詢問底下同學。確認台下一片安靜後，才又開口：「那現在投票表決，一人一票，少數服從多數。」

知麻盯著黑板上主角兩個大字，走了神。

不知為何湧起的一股興奮在體內蠢蠢欲動，他思考著是不是該投票給自己。

投票一切都順暢的進行，採舉手投票，計票的同學舉著手用食指細數台下有多少票數，轉報給宇豪記上黑板。

最後票數結果出爐，知麻以一票之差險勝宇豪。

知麻看見宇豪用黃色的粉筆在他的名字上面打了大大的勾，他是主角、被選為當這次演戲的主角！雖不是什麼驚天動地的喜事，他仍是勾起了嘴角滿足的弧度。

「那就決定知麻是……」

宇豪講到一半，台下忽然有人舉起了手。

「有什麼問題嗎？」宇豪問。

舉手的同學默默站起。「我覺得……讓知麻擔任主角是不是不太好？選他作為丑角好像會比較適當。」

此話才剛出，台下就出現很多附和的聲音諸如「是啊」、「對耶」、「沒錯沒錯」，連原本投票給知麻的同學也一臉驚喜地彷彿找到正確答案開始窸窣地討論起來。

知麻臉上蒙上一層白，他甚至懷疑自己的聽覺。

「大家安靜，投票結果是……」面對四起的喧鬧聲，宇豪趕緊主持秩序，但又再次被打斷話。

「老師也覺得知麻很適合擔綱這次丑角的角色。」

班會時大多不插手學生自治的班導首次開口，嘈雜的聲音瞬間被平息。

「可是老師，投票的結果……」宇豪鍥而不捨的上訴。

「當然，投票是少數服從多數，但在我看來，大家現在有更好的共識。」周書全打斷宇豪，瞟了一眼知麻。「不是嗎？」

對上周書全的眼，知麻倒抽了一口氣。

「況且實在無法想像葉知麻會認真地應對角色排練，那還不如讓他飾演他比較拿手的角色，也是免得他到時候做害群之馬的預防措施吧。」

「你怎麼這麼說！」宇豪氣得反駁。

「我沒說錯吧，他總是愛當『異類』。」周書全平板的回應，用中指指尖頂了一下鏡框，反光的亮面讓他的自信看起來理直氣壯：「任誰也無法保證他不會在排演時還作怪，沒理由讓全班拖著一起下水。」

「我說你不要愈說愈過分了……」宇豪揪起周書全的衣領。

瞬間，不少同學被這一幕嚇壞了，平時雖然愛開玩笑卻表現優秀的宇豪竟發怒地對班長做出如此不禮貌的行為。然而沒人注意到當事人之一的知麻，正鐵著一張臉毫無反應。

知麻睜著大眼，看宇豪因為他而對周書全動手動腳。而他最訝異的是竟然無法反駁自己正被徹底看扁。只能用一雙眼睛看著別人在處理有關自己的事情。

「你們兩個！」看見情況愈演愈烈，惠上前拉開宇豪和書全，氣得大罵：「你們是當我不在了嗎？身為班長和副班長你們這樣要怎麼做同學的榜樣！」

「是他太過……」

「夠了！」宇豪忍不住辯駁卻被惠瞪了一眼不准他繼續說下去。

「兩個人都給我道歉，快啊！」

看著惠投射過來極其怒火的視線壓迫，宇豪只好撇開臉降低音量不甘情願地勉為其難說了聲極為短促而不是很有誠意的抱歉。

聽到宇豪的道歉後，周書全拉了拉自己的衣領，「不好意思，我說過頭了。」在外人眼裡聽起來比宇豪還要富有誠意的道歉，在宇豪眼裡卻虛假得如一縷炊煙。

「好了，你們兩個都下去，主角改為由宇豪擔任、丑角改成知麻，有人有意見的嗎？」台下一陣靜默。

……在這裡低頭了就等於認輸，那倒不如平靜接受還有如王者的風範，任性打滾更像小丑。

惠看了一眼知麻，知麻收起所有負面情緒自然地表現出對更換結果不以為意的表情，惠露出放心的表情。

「你一定能把這個角色詮釋得很完美。」惠這句充滿信心的打氣，卻在知麻心臟又補上一拳。

「那今天班會就這樣，散會。」

宇豪狠狠瞪上周書全一貫冷冷的臉，周書全走向他反方向下台，擦肩而過時還不忘與他搭上話，輕聲和他咬耳朵：「你是個有腦袋的人，還是離那種無亂不做的異端分子遠一點得好，不然連人格都會跟著降低。」

「你……」宇豪握起拳頭。

「如此易怒也是受那種沒水準的人影響的嗎？真是令人失望。」周書全不疾不徐的一字字慢慢說，宇豪很清楚他是要激怒自己。

拳頭捏得手心的肉發疼，壓抑暴漲的情緒用最後剩餘的理智，宇豪只丟出一個字。

「滾。」

知麻以為宇豪會來找他抬槓，說些詞不達意但其實是想安慰他的話。

但宇豪沒有。

從早上開完班會後，知麻就沒有和宇豪說上半句話，甚至連中午吃飯兩個人都是默默坐在自己座位上各吃各的飯，沒有一句交談。

事實上知麻也不是不和宇豪說話，只是他以為宇豪會先來打破沉默。

午餐時間尾聲，宇豪拎著餐盒出去洗，知麻則是到後走廊扔了午餐麵包的塑膠袋後往前廊走，他想，等等如果在廁所遇到宇豪就笑著和他搭話吧，像平常一樣。在靠近男廁的旋轉樓梯旁，知麻看見剛從廁所走出來的宇豪。

正打算和他打招呼，幾個身影先靠近宇豪，伴隨提高音調的喝采。

「恭喜你啊，男主角。」

是平時和周書全一起行動的幾個人。

知麻頓住腳步，幾乎是本能地迅速將半邊身子藏在牆後。

他看見宇豪和那幾個人處得挺融洽、談笑自若，那些人對宇豪的神情、舉動，都不如看見他時舉手投足間透露嗤之以鼻的態度。映照在他瞳孔裡的宇豪和那些人，完全沒有違和感。

他旋過身讓背脊貼著冰冷的牆面，試著想像，平時和自己打打鬧鬧的宇豪。

一樣是不正經的搞笑分子，宇豪能被大多數人所接受，而自己……卻被歸類在異類裡。他一直以為自己和宇豪是同一種人，原來並不是這麼一回事。

幾些時間過去，剛剛和宇豪歡談的幾個同學從知麻面前經過，他愣著不知該做何舉動，對方一致地用過街老鼠般的眼神瞥了他後離去。留下一臉尷尬的他。

他連瞪回去的時間都沒有。也不再在意。

數秒後，知麻才整理好心緒，再次探出眼看向宇豪的方向，他以為宇豪已經不在那裡。

眼前的畫面卻讓他想逃。

知麻覺得似乎沉入了深海底，身旁的聲音變得模糊不清，像在水中一般，連呼吸都無力。他看見許力心正對著宇豪笑著，兩個人有說有笑地互動，宇豪不知說了什麼惹得力心笑，還打了一下宇豪的手臂。

這一秒知麻感覺時間慢動作的又播放了一次。

他退回牆內，揚起頭，發現竟然看不見天空，被困在天花板和地板的距離。

他曾經以為只要努力，就一定可以成為主角，只要凝聚他人的眼光，總有一天機會就會降臨在他身上。但卻一直忽略了……原來他一直都跟在主角的身邊，他只是為了襯托主角特別存在的丑角。

待在主角的身邊……又怎麼可能成為主角。無論再怎麼突出、再怎麼展現，也都只是跑進別人的故事裡不要臉的大放異彩而已，無論如何鮮亮，終究只是背景。

想起，許力心那時拍了下他的背時，心中的悸動感。

「……今天，是我的災難日嗎？」

他問自己，一切卻是無解。

●

「知麻，一起回家吧。」

收書包收到一半的手停在半空中，知麻抬起頭看著站在自己身邊的宇豪，「好啊。」說出這句話時眼神卻偏離了宇豪身上，忍不住又想起中午時的情景。

知麻會和宇豪一起回家的日子只有星期五，是宇豪不用開幹部會議和補習的日子。

一個禮拜的放學裡會讓他期待的也只有這一大，但今天他只想著「偏偏是今天啊」。偏偏是……最不想和宇豪一起回家的今天啊。

「欸，知麻，今天早上的事……你不在意吧。」

才剛走出教室門口，性子直的宇豪就開口問，還遲疑了一會才把完整的句子說出。

對於宇豪的直球，知麻倒是見怪不怪。

「怎麼會，班長老看我不順眼這件事我老早就知道了，不會受傷啦。」知麻對宇豪露出笑容，因為不希望宇豪擔心，他心知肚明自己說謊了。

「我說的又不是這個！」豈料宇豪忽然激動了起來，前進的腳步硬生生停住。

「呃……你、你幹嘛啊？有話就說啊激動什麼……」被宇豪氣勢震懾的知麻乾笑，腳步跟著停下，宇豪卻只是低著頭看地上。

「我是說……你的主角被替換成我……」相較於方才的聲音，宇豪這次降低了點音量，字字句句參雜了心虛感，聽來輕飄飄的，「你不失落嗎？」

「怎麼可能會失落嘛！」知麻瞇著眼直怪宇豪小題大作，再沒人比他更清楚自己現在臉上的笑容低級到令自己作噁，竟然連對好朋友都無法敞開心房。

「可是你，」宇豪抬起頭正對知麻的視線，與他平視，「你不是最想成為主角的嗎！」

知麻渾身僵住。

「你、你在說什麼啊……還因為我搶你色紙的事在記恨嗎……哈、你真是有夠記仇……」

知麻乾笑，臉上的表情極為不自然，又青又白，好似急欲要脫離這個話題。

宇豪脫口的下一句話卻讓他臉色更加鐵青。

「你的作文，我看了。」

……啊，原來是這樣嗎。

聽到這話後知麻彷彿放棄了掩飾，他垂下視線，嗓音變得低沉：「……什麼時候？」

「昨天放學。」宇豪據實回答。

「為什麼？」

知麻的聲音聽來有些可怕。

「幹部會議時，周書全拿出了擾亂班上秩序的名單，惠就順便提了作文的事，但她沒有說內容是什麼，只說你寫得很誇張。」宇豪吸了口氣接續：「我很好奇，等會議結束大家都離開後，去翻了你的抽屜……」

「是喔。」知麻的聲嗓意外地冷漠，讓宇豪不知該怎麼接話。

「抱歉。」面對宇豪的道歉，知麻沉默。空氣凝滯在長廊沉重地無法流通，就連呼吸都僵硬，這是他們第一次這麼尷尬。

宇豪是自己的好哥兒們，就算那篇作文給他看到也沒甚麼不妥，只是選在這個時間，讓知麻覺得自己在宇豪面前更加抬不起頭、更加像個小丑。

「所以你是在可憐我？」

「當然不是！我……」

「那你幹嘛跟我道歉？你不就是同情我做不了主角嗎！現在你想怎麼做？讓我承認我對這件事感到難過，然後你想把主角的位置讓給我？你知不知道這樣只會讓我更加不知道怎麼面對！」

知麻無法克制自己的嘴巴因為怨妒而說出違逆心的話語，像爆發般的說個沒完，他可以明白自己嫉妒宇豪的指責是多麼的不公平與醜陋，但此時此刻他已經無法再思考。

「喂！你冷靜一點好不好！」

宇豪雙手抓住知麻的肩膀，卻反而被知麻推去撞牆。

「我跟你不一樣，你是主角啊……」

背部用力撞上欄杆的宇豪悶哼了一聲，眼前的知麻讓他覺得陌生，一味的宣洩情緒卻聽不見他任何聲音，死命朝負面情緒鑽牛角尖，怎樣勸說都沒有用，他只好提高聲嗓對他大吼。

「葉知麻你到底有完沒完啊！你以為在這邊人聲怪罪別人就可以改變命運？你以為當主角的人，會像你這副德性嗎……不去努力卻在這裡嗆聲，那你永遠只能得到別人的同情而已！你媽媽她……」

「你……」

惱羞成怒的知麻像匹脫韁的野馬撲向宇豪，將他壓倒在地，馬上就是一拳。

——葉子、芝麻，他的身上聚集了這兩種永遠也不可能成為主角的素材，就算少了他，世界也一樣會好好的運轉，但是沒有世界他就不能生存……

「你到底懂什麼！你以為我沒有努力過嗎！」

他又朝著宇豪揮了一拳。

「我做了什麼，需要被這樣對待！當幹部了不起嗎？成績好了不起嗎？」

就算是異端分子、就算是丑角，難道這世界連搞笑也要被問罪？想要得到他人認同、想要被注意，也錯了嗎？那眼鏡下怪罪的視線，總讓他抬不起頭……

他左手掄上一拳，右手再補上一記。

腦海裡浮現許力心站在宇豪面前時的景象，他們兩個是那麼的登對……

「為什麼偏偏是你，你是我兄弟啊！」

掌聲加尖叫，他渴望凝聚她的眼光。然而他卻永遠無法搶在宇豪的面前，先讓她看見他……

再摑上一拳，知麻緊緊閉著眼，那表情相當痛苦。

「我以為母親總有一天會為了我回來……」

他想起國小三年級時，父親剛去世不久，他曾經被同學笑是智障，同學說他明明就沒有爸媽還成天笑嘻嘻的，活笑個可憐的小丑——那是他第一次和人打架。

他一直認為，因為他不是主角，所以母親才會拋棄他、拋棄這個家。

所以他要成為主角。他一定得成為主角。

「現在一切都白費了啊……」

……一個想被注意到的小丑醜陋而誇張的表演著、笑著，緊接著被群體討厭了、變成了噁心的象徵，死也不想承認自己就是那樣的存在啊。

然而現在，所謂主角的輪廓，終於在他生命中模糊了。

知麻抓緊宇豪的衣領，宇豪望見那雙顫抖得過份的雙手因為毆打他而整個赤紅，顫抖的聲音伴隨濃濃的啜泣聲和滾燙的眼淚滴在他的制服上，比起臉上的傷，知麻痛哭流涕時那副痛苦的表情才讓他疼的發痛。

這是宇豪第一次在知麻眼底看見悲傷。

他以為，五年前，他就該這樣哭了。

●

「真不敢相信，竟然在走廊上打架。」

惠對著知麻斥喝，她實在不敢相信知麻竟然會對宇豪這個死黨大打出手，還打得名副其實鼻青臉腫。站在惠身旁的，除了知麻，還有剛好瞧見打架情況的許力心。

「葉知麻，你都不知道宇豪他……」

「算了，學藝。」宇豪一邊冰敷一邊制止許力心責罵知麻，知麻則是低著頭不說話。

因為是放學時間，走廊上來往的人數比較少，只有少數學生以及剛送完寫好日誌回來的許力心看見走廊上這幕全武行，但說穿了是知麻攻擊宇豪而宇豪絲毫沒有還手的一面倒情勢但卻是打人的知麻用力哭著，簡直嚇壞了許力心。

許力心嘆了口氣。「葉知……」

「宇豪！」一聲叫喚切斷許力心的聲音，一位女性的身影慌慌張張地跑進保健室，飛快地抱向正在冰敷臉的宇豪。

「你沒事吧？我接到電話就馬上趕過來了。」

「媽，我沒事啦。」看見心急如焚的母親，宇豪硬擠著笑容要母親別擔心。

宇豪的母親上下摸著宇豪的臉，還轉動他的脖子檢查到底有多少傷口，雖是不至於流血卻有不少瘀青和瘀血的痕跡，母親氣急敗壞地看向惠。

「老師你也解釋一下這到底是怎麼回事？」

惠蹙著眉頭撐起不像樣的微笑，溫和的說：「就……就小孩子玩鬧……」

「玩鬧？玩這麼過火？」

「媽，我說沒事……」

「你閉嘴，這不是有沒有事的問題，難道你要跟我說沒把你打死就算沒事嗎？」

見母親咄咄逼人的氣勢高昂，宇豪只好住嘴。

「就是你對吧？葉同學。」母親將矛頭指向知麻，激問的語氣聽來壓迫：「你是宇豪的好朋友吧，既然如此為什麼要出手打他？」

知麻像隻犯錯的小狗垂下視線，瀏海覆住他的神情，當下激昂的情緒讓他完全無法控制力道，宇豪看起來確實挺慘的。

「那個……徐太太，知麻他已經和宇豪道歉了，宇豪也說他們只是一時意見不合才會起衝突，事情並不是您想得那麼嚴重……」

惠想打個圓場緩和氣氛，但在氣頭上的徐母自是沒一句好話。

「老師，這件事情是你管教不當，放任你的學生打我兒子不管，我現在替我兒子討回公道，你卻制止？」

惠被徐母指責得無法回嘴，只得皺起眉頭不知該如何是好。

徐母將砲火轉回知麻身上，看知麻一句話也不說讓她更加氣憤：「不要以為不說話就可以裝可憐，就算你沒有爸爸，應當有的教養也該有吧？還是說你媽媽根本……」

「伯母！」許力心短促而高的一聲強而有力地打斷徐母。

「我、我知道您擔心宇豪才說出這些話，但宇豪和知麻兩個是好朋友，您是否也該聽聽他們的說法？或許對您來說知麻只是個無關緊要的陌生人，但宇豪很珍惜知麻這個朋友。況且知麻也有母親，今天若是您聽到別人的母親這樣說您的兒子，您也會傷心難過吧，所以請您不要這樣說知麻，他是個很好的人。」

「……知麻對於打宇豪這件事真的很自責，請您不要再增加他的愧疚了。」

徐母一時間無法反駁，許力心望了眼宇豪，宇豪用感謝的眼神回應她，對她點了個頭。

「伯母，希望宇豪早日康復，再見。」許力心對著徐母敬了個禮後，拉著知麻的手腕走出保健室。

「欸、欸……你們……」

「媽，」宇豪拉了拉母親的衣角，「就是她說的那樣，那個人是我的朋友，重要的朋友。」

望著宇豪堅定的眼神，徐母一聲長嘆：「唉！搞不懂你們孩子。」她蹲下，溺愛的搔了搔宇豪的頭。

「寶貝兒子都這麼說了，我怎麼可能還追究……」

宇豪笑了，他希望知麻能真正得到救贖。

「那個……」手被許力心拉著走的知麻不知該如何言語，跟著許力心往走廊一路走、下樓梯，好像已經繞很久。他腦中滿是混亂，宇豪的事、打人的事，還有胡言亂語後的複雜心情。

不知走了多遠，許力心開口說話。

「葉知麻，我們都曾經因為自己不是最好的而難過。」知麻看不見走在前面的力心是用什麼表情說出這種話，她的聲音比平常來得堅定，「但是到底什麼才是最好的？」

許力心突然停下腳步，旋過身，眼神直勾勾的望向著知麻。

「儘管你不是最好的，你是最特別的。」

許力心的表情像在硬撐，她咬住下唇，眼眸裡隱藏著千情萬緒，她不想讓知麻覺得自己是在安慰他而是在闡述一段事實。

「對不起，我也看了你的作文。」許力心說。

五官皺擠，那表情，彷彿在下一秒就會哭出來。

「我是第一個看的，在老師還沒發回作業簿前就看了，有一次放學的時候去送教師日誌，看到在桌上第一本大紅色的很顯眼就翻了。」許力心抿了抿唇。

「我一直覺得你很厲害，可以不顧他人眼光帶給大家歡笑。但你可以不用勉強自己一直笑，就算是悲傷的時候也一樣有人會想陪在你身邊，不會因為你不是主角就不需要你。」

「班會的投票，我和宇豪都把票投給你了，中午的時候我跟他說我看了作業簿的事情，他的想法和我一樣，就是你沒有投票給自己，我們才發現你是個傻瓜。你一直在壓抑自己，卻沒看見有人在支持你。」

許力心對著臉上複雜表情轉為眼淚的知麻又說了一次。

「葉知麻，你真是傻瓜……」

他哭了，她卻代替他笑了。

紅色是波長最長的顏色。

知麻一直都想成為彩虹上端最耀眼的紅色，但目光卻幾次停留在拜別母樹的綠葉上，他總為還沒枯萎卻掉落的綠葉感到惋惜與寂寞。

一個人走在回家的路上，他仔細看自己的手掌、手指的每個關節，已經變成大人的手了。從下定決心要成為主角開始到現在，過幾年了呢？

插入鑰匙孔，打開玄關大門，「我回……」正要履行一貫的口令時，卻看見不同於以往的風景。是母親的身影。

「……媽？」

正對著自己，就像在等待他歸來。

「我以為只有忽略你，才能夠忘記失去爸爸的寂寞。」

不顧眼前一臉錯愕的他，母親突然開口說話，那是睽違好幾年，母親的聲音，竟然和記憶裡差這麼多，多了滄桑、多了沙啞，卻令人懷念。

「只要不去感覺，就能假裝爸爸還在這個家裡，做我們家的主人。所以我躲在工作中，沒有工作的時候也不好好看看你，因為怕面對一天一天長大的你提醒我爸爸走了多久……所以不管你犯錯、不管你學習的狀況，一直妄想有天爸爸會回來管教你，你也從來沒有求救過。」

知麻瞥見，母親的手裡拿著一本紅中透藍的作業簿，以及黑暗中晶瑩剔透的淚珠。

「要不是你的朋友特地送來了這本作業簿，媽媽不知道原來你這麼寂寞。」

母親緊緊抱住他，淚水滴在他左肩上。

「媽媽沒有失去生命中的主角，媽媽還有你啊……」

知麻的滾燙的淚水滑落臉頰，第一次，他發覺燈光打在他的眼裡，竟是如此溫暖，溫暖得忍不住落淚。

「媽，我回來了。」

——**葉知麻，你眞是傻瓜，**你沒看見你已經是主角了。

落在地面的作業簿攤在某一頁，標題用凌亂的字跡寫著「我的夢想：成為主角」。

（嶺東科技大學「嶺東文藝創作獎」首獎作品）

劉冠羚

一九九四年生。就讀於嶺東科技大學數位媒體設計系。興趣畫圖、看書、寵物。曾獲第二屆全國高職網路文學獎散文和新詩優選，第三屆全國高職網路文學獎散文優選、新詩和網誌佳作，新台灣之光一〇〇徵文活動高中組優選。

附錄

青年超新星文學獎

評審會議記錄

時間：二〇一四年九月十六日

地點：台北明星咖啡屋

評審委員：宇文正、唐諾、楊照、楊澤、蔡素芬、劉克襄、駱以軍（按姓名筆畫序）

列席：初安民

會議記錄：印刻編輯部

主辦單位報告徵件情形

初安民：謝謝大家百忙中參與這次評審。今年第一屆大學「青年超新星文學獎」共有三十八所學校參與，徵得三十八篇各校園文學獎的首獎作品進行聯合評選。從這些參賽跟得獎的比例來看，其中大學一年級的有七個人，二年級的八個人，三年級的八個人，四年級的七個人，碩士生有八個人；他們當中屬人文科系的有二十個人，傳播科系三個人，法律科系一個人，商學院兩個人，工科四個人，生醫含醫學院的有五個人，藝術科系二個人等等；目前已有十四篇作品陸續由《短篇小說》和《印刻》雜誌分別選刊過。

按照往例，各位必須先推一位會議主席，以下就由主席來運作整個評審過程。

評審們咸認劉克襄主持最有效率，因此共推他擔任主席。緊接著，主席即建議大家先進行第一次投票，每人圈選四篇，再予以討論。

第一輪投票

〈七日談〉：一票（楊澤）

〈一半〉：一票（蔡素芬）

〈老鼠不戀愛〉：一票（楊澤）

〈糖果屋裡的少女〉：一票（楊澤）

〈Eversleeping〉：一票（楊照）

〈高塔〉：一票（唐諾）

〈那計程車司機正講著電話〉：一票（駱以軍）

〈博弈〉：一票（劉克襄）

〈夢蝶〉：一票（唐諾）

〈迷途〉：二票（宇文正、楊照）

〈黑夜以前〉：二票（宇文正、楊照）

〈當掉那個台北人〉：三票（楊澤、蔡素芬、駱以軍）

〈鐵盒裡的黃色小鳥〉：三票（宇文正、劉克襄、駱以軍）

〈認真計畫〉：三票（唐諾、蔡素芬、劉克襄）

〈紹興南街〉：六票（宇文正、唐諾、楊照、蔡素芬、劉克襄、駱以軍）

劉克襄：現在三票以上的有四篇，二票的有二篇，其他都是一票的作品。我建議從一票開始討論，投的人可以選擇放棄或為它說話爭取。

一票討論〈七日談〉

楊澤：這篇的電影感很強，文字乾淨。當然很小清新啦，但是我覺得它的濃跟淡滿有它自己的層次，它在講一個內跟外的問題，我覺得其實是滿有趣的。

劉克襄：〈七日談〉我本來想投，它大概是我的第五票。內容從星期一、二、三、四、五、六，一直鋪陳遇到不同的人，但是到最後第七天要自殺時，前面六個死掉的人全部的影像進來，結尾倒數第二段鋪陳得比較重，如果這個地方稍微輕一點的話，我覺得是比較成功的作品。

楊照：這篇比較大的問題在於只有這麼小的篇幅，很多東西卻一直反覆，沒有辦法說服我，它前面寫的這六個人（鬼）對於我們要去了解他自己到底碰到什麼問題，沒有幫助。最後全部跑出來說死了會怎樣、又不會怎樣，重複太多了，有點太浪費這樣的問題。

一票討論〈一半〉

蔡素芬：這篇寫得非常好，我非常支持這篇，〈一半〉本身的題目就隱含它所要表達的意思，而且寫得很深沉。它寫的就是女校的學生，她們紛紛上了大學之後再聚在一起談過去彼此間很純粹的友情，女生間的親密感不能把它當成同性戀去看待，但是別人會給予異樣的眼光。她心裡面一直對於上了大學以後對於跟男生或女生交往很容易就被當成是一種戀愛而感到不能接受，她一直想維持在女校時那麼青春純粹的友誼之愛，雖然表面上這麼寫，可事實上從文章的開頭，從她跟C的關係這麼要好貼近，其實就不斷鋪排她想要純粹、可實際上對C的感情已經不純粹了，以至於後來去參觀畫展，這裡作了對比，凸顯了小說的題目「一半」，其實她是在追求情感的另一半，也就是同性之愛。小說前面提到的意象「兩隻鬥牛跺著蹄，屏息以待柵欄升起——終於猛獸出柙」，是一種情感的爆發，寫到後來她給了我們更多的線索，她的情感已經不純粹了，她戀著C，所以小說最後說「兩隻鬥牛跺著蹄，屏息以待的分秒多數了太多回」，就是說這段感情她太躊躇了，她一直在抗拒最後發現抗拒不了，她在尋找另一半，也就是小說的題目，種種鋪陳寫得很深沉……我是這樣看的。

宇文正：其實她寫女性間很純粹的情感部分還滿不錯，但是這篇我覺得比較大的缺點是寫到後面去看展、人與人之間擁抱的溫暖，那跟前面寫純粹女性的情感，女性之間的那種少女的、情感的依賴，有點岔開了。結尾比較可惜，所以我沒有選它。

楊照：我覺得她寫得很不錯，但有兩件事還是讓我掛心。這次我們看到好多用第二人稱寫的小說，難免讓我在意，我覺得人稱的選擇還是該有助於作者表達他要的表達與讀者理解他的表達。這篇我最有意見是它的人稱，不只用「妳」，還閃爍出現好幾次「妳們」。你要動用這麼艱難、冒險的人稱，你應該要有特別的打算或準備，但我們沒看到。另外，中間有兩個很強烈的意象——水蛭，和把自己的人模打碎——跟整篇很想要收回來的調子，我覺得比喻好像變得太強了。

蔡素芬：這個我來解釋。水蛭的意象，就說當兩人產生親密感，有談戀愛的感覺，她覺得就像是看到水蛭，那其實就是她在抗拒，抗拒進入愛情；跟後來人形的那段意象，也是在講她很害怕愛情，質疑愛情一旦發生了人就會毀滅；所以這都跟她想維持純粹的狀態是相符合的，因此我才會覺得她真的是經營得很深沉。

唐諾：我覺得有一些缺點，尤其第一段寫得不好，我反而覺得鬥牛的意象太勉強太虛張聲勢。另外就是普遍來講，我們這些可愛的年輕作家們可能是閱讀的問題，看的好東西不夠多，當他們要寫一個比較高的東西，一種解答或是一個救贖、一個更美好的東西時，但我們看常常會覺得怪怪的；這篇小說最後寫到這個展覽，顯然非常重要，甚至像一個答案，但是這個解答又落空了，因為這個解答不是一個多高明的展覽。如果要在小說裡頭得到一個收尾，這邊有踏空的感覺。

一票討論〈老鼠不戀愛〉

楊澤：這篇題材很特別，有一個很大的祕密在裡面，我幾乎覺得它就是在講亂倫。這樣的題材其實沒有人嘗試過，我也很訝異各位沒有選它。

劉克襄：我很想選它，可是遇到一個楊照提到的問題，就是「他」跟「你」在第四頁的地方整個亂掉。這篇文字拿捏相當好，讓人會想閱讀下去，但我沒辦法突破人稱的障礙。

蔡素芬：我也有在考慮，因為它的經營是很細緻的，它可能是在講他跟母舅的關係，可是這個「你」跟「他」，我覺得是不一樣的，它講究氛圍，但裡面有些曖昧沒有處理得清楚。

楊澤：我覺得他是自己沒有辦法面對這事情，或說我們中文世界的語言裡面沒有這種東西，他到底是跟他爸爸，還是跟母舅，還是家裡另外的長輩，我們不知道，看不出來。這次其實有好多作品是屬於家庭傳奇，年輕創作者跟原生家庭的關係非常密切。這篇文字滿乾淨俐落，整個講老鼠和籠子、美輪美奐的城堡……，是一個幻想的主觀世界東西，很多部分很成熟。

唐諾：我倒覺得它文字有很多問題，並不準確。不必要的延伸、虛張聲勢。

楊照：若就文字來講，在閱讀上我一直碰到他的不準確，沒有辦法讓我具象化，也許這是他刻意的，但文字的不準確一直干擾我，讀起來不會讓我認為它是好作品，他想要描述的東西跟他所動用的文字，是有差距的。

一票討論〈糖果屋裡的少女〉

楊澤：這個其實寫得很清淡，講出成長的過程會碰到的那種迷惑，可能就比較像散文，這篇我不堅持。

一票討論〈Eversleeping〉

楊照：這篇是我的第四名，我可以放棄。

一票討論〈高塔〉

唐諾：放棄。

一票討論〈那計程車司機正講著電話〉

駱以軍：跟〈老鼠不戀愛〉比，我後來是選這篇，可能各位不選它的原因正好是剛剛所有你們不喜歡而提到的負面描述。我在看這篇會覺得很有意思，其實它跟〈紹興南街〉這兩篇同樣都是年輕人，可他們寫的是同一座城——他們想打開的。這篇很有劇場空間感。我也很害怕對於二十幾歲的年輕作品，我們在談他的文字：我覺得很好、我覺得很差；可是整篇我覺得他有一個能力是在一個一個段落裡面，很像把一個個空間打開來，建構出來。至少我的閱讀裡面，我在看到他把劇場感撐出來，這種夜晚的，其他各篇都有台北的、流浪人的，有一點點七等生、舞鶴、朱天心、安部公房……，所以這篇不小心會覺得它的對話會讓你想到村上，但他這樣好像停下來、在7-11前面，這種思考，不是我在其他學校作品裡看到的一種假掰感。這是他弄出這樣的起手勢，他要把一個結界打開來的時候，其實他是充滿空間意識的，這個空間意識展示在「失去記憶的這個那個人，他們試圖在這種不是透過單一劇場而和陌生人建立關係」。這使得他的「空間小盒子」碰撞擠壓出很強的視覺動感。也許他內部是空洞的（像剛剛唐諾放棄的〈高塔〉），可能其實是典型的聰明腦袋沒有生命經驗，可是運用詩上面的換喻技術。但這篇有些段落用得非常美，很直面的一個年輕人混在夜晚的街道，但很技術性，所以如果沒有人投，我也可以放棄。

楊照：這篇是很典型一種畫鬼的小說，他想盡辦法都是去講一般人沒有的經驗。對我來講就是很在意：這幾件平常的事，他就放過了不去處理。他顯然不會打棒球，那你就不應該動用那個。包括打棒球、喝啤酒、組樂團，然後文字沒有節奏感。你要動用的日常生活的比喻，你自己都沒有真實的，都一直在逃避，我就會比較在意。

唐諾：我一開始就感受到很大的困難，儘管駱以軍說不要管文字但文字可以不管嗎？雖然劇場化來解釋可以寬容一些東西，它看起來就像假的城市書寫，沒有打開任何東西。他在引用一些我們認為熟悉的符號，但我不想苛責這個；在整批作品裡面有一個現象，對外在世界的理解跟描述，是所有這批小說的普遍弱項，而且你會發現書寫者們對於這個東西興致不高，偏偏內在又是空洞的，楊照講得對，要這樣的話也可以，你就專注在你真正認真想寫的東西上頭。

楊澤：我要向駱以軍拉票，〈老鼠不戀愛〉還是比較有面對自己，這篇相較而言有點強說愁啦。

一票討論〈夢蝶〉

唐諾：這篇多少還有事情在進行，你盯住的東西還有在變化。我也曾經在文藝營講過小說人稱的問題，「你」其實是一個最危險的東西，它某種程度強迫讀者要進入到角色裡去，同時它也是把世界叫停的一個敘述方式，相對於過去比方說全知的，看世間進行的觀點。這批小說裡頭基本上看起來有事件、甚至時間拉得非常長，有些甚至忽然童年，又到老年，忽然死掉，但是「時間」這個因素在這批短篇裡頭很少有發生作用，你感覺時間是假的，是埋伏的，作者自己已經完全知道接下來要幹什麼，而沒有作為原本小說這個文體對於時間對於事物在時間中變化的那種掌握消失了，小說極可能是最擅長寫時間的一種文體。但我講得這麼誇張，回到這篇小說也是不成立的，只是唯有它還有一點點企圖，兩個人物追逐向前多少產生某種花面交相映的效果，還有一點點事情還在發生。大部分的短篇裡頭，表面上跨越很多時間，但我感覺都是靜態的，都是同一個時間的切片。我可能只是為了講這番話才提這篇，那我不建議各位支持。

楊照：這篇文字真的不好。

一票討論〈博弈〉

劉克襄：一個從小在賭博世家長大的孩子，從他的眼光端看世界，一開始描述的氣氛就非常吸引人。他自己跟露之間的交往，以及他祖父和藍翅阿姨的情誼，不論哪一面向的描述或交疊，都有幽微的神祕感，再加上父親身世不詳，和有個整天賭博的叔叔，整個所串起來的〈博弈〉故事，撐出一個飽滿魅力。

宇文正：這篇我給的分數不低，它的氣氛掌握得很好，文字比前面幾篇都要乾淨俐落。

楊照：其實我很喜歡這篇，我覺得他有一個很大的成就是比大部分作者知道怎麼經營小說，他在這樣的篇幅裡面塞了很多東西，但實在塞太多了，我會有點猶豫，一方面我應該肯定，他竟然在這種篇幅可以講到這麼多東西，可另一方面就完成度而言，他的確每樣東西就閃一下，整個結構不知道到底在哪裡，所以後來我沒有投他。但我覺得應該把他放回來（到第二階段評選）。

蔡素芬：他用拼貼，一個是祖父之死，一個是他女朋友的懷孕，這兩個搭在一起，我覺得他是要表現一種生命的荒涼感，因為他從小父親就消失或過世了（**宇文正**：他父親是不知去向，變成三場人生的賭局交織在一起）。

楊澤：這篇其實真的滿亂的。博弈，賭局，一直在延伸。

駱以軍：這篇是很典型昆德拉式的寫法，就是賦格，他先找了「博弈」這個字，比如昆德拉的「不朽」，他有個抽象性的詞以後，所有的情節其實是賦格，不斷迴繞在「博弈」這個概念。我覺得他的開頭非常漂亮，畢竟太多家庭劇場，太多辦公室，太多校園裡的同性拉扯了，那你處在這個階段、有沒有能力打開一個陌生，不老套。可是他一開始打開的空間是這個小男孩的視角，我非常喜歡，但到後來就滑掉了。他好像聰明的作者一直要把所有線索放在一起，為了這個抽象的標題，包括到底要不要墮胎，所有事情都變成選擇、一種「博弈」，這個詞本身就崩解。如果這次評分是類似像跳水比賽分細項得分，他的各項目會拿高分，但若是直觀地看這篇小說，我覺得可能瞬間直觀會不會反感呢。

唐諾：這哪裡是賦格？賦格哪有這麼簡單。這也哪裡是典型昆德拉的書寫？我們對昆德拉還是該保有基本敬意吧。

二票討論〈迷途〉

楊照：這篇在有限的篇幅裡面，非常有效地處理一件事；一開始給我們很樣板的父女關係，爸爸就是很現實的，說「讀冊無路用啦」，然而就從這邊開始，它就一段段、一片片的去接近去處理到她必須承認，她對她的父親其實不了解。這些都不是用抽象的方式。裡面兩個主題我覺得都處理得很好，一個就是這個女孩和爸爸之間的關係，第二個她把它放在一個很強烈的時間感裡面，當她在認知包括所有跟爸爸的關係時，她自己也必須去面對時間對她的改變。在我看來，很難想像二十幾歲的小孩有辦法處理的，但至少她把她要處理得非常有效乾淨，這是我的讀法，所以我覺得這篇還不錯。

宇文正：這篇從一個女兒的眼光，運用很多手法，有時候是夢，有時候帶一點魔幻——因為這個女孩子應該是看不到那些她爸爸過去的片段；有時候利用親人找到的信件，這些東西讓這個女兒進入到父親過去每一個成長的階段，好像身歷其境，慢慢去剝開、理解現在這個憤懣、惡聲惡氣的父親，他曾有過對人生的想望，還有他整個不快意的半生。就說父親的一生在迷途裡，女兒也進入到現實跟虛幻的迷途裡，這兩者的交融，我覺得是還滿有味道的一篇。它裡頭有些小瑕疵，譬如對台語的用字，不過這在很多作品裡頭都有類似的問題；我當然也會困惑，這女兒不應該看得到父親的成長歷程，所以它用一些魔幻手法，去避開技術性的問題，這到底是一種取巧還是高招呢？

楊照：我覺得這是取巧，但從小說的角度來看還算是滿聰明的，而且跟其他篇比，另外一個好處是它基本上每一個段落，每一件事情幾乎都是扣回來在講，它沒有太多你不太知道他為什麼要這樣。

蔡素芬：魔幻總是要具有說服力，你不能說人站在那裡，就可以看到他的小時候，這個爸爸牽著你去看新娘子，你就可以看到年輕的母親，我覺得這種方式的魔幻太簡單了。

唐諾：並不是說寫實跟幻想的調子不能夠並存，可是在這裡頭要作一點技巧處理，要不然你事實上自我的編碼是混亂的。那我當初沒投主要是兩個問題，它犯了一個普遍跟其他篇小說一樣，所有台語的對話都極糟糕，本來方言的使用，原來是生活語言，是要更生動豐富，可是在這裡頭，我們發現所有的台語基本上都不出通俗電視劇，然後塑造的都是粗暴的、父權的、傷害的，那種很廉價的。二來這批小說，對過去的回憶經常是混亂的，十年前的事和四十年前的事，事實上是完全不分的，我雖然講無所謂，但也不能無所謂到這種地步，時間的定位關係著人對世界、以及世界變化的基本理解。（按：此處唐諾亦是講評〈黑夜以前〉的寫作問題）

楊澤：我對這種通俗劇其實沒有興趣。我並沒有把這裡當作是一個小說的比賽，楊照則很顯然把這當作是小說的比賽，所以他在想情節，或者他剛要把〈博弈〉那篇揀回來，因為它的經營，可是明明那篇的經營情節漏洞百出。我覺得我們應該把短篇小說和散文的界限打破，我們要的應該是某種故事性，某種文筆的執行力，還有他的想像力到哪裡，跟現實能夠配合，我是這樣子看的。那這篇不只語言非常浮，它根本搞不清楚它在說什麼。

唐諾：我倒不是那麼在意情節的漏洞，我怕的是快速借用通俗劇的情節，而不是自己稍微認真去想，真正自己想的東西粗糙些失敗些都會有意思，我們也不難看得出來。

二票討論〈黑夜以前〉

宇文正：剛剛有一個寫博弈，這篇是寫離開。它的缺點是用一個概念撐起整個主題，裡頭有不告而別的離開，有墮胎，有自殺，可以說是一個「離開」的百科全書。另個角度看，它就是某種形式的家變，從不同形式的離開來織成一張很疏離的人際網絡。最後那個自殺的同學有預言到地震。（**駱以軍**：可是那個J莫名其妙啊！怎麼會突然跑出來預言地震？）他其實沒有莫名其妙啊，他是一個怪胎的邊緣人，他在研究的東西，當下是不被接受的。

楊照：剛剛楊澤講得最好，叫我不要拿來當小說比賽。這篇就很符合你剛剛說的那種，不要管它是小說還是散文，然後把所有故事性編在一起。剛剛這樣聽起來，滿好笑的可以說它是「離開大全」，但這篇小說裡有一個很重要的價值，就是反映了人生的選擇或人生的不負責任——到了怎樣的地步，我就想要一走了之。他把這個概念來串在這些故事，或者說拿這些故事來敷衍在這件事情上，譬如就一個小說來說，每一段他想要講的關係，包括這個結構，我覺得交代得很清楚，這點我認為是應該要加分的。

駱以軍：這篇其實我可以讓它復活，可是我有被別篇沖散。我覺得他在技術性上，像剛剛在講賦格的這些東西，或者是不斷重複迴奏的虛構，如果在看的當下作了一個評審內心機制的選擇，認為這些是很不好的習氣，那這篇在這個邏輯下，可能不只這次文學獎，是這十年來，會覺得都變成是一種操作或取巧的方式。但相較之下，這種防守機制之外，它有一種流動的悲哀的東西，它有一些日本戰後小說對於城市的一個文明廢墟中人流浪漢的氣味。看到這篇我甚至會想到沒寫好的成英姝，他們會想像一種偽惡、耍惡，故意去把這樣的語境虛構進來，想滲透成他們想要成形的另一種類型的台北。不只是他們動員的語言能力，還有他們想造出來的那個氣息，對氣味的想像。

唐諾：其實我覺得以現在大家的基本能耐，要為這裡每一篇小說找大名詞、找它自身並沒有的企圖和解釋，這一點也不困難，但我建議還是不要這樣，就文章講文章吧。

三票討論〈當掉那個台北人〉

蔡素芬：這篇是在講一個年輕人不知道人生要幹嘛，他寫大學生活，有對愛情追求的部分，還有跟社團到山上，在山上有一個迷路的情節。這時候他的人生完全沒有目標，只是跟著節奏往上走。他在山上遇到學美術的女孩，在大學裡也交到一個體適能女孩，但也不能打動他，最後他還體悟到要放開自己，去追求另外一段感情。這個寫作過程滿能營造一種自我的哲學系統，他找不到自己的理想是什麼，唯有那一點對愛的嚮往。他文字運用也很不錯，很有自己的風格。

楊澤：我覺得這篇是這次我心目中的第一名。我們在看這些大學生的作品，其實切入的角度都不太一樣。我們不能都去看他在經營小說那個部分，對年輕寫手來講，小說情節、人物刻畫，真的是很困難；而且往往會走入某種文字語言的迷宮，還有模仿的痕跡也會讓我們滿受不了。這一篇是第一人稱，他的幽默感非常強，像一開始寫手機、寫他朋友老刀，都是很年輕很搞笑的。我們看的時候也許會覺得這樣成長小說老套，可是看進去的時候，如果要講經營的話，他在結構上其實是最細膩最繁複的。他寫到在森林裡迷途（**唐諾**：他是故意要去迷途的），當然，這就是愛情。還有他跟那個體適能女孩中間分手，寫得十分突梯滑稽，好玩。你可以說他寫得很卡通，但裡面的幽默感和荒謬感，素芬剛剛講到的，其實展現的是，他對人生有某種領悟，那個領悟是在其他作品裡比較少看到的。

駱以軍：這個是我不會的；我覺得那個味蕾——像這一篇，還有〈紹興南街〉——我覺得那是有類型的，比如說王小波的《黃金時代》，或是朱天心，或是金宇澄的《繁花》，他不是像我這種密室、或是空降記憶，可是我看到這類型的作品，不太能找到一個很確定的真假或缺點。但我剛剛提到這些名字，我們在這裡看這些二十幾歲的作品，就像當初我也是文學獎這樣過來的，我的意思是說這好像在懲罰自己，在懲罰那些在這二十年來，曾經有想要去對小說語言試圖去多打開一點點的自己。我有一點很詫異的是，他有一些做壞了，他在學你，你卻反而厭惡他。這篇在感受上我沒辦法用一個細微的話語來說，但是如果在閱讀本身，在面對一個文學獎的過程，也許他騙過我了。他在越那個跨欄的時候，知道怎樣不要掉入那個技術性的笨，他有個很從容或是說故事的聰慧，就越過去了，我覺得他氣很長吧，整篇也不是靠堆疊，也不是困在一個場景裡。

宇文正：我本來也想要投這篇的。我覺得這篇是那種男孩子打屁式的長篇累牘，絮絮叨叨，好像沒有章法，可是在閱讀上是很愉快的，像是在霧的空隙裡可以看見星空，我很喜歡這樣的氣味。讓你看到一個年輕徬徨的情感世界裡的靈魂，我其實是很喜歡這篇的。雖然他迷途的那個隱喻有點俗，而且他說在回去的路上遇到迷途，這是很怪的語法。

楊照：是很糟的語法，這篇到現在為止是我最不解的，為什麼那麼多人喜歡，就算聽到現在我也不解。蔡素芬說的應該會比較有說服力，但我還是不太能理解。那麼短的篇幅裡，有一個那麼平板卻又那麼重要的人物，叫體適能姑娘，她從一開始出來就是平板的，到最後結束也是平板的啊！（**楊澤**：她是啊，她條件都很好，那是在嘲弄啊！）這個假如像是《麥田捕手》，就是一個年輕人像一隻青蛙，把自己鼓脹起來，然後再講這種話，講說這個女孩子怎樣，那我可以接受。可是他這是一個敘事的語言，他不是主觀的語言，那敘事的語言我讀起來就只能是像在交代體適能姑娘是一個好姑娘，個性很活潑條件不錯，這很怪。問題是你們把他敘述的語言全部當作主觀的語言。他如果一開始都是我，那我可以接受，可是這樣描述體適能姑娘的那些話到底是誰說的？（**楊澤**：他為什麼不能跳出來呢？他跳出來講自己，這有什麼問題？）這問題很大，這是很根本寫小說的紀律，這我沒辦法。（**楊澤**：這就是一個主觀語言，當掉那個台北人，那個就是他自己啊！）這樣我們就不用討論人稱了。

蔡素芬：這是可以討論的，這是一種敘述觀點的視角。作者採用的是一個客觀的敘述觀點？或者是有選擇性的敘述觀點，這是視角的問題。

唐諾：我還是不懂他題目為什麼要叫〈當掉那個台北人〉（**蔡素芬**：他情感的歸屬最終落在花蓮，可視為一種暗示），這樣強烈意義的篇名和這麼隨興遊走的內容是扞格的，還是強加的。再來，他的語言文字是非常拗的，也有某種程度的好笑。我也知道楊照在說什麼，因為這個語言文字恰好是現在年輕人最搥打流利的那塊，比較接近一種硬要好笑的好笑，雖然我自己使用3C不多，一般網路上或年輕人間，這種話接話的方式（**宇文正**：他就是在耍痞），這不是耍痞就可以成立的。另外，剛剛駱以軍講到這是打開密室的外在世界的東西，那我們就來談外在世界，棒球是外在世界的東西吧，而且棒球在台灣來講非常重要（**楊照**：是啊！），但中華隊和法國隊決戰？這是什麼？只是你取這樣的名字，就應該要期待小說去做到相對的事情。通常我們說像契訶夫的〈在車上〉、〈那個下午〉那樣鬆弛的、不指稱的命名方式就沒問題，在編碼跟節奏上是一致的。但我只是指出一點，他的語言文字是乾淨的，但這一塊恰好是年輕一輩最擅長的東西，我想說的是，這一點在這裡並不會構成他被大量加分的因素。

劉克襄：森林、體適能姑娘，還有棒球這三個部分的描述，都覺得不夠到位，進不去，所以未投下這一票，可是我分數還是給他很高。

三票討論〈鐵盒裡的黃色小鳥〉

劉克襄：這篇非常可愛，惡童偷橡皮擦，還有描述貓的部分，都有意想不到的驚奇，相較於其他作品，讓我讀起來非常清楚、快樂。

宇文正：這篇是某種形式的成長小說。前面累積了敘述者小小的惡，但後來自己面臨到更大的邪惡時，他自己反而嚇壞了，很奇怪的好像儀式性的他就成長了。比起來不像其他篇想裝那麼多東西，它比較像一個精巧的小品。它也不是我的很高分，但也沒有太大的缺點。

駱以軍：經過剛剛那麼激烈的討論後，這一篇我可能想放棄（全體大笑）。確實有一個文學獎閱讀的眼睛的閃爍時間，這篇非常符合在這樣一個過程裡，可能還沒進入到你們調度到那麼大的一個雜語，對語言本身的，經過這二十年可能的碰撞，對小說語言、對本土語言包括雜語、痞子語言，想像性的政治碎片的挪用，這篇是完全沒有，也因為沒有，所以在閱讀上、在情節構造上，是完全允合語思。我覺得我可能在反抗我內心對他太輕易的虐殺的懷疑，我因為反抗而想他整件事是在侵占或偷窺別人的密室，他這個概念是非常清晰精準的。經過剛剛整個這樣討論，我會覺得這是一個完成品。

唐諾：就像楊澤在上一篇說那是他的第一名，評審通常會使用一次這樣的免死金牌增加信用度，而且也會讓我們注意聆聽跟思考，比如說當楊澤這樣說，我就會對上一篇文章多想了兩圈。但如果要使用的話，我能不能請求大家放棄這篇，我看不出他有任何好處，到這年紀我不怕嚇、不怕惡搞，也不怕激烈的或醜陋的場面，我只怕廉價的場面，就在這裡。我也不懂為什麼一個好玩的惡童，最後蒐集橡皮擦會變成他「完美的追求」？我很怕這種寫到哪裡算哪裡，你使用語言、文字，甚至想進入這一行，還是要當一回事一點吧！

楊照：這篇有個很嚴重的問題，他就是一心一意很清楚自己要寫什麼，但你很清楚自己要寫什麼，一切就太一廂情願，每樣東西都來得太理所當然了。從好處看就是沒有任何贅筆，但從壞處看，每樣事情好像都是從結局回頭推，我覺得讀這樣小說是有一種無趣。

三票討論〈認真計畫〉

唐諾：算是有一定程度的複雜性，描述上對於參獎小說的問題，就是故意要寫得更多。我很容易想像一個東西，包括自己在看這篇的時候，盡量努力想像二十五歲之前我所認得的書寫者，包括楊照在內。他們寫了什麼？怎麼寫？我們在評獎，可是在這行業裡，我們會更期待他在小說書寫裡是不是一個將來可以上大聯盟的人？因此，書寫的完成度便不是唯一要求，也許更重要的是某種視野、某種企圖心，以及專注的習慣，我倒沒那麼怕書寫失敗，比較怕的就是那種壓根沒打算要成功的。你如果問我這是不是一篇很好的小說，我不認為，但我覺得他有接近我剛剛說的，在這年紀有努力要寫一篇小說，大概我只能為他說到這樣，當然他的問題也很多。

蔡素芬：這是一篇會讓人感到心痛的作品，因為他是在十歲無意中被這個男性引誘了，小孩子只是被教導這是遊戲，變成一種耽溺，以致在成年後，他仍要再回到那間房子去探問，看最初的那個男人現在的狀況。他沒辦法走出來，所以一開始他在寫這封信，我們不知道他寫給誰，到小說後面才發現他自己也不知道寫給誰，只是想釋放自己的心，一個心裡無法投射出去的創傷吧，但在小說裡他沒有說這是一種創傷。而在場景的描述上，也有顧慮到一些今昔呼應的細節。在小說的處理上，通常處理到有戀童癖的，或是有身體接觸關係的，很少用這種角度切入。

楊照：這篇我沒有投，但我給他很高分，因為有點問題所以最後我沒投。第一是他裡面穿插了另外一份文本，我一直覺得是累贅，在讀的過程一直產生閱讀上的遲緩干擾，我看不出這對於他要寫的這整件事有多大幫助。因為他在本文的部分已經把事情都交代完了，變得我沒必要再去看他裡面那份文本，因為那很怪。（**唐諾**：理論上你要使用這種文本的時候，應該是更強烈的東西，某些在現實裡更無法成立的東西。可是他把這化為童話，這一點很怪異或直接說，很失敗）對，而且他也沒有去逃避，而且這個小說最重要的感情是，他沒有把這當作是一個傷害，那又為什麼要有後來這樣，對我來說沒辦法解釋。第二個是像剛剛唐諾問〈當掉那個台北人〉，〈認真計畫〉這個標題好爛。因為這兩件事，所以排名就會排比較後面。

唐諾：對，他有趣的是，他不是一個因為傷害所以對事件有一個黑暗的看法或種種，事實上有一點斯德哥爾摩症候群的味道，他後來還跑回去要弄清楚這件事情，相對來說這一點不管成不成功，都已經是往前跨出去的一步，這是我看到的東西。很可惜，像一些成名作家也都會犯這種錯，比如我們看賈平凹的《帶燈》，現實進行，還有書信，書信的部分本來就應該是現實裡無法說出來的部分，利用書信去提起現實，可是怎麼反而寫得比原本現實的部分還要弱？那就很可惜，所以楊照要質問為什麼，但那個文本在結構上有需要，使他得到一個鏡面般相互的視角，只是結果這是一面壞的鏡子、使得原本凝聚的力量突然雲淡風輕了。

六票討論〈紹興南街〉

劉克襄：這篇只有楊澤沒投，你要不要先講一下。

楊澤：這篇我漏掉了，我應該也會選這篇的。因為我對紹興南街很熟悉，而且他這樣的年齡，去寫三教九流、市井江湖，甚至是有點風塵的東西，其實是很引人入勝的。

唐諾：這篇是犯的文字錯誤相對來說是最少的，當然也可以說他游刃有餘、野心不大，寫人生側面的一小角。但從另外一個觀點，這樣的年歲能夠掌握到這些算命的東西，也不是假的。只是有一點可惜，如果他有這樣的能力，也許可以稍稍寫更有野望的東西。（**楊澤**：他後面比較鬆散，真的很像散文）對，但過去包括在三〇年代，你很常會看到這一類的東西，就是市井一角這樣的東西，小說本身不出奇，而是這樣的年歲、這樣的注意力，對於自己所熟悉每天的世界裡頭，他有把世界看在眼裡，我覺得這是對一個書寫者來說最起碼的要求，我認為是書寫的好習慣。我對這篇的抵抗力最小，我不敢講說這是我的第一名，因為我對第一名有一些特殊的奇怪的期待，可是這篇小說沒有這個。但這篇的確是我選得最容易、缺點最少的。

而在小說裡常用到很多種語言，痞子的語言、惡漢的語言等等，會有很多雜語，但我最怕遇到那種從頭到尾都只有一種語言，到後來會非常疲憊，被我用這種標準說過的，包括朱天文。而這篇文字裡有著雜語，有不同的人說著不一致的話，不一樣的年紀的生命的體認會跑出不一樣的東西，在〈當掉那個台北人〉裡，會發現所有人其實是同一種人、說一樣的話。所以看世界的視角變成單一一個，就沒有縱深跟轉動在內，而這並不是很難的文字技藝，只是慢慢不被在意了。

宇文正：我非常喜歡這篇，我寧願鼓勵年輕人好好把文字寫好，這篇是文字最沒問題的，很老練，也深刻刻畫人物，也寫人性，他要講的不管是算命或是其他的，都講得很深，整個氣氛的醞釀，在尖刻裡頭有溫暖，在陰森裡也有光亮，我覺得這是這批作品裡最好的一篇。

蔡素芬：我補充一點，在看大學生的作品，這篇很難得看到關懷面在社區、在鄰居，他會關心搬遷戶的問題，這裡面也討論到搬遷戶的弱勢處境。而這樣的問題仍然存在，就是這些住在這裡的人將來還是有問題要去解決，可是跟其他篇章比起來，很多年輕人都只注意到自己，或者看到社會的各種問題都是報章雜誌上的訊息拼湊，或反映自己的情緒也沒經過整理（**劉克襄：**很多都是印象的），對，他們就是把未經過整理的情緒都化為一種躁鬱、憂鬱在文章裡，可是這篇是比較正面的、付出關心的。

第二輪投票

經評審針對有票作品逐一討論後，最後進入第二輪投票的有：〈一半〉、〈當掉那個台北人〉、〈鐵盒裡的黃色小鳥〉、〈迷途〉、〈認真計畫〉、〈老鼠不戀愛〉、〈博弈〉、〈紹興南街〉、〈黑夜以前〉九篇作品。第二輪投票採計分方式，每位評審選前五名給分數：第一名給5分、第二名給4分、第三名給3分、第四名給2分、第五名給1分，最後看總分狀況——

〈一半〉：四分（蔡素芬4）

〈當掉那個台北人〉：二十分（楊澤5，宇文正3，唐諾3，蔡素芬3，劉克襄3，駱以軍3）

〈鐵盒裡的黃色小鳥〉：一分（劉克襄1）

〈迷途〉：五分（楊照3，宇文正2）

〈認真計畫〉：十六分（唐諾4，劉克襄4，駱以軍4，楊照2，蔡素芬2）

〈老鼠不戀愛〉：四分（楊澤3，駱以軍1）

〈博弈〉：九分（劉克襄2，駱以軍2，宇文正1，唐諾1，楊照1，楊澤1，蔡素芬1）

〈紹興南街〉：三十四分（宇文正5，唐諾5，楊照5，蔡素芬5，劉克襄5，駱以軍5，楊澤4）

〈黑夜以前〉：十二分（宇文正4，楊照4，唐諾2，楊澤2）

最後評審一致同意得分結果，由分數最高者〈紹興南街〉榮獲首獎。

優等獎四名包括〈當掉那個台北人〉、〈認真計畫〉、〈黑夜以前〉、〈博弈〉。

INK PUBLISHING 青年超新星文學獎作品集

作　　者　徐念慈、李牧耘、吳金龍、張蔚巍、林烱勛、林念慈、陳以庭、彭　筠、佘柏蕎、蔡宜玲、莊硯涵、黃睿萱、董宛君、李蘄寬、黃國翁、洪嘉懋、郭妍麟、徐立丞、邱敬瀚、賴宗裕、林芳儀、林宏憲、梁詠詠、林　燦、王善豫、王宥惟、劉心閔、游勝輝、林夢嫣、蘇怡禎、廖柏旭、劉珮如、阮翎耘、魯蓓蓓、陳玟瑗、蕭如凱、陳少翔、劉冠羚
總 編 輯　初安民
責任編輯　尹蓓芳
美術編輯　林麗華
校　　對　尹蓓芳

發 行 人　張書銘
出　　版　INK印刻文學生活雜誌出版有限公司
新北市中和區中正路800號13樓之3
電話：02-22281626
傳眞：02-22281598
e-mail：ink.book@msa.hinet.net
網　　址　舒讀網http：//www.sudu.cc

法律顧問　漢廷法律事務所
劉大正律師
總 代 理　成陽出版股份有限公司
電話：03-3589000（代表號）
傳眞：03-3556521
郵政劃撥　19000691　成陽出版股份有限公司
印　　刷　海王印刷事業股份有限公司

港澳總經銷　泛華發行代理有限公司
地　　址　香港筲箕灣東旺道3號星島新聞集團大廈3樓
電　　話　(852) 2798 2220
傳　　眞　(852) 2796 5471
網　　址　www.gccd.com.hk

出版日期　2014年12月　初版
ISBN　978-986-387-016-6

定　價　499元

國家圖書館出版品預行編目資料

青年超新星文學獎作品集 / 徐念慈等著；
--初版, --新北市中和區：INK印刻文學，
2014. 12　面；　公分.
ISBN 978-986-387-016-6　（平裝）
857.61　　103024959